ullstein

Das Buch

Als die Kunsthistorikerin Zoe und ihr Mann Seth, Religionswissenschaftler und ehemaliger Polizist, auf Einladung eines ominösen älteren Herrn nach Zürich kommen, um dessen Kunstsammlung zu sichten, sind sie wie vom Donner gerührt: Der Mann war früher bei der SS und ist während des Krieges an unermesslich wertvolle Kunstwerke gelangt, die als verschollen galten oder über deren Existenz man nur spekuliert hatte. Kurz vor seinem Tod beauftragt er nun Zoe und Seth, die Schätze an die rechtmäßigen Erben zurückzugeben. Zu seiner Sammlung gehören auch uralte Schriften über einen Kirchenprozess, aus denen hervorgeht, dass im 4. Jahrhundert in einem kleinen Dorf im Byzantinischen Reich eine junge Frau namens Sophia lebte, die predigte und Wunder wirkte. Doch bevor Zoe und Seth sich die antiken Handschriften richtig ansehen können, überschlagen sich die Ereignisse. Zoe wird entführt, die Dokumente verschwinden und eine atemlose Jagd beginnt ...

Der Autor

Lewis Perdue arbeitete als Reporter, lehrte Journalismus und gründete mehrere Unternehmen. Der Kommunikationswissenschaftler und Weinexperte verfasste zahlreiche Sachbücher und Romane, darunter den Bestseller *Die Da-Vinci-Verschwörung*, der möglicherweise Dan Brown als Vorlage für *Sakrileg* diente. *Die Tochter Gottes* wurde in zwölf Sprachen übersetzt. Lewis Perdue lebt in Sonoma, Kalifornien.

Von Lewis Perdue ist in unserem Hause bereits erschienen:

Die Da-Vinci-Verschwörung

Lewis Perdue

DIE TOCHTER GOTTES

Thriller

Aus dem Englischen
von Ulrike Bischoff

Ullstein

Besuchen Sie uns im Internet:
www.ullstein-taschenbuch.de

Umwelthinweis:
Dieses Buch wurde auf chlor- und säurefreiem Papier gedruckt.

Sonderausgabe im Ullstein Taschenbuch
Juni 2008

Titel der amerikanischen Originalausgabe: *Daughter of God*
(Forge Books, New York)
Umschlaggestaltung: HildenDesign, München
Titelabbildung: © James Saunders/shutterstock
Satz: Pinkuin Satz und Datentechnik, Berlin
Gesetzt aus der Optima
Druck und Bindearbeiten: CPI – Ebner & Spiegel, Ulm
Printed in Germany
ISBN 978-3-548-26938-2

Für Katherine und William,
meine Tochter und meinen Sohn, ohne deren Hilfe dieses Buch schon lange fertig geworden wäre und ohne die das Leben wesentlich leerer wäre. Tagtäglich erstaunt es mich aufs Neue, wie sehr eure Liebe die Grenzen meines Herzens sprengt und eure Augen mir geheimnisvolle Wunder einer Welt eröffnen, die ich noch nie zuvor gesehen habe.

Für Megan,
meine Frau, Freundin, Partnerin und Seelenverwandte. Ich bin der Drachen, du bist die Schnur. Keines von beiden fliegt ohne das andere. Es war kein Zufall, dass wir uns begegnet sind.

Dank Gott, unserer Schöpferin.
Ihre Stärke und seine Inspiration stehen hinter diesen Worten.

Unsere Tage zu zählen lehre uns! Dann gewinnen wir ein weises Herz.

Psalm 90.12

(Weisheit heißt auf Griechisch *Sophia*.)

Kapitel 1

Zoe Ridgeway roch es, spürte es, sobald sie über die Schwelle der imposanten Schweizer Villa trat. Sie versuchte sich einzureden, dass es nur Einbildung sei. Aber selbst der seit langem als verschollen geltende Rembrandt, der wie selbstverständlich in der Diele hing, konnte sie nicht von dem Eindruck ablenken, dass hier der Tod lebte.

»Herr Max erwartet Sie bereits«, sagte ein großer, förmlicher Mann in einem Englisch mit starkem Akzent und machte mit dem Oberkörper eine steife und knappe Verbeugung. »Wenn Sie mir bitte folgen würden.«

Zoe ging hinter dem muskulösen, breitschultrigen Mann durch elegant eingerichtete Räume mit hohen Decken und weißen Wänden, an denen ein Meisterwerk neben dem anderen hing. Dass er mehr als nur ein Butler war, erkannte sie, als er sich bückte, um ein Stück Papier vom Boden aufzuheben, und sie die Riemen seines Schulterholsters sah, das sich unter dem Stoff seines Jacketts abzeichnete. Da sie mit einem Mann verheiratet war, der früher selbst ein Holster getragen hatte, erkannte sie verborgene Schusswaffen mit nahezu schlafwandlerischer Sicherheit.

Während Zoe dem Bodyguard durch das Haus folgte, bemühte sie sich, ihre Erregung zu verbergen. Als Kunsthändlerin und Gutachterin war sie es gewohnt, mit fast schon banaler Regelmäßigkeit mit Kunstwerken von unschätzbarem Wert umzugehen. Meisterwerke waren ihr tägliches Brot. Aber als sie nun im Vorübergehen die Gemälde diverser großer Maler im Salon erkannte, fiel es ihr schwer, sich ihre Ehrfurcht nicht anmerken zu lassen. Über einem vergoldeten Cembalo entdeckte sie einen Tintoretto, der, soweit sie wusste, seit Anfang des Zweiten Weltkriegs als verschollen galt. Daneben hing ein Chagall, den die Nazis angeblich als »entartete« Kunst verbrannt hatten. Musik, ein Streichkonzert der Freude, ertönte in ihrem Kopf, als ihr Blick von einem erstaunlichen Gemälde zum nächsten schweifte.

In einem Wohnzimmer bedeutete der Bodyguard ihr mit einer Geste, zu warten. Am anderen Ende des Raumes saß Willi Max zusammengesackt in seinem Rollstuhl im Bauhausstil und wirkte mehr tot als lebendig.

Nur Max' stoßweise Atemzüge durchbrachen die Stille, während der Bodyguard zu dem Rollstuhl ging. Er beugte sich vor und flüsterte etwas. Plötzlich richtete Willi Max sich auf wie eine Marionette, die mit einem Ruck zu Leben erwacht. Der Leibwächter drehte den Rollstuhl zu Zoe um.

»Willkommen in meinem Haus«, sagte Max herzlich mit erstaunlich kräftiger Stimme. Der Leibwächter schob ihn zu Zoe. Als er näher kam, sah sie einen runzeligen alten Mann mit leuchtend eisblauen Augen, die aussahen wie ein Gletscher in der Sonne. Er streckte seine zitternde Hand aus. »Ich bin ja so froh, dass Sie so kurzfristig kommen konnten.«

Zoe schüttelte seine Hand. Sie fühlte sich trocken und substanzlos an, als ob das Leben aus diesem Teil des Körpers schon gewichen wäre.

»Es ist mir eine Ehre«, antwortete Zoe aufrichtig.

Max' Miene war nahezu reglos, aber seine Augen blitzten anerkennend auf.

»Aber kommen Sie!«, sagte Max mit einem Nicken zu seinem Leibwächter. »Mir bleibt nur wenig Zeit, und es gibt viel zu regeln.« Der Bodyguard drehte den Rollstuhl um und schob ihn durch den mit dunklem Holz getäfelten Raum bis vor eine Bücherwand. Zoe ging ihnen nach und blieb in respektvollem Abstand auf dem handgeknüpften Perserteppich stehen, während der Leibwächter ein Segment des Bücherregals zur Seite schob und damit den Zugang zu einer versteckten Tür öffnete. Vor dem Tastenfeld eines Sicherheitsschlosses in Rollstuhlhöhe kniete er sich auf ein Bein und stockte, als wolle er sich vergewissern, dass er sich an die richtige Zahlenkombination erinnerte.

Leise Töne erklangen, als er die Kombination eingab. Vor Anspannung bekam Zoe feuchte Hände. So beiläufig wie möglich spreizte sie die Finger und tat, als streiche sie ihren langen, grauen Faltenrock glatt. Sie schaute sich um und horchte auf die Musik in ihrem Kopf, die sich änderte, als sie von einem Gemälde zum anderen sah.

Sie versuchte sich zu merken, was sie bisher gesehen hatte. Notizen durfte sie sich vorläufig noch nicht machen. Max war sich der Wirkung durchaus bewusst, die seine Kunstsammlung auf Menschen ausübte, und hatte ausdrücklich gewünscht, dass sie die Werke erst einmal ohne die nüchterne Arbeitsatmosphäre auf sich wirken ließ. Es war schon öfter vorgekommen, dass ein Klient ihr Gutachten auf diese Weise zu beeinflussen versuchte, und wie üblich hatte sie sich auf diese Eventualität vorbereitet. Während der Leibwächter mit der Zahlenkombination beschäftigt war und Max das Gesicht von ihr abwandte, tastete sie mit einer Hand nach dem Minikassettenrekorder in ihrem Blazer, um sich zu vergewissern, dass er lief. Nicht zum ersten Mal versuchte jemand, sie zu beeindrucken, um ihre Objektivität zu beeinträchtigen. Es war allerdings das erste Mal, dass es jemandem gelang.

Zoe liebte Kunst schon ihr Leben lang mit einer Leidenschaft, die sie bewogen hatte, daraus einen Beruf zu machen. Sie war durchaus zufrieden damit, ständig von den schönsten Kunstgegenständen und Antiquitäten der Welt umgeben zu sein, träumte aber immer davon, verborgene Schätze zu entdecken, einen bislang unbekannten Fund unschätzbar wertvoller Kunstwerke auszugraben.

Doch nun hatte dieser Schatz sie entdeckt.

Vor kaum 48 Stunden hatte Willi Max sie angerufen und sich entschuldigt, als sie ihm erklärte, dass es in Los Angeles mitten in der Nacht sei, was ihm offenbar durchaus bewusst war.

»Ich sterbe«, hatte er ohne erkennbare Gefühlsregung erklärt. »Schneller als die meisten Menschen. Mir bleibt nicht mehr viel Zeit, und ich musste Sie anrufen, bevor ich es mir wieder anders überlege oder …« Er ließ das Offensichtliche ungesagt.

Zoe hatte noch nie von dem Mann gehört und hätte beinah aufgelegt, weil sie halbwegs überzeugt war, dass der Anrufer ihr einen Streich spielen wollte. Aber sein präzises Englisch, der herrische deutsche Akzent und sein spürbarer Ernst veranlassten sie, ihm zuzuhören, obwohl der Schlaf ihren Kopf noch vernebelte.

»Ich möchte persönlich regeln, was mit meinem Vermächtnis geschehen soll«, hatte Max gesagt. Vermächtnis. Nicht Kunstsammlung. Seine Formulierung fiel Zoe nun wieder ein, und allmählich fing sie an, ihre wahre Bedeutung zu begreifen.

Der Schlaf war in jener Nacht wie weggeblasen, als Max ihr fast das Zehnfache ihres üblichen Honorars geboten hatte, damit sie alles stehen- und liegenließe und nach Zürich käme.

»Ich habe gehört, dass Sie die beste Kunsthistorikerin und Kunsthändlerin der Welt sind«, hatte Max gesagt. »Und ehrlich … ehrlich. Ich möchte, dass man mit meiner Sammlung anständig verfährt … moralisch.« Es war eine lange Pause eingetreten. Zoe hatte schon geglaubt, den Mann habe der Schlag getroffen und er sei tot, aber dann hatte er einen Hustenanfall bekommen. »Ich habe alle Ihre veröffentlichten Werke gelesen«, hatte er schließlich gesagt, »auch die Bücher …« Wieder hatte er kurz gehustet. »Und sämtliche Artikel über Sie … Ich glaube, Sie werden mich verstehen. Es ist sehr wichtig zu verstehen.«

Als habe Max ihr Zögern bemerkt, hatte er in jener Nacht ihre Einwilligung erwirkt, indem er erwähnte, auch für ihren Mann sei ein beträchtliches Beraterhonorar drin, da seine Sammlung Stücke enthalte, die sich ein versierter Experte für religiöse Handschriften und Reliquienschreine ansehen müsse – aus seinen Recherchen wusste er wohl, dass solche Dinge nicht ihre Stärke waren. Sie arbeitete daher häufig mit ihrem Mann, Seth Ridgeway, zusammen, der als Professor für Philosophie und vergleichende Religionswissenschaften an der UCLA, der University of California, Los Angeles, lehrte. Sein Spezialgebiet war die religiös fruchtbare Periode von 500 v. Chr. bis 700 n. Chr.

Ein tiefer, langgezogener Signalton der Alarmanlage riss Zoe aus ihren Gedanken. Sie schaute zu, wie der Bodyguard die Tür öffnete. Die offene Tür verlieh Max offenbar frische Kräfte, denn er richtete sich mühsam in seinem Rollstuhl auf und sagte chevaleresk: »Nach Ihnen, meine Liebe.« Der Leibwächter bat sie mit einer leichten Verbeugung und einem Kopfnicken durch die Tür.

Zoe schaute sich um. Die Decke des Raumes musste an die zwölf Meter hoch sein, die Wände waren gebrochen weiß gestrichen, um nicht von den Kunstgegenständen abzulenken. Wie nahezu alle Räume, die sie bisher in dieser weitläufigen Villa gesehen hatte, war auch dieser eine Kreuzung zwischen Galerie und Lager: zu überladen mit Kunst, um eine klare Linie zu haben. Als Zoe sich genauer umsah, prickelte ihre Haut vor Verwunderung. Hier hing ein legendärer Vermeer, der in Briefen des Künstlers erwähnt, aber nie aufgetaucht war.

Musik wie von einem exquisiten Streichorchester erfüllte ihr Herz und raubte ihr den letzten Anflug wissenschaftlicher Objektivität. Ihre Seele öffnete sich der Schönheit der Kunst und der Musik, die sie in ihr erklingen ließ.

Sie trat an den Vermeer und ließ das bemerkenswerte Licht-und-Schatten-Spiel des Bildes auf sich wirken. Die unglaubliche Tiefenwirkung und Perspektive luden sie ein, in die Szene zu treten. Als Zoe sich von dem Gemälde losriss, fiel ihr Blick auf eine Vitrine mit einem Leonardo-Kodex, der ihres Wissens nicht zu den bisher bekannten oder beschriebenen gehörte. Langsam drehte Zoe sich um und erkannte auf Anhieb ein bislang unbekanntes Gemälde von van Gogh, einen zerstört geglaubten Picasso, eine Gutenberg-Bibel und die Thora aus dem Tempel König Salomons.

Wie eine Schlafwandlerin ging Zoe in dem großen Raum umher. Seltene Bücher reihten sich auf Mahagoniregalen. Eine Vitrine war vollgestopft mit unbezahlbaren Handschriften und alten Schriftrollen: religiöse Schriften, die Beduinen heimlich nachts aus Höhlen und Ruinen geholt und auf dem Schwarzmarkt verhökert hatten – Hunderte Jahre, bevor die Schriftrollen vom Toten Meer entdeckt wurden.

Zoe war klar, dass jedes einzelne Stück schon für sich einen Sonderplatz in einem großen Museum hätte einnehmen können. Aber alle zusammen? In ihrem Kopf drehte sich alles. Eine Symphonie erfüllte all ihre Gedanken.

Ihr Rundgang führte Zoe zurück zu Max. Er strahlte über die Ehrfurcht, die seine Kunstsammlung in einer Expertin geweckt hatte, von der es allgemein hieß, dass sie durch nichts zu beeindrucken sei.

»Ich weiß nicht recht, was ich sagen soll.« Zoe suchte nach Worten. Sie spürte ihre Wangen brennen, während sie um Fassung rang.

»Ich denke, Worte reichen kaum aus«, sagte Max und schaute mit zitterndem Kopf zu ihr auf. Um es ihm leichter zu machen, setzte Zoe sich auf ein Mies-van-der-Rohe-Sofa und bemühte sich, die Überfülle zu verarbeiten.

Mit einem Kopfnicken entließ Max den Leibwächter, der die Sicherheitstür hinter sich schloss.

»Wie Sie wohl allmählich begreifen, ist dies ein Vermächtnis, keine bloße Sammlung«, sagte Max keuchend zwischen tiefen, rasselnden Atemzügen. »Ich möchte, dass

Sie mir bei der Wiedergutmachung für mein Vermächtnis helfen.«

Zoe schaute ihn fragend an.

Max schloss lange die Augen, bevor er weitersprach. »Vor über einem halben Jahrhundert wurde ich im Dritten Reich zur SS eingezogen. Ich gehörte zu den vielen, die in den österreichischen Bergen südlich von München Dienst tun mussten, in der Region, die für ihre Salzbergwerke berühmt ist. Hitler hatte viele bedeutende Kunstsammlungen geplündert und die Kunstwerke aus Sicherheitsgründen hier in die Salzgruben gebracht. Ich habe viele ehrfurchtgebietende Stücke gesehen, und vor allem eines, das seit damals ein belastendes Geheimnis für mich ist.«

Ein Hustenanfall schüttelte den gebrechlichen Mann und holte den Leibwächter zurück. Max atmete tief durch und winkte den Mann fort.

»Als die Alliierten kamen, flüchtete ich – ebenso wie viele meiner Kameraden. Wir nahmen so viele Kunstwerke, Goldmünzen, Manuskripte und Reliquienschreine mit, wie wir tragen konnten. Ich schlug mich nach Zürich durch und baute mir hier mit Hilfe anderer, die vor mir hergekommen waren, ein neues Leben auf. Einen Teil der Kunstwerke, die ich mitgebracht hatte, verkaufte ich. Aber statt einfach davon zu leben, setzte ich den Erlös ein, um denen, die nach mir kamen, Kunst und seltene Stücke abzukaufen. Es waren schlechte Zeiten«, erklärte er. »Der Markt war überschwemmt, das Geld war knapp, es ging vor allem ums Überleben. Was Sie hier sehen, bekam jemand wie ich, der bereit war, ein Risiko einzugehen, für erbärmlich wenig. Ich behielt, was eben ging, und verkaufte, was nötig war, um zu überleben … und noch mehr zu kaufen.«

Mit feuchten Augen schaute Max sich um. »Ich musste, verstehen Sie. Ich verliebte mich in die Kunstwerke. Sie haben immer mich besessen, nicht umgekehrt.«

Zoe nickte und spürte die unwiderstehliche Anziehungskraft, die sie zu der hier versammelten Pracht hinzog.

»Ich weiß, es ist eine Sünde, dass ich das alles so lange behalten habe, und ich möchte, dass Sie mir helfen, es wiedergutzumachen.«

Zoe hob fragend die Augenbrauen.

»Die meisten Kunstwerke sind gestohlen. Ich möchte, dass Sie so viele wie möglich ihren rechtmäßigen Eigentümern oder deren Erben zurückgeben. Ich habe bereits Geld auf ein Konto in Zürich überwiesen …« Er griff tastend unter die Decke, die seine Knie und seinen Schoß bedeckte, und holte einen Umschlag heraus. Zoe stand auf und nahm ihn. Sie musterte ihn argwöhnisch und setzte sich wieder.

»Das Konto läuft auf Ihren Namen und den Ihres Mannes, Sie sind beide zeichnungsberechtigt. Die Summe beträgt ein Vielfaches ihrer üblichen Provision, wenn die Kunstwerke verkauft würden.«

Zoe drehte sich alles im Kopf. Es mussten zig Millionen Dollar sein.

»Sollten Sie die rechtmäßigen Eigentümer nicht ausfindig machen können, möchte ich, dass Sie entscheiden, welchem öffentlichen Museum – oder welchen Museen – die Kunstwerke gestiftet werden. Mein Testament enthält eine separate Verfügung, um alle damit verbundenen Kosten zu decken.«

Zoe öffnete den Mund, bekam aber kein Wort heraus.

Max schüttelte den Kopf. »Nicht. Denken Sie darüber nach. Schlafen Sie darüber. Sprechen Sie mir Ihrem Mann. Denn ich möchte, dass Sie beide eine noch heiklere Verpflichtung übernehmen, eine größere, wichtigere und ehrfurchtgebietendere als alle diese Kunstwerke. Ein uraltes Geheimnis, eine religiöse Wahrheit. Es geht um Kenntnisse, die den gesamten Lauf der Menschheitsgeschichte verändern können.«

»Was …?«

Wieder schüttelte Max den Kopf. »Auf dem Tisch neben Ihnen …«

Zoe bemerkte die lederne Aktentasche erst jetzt.
»Nehmen Sie das Ihrem Mann mit. Meine Recherchen haben ergeben, dass er fließend Altgriechisch liest.«
Zoe nickte benommen.
»Er möchte das sicher so bald wie möglich lesen.« Max hustete heftig. Als er sich erholt hatte, sagte er: »Ich schicke Ihnen außerdem etwas per Kurier, etwas, das ich von einem sichereren Ort holen muss.«
Noch sicherer als dieser Raum?, fragte Zoe sich. Was um alles in der Welt konnte wichtiger sein als die hier versammelten Schätze?
Er zwinkerte ihr zu. »Ich habe mich gerade erst – in diesem Moment – entschlossen, es Ihnen zu schicken.«
»Wieso?«
»Weil ich in Ihren Augen Ehrlichkeit sehe«, sagte Max. »Wenn es kommt, untersuchen Sie es. Sprechen Sie mit Ihrem Mann. Sie und er müssen in Ihrer Entscheidung ganz ehrlich zueinander sein. Kommen Sie morgen wieder zu mir, und teilen Sie mir Ihre Antwort mit, dann fangen wir hier mit unserer Arbeit an.«

Kapitel 2

Die letzten Goldstrahlen der untergehenden Sonne badeten Seth Ridgeway in warme Gauguin-Farben, als er im Hotelzimmer auf dem Sofa saß und sich über die alte Handschrift beugte, die auf dem Couchtisch ausgebreitet lag. Schließlich richtete er sich auf und schaute Zoe quer durch das Zimmer an.

»Und wo ist der Rest?«, fragte er gespannt, während er sorgsam das letzte Blatt uralten Papiers auf den Stapel legte. Seth trug Laufschuhe, Shorts und ein verblichenes, marineblaues T-Shirt mit dem Aufdruck des Los Angeles Police Department. An Halsausschnitt und Achselhöhlen hatten sich vom Joggen schwache weißliche Halbkreise abgezeichnet.

Zoe zupfte sich den Lautsprecher ihres Minikassettenrekorders aus dem Ohr, legte den Stift beiseite, mit dem sie sich Notizen gemacht hatte, und drehte sich zu ihm um.

»Er hat gesagt, dass er uns den Rest morgen schickt.« Sie saß an einem antiken Sekretär am anderen Ende des größten Hotelzimmers im Eden au Lac.

Als sie sein Gesicht sah, wurde ihr weich ums Herz. Seine besorgte Miene hatte mehr von einem Fünfjährigen mit einem zerbrochenen Spielzeug als von einem 45-jährigen Ex-Polizisten mit einem halben Dutzend Narben von Schusswunden und einem Doktortitel in Philosophie. Die Welt sah Seth als zähen Burschen. Unter Ganoven und Polizisten galt er als Legende, als jemand, der jeden Kugelhagel abschütteln und noch unter widrigsten Umständen eine Festnahme durchziehen konnte. Noch beängstigender war (zumindest für den Fachbereich Sport der University of Los Angeles, der einmal irrtümlich einen Basketballstar in seinem Seminar eingeschrieben hatte), dass er die strengsten Prüfungen seines Fachbereichs abhielt. Aber Zoe wusste genau, dass sich hinter der rauen Schale und dem Mythos ein staunender kleiner Junge mit unersättlicher Neugier und weichem Herzen verbarg, der zu inniger Liebe und tiefem Glauben fähig war. Diese Liebe hatte Zoe ein Leben beschert, in dem ein Tag erfreulicher war als der andere.

Nur Seths Glauben hatte Zoe nie begriffen. Er war Religionswissenschaftler und kannte die Täuschungen und Lügen, auf denen jede Religion aufbaute. Trotzdem glaubte er. Wo er auf irgendeine Weise Gründe fand, an seinem Glauben festzuhalten, sah sie nur Heuchelei. Sie glaubte nicht an Gott, konnte nicht glauben. Seth schon. Ihre gemeinsamen Jahre hatten kaum dazu beigetragen, dieses Rätsel zu lösen.

»Morg…?« Er verzog das Gesicht mit geschlossenen Augen zu einer Grimasse.

Nickend kam Zoe zu ihm. Der starke Duft seines anstrengenden Laufs hatte sich weitgehend verflüchtigt, aber sein intensiv männlicher Geruch weckte viele sinnliche Erinnerungen. Ihr fiel sein salziger Geschmack auf ihrer Zunge ein und die glatte Härte seiner nackten Muskeln. Einen Augenblick dachte sie daran, aus ihrem geblümten Sommerkleid zu schlüpfen, unter dem sie nur ihr Bikinihöschen trug. Aber stattdessen sagte sie: »Max ist ein sehr seltsamer Mensch, aber durchaus ernsthaft – glaube ich zumindest. Er sagte, wenn er den Eindruck hätte, dass wir den Teil, den du jetzt hast, in seiner Bedeutung wirklich verstünden, könntest du den Rest haben.«

»Haben?«, fragte Seth. »Einfach *haben* … nicht kaufen, lesen, ausleihen. Haben?«

Wieder nickte Zoe und legte ihm die Hand auf die Schulter. »Das ganze Zeug bedeutet ihm nichts mehr, sagt er. Er will etwas wiedergutmachen.«

Seth nickte. »Das ist nicht verkehrt, selbst wenn es nur davon kommt, dass man im Spiegel den Tod gesehen hat.«

Zoe schaute auf ihre Armbanduhr.

»Stimmt was nicht?«, fragte Seth.

»Max.« Zoe runzelte die Stirn. »Er sagte, er wollte uns etwas per Kurier schicken. Ich dachte, es müsste inzwischen eigentlich gekommen sein.«

»Etwas?«

»Ich habe dir ja erzählt, dass er ein komischer Vogel ist.« Zoe zuckte mit den Achseln und setzte sich kopfschüttelnd neben ihn. Sie ließ den Blick von der Handschrift zu Seth schweifen. »Und, was gibt's an diesem ganzen griechischen Zeug jetzt zu verstehen, Herr Professor?«

»Zunächst mal handelt es sich um eine Passion ...«

»Also noch so eine raffinierte Foltergeschichte, was? Aus Spaß und Profitgier Märtyrer verstümmeln.«

Seth nickte. »Der erste Teil, das hier ...«, er tippte mit dem Zeigefinger auf den Blätterstapel, »ist die Schilderung. Der zweite Teil, den wir noch nicht haben, enthält angeblich das wörtliche Protokoll des Prozesses.«

»Ich wundere mich jedes Mal wieder, wie viel Papierkram die Römer in ihren Archiven aufgehoben haben.«

»Sie haben den bürokratischen Papierkram praktisch erfunden«, bestätigte Seth.

»Und was ist an dieser Geschichte so Besonderes?«, erkundigte Zoe sich. »Ich dachte, die Kirchenväter hätten Passionen meist so ausgeschmückt, dass sie mit der Wirklichkeit kaum noch was zu tun haben – du weißt schon, gute Propaganda für die Gläubigen.«

»In der Regel stimmt das.« Eine Weile schaute er mit hochgezogenen Augenbrauen zur Decke. »Das Erste, was es zu verstehen gilt, ist: Wenn dieses Dokument sich als echt erweist, ist es eine der vielen verlorenen Schriften von Eusebius, dem Biographen Konstantins. Es ist die Geschichte einer jungen Frau namens Sophia, und nach dem, was hier geschrieben steht, lebte sie in einem abgelegenen Bergdörfchen in der Nähe der anatolischen Stadt Smyrna. Heute heißt sie Izmir – in der Türkei –, aber damals lag sie in einer Region, die eine Brutstätte der frühchristlichen Kirche war, nicht weit von einigen Orten, die man aus dem Neuen Testament kennt, wie Ephesus und Philadelphia …«

»Das weiß ich, Schatz«, fiel sie ihm sanft ins Wort. »Ich bin keine deiner Studentinnen mehr.«

»Entschuldige.« Er bedachte sie mit seinem schiefen Grinsen, das sie so für ihn eingenommen hatte, als sie ihn zum ersten Mal im Hörsaal sah. Dieses Lächeln hatte sie bewogen, eine Kampagne der Verführung, Liebe und Lust zu starten, die sie von seiner Studentin zu seiner Geliebten und schließlich zu seiner Ehefrau gemacht hatte.

»Okay. Jedenfalls war Sophias Dorf eine Hirtensiedlung, eine Art vorübergehender Rastplatz für Nomaden, und nach allem, was ich hier sehe, lebten dort wohl nie mehr als höchstens zwei- bis dreihundert Menschen. Es gab kaum Verbindungen zur Außenwelt, keinen Tempel, keine Kirche, keine Synagoge und kein heidnisches Heiligtum, nichts. Das an sich ist schon ungewöhnlich, weil zu der Zeit, als der Text geschrieben wurde – 325 n. Chr., nur einige Monate nach dem Konzil von Nizäa –, Religion überall ein ganz heißes Thema war. Die Leute redeten über Religion wie heute über Sportergebnisse oder Korruptionsskandale beim Straßenbau. Damals gab es unzählige Sekten und verschiedene Formen des Christentums, und alle klapperten die Erde nach Konvertiten ab, wenn sie sich nicht gerade darüber beharkten, wer …«, er deutete mit Zeige- und Mittelfinger Anführungszeichen an, »die ›einzig wahre Kirche‹ war.«

»Na, das fing ja früh an.« Zoe runzelte die Stirn. »Betet unseren wahren Gott der Liebe und Güte an, oder wir reißen eure Babys in Stücke.« Sie schüttelte verächtlich den Kopf und rückte ans andere Ende des Sofas.

Achselzuckend lächelte Seth sie an. »Wir haben hier

also ein kleines Mädchen, das in einer Siedlung von Schafhirten ohne jede religiöse Tradition oder Bildung aufgewachsen ist, und dann, ein paar Tage nach der Menarche, fängt sie an, Visionen zu haben und das Wort Gottes zu hören.«

»Also das reicht eindeutig, um sie auf der Stelle den Märtyrertod sterben zu lassen«, sagte Zoe.

Seth runzelte die Stirn. »Auf diese Diskussion würde ich mich heute lieber nicht einlassen, wenn es dir recht ist.« Er wollte noch etwas sagen, überlegte es sich aber anders.

Zoe ließ den Blick langsam über sein Gesicht schweifen und schaute ihm schließlich wieder in seine unendlich intensiven Augen. Ihre Miene wurde weicher, aber aus ihrem Ton sprachen ihre stahlharten Überzeugungen.

»Seth, du weißt doch inzwischen, dass ich nicht deiner Meinung bin, jedenfalls nicht persönlich. Aber du weißt genauso gut wie ich, dass die organisierte Religion nichts *Spirituelles* ist. Religion tötet, sie spaltet die Menschen. Sie lügt, betrügt, stiehlt und verwendet viel Zeit darauf, ihre Verbrechen zu vertuschen. Sieh dich doch um: Juden und Araber, orthodoxe Rabbis schwingen sich zu hebräischen Ayatollahs auf und exkommunizieren andere Juden, Sunniten töten Schiiten, Katholiken und Protestanten bringen sich gegenseitig um, und jeder einzelne von ihnen ist so verdammt rassistisch und sexistisch wie ein Pick-up voller Ku-Klux-Klan-Mitglieder. Wenn es einen Gott gäbe und wenn er auch nur entfernt so aussähe, wie diese Leute ihn überzeichnet darstellen, dann hätten wir weitaus schlimmere Probleme, als irgendein Mensch sich in seinen kühnsten Träumen ausmalen kann.«

»Na ja, schon …«, knurrte Seth. »Das ist eine alte Geschichte … historisch gesehen, von dir und mir mal ganz zu schweigen.« Er ging an den Servierwagen des Zimmerservice, der neben der Tür stand, und zog am Korken einer bereits geöffneten Flasche Château La Graffelière.

Zoe war nicht bereit, das Thema fallen zu lassen. »Dabei

mag ich diesen verdammten Psalm von den Strömen Babels *wirklich*, aus dem Joni Mitchell die nette kleine Ballade *By the Rivers of Babylon* gemacht hat.« Zoe sprang auf und lief hin und her. »Nur vergessen alle, dass es am Ende ebendieses Psalms heißt: ›Wohl dem, der deine Kinder packt und sie am Felsen zerschmettert.‹ Das ist übel. Es ist Völkermord. Wenn ich an Gott glauben würde, dann sicher nicht an einen, der mir befiehlt, Babys umzubringen.«

Schweigend schenkte Seth zwei Gläser Wein ein, kam zu ihr und reichte ihr eins. Als Zoe in sein offenes, besorgtes Gesicht schaute, schwand ihre aufgebrachte Miene.

»Es tut mir leid«, sagte sie und nahm das Glas. »Ich habe mich mitreißen lassen. Die Schlagzeilen der letzten Zeit haben mich einfach aufgeregt … alle diese selbstgefälligen, selbstgerechten Leute …« Auch ohne dass sie den Satz beendete, wussten beide, was sie meinte.

»Frieden, wenigstens zwischen uns«, sagte er.

Lächelnd hob Zoe ihr Glas und sagte: »Auf dich.«

»Und dich«, antwortete Seth und stieß mit ihr an. Sie tranken und standen lange schweigend beisammen.

»Wollen wir noch mal auf das Manuskript zurückkommen?«, fragte Seth schließlich.

»Ja, sicher«, antwortete Zoe. »Es tut mir wirklich leid. Diese ganze aufregende Geschichte zerrt an meinen Nerven.«

Sie setzten sich wieder aufs Sofa, und Seth blätterte in der Handschrift. Schließlich sagte er: »In dieser Siedlung ohne Kirche oder Synagoge stieg Sophia offenbar eines Tages auf einen Ochsenkarren, der mitten im Ort stand, und begann zu predigen. Es folgten Wundertaten: Heilungen …« Er wartete auf ihre Reaktion. Sie schaute ihn nachsichtig an, sagte aber nichts.

»Sophia trieb Dämonen aus, und als den Dorfbewohnern einmal der Ölvorrat für ihre Lampen ausging …« Er stellte sein Weinglas ab, beugte sich über das Manuskript und überflog die Seiten.

Zoe legte ihre Hand auf seinen Oberschenkel und spürte die harten Muskeln unter ihren Fingern. Sie musterte sein Gesicht und betrachtete das Muskelspiel, während er sich auf die Handschrift konzentrierte.

»Hier ist es.« Seth zog eine Seite aus dem Blätterstapel und übersetzte den handgeschriebenen griechischen Text: »›Als die gesamte Menge darob erbost war, wies Sophia jene, die für die Lampen zu sorgen hatten, an, Wasser zu schöpfen und es ihr zu bringen. So geschah es unverzüglich, und sie sprach ein Gebet über das Wasser und befahl ihnen in festem Glauben an den Herrn, es in die Lampen zu füllen. Als sie dies getan hatten, verwandelte sich das Wasser entgegen aller Erwartung durch wunderbare göttliche Macht in Öl.‹ Hier steht, dass die Leute sie als ›Zaddik‹ bezeichneten. Das lässt sich entweder als ›die Gerechte‹ übersetzen oder als ›die Lehrerin der Gerechtigkeit‹.«

Seth deutete auf die Seite. »Siehst du das? Hier ist ihr Name eingekreist ... und hier.« Er zeigte auf eine weitere Stelle. »Das ist das Wort für ›sie‹.«

Zoe nickte. »Und?«

»Erinnerst du dich, ich habe gesagt, dass es eine vorläufige Fassung, nicht die endgültige Version ist. Also, genau die gleiche Geschichte habe ich schon in den Werken von Eusebius gelesen. Aber in der endgültigen Fassung ist es die Geschichte des Märtyrers Narzissus. In der endgültigen Version steht ›er‹. Dieses Manuskript ist wahrscheinlich die echte Version, aber sie wurde bearbeitet und das Geschlecht geändert.«

»Na, das ist ja mal eine *echte* Überraschung«, sagte Zoe.

Sie schauten sich schweigend an, bevor Seth weitersprach.

»Ja. Also, nachdem sie anfing, Wunder zu wirken, sprach es sich bald herum. Eusebius, damals Bischof der christlichen Kirche, die von Kaiser Konstantin anerkannt wurde, stattete Sophias Weiler einen Besuch ab. Er lag nicht weit von Konstantinopel und dem Palast in Nikomedia entfernt. Ich nehme an, die Vorfälle entwickelten sich zu einer großen Sache, um die der Kaiser sich persönlich kümmerte.«

»Wie kommt's?« Zoe nippte an ihrem Wein. Im Geiste stellte sie sich die byzantinische Kunst und Architektur vor, die sie eingehend studiert hatte, während er ihre Vorstellung mit den Menschen der damaligen Zeit füllte.

»Konstantin war besessen vom Bestreben nach Einheit«, erklärte Seth. »Er stieg in einer Zeit auf, als das Römische Reich vier Cäsaren hatte, die sich gegenseitig bekämpften. Den größten Teil seiner Karriere verbrachte er mit Kriegen und Feldzügen, um das Römische Reich wieder zu vereinen – das hielt er für überlebenswichtig im Kampf gegen die Barbaren, die an sämtliche Tore hämmerten, und gegen interne Zwistigkeiten. Als er schließlich zum unumstrittenen Kaiser wurde, war er fest entschlossen, ein geeintes Reich zu regieren, egal, wen er dafür beseitigen müsste.«

»Aber Konstantin gilt doch als der erste christliche Kaiser«, warf Zoe ein.

»Erst auf dem Totenbett. Sol Invictus, der Sonnengott, war bis in die letzten Stunden seines Lebens sein Hauptgott. Das Christentum war für Konstantin ein taktisches Mittel seiner Machtpolitik, eher eine Herrschaftsmethode als eine Religion.«

»Nicht sonderlich originell.«

»Nein, aber ich glaube, er beherrschte es als Erster meisterhaft, Religion so zu formen, dass sie zur Festigung der Staatsmacht beitrug. Er sah, dass diese neue Religion nicht wieder verschwinden würde und über die vorangegangenen dreihundert Jahre hinweg einen destabilisierenden Einfluss auf die Herrschaft im Reich ausgeübt hatte. Er erkannte sie eindeutig als wachsende Kraft, und statt sie zu bekämpfen, kooptierte er sie. Er kontrollierte die Kirche im Sinne seiner eigenen Ziele und formte die Theologie, wie es ihm politisch zweckdienlich schien. Vieles, was die Menschen heutzutage für göttliche Inspiration halten, geht in Wirklichkeit auf Konstantins politische Edikte zurück, die er mit dem Schwert durchsetzte.«

»Zum Beispiel?«

Seth überlegte ein Weilchen, nippte an seinem Wein und schaute aus dem Fenster in die untergehende Sonne. Schließlich wandte er sich wieder Zoe zu und sagte: »Wie wäre es mit einem Glaubenssatz, der für die christliche Kirche so grundlegend ist wie nur etwas: die Dreifaltigkeit.«

Zoe runzelte die Stirn.

»In der christlichen Kirche herrschte durchaus keine einhellige Meinung darüber, ob man Jesus auf einer Ebene mit Gott anbeten sollte. Es ließen sich sogar eine Menge handfester Belege finden, dass Jesus selbst damit keineswegs glücklich gewesen wäre. Aber damals, um 324 n. Chr., spitzte sich dieser Konflikt zu, als ein Bischof namens Arius, Presbyter in Alexandria, predigte, der ›Gottessohn‹ Jesus sei von Gott Vater geschaffen, gezeugt und daher nicht ganz so göttlich. Andere lehnten diese Auffassung ab, überall im Reich kam es darüber und über weitere theologische Streitfragen zu Unruhen auf den Straßen. Die Lehre breitete sich aus wie ein Lauffeuer und mit ihr weitere Unruhen und Blutvergießen. Nun sieht kein Kaiser Unruhen gern. Die ganze Sache verdutzte Konstantin. Er nannte den Streit ›wahrhaft unbedeutend‹ und wunderte sich, als die sich befehdenden Parteien seinen Befehl missachteten, den Streit beizulegen. Damals berief er das Konzil von Nizäa ein. Heute stellen die Theologen das Konzil als göttlich inspirierte Versammlung heiliger Männer dar, die der Heilige Geist zu einer gemeinsamen Entscheidung geführt habe. In Wahrheit sah Konstantin darin nur eine Möglichkeit, alle zu einem Treffen hinter verschlossenen Türen zu bewegen.«

Das schwindende Sonnenlicht ließ die Schatten im

Zimmer tiefer werden. Keiner von beiden machte Anstalten, das Licht einzuschalten.

»Konstantin hatte die Schwerter seine Armee im Rücken«, führte Seth weiter aus. Seine Schilderung ließ die Vergangenheit immer deutlicher vor Zoes innerem Auge erstehen, während die zunehmende Dunkelheit die Gegenwart ausblendete.

Zoe brach das Schweigen. »Soweit ich mich erinnere, war es nicht das erste Mal, dass Theologie mit einer Schwertspitze geschrieben wurde.«

»Und nicht das letzte Mal«, bestätigte Seth lächelnd. »Als die Bischöfe beim Konzil wieder zu streiten anfingen, reichte es Konstantin. Er war zwar immer noch ungetaufter Heide, aber er ging dazwischen und erklärte, zwischen Jesus und Gott bestehe ›Wesenseinheit‹, und er sei ›eins mit dem Vater‹. Außerdem durfte kein Teilnehmer das Konzil verlassen – zumindest nicht lebend –, der nicht unterschrieben hatte, dass diese Lehre dem Wort und Willen Gottes entspräche. Es ist wohl kaum überraschend, dass alle bis auf zwei unterschrieben, und diese beiden wurden exkommuniziert und ihre Schriften verbrannt.« Er hielt einen Moment inne. »Und so kommt es, dass die Dreifaltigkeit – das unumstrittene Kernstück der christlichen Religion – mit vorgehaltenem Schwert von einem Mann dekretiert wurde, der damals selbst nicht einmal Christ war. Und das geschah nicht um des Glaubens willen, sondern um Ruhe und Ordnung im Staat wiederherzustellen.«

Zoe schüttelte nachdenklich den Kopf und grinste schief. »So, das Nizäische Glaubensbekenntnis war also bloß Konstantins Art, dafür zu sorgen, dass alle ihre Geschichten abstimmten und dieselbe Darstellung verbreiteten.«

»Genau.«

»Mmm.« Zoe ging ans Fenster und betrachtete die Lichter rund um den See. »Dieses alte Sprichwort ... du weißt schon, das über die zwei Dinge, von denen die Öffentlichkeit nie sehen sollte, wie sie gemacht werden: Wurst und

Politik.« Sie drehte sich zu ihm um. »Ich denke, da gehört noch ein drittes hinzu: Theologie.«

»Es ist wirklich nicht schön«, stimmte Seth zu und trat neben sie. Gemeinsam schauten sie auf den See.

»Ich begreife nur nicht, wieso du weiter glauben kannst, obwohl du das alles weißt.«

Seth seufzte vernehmlich. »Manchmal wundere ich mich selbst darüber, aber ich denke immer noch, dass es unter all den theologischen Lügen und der Kirchenbürokratie ein paar Splitter und Stückchen Wahrheit gibt, an die man glauben kann.«

»Aber was nützen die Stückchen, wenn das Ganze ein Rätsel bleibt?«

»Vielleicht ist das Rätsel ja der springende Punkt.« Er zuckte die Achseln. »Vielleicht muss das Mysterium bleiben, weil wir das Unendliche mit endlichem Blick wahrnehmen. Vielleicht will Gott ja gerade kein blindes Akzeptieren einer Lehre, sondern eine lebenslange Suche ... dass wir verwerfen, was offenkundig falsch ist, und den Rest prüfen. Deshalb ist das Manuskript, das Max dir gegeben hat, ja so wichtig. Es zeigt wieder einmal, wie die Wahrheit verfälscht wurde, um das, was diese Leute vorhatten, mit einer angeblich göttlichen Autorität auszustatten. In diesem Fall wollten sie jeglichen Anspruch der Frauen auf einen Platz in der Kirche unterdrücken. Also änderten sie Sophias Geschlecht.«

»Oh, bitte«, sagte Zoe stirnrunzelnd.

Sie trank einen Schluck Wein und ihre Miene entspannte sich. Seth las die wechselnden Überlegungen, die ihr durch den Kopf gingen, an ihren Augen ab. Als sie weitersprach, zeigte sich, dass ihre Gedanken sie in eine völlig andere Richtung geführt hatten. »Das Protokoll des Prozesses ...«

»Ja?«

»Wenn es tatsächlich existiert – das echte Protokoll, nicht nur die Zusammenfassung oder was Eusebius in dem

Manuskript wiedergegeben haben mag –, wäre es dann nicht eine Art säkularer Bestätigung, dass Sophias Geschichte wahr ist? Dass sie tatsächlich Wunder wirkte?«

»Die Kraft zu heilen besteht in den Köpfen vieler Menschen.«

»Aber wäre das Prozessprotokoll nicht so etwas wie ein Beweis? Schließlich war die Obrigkeit offensichtlich gegen sie eingestellt. Wenn sie die Wunder und die Heilungen bestätigt haben sollte, läge darin nicht ein Maß an Glaubwürdigkeit, das den schriftlichen Berichten ihrer Anhänger fehlt?«

»Schon möglich. Es könnte aber auch sein, dass irgendein cleverer christlicher Revisionist die Protokolle verfasst und dem Gericht zugeschrieben hat, um genau diesen Eindruck zu erwecken. Aber wie dem auch sei, das ist jedenfalls die mit Abstand bedeutendste Sache, die mir in meiner bisherigen Laufbahn untergekommen ist. Und es macht mich fertig, dass ich nur die halbe Geschichte habe.«

Zoe nickte. »Das kann ich dir nachfühlen. Dieses Haus ... diese Kunstwerke ...« Sie ließ ihre Worte eine Weile in der Dunkelheit ausklingen.

»Es ist, als ob alles, was ich je gemacht, je studiert habe, nur eine Übung für das hier wäre«, sagte Seth.

Zoe murmelte zustimmend.

»Ich glaube, manchmal hebt Gott eine Hand und versetzt uns einen Schubs«, fuhr Seth fort. »Wir müssen nur ein Weilchen nachdenken, um den Schubs als das zu erkennen, was er ist. Darum habe ich gebetet, seit ich erwachsen bin.«

»Ach komm, Seth.« Kopfschüttelnd schaute Zoe ihn an. »Ich bin genauso überwältigt wie du. Das ist auch für mich das Ereignis meines Lebens. Aber es hat nichts mit göttlicher Intervention zu tun. Du hast dir das *verdient;* und du warst zur richtigen Zeit am richtigen Ort.«

Seth wandte sich mit verschränkten Armen von ihr ab.

Zoe seufzte schwer. So blieben sie einige Zeit im Dunkeln stehen.

Wir schauen uns dieselbe Szene an, dachte Zoe, während sie die Scheinwerfer beobachtete, die sich auf den Straßen am Seeufer bewegten. Wie ist es nur möglich, dass wir zu so widersprüchlichen Schlussfolgerungen kommen, obwohl wir dieselben Dinge sehen?

»Seth«, sagte sie schließlich, »wir sehen die Dinge einfach ... anders.«

Langsam wandte Seth sich ihr zu, musterte eine Weile die schattigen Umrisse ihres Gesichts und lächelte schließlich.

»Das ist wohl wahr.« Er beugte sich vor und wollte sie umarmen, aber sie schnüffelte hörbar. »Sag mal, willst du nicht duschen, damit ich dir richtig nahe kommen kann?« Ihre Hände glitten über seine Schultern und seinen Bauch und flatterten zart vorn über seine Shorts.

»Was für eine gute Idee!« Er wollte sie in den Arm nehmen, aber Zoe legte die Hände an seine Brust und schob ihn sanft von sich.

»Erst duschen.« Sie küsste ihn auf die Wange.

»Na schön«, sagte er mit gespielter Enttäuschung und machte sich auf den Weg ins Bad. »Aber hinterher erwarte ich einen richtigen Kuss.«

»Darauf kannst du wetten!« Zoe schaltete eine Lampe neben dem Fenster an, nahm einige Papiere vom Schreibtisch und legte sie auf einen dicken, wattierten Umschlag. »Ich bin gleich wieder da, ich will nur eben das hier im Hotelsafe deponieren und nachsehen, ob das Päckchen von Max schon gekommen ist.« Sie bedachte ihn mit einem lasziven Blick. »Danach kannst du dich auf was gefasst machen, Mister.«

Seth ging ins Bad und drehte das heiße Wasser auf. Er hörte die Tür ins Schloss fallen, als Zoe das Zimmer verließ, und ging unter die Dusche.

Zoe hatte sicher recht, was die weitverbreitete spirituelle Korruption innerhalb der organisierten Religion anging, überlegte er, als er unter dem Wasserstrahl stand. Ohne Zweifel hatten sowohl Judentum als auch Christentum in ihrer Frühzeit Gott als männlich und weiblich gesehen. Das erste Kapitel der Genesis beschrieb eindeutig einen androgynen Gott, für den Männer und Frauen gleich waren. Erst zu einem wesentlich späteren Zeitpunkt fügte ein findiger Kirchenmann die Geschichte von Adam und Eva in Genesis 2 ein, offensichtlich um die Lehre der männlichen Dominanz zu stützen.

Während Seth sich die Haare wusch, ging er im Geiste die unumstrittenen historischen Forschungen durch, die belegten, dass die heute geltende Sicht von Judentum und Christentum nur einen winzigen Bruchteil der religiösen Vielfalt wiedergab, die in der Frühzeit beider Religionen bestand. Aber die Kirchenoberen hatten die Religion ihren kulturellen und politischen Erfordernissen angepasst, obwohl sie den Gläubigen erzählten, es sei genau umgekehrt abgelaufen. Damit das funktionierte, hatten sie Texte und Schriften durchgesiebt und alles ausgesondert, was den Gott nicht stützte, den sie verehrt wissen wollten. Maßgebliche Schriften wurden als ketzerisch verbrannt, nur weil sie nicht der orthodoxen Lehre entsprachen.

Er spülte sich die Haare aus und seifte sich ein, wobei sich die runzeligen Narben der Schussverletzungen immer noch bemerkbar machten.

Die christliche Bibel enthielt um 1300 noch mehr Bücher als um 1700, weil die Kirche die Geschichte in dem Maße umschrieb, wie die Lehre sich änderte. Würden wohl Menschen aus dem Himmel verbannt, weil sie an die Bibel in ihrer alten Form und an die heute fehlenden Kapitel glaubten?

Er spülte die Seife ab, drehte das Wasser zu und griff nach einem Handtuch.

Wie konnte überhaupt jemand darüber hinwegsehen, dass die Auswahl der Texte für die Heilige Schrift ein politischer Akt war und dass alle ihre Bücher stark überarbeitet wurden, um sie der Lehre anzupassen, die sich von einer Epoche zur anderen änderte? Viele Bücher der Thora konnten unmöglich von Moses stammen, dem sie zugeschrieben wurden, weil sie Hinweise auf historische Ereignisse enthielten, die erst nach dem Tod des Propheten stattgefunden hatten. Ganz ähnliche Probleme gab es im christlichen Neuen Testament, in dem nur wenige oder gar keine Indizien dafür sprachen, dass es tatsächlich von seinen angeblichen Autoren stammte.

Während Seth sich abtrocknete und mit den Fingern durchs Haar strich, legten sich Schuldgefühle schwer wie Steine auf sein Herz. Er war streng presbyterianisch erzogen und konnte das Gefühl nie ganz abschütteln, dass er zur Hölle verdammt würde, wenn er die absolute Vollkommenheit und Heiligkeit des Neuen Testaments in Frage stellte.

Gedankenversunken rieb er sich weiter die Haare mit dem Handtuch trocken und ging ins Schlafzimmer. Das Bild, das ihn dort erwartete, traf ihn wie ein Faustschlag.

Das griechische Manuskript war fort, ebenso Zoes Notizen und der Minikassettenrekorder. Ihre Handtasche lag auf dem Boden, der Inhalt war verstreut. Zoe war nicht zu sehen.

Seth stürzte zum Telefon.

Kapitel 3

Der große, blonde Amerikaner trat aus dem Schatten der Seitenstraße in die gleißende Helligkeit der Piazza Venezia. Die sengende Septembersonne verwandelte das Verkehrschaos auf dem Platz in ein Lavafeld aus Abgasen und glühendheißem Metall. Von der Bordsteinkante schlängelte er sich quer über den Platz zur Via del Corso.

Der schlanke Amerikaner war Mitte dreißig und hatte die typische Haut eines Mannes aus Neuengland, die in der römischen Sonne zu schnell verbrannte. Als er sich durch die Flut der Fiats und Vespas kämpfte, hielt er mit einer Hand den neuen Sommerhut fest, mit der anderen umklammerte er seinen schmalen Aktenkoffer aus glänzendem Aluminium. Er trug Korduanslipper mit Troddeln, einen khakifarbenen Popelinanzug, ein blaues Pinpoint-Hemd und eine College-Krawatte von Yale.

Als er die gegenüberliegende Bordsteinkante erreichte, schaute er auf seine Rolex und eilte, innerlich fluchend, zur Piazza Colonna. Verdammt! Er durfte zu seinem Termin bei der Heiligen Inquisition auf keinen Fall zu spät kommen.

Er hatte angenommen, der Mann, der ihn bestellt hatte, sei im Vatikan zu finden. Aber nein, er saß an einem abgelegenen Ort irgendwo am anderen verflixten Tiberufer.

Zu seiner Verwunderung hatte er erfahren, dass die Heilige Inquisition nie zu existieren aufgehört hatte, sie hatte lediglich ihren Namen geändert: Die Schönredner des Vatikans hatten sie 1542 in »Heiliges Amt« und 1965 in »Kongregation für die Glaubenslehre« umbenannt.

Ein Kollege, der früher Jesuitenpater war, hatte dem Amerikaner erzählt: »Die Glaubenskongregation ist unbestritten die mächtigste Abteilung der Kurie und hat mehr Gewicht und mehr Macht im Vatikan, als der KGB sie selbst auf dem Höhepunkt der Sowjetmacht im Kreml besaß.«

An der Einmündung einer kleinen Seitenstraße ohne Straßenschild blieb der Amerikaner stehen. Hier muss es sein, dachte er und bog rechts in die schmale Gasse, während er sich an die Bemerkungen des ehemaligen Jesuitenpaters erinnerte: »Der KGB-Vergleich ist durchaus passend, besonders für Sie. Denn heute arbeitet die Kongregation eher wie ein Geheimdienst, nicht mehr wie eine Armee Gottes. Sie zieht es vor, Leben und Karrieren hinter den Kulissen zu vernichten statt im Rampenlicht einer kritischen Öffentlichkeit. Die Kongregation untersteht immer dem jeweils amtierenden Papst, der Leiter des Inquisitionsapparats wird schlicht ›Präfekt‹ genannt. Dieses Amt geht wie die gesamte Einrichtung auf das 13. Jahrhundert zurück, damals hieß er noch ›Großinquisitor‹. Die Kongregation hat ihre eigenen Ermittler und ein Netzwerk von Spitzeln, die die frühere ostdeutsche Stasi in den Schatten stellen. Daran sollten Sie immer denken und keine Sekunde in Ihrer Wachsamkeit nachlassen. Diese Leute sind nicht mit Bruder Tuck zu verwechseln, sie sind gefährlich und nehmen ihre Sache todernst. Sie sammeln Belastungsmaterial und legen es einem vierköpfigen Tribunal vor, das aus einem Richter, dem sogenannten ›Assessor‹, zwei Dominikanermönchen als Assistenten und einem ›Kommissar‹ besteht.»

Als der Amerikaner sich nun seinem Ziel näherte, fiel ihm wieder ein, wie der ehemalige Jesuitenpater sich über den Tisch der kleinen Bar in Arlington, Virginia, gebeugt und geflüstert hatte: »Sie treffen sich mit dem Assessor. Er ist mächtig, sehr mächtig: Manche sagen, er wird der nächste Papst. Tun Sie, was er sagt, tun Sie es um Ihres

Lebens und Ihrer Karriere willen, wenn schon nicht wegen Ihres Glaubens.«

Der Amerikaner ging die Stufen zum Eingang des Gebäudes hinauf und bemerkte, dass sämtliche Fenster mit verzierten – aber durchaus ernstzunehmenden – Eisengittern versehen waren. Er drückte auf die Türklingel. Von drinnen war ein Schlurfen zu hören.

Während der Amerikaner wartete, erinnerte er sich an den Rest der Einweisung, die der ehemalige Jesuit ihm gegeben hatte. Die meisten Fälle, die der Assessor und die anderen Richter verhandelten, drangen nie über den Vatikan hinaus, aber wenn der Schleier der Geheimhaltung ein bisschen gelüftet wurde, erlebte die Öffentlichkeit in der Regel die Bestrafung von Theologen wie Hans Küng, als er die päpstliche Unfehlbarkeitslehre in Frage stellte. Küng hatte unter anderem darauf hingewiesen, dass die Unfehlbarkeitslehre keinerlei biblische Basis besaß und bis 1870 nicht existierte. Die Bestrafung Küngs durch die Kongregation für die Glaubenslehre illustrierte – getreu ihren Wurzeln in der Heiligen Inquisition –, dass die Unterdrückung der Wahrheit im Streben nach christlicher Orthodoxie als Tugend gilt.

In einem vom Papst gebilligten Dekret stellte die Kongregation für die Glaubenslehre unmissverständlich klar, dass die Freiheit des Glaubensaktes ein Recht auf abweichende Meinung nicht rechtfertigen könne.

An einem altmodischen Guckloch in der Tür erschien ein Auge. Der Amerikaner schaute es lächelnd an. Rasch verschwand es wieder.

Für die katholische Kirche galt es bis vor kurzem als Todsünde, Dogmen in Frage zu stellen, und sei es auch um der Wahrheitssuche willen. Eine der aktivsten Abteilungen der Kongregation für die Glaubenslehre ist die Päpstliche Bibelkommission, deren Aufgabe es ist, alles Notwendige zu unternehmen, um die offiziellen – wahren oder unwahren – Kirchendogmen vor Angriffen zu schützen. Zu diesem

Zweck ist sie damit betraut, historische Dokumente oder Gegenstände, die Zweifel an der offiziellen Auslegung der Bibel oder der Theologie wecken könnten, zu unterdrücken, zu zerstören oder in den Archiven des Vatikans zu verstecken.

Die Tür öffnete sich.

Dem Amerikaner stockte der Atem, als er den Assessor persönlich in Straßenkleidung vor sich stehen sah, nicht etwa im scharlachroten Gewand eines Kardinals, der er schließlich war. Hinter ihm standen zwei große Männer, offensichtlich Leibwächter.

»Danke, dass Sie gekommen sind«, sagte der Assessor und streckte die Hand aus. Kardinal Rudolph Braun, der Erzbischof von Wien, Leiter des Päpstlichen Rats für den interreligiösen Dialog und Assessor der Kongregation für die Glaubenslehre, war ein stattlicher Mann, groß, kräftig, mit markanten, fotogenen Gesichtszügen, die wirkten, als seien sie aus den von ihm so geliebten österreichischen Bergen gehauen. Er besaß eine Geschmeidigkeit und phänomenale Drahtigkeit, wie sie nur bei erfolgreichen Bergsteigern zu finden sind, die am liebsten auf Seil, Haken und andere mechanische Hilfsmittel verzichten. Weihnachten würde er sechzig Jahre alt und hatte vor, an seinem Geburtstag allein in den Bergen seiner Heimat bei Innsbruck zu wandern oder eine Felswand in Angriff zu nehmen, die bisher noch niemand bezwungen hatte.

»Willkommen«, sagte Braun mit dem Wohlwollen eines Mannes, der seine Wirkung auf gewöhnliche Menschen kannte und genoss.

Der Amerikaner schluckte und schüttelte die ausgestreckte Hand des Assessors. »Guten Tag, Eminenz.«

»Bitte, nennen Sie mich Rudolph«, sagte Braun, der wusste, wie sehr Amerikaner ungezwungene Umgangsformen liebten. »Schließlich sind wir ja Kollegen, die am selben Problem arbeiten.«

Braun sah, wie die Anspannung aus der Miene des Amerikaners wich, seine Schultern sich entspannten und die Steifheit seiner Brust und Knie nachließ. Gut, gut, dachte der Assessor im Stillen. Menschen die Befangenheit zu nehmen war der erste Schritt, um sie zu kontrollieren.

»Wie Sie meinen ... Rudolph.« Der Amerikaner grinste verlegen den Mann an, der durchaus Chancen hatte, Papst zu werden.

»Kommen Sie doch aus der Hitze.« Die beiden Leibwächter verschwanden in der Dunkelheit hinter ihnen, als Braun beiseitetrat und den Amerikaner hereinließ.

Nachdem sie zwei Treppen hinauf- und einen kahlen, spärlich beleuchteten Flur entlanggegangen waren, setzte sich der Amerikaner schließlich in einen Brokatsessel vor Brauns elegantem Mahagonischreibtisch, hinter dem der Kardinal Platz genommen hatte. Der Amerikaner blinzelte in das grelle Licht, das durch das Fenster hinter Braun fiel. Selbst hier im zweiten Stock waren die Fenster vergittert.

»Erzählen Sie doch bitte, was Sie in Zürich erfahren haben«, forderte Braun ihn ohne weitere Einleitung auf.

»Also ...« Der Amerikaner räusperte sich. »Um es kurz zu machen: Max ist tot, die Kunsthändlerin wird vermisst und das Gleiche gilt für sämtliche Gemälde aus Kreuzlingen.«

»Das Stahl-Gemälde?«

Der Amerikaner schüttelte den Kopf. »Nirgendwo zu finden.«

Braun runzelte die Stirn. »Ihre Ermittlungen haben ergeben, wer dafür verantwortlich ist.«

»Nicht definitiv.«

»Aber Sie haben einen ... begründeten Verdacht?«

Der Amerikaner nickte. »Alles trägt die Handschrift der Russenmafia, höchstwahrscheinlich mit Hilfe einiger KGB-Leute.« Er überlegte einen Moment. »Es könnte aber auch umgekehrt sein. Das Ausmaß der Korruption macht es schwierig, festzustellen, wer tatsächlich das Kommando hat.«

»Und aus welchem Grund?«

»Geld, Devisen. Die Sammlung ist von unschätzbarem Wert. Es würde mich nicht wundern, wenn es mit Billigung des Kremls passiert wäre. Harte Währung ist harte Währung.«

Der Kardinal nickte. »Seit dem Zusammenbruch der Sowjetunion und den Finanzkrisen, die ihm folgten, haben wir schon manches in dieser Art erlebt. Viele von denen, die in den schlechten alten Zeiten versucht haben, mich umzubringen, versuchen es immer noch.«

Am liebsten hätte der Amerikaner die Frage gestellt, die sich aufdrängte, hielt aber den Mund.

»Schirinowski«, beantwortete Braun die unausgesprochene Frage. »Er und seine ultranationalistischen Gangster hätten mich gern aus denselben Gründen aus dem Weg, wie es bei Chruschtschow und Andropow der Fall war.«

Wieder schwieg der Amerikaner und wartete auf eine Antwort, die aber dieses Mal nicht kam. Der Kardinal drehte seinen Stuhl vielmehr um eine Vierteldrehung und schaute lange auf ein geschnitztes Elfenbeinkruzifix an der Wand. Nach einem tiefen Seufzer sah er den Amerikaner wieder an.

»Es gibt einige Dinge, die Sie wissen müssen, damit Sie uns weiterhelfen können«, sagte Braun. »Es mag sein, dass Sie diese Dinge für Ihr eigenes Seelenleben zutiefst verstörend finden. Sie sind unangenehm und beunruhigend, aber wenn Sie bereit sind, die Last der Wahrheit auf sich zu nehmen, in die ich Sie einweihen werde, sind Sie in der Lage, Ihrer Kirche einen großen Dienst zu erweisen.«

Der Amerikaner nickte. »Ich werde tun, was ich kann.«

Das Lächeln des Kardinals schien bis tief in die Seele des Amerikaners vorzudringen. »Ich danke Ihnen. Zunächst möchte ich Ihnen sagen, dass wir Sie wegen Ihres tiefen Glaubens unserem übrigen Personal vorgezogen haben und weil Sie Amerikaner sind wie die Frau und ihr Mann. Außerdem auch, weil Sie durch Ihre früheren

Erfolge eine gewisse Vertrauenswürdigkeit in dieser Sache erworben haben.«

»Vielen Dank.«

»Ich und die Kirche werden Ihnen zu danken haben«, sagte der Kardinal. »Nun lassen Sie mich erklären, dass wir von der Glaubenskongregation die Erben Konstantins sind wie der Heilige Vater der Erbe des heiligen Petrus ist.«

Der Amerikaner schaute ihn verständnislos an.

»Wie Konstantin bewahren wir die Einheit der Kirche«, führte Braun aus. »Der stärkste, tröstlichste Glaube ist der einige, unzweideutige, vorbehaltlose. Mit anderen Worten: Glaube muss schwarz und weiß ohne Grautöne sein. Aber wie Konstantin wissen auch wir sehr gut, dass unsere Heilige Schrift und die Geschichte unseres Glaubens und unserer Religion oftmals umgeschrieben, bearbeitet und verändert wurden, um sie den Erfordernissen verschiedener Zeiten anzupassen. In Wirklichkeit mag es durchaus viele verschiedene Auslegungen der Wahrheit geben. Instanzen, die auf gleicher Ebene zu stehen scheinen, vertreten unterschiedliche Auffassungen; Reliquien, Schriften und historische Belege, die wir stichhaltig finden, würden dennoch, wenn sie bekannt würden, die theologische Einheit der Kirche erschüttern und Unsicherheit schaffen. Ohne Einheit hätte die Kirche jedoch niemals überlebt. Sie hätte sich zu einer Million Fußnoten in der Glaubensgeschichte zersplittert.

Vor allem aber bietet Unsicherheit wenig Trost in einer turbulenten Welt. Gewöhnliche Menschen brauchen eine Gewissheit, an die sie glauben können, um Hoffnung zu schöpfen. Wenn in Glaubens- oder Religionsfragen Zweifel bestehen, ist es unsere Aufgabe in der Glaubenskongregation, mit dem Teufel zu ringen, damit die Gläubigen es nicht tun müssen. Wenn es zwei Wege zum Glauben zu geben scheint, ist es unsere Aufgabe, beide zu gehen und den falschen Weg zu blockieren, damit die Gläubigen ihn nicht einschlagen müssen. Wir ringen mit den Zweifeln und liefern der Kirche eine Antwort, die sicher mit allen anderen Entscheidungen und mit den Gebeten und dem Segen des Heiligen Vaters übereinstimmt und die sie dann zum unanfechtbaren Wort Gottes erklärt. Ein einheitlicher Glaube ist wesentlich wichtiger als die widersprüchlichen Wahrheiten, die geheim bleiben müssen, weil die meisten Menschen mit ihnen nicht fertig werden könnten, ohne den Anfechtungen des Teufels anheimzufallen.«

Er schaute den Amerikaner ruhig und eindringlich an. »Haben Sie mich verstanden?«

»Wenn ich recht verstanden habe«, begann der Amerikaner zögernd, »dann wollen Sie sagen, dass es weniger darum geht, *was* die Menschen glauben, als vielmehr darum, dass alle vorbehaltlos an die gleichen Lehren glauben, die Ihr Amt aufstellt und billigt. Vereinter Glaube bedeutet vereinte Kraft.«

Braun nickte strahlend. »Sie sind sehr scharfsichtig. Es war klug von Ihnen, Ihre religiösen Studien nicht zu vernachlässigen.«

Der Amerikaner schaute ihn überrascht an.

Der Kardinal lachte. »Wir haben natürlich Ihre College-Unterlagen. Wir wissen mehr über Ihre Vergangenheit als Ihr jetziger Arbeitgeber.« Abrupt schlug Braun einen ernsten Ton an. »Glauben Sie, dass dies ein würdiges Ziel ist? Wären Sie bereit, dafür zu sterben?«

Der Amerikaner runzelte die Stirn. Er war in Täuschungsmanövern geübt, entschied sich aber umgehend, dass Aufrichtigkeit geboten war, wenn es um Gott ging. »Verzeihen Sie, Eminenz, aber darüber müsste ich erst nachdenken«, sagte er schließlich. Er knabberte an einer Ecke seiner Unterlippe und schaute eine Weile aus dem Fenster in die grelle Sonne. Sein Herz pochte, er musste schlucken, weil sein Mund plötzlich trocken wurde. Hinter ihm tickte eine Uhr.

Der Kardinal wartete geduldig. Schließlich schaute der Amerikaner ihn an und sagte: »Das Erste halte ich für möglich, sogar für wahrscheinlich. Das Zweite …« Er schüttelte skeptisch den Kopf. »Ich weiß es nicht. Ich bin mir nicht sicher, ob jemand diese Entscheidung treffen kann, bevor die Zeit zu sterben gekommen ist.«

Gespannt schaute der Amerikaner Braun an.

»Hervorragend«, sagte der Kardinal.

Erleichterung durchströmte den Amerikaner.

»Eine ehrliche Antwort, das macht mich zuversichtlich«, fuhr Braun fort. Das Lächeln wich der strengen Miene des Assessors. »Dem allmächtigen Vater genügt es, wenn Sie sich nach besten Kräften bemühen. Mir dagegen genügen nur die besten Resultate. Verstanden?« Der Amerikaner nickte. »Sind Sie bereit, mich als Führer und einzigen Beichtvater zu akzeptieren?« Wieder nickte der Amerikaner. »Sind Sie bereit, meine Anweisungen buchstabengetreu zu befolgen unter Androhung der Exkommunikation und ewiger Verdammnis bei Ungehorsam?«

Der Amerikaner schaute ihn verdutzt an, nickte aber schließlich. »Ja, Eminenz.«

»Gut«, sagte der Kardinal. »Sie haben sicher schon von dem Grabtuch in Turin gehört?«

Der Amerikaner nickte. »Natürlich. Wer nicht? Angeblich das Grabtuch Jesu Christi. Es ist ein langes Leinentuch mit dem Abbild eines Gekreuzigten. Sämtliche Wunden und Stigmata, alle körperlichen Merkmale des Mannes decken sich mit den Schilderungen vom Tod Christi. Ich erinnere mich, dass es einige Kontroversen gab, ob man es als echte Reliquie anerkennen sollte.«

Braun trank einen Schluck Tee und tupfte sich mit seiner Serviette den leichten Schweißfilm ab, der sich auf seiner Oberlippe gebildet hatte, bevor er sagte: »Das ist eine sehr treffende Zusammenfassung, zumindest der öffentlichen Version.« Er lehnte sich zurück und sprach bedächtig weiter.

»Sie wissen sicher, dass der Vatikan die Echtheit des Grabtuchs von Turin nie bestätigt hat. Wenn man sämtliche

Fragmente des echten Kreuzes, die der Vatikan abgesegnet hat, zusammentragen würde, hätte man einen ganzen Holzlagerplatz beisammen. Aber der Vatikan weigert sich, das Grabtuch von Turin abzusegnen. Wieso?« Es war eine rein rhetorische Frage. »Weil wir Angst davor haben, deshalb. Weil wir wissen, dass es da draußen noch ein zweites Grabtuch gibt – in besserem Zustand, mit unbestreitbarem Herkunftsnachweis und beweiskräftiger Dokumentation, belegt durch die unanfechtbarsten Quellen. Und wenn wir das Grabtuch von Turin mit seiner obskuren Geschichte absegnen würden, fürchte ich, dass wir eines Tages gezwungen wären, dasselbe mit diesem zweiten Grabtuch zu tun.«

Der Amerikaner war offensichtlich verwirrt. »Das verstehe ich nicht. Wollen Sie sagen, dass man ein zweites Grabtuch gefunden hat, das nachweislich Christus gehörte? Wenn das so ist, warum macht man es dann nicht öffentlich, warum wird es nicht ...?«

Braun fiel ihm ins Wort: »Nein, Sie haben mich missverstanden. Dieses zweite Grabtuch, dessen Existenz bis heute geheim ist, gehörte keineswegs dem ersten Messias. Es gehörte vielmehr dem zweiten.«

Der Amerikaner war wie betäubt.

»Einem zweiten ... aber wie ... wie konnte ...« Er hatte Mühe, einen klaren Gedanken zu fassen. »Wollen Sie etwa sagen, dass die Kirche die ganze Zeit den Beweis für die Göttlichkeit Christi zurückgehalten hat? Wieso wird er geheim gehalten?«

Braun überlegte ein Weilchen, bevor er antwortete.

»Denken Sie bitte an das, was ich Ihnen eben über die übergeordnete Notwendigkeit der Einheit und Gewissheit in Glaubensfragen gesagt habe. Der Glaube ist anfällig. Aus diesem Grund haben wir in der Glaubenskongregation – und unsere Vorgänger im Laufe der Jahrhunderte – uns so sehr bemüht, die Stimmigkeit päpstlicher Dekrete zu bewahren und die absolute Wahrheit der Lehre zu verfechten. Räumen wir auch nur bei einer Kleinigkeit ein, dass sie falsch ist, werden gewöhnliche Menschen auch an anderen Dingen zu zweifeln anfangen. Man braucht nur einen einzigen Faden aufzuriffeln, um ein ganzes Gewand zu zerstören. Und bei größeren Dingen?« Er zuckte die Achseln. »Ich kann nur sagen, dass größere Dinge größere Breschen in den Glauben schlagen werden, in die der Satan jederzeit zu springen bereit ist.«

»O Mann ...«, murmelte der Amerikaner.

»Ich habe Ihnen ja gesagt, dass Sie manches Erschütternde erfahren werden«, sagte Braun. »Aber glauben und vertrauen Sie mir, denn die Aufgabe, für die Sie auserwählt wurden, kann Auswirkungen auf die gesamte Zukunft des Christentums haben.«

»Wow«, sagte der Amerikaner leise.

»Dieser zweite Messias – Erlöser, wenn Sie so wollen – lebte zur Zeit Konstantins, eines Herrschers, der sich vom Allmächtigen als Instrument ausersehen sah, das Christentum zu einen und die Ketzerei zu eliminieren. Zu diesem Zweck ließ Kaiser Konstantin diesen zweiten Messias nach Byzanz bringen und ... aus dem Weg schaffen.«

Der Amerikaner sah sich in den Grundfesten seines Glaubens erschüttert und griff Halt suchend nach dem Schreibtisch.

»Sollte diese Information durchsickern, würden das Christentum und alles, was es repräsentiert, in Frage gestellt. Es gäbe ein Chaos. Ein absolutes Chaos. Eine Glaubenskrise, wie es sie in zweitausend Jahren nicht gegeben hat. Außerdem würde sie auch das Judentum erschüttern. Schließlich war Jesus Jude, und niemand erwartet die Ankunft des Messias sehnlicher als das ursprüngliche Volk der Bibel. Noch wichtiger ist, dass für diesen zweiten Messias verifizierte historische Belege existieren, die weit über die Dokumentation unseres Herrn hinausgehen. Diese Belege könnten Millionen veranlassen, in Jesus Christus nicht mehr die Kraft und den Erlöser zu sehen und zu diesem geheimen Messias überzulaufen.«

Der Amerikaner bemerkte, dass der Kardinal sich bekreuzigte, als er dies aussprach. »Millionen würden aus der Kirche austreten. Die Institution und ihr weltweiter Einfluss wären ruiniert.«

»Man wird es als geschickte Fälschung abtun«, warf der Amerikaner ein. »Als Verschwörung.«

»Vielleicht«, entgegnete Braun. »Aber Ihre heilige Mission besteht darin, das Geheimnis dieses Messias zu wahren. Besorgen Sie den Beweis, die Belege. Und sollte Ihnen das nicht möglich sein, müssen Sie dafür sorgen, dass kein anderer sie bekommen kann.« Der Kardinal verstummte. Einen flüchtigen Augenblick lang ließ seine Miene innere Unsicherheit erkennen. »Wie es scheint …«, sein Blick wandte sich nach innen, »zeigt dieser geheime Messias, dass Gott uns vielleicht immer wieder einen neuen Messias schickt. Unsere Erlösung hängt davon ab, ihnen zu folgen. Aber wir erkennen sie nicht. Oder schlimmer: Wir töten sie.«

Der Amerikaner schaute den Kardinal schief von der Seite an und fragte: »Gott stellt uns also auf die Probe, um zu sehen, ob wir bereit für die Erlösung sind? Und wenn wir den Messias in unserer Mitte endlich erkennen … ohne ihn zu töten, werden wir alle erlöst?«

Braun nickte. »Sie.«

»Wie bitte?«

»Junger Mann, auf dem zweiten Grabtuch ist ebenfalls ein Abbild zu erkennen. Es ist das Bild des zweiten Erlösers … das Bild einer Frau.«

Der Amerikaner schnappte nach Luft.

Kapitel 4

Der Dezembersturm trieb heftige Regenschauer vom Pazifik herein. Sie peitschten das Wasser im Hafen Marina Del Rey auf und prasselten auf die Decks der Boote, die hier vor der Wut des Meeres Schutz suchten. Der Wind fuhr mit scharfem Heulen durch die Takelage der Segelboote, hauchte den ehrgeizigen kleinen Hafenwellen Leben ein und ließ sie wie Applaus gegen ihren Rumpf klatschen. Es war kurz vor 8 Uhr morgens.

Hundert Meter vom Ostende des Jachthafens kämpften Pendler sich durch das Unwetter zur Arbeit. Rinnsteine quollen über und ergossen ihr Wasser über die Bürgersteige. An fast jeder Straßenkreuzung waren defekte Fahrzeuge liegen geblieben wie ertrunkene Tiere, triefnass und verzweifelt warteten ihre Besitzer daneben auf einen Abschleppwagen oder die Arche Noah. Die wenigen Fußgänger, die so früh unterwegs waren, stemmten sich gegen die Böen und rangen mit dem Sturm um Regenmäntel und Schirme. Der Sturm gewann.

In der Kajüte der 13 Meter langen Schaluppe *Valkyrie* wälzte Seth Ridgeway sich unruhig zwischen den zerwühlten, verschwitzten Laken und wartete auf den Traum. Meist kam er auf leisen Sohlen im Halbschlaf zwischen Wachen und Träumen, Wirklichkeit und Fantasie. Es war immer derselbe, und immer ging er schlecht aus – wie im wahren Leben –, aber so schmerzlich der Traum auch war, stellte er doch seine einzige Verbindung zu ihr dar, und es war besser, sich an den Schmerz zu erinnern, als sie zu vergessen.

Der Traum begann wie immer in ihrem Hotelzimmer

im Eden au Lac in Zürich. Er spürte die Erregung und Vorfreude. Unbewusst tastete Ridgeways rechte Hand sich zwischen den Laken zu dem Ehering vor, den er immer noch an der Linken trug. Sechs wunderbare Jahre, eine unendlich abwechslungsreiche Ehe: sie, die himmlische Kunsthistorikerin, und er, der verwundete ehemalige Polizist, der mit beiden Beinen auf dem Boden stand und nun Philosophie lehrte. Alle sahen darüber hinweg, wie sie sich kennengelernt hatten. Alle, bis auf die Verwaltungsangestellten der UCLA, die wie immer jeglichen Sinn für Humor vermissen ließen. Sie runzelten die Stirn. Und je mehr sie die Stirn runzelten, umso mehr lachten Ridgeway und Zoe. Auf ihren Partys prallten Welten aufeinander: Leiter von Sondereinsatzkommandos, sogenannten SWAT-Teams, stießen auf Galeriebesitzer, bullige Dezernatsleiter, die Dada für das zweite Wort eines Kleinkinds hielten, trafen zerzauste Kunstkritiker, die Cops allenfalls mal begegnet waren, als sie in den sechziger Jahren bei einer Demonstration verhaftet wurden.

Es war alles andere als langweilig.

Als nun draußen der Dezembersturm tobte, stöhnte Ridgeway im Schlaf. Sein Traum lief immer schneller ab. Seth wollte einen Blick auf sie erhaschen, sie halten, sie noch einmal sehen. Aber wie ein außer Kontrolle geratener Film raste der Traum weiter. Sie kam ins Zimmer, aufgedreht von den Erlebnissen des Nachmittags.

»*Ich hab's geschafft! Er hat eingewilligt, mir alles zu verkaufen!*«, sagte sie atemlos. »*Aber das ist noch nicht alles. Ich habe eine Riesenüberraschung für die Kunstwelt und für dich.*«

Sie holte das griechische Manuskript heraus.

Mittlerweile waren ihm das Manuskript, die Kunstwelt und sämtliche Überraschungen völlig egal. Sie wiederzubekommen war das Einzige, was ihm heute noch wichtig war. Der Alptraum jagte über das Manuskript hinweg.

»*Sag mal, möchtest du nicht duschen, damit ich dir richtig nahe kommen kann?«* Ihre Worte wurden immer schneller und rasten vorüber, während sie ihn auf den Mund küsste, zurücktrat und ihn lasziv anschaute. Er spürte, wie ihre Hände von seinen Schultern über seinen Bauch glitten und leicht flatternd vorn über seine Shorts strichen. Der Traum lief immer schneller ab. Seth Ridgeway sah sich langsam ins Bad gehen. Nein!, hätte er am liebsten geschrien. Lass sie nicht gehen. Lass sie nicht aus den Augen. Aber der Traum jagte bergab, ohne dass er ihn beeinflussen konnte, eine Alptraumschlittenfahrt bis zum Ende.

»Zuerst duschen.« Er hörte ihre Stimme mit dem Traum dahinrasen.

»Danach kannst du dich auf was gefasst machen, Mister. DanachkannstdudichaufwasgefasstmachenMister. Danachkannstdudichaufwasgefasstmachen.«

Aber als er geduscht hatte, war sie verschwunden.

Seth Ridgeway wachte auf und merkte, dass er geweint hatte.

Fluchend rammte er die Faust in sein Kissen. Er kam sich albern vor, weil er nicht aufgewacht war. Aber irgendwo im Hinterkopf klammerte er sich immer an die Hoffnung, dass der Traum anders ausgehen, er wieder neben ihr aufwachen und sie sich lieben würden, wie sie es an jenem Morgen vor fünf Monaten in Zürich getan hatten.

Eine Weile blieb er völlig ausgelaugt liegen, atmete keuchend in sein zerwühltes Kissen und schmeckte die salzigen Rückstände seines Kummers.

»Verdammt, Gott«, flüsterte er. »Verdammt, verdammt!« Wieder rammte er seine Faust in die Matratze. Er bereute seine Flüche aber sofort, als Schuldgefühle sich schwer auf seine Brust legten.

»Verzeih mir, Gott«, sagte er. »Ich habe es nicht so gemeint. Hilf mir, sie zu finden, bitte, hilf mir. Bitte.« Er kämpfte gegen die aufsteigenden Tränen an, die ihm seit fast einem halben Jahr jeden Morgen in die Augen traten. *Du hast meinen Glauben genug auf die Probe gestellt,*

Gott, dachte er. *Habe ich die Prüfung nicht bestanden? Kannst du uns nicht wieder zusammenbringen?* Wieder entschuldigte er sich. *Es tut mir leid, Gott. Ich weiß, du hast deine eigenen Pläne; bitte, bring mir Zoe zurück, aber wenn das nicht dein Wille ist, dann gib mir die Kraft, damit fertig zu werden.*

Langsam drehte er sich um und wand sich aus den Laken, die sich um seine Beine gewickelt hatten. Er schob sie von seinem verschwitzten Körper, blieb auf dem Bett liegen und lauschte dem Regen, der über ihm auf das Deck prasselte. Es war ein tristes, besänftigendes Geräusch. Er ließ sich davon umspülen, dachte an Zoe und überlegte, was er in der Schweiz übersehen haben könnte.

Während er damals auf die Polizei wartete, lief er die Treppe hinunter in die Lobby und suchte in den Restaurants und Läden des Hotels nach Zoe und schaute schließlich nach ihrem Mietwagen. Er stand noch an derselben Stelle, an der ein Hoteldiener ihn geparkt hatte. Der Motor war noch warm von Zoes Fahrt nach Kreuzlingen.

Alte Reflexe wurden in dem ehemaligen Kriminalbeamten der Mordkommission wach. Ridgeway durchsuchte den Wagen, das Zimmer, machte Notizen, befragte die Angestellten an der Rezeption, die Pagen und den dünnen, fast kahlköpfigen Mann, der den Mietwagen geparkt hatte.

Die Züricher Polizei beeindruckte es gar nicht, dass Ridgeway ein ehemaliger Polizist war, und sie reagierte ziemlich verärgert, weil er bereits die meisten der naheliegenden Leute befragt hatte.

Später saßen sie in den bequemen Sesseln ihres Zimmers mit Seeblick und erörterten den Fall.

»Es gibt kein Anzeichen auf ein Verbrechen, Herr Ridgeway«, stellte der leitende Beamte fest. »Hat es vielleicht ein Missverständnis gegeben?«

Ridgeway brauchte ein Weilchen, bis er begriff, was der Mann meinte: Hatten sie einen Streit gehabt, der Zoe Anlass gegeben haben könnte, zu verschwinden? Ridgeway beherrschte seinen Zorn. Als Polizist war er selbst zu ähnlichen Schlüssen gekommen und hatte Männern und Frauen, deren Ehepartner plötzlich verschwunden waren, ähnliche Fragen gestellt. Er hörte förmlich seine eigene Stimme, als der Beamte weitersprach. »Vielleicht hat sie sich über etwas aufgeregt, von dem Sie nichts wissen? So was kommt vor. In ein paar Stunden ist sie vielleicht ...« Er zuckte die Achseln. »Ohne Hinweis auf ein Verbrechen können wir jedenfalls nichts weiter unternehmen. Es gibt kein Gesetz dagegen, wegzulaufen.«

Ridgeway hätte dem Polizisten am liebsten von ihrer Liebe erzählt und ihm erklärt, dass Zoe so etwas nie tun würde. Aber er hatte noch im Ohr, wie andere ihm in seiner Zeit als Polizist Ähnliches gesagt hatten, und daher hielt er den Mund.

Die Polizei verschwand so diskret, wie sie gekommen war. Trotzdem musterten die Angestellten an der Rezeption ihn jedes Mal mürrisch, wenn er an ihnen vorbeiging. Das war sicher seine Strafe für die Geschmacklosigkeit, gewöhnliche Polizisten in die Lobby eines derart vornehmen Etablissements zu rufen.

In jener Nacht fand Ridgeway keinen Schlaf. Er lief im Zimmer auf und ab und schaute auf den See, als könne der ihm etwas über Zoe erzählen. Dabei wuchs die gähnende Leere in ihm ständig weiter. Noch nie hatte er sich so allein gefühlt. Schreckliche Bilder aus seinen Polizistentagen liefen immer wieder vor seinem inneren Auge ab.

Am nächsten Morgen, als das Frühstück mit der Züricher Tageszeitung kam, die er bestellt hatte, war er völlig erschöpft und beinahe bereit zu schlafen. Er hatte vorgehabt, etwas zu essen und ein paar Stunden zu schlafen, bevor er seine Suche fortsetzte. Aber er kam nur bis zur unteren Hälfte der Titelseite der Zeitung. Eine Schlagzeile über der rechten Spalte sprang ihm ins Auge und vertrieb seine Müdigkeit:

VILLENBRAND IN KREUZLINGEN
BESITZER ERLEIDET HERZINFARKT

Er las die Meldung. Nur wenige Stunden nach Zoes Besuch in der Villa war sie völlig ausgebrannt. Laut Zeitungsbericht war die Einrichtung der Villa – einschließlich der kostbaren Gemälde – den Flammen zum Opfer gefallen. Der Besitzer, hieß es weiter, hatte bei dem Versuch, seine Sammlung zu retten, einen Herzinfarkt und schwere Verbrennungen erlitten.

Die Zeitung neben sich auf dem Beifahrersitz, holte Ridgeway auf seiner rasenden Fahrt nach Kreuzlingen alles aus dem Mietwagen heraus. Aber auch diese Spur führte ihn in eine frustrierende Sackgasse.

Die örtliche Polizei und die Feuerwehr versicherten ihm, es gebe keinerlei Anzeichen von Brandstiftung oder Hinweise auf ein anderes Verbrechen. Brandursache seien schadhafte Elektroleitungen in dem jahrhundertealten Gemäuer gewesen, erklärten sie. Und der Amerikaner müsse sich darüber im Klaren sein, dass der alte Herr schon recht betagt sei. Bei solchen Männern sei ein Herzinfarkt nichts Ungewöhnliches.

Im Krankenhaus erging es ihm nicht besser. Willi Max war bewusstlos eingeliefert worden und bislang noch nicht zu sich gekommen. Selbst wenn er bei Bewusstsein gewesen wäre, hätten die Ärzte eine Befragung nicht zugelassen. Drei Tage später starb er und nahm seine Geheimnisse mit ins Grab – auch sein Wissen um Zoes Verbleib, davon war Ridgeway überzeugt.

Nun schüttelte Seth den Kopf, um die Erinnerung wegzuschieben. Er lauschte auf den Dezemberregen, der stetig auf das Deck der *Valkyrie* trommelte. Dann stand er auf und schlurfte zur Toilette. Während er urinierte, fiel sein Blick auf den Spiegel über dem Waschbecken. Was er sah, gefiel ihm nicht sonderlich. In den nahezu sechs Monaten seit Zoes Verschwinden hatten sich dunkle, blaue Ringe unter beiden Augen ausgebreitet. Zum ersten Mal in seinem Leben sammelte sich ein Speckgürtel um seine Taille. Bei seiner Größe von 1,83 Meter wirkten die 84 Kilo zwar immer noch straff und fest, aber Ridgeway war klar, wenn er nicht wieder anfinge, Sport zu treiben, würde er in einem halben Jahr wabbelig aussehen. Schlimmer war, dass die alten Wunden sich dann wieder bemerkbar machen könnten. Die Ärzte hatten gesagt, das käme manchmal vor. Aber irgendwie schien ihm das alles nicht mehr wichtig. Was machte das schon?

Ridgeway spuckte aus, während er die Schiffstoilette leerpumpte, und beugte sich vor, um sich eingehender im Spiegel zu betrachten. Sein Leben lang hatte er jünger ausgesehen, als er war. Seine Kollegen bei der Polizei hatten ihn nur Kid genannt. Das letzte Mal hatte ein Barkeeper nach seinem Ausweis gefragt, um zu überprüfen, ob er volljährig war, als er gerade einen Monat aus dem Krankenhaus entlassen war. Damals war er 29 und erholte sich von den Schusswunden in Brust, Rücken und Nieren, wirkte aber immer noch wie ein Jugendlicher. Mit seinen 29 Jahren hatte die Polizei ihn für dauerhaft dienstunfähig erklärt. Die Ärzte hatten ihm gesagt, dass er wahrscheinlich nie wieder normal würde gehen können. Aber ein Jahr später war er fitter als der beste Rekrut, der frisch von der Polizeiakademie kam. Doch gegen die bürokratischen Vorschriften war nichts zu machen. Sie wollten ihm seinen alten Job nicht wiedergeben.

Aber selbst damals in den schlimmsten Zeiten, als er allein, von Schmerzen geplagt und ohne das Polizistenleben völlig verloren war, hatte er immer noch ausgesehen wie ein Kid. Doch die Jahre hatten ihn offenbar schlagartig alle auf einmal eingeholt, als Zoe verschwand. Heute war jedes einzelne seiner 37 Jahre in die Falten seines Gesichts tätowiert.

Ridgeway ging in die Kombüse der *Valkyrie* und öffnete den Kühlschrank. Lange starrte er verschlafen hinein, ohne den Inhalt wahrzunehmen. Stattdessen sah er vor sich, wie er den Rest des Sommers verbracht hatte. Er war in Zürich geblieben und erst knapp zum Beginn des Herbstsemesters nach Los Angeles zurückgekehrt. Aber trotz weiterer gut zweimonatiger Ermittlungen hatte er am Ende nicht viel vorzuweisen: eine horrende Hotelrechnung im Eden au Lac, fließende Deutschkenntnisse, eine enge Freundschaft mit einigen Schweizer Ermittlungsbeamten und eine gute Bekanntschaft zu einem Amerikaner vom US-Konsulat in Zürich.

Dieser George Stratton hatte sich als äußerst nützlich erwiesen und Ridgeway durch den diplomatischen und bürokratischen Dschungel gelotst, in den ein Amerikaner zwangsläufig geriet, wenn er im Ausland inoffizielle und daher vorschriftswidrige Erkundigungen nach seiner vermissten Frau anstellte. Stratton hatte sich außerdem als regelmäßiger Tennispartner angeboten, auch wenn er keine sonderliche Herausforderung für Ridgeway war.

Anfangs hatte Strattons leutselige Art Ridgeway abgestoßen und ihn vermuten lassen, er sei schwul oder das Konsulat habe ihn als Babysitter abgestellt, um dafür zu sorgen, dass der ehemalige Cop keinen Blödsinn anstellte. Im Laufe des Sommers merkte Ridgeway jedoch, dass Stratton auch nur ein einsamer, unverheirateter Amerikaner mit einer gehörigen Portion Heimweh nach den guten alten Staaten war.

Mit Strattons Hilfe erhielt Ridgeway die Erlaubnis, sich in der Ruine der Kreuzlinger Villa umzusehen, bevor die Aufräumarbeiten begannen. Drei Wochen lang siebte er Schutt und Asche durch und gelangte von Tag zu Tag mehr zu der Überzeugung, dass die Polizei recht hatte.

Aber am Ende eines jeden Tages blieb immer ein gewisses Unbehagen, das die Ruine in ihm schürte. An dem Tag, bevor die Bulldozer den rußgeschwärzten Schutt beseitigen sollten, fiel es ihm endlich ein: Die Villa hatte einem reichen deutschen Kunstsammler gehört, der eine der wertvollsten Sammlungen in der Schweiz besaß, aber in der Asche waren keine Bilderrahmen, kein Glas, keine verkohlten Leinwandreste, keine Drahtaufhängungen oder Klammern zu finden. Brände verschlangen selten alles, wie Ridgeway aus seinen Ermittlungen zu Brandstiftungen mit Todesfolge wusste. Aber in der Villa in Kreuzlingen gab es solche Überreste nicht, keine Ecke eines Bilderrahmens hier, ein Stück Draht von einer Bilderaufhängung da. Es war, als seien sämtliche Kunstwerke aus der Villa entfernt worden, bevor sie niederbrannte.

Die örtlichen Behörden taten Ridgeways neu entdeckte Indizien, dass es sich um Brandstiftung gehandelt haben müsse, als Hirngespinste ab und weigerten sich, die Bulldozer und ihre Aufräumarbeiten zu stoppen. Sie waren mit ihrer Geduld am Ende, und ihr Mitgefühl mit dem Kummer des Amerikaners dämpfte ihren Ärger nicht mehr. Sie erklärten ihm, auf alle seine Fragen würde sich sicher eine Antwort finden, und er solle bitte aufhören, an ihnen zu zweifeln und seine Nase in Dinge zu stecken, die ihn nichts angingen.

Mehr konnte er nicht tun. Er schaute zu, wie die Bulldozer die einzigen Hinweise vernichteten, die er zu Zoes Verschwinden hatte, bezahlte seine Rechnungen, verabschiedete sich von Stratton und fuhr nach Hause, um seine Seminare abzuhalten.

Ridgeway warf den kalten Kaffeesatz aus dem Filtersieb der Kaffeemaschine fort und schüttete Bohnen in die Kaffeemühle. Seine Seminare liefen schlecht. Vor Zürich hatte er für seinen Unterricht viel Lob geerntet, von seinen Studenten ebenso wie von Kollegen. Er hatte nie ein Seminar ausfallen lassen, immer neues, interessantes Lehrmaterial vorbereitet und nie langweilige Vorlesungen gehalten.

Zürich hatte das alles geändert. In diesem Jahr dozierte er halbherzig anhand der Notizen aus dem Vorjahr ..., wenn er es überhaupt schaffte, zum Unterricht zu erscheinen. Tony Bradford, der Dekan des Fachbereichs, der ihn vor acht Jahren eingestellt hatte, hatte ihn sogar schon gefragt, ob er ein Alkoholproblem habe.

Aber es war viel schlimmer als ein Alkoholproblem. Es war die Ungewissheit. Diese Ungewissheit hatte ihn alt gemacht. Wenn er doch nur wüsste, ob sie tot war oder noch lebte, dann könnte er sein Leben wieder in den Griff bekommen.

Ridgeway schob den Filter mit dem frischgemahlenen Kaffeemehl in die Kaffeemaschine, goss Wasser hinein und schaltete ein. Ausdruckslos starrte er sie an. Schließlich drang das Gurgeln und Prusten der Kaffeemaschine durch seine Grübeleien, und er wandte seine Aufmerksamkeit dem grauweißen Sturm zu, der vor den Bullaugen tobte. Einen Moment lang sah er das nebenan vertäute Boot, dann wieder nur Sprühnebel wie auf einem verschneiten Schwarzweiß-Fernsehbild.

Eine Weile starrte er in den Sturm hinaus, bevor er den Blick zu dem Tisch schweifen ließ, auf dem sein Unterrichtsmaterial seit seinem letzten Seminar unberührt lag. Er näherte sich dem Ordner wie einem missgebildeten Kind, das er eigentlich lieben sollte, aber nur abstoßend fand, setzte sich und schlug die dicke Mappe auf. Ein flüchtiger Blick auf ein oder zwei Seiten zeigte ihm, dass ihm das alles heute ebenso gleichgültig war wie an jedem Morgen, seit er aus Zürich zurück war.

Benommen blätterte er die linierten Seiten mit Textausschnitten, handgeschriebenen Notizen und Zitaten durch. Er hatte vorgehabt, heute Morgen über die Ursprünge des Antisemitismus in der christlichen Lehre zu sprechen. Aber ihm fehlte die Energie für Dogmen, Antisemitismus und die Studenten, die an seinem Geist zerrten und ihm sein Wissen entreißen wollten. Er hatte nicht die Geduld, sich ihnen zu stellen.

Die Kaffeemaschine prustete und gurgelte die letzten Tropfen heraus und stieß zischend eine Dampfwolke aus, die sich an den Bullaugen niederschlug. Ausgelaugt von seinem nächtlichen Halbschlaf, schlug Ridgeway den Ordner zu, schlurfte zum Telefon, das neben der Kombüse hing, und tippte die Nummer des Fachbereichs Philosophie ein. Das Telefon rauschte an seinem Ohr.

»Philosophie, Bradford am Apparat«, hörte er, wie sich die Sekretärin meldete. Karen Bradford war eine entzückende Frau von Mitte vierzig mit langen, eleganten Gesichtszügen und anmutigen Bewegungen.

»Guten Morgen, Karen«, sagte Ridgeway so munter, wie er nur konnte. »Ist David da?«

»Guten Morgen, Seth. Wie geht es Ihnen heute?« Selbst am Telefon war Karens Sorge unverkennbar.

»Ach ... nicht schlecht, nicht schlecht, alles in allem.«

»Gut. Ich glaube, Professor Davis ist in seinem Büro. Ich stelle Sie durch.«

Aber statt des dumpfen Klackens der uralten GTE-Telefonanlage hörte Ridgeway nur Stille. Sie hatte ihn in die Warteschleife gelegt. Er klemmte sich den Hörer zwischen Schulter und Kinn und schenkte sich frischen Kaffee in seinen angeschlagenen Lieblingsbecher, den sein erster Streifenwagenpartner ihm zum Geburtstag geschenkt hatte. Auf einer Seite standen sein Name und sein Dienstgrad, damals Sergeant, und auf der anderen eine Karikatur von zwei Geiern, die auf einem abgestorbenen Ast saßen. Darunter stand: »Zum Teufel mit der Geduld! Ich zieh jetzt los und bringe irgendwas um.« Eine andere Zeit, ein anderes Leben, dachte Ridgeway, während die Erinnerung ihm beinah ein Lächeln entlockte.

Aus dem Telefon drang ein Rufzeichen, als Ridgeway gerade aus seinem Becher trank. Schnell schluckte er und bereitete sich darauf vor, Dave Davis zu bitten, ob er mal wieder ein Seminar für ihn übernehmen könne. Er überlegte, welche Ausrede er dieses Mal vorbringen sollte.

»Seth?« Ridgeway hörte Tony Bradfords Stimme, nicht die von Professor Dave Davis. Seine Laune sackte schlagartig durch den Schiffsrumpf.

»Ach ja, Tony, hier ist Seth Ridgeway.«

»Entschuldigen Sie, dass ich Ihren Anruf abfange, aber ich kam zufällig gerade an Karens Schreibtisch vorbei, als Sie anriefen.«

Peinliche Stille trat am Telefon ein, während Ridgeway überlegte, was er darauf sagen sollte. Als er schwieg, sagte sein Dekan vorwurfsvoll:

»Sie rufen ja wohl nicht an, um den jungen Davis zu bitten, wieder einmal eines Ihrer Seminare zu übernehmen, oder?«

»Na ja, ich – ich fühle mich nicht …«

»Das dachte ich mir«, fiel Bradford ihm wütend ins Wort. »Seth, ich habe es Ihnen schon einmal gesagt: So geht es nicht weiter.«

»Ich weiß, aber …«

»Kein Aber, Seth. Entweder Sie kommen heute Morgen her und halten Ihr Seminar und alle weiteren in diesem Quartal, oder ich muss in Betracht ziehen, Ihnen zu kündigen.«

Benommen hörte Ridgeway zu und hatte ein schlechtes Gewissen, weil er den Mann enttäuschte, der ihm nach seiner Entlassung aus dem Polizeidienst eine berufliche Chance geboten hatte.

»So habe ich Sie noch nie erlebt«, sagte Bradford ruhiger. »Sie waren doch immer ein Kämpfer, ein Unruhestifter, ein Querkopf. Als die Ärzte sagten, Sie würden sich nie wieder richtig von den Schussverletzungen erholen, haben Sie nicht aufgegeben, ebenso wenig, als die Polizei sich weigerte, Ihre Dienstunfähigkeit aufzuheben.

Ich habe erlebt, wie Sie sich nach dieser letzten Anhörung auf die Bücher gestürzt haben, Seth. Sie hatten schon immer einen Sinn für Philosophie – das habe ich schon im Grundstudium gemerkt –, aber wie zielstrebig Sie auf den Doktortitel hingearbeitet haben, war einfach erstaunlich. Sie haben Ihre Wut genutzt und sich in einen erstklassigen Akademiker verwandelt. Deshalb habe ich Ihnen den Lehrstuhl angeboten. Sie sind ein Akademiker mit Erfahrung in der realen Welt. Das ist etwas Seltenes und Wertvolles, und ich möchte Sie nur ungern suspendieren müssen. Aber Sie müssen sich in den Griff bekommen!«

»Heute ist das anders«, protestierte Ridgeway. »Ich bin nicht mehr derselbe wie früher.«

»Verdammt richtig, das sind Sie allerdings nicht!«, polterte Bradford. »Sie richten Ihre Wut gegen sich selbst, statt sie in Ihre Arbeit einfließen zu lassen.«

»Wenn ich nur wüsste, was mit Zoe ist ...«

»Verdammt noch mal, Mann, sie ist tot! Das müssen Sie akzeptieren und weiterleben. Denn wenn Sie es nicht tun, hat es zwei Morde gegeben. Auch wenn Sie es noch nicht gemerkt haben sollten, ist uns Übrigen völlig klar, dass Sie im Augenblick ein wandelnder Toter sind. Ich finde, es ist an der Zeit, dass Sie Ihren Glauben für sich arbeiten lassen und sich aus dem Sumpf ziehen.«

Darauf konnte Ridgeway nichts erwidern. Bradford hatte recht.

»Gestern hat die Bank angerufen. Sie haben mich als Ihren Arbeitgeber gefragt, ob Sie nun vorhaben, das Haus zu verkaufen oder nicht. Sie sind ein halbes Jahr mit den Ratenzahlungen im Rückstand.«

Vage erinnerte Ridgeway sich an die Briefumschläge. Er hatte sie ignoriert wie die gesamte Post, die ihm immer noch in sein Büro in der Universität nachgeschickt wurde. Bisher hatte er es noch nicht geschafft, der Post mitzuteilen, dass er aus der Schweiz zurück war.

Geld war genug vorhanden. Er hatte vorgehabt, sämtliche Rechnungen zu bezahlen, besonders die Raten für die Hypothek, bis er das Haus verkauft hätte. Denn er musste es verkaufen, weil das Haus von Zoes Geist erfüllt war. Stundenlang hatte er im Boot gelegen, auf den Hafen gestarrt und sich die Besuche bei Immobilienmaklern vorgestellt. Aber er hatte es nie über sich gebracht, weil er sich dann dem Haus und allem, was es enthielt, stellen müsste.

Das Haus war der lebendige Beweis für die Jahre, die Zoe und er gemeinsam verbracht hatten. Es zu verkaufen hieße einzugestehen, dass diese Zeit vorbei war. Aber er musste etwas unternehmen. Das leerstehende Haus hatte bereits Vandalen angelockt. Bislang hatte es schon drei Einbrüche gegeben.

»Ja«, sagte Ridgeway mit brüchiger Stimme. »Ich versuche gerade, es zu verkaufen. Ich rufe bei der Bank an. Tony ...«

»Ja?«

»Es tut mir leid, dass Sie bei Ihnen angerufen haben. Es tut mir leid, dass Sie mit meinen Problemen behelligt werden. Ich ...« Ridgeway spürte, wie die Schaluppe schwankte. Ein guter Seemann kennt sämtliche Bewegungen und Geräusche seines Schiffes, weiß, wie es sich in Wind und Wellen verhält, und erkennt Bewegungen, die nur von anderen Menschen stammen können. Er war sicher, dass gerade jemand an Bord der *Valkyrie* gekommen war.

»Kann ich Sie gleich zurückrufen, Tony?«

»Nein, Seth, ich möchte, dass wir das jetzt klären. Ich möchte, dass ....«

Es klopfte höflich an der Niedergangsluke.

»Tony, es ist jemand an der Tür, ich muss ...«

Das Klopfen wurde dringlicher.

»Hören Sie, Tony, können Sie einen Moment dranbleiben?«

»Nein, verdammt. Ich lasse nicht zu, dass Sie wieder weglaufen. Wenn Sie aufhängen, sind Sie verdammt noch mal gefeuert.«

Das Klopfen wurde lauter. Ridgeway legte den Hörer ab und wandte sich zum Achterschiff. Er ging zum Niedergang, dem Hauptzugang ins Schiff, und holte unterwegs eine Smith & Wesson Magnum Kaliber .357 aus einer Schublade der Navigationsstation. Er bekam nicht oft Besuch, und schon gar nicht morgens um acht in einem

Dezembersturm. Er war vorbereitet. Ihn würden sie nicht so leicht kriegen wie Zoe. Er steckte den Revolver in die tiefe rechte Tasche seines Bademantels und zog den Gürtel fester zu.

Jemand trommelte nachhaltig an die Luke. »Schon gut, schon gut«, brüllte Ridgeway und stieg den Niedergang hinauf.

Oben an der Treppe öffnete er die Luke einen Spalt weit. Eisiger Wind wehte Regen herein. Draußen, unter der schützenden Markise des Führerhauses, sah Ridgeway eine Frau in seinem Alter mit hellblauen Augen, die alt wirkten – als hätten sie zu viel gesehen oder gehörten einer doppelt so alten Frau. Sie schauten sich ernst an.

Der Wind wehte ihre kurzen, blonden Haare in das ovale Gesicht und zerrte an ihrem Kamelhaarmantel, auf dem sich vom Regen dunkle Flecken abzeichneten. Hinter ihr stand ein massiger Kerl in Chauffeursuniform und hielt unerschütterlich einen Regenschirm. In der anderen Hand hatte er eine kurze Maschinenpistole. Sie war lässig nach unten auf das Deck gerichtet, ohne auf jemanden zu zielen.

Ridgeways Mund wurde schlagartig trocken. Wie erstarrt musterte er die Szene. Jeder Gedanke an Zoe, Tony Bradford und religiöse Dogmen ging in einer Woge der Angst unter.

Da sein Körper zum größten Teil durch die Luke verdeckt war, hielt Ridgeway ihrem Blick stand und griff langsam nach der Magnum. So unauffällig wie möglich zog er die Waffe aus der Tasche seines Bademantels und hielt sie außer Sichtweite bereit, um durch das Holz der Luke zu schießen. Die .357er würde ohne weiteres durch die Bretter, den Chauffeur und die Heckbalken der *Valkyrie* gehen und hätte immer noch genügend Durchschlagkraft, um zu töten.

»Mr. Ridgeway?« Die Stimme der Frau war kultiviert, besänftigend und keineswegs bedrohlich.

»Ja?« Wer zum Teufel sollte wohl mit einer Maschinenpistole auf sein Boot kommen? Jemand, den er verhaftet hatte? Vergeblich versuchte Ridgeway die Frau und ihren Chauffeur mit einem Gesicht in Verbindung zu bringen, das er von einer Verhaftung oder aus dem Gerichtssaal kannte. Aber Rache hatte ein längeres Gedächtnis als ein Polizist. Und ihre Drecksarbeit erledigten die Menschen nicht immer persönlich.

»Ich bin Rebecca Weinstock«, sagte die Frau und streckte eine lange, knochige Hand an einem bleistiftdünnen Handgelenk aus. »Darf ich hereinkommen? Hier draußen ist es ziemlich ungemütlich.« Sie sah, dass Ridgeway ihren Chauffeur eingehend musterte.

»Das ist mein Chauffeur und Leibwächter, Benjamin.« Benjamin nickte Ridgeway zu und verbeugte sich leicht, was bei einem Mann seiner Größe eher komisch wirkte. »Mein Leben war schon mehrmals in Gefahr«, erklärte die Frau. »Benjamin ist hier, um dafür zu sorgen, dass mir nichts zustößt, nicht um Ihnen etwas anzutun.«

Wenig überzeugt, ließ Ridgeway den Blick argwöhnisch von Rebecca zu Benjamin und wieder zurückschweifen. »Ich bin es nicht gewöhnt, so früh am Morgen Maschinenpistolen zu sehen.«

Ein Anflug von Verärgerung huschte über Rebeccas Miene. Als eine Bö durch die Takelage wehte, zitterte sie.

»Dürfte ich Sie bitten, mich hereinzulassen?«, hakte sie nach. »Der Vorschlag, den ich Ihnen machen möchte, sollte nicht zwischen Tür und Angel besprochen werden.«

»Nur wenn Ihr Benjamin mit dieser tragbaren Kanone von meinem Boot verschwindet.«

Sie drehte sich um und nickte dem Chauffeur zu. »Warten Sie im Wagen. Es ist unwahrscheinlich, dass sie darauf vorbereitet sind, vom Wasser aus anzugreifen.«

Benjamin bedachte Ridgeway mit einem zornigen Blick und schaute seine Arbeitgeberin besorgt an.

»Gehen Sie schon«, beharrte Rebecca. »Mr. Ridgeway

wird mir schon nichts tun.« Skeptisch schob der Chauffeur die Maschinenpistole in ein Holster unter seinem Mantel und stieg auf die Gangway. Dort blieb er einen Moment stehen, griff mit der Hand, in der er die Pistole gehalten hatte, in seinen Mantel und holte ein Walkie-Talkie heraus.

»Nehmen Sie das bitte, Miss Weinstock. Ich lasse den Funk in der Limousine angeschaltet. Rufen Sie mich, wenn Sie mich brauchen.« Er reichte der Frau das Funkgerät und ging zum Wagen. Ridgeway schaute ihm nach, wie er die bei Ebbe steile Gangway hinaufging, an Land einen Moment stehen blieb und sich nach ihnen umschaute. Als Rebecca winkte, öffnete Benjamin, der selbst aus dieser Entfernung noch überlebensgroß wirkte, die Wagentür, stieg ein und zog die Tür fest zu.

Ridgeways Blick verharrte bei der Limousine, und er zögerte, die blonde Frau wieder anzusehen. Er lauschte auf das Prasseln des Regens auf der Markise, spürte wachsende Wut in sich aufsteigen und versuchte, dagegen anzukämpfen. Aus Angst wird Wut. Das passierte jedem Cop zigmal in seiner Laufbahn. Die Angst vor einer lebensgefährlichen Situation schlug in Wut um, wenn der Körper einen Weg suchte, das überschießende Adrenalin zu verarbeiten. Ridgeway hatte schon früh gelernt, das zu erkennen und damit umzugehen, damit er es nicht an anderen ausließ.

Er atmete zweimal tief ein und langsam wieder aus, schloss die Augen und dachte ans Segeln. Das Ganze dauerte kaum eine halbe Minute, und als sie erneut sprach, hatte er sich wieder beruhigt.

»Mr. Ridgeway?« Rebecca Weinstocks vornehme Stimme klang mittlerweile leicht wehleidig. »Ich würde wirklich gern eine oder zwei Minuten im Warmen sitzen.«

»Sicher.« Ridgeway steckte seine Smith & Wesson wieder in die Tasche und begann, die Luke zu öffnen.

Nachdem er die Teakflügel der Luke heruntergeklappt hatte, reichte er ihr seine Hand, um ihr den kurzen, aber steilen Niedergang in die Kajüte hinunterzuhelfen.

Während Ridgeway ihr einen Platz am Tisch anbot, fiel sein Blick auf den Hörer, der immer noch neben dem Telefon lag. Ihm fiel ein, dass er Tony Bradford noch am Apparat hatte.

»Tony?«, fragte er in den Hörer. »Tony?«

»Seth?« Es war wieder Karen Bradford. »Professor Bradford musste zu einem Termin. Er bat mich … er sagte, ich soll Ihnen sagen, dass … Ach, es macht mich so wütend, wenn er mich seine Drecksarbeit erledigen lässt. Er sagte, wenn Sie heute nicht unterrichten, wird er Sie feuern.«

In dem verlegenen Schweigen, das folgte, schloss Ridgeway die Augen und versuchte nachzudenken. Dann schaute er auf seine Uhr. Sein Unterricht sollte in knapp zehn Minuten anfangen. Bei diesem Regen würde er das nur mit Mühe schaffen, wenn er sofort aufbräche. Er warf einen verstohlenen Blick zu Rebecca hinüber.

»Es tut mir leid, Seth«, brach Karen Bradford das Schweigen. »Wirklich.«

»Sie brauchen sich nicht zu entschuldigen, Karen«, antwortete Ridgeway. »Ich muss mich bei Ihnen entschuldigen. Ich will versuchen, pünktlich da zu sein.«

Er legte auf.

»Ich fürchte, ich habe nur wenig Zeit«, erklärte Ridgeway. »Ich muss mich anziehen und ein Seminar halten.« Ridgeway warf einen Blick auf seine Notizen, die auf dem Tisch vor Rebecca lagen. Die Frau schaute flüchtig auf den Ordner und dann wieder zu Ridgeway.

»Aber …«

»Sie können mit mir reden, während ich mich anziehe«, sagte Ridgeway auf dem Weg in seine Kabine. »Ich lasse die Tür offen, damit ich Sie hören kann.« Aber bevor er die Kabinentür erreichte, packten kräftige Hände ihn an den Armen.

»Mr. Ridgeway, ich komme von weit her, um mit Ihnen zu reden«, sagte sie. »So können Sie mich nicht abfertigen.« Seth drehte sich um.

»Sie müssen es mir geben«, schrie sie fast mit flehentlich erhobenen Händen. »Bitte, geben Sie es mir. Ich bin bereit, Sie großzügig zu entschädigen.«

Ridgeway wich verwundert über ihren Ausbruch zurück.

»Hier«, sagte Rebecca, holte ein Bündel Geldnoten mit Banderole aus ihrer Manteltasche und hielt es Ridgeway hin. Es waren Tausenddollarscheine. Kein Wunder, dass die Frau mit einem bewaffneten Chauffeur reiste. Nach seiner Erfahrung liefen nur kolumbianische Drogenhändler mit Bündeln von Tausenddollarscheinen herum.

»Na los, nehmen Sie es schon«, drängte sie. »Es ist sauberes Geld von ehrlichen Leuten ... und es gibt noch mehr davon.« Zum Beweis holte sie ein weiteres Bündel aus der anderen Manteltasche. Sie kam näher und steckte ein Geldbündel in Ridgeways Bademanteltasche zu der Smith & Wesson. »Nehmen Sie. Sie brauchen es mir nur zu geben, dann gehört der Rest auch Ihnen.«

Langsam zog Ridgeway das Geld aus seiner Tasche und musterte es. Es waren mindestens fünfzig Scheine. Er schaute Rebecca an und schob das Geld wieder in die Tasche. Wenn er das zweite Bündel mitrechnete, war die Frau mit mehr als hunderttausend Riesen in bar an Bord gekommen.

»Miss Weinstock«, setzte Ridgeway bedächtig an, »was wollen Sie eigentlich von mir?«

»Bitte machen Sie keine anstrengenden Spielchen mit mir«, bat Rebecca. »Ich weiß, dass sie es von ihm bekommen haben muss.«

»Sie?«

»Ihre Frau.«

»Meine Frau? Was ist mit ihr? Wovon reden Sie?« Ridgeway wurde lauter. »Was zum Teufel ist mit meiner Frau? Wo steckt sie?« Er packte sie und hob sie hoch. »Wo ist sie? Sagen Sie es mir, oder ich nehme Sie Stück für Stück auseinander ...«

»Hören Sie auf, bitte«, schrie sie vor Schmerz auf, als Ridgeway sie schüttelte. »Aufhören, ich ... wir ... wir haben versucht, sie aufzuhalten. Bitte, Mr. Ridgeway, aufhören ...«

Seth setzte sie auf dem Sofa ab. Gott, was war nur los mit ihm. Sein Kopf tat weh. Er bedeckte sein Gesicht mit den Händen und rieb den Schmerz fort. Dieser ganze Wahnsinn raubte ihm den Verstand. Er schaute auf die Frau hinunter, die er beinah geschlagen hätte. Er musste sein Leben wieder in den Griff bekommen.

Rebecca schaute ängstlich zu Ridgeway auf und strich sich durch das Haar.

»Ich weiß, was Sie denken«, sagte Ridgeway. »Es tut mir leid, aber ich dachte ...«

»Sie brauchen sich nicht zu entschuldigen. Diese Sache macht Leute schon seit Jahrhunderten verrückt«, sagte Rebecca merkwürdig ruhig. »Wichtig ist nur eins: Denken Sie daran, dass wir bereit sind, Ihnen viel Geld für das Gemälde zu zahlen, Mr. Ridgeway.«

»Ich weiß nichts von einem Gemälde«, antwortete Ridgeway, »und das Geld ist mir ziemlich egal. Lieber hätte ich Zoe wieder.«

»Natürlich, und wenn Sie mit uns zusammenarbeiten, glaube ich, dass wir vielleicht herausfinden können, wo sie ist.«

»Sie lebt also noch?«

»Das habe ich nicht gesagt. Ich habe nur gesagt, dass wir Ihnen helfen werden, sie ausfindig zu machen. Wir wissen nicht, was diese Verrückten mit ihr angestellt haben. Aber ich vermute, sie lebt noch, weil sie weiß, was auf der Rückseite des Gemäldes war, und sie werden nicht ...«

»Gemälde?« Ridgeway nahm seinen Becher Kaffee und setzte sich Rebecca gegenüber an den Tisch. »Ich verstehe gar nichts. Was hat ein Gemälde mit alledem zu tun? Und wer sind Sie eigentlich?«

»Das habe ich Ihnen doch schon gesagt. Rebecca Weinstock. Ich …«

»Nein, ich meine, zu wem gehören Sie? Wer hat Sie geschickt? Woher wissen Sie von Zoe?« Ridgeways Hand zitterte, als er den Becher an seinen Mund führte. Kaffee schwappte auf den Tisch. Er trank einen Schluck und stellte den Becher in die Kaffeepfütze. »Warum sollte …«

»Das Warum ist immer am schwersten zu begreifen«, sagte sie. »Wir verstehen das Wie und Wo und Wer, aber das Warum schafft Arbeitsplätze für Philosophen und Priester.«

Ridgeway schaute sie nur an und wartete ab.

Die Frau schien einen Moment zu überlegen, dann holte sie mit ihrer zierlichen Hand ein kleines Schwarzweißfoto aus ihrem Mantel und schob es über den Tisch, wobei sie den Kaffeespritzer mied. Zögernd nahm Ridgeway das Foto und betrachtete es.

Es zeigte ein Gemälde mit einer Alpenwiese, gesäumt von Nadelbäumen und Bergen. Rebecca Weinstock suchte aufmerksam in Ridgeways Miene nach Anzeichen von Erkennen, fand aber keine.

»Und?«, fragte Ridgeway und gab ihr das Foto zurück.

»Es ist ein Ölgemälde auf Holz, 13 mal 15 Zentimeter groß«, erklärte Weinstock. »Gemalt hat es ein deutscher Maler, Friedrich Stahl, zwischen 1936 und 1939. Es ist in warmen Tönen gehalten wie die Werke italienischer Renaissance-Meister, deren Stil er nachzuahmen versuchte.« Rebecca schaute Ridgeway erwartungsvoll an.

»Und?«, fragte er wieder. »Was soll das alles? Was hat das mit Zoe zu tun?«

»Die Frage ist: Erkennen Sie das Gemälde wieder?«

Ridgeway schüttelte den Kopf. »Sollte ich?«

Sie musterte ihn aufmerksam. Schließlich nickte sie seufzend wie eine Frau, die gerade eine schwerwiegende Entscheidung getroffen hat. »Mr. Ridgeway, ich weiß nicht genau, wieso, aber ich glaube Ihnen. Ich denke, Sie haben das Bild noch nie gesehen. Aber eigentlich müssten Sie es kennen, wir haben allen Grund zu der Annahme, dass Ihre Frau es bei sich hatte, als sie Kreuzlingen verließ.«

»Er wollte uns etwas per Kurier schicken. Ich dachte, es müsste inzwischen eigentlich gekommen sein.« Ridgeway drehte sich alles im Kopf, als ihm Zoes Worte wieder einfielen. Da war er, der Hinweis, der seit sechs Monaten am Rande seines Bewusstseins schlummerte, das fehlende Teil, das er gekannt, aber übersehen hatte.

Was mochte sie entdeckt haben? Etwas, das wichtig genug war, sie zu entführen ... umzubringen?

»Ich habe eine Riesenüberraschung für die Kunstwelt.« Wieder fühlte Seth sich in seinen Alptraum hineinversetzt, sah den Traum immer schneller ablaufen, sah, wie Zoe sich immer weiter von ihm entfernte. *»Ichbingleichwiederda. IchwillnurebendashierimHotelsafedeponieren...«*

Ein Gemälde. War es das, was Max per Kurier hatte schicken wollen? War es angekommen? Wenn ja, wo war es dann geblieben?

»Mr. Ridgeway? Mr. Ridgeway, ist alles in Ordnung?«

Das Zimmer im Eden au Lac verblasste, und er sah sich wieder an seinem Tisch der blonden Frau mit den klugen, eindringlichen Augen gegenüber.

»Sie sind eben kreidebleich geworden«, sagte Rebecca. »Es sah aus, als hätten Sie einen Anfall.«

»Das sind nur die Nerven.« Er stellte den Kaffeebecher ab. »Die letzten Monate waren schwierig, und Ihr Besuch heute Morgen hat meinen Nerven irgendwie den Rest gegeben.«

»Das tut mir leid«, sagte sie. »Ich weiß, es ist eine Belastung, aber es ist unerlässlich, das Gemälde zu finden und für Sie, herauszufinden, was mit Ihrer Frau passiert ist.«

»Erzählen Sie mir mehr über das Bild«, forderte Ridgeway sie auf.

»Sind Sie immer noch sicher, dass Sie nichts über dieses

Gemälde wissen?« Sie hielt ihm noch einmal das Foto hin. »Oder über seinen Verbleib?«

Ridgeway schüttelte den Kopf. »Nein«, log er. »Ich habe keine Ahnung.«

Rebecca musterte ihn, sprach dann aber weiter.

»Stahl, der Maler, war beliebt bei der SS. Es heißt, Hitler habe den Mann und seine Arbeiten geliebt. Als Stahl 1940 starb, schrieb Hitler sogar die Inschrift, die auf seinem Grabstein steht, und hielt persönlich die Grabrede.«

Ridgeway schaute sich das Foto noch einmal an. »Wieso diese Faszination? Dieser Stahl scheint kein großer Künstler gewesen zu sein.«

Sie lächelte. »Es gibt viele, die Ihren Eindruck teilen, Mr. Ridgeway. Aber der Führer gehörte nicht dazu. Sie wissen vielleicht, dass Hitler mehr als alles andere auf der Welt selbst ein Künstler sein wollte, ein Maler. Die besten Kunstakademien lehnten ihn ab, und so schlug er sich jahrelang durch, indem er seine Werke an die Besucher von Wiener Kaffeehäusern verhökerte.«

Rebecca Weinstock stand auf und streckte ihre Beine. Ridgeway spielte mit seinem Kaffeebecher, drehte ihn hin und her und musterte seine merkwürdige Besucherin.

»Vielleicht wäre der Welt die blutigste Epoche ihrer bisherigen Geschichte erspart geblieben, wenn jemand den kleinen Adolf auf die Kunstschule gelassen hätte«, resümierte sie, nachdem sie sich wieder gesetzt hatte.

»Das ist alles bekannt«, sagte Ridgeway ungeduldig. »Was hat das mit Zoe und diesem ... Stahl-Gemälde zu tun?«

»Geduld. Ich bin nicht den weiten Weg hierhergekommen, um Ihnen die Zeit zu stehlen. Diese Phase in Hitlers Leben hatte zwei konkrete Konsequenzen für Sie und Ihre Frau. Erstens weckte es bei Hitler Sympathien für einen arischen Künstler, der zu kämpfen hatte wie er damals – Stahl –, und ließ ihn beschließen, der Welt dessen künstlerische Verdienste um jeden Preis zu demonstrieren. Er sah in Stahl etwas von sich selbst, einen talentierten, aber nicht sonderlich genialen Künstler, der zu kämpfen hatte.«

»Wollen Sie etwa sagen, dass Hitler ein guter Maler war?«

»Er war ein guter Handwerker, der heute wahrscheinlich eine ordentliche Karriere als Werbegrafiker oder Grafik-Designer gemacht hätte. Aber ein neuer Rembrandt? Wohl kaum. Und das gilt auch für Stahl. Hitler adoptierte Stahl sozusagen und führte ihn in die Nazi-Gesellschaft ein. Sie waren froh, dass nicht alle Künstler in Deutschland Juden oder Exilanten waren …

Die zweite Konsequenz, die Hitlers gescheiterte künstlerische Karriere für Sie hatte, betrifft seine Passion, das größte und beste Museum der Welt zu schaffen. Es sollte Führermuseum heißen und in seiner österreichischen Heimatstadt Linz entstehen. Um die Sammlung für dieses Museum heranzuschaffen, richtete Hitler eine eigene Abteilung innerhalb der SS ein, den Sonderauftrag Linz. Diese Abteilung hatte die besten Gemälde, Antiquitäten, Skulpturen, Reliquien, Ikonen, Münzen – alles Mögliche – aus öffentlichen und privaten Sammlungen in den besetzten Ländern zu requirieren. Die Kunstwerke kamen waggonweise aus ganz Europa in eine zentrale Sammelstelle nach München. Im Laufe des Krieges verlagerte man die Stücke von München in alte Burgen und Salzbergwerke, wo sie vor den Bombenangriffen der Alliierten sicher waren.«

Sie beugte sich zu Ridgeway. »Die Villa bei Kreuzlingen, die Ihre Frau besucht hat, war voll mit Kunstwerken, die im Kunstapparat der Nazis verschwunden waren. Die meisten gelangten mit SS-Leuten ins Ausland, die sich damit Schweigen, Essen, Unterkunft und Transportmöglichkeiten erkauften, um den Kriegsverbrecherprozessen der Alliierten zu entgehen.«

»Jesses!« Ridgeway glaubte nicht an heimliche Machenschaften alter Nazis, wie sie den Fantasien des Bestsellerautors Ludlum entsprangen, aber er konnte sich durchaus vorstellen, dass Kunst im Wert von Millionen Dollar selbst Morde bedeutungslos erscheinen lassen würde.

»Aber welche Bedeutung sollte das mittelmäßige Gemälde eines zweitklassigen Nazis neben allen diesen unbezahlbaren Meisterwerken schon haben?«

Rebeccas Ton wurde drängender. »Darauf wollte ich gerade kommen. Einige Zeit vor der Poleninvasion besuchte Stahl Hitler in Berchtesgaden, und die beiden machten einen längeren Ausflug in die Berge. Niemand weiß genau, wohin. Aber als sie zurückkamen, hatte Stahl die Skizzen dabei, nach denen er dieses Bild malte.« Sie tippte mit einem gepflegten Fingernagel auf das Foto. »Angeblich hing dieses Gemälde in Hitlers Privaträumen in einer streng geheimen Militäranlage in Österreich. Vermutlich lag sie in der Nähe der Stelle, die das Gemälde zeigt.«

Ridgeway nahm das Foto und betrachtete es dieses Mal eingehender. »Was ist das hier in der Ecke?« Er beugte sich über den Tisch und deutete auf eine Ecke der Aufnahme.

»Wir glauben, dass es der Eingang in ein altes Salzbergwerk ist«, erklärte Weinstock. »Das besagt nichts. Österreich und Bayern sind voll davon.«

»Wie heißt das Bild?«

»Die Heimstatt unserer Erlöserin.«

»Seltsam. Bei dem Titel würde ich Heilige, Heiligenscheine und vielleicht die Jungfrau Maria erwarten – darauf bezieht er sich ja wohl, oder? Die *Erlöserin*?«

Zögernd erwiderte Rebecca: »Erinnern Sie sich, was ich Ihnen eben gesagt habe? Dass sie mehr als nur Kunstwerke plünderten? Dass sie auch Antiquitäten, Reliquienschreine und religiöse Gegenstände requirierten? Also, bereits sehr früh gelang es Hitlers Handlangern bei ihrer Suche nach Kunstwerken und Kostbarkeiten, mit Bestechung, Druck – und Mord – ein überaus wertvolles religiöses Objekt an sich zu bringen. Für Hitler war es so wertvoll, dass er es nutzte, um sich von der Führung der katholischen Kirche – vom Papst persönlich – praktisch das Schweigen zum Umgang der Nazis mit den Juden zu erkaufen. Bevor Sie das als Unsinn abtun, sollten Sie überlegen, wie wenig der Vatikan in jenen Jahren zu diesem Thema gesagt hat. Manche haben den Vatikan deshalb direkt angegriffen und es als Skandal bezeichnet.«

Ridgeway schaute sie kopfschüttelnd an. »Ja, das weiß ich. Aber wie? Ich meine, was hätte so viel Einfluss haben können?«

»Etwas, das eine der Grundfesten der Kirche untergraben würde, Mr. Ridgeway. Und genau das schauten Hitler und Stahl sich an dem Tag an, an dem sie ihren Ausflug machten.« Rebeccas Stimme wurde lauter. »Dieses Gemälde«, sie tippte aufgeregt auf die Fotografie, »enthält den Schlüssel, es zu finden, und ich bin überzeugt, Ihre Frau weiß, was dieser Schlüssel …«

»Aber zu *was* ist das Gemälde ein Schlüssel?«

»Das zu wissen, wäre für Sie äußerst ungesund«, erklärte sie. »Es gibt Leute, die ihr Leben der Aufgabe gewidmet haben, dafür zu sorgen, dass die Welt das nie erfährt.«

»Aber wenn meine Frau in die Sache verwickelt ist … wenn es noch eine Chance gibt, sie zu finden, dann muss ich alles wissen.« Er schaute sie argwöhnisch an. »Welche Rolle spielen Sie eigentlich in der ganzen Geschichte? Warum ist es so wichtig für Sie, das Gemälde als Erste zu bekommen?«

Sie wählte ihre Worte mit Bedacht. »Diese Leute, die ich gerade erwähnt habe – die vor nichts zurückschrecken, um dieses Geheimnis zu bewahren: Mein Vater war einer von ihnen. Es dauerte Jahre, bis er erkannte, dass sie keineswegs die Kirche schützten, sondern sich selbst. Deshalb gab er sein Priesteramt auf und heiratete. Aber er konnte nicht vergessen, was er gesehen hatte, und suchte Kontakt zu einer wachsenden Gruppe von Männern im Vatikan, die bestrebt sind, die politisch motivierten Dogmen aufzuheben und die Kirche zu ihren geistigen Wurzeln zurückzuführen.«

»Viel Glück.«

Sie schaute ihn lange an. »Ich bin überzeugt, dass es möglich ist. Ich glaube, gute Menschen können bewirken, dass die katholische Kirche den wahren Geist ihrer Gläubigen anspricht, wenn es ihnen gelingt, die von Menschen gemachten Regeln aufzuheben und zum Wort Gottes zurückzukehren.«

Ihre Ausführungen rissen ihn mit, sie sprachen ihm aus der Seele. Schließlich fragte Seth: »Was ist mit Ihrem Vater? Und wieso sind Sie hier?«

»Mein Vater ist tot«, sagte sie ausdruckslos. »Ich habe seine Pflicht geerbt.«

Ridgeway schaute ihr lange in die Augen und stand schließlich auf. »Vielleicht weiß ich, wo das Gemälde ist. Vielleicht aber auch nicht. Aber das werden Sie nie herausfinden, solange ich nicht mehr erfahre … erheblich mehr.« Er musterte sie, um zu sehen, welche Wirkung seine Worte auf sie hatten.

Während sie sich mit Blicken maßen, bog ein unauffälliger Mietwagen langsam auf den Parkplatz am Ende des Kais und rollte in eine Lücke gut zwanzig Meter westlich von Weinstocks Limousine. Ein öffentliches Toilettenhäuschen verdeckte den Mietwagen und seine Insassen vor dem Leibwächter Benjamin, der die *Valkyrie* aufmerksam beobachtete.

Ungesehen von Benjamin stiegen zwei Männer in gelben Regenjacken hinten aus dem Wagen. Zwei weitere, ähnlich gekleidete Männer blieben vorn im Wagen sitzen, wo sie die *Valkyrie* gut im Blick hatten.

»Es ist *Ihr* Leben«, stellte Rebecca noch einmal fest.

»Ja, es ist *mein* Leben. Und?«

Als sie nickte, brach der Teufel los. Zuerst klingelte das Telefon in die gespannte Stille, die in der Kajüte der *Valkyrie* herrschte, und ließ die beiden erschreckt zusammenzucken. Ridgeway nahm den Hörer ab. »Ja?«

»Seth? Hier ist Tony Bradford.«

Die Stimme holte Ridgeway zurück in die profane

Wirklichkeit. Er warf einen Blick auf die Messinguhr an der Kajütenwand. Vor sieben Minuten hätte sein Seminar anfangen sollen.

»Seth? Ich hatte gehofft, Sie telefonisch nicht zu erreichen. Dann hätte ich zumindest annehmen können, dass Sie auf dem Weg hierher wären und einen entschuldbaren Grund für Ihre Verspätung hätten.«

»Tony, ich ...«

»Vergessen Sie's, Mann. Ich tue es äußerst ungern, aber Sie sind mit sofortiger Wirkung suspendiert. Bis heute Abend haben Sie Ihr Büro ausgeräumt und die Riesenkiste mit Ihrer persönlichen Post aus unserem Abstellraum geschafft. Wir sind hier nicht Ihre verdammte Postlagerstelle. Wenn das Zeug bis heute Abend nicht hier raus ist, gehe ich persönlich runter und werfe es weg.« Bevor Seth etwas erwidern konnte, hatte Bradford aufgelegt.

Ridgeway starrte noch immer den Hörer in seiner Hand an, als das Walkie-Talkie in Rebeccas Tasche zu knistern anfing. Sie kramte es hervor. »Hallo, Benjamin?« Panik lag in ihrer Stimme. »Benjamin, sind Sie dran?«

Es kam keine Antwort.

Seth drehte sich um. Aus den Augenwinkeln nahm er entfernt eine Bewegung wahr. Er schaute aus dem Bullauge und sah durch die Regenschwaden, wie ein Mann in gelber Regenjacke die Fahrertür von Rebeccas Limousine schloss. Der Mann drehte sich um und sprach mit einem zweiten Mann in gelber Regenjacke, der um das Heck des Wagens kam. Der zweite Mann beugte sich vor, schaute kurz durch das Fenster der Fahrertür und nickte. Die beiden sprachen miteinander und kamen dann auf Ridgeways Anlegesteg zu.

»Erwarten Sie jemanden?«, fragte Ridgeway, ohne Rebecca anzusehen. Er deutete auf die Limousine. Die beiden Gestalten in gelben Regenjacken gingen zügig den Kai entlang, ohne rechts und links zu schauen, und kamen zielstrebig auf die *Valkyrie* zu.

»Benjamin?«, rief Rebecca in das Walkie-Talkie. Ein Knistern war die einzige Antwort. Sie starrte das Gerät in ihrer Hand an, als habe es sie persönlich verraten.

Ridgeway zog die Magnum .357 aus der Tasche seines Bademantels, vorbei an dem Bündel Tausenddollarnoten, das Rebecca ihm vorhin aufgenötigt hatte. Er dachte flüchtig daran, es ihr zurückzugeben, aber die Schritte auf dem Kai erschienen ihm dringender.

»Ich glaube, es ist besser, wenn Sie sich hier erst mal raushalten«, sagte Ridgeway. »Gehen Sie in die vordere Kabine und verhalten Sie sich ruhig.«

Sie schien förmlich zu schrumpfen, als Ridgeway sie rasch vor sich herschob und auf eine Koje drückte.

Als er seine khakifarbene Hose am Haken der Kabinentür hängen sah, fiel ihm ein, dass er unter seinem Bademantel nackt war, was sein Selbstvertrauen nicht gerade stärkte. Schnell legte er die Waffe auf das Bett und griff nach der Hose, während er oben erst einen, dann den anderen Mann an Bord der *Valkyrie* kommen hörte. Kaum hatte er den Hosenknopf und den Reißverschluss geschlossen, da ließ eine Maschinenpistole mit Schalldämpfer die daumendicken Teakbretter der Kajütskappe über ihm zersplittern.

»Hinten in die Ecke!«, brüllte Ridgeway, schnappte die Smith & Wesson und warf sich auf Rebecca. Sie stöhnte vor Schmerz, als sie in die Kabinenecke am Bug taumelten. Gleich darauf sah Ridgeway beeindruckt die Teaktür und Schottwand an der gegenüberliegenden Seite der Kabine winzige braune Geysire speien und einen tödlichen Kugelhagel versprühen. Er spürte, wie Weinstock zitterte. Vor allem aber nahm er an seiner fest an die Bugwand gepressten Wange das dumpfe Vibrieren von Kugeln wahr, die sich kaum zwei Finger breit über seinem Kopf in das Holz gruben. Das Glück bescherte ihnen zumindest ein Wunder: Hätten die Schalldämpfer die Austrittsgeschwindigkeit der Kugeln nicht vermindert, hätten sie ohne weiteres die doppelte Bugwand durchschlagen und sie beide getötet.

So plötzlich, wie sie angefangen hatten, hörten die Schüsse auf. Der Wind heulte durch die Einschusslöcher, und Rebecca bewegte sich.

»Still«, raunte Ridgeway. Sie blieben liegen und horchten auf ein Geräusch, das nicht dem Sturm zuzurechnen wäre. Schließlich kam es: ein ganz leises Knirschen von Straßenschmutz zwischen einer harten Schuhsohle und dem Deck der *Valkyrie*. Das Geräusch wurde lauter, bis es genau über ihnen war.

Ridgeway drehte sich mit Schwung auf den Rücken und schoss zweimal durch die Decke. In der engen Kabine hörte die Pistole sich an wie eine Kanone. Trotz des Klingelns in seinen Ohren hörte Ridgeway ein verwundertes Stöhnen, gefolgt von einem dumpfen Aufprall und dem metallischen Scheppern einer Schusswaffe, die über das Deck rutschte.

»Schnell«, drängte Ridgeway und half Rebecca auf die Füße.

Unsicher folgte sie ihm durch die Kombüse in die Kajüte.

»Am besten kriechen Sie unter den Tisch«, befahl Ridgeway und deutete auf die massive Teakplatte, die als einziges in der Kajüte Schutz vor Kugeln bot.

Sobald sie unter dem Tisch in Sicherheit war, wirbelte Ridgeway herum und schlich Richtung Achterkabine. Dort könnte er von der Luke aus jeden an Deck gut aufs Korn nehmen.

Er hatte die Achterkabine noch nicht erreicht, als die Decke über ihm erneut unter der Salve einer Maschinenpistole explodierte. Ridgeway warf sich auf den Boden und kroch durch den dunklen Gang.

Weiter schlugen Kugeln durch die Decke. Durch eines der vielen ausgefransten Einschusslöcher über sich meinte Ridgeway eine Männergestalt zu erkennen. Er zielte und wollte schon abdrücken, als er plötzlich einen unterdrückten Schmerzensschrei von Rebecca hörte. Er warf einen Blick unter den Tisch. Sie hatte ihr rechtes Bein nicht ganz unter die schwere Teakplatte gezogen. Ein dunkelroter Fleck breitete sich auf ihrer Hose aus.

Ridgeway schoss nach oben und kroch zu ihr. Hinter ihm schraffierte eine Antwortsalve den Schaum unter dem Feuerlöscher. Ridgeway hob die heruntergeklappte Verlängerung des Teaktisches an und schob Rebeccas Bein behutsam in Deckung.

»Keine Angst«, beruhigte er sie. »Wir bringen Sie hier raus und ins Krankenhaus.« Er wollte gerade unter dem Tisch hervorkriechen, als ein wütender Kugelhagel den Teppichboden unmittelbar vor seinem Gesicht schredderte.

»Verdammt! Jetzt reicht's aber!«, brüllte Ridgeway, rollte sich unter dem Tisch hervor und feuerte in rascher Folge drei Schüsse ab. Einer fand offenbar sein Ziel ... ein langgezogener Schmerzensschrei gellte durch den tosenden Sturm.

Gequält stützte Rebecca sich auf einen Ellbogen, reckte den Hals und schaute Ridgeway an. Ihr Hosenbein war inzwischen blutdurchtränkt.

»Mr. Ridgeway ...«

»Still!«, fuhr er sie an. Er stand auf und schlich den Niedergang hinauf. Mit einer raschen Bewegung schob er die Trümmer der Luke beiseite und trat mit der letzten Kugel in seiner Waffe vorsichtig hinaus aufs Deck. Direkt vor ihm lag ein Toter, zwei blutunterlaufene Augen stierten aus einer gelben Regenjacke nach oben. Etwa neun Meter weiter am Bug lag eine weitere Leiche, gleichfalls in gelber Regenjacke. Ridgeway hörte eine Wagentür zuschlagen, wirbelte herum und sah zwei Gestalten in Regenjacken von einem dunklen Wagen weglaufen, der neben dem Toilettenhäuschen parkte.

Der Knoten in Ridgeways Eingeweiden zog sich fester

zusammen, als er den Niedergang hinunterraste und sich in der Kajüte über Rebecca beugte.

»Wir müssen hier raus … da kommen noch mehr.« Sie nahm Ridgeways Hand und kroch unter Schmerzen unter dem Tisch hervor.

»Aber … wie?«, stotterte sie. »Ich kann nicht schwimmen … es gibt nur einen Weg vom Kai.«

»Mein Beiboot«, sagte Ridgeway. »Ein Skiff mit Außenbordmotor.« Er half Rebecca an Deck und führte sie zu dem Anlegesteg neben der *Valkyrie*. Zwischen Steg und Heck der Segeljacht lag ein kleines weißes Skiff. Ohne auf die Rufe hinter sich zu achten, ging Seth auf die Knie und zog das Ruderboot näher an den Steg. Er war so in seine Arbeit vertieft, dass er die gedämpften Schüsse nicht hörte.

Als er sich Rebecca zuwandte, erstarrte er beim Anblick ihres Halses, vielmehr dessen, was Schüsse aus Automatikwaffen davon übrig gelassen hatten. Anstelle der Haut klaffte ein rotes Loch.

Rebecca Weinstock sah verdutzt aus. Ihre Lippen bewegten sich, aber sie brachte kein Wort heraus, nur ein heiseres Röcheln. Fast nonchalant schloss sie die Augen und fiel vornüber auf den Steg.

»Da! Neben der Frau.« Den Rufen folgte eine Maschinenpistolensalve. Ridgeway sah gerade noch rechtzeitig die Kraterreihe der Einschläge im Steg, die sich ihm näherten. Reflexartig tauchte er in das dunkle, kalte Wasser des Hafenbeckens.

Kapitel 5

Zoe saß auf der Kante ihres durchgelegenen Metallbetts und stopfte sich Pfropfen aus Toilettenpapier in die Ohren. Unter ihr quietschten die rostigen Sprungfedern im Konzert mit dem Metallrahmen, der ihre dünne Matratze mit klumpiger Füllung trug. Ihre Proteste gingen im Rattern des Ventilators unter, der in die Metalltür geschweißt war. Auf einem zerkratzten Metalltisch an der anderen Seite des Zimmers stand ein uralter PC, dessen Lüfter heulte wie ein alter Haarfön. Der Monitor knisterte und knackte immer wieder in der feuchten Luft, die nach Schimmel und verschütteten Chemikalien roch. In der Ecke brummte und summte ein elektrischer Heizlüfter ohne sonderlichen Erfolg gegen die feuchte Winterkälte an. Zoe trug einen dicken Skipullover mit Schneeflockenmuster, eine Wollhose mit Strumpfhose darunter und zwei Paar dicke Wollsocken.

Die Geräuschkulisse, die von den nackten Betonwänden widerhallte, wurde leiser, als die mit Handlotion befeuchteten Klopapierstopfen aufquollen.

Der Lärm ließ nach. Zoe erlaubte sich ein zufriedenes Grinsen. Wieder einmal half ihr Improvisationstalent ihr, in einer Situation zu überleben, von der sie einmal gedacht hatte, dass sie sie unmöglich aushalten könne. Sie dachte an ihren Vater, den Schweißer, Mechaniker und begabten Bildhauer, der seiner Tochter den Umgang mit seinem Werkzeug beigebracht hatte, obwohl ihre Mutter immer behauptet hatte, Werkzeug sei nichts für Mädchen. Kopfschüttelnd musterte Zoe ihre Hände.

Wie jeden Abend, bevor das Abendessen kam, schloss Zoe auch nun die Augen und versuchte, sich zu erinnern. Aus Tagen waren Wochen und Monate geworden. Alles war ihr noch lebhaft in Erinnerung bis auf die ersten Tage, als die Russen aus Moskau mit Taschen voller Drogen gekommen waren.

Auf der Suche nach dem Gemälde hatten sie ihr Gehirn durchstöbert und ihr Drogen verabreicht, die ein Chaos an Erinnerungen wie verstreute Seiten eines Aktenschranks hinterlassen hatten. Jeden Abend bemühte sie sich nun, eine weitere Seite in den richtigen Ordner einzusortieren.

Die erste Spritze hatte sie betäubt, als sie im Eden au Lac auf den Aufzug wartete. Sie war sofort in einen Dämmerzustand gefallen, in dem sie stützende Hände gespürt und Stimmen gehört hatte, einige auf Russisch, andere auf Deutsch.

»Holen wir den Professor, wo wir schon mal hier sind«, hatte jemand auf Deutsch gesagt. Zoe hatte zu schreien versucht, aber der Alptraum hatte ihr die Stimme geraubt.

»Nein«, hatte eine andere, autoritäre Stimme auf Deutsch geantwortet. »Er ist im Augenblick nur unnötiger Ballast. Zwei Leute bedeuten doppelte Kopfschmerzen. Wenn die Frau uns sagt, dass er was weiß, können wir ihn später immer noch holen.«

Dann waren auch die Geräusche im Dunkel untergegangen.

Zoe war in einem ehemaligen Lagerraum aufgewacht, der zu ihrer Zelle wurde. Zuerst gab es nichts zu essen und dafür viel Kälte. Dann gab es viel warmes Essen und Decken. Tage der Entbehrungen wechselten sich ab mit Wohlbefinden, Verzweiflung mit Hoffnung, Zoes Stimmungen und ihr Geschick änderten sich mit den Leuten, die sie jeweils verhörten. Sie hatte ihnen alles gesagt, was sie wusste, aber sie glaubten immer noch, sie wisse etwas über das Gemälde. Daraufhin hatten sie ihr Gehirn durch die Mangel gedreht. Die Drogen verwandelten Zeit in einen verrückten Traum mit zwielichtiger, halb erahnter, halb erinnerter Wirklichkeit.

Zoe runzelte die Stirn in dem Bemühen, die Tage zu rekonstruieren, die sie ihr gestohlen hatten, aber sie blieben dennoch knapp außer Reichweite. Wie durch einen Nebel spürte sie die emotionsgeladenen Erinnerungen, die an ihr zerrten, aber die Szenen blieben verschwommen.

»Verdammt«, knurrte sie leise. Alles war unscharf, bis zu den ersten Erinnerungen an Thalias Stimme, die ihnen sagte, sie könne sachkundige Hilfe brauchen, um die Kunstwerke, die sie aus Willi Max' Villa geholt hatten, zu ordnen, zu katalogisieren und ihren Wert einzuschätzen.

»Gebt ihr eine Chance«, sagte Thalias leise, beruhigende Stimme in die graue Dämmerung des ersten Erwachens. »Hört mal, wenn sie sich nicht bewährt, könnt ihr sie immer noch in einem Ölfass nach Riga schicken. Aber vorerst nützen mir ihre Hände und ihr Kopf mehr, wenn sie noch am Körper sind.«

Die liebe Thalia.

Allein in ihrer improvisierten Stille wiegte Zoe sich auf der Bettkante hin und her und versuchte wieder einmal, an ihren verlorenen Erinnerungen zu arbeiten.

Stattdessen tauchte Seths Gesicht vor ihrem inneren Auge auf. Sein Bild war bereits verblasst wie ein Foto, das in der Sonne gelegen hatte. Die Monate hatten die Details weggewaschen. Als sie zum ersten Mal bemerkt hatte, dass sein Bild in ihrer Erinnerung verblasste, hatte sie geweint. Aber dann war etwas Merkwürdiges passiert. Je mehr sein Gesicht verschwand, umso lebhafter erinnerte sie sich an seine Augen. Mittlerweile sah sie seine Augen in sämtlichen Farbschattierungen vor sich, aber sein Gesicht nur noch in vagen Umrissen. Es war, als habe ein Künstler ein Gesicht auf Leinwand skizziert, aber nur die Augen ausgemalt.

Doch die Augen genügten. Als sie nun dasaß und an ihn dachte, wurde ihr klar, dass seine Augen immer gereicht hatten, denn sie spiegelten den ganzen Menschen wider,

der dahintersteckte. Sie hatte gelernt, Seths Augen zu beobachten, wie andere den Himmel beobachten, um das Wetter vorherzusagen. Sie waren dunkelblau, wenn er gedankenverloren war, grau, wenn er bis zum Umfallen gearbeitet hatte, türkis, wenn er traurig oder melancholisch war, und dunkelgrün, nachdem sie sich geliebt hatten.

Die Erinnerungen schwemmten hoch und mit ihnen ein Gefühl von Verlust, das fast ebenso stark war wie der Schmerz der letzten Monate. Sie versuchte sich an seine Stimme oder an das Gefühl zu erinnern, wenn er ihre Brüste streichelte, aber bis auf seine Augen war alles verschwunden. Sie rang mit den Tränen, die ihr in die Augen traten. Er fehlte ihr so.

Zoe legte den Kopf in den Nacken und kämpfte gegen die Traurigkeit und die Tränen an. Mit beiden Händen massierte sie ihren verspannten Nacken. Sie schlug die Augen auf. Über ihr warfen Deckenbalken, rostige Eisenrohre und die Ventile der Sprinkleranlage ein geometrisches Schattenmuster auf die altersbraunen Dielenbretter des Büros darüber.

Da bemerkte Zoe aus den Augenwinkeln eine Bewegung. Sie drehte den Kopf und sah die Tür langsam aufschwingen. Schnell zog sie die Stöpsel aus ihren Ohren und sprang auf, während ihr hünenhafter Gefängniswärter in der Tür stehen blieb. Er war ein Kerl wie ein Baum, aber seine Beine und Arme wirkten viel zu kurz für den massigen Oberkörper, der die Türöffnung fast vollständig ausfüllte. Die übliche Mövenpick-Tüte mit ihrem Abendessen verschwand fast völlig in seiner Pranke.

»Willkommen bei Chez Bastille. Ich bin André, Ihr Küchenchef«, sagte Zoe auf Englisch, wohl wissend, dass der Mann nur Russisch sprach. »Einen Tisch für eine Person?« Wie fast jeden Abend hob er seine buschige Augenbraue und begann, das Zimmer zu inspizieren. Mit einem Kopfnicken schickte er Zoe in die hintere Ecke ihrer Zelle. Sie stellte sich neben den Nachttopf ans Fußende ihres Bettes, während er die Tüte neben dem alten PC auf dem zerkratzen Tisch abstellte. Dann machte er seine Runde und überprüfte sämtliche Flächen auf Spuren eines Ausbruchsversuchs. Mit einem flüchtigen überlegenen Blick ging der Hüne schließlich zur Tür. Aber statt wie üblich sofort zu verschwinden, trat er beiseite und nickte.

Gleich darauf erschien Thalia Yastrubinetski mit einem Silbertablett. Darauf stand neben einem Teeservice aus Porzellan und der reichverzierten emaillierten Teekanne, völlig unpassend, eine Mövenpick-Tüte.

»Ich dachte, wir könnten über den Fortschritt deiner Berichte sprechen.« Thalia deutete mit dem Kopf auf den alten PC und betrat den Raum. Sie zwinkerte Zoe zu und stellte das Tablett auf einen Aktenschrank mit zwei Schubladen neben dem Tisch.

Zoe runzelte die Stirn. Da sie weder Bücher noch Zeitschriften hatte, verbrachte sie die Zeit in ihrer Zelle meist an dem alten 486er-Rechner, um sich aus ihrer schäbigen Umgebung in die tröstliche Vertrautheit und Schönheit der Kunst zu flüchten. Stundenlang arbeitete sie ihre Notizen über die Kunstwerke auf, die sie im Laufe des Tages begutachtet hatte, dokumentierte ihre Ergebnisse und schrieb die bestmöglichen Herkunftszertifikate – eine Aufgabe, die der zwanghafte Charakter der Nazis ihr erleichterte, da sie den Weg nach Walhalla nicht nur mit den Leichen »minderwertiger« Rassen, sondern auch mit sorgfältigen Dokumentationen über ihre geraubten Kunstschätze gepflastert hatten.

Aber nun regte sich Unruhe in Zoes Brust. Thalia hatte sie nur selten hier aufgesucht. Jedes Mal hatte sie ihr ein Buch oder andere Unterlagen gebracht, sich aber nie länger aufgehalten. Irgendetwas stimmte nicht.

»Na ja«, sagte Zoe zögernd, »ich habe noch nicht viel mehr als vorhin, weil ich meist erst nach dem Abendessen arbeite.«

»Na, dann lass uns essen!«, sagte Thalia mit einer ehrlichen Begeisterung, die sie nur großer Kunst und Essen fast jeglicher Qualität entgegenbrachte. Sie war eine imposant große, füllige Frau von Mitte vierzig mit langen roten Locken und glücklich strahlendem Gesicht. Ihr alter Vater war ein Kunsthändler aus Minsk, der mit seinen Ratenzahlungen an einen Kredithai der Moskauer Mafia in Rückstand geraten war. Statt den alten Mann zu verprügeln, wie es sonst ihre Art war, hatten die Mafiabosse ihn gezwungen, mit ihnen Geschäfte zu machen, und sein bis dahin seriöses Unternehmen benutzt, um gestohlene Kunstwerke und Antiquitäten an den Mann zu bringen. So waren sie auf den Schatz in Kreuzlingen gestoßen. Thalia war als Assistentin ihres Vaters für die eigentliche Arbeit zuständig.

Der Gefängniswärter ging in den Flur und schloss die Tür hinter sich. Der Riegel fiel laut genug ins Schloss, um als Kommentar zu gelten.

»Was für ein Gehabe«, stellte Thalia mit einem flüchtigen Blick zur Tür fest. Ihr Akzent klang mehr nach New York als nach Minsk. Langsam drehte sie sich um die eigene Achse und musterte das Zimmer. »Du solltest wirklich was mit dieser Höhle unternehmen.« Die meisten aus Thalias Familie hatten zu den russischen Juden gehört, die unter Präsident Jimmy Carter Ausreisevisa bekommen hatten. Nur ihr verwitweter Vater war zurückgeblieben. Er war damals schon gebrechlich und liebte seinen Kunsthandel. Bei seiner Ausreise hätte er das Geschäft verkaufen müssen, um die horrenden Emigrationssteuern der Sowjets zahlen zu können, und hätte so gut wie nichts übrig behalten. Also blieb er, schickte seine Tochter zu ihren Tanten und Cousins nach New York City und bezahlte ihr Studium an der Columbia University. Wie sie später erfuhr, hatte er sich ihr Studiengeld von Moskauer Kredithaien geliehen in der sicheren Erwartung, dass er ohnehin sterben würde, bevor sie ihr Geld zurückverlangten.

»Du bist doch heute Abend nicht hergekommen, um

über die Inneneinrichtung zu reden«, sagte Zoe und trat an den Tisch.

Thalia zuckte die Achseln und schob ihr die Mövenpick-Tüte hinüber. »Hier. Sieh zu, dass du ein bisschen Fleisch auf die Rippen kriegst.« Abrupt drehte sie sich um und nahm ihre eigene Essenstüte. »Los! Setzt dich! Setz dich schon hin!« Thalia schob den einzigen Stuhl im Zimmer für Zoe heraus und konzentrierte sich darauf, ihr Essen auszupacken. Nach einer geraumen Weile rückte Zoe den Stuhl so, dass sie Thalia besser sehen konnte, und holte ein Sandwich mit Aufschnitt und einen hohen Plastikbecher mit Gemüsebrühe aus der Tüte. Sie stellte den Becher auf den Tisch, nahm den Deckel ab und trank einen Schluck.

Thalia stand neben dem Silbertablett und fiel geradezu athletisch über ihr Sandwich her. Die Kakophonie der Maschinen im Raum füllte ihr Schweigen. Mit einem Blick zur Tür legte Thalia ihr Sandwich ab und trat näher zu Zoe.

»Das hier ist der einzige Ort, wo wir reden können«, sagte sie leise. »Ansonsten überwachen sie uns überall.« Zoe nickte. »Sie drängen mich, fertig zu werden. Irgendwas setzt sie unter Druck, sie wollen den Laden hier so schnell wie möglich dichtmachen.«

»Aber was?«

»Wer weiß? Vielleicht ist die Polizei hinter ihnen her? Vielleicht aber auch dein Mann, wenn er ein so guter Polizist ist, wie du sagst.«

Bei dem Gedanken, dass Seth nach ihr suchte, hob sich Zoes Stimmung. Sie träumte davon, dass er in der Tür ihrer Zelle auftauchen würde.

»Wie lange haben wir noch Zeit?«, fragte Zoe.

»Höchstens eine Woche.«

»Aber wir müssen doch noch die ganzen Göttinnenfiguren begutachten!« Die Diebesbeute aus Kreuzlingen umfasste überraschenderweise auch eine riesige Kiste mit Hunderten Statuetten, Figurinen und anderen Darstellungen der Großen Göttin – manche nannten sie Venusfiguren – aus über zehntausend Jahren ab der Alt- und Jungsteinzeit. Es war eine unglaubliche Entdeckung in einer ohnehin unglaublichen Sammlung.

»Wir brauchen Monate, wenn wir das gründlich machen wollen«, wandte Zoe ein.

»Wir haben nicht monatelang Zeit«, erklärte Thalia. »Außerdem haben die ganzen Fälschungen Priorität, die du aus den anderen Teilen der Sammlung aussortiert hast. Sie regen sich ganz schön darüber auf, dass du so viele Stücke nicht für echt hältst.«

»Na und wenn schon«, antwortete Zoe. »Damit müssen sie leben.« Sie trank einen großen Schluck Brühe, die in ihrer Zelle rasch abkühlte. »Das kann ihnen doch eigentlich völlig egal sein.« Zoe betupfte ihre Lippen mit einer Papierserviette. »Sie verkaufen gestohlene Kunst an Leute, die genau wissen, dass es Diebesgut ist. Was sollen die Käufer schon machen? Sie bei der Polizei anzeigen?«

»Vergiss nicht, dass einige selbst bei der Polizei sind«, warnte Thalia.

Kopfschüttelnd trank Zoe ihre Brühe aus.

»Sie mögen ja Diebe sein, aber sie wollen diesen Sammlern und Museumskuratoren schließlich auch weiterhin Kunst verkaufen. Wenn ich das richtig verstanden habe, besitzen sie Kontakte in die Hinterzimmer der Eremitage, wo eine Menge Beutekunst lagert, deren Besitz die Sowjets nicht zugeben wollen.«

»Was für Typen«, stellte Zoe finster fest und biss in ihr Sandwich. Lange kaute sie schweigend, während der Raum um sie her sein akustisches Eigenleben entfaltete. Schließlich schluckte sie und sagte: »Also, die gute Nachricht ist, dass unter den Impressionisten und den anderen Werken ›entarteter‹ Kunst offenbar keine Fälschungen sind.« Sie hielt inne. »Es war allerdings auch kaum zu erwarten, dass die führenden Fälscher viele Werke produzierten haben sollten, die von den Nazis geächtet waren. Andererseits sind meiner Ansicht nach gut 25 Prozent der

Werke vom Mittelalter bis ins 19. Jahrhundert entweder totale Fälschungen oder so weitgehend restauriert, dass sie praktisch als brandneu gelten müssen.«

»Die flippen aus«, sagte Thalia.

»Nicht, wenn wir es ihnen gar nicht sagen.« Zoe grinste.

Thalia schaute sie verständnislos an.

»Die meisten habe ich einfach durchgehen lassen«, erklärte Zoe. »Die Fälschungen habe ich mit einem winzigen ›f‹ in der rechten unteren Ecke der Gemälde und an verschiedenen Stellen der Skulpturen und Reliquienschreine markiert. In der Datenbank ebenfalls: mit einem einzelnen ›f‹ im Feld Beschreibung.«

»Du bist gerissen«, sagte Thalia, während ihr aufging, was das bedeutete. »Wenn bekannt wird, dass sie Fälschungen verhökern, wird ihnen niemand mehr was abkaufen.«

»Bingo! Und dir können sie nicht die Schuld geben, weil *ich* diejenige bin, die die Fälschungen auffliegen lässt. Ich muss nur noch überleben, dann sind diese Kerle geliefert.«

Thalias Miene verfinsterte sich, als Zoe die unausgesprochene Gewissheit zum Ausdruck brachte, dass sie die Umsetzung ihres Plans nicht erleben würde. Lange schwiegen sie bedrückt.

Thalia wohnte in einem Hotel in der Nähe und wurde von ihren Erpressern immer dort abgeholt und zurückgebracht, eine Gefangene, die mit den Drohungen gegen ihren Vater bei der Stange gehalten und zur Mitwirkung gezwungen wurde. Sie hatten Thalia unmissverständlich klargemacht, dass ihr und ihrem Vater vor ihrem Tod ein langes, qualvolles Leiden bevorstand, falls etwas Unerwartetes passieren sollte – Zoes Flucht, das Eintreffen der Polizei, eine hinausgeschmuggelte Nachricht –, selbst wenn sie nicht dafür verantwortlich wäre.

Thalia brach das Schweigen mit aufgesetzter Begeisterung. »Na ja, ich kann es jedenfalls gar nicht abwarten, zu erfahren, wie du die Fälschungen erkennst.« Sie räumte einen Teil des Tisches frei und schenkte dampfenden Tee in zwei Tassen. »Damit müssen wir gleich morgen anfangen, damit wir diese Stücke aus dem Weg kriegen.«

»Das ist ein guter Tausch«, antwortete Zoe, goss Milch in ihren Tee und trank einen Schluck. »Ich weiß wirklich nicht viel über die Alt- und Jungsteinzeit, und du kennst dich damit so gut aus.«

Thalia zuckte bescheiden die Achseln.

Schweigend tranken die beiden Frauen ihren Tee, jede widerstrebend in Gedanken an eine ungewisse Zukunft vertieft, die keine zugeben wollte.

»Mir wäre es jedenfalls lieb, wenn wir so bald wie möglich mit den Göttinnenfigurinen anfangen könnten«, sagte Zoe schließlich.

»Mir auch«, bestätigte Thalia. »Leider machen sich die zuständigen Genies nicht viel aus ... wie haben sie sie noch genannt: ›einem Haufen dicker fetter Tonfiguren‹.«

Zoe trank ihren Tee aus. »Was für Typen«, knurrte sie erneut.

»Wir könnten gleich heute Abend damit anfangen«, schlug Zoe vor.

»Mit den Fälschungen?«

»Ich dachte eher an die Göttinnen.«

Thalia schüttelte den Kopf. »Sie sind eisern. Zuerst alle jüngeren Stücke, dann die Göttinnen.«

»Können wir denn die Fälschungen heute Abend noch durchgehen? Erlauben sie uns, so spät noch zu arbeiten?«

»Wieso nicht?«, antwortete Thalia. »Ihnen brennt's schließlich unter den Nägeln, alles in trockene Tücher zu kriegen. Sie wollten die Göttinnenfiguren schon komplett abschreiben. Ich konnte noch eine zusätzliche Woche für uns herausschlagen, indem ich sie überzeugt habe, dass die ›dicken fetten Tonfiguren‹ ihnen Millionen einbringen werden. Sie haben mir gesagt, dass sie möglicherweise von einem Tag auf den anderen hier die Zelte abbrechen und innerhalb von Stunden alle unerledigten Kleinigkeiten abwickeln müssten.«

Angst schnürte Zoe die Kehle zu. Sie war so eine unerledigte Kleinigkeit. Thalia hatte ihr schon einmal das Leben gerettet. Schon seit Monaten beschützte sie Zoe, nahm ihrer Gefangenschaft die schlimmsten Härten und sorgte sogar mit einer Rose hier und einem guten Tee da für ein bisschen Kultur. Aber Zoe war klar, dass Thalia auch nur eine Gefangene war. Sie besaß weder Schlüssel, noch konnte sie ungehindert kommen und gehen. Da ihr Vater in der Gewalt der Verbrecher war, konnte sie nichts mehr für Zoes Schutz tun.

Zoe gab sich alle Mühe, die unausgesprochene Bedrohung zu verdrängen, die nun fast greifbar war. Bei dem Gedanken ließ Thalia den Kopf hängen.

Zoe machte ihnen beiden Mut.

»Schau mal, wenn wir da draußen in einer großen Galerie auf der Bahnhofstraße arbeiten würden, könnten wir jederzeit beim Überqueren der Straße von einem Mercedes oder sonst was überfahren werden. Niemand weiß, wie viel Zeit ihm wirklich bleibt, also lass uns die Zeit nutzen, die wir haben … wie lange das auch sein mag. Das ist allemal besser, als hier herumzusitzen und Trübsal zu blasen.«

Kapitel 6

Der fahle Wintertag war schon lange in römische Dämmerung übergegangen, als der Amerikaner mit seinem mündlichen Bericht für den Assessor fertig wurde. Kardinal Rudolph Braun saß mit dem Rücken zu seinem Besucher und schaute zum Fenster, wo sich ihre beiden Gesichter immer deutlicher spiegelten, je dunkler es draußen wurde.

Der Amerikaner hat erheblich abgenommen, dachte Braun. In den letzten sechs Monaten hatten sich tiefe Falten in das Gesicht des Mannes gegraben.

»Ich begreife trotzdem nicht, wieso wir sie nicht erwischt haben«, sagte der Amerikaner erschöpft. Der Mann hat sich nicht beklagt, keine Ausreden vorgebracht, dachte der Kardinal. Das war gut. Die Ringe unter den Augen des Amerikaners bezeugten seinen unermüdlichen Einsatz wesentlich beredter, als alle Worte es vermocht hätten.

»Sind Sie sicher, dass Sie über die nötigen Ressourcen verfügen?«, fragte Braun und wandte sich vom Fenster dem Amerikaner zu.

Der Mann nickte. »Sie waren mehr als großzügig. Außerdem habe ich ausgiebig Gebrauch von den Ressourcen meines Arbeitgebers gemacht.«

Der Kardinal nickte. Unerwartet lächelte er sogar. »Gott wird es uns zu gegebener Zeit lohnen.«

Der Amerikaner bemühte sich vergebens, sein erleichtertes Seufzen zu verbergen.

Nach einer Weile fuhr der Kardinal fort: »Es war gut, dass Sie keine Fragen gestellt und nicht zu eingehend nachgehakt haben.«

»Danke. Ich möchte mich wirklich nicht in Dinge mischen, die mich nichts angehen. Es ist sogar besser, wenn ich das meiste nicht weiß ...«

Braun nickte. »Aber ich habe mir überlegt, dass es hilfreich für Ihre Aufgabe sein könnte, wenn Sie mehr über die Sache wüssten, es könnte Sie auf kreative Ideen bringen.«

»Wenn Sie das meinen«, antwortete der Amerikaner zögernd. »Sicher.«

»Haben Sie sich in diesen ganzen Monaten mal gefragt, was in der Kiste ist, die Sie suchen?«, fragte der Kardinal. »Wie der Inhalt überhaupt beweisen kann, dass Sophias Grabtuch authentisch und sie ein echter Messias ist? Schließlich sprechen wir hier von Dingen, die beinahe siebenhundert Jahre her sind ... Kriege, die Kreuzzüge, Kirchenspaltungen ... Wie kann man da etwas von solcher Tragweite jenseits aller begründeten Zweifel beweisen?«

Der Amerikaner nickte. »Das habe ich mich tatsächlich gefragt und bin zu dem Schluss gekommen, dass es vielleicht besser für mich ist, es nicht zu wissen.«

Braun lächelte. »Als Mitglied der Kirche und gläubiger Mensch ist es vielleicht wirklich besser für Sie, es nicht zu wissen. Aber als Soldat Gottes, denke ich, könnten die Details Ihnen vielleicht bei Ihrer Suche helfen.«

Der Amerikaner hielt dem Blick des Kardinals lange stand, bevor er zögernd nickte.

»Der Beweis ist mit der Geschichte verknüpft«, begann Braun. »Lassen Sie mich 310 n. Chr. anfangen, als Sophia in einem kleinen anatolischen Dorf in einer Kaufmannsfamilie geboren wurde, offenbar als illegitimer Sprössling der ältesten Kaufmannstochter. Die Umstände ihrer Geburt sind nicht geklärt. Die Familie versuchte, die Geburt der unehelichen Tochter geheim zu halten, was ihr mehr als dreizehn Jahre lang auch gelang. Das Mädchen durfte das recht komfortable Haus der Familie nie verlassen und hatte keinen Kontakt zu den Bediensteten. Der offenkundige Grund für diese Geheimhaltung war, der Schande der unehelichen Geburt zu entgehen. Aus dem Tagebuch der Kindsmutter wissen wir jedoch, dass der wahre Grund etwas mit übernatürlichen Erscheinungen zu tun hatte, die bereits in der Schwangerschaft auftraten.

Die Mutter des Mädchens begann offenbar während ihrer Schwangerschaft, Prophezeiungen zu machen, die alle mit profanen Alltagssituationen zu tun hatten und sich zum Teil auf die Geschäfte ihres Vaters bezogen. Alle diese Prophezeiungen erfüllten sich.

Nach Sophias Geburt erlangten alle, die das Kind badeten oder auf dem Arm hielten, vorübergehend prophetische Kräfte. Die Tatsache, dass man Sophia als uneheliches und zudem von Dämonen besessenes Kind nicht tötete, deutet darauf hin, dass die Familie mehr über Sophias Geburt wusste, als sie schriftlich festzuhalten wagte.«

»Mehr?«, fragte der Amerikaner. »Was denn zum Beispiel?«

»Vielleicht bekam sie eine Botschaft oder einen Hinweis auf die göttliche Abstammung des Mädchens.« Der Kardinal schaute den Amerikaner zögernd an. »Aber das ist reine Spekulation. Ich möchte mich hier lieber an das halten, was sich beweisen lässt.« Der Amerikaner nickte.

»Aberglaube war damals, mehr noch als heute, häufig ein Auslöser von Gewalt. Von Dämonen besessen zu sein konnte leicht bedeuten, von der Hand abergläubischer Nachbarn zu sterben. Um sicherzugehen, dass sich keine Gerüchte über ihre Tochter verbreiteten, die sie und den Rest der Familie gefährdet hätten, wuchs das Mädchen völlig isoliert auf.

Aber Schlösser und Riegel waren für die heranwachsende Sophia kein Hindernis. Mit 13 Jahren tauchte das Mädchen bei einer geschäftlichen Unterhandlung an der Seite seines Großvaters auf. Nahezu ein Dutzend Männer bezeugten den Vorfall. Nach ihren Schilderungen waren sie wie gebannt von dem Mädchen, das wie eine Erwachsene zu ihnen sprach und Worte fand, zu ihnen zu predigen. Sie waren verblüfft und fasziniert von ihr. Ihr Großvater war entsetzt und brachte sie rasch fort, da er um sein Leben, sein Geschäft … um das Leben seiner Tochter und der übrigen Familie fürchtete. Aber es kam nie zu den Gewalttaten, die er erwartet hatte. Es trat sogar das genaue Gegenteil ein. Die Männer, die es miterlebt hatten, berichteten hinterher, sie hätten tiefe Ruhe und Frieden empfunden. Sie mochten Sophia und verlangten immer wieder, sie zu sehen. Bald wurde sie zu einer festen Größe im Dorf und entwickelte eine Anhängerschaft. Dann begann sie, Menschen zu heilen.«

»Glauben Sie das wirklich?«, fragte der Amerikaner fassungslos.

Braun nickte. »Es bleibt mir keine andere Wahl. Die Belege sind zu überwältigend, um es nicht zu glauben … Sie werden es sehen. Nehmen wir beispielsweise Valerius Daia – ihr erstes Wunder. Daia wurde 285 n. Chr. zum Dienst in der römischen Armee gezwungen und mit seiner Legion von Kaiser Diokletian 295 n. Chr. nach Mesopotamien geschickt. Ein Jahr später schlug der persische Feldherr Narses die römischen Legionen und ihren Führer Galerius vernichtend. Aus den ausführlichen militärischen Unterlagen geht eindeutig hervor, dass Valerius Daias rechtes Bein verstümmelt wurde und gelähmt blieb, was ihn für den weiteren Militärdienst untauglich machte.

Seine Spur taucht erneut in dem kleinen Dorf bei Smyrna auf, in dem Sophia lebte. Nach einem allgemeinen Erlass des Kaisers entrichtete das Dorf einen kleinen Teil der Steuern, die es an Rom zu zahlen hatte, in einen Fonds, der ehrenhaft verwundeten Soldaten des Kaisers eine kleine Rente zahlte. Es war der erste schlichte Versuch einer Versorgung von Kriegsveteranen. Jedenfalls tauchte der Name Valerius Daia in den Dorfarchiven erstmals 297 n. Chr. auf. Eine ungewöhnliche Eintragung in den Dorfannalen aus dem Jahr 323 verlangte, diese Zahlungen einzustellen, da

›ungewöhnliche Umstände die Heilung des lahmen Beins von Valerius Daia bewirkt hatten‹.«

Braun machte eine Pause, um seine Erzählung wirken zu lassen. Er schaute dem Amerikaner in die Augen und beugte sich vor. »Verstehen Sie, sie hatte sein Bein berührt. Sie berührte sein Bein, und er war geheilt. Wir haben eine Schilderung dieses Wunders vom Dorfschreiber, aber wir haben auch militärische und steuerliche Unterlagen, die den Vorfall belegen.« Er schwieg kurz.

»Es gibt noch weitere Dokumente. Die Römer führten in allen Dingen eifrig Buch. Außerdem gibt es die Relikte und Artefakte, die von Zivilbehörden sorgfältig erfasst und dokumentiert wurden und uns heute mit makellosen Herkunftsnachweisen vorliegen. Sie lassen sich unmöglich leugnen.«

Im Zimmer war es kalt geworden, und zum ersten Mal, seit Braun seine ungewöhnlichen Ausführungen begonnen hatte, fiel dem Amerikaner auf, dass es auch dämmrig geworden war. Im Westen stand die Sonne tief am Horizont. Den Amerikaner überlief ein Frösteln.

»Aber alle diese Unterlagen, wie konnten sie über mehr als 1600 Jahre hinweg erhalten bleiben?«

»Es gibt im Vatikan ein Gebäude, dessen Keller 70 Kilometer Regalreihen voller Bücher, Pergamentrollen, Steintafeln, Dossiers und Handschriften von außerordentlicher Bedeutung enthalten. Dort verwahrt die Kirche zum Beispiel die Gerichtsprotokolle der Hexenprozesse, die Briefe von Jeanne d'Arc, die handschriftlichen Originalprotokolle des Galileo-Prozesses, eine Petition von 75 englischen Lords mit der Bitte um Annullierung der Ehe Heinrichs VIII., Dokumente zu den Kreuzzügen, Einzelheiten über das skandalöse Leben der Nonnen von Monza, Berichte über Prophezeiungen, die in Erfüllung gegangen sind oder sich auf zukünftige Ereignisse beziehen. Millionen streng geheimer Unterlagen befinden sich gut bewacht im Archivo Segreto Vaticano, den Geheimarchiven des

Vatikans. Hier lagern auch Dokumente, die unwiderlegbar die Auferstehung Sophias nachweisen.« Braun stockte, als seien seine Gedanken zu schmerzlich, um sie in Worte zu fassen. »Und bis Kaiser Heinrich IV. Rom 1084 plünderte, befanden sich auch Sophias Grabtuch, die Schilderung ihrer Passion und weitere Unterlagen von höchster Glaubwürdigkeit in diesem Archiv. Wir vermuten, dass Konstantins Biograf, Eusebius, alle diese Dinge insgeheim sammelte und in einer mit Juwelen besetzten goldenen Truhe versiegeln ließ.«

»Aber wieso er? Er war doch Konstantins wichtigster Bischof.«

»Rache, höchstwahrscheinlich.«

»Wie bitte?«

»Mittlerweile ist hinlänglich dokumentiert, dass Eusebius ein heimlicher Anhänger von Arius war, jenem Bischof, der am Ende des Konzils von Nizäa auf der Verliererseite stand. Eusebius war ein geistlicher Guerillakämpfer am Hof Konstantins. Die Truhe, die Eusebius zusammenstellte – und die wir als Sophia-Passion bezeichnen –, enthält durchaus glaubwürdige Belege, dass es beim Nizäischen Konzil vor allem darum ging, Sophias Göttlichkeit zu vertuschen, und weniger darum, ein Glaubensbekenntnis durchzuboxen, um die Gläubigen auf einen gemeinsamen Weg zu führen.«

Lange betrachtete er schweigend die Venen auf seinem Handrücken, als sähe er dort den Kampf widergespiegelt, der die Wahrheit auf die Welt losgelassen hatte.

»Als die Berichte über Sophias Wundertaten und Lehren nach Rom drangen, nahmen Papst Silvester I. wie auch Kaiser Konstantin sie überaus ernst«, führte Braun weiter aus. »Den Geschichtsbüchern zufolge war die Zeit der Reformation die Periode größter Unruhen in unserer Geschichte. Aber es gab noch wesentlich unruhigere Zeiten, die für den Bestand der Kirche erheblich bedrohlicher waren. Stellen Sie sich vor, was in Konstantin und Silvester I. vorgegangen sein muss, als sie von Sophia erfuhren. Schließlich war Konstantin der erste römische Kaiser, der das Christentum unter den offiziellen Schutz des Staates gestellt hatte, und Silvester der erste staatlich legitimierte Papst nach fast dreihundertjähriger Verfolgung. Dies hätte in jeder Hinsicht eine glanzvolle Ära für die Kirche sein müssen, aber es war alles andere als das. Innerhalb der geschützten Staatsreligion ging den Kirchenmitgliedern nach und nach der Zusammenhalt verloren, der sie zusammengeschweißt hatte, als ihr Überleben noch davon abhing. Solange die Gläubigen auf andere Kirchenmitglieder angewiesen waren, um die marodierenden römischen Legionärstrupps zu überleben, die fest entschlossen waren, sie auszurotten, war es leicht, Ketzerei im Keim zu ersticken und die geistige Einheit zu bewahren. Einheit bedeutete Überleben. Aber nachdem Konstantin die Kirche offiziell anerkannt hatte, verlor sie bald diesen Zusammenhalt. Gefördert durch ihre Verbindungen zum Römischen Reich, entwickelte die Kirche sehr bald jene Bürokratie, für die der Vatikan mittlerweile berüchtigt ist. Und in dem Maße, wie die Bürokratie ein Eigenleben entfaltete, geriet sie immer häufiger in Konflikte.

Um ihren Bestand zu sichern, wandelte die Kirche sich bald von einer religiösen Bewegung um einen charismatischen Führer zu einer bürokratischen Institution. Zuerst musste sie sich mit Hunderten von spirituellen Splittergruppen auseinandersetzen – vor allem mit den Gnostikern –, die fortwährend die Grundlehren des Kirchenführers in Frage stellten. Zu den Streitfragen gehörte die Tatsache, dass Jesus Frauen als gleichberechtigt akzeptierte, sie als Jünger und geistige Führer zuließ und erklärte, Gott sei männlich und weiblich.«

»Das ist eine Tatsache?«

Braun nickte.

»Mein Gott«, stöhnte der Amerikaner leise.

»Ja«, bestätigte Braun sanft. »Jetzt haben Sie einen besseren Eindruck davon, womit wir im Geheimen zu kämpfen haben.« Er stockte. »Also, wo waren wir stehengeblieben? Konstantin. Ja, Konstantin erkannte die Vorteile, die es hatte, mit dem Segen eines spirituellen Führers zu regieren. Und Silvester war ohne Zweifel klar, wie schwierig es für ihn wäre, die Kirche zu führen, wenn er für die zivile Obrigkeit ein Gesetzloser wäre. Als sie nun von diesem jungen Mädchen hörten, das in einem abgelegenen Dorf Wunder wirkte und Älteren predigte, wussten sie, dass sie rasch handeln mussten, um zu verhindern, dass ihre Autorität weiter untergraben wurde.

Abgesandte Konstantins und Silvesters machten sich auf die Reise zu diesem bemerkenswerten Mädchen. Als sie dort eintrafen, stellten sie fest, dass die Lage noch viel ernster war, als sie gehört hatten. Sophia war damals zwar erst 15 Jahre alt, hatte sich aber bereits zum Zentrum einer religiösen Splittergruppe entwickelt, die ihr Heimatdorf erfasst und bereits auf die Umgebung übergegriffen hatte.« Braun schob seinen Stuhl zurück und erzählte weiter.

»Die Kirche war damals von solchen Splittergruppen zerrissen, deren Glaube sich auf verschiedene Auslegungen der Heiligen Schrift stützte. Der Gedanke, welche Anziehungskraft eine Gruppe ausüben würde, die sich um eine Person von der Macht und dem Charisma Sophias scharte, ließ sie schaudern. Ihnen entgingen keineswegs die Parallelen, die sich zwischen ihr und Jesus Christus ziehen ließen.«

Braun verlagerte sein Gewicht und stützte den Ellbogen auf den Schreibtisch. »Außerdem war sie eine Frau. Unter den Aposteln, die von der orthodoxen Lehre anerkannt waren, gab es keine einzige Frau. Frauen …«

»Verzeihen Sie, Eminenz …«

»Rudolph.«

Der Amerikaner zögerte. »Rudolph.«

»Ja?«

»Sie klangen wie ein spitzfindiger Jurist, als Sie sagten,

dass keine weiblichen Apostel *von der orthodoxen Lehre anerkannt waren*. Heißt das, es gab Frauen in dieser Position, aber sie wurden nicht anerkannt?«

»Höchstwahrscheinlich«, bestätigte Braun. »Zu ihnen gehörte vor allem Maria Magdalena. Sie und Petrus hatten einige ziemlich heftige Auseinandersetzungen.«

»Und das wissen Sie aus den gnostischen Evangelien?«

Braun nickte. »Daraus und aus anderen heiligen Schriften.«

»Und sie sind ebenso stichhaltig wie die Bücher, die in die Bibel einbezogen wurden?«

»Ebenso stichhaltig, aber äußerst unbequem für Konstantin und den Mann, der die Institution der Kirche in ihrer heutigen Form begründete. Sehen Sie, Petrus gewann seinen Machtkampf mit Maria Magdalena. Deshalb nehmen Frauen heute in jeder Kirche eine zweitrangige, untergeordnete Stellung ein. Das Christentum übernahm vom Judentum die Lehre der männlichen Dominanz, institutionalisierte sie in der neuen Religion und rechtfertigte seine Autorität in dieser Frage mit spirituellen Begründungen. ›*Vater* unser, der du bist im Himmel.‹ Für sie war Gott eindeutig ein Mann, und das galt auch für seinen Sohn. Nun zuzugeben, dass die Kirche sich in dieser Frage geirrt hatte, würde den Papst auch in anderen Dingen der Kritik aussetzen.«

Der Amerikaner saß völlig benommen da.

»Sehen Sie«, erklärte der Assessor, »die Männer, die damals die Kirche leiteten, waren ungemein kompetent und pragmatisch. Ihnen war klar, dass der Bestand der Kirche davon abhing, möglichst viele Menschen zu einer einzigen Lehre zu bekehren, um die endlosen Unruhen auf ein Minimum zu reduzieren und Konstantin in einer effektiven Staatsführung zu unterstützen. Deshalb reduzierten und vereinfachten sie die Anforderungen an Christen: das Glaubensbekenntnis sprechen, sich taufen lassen und die Anordnungen der Hierarchie getreu befolgen. Selbsterforschung und Gewissensprüfung missbilligten und verboten sie, weil sie Fragen aufwerfen konnten. Der gnostische Weg war schwer und verlangte dem Gläubigen große spirituelle Mühen ab.

Um ihren Bestand zu sichern, musste die Kirche sich auch mit den heidnischen Römern arrangieren. So wurde aus dem Tag, der dem Sonnengott Sol geweiht war, unser Sonntag. Und der Geburtstag des römischen Gottes Mithras – der 25. Dezember – wurde zum Geburtstag unseres Erlösers. Es gibt unzählige solcher Beispiele für heidnische Praktiken, die das Christentum sich einverleibte.«

Ein schmerzlicher Ausdruck trat in das Gesicht des Amerikaners.

»Mir ist klar, dass das schmerzlich für Sie ist, mein Sohn, aber Sie müssen stark sein.«

Der Amerikaner nickte.

»Kommen wir zurück zu Sophia«, sagte Braun. »Es war eindeutig rasches Eingreifen nötig, aber da die Gesandten keine Zeit hatten, einen Boten zu Konstantin oder Silvester zu schicken, trafen sie eine historische Entscheidung.«

Braun hielt inne und trank einen Schluck Tee.

»Der älteste Band im Archivo Segreto Vaticano ist ein dickes Buch, in dem ein Schreiber von Konstantins Hof in Schönschrift die Befragungen der Dorfbewohner protokollierte. Man befragte sie über Sophia und ihr Leben, zeichnete ihre Antworten auf und verglich ihre Aussagen mit denen ihrer Vorgänger. Ganz zum Schluss vernahmen sie Sophia, und als sie fertig waren, prüften sie die Protokolle und stellten fest, dass die Aussagen übereinstimmten. Ich habe hier eine Kopie der Befragungsprotokolle, die Sie lesen können … aus dem lateinischen Original ins Englische übersetzt.«

Der Amerikaner nickte.

»Und was passierte dann?«

»Römische Truppen töteten alle.«

»Alle! Das ganze Dorf?«

Braun nickte feierlich. »Alle. Den Schreiber, 150 Dorfbewohner und Sophia.«

Mit bebender Stimme fuhr Braun fort: »Man begrub sie. Und als man eine Woche später die Höhle inspizierte, die als Massengrab diente, war eines der Grabtücher leer. Es trug das Abbild eines 15-jährigen Mädchens.« Langsam stand Braun auf und trat neben den Amerikaner. Er legte dem jüngeren Mann die Hand auf die Schulter und schaute auf ihn herab. »Wir sind die Hüter dieses geheimen Messias. Wir müssen die Sophia-Passion finden und dafür sorgen, dass die Welt niemals von Sophias Geheimnis erfährt – oder von der Möglichkeit, dass sie und unser Herr Jesus Christus vielleicht nur zwei von vielen Erlösern sind, die Gott uns schickt, um uns zu lehren und auf die Probe zu stellen. Dieses Geheimnis zu lüften würde unsere Institutionen sprengen und letzten Endes den Feinden des Glaubens Tür und Tor öffnen. Denn wenn die Menschen erst einmal anfangen, auch nur einen Teil in Frage zu stellen, werden sie alles in Frage stellen. Wenn sie glauben, dass man sie früher getäuscht hat, lässt sich das Vertrauen nie wiederherstellen. Es würde nur Elend und Tod bringen.«

Der Amerikaner schaute zu ihm auf. »Ich … Es tut mir leid, dass ich danach gefragt habe. Ich … hatte ja keine Ahnung. Ich glaube, eigentlich wollte ich es gar nicht wissen.«

»Die Wahrheit macht nicht immer frei«, erklärte Braun, »vor allem dann nicht, wenn man die Verantwortung dafür trägt, zu verhindern, dass ihre zerstörerische Kraft den Glauben Hunderter Millionen christlicher Glaubensbrüder untergräbt.«

Kapitel 7

Schlotternd vor Kälte klammerte Ridgeway sich an einen Betonpfeiler unter dem Pier. Durch den schmalen Spalt zwischen den Booten hatte er beobachtet, wie die beiden Männer die Leichen ihrer Kameraden über den Pier trugen. Es war Ebbe. Die Kaimauern ragten wie riesige Klippen über ihm auf.

Er kämpfte gegen den eisigen Nebel in seinem Kopf an und wog seine Chancen ab, noch ein Stück weiterzuschwimmen. Ihm war klar, dass es sinnlos war. Er hatte es mit Mühe drei Piers weiter Richtung Hauptkanal geschafft, indem er zwischen den Anlegestegen tief tauchte und im relativen Schutz der Boote Luft schnappte.

Mittlerweile war die Kälte bis in den tiefsten Winkel seines Körpers vorgedrungen und verdrängte sogar die Wärme, die seine Bewegung erzeugte. Er konnte sich nur noch an den Pfeiler klammern und wusste, dass er aus dem Wasser klettern und sich den Angreifern stellen musste oder im Wasser sterben würde.

Ridgeway hatte Geschichten über Unterkühlung gehört, angeblich war es ein angenehmes Gefühl, in die Bewusstlosigkeit hinüberzugleiten, so angenehm, dass manche, die später gerettet wurden, wütend auf ihre Retter reagierten, die sie in die Welt zurückgeholt hatten. Er schloss die Augen und spürte, wie die Anspannung von ihm wich.

Das Wasser war warm, und Zoe war am Steuer. Sie hatten das große Genua-Vorsegel gesetzt und sahen durch den schmalen Zwischenraum zwischen Segel und Deck die Insel Salt Clay am Horizont vorübergleiten. Ridgeway warf einen Blick auf den Kompass und die Karte auf seinen Knien. In der Ferne lag die Insel Jost Van Dyke vor ihnen. Er hielt sein Gesicht in die Sonne und dachte an frischen Hummer und Piña Coladas bei Foxies. Mit geschlossenen Augen ließ er die Sonnenstrahlen auf sein Gesicht scheinen. Er spürte Zoes Hand in seinem Haar …

Salzwasser raubte ihm plötzlich den Atem. Vor seinen Augen war es trüb. Er hatte den Pfeiler losgelassen und ging unter! Seine Arme waren starr vor Kälte, seine Beine steif und leblos, aber er befahl ihnen zu strampeln, und sie gehorchten. Als sein Kopf über der Wasseroberfläche war, schnappte er gierig nach Luft und bemühte sich, keinen Lärm zu machen, obwohl bei dem Sturm ohnehin kaum etwas zu hören war. Rechts von ihm hing ein Tau vom Pier in einem Bogen herunter. Die Enden waren außer Sichtweite verschwunden. Ridgeway trat verzweifelt Wasser und reckte sich nach der tiefsten Stelle des Taus. Seine Fingerspitzen streiften das Seil, fanden aber keinen Halt. Wieder ging er unter, aber als seine Beine ihn dieses Mal hinaufbeförderten, bekam er das Tau mühelos zu fassen. Er zog sich daran hoch und stellte fest, dass damit ein kleines Motorboot am Pier vertäut war.

Ridgeway zog sich weiter an dem Tau nach oben, bis seine Hände die Klampe am Pier zu fassen bekamen, an der es befestigt war. Einen Moment hing er dort und schaute sich um. Die Laufbrücken und Aufbauten eines Motorbootes versperrten ihm die Sicht auf das nahe Dock.

Mit einem Bein stemmte Ridgeway sich gegen das Tau und schob das andere Bein über die Kante des Piers. Einen endlos langen Augenblick schien sein Körper wie erstarrt an der Kante zu kleben, doch dann lag er rittlings auf dem Pier und spürte den Regen auf sein Gesicht prasseln. Er drehte den Kopf, atmete keuchend die nasse Luft ein und hustete leise.

Langsam stützte er sich auf einen Ellbogen und rappelte sich in eine sitzende Position auf. Links von ihm, auf der anderen Seite des Beckens, ging einer der Männer weiter von ihm weg. Vorsichtig stand Seth auf und wartete, bis das benommene Gefühl sich gelegt hatte. Dann ging er langsam auf den Hauptpier zu. Instinktiv tastete seine rechte Hand in der Tasche seines Bademantels nach seinem Revolver, fand aber nur ein dickes Bündel Tausenddollarscheine. Er schob den Gedanken an das Geld und die Waffe beiseite und ging weiter.

Anfangs hatte ein großes Motorboot ihm Deckung gegeben. Aber als er nun am Bug des Bootes vorbeiging und den Hauptpier erreichte, sah er deutlich das Geländer oben auf der Kaimauer und die Gebäude dahinter. Und ebenso deutlich, wie er sah, konnten auch andere ihn sehen.

Beweg dich!, befahl er sich. Schnell rannte er den Pier entlang zu der steilen Rampe, die an Land führte. Er schaute sich nach dem anderen Mann um. Was war mit ihm passiert? Wo versteckte er sich? Als er sich der Rampe näherte, blieb er am Bugspriet einer großen Ketsch stehen und ließ den Blick oben über die Kaimauer schweifen. Keine Spur von einem Kerl in gelber Regenjacke.

Hatte der Mann ihn gesehen? War er da oben und wartete außer Sichtweite, bis er die Rampe heraufkäme? Ridgeway wusste nur, dass er sich bewegen musste. Er musste die Rampe hinauf, ganz gleich, was ihn da oben erwartete. Auf dem Pier zu bleiben hieß zu sterben. Er atmete tief und zittrig ein und nahm die steile Steigung der Rampe in Angriff.

Beinah hatte er schon das obere Ende der Rampe erreicht, als er aus den Augenwinkeln etwas Gelbes bemerkte. Sofort ließ er sich auf die Rampe fallen und blieb auf dem Bauch liegen. Welche Möglichkeiten hatte er? Was blieb ihm übrig? Wenn er die Rampe hinaufginge, müsste er sich dem bewaffneten Mann stellen, wenn er wieder hinunterginge, würde er sicher an Unterkühlung sterben. Er kroch weiter nach oben.

Kurz vor Ende der Rampe raffte Ridgeway seine letzten

Kraftreserven zusammen, sprang auf und rannte auf die Autos zu. Er lief an dem schwarzen Mietwagen der Killer vorbei, dann an dem Toilettenhäuschen. Er spürte seine nackten Füße auf den Asphalt klatschen und hielt es für ein gutes Zeichen, dass er wieder Gefühl in den Füßen hatte.

Der Sturm trieb ihn von hinten an, vorbei an seinem eigenen Wagen – die Schlüssel lagen irgendwo an Bord der *Valkyrie*. Er raste weiter zu der Limousine. Was immer sie mit Benjamin gemacht hatten, die Schlüssel waren vermutlich noch da – das hoffte er zumindest.

Ridgeway platschte durch eine knöcheltiefe Pfütze, überquerte einen Rinnstein und brach durch eine spärliche Sträucherreihe zur Limousine durch. Er hörte seinen verzweifelt keuchenden Atem über den Sturm hinweg, als er sich auf die Motorhaube der Limousine stützte und seine Knie anflehte, nicht nachzugeben.

Dann hob er den Kopf und schaute sich um. Einer der Männer lief ein Stück auf der anderen Seite des Beckens, wurde dann aber langsamer. Der andere stand immer noch vierzig bis fünfzig Meter entfernt am Geländer.

Mit einem tiefen, entschlossenen Atemzug schob Ridgeway sich von der Motorhaube weg, richtete sich zitternd auf, ging zur Fahrertür und öffnete sie. Der intensive, warme, metallische Geruch blutigen Todes wehte heraus.

Als Streifenpolizist hatte Ridgeway mit Verkehrsunfällen zu tun gehabt und zermalmte Leichen gesehen mit verdrehten Gliedmaßen, aufgerissenen Leibern und herausquellenden Gedärmen. Als Mordkommissar hatte er die Perversitäten erlebt, die Menschen einander absichtlich antaten. Aber noch nie hatte er etwas so Grauenvolles gesehen wie den Anblick, der sich ihm bot, als er die Fahrertür der Limousine öffnete.

Weinstocks Leibwächter lag ausgestreckt auf der vorderen Sitzbank, seine Hände und Beine waren gefesselt und das Seil an Türpfosten und anderen Wagenteilen befestigt. Der Mann war splitternackt und vom Schamhaar bis zum Brustbein aufgeschlitzt. Seine Innereien quollen auf die Ledersitze.

Als die Wagentür sich öffnete, stöhnte der ausgeweidete Körper. Benjamin lebte noch. Sein schiefergraues Gesicht wandte sich Ridgeway zu. Er öffnete die Augen, und nach langen Sekunden spiegelte sich darin trauriges Erkennen. Der Mund öffnete sich, ging aber wortlos wieder zu, als sei die Anstrengung zu viel für ihn. Die Augen schlossen sich, und der Kopf des Mannes fiel nach hinten.

Ridgeway spürte eine Gänsehaut und die beißende Säure von Angst und Übelkeit. Er schnappte nach Luft wie ein Fisch auf dem Trockenen. Endlich riss er den Blick von dem Horrorszenario los und zwang seine Beine mit letzter Willenskraft, sich zu bewegen. Er trat einen Schritt zurück, drehte sich um und sah sich einem jungen Mann gegenüber, der in einer Hand ein Messer, in der anderen eine Maschinenpistole mit Schalldämpfer hielt und triumphierend grinste.

»Wir haben auf Sie gewartet«, sagte der junge Mann in Englisch mit starkem Akzent. Er warf einen Blick auf den Vordersitz der Limousine. »Benjamin und ich.«

Der Mann trug Jeans, eine Windjacke über einem Pullover mit V-Ausschnitt und Turnschuhe. Seine Kleider waren völlig durchnässt und klebten an seiner Haut. Auch sein kurzes Haar war tropfnass und klebte am Schädel. Er wirkte wie Ende zwanzig und hatte die schlanke, kantige Männlichkeit eines Langstreckenläufers. Seine Augen funkelten irre, als bräche sich das Licht dahinter in Scherben.

Ridgeway wich zurück, unfähig zu einer Antwort. Er spürte das kalte Blech der Limousine in seinem Rücken, als er sich dagegenlehnte, und hoffte, dass ihn die eiskalte Ruhe und die alten Instinkte, die ihm als Polizist so oft gute Dienste geleistet hatten, auch heute Morgen nicht im Stich ließen. Verzweifelt schaute er sich um, suchte nach Hilfe, einer Waffe, einem Ausweg.

Das Klacken, mit dem die Maschinenpistole entriegelt

wurde, lenkte Ridgeways Aufmerksamkeit wieder auf den Mann, der professionell vor ihm stand: außerhalb seiner Reichweite, aber nah genug, um Weglaufen hoffnungslos zu machen. »Versuchen Sie gar nicht erst zu fliehen«, sagte der Mann, als habe er Ridgeways Gedanken gelesen. »Sie und ich, wir müssen reden.«

»So wie Sie mit ... Benjamin geredet haben«, sagte Ridgeway und bemühte sich, nicht auf das grausige Gemetzel auf dem Vordersitz zu schauen.

»Wenn nötig«, bestätigte der Mann.

Ganz bewusst zwang Ridgeway sich, sich auf den Mann und seine Worte zu konzentrieren und sich vom Anblick des abgeschlachteten Chauffeurs, der Kälte und der Gefahr abzulenken.

»Ich glaube nicht, dass Sie das benutzen müssen«, sagte Ridgeway mit einer Geste auf das Messer.

»Halten Sie die Hände bei sich«, fuhr der Mann ihn an. Dann klappte er schwungvoll das Messer zusammen und steckte es in die Tasche. »Wir werden gleich sehen, ob Sie diese Art von Überzeugungsarbeit brauchen oder nicht. Steigen Sie ein – hinten.«

Die Vorstellung, in den Wagen mit dem warmen, süßlichen Todesgeruch zu steigen, drehte Ridgeway den Magen um, aber ihm blieb nichts anderes übrig. Der Mann trat neben das Heck, um Ridgeway vor der Mündung zu behalten, während er die hintere Wagentür öffnete. Der warme, übelkeiterregende Geruch wehte heraus.

»Drinnen finden Sie zwei Handschellen, eine am Haltegriff über der Tür, die andere an der Halterung des Sicherheitsgurts. Setzen Sie sich, dann zeige ich Ihnen, wie Sie sie anlegen sollen.«

Ridgeway setzte sich auf die blutgetränkte Bank.

»Schauen Sie zur Seite«, befahl der Mann und kam näher, damit er Ridgeway vor der Waffe behielt. »Das freie Ende der Handschellen ist offen. Legen Sie die obere Handschelle um Ihr linkes Handgelenk, die untere um

Ihren linken Knöchel.« Ridgeway merkte, dass der junge Mann seine chirurgischen Fähigkeiten genoss und ihn ebenfalls aufschlitzen würde, so kooperativ er sich auch zeigen mochte.

In diesem Augenblick stieß Benjamin einen tiefen, schmerzerfüllten Seufzer aus, der aus dem tiefsten Inneren seines gemarterten Körpers drang, lauter, intensiver wurde und aus Ridgeways Kopf jeden Gedanken verdrängte bis auf den an Flucht. Er hechtete an die gegenüberliegende Tür, bereit, eine Kugel dem langsamen Tod durch Sektion vorzuziehen. Aber die Tür ließ sich nicht öffnen. Wie ein Rasender schlug er auf die Tür und das Fenster ein, das unter seiner Faust zersplitterte.

Hinter Ridgeway setzte eine Salve aus der Maschinenpistole Benjamins markerschütterndem Schrei ein Ende. Ridgeway wich zurück, als ein gelblich weißer Spritzer Hirnmasse des Leibwächters seinen Kopf streifte und gegen die Fensterscheibe klatschte. Gleich darauf hörte er die Stimme des Killers.

»Legen Sie die Handschellen an.« Die Stimme war drohend. Ridgeway überlegte gerade, wie schnell die Schüsse ihn wohl töten mochten, wenn er sich auf den Killer stürzen würde, als er eine flüchtige, schemenhafte Bewegung wahrnahm, die mit den grauen Regenschleiern verschmolz.

Unmittelbar darauf legte sich von hinten ein Arm um den Killer und riss seinen Kopf zurück. Reflexartig drückte der Mann den Abzug der Maschinenpistole. Ridgeway warf sich auf den Boden der Limousine, während Kugeln in die geschlossene Wagentür hinter ihm und in das Wagendach schlugen.

Seth sah, wie der Schlächter die Augen erst vor Verwunderung, dann vor Schmerz weit aufriss. Schließlich schloss er die Augen, und seine Gesichtsmuskeln erschlafften.

Ridgeway rappelte sich hoch und beobachtete, wie die Leiche des jungen Mannes zur Seite sackte. Durch die offene Tür sah er zwei graue Hosenbeine mit Regenspritzern und darüber eine marineblaue Windjacke. Das Gesicht seines Retters war nicht zu sehen. Ridgeway beobachtete, wie einer der Arme in der Windjacke ein langes Jagdmesser aus dem Rücken des jungen Mannes zog. Die andere Hand holte ein Taschentuch aus der hinteren Hosentasche und wischte das Blut von der Klinge. Die Hände klappten das Messer zu und steckten es in eine Tasche der Windjacke. Gleich darauf beugte der Mann sich herunter.

»Ridgeway?«, fragte die Stimme. »Ridgeway, alles in Ordnung?«

Ridgeway schaute in das glattrasierte Gesicht George Strattons, und einen verrückten Moment lang fiel ihm nur ein, was für eine lausige Rückhand der Mann in Zürich gespielt hatte.

Kapitel 8

Zoe folgte dem Hünen durch dämmrige Hallen und finstere Gänge des Lagerhauses. Die Handschellen, die ihr Handgelenk an seines fesselten, rasselten leise zwischen ihren Händen. Thalia ging schweigend hinter ihnen. Sie waren auf dem Weg zu einem großen Kasten, der mitten in der riesigen Halle stand wie eine Bühnenkulisse für ein unfertiges Haus. Er hatte ein Flachdach wie ein Schuhkarton und stand ohne Sockel auf dem fleckigen Betonboden. Kabel für die Stromversorgung und das Computernetzwerk schlängelten sich, im Dunkeln kaum zu erkennen, von der Hallendecke zu dem Kasten herunter.

Hundertsechsundneunzig, zählte Zoe im Stillen und machte den nächsten Schritt. *Hundertsiebenundneunzig, hundertachtundneunzig.*

Vor einer Metalltür an der Schmalseite des Kastens blieben sie stehen. Einhundertachtundneunzig Schritte von ihrer Schlafzelle zu ihrer Arbeitszelle. Jeden Tag einhundertachtundneunzig Schritte hin und wieder zurück. Anfangs hatte die Eintönigkeit an ihren Nerven gezerrt, aber im Laufe der Monate entwickelte sich daraus ein tröstliches Ritual, das die räumlichen Grenzen ihres Lebens definierte.

Der Hüne schloss die Tür auf, ging hinein und zerrte Zoe hinter sich her. Es wurde sofort taghell, als er sämtliche Lampen einschaltete. Der Raum mit den neutralen Wänden war mindestens doppelt so lang wie breit. Von der hohen Decke hingen großzügig bemessene farbechte Leuchten, die alles in ein gleichmäßiges, nahezu schattenloses Licht tauchten.

An einem Ende des Raums befand sich eine elegant eingerichtete Galerie mit Sitzecke, deren Bauhaus- und Mies-van-der-Rohe-Möbel Diebesbeute aus der Villa von Willi Max waren. Am anderen Ende lag der Arbeitsbereich: Werkbänke mit Werkzeug, um Gemälde aus dem Rahmen zu lösen, Schwarzlicht, um versteckte Restaurierungen zu entdecken, Alkohol, Lösungsmittel und andere Chemikalien, um Kunstwerke zu prüfen und zu reinigen, Staffeleien mit Gemälden, Tischreihen voll von Statuen, Reliquienschreinen und vereinzelten Schmuckstücken.

Der Arbeitsbereich ließ sich hinter Faltwänden verbergen, wenn mögliche Interessenten kamen, um Kunstwerke anzusehen und zu kaufen. Thalia war gezwungen, die Verhandlungen zu führen. Um sicherzugehen, dass sie die höchstmöglichen Preise erzielte, erhielt sie eine Provision, die mit den Schulden ihres Vaters verrechnet wurde. Einige der Käufer, die herkamen, waren achtbare Kuratoren renommierter Museen und Vertreter wohlhabender Sammler, die für die Chance auf fabelhafte Entdeckungen ihre Moral vor der Tür ließen. Sie tranken jahrzehntealte französische Weine, die aus Max' wertvoller Sammlung stammten, und schauten sich die eigens für sie zusammengestellten Exponate an. Es wurden Schecks ausgestellt, Habgier und Kuratorenehrgeiz befriedigt. Wenn Zoe am nächsten Morgen kam, fehlten wieder ein paar Stücke.

Das Drama, das sich hier abspielte, näherte sich seinem letzten Akt, das war Zoe völlig klar. Sie war sicher, wenn sämtliche Kunstwerke verkauft waren, würde man sie umbringen. Aber heute Abend verdrängte die Begeisterung für die Kunst wieder einmal den Gedanken an den Tod, zumindest, bis sie wieder allein wäre.

Zoe und Thalia gingen zielstrebig zu den Staffeleien und Tischen am Ende des Raumes. Hinter ihnen knallte die Tür zu, als der Hüne seinen Abgang in Szene setzte. Gleich darauf wurde das Doppelschloss von außen verriegelt. Es war die einzige Tür, und Fenster hatte der Raum nicht.

»Diese hier habe ich für dich aufgehoben«, sagte Zoe, als sie die Ecke erreichten, die sie mittlerweile Fälschergasse nannten. Vor ihnen standen ein Vermeer, ein großes Silbertablett, das die Vertreibung Adams und Evas aus dem Paradies zeigte, zwei nahezu identische Renoirs, von denen einer ganz offensichtlich eine Kopie des anderen war, ein silberner Reliquienschrein in Form eines Zeigefingers und ein Dutzend Corots.

»Der Rest ist markiert, verkauft und verschickt.«

»Wenn das je rauskommt, wird es einige ziemlich namhafte Kunstkarrieren ruinieren«, stellte Thalia fest.

»Das haben sie nicht anders verdient«, sagte Zoe scharf.

Thalia musterte die Fälschungen eingehend.

»Also, was stimmt mit diesem nicht?« Sie deutete auf das Silbertablett.

»Es ist ein wunderschönes Stück«, erklärte Zoe. »Sogar exquisit, aber es stammt nicht aus dem frühen 5. Jahrhundert, wie es den Anschein hat.«

»Woran siehst du das?«

»An den Feigenblättern über den Genitalien.«

»So?«

»Diese Art von Prüderie war bis zum Ende der Renaissance nicht üblich«, führte Zoe aus. »Als das hier angeblich entstand, kannte man sie praktisch nicht. Sexualität galt nicht als etwas Schmutziges, bis die katholische Kirche sie nach dem 1. Jahrtausend richtig durch die Mangel drehte.«

»Verdammt!« Thalia schlug sich mit der Hand an die Stirn. »Klar! Das wusste ich doch! Wieso habe ich nicht daran gedacht?«

»Laut Dokumentation haben eine Menge ziemlich berühmter Leute diesen Zusammenhang auch nicht hergestellt.«

»Aber wieso nicht?«

»Vielleicht haben sie sich von der Schönheit blenden lassen. Oder vielleicht wollten sie einfach glauben, dass es ein altes Stück ist. Kunst findet im Kopf statt, und das gilt auch für das, was wir glauben. Du willst es glauben, weil du für ein echtes Stück einen höheren Preis erzielst.«

Thalia murmelte zustimmend und deutete auf die beiden Renoirs. »Für mich ist ziemlich offensichtlich, dass das Rechte die Fälschung ist. Es hat keine Finesse.«

Zoe kicherte. »Tatsächlich sind beide von Renoir. Wenn er Geld brauchte, kopierte er schnell eines seiner gefragtesten Werke und verkaufte es.«

»Natürlich«, sagte Thalia, »daran hätte ich denken sollen. Aber es ist so lange her, dass ich mich mit so jungen Kunstwerken befasst habe. Das meiste, womit ich in den letzten Jahren zu tun hatte, war sechs- bis achttausend Jahre alt oder noch älter.«

»Nimm es dir nicht so zu Herzen.«

»Allerdings wirft es die Frage der Legitimität auf«, sagte Thalia und ließ den Blick von einem Renoir zum anderen schweifen. »Ich meine, es ist zwar ein echter Renoir, aber …« Sie überlegte eine Weile. »Wahrscheinlich ist nichts dagegen einzuwenden, dass ein Künstler sich selbst kopiert.«

»Durchaus nicht«, bestätigte Zoe. »Manche, wie Renoir, taten es für Geld. Andere Künstler waren ganz vernarrt in ein Konzept und kehrten immer wieder zum selben Sujet zurück. Vor allem aber glaube ich, dass einige immer wieder die gleichen Stücke schufen, weil sie glaubten, sie seien inzwischen bessere Maler oder Bildhauer geworden und könnten den Sujets, in die sie sich verliebt hatten, besser gerecht werden.«

Thalia nickte nachdenklich. Das dumpfe Rattern eines Zuges wummerte in der Stille. Der Boden vibrierte unter ihren Füßen.

»Na gut, und was ist mit dem Vermeer?«, fragte Thalia schließlich und deutete auf ein Gemälde mit dem Titel *Joseph offenbart sich seinen Brüdern in Ägypten*.

»Mit den Vermeers: Plural«, sagte Zoe und zog ein

zweites Bild hinter dem ersten hervor. »Es sind nämlich zwei.«

»Zoe!« rief Thalia überrascht aus. »Dieser Vermeer … *Wunder in Galiläa* …« Sie deutete auf das Gemälde, das Zoe gerade hervorgeholt hatte. »Was macht er hier?«

»Ich habe ihn heute Nachmittag in die Sammlung aufgenommen, bevor wir Feierabend gemacht haben. Er stand in einer Ecke. Irgendwie hatte ich ihn vorher völlig übersehen.«

»Er ist …?«

»Mmhm.« Zoe nickte. »Ohne Zweifel ein weiterer van Meergeren. Jeder Vermeer in der Sammlung war eine Fälschung, bis auf den, der mich so tief beeindruck hat, als ich damals Max besuchte.«

Hans van Meergeren war der wohl berühmteste *bekannte* Kunstfälscher der Moderne. Der holländische Maler besaß großes handwerkliches Geschick, aber wenig Inspiration und Originalität und war berühmt für seine Fälschungen des Delfter Genies Jan Vermeer. Seine Gemälde, die angeblich aus Vermeers »verlorenen Jahren« in Italien stammten, fanden bei Sammlern und Kuratoren weithin Anerkennung. Nach dem Zweiten Weltkrieg warf man ihm vor, er sei ein Kollaborateur der Nazis gewesen und habe ihnen nationale Kunstschätze verkauft. Um seine Haut zu retten, gestand van Meergeren, dass die Bilder, die er den Nazis verkauft hatte – auch *Christus und die Ehebrecherin*, das Reichsmarschall Herman Göring von ihm erworben hatte – Fälschungen waren, die er selbst gemalt hatte.

»Bist du sicher?«, fragte Thalia kreidebleich.

»Was ist los, Schätzchen?«, fragte Zoe und legte Thalia sanft die Hand auf die Schulter.

Es dauerte ein Weilchen, bis Thalia ihren keuchenden Atem unter Kontrolle hatte und sagte: »Es gehört mir.«

»O nein«, flüsterte Zoe ausdruckslos. »O nein, nein.«

Thalia nickte.

»Wie kann das sein?«

»Ich dachte, wo doch sämtliche Spitzensammler hier ein und aus gehen, könnte ich auch ein paar Stücke meines Vaters verkaufen. Das hier war sein Prunkstück.«

»Es tut mir so leid.« Zoe spürte schmerzlich, wie hilflos und unzulänglich das klang.

Kopfschüttelnd beugte Thalia sich dicht an das Gemälde und trat wieder zurück. Nach einem langen, leisen Seufzen schaute sie Zoe an.

»Bist du dir wirklich sicher?«

Zoe verzog das Gesicht. »Ich wünschte, ich wäre es nicht.«

»Wieso? Woran siehst du das? Für mich sehen beide aus wie echte Vermeers.«

Zoe nickte.

»Ich weiß auch nicht so genau, wie ich das eigentlich mache«, antwortete Zoe. »Ich schaue mir ein Werk an und es … berührt mich, dann weiß ich sofort, ob es eine Fälschung ist oder nicht.«

»Es berührt dich?«

Zoe zögerte.

»Seth ist der einzige lebende Mensch, der das weiß«, sagte sie zögernd. Thalia schaute sie erwartungsvoll an. »Ich verdanke dir mein Leben«, sagte Zoe schließlich. »Ich … Wir sind inzwischen fast wie Schwestern. Ich kann dir doch dieses Geheimnis sicher anvertrauen?«

Thalia nickte.

»Ich höre Töne, wenn ich mir Gemälde, Farben ansehe«, erklärte Zoe zögernd.

Thalia runzelte die Stirn, als habe sie Zoe missverstanden. »Töne?«

Zoe nickte. »Rot ist mitteltief wie ein Cello, gelb ganz hoch wie eine Piccoloflöte.«

Verwunderung breitete sich über Thalias Gesicht aus.

»Ich habe schon immer Farben gehört«, erklärte Zoe, »solange ich denken kann. Ich dachte, das wäre bei allen Menschen so. Als ich größer wurde, machte meine Familie sich furchtbare Sorgen. Meine Mutter dachte, ich sei von Dämonen besessen, und ließ die ganze Kirche jeden Sonntag für mich beten.

Aber mein Dad brachte mich heimlich zu einem Seelenklempner, den wir uns eigentlich gar nicht leisten konnten – deswegen gab es fünf Jahre lang ständig Streit. Der Psychodoktor erkannte sofort, dass ich Synästhetikerin bin.«

Thalia schaute sie besorgt an.

»Ich war unglaublich erleichtert, dass ich nicht verrückt war.«

»Mmhm«, brummte Thalia skeptisch.

»Synästhesie ist eine harmlose neurale Querverbindung – ein bisschen wie wenn man andere Gespräche in der Telefonleitung mithört. Die Sinneswahrnehmungen vermischen sich. Manche Synästhetiker schmecken Formen, andere riechen in Farbe. Psychedelische Drogen wie LSD und Meskalin erzeugen ganz ähnliche Erfahrungen, aber etwa einer von 25 000 Menschen erlebt so etwas von Natur aus. Wahrscheinlich haben sich in unseren Gehirnen schon vor der Geburt andere Verknüpfungen gebildet. Die meisten Synästhetiker gibt es unter Linkshänderinnen – wie ich es bin –, und die häufigste Form ist, dass Töne Farbeindrücke auslösen – also genau umgekehrt wie bei mir.«

»Erstaunlich«, sagte Thalia leise. »Aber ich dachte, Fälschungen erkennt man heutzutage mit wissenschaftlichen Methoden, nicht mit Intuition, du weißt schon: Karbondatierung, Spektrografie – so was in der Art.«

Lächelnd schüttelte Zoe den Kopf. »Bei jedem wissenschaftlichen Fortschritt entwickeln die Fälscher einfach einen Weg, ihn zu umgehen. Irgendwie schafft es der Betrug immer, mit der Wissenschaft Schritt zu halten – dafür sorgen Habgier und Ehrgeiz.

Van Meergeren trickste die Technologie aus, indem er mittelmäßige Gemälde aus dem 17. Jahrhundert nahm, die Farben bis auf die Originalgrundierung – meist ein beigefarbener Farbauftrag mit Kreidegrund – abkratzte und darauf mit handgemahlenen Farbpigmenten malte, aus denen auch ein Original-Vermeer besteht. Wenn du das Bild dann mit einem Spektrografen auf authentische Pigmente überprüfst, besteht es den Test. Kunstharz und Fliederölgrund wären natürlich verräterisch, aber dazu müsstest du wissen, dass du danach suchen musst. Die wissenschaftlichen Möglichkeiten sind sehr begrenzt, und die Palette der Fälscher ist riesig.«

»Mmhm«, murmelte Thalia wissend.

»Außerdem sind Menschen, die mit Kunst zu tun haben, rechtshirnlastig. Wissenschaftliche Methoden oder Instrumente wenden sie nicht durchgängig oder streng an. Meist greifen sie auf wissenschaftliche Tests zurück, um Ahnungen zu verifizieren. Zuerst kommt immer die Intuition.«

»Aber es gibt doch viele gute Experten für Kunstfälschungen, die besitzen nicht deine Synthese …«

»Synästhesie.«

»Ja, genau. Aber dieser Kurzschluss in deinem Hirn hat dich ja wohl nicht gleich zur Expertin für Kunstfälschungen gemacht. Als kleines Mädchen hast du ja wohl kaum darum gebettelt, ins Getty-Museum zu gehen, damit du die ganzen Fälschungen da entlarven konntest.«

»Das stimmt«, bestätigte Zoe. »Dieses Talent musste erst geschult werden. Ich hatte keine Ahnung, dass mir dieser sechste Sinn je nützlich werden könnte, aber weil es dabei um Farben und Musik ging, tendierte ich schon in der Schule in diese Richtung. Ich vermute, meine Ausbildung lässt sich mit Computersoftware vergleichen, die sich nach und nach in meinem Kopf entwickelte. Ich hatte keine Ahnung, dass ich meine grauen Zellen jedes Mal weiter programmierte, wenn ich mir Kunst anschaute, stundenlang vor einem Werk stand und den Pinselstrich, den Lichteinfall auf einer Skulptur, die Form von Gesichtern, den Faltenwurf aufsaugte – eine Million Dinge, die ich nicht in Worte fassen kann, die mein Kopf aber schließlich in Musik umsetzte.«

»Das ist ja völlig abgedreht«, sagte Thalia. »Nicht nur Töne, sogar Musik?«

Zoe nickte. »Das ergibt doch einen Sinn, oder? Gelbe Piccoloflöten, rote Celli, schwarze Kesselpauken – bei all den Farben in einem Gemälde oder den unzähligen Grauabstufungen einer Marmorskulptur leuchtet es doch wohl ein, dass sich daraus ein ziemlich großes Orchester ergibt. Manche einfacheren Werke klingen wie Jazz, Rock oder R&B. Je breiter meine Musikerfahrungen wurden, umso mehr Möglichkeiten hatte die Kunst, sich auszudrücken.«

»Musik in deinem Kopf.«

Zoe nickte. »In meinem Kopf.«

»In Russland sperren wir solche Leute ein, damit sie sich nichts antun.« Thalia zwinkerte ihr zu. »Du hast aber keine kleinen Männchen da drin – du weißt schon, vom Mars, von der CIA oder sonst was –, die dir sagen, dass du Leute umbringen sollst?« Die Anspannung löste sich in Lachen auf.

»Und wie klingt jetzt mein Vermeer?«, erkundigte Thalia sich zaghaft.

Zoe schaute das Gemälde an und sagte nach einer Weile: »Wie ein Weltklasseorchester mit zweitklassigen Streichern.«

»Zweitklassigen Streichern?«

Zoe legte den Kopf schief, schürzte die Lippen und suchte nach den passenden Worten. »Streicher sind subtil. Schau hier ...« Sie deutete auf das Bild. »Es hat dieses wunderbar tiefe Leuchten fast wie ein Lichtüberzug, den wir alle mit Vermeer assoziieren. Die Glanzlichter und realistischen dunklen Schatten sind ebenfalls formvollendet.«

»Das sind die guten Teile des Orchesters?«

»Genau. Aber schau dir die Gesichter an.« Sie zeigte auf das Christusbild und die Menschenmenge am Seeufer.

»Erstens sind sie klobig. Sie vermitteln keine Seele, kein Gefühl. Es sind einfach Gesichter ohne jeden Ausdruck. Und schau dir das Fischerboot am Ufer an – es ist völlig verkürzt, und die Proportionen stimmen nicht. Vermeer war ein Pedant und nahm es mit der Perspektive sehr genau.«

Thalia beugte sich vor. »Ja.« Sie legte den Kopf schief, richtete sich wieder auf und schaute Zoe an. »Du hast recht. Das ist mir noch nie aufgefallen.« Sie seufzte resigniert.

»Sicher hat dich das erstaunliche Leuchten und das wunderbare Wechselspiel von Licht und Schatten abgelenkt, das er eingefangen hat. Dein Kopf hat dir bestimmt gesagt, wenn das so gut getroffen ist, kannst du deine Skepsis aufgeben.«

»Erstaunlich. Wirklich erstaunlich«, sagte Thalia. »Aber woher weiß dein Kopf, ob er gute Musik machen oder Lärm schlagen soll? Wie hast du gelernt, welche Stücke Fälschungen sind und welche echten wie Bartók klingen?«

Zoe lachte. »Echte Jackson Pollocks klingen wie Bartók, der schlecht Tonleitern übt.«

Thalia fiel in ihr Lachen ein.

Als sie wieder Luft bekamen, erklärte Zoe: »Wieder durch Programmierung. Jedes renommierte Museum und jede Kunstsammlung hat im Keller oder in einem Hinterzimmer Fälschungen, die sich Kunststudenten und Experten ansehen können. Selbst die besten Sammler lassen sich ab und zu täuschen. Der anständige Weg ist, die Stücke aus der öffentlichen Ausstellung zu nehmen und sie Studenten und Wissenschaftlern zugänglich zu machen, damit sie aus den Fehlern lernen können. Die schlimmsten Museen sind solche, die keine Fälschungen im Keller haben. Sie stellen nämlich weiter Fälschungen aus und weigern sich, ihre Fehler zuzugeben, weil sie Angst haben, mächtige Mäzene oder Verwaltungsratsmitglieder vor den Kopf zu stoßen.« Sie stockte. »Jedenfalls habe ich wohl insgesamt einige Jahre meines Lebens damit verbracht, in den Fälschungsarchiven herumzustöbern und echte Werke mit Kopien zu vergleichen.«

Nickend betrachtete Thalia liebevoll ihren »Vermeer«. Nach einer Weile schaute sie Zoe in die Augen und fragte: »Spielt es überhaupt eine Rolle?«

»Spielt was überhaupt eine Rolle?«, fragte Zoe, die die plötzliche Wendung des Gesprächs nicht nachvollziehen konnte.

»Wenn das Gemälde Freude macht ... wenn sogar die Experten es nicht merken, spielt es dann für den Besitzer oder die Öffentlichkeit überhaupt eine Rolle, ob ein anderer es gemalt hat?« Thalia betrachtete wieder ihren »Vermeer«. »Ich habe dieses Bild schon geliebt, als ich noch ein kleines Mädchen war.« Als sie Zoe ihr Gesicht zuwandte, funkelten in ihren Augen Tränen, die sie rasch abwischte.

»Natürlich spielt es eine Rolle« antwortete Zoe, bemüht, ihre eigenen Gefühle in den Griff zu bekommen. »Ein gefälschtes Gemälde zu lieben ist wie ... wie einen untreuen Mann zu lieben ... oder vielleicht einen falschen Gott. Es ist falsch. Es ist ... schlecht.«

Thalia lächelte sie wissend an. »Ist es schlecht, wenn dein Herz es gar nicht weiß? Wenn es das nie erfährt?«

»Du meinst, es wäre besser, unwissend zu bleiben?« Zoe war entrüstet.

»Vielleicht«, antwortete Thalia. »Vielleicht.«

Zoe schüttelte vehement den Kopf. »Das kann ich nicht unterschreiben. Ich kann einfach nicht. Ich bin einfach überzeugt ...« Zoe schluckte die empörten Worte herunter, die in ihrer Kehle hochsprudelten, scharfe Wahrheiten, die Thalia nicht getröstet, sondern ihren Schmerz nur verschlimmert hätten.

Thalia tippte mit einem Finger sanft auf Zoes Schulter. »Ich weiß genau, was du denkst und wie fest du davon überzeugt bist. Ich behaupte ja gar nicht, dass Unwissenheit das Beste wäre, ich will bloß sagen, dass Menschen, die lieber unwissend bleiben wollen, oft am glücklichsten sind – mit ihrem Gott, ihrem Partner …« Sie schaute von ihrem »Vermeer« zu Zoe. »Und mit ihren Kunstwerken.« Ein tiefer Seufzer entfuhr ihr. »Na ja, jetzt weiß ich, warum Papa meinen Vorschlag immer abgelehnt hat, es zu verkaufen.« Sie zuckte resigniert die Achseln. »Ich vermute, das macht es etwas leichter, es nun doch zu verkaufen.« Sie betrachtete den gefälschten Vermeer noch einmal zum Abschied und schob ihn dann wieder hinter das andere Gemälde.

Mit einer resoluten Entschlossenheit, die Zoe mittlerweile als Schlusspunkt kannte, über den sie nicht mit sich reden ließ, kehrte Thalia dem Bild den Rücken zu. »Okay.« Sie stockte. »Du hast also diese verrückten Klänge im Kopf und die weltbesten Beispiele bekannter Fälschungen. Und das macht dich zur Spitzenexpertin für Fälschungen?«

Zoe wunderte sich einen Moment über die Unverwüstlichkeit der älteren Frau, bevor sie antwortete: »Na ja, das ist noch nicht alles. Eine der besten Möglichkeiten, deiner Ausbildung zum Fälschungsexperten den letzten Schliff zu geben, ist, einen Fälscher zu kennen, dich in seine Geheimnisse einweihen zu lassen. Worauf du wirklich achten musst, lernst du erst richtig, wenn du zusehen kannst, wie ein falsches Meisterwerk gemacht wird.«

»Schwer zu realisieren, kann ich mir vorstellen.«

»Ziemlich schwer, aber nicht unmöglich«, antwortete Zoe.

Thalia zog die Augenbrauen hoch. »Du hast also einen Fälscher kennengelernt?«

»Mmhm«, nickte Zoe. »In- und auswendig.«

»Ohooo, Freundchen.« Thalias Miene hellte sich auf. »Lass uns eine Pause machen. Das will ich hören.«

Kapitel 9

Das eingeschossige Motel zwängte sich auf einen schmalen Streifen zwischen der geflickten Asphaltdecke des Pacific Coast Highway und einer von Regenrinnen durchzogenen Böschung, die steil zu einem kleinen Strand abfiel. Ein VACANCY-Schild glimmte verschwommen in der zunehmenden Abenddämmerung und versuchte vergebens Gäste anzulocken, die größtenteils auf die sechs Meilen weiter landeinwärts verlaufende Interstate 5 und in die neueren Hotelketten an den Autobahnabfahrten abgewandert waren.

Der gelangweilte Portier, der Ridgeway, Stratton und den übrigen Männern in ihrer Begleitung vor einer Stunde Zimmer vermietet hatte, saß gleichgültig da und schaute durch kugelsicheres Glas den vorbeifahrenden Autos zu, deren Scheinwerfer vorübergehend kleine Löcher in das Gewebe der Dunkelheit brannten. Wenn das Geschäft heute so lief wie sonst auch, würde er ein Zimmer an einen verirrten Autofahrer vermieten, der die falsche Abfahrt von der I-5 erwischt hatte und zu weit nach Westen geraten war, vielleicht auch noch an einen Marine vom nahen Camp Pendleton mit seiner Freundin oder der Ehefrau eines anderen. Ihm war das recht, schließlich hatte er nur vier Zimmer zu vermieten.

So wie das Motel aussah, erwarteten die Einheimischen, dass es jeden Tag schließen oder ins Meer stürzen müsste. Die Pächter und Angestellten wechselten offenbar ständig, und keiner blieb lange genug, als dass man ihn besser kennenlernen könnte. Niemand wusste, dass es nur einen einzigen Besitzer gab, seit die US National Security Agency es 1963 gekauft hatte.

Der Portier hatte Stratton den Schlüssel zu einer Suite an der rückwärtigen Meerseite des Motels gegeben. An schönen Sommertagen hatte man aus den Zimmern an der Rückseite einen Blick über den Pazifik von San Onofre bis Oceanside, und Surfer, Fischer- und Segelboote tanzten auf den Wellen. Aber heute Abend zerrten die Ausläufer des Sturms am Motel, seufzten unter der Tür durch und pfiffen durch Fensterspalten. Die Vorhänge, die Stratton gegen den Wind zugezogen hatte, wehten leicht bei jeder Bö.

»Verdammt«, bellte Ridgeway Stratton an, »dazu hatten Sie kein Recht. Absolut kein Recht.«

In den vergangenen Stunden hatte der reinste Wahnsinn getobt. Immer wieder lief die Szene vor Ridgeways Augen ab: das Innere der Limousine, Rebecca Weinstocks vor Schmerz stöhnender Leibwächter auf dem Vordersitz, der Kopf des Killers, der nach hinten gerissen wurde, seine erschlaffenden Gesichtsmuskeln und dann das Blut, das von der funkelnden Klinge des Jagdmessers gewischt wurde.

Ridgeway hatte Stratton sofort erkannt. Aber bevor auch nur ein Wort gewechselt wurde, zerrten Hände ihn aus der Limousine in einen wartenden Wagen. Tropfnass und bibbernd vor Kälte saß Ridgeway auf dem Rücksitz des Wagens, der mit Strattons Partner, Jordan Highgate, am Steuer und Stratton auf dem Beifahrersitz vom Parkplatz raste.

Highgate fuhr von Marina Del Rey Richtung Süden. An einem Einkaufscenter bei Long Beach hielten sie an. Highgate ging hinein und kam nach einer halben Stunde mit trockenen Kleidern, einer Papiertüte voller Toilettenartikel und vor allem mit heißem Kaffee zurück. Ridgeway zitterte so stark, dass Stratton ihm den Kaffee Schluck für Schluck einflößen musste wie einem Kleinkind.

Im Wagen blieb es still, als Highgate gekonnt weiter nach Süden fuhr und dabei die verstopften Freeways mied. Ridgeway trank den heißen Kaffee, zog trockene Kleider an und bewachte argwöhnisch seinen blutgetränkten Bademantel mit den Tausenddollarscheinen in der Tasche.

In der ersten Dreiviertelstunde war Ridgeway nur froh, dass er noch lebte, im Trockenen saß und allmählich auftaute. Aber in dem Maße, wie ihm wärmer wurde, schlug seine Dankbarkeit in Misstrauen und schließlich in Wut um, als Stratton ihm erklärte, dass er und Highgate für die National Security Agency arbeiteten.

»Es war also kein Zufall, dass ich Ihnen in Zürich über den Weg gelaufen bin«, stellte Ridgeway fest.

Schweigend starrte er Stratton an, während die Autoreifen über die nassen Straßen surrten. »Und Sie haben mich beschattet, seit ich aus Zürich zurück bin.«

Stratton nickte. »Seit dem Tag, an dem Sie ins Konsulat gekommen sind.«

»Sie haben mich als Köder benutzt in der Hoffnung, dass irgendjemand auftauchen würde«, sagte er. »In der Hoffnung, dass Sie die Leute schnappen würden, die heute auf mein Boot gekommen sind.«

Wieder nickte Stratton.

»Verdammt, Mann«, tobte Ridgeway, »was gibt Ihnen das Recht, mit meinem Leben Gott zu spielen?«

»Das ist keine Frage des Rechts«, hörte Ridgeway Stratton jetzt hinter sich im Hotelzimmer sagen. »Das haben wir doch schon alles durchgekaut. Ich wünschte, Sie würden sich allmählich wieder beruhigen, damit wir über alles reden können.«

»Es gibt nichts zu bereden«, fuhr Ridgeway ihn an und drehte sich vom Fenster zu Stratton um, der auf dem Fußende des Bettes saß. Highgate stand unbeteiligt an der Tür, während Ridgeway unverhohlen Türen und Fenster musterte, um seine Fluchtmöglichkeiten abzuschätzen. Stratton bemerkte es.

»Denken Sie nicht mal dran, abzuhauen«, warnte Stratton. »Das Gebäude ist gesichert wie ein Safe. Stahltüren, kugelsichere Fenster, Luftfilter. Die Tür hat eine elektronische Verriegelung. Hier kommt niemand raus, ohne dass der Portier vorn im Büro die richtigen Knöpfe drückt, und das macht er erst, wenn ich ihm den Code sage. Hier kommt niemand raus und niemand rein.« Er setzte sich anders hin. »Es gibt wirklich keinen Grund, weshalb wir nicht über alles reden könnten … über eine Zusammenarbeit …«

Kopfschüttelnd stellte Ridgeway sich vor Stratton. »Sie haben vielleicht Nerven. Sie sperren mich hier praktisch in ein Gefängnis und erwarten, dass ich mich hinsetze und mit Ihnen plaudere?« Kopfschüttelnd wandte er sich ab. »Bei anderen mag das ja funktionieren, *Mister* Stratton, aber nicht bei mir. Ich habe nichts mit Ihnen zu bereden, nicht mehr.«

»Aber wir können Ihnen helfen«, beharrte Stratton. »Sie brauchen uns, um Ihre Frau zu finden.«

»Das hätten Sie mir in Zürich sagen können«, knurrte Ridgeway. »Damals hätten wir zusammenarbeiten können.«

»Das haben wir doch schon alles durchgekaut«, fiel Stratton ihm geduldig ins Wort. »Damals wussten wir noch nicht, was wir heute wissen.«

»Sie hätten mir wenigstens sagen können, was Sie wussten.«

»Das konnte ich nicht …«

»Doch, das hätten Sie gekonnt«, zischte Ridgeway wütend. »Und dazu wären Sie moralisch sogar verpflichtet gewesen.«

Stratton starrte gedankenverloren in die Ferne. Schließlich seufzte er und sagte wie zu sich selbst: »Es war eine Frage der Sicherheit. Ich brauchte Genehmigungen, Freigaben. Die Angelegenheit war – ist – geheim. Es braucht Zeit, alle nötigen Genehmigungen zu bekommen.«

»Der gottverdammte Brand war kein Geheimnis«, brauste Ridgeway auf. »Zoes Verschwinden war kein Geheimnis! Was zum Teufel war so gottverdammt geheim an der ganzen Sache?«

»Das ist kein Grund für Gotteslästerungen«, mahnte Stratton ruhig. »Das hilft uns bei der Lösung auch nicht weiter.«

Ridgeway starrte Stratton fassungslos an und schüttelte den Kopf.

»Hören Sie, ich weiß, dass Sie wütend sind«, begann Stratton. »Dazu haben Sie jedes Recht. Und aufgebracht. Aber um Zoe ausfindig zu machen, ist es das Beste, wenn Sie und ich zusammenarbeiten.«

Ridgeway schüttelte vehement den Kopf.

»Ich habe Ihnen das Leben gerettet«, erinnerte Stratton ihn. »Zählt das denn gar nicht?«

»Sie haben mich als Köder benutzt. Sie haben mich bloß aus einer Lage gerettet, die Sie hätten verhindern können. Sie haben meine Privatsphäre verletzt, mein Telefon angezapft, mich überall beschattet und mein Boot beobachtet, nur um da zu sein und sie zu schnappen, sobald sie auftauchten – wer immer *sie* auch sein mögen. Sie haben offensichtlich so zuverlässige Arbeit geleistet, dass jetzt fast alle tot sind, mich beinah eingeschlossen. Und deshalb soll ich Ihnen vertrauen?«

Kopfschüttelnd trank Ridgeway einen Schluck Kaffee.

Stratton stand auf und ging quer durchs Zimmer an den Couchtisch. Er nahm einen Plastikbecher, überlegte es sich dann anders. Er warf den Becher auf den Tisch, ließ sich müde in einen pseudoskandinavischen Sessel fallen, wischte sich mit der Hand das Gesicht und lehnte sich zurück.

»Vielleicht hätte ich einfach zulassen sollen, dass der Kerl Sie aufschlitzt wie den Chauffeur«, erwiderte Stratton.

»Das hätten Sie vielleicht wirklich tun sollen«, fiel Ridgeway ihm ins Wort. »Denn ich werde Ihnen verdammt noch mal nichts nützen.«

Stratton schüttelte resigniert den Kopf und fragte: »Was braucht's noch?«

»Was?«

Stratton schloss kurz die Augen und verzog das Gesicht. Dann atmete er tief und hörbar durch.

»Was braucht es, um Sie zur Zusammenarbeit mit uns zu bewegen?«

Ridgeway ging mit seinem Kaffee ans Fußende des Bettes, das Stratton am nächsten stand, und setzte sich ihm gegenüber.

»Sie begreifen es einfach nicht«, sagte er bedauernd. »Ich vertraue Ihnen nicht. Und ich arbeite mit niemandem zusammen, dem ich nicht traue.«

»Mr. Ridgeway, ich bewundere Ihre Prinzipien«, antwortete Stratton. »Aber die Welt kann sich diese Prinzipien nicht leisten. Wir haben es hier mit einer Sache zu tun, die Auswirkungen auf die Stabilität der gesamten westlichen Welt haben kann, und möglicherweise halten Sie den Schlüssel dazu in der Hand. Aber Sie wollen sich auf Ihren hehren Prinzipien ausruhen, während der Rest der Welt zum Teufel geht!«

Ridgeway verdrehte die Augen, stand vom Bett auf und trat an den Couchtisch.

»Sie sind verrückt«, sagte Ridgeway. »Sie und Ihr Freund hier.« Er schenkte Kaffee in seinen Plastikbecher. »Es ist nicht das erste Mal, dass ich Leute so reden höre. ›O, im Augenblick können wir uns Prinzipien nicht leisten‹«, ahmte er Strattons Stimme nach. »›Kriminelle und Wahnsinnige haben das Ruder übernommen. Außergewöhnliche Zeiten verlangen nach außergewöhnlichen Menschen.‹ Genau das haben die Nazis und sämtliche kommunistischen und rechten Diktatoren auch gesagt.

Das habe ich alles schon gehört. Auf der Polizeiwache, auf der Straße, bei der Musterung. Ich habe ernsthaft darüber nachgedacht. Und ich war sogar versucht, außerhalb der Legalität zu handeln, um das durchzusetzen, was ich für Gerechtigkeit hielt, aber das hätte mich zum Kriminellen gemacht, nicht zum Cop. Man kann das eine oder das andere sein, aber niemals beides. In gewisser Weise sind

Sie ein Cop, Stratton. Vielleicht sollten Sie mal anfangen, sich auch wie einer zu benehmen.«

Strattons Miene umspielte das welterfahrene Grinsen einer Hure, die eine Predigt der Heilsarmee über sich ergehen lässt.

»Normalerweise würde ich Ihnen zustimmen«, antwortete er. »Aber die Fakten in dieser Situation sind einzigartig. Es ist eine so seltsame Geschichte, dass ich Schwierigkeiten habe, sie zu glauben.«

»Dann versuchen Sie es doch bei mir für den Anfang mal mit ein paar von diesen Fakten«, schlug Ridgeway vor. »Lassen Sie mich sehen, ob ich Ihnen nicht eine andere Sicht der Dinge vermitteln kann.«

»Ich kann Ihnen nichts sagen, bevor Sie nicht versprechen, Stillschweigen über alles zu bewahren, was Sie erfahren«, erklärte Stratton.

»Sie wissen genau, dass ich das nicht versprechen werde«, entgegnete Ridgeway aufgebracht. »Also, warum lassen Sie nicht Ihre Vorschriften, Ihre Drohungen und Ihre Geheimhaltung für einen Augenblick beiseite und erzählen mir was, was ich Ihnen glauben kann?«

Ein plötzlicher Regenschauer prasselte wie Schrotkugeln gegen die Motelwand. Die Männer verstummten und lauschten auf das Unwetter. Schließlich sagte Stratton: »Ich kann Ihnen die Wahrheit sagen, aber es fällt Ihnen vielleicht schwer, sie zu glauben.« Ridgeway suchte in dem offenen Gesicht des Mannes nach Anzeichen von Hinterlist. Wenn der Mistkerl lügt, ist er ein verdammt guter Schauspieler, dachte Ridgeway.

»Mit der Wahrheit wäre ich schon zufrieden«, sagte er nach einer Weile.

Stratton nickte bestätigend, musterte seine Füße und knabberte an der Unterlippe. Schlagartig sah Ridgeway nicht mehr den üblen Manipulator von eben vor sich, sondern einen nachdenklichen, fast professionellen Mann, der sich sammelte. »Meine Abteilung bei der NSA hat viele Nachrichten abgehört, die was mit einer Operation des KGB und der Moskauer Mafia zu tun haben. Dabei geht es um von den Nazis erbeutete Kunstwerke und irgendeinen religiösen Gegenstand. Es hat sich herumgesprochen, dass Mütterchen Russland wegen der ständigen Finanzkrisen dringend harte westliche Währungen braucht. Die Regierung ist verzweifelt und nimmt Dollar, D-Mark – was sie kriegen kann, egal wie, ohne Fragen zu stellen.

Wir haben nur bruchstückhafte Informationen, größtenteils aus abgefangenen telegrafischen Mitteilungen und mitgeschnittenen Telefonaten. Von unseren Quellen wissen wir, dass jede Menge Operationen dieser Art laufen, um mit allen Mitteln Bargeld aufzutreiben. Na ja, es hat sich herausgestellt, dass an einer dieser Verzweiflungsaktionen eine KGB-Gruppe und ihre Mafiakomplizen beteiligt sind, die mit Schirinowskis Falken in Verbindung stehen – das sind die Kerle, die Sie heute Morgen fast erwischt hätten. Wie allen anderen geht es ihnen ums Geld, aber dieses nette Grüppchen ist über alte Geheimdienstberichte gestolpert, in denen es um einige Gemälde ging, die die Nazis im Zweiten Weltkrieg geraubt hatten. Diese Gemälde sind allein schon fast genug wert, um Russland aus der Klemme zu helfen. Aber viel wichtiger ist, dass die Nazis eines der Bilder im Krieg benutzten, um den Vatikan zu erpressen.«

Ridgeways Stirnrunzeln schwand. »Mit einem Gemälde?« Er rutschte unbehaglich hin und her, als ihm einfiel, was Weinstock kurz vor ihrem Tod gesagt hatte. »Erzählen Sie weiter.«

»Wir wissen nicht allzu viel darüber«, antwortete Stratton. »Offenbar stammte es von einem obskuren Maler namens Stahl … aber das ist unwichtig. Wichtig ist, dass es innerhalb der Kurie im Vatikan eine geheime Abteilung gibt, die seit Jahrhunderten nach der Reliquie sucht. Das wissen wir, weil der KGB ihre Telefone angezapft hat und wir die Telefone des KGB abhören.«

»Der Vatikan hat für Schirinowski oberste Priorität«, schaltete Jordan Highgate sich ein. Ridgeway schaute zu dem Mann hinüber, der immer noch stocksteif und ausdruckslos wie ein Wachposten am Buckingham-Palast vor der Tür stand. »Die ultranationalistischen Russen suchen eine Möglichkeit, den Einfluss des Vatikans auszuschalten. Sie denken, was bei Hitler funktioniert hat, könnte auch bei ihnen funktionieren.« Highgate schaute Stratton an, der nickte.

»Es ist kein Zufall, dass sich alles, was man erfolgreich gegen den Vatikan einsetzen kann, wahrscheinlich auch ebenso erfolgreich gegen die russisch-orthodoxe Kirche verwenden ließe. Und die müssen Schirinowski und seine Leute hinter sich haben, wenn sie die absolute Macht übernehmen wollen, die sie anstreben. Wie Sie wissen, würde das die globale Lage zum Schlimmsten verändern. Vergessen Sie nicht, dass Schirinowski gedroht hat, ein islamisches Land mit großen Ölvorkommen zu besetzen: Aserbeidschan. Er ist der Meinung, das ganze Land müsste wieder russisch werden, selbst wenn das die ethnische Säuberung der gesamten Nation bedeuten sollte. Sein Wahlprogramm basierte darauf, alle ehemaligen Kolonien der Sowjetunion zurückzuholen und zu säubern, um sie für Russen sicher zu machen. Ständig berief er sich in seinen Schriften und Reden wärmstens auf Hitler.«

Nach einer Pause führte er weiter aus: »Bis Schirinowskis Leute von der Geheimabteilung im Vatikan erfuhren, nahmen sie wie alle anderen an, das Gerede über die Erpressung Pius' XII. sei nur eines der vielen haarsträubenden Gerüchte, die über das Dritte Reich in Umlauf sind. Für mich galt das ebenfalls, bis ich die Tonbandmitschnitte hörte und die telegrafischen Mitteilungen las. Und obwohl wir nur ganz vage Vorstellungen haben, was da vorgeht, wissen wir, dass was im Gang ist.«

»Und, was *geht* vor?«, hakte Seth nach.

Stratton schüttelte den Kopf. »Ich weiß es nicht. Ich

weiß wirklich nicht, welche Bedeutung dieses Gemälde haben könnte.«

»Ach! Ich dachte, ihr Jungs wüsstet alles«, tobte Seth, stopfte beide Hände in die Taschen der neuen Hose, die Stratton ihm gekauft hatte, und lehnte sich neben dem Fenster an die Wand. »Wie ist Zoe in die ganze Sache reingeraten?«

»Wir haben Rebecca Weinstock jetzt seit fast einer Woche beschattet«, erklärte Stratton, »seit ihr Name in einem der Telefonmitschnitte des KGB erwähnt wurde. Sie ist – war – offenbar eine reiche österreichische Kunstsammlerin. Sie hatte versucht, die Sammlung aus Kreuzlingen zu kaufen, zu der nach Ansicht des KGB auch das Gemälde gehört, hinter dem sie her sind. Über seine Schirinowski-Kontakte erwischte der KGB Weinstock und Sie, bevor wir eingreifen konnten«, sagte Stratton bedauernd.

»Hat ... gibt's in Ihren Informationen irgendwelche Hinweise, wo Zoe stecken könnte?«, fragte Ridgeway.

Stratton schüttelte den Kopf. »Nein. Aber wir hoffen, dass sie noch in der Schweiz ist und möglicherweise noch lebt.«

Ridgeway nickte gedankenverloren. Er stemmte sich von der Wand weg, schob den Vorhang ein Stück beiseite und starrte in den trüben Regen. Der tosende Sturm spiegelte seine tiefsten Gedanken wider. Er musste mit ihnen zusammenarbeiten, beschloss er. Ihm blieb keine andere Wahl. Allein würde er sie niemals finden. Aber er musste aufpassen, dass er sie benutzte, ohne sich benutzen zu lassen. Die NSA war berüchtigt für ihre Skrupellosigkeit, auf die die Borgia hätten stolz sein können.

»Na gut«, seufzte Ridgeway und wandte sich vom Fenster ab. »Ich arbeite mit Ihnen zusammen.«

Stratton strahlte. »Ich habe mir doch gedacht, dass Sie schließlich zur Vernunft kommen würden.«

»Ich stelle allerdings ein paar Bedingungen«, sagte Ridgeway. »Ich arbeite unabhängig. Wir tauschen alle Informationen aus. Ich will nicht, dass Sie mich beschatten lassen. Falls die Russen Ihnen auf die Schliche kommen, möchte ich nicht, dass sie sofort auch mir auf der Spur sind.«

Stratton bemühte sich, gelassen zu wirken. »Wenn Sie es so wollen. Ich hatte gehofft, wir würden etwas enger zusammenarbeiten.«

Ridgeway schüttelte den Kopf. »Auf keinen Fall.«

Sie schauten sich lange in die Augen und versuchten jeweils den Hintersinn zu ergründen, der hinter den Zusagen des anderen steckte.

Stratton zögerte. Er schaute von Highgate an die Decke und schließlich zurück zu Ridgeway. »Okay. Abgemacht.«

Zoe folgte Thalia in den Ausstellungsbereich und sank in das weiche Lederpolster des Mies-van-der-Rohe-Sessels. Thalia reichte ihr ein Glas Wein und setzte sich neben sie auf ein Sofa aus Leder und Chrom.

So hatten sie sich schon einige Male entspannt, meist an Abenden wie diesem, wenn sie bis spät in die Nacht gearbeitet hatten. Da sie bewusst die Finger von den bekanntesten Namen ließen, trugen ihre Vorstöße in die Beute aus Willi Max' Weinkeller ihnen zwar Stirnrunzeln und böse Blicke ihrer Entführer, aber keine echten Strafen ein.

Thalia schloss die Augen und rollte den Wein im Mund herum, bevor sie ihn schluckte. Als sie die Augen aufschlug, sagte sie: »Eines der seltsamsten Dinge, die ich in New York City erlebt habe, war die Art und Weise, wie Amerikaner – vor allem manche Männer – dem Weintrinken jeglichen Spaß genommen haben.«

Zoe legte den Kopf schief. »Seltsam? Wieso?«

»Ich glaube, sie haben Angst davor«, sagte Thalia. »Sie haben ein Problem mit der Sinnlichkeit von Wein … Sexualität, wenn du so willst.« Sie schwenkte ihr Glas und betrachtete eine Weile die rubinrote Flüssigkeit. »Sie wollen über Wein *nachdenken*, nicht ihn *spüren*. Das sinnliche Gefühl jagt ihnen eine Todesangst ein, deshalb nehmen sie dem Wein seine Sinnlichkeit, indem sie ihn quantifizieren: Sie bewerten ihn mit Zahlen, spalten ihn in Säuregrad und Zuckergehalt, schreiben endlos über die Winzer, das Wetter, die Niederschlagsmengen auf dem Weinberg. Sie wollen ihn sammeln, nicht trinken. Sie haben selbsternannte Priester und Päpste – Sommeliers, Sammler und Weinkenner –, deren Fachchinesisch die Uneingeweihten ausschließt. Sie haben Dogmen, welche Weine gut sind und welche nicht, welche man zu welchem Essen trinkt, welche Gläser man benutzt – ihre Rituale beschämen jede etablierte Religion. Sie haben Bücher und Zeitschriften, die alle auswendig lernen wie die Heilige Schrift. Sie beten die Idee des Weins an, statt die Erfahrung zu genießen, ihn zu trinken – blabla, blabla.« Sie wedelte wegwerfend mit der Hand. »Sie sind eine Bande abgedrehter Sektenmitglieder. Das Problem ist, sie gehen so in dieser linkshirnlastigen Erbsenzählerei auf, dass sie die Sinnlichkeit nie wirklich erleben und sich nie einfach mal der Lust hingeben.

Zu allem Überfluss glaube ich, sie machen das absichtlich«, fuhr Thalia fort. »Sie haben Angst vor allem, was sie nicht zahlenmäßig erfassen können, weil dieses Quantifizieren Kontrolle bedeutet. Das Gleiche ist, glaube ich, auch in der Religion abgelaufen. Die Angst vor Gefühlen, diese Heidenangst vor allem, was man fühlen kann, im Gegensatz zu dem, was man nicht spürt, ist der Grund, weshalb männlich dominierte Religionen die Große Göttin ausgeschaltet haben – sie war sinnlich, sexuell. Die Jungs mussten sich Gott zurechtstutzen, wie sie es beim Wein machen.«

Thalia trank einen kleinen Schluck von ihrem Wein.

»Und das alles leitest du daraus ab, dass Männer Wein nicht richtig genießen?«, fragte Zoe verwundert.

Thalia zuckte die Achseln. »Es geht darum, das Unbeschreibliche zu erleben, zu fühlen, statt zu denken, und in diesem Sinne haben Wein und die Schöpferin unseres Universums viel gemeinsam. Beide sind sinnlich und beide muss man spüren, *erleben*, und nicht verstehen oder totanalysieren. Die westliche Zivilisation baut auf Logik auf, aber Logik kann das Unendliche oder Sinnliche nicht richtig erfassen. Bei der Göttin ging es um Schöpfung – die Schöpfung der Welt, des Lebens. Fortpflanzung ist sexuell und war seit Urzeiten eine Funktion der Frauen, über die Männer, nach ihrem Empfinden, keine Kontrolle hatten. Das war ein Problem. Sie mussten herrschen, und da sie ihre eigene Begierde nicht wirklich beherrschen konnten, beschlossen sie, das Objekt ihrer Begierde zu beherrschen.

Die meisten Sexualgesetze kontrollieren das Verhalten der Frauen, nicht das der Männer. Männer übertreten sie augenzwinkernd; Frauen werden an den Pranger gestellt, geächtet oder auf dem Scheiterhaufen verbrannt. Mit der Zeit konnten die männlich zentrierten religiösen Meinungsmacher nicht mehr mit der unfassbar sinnlichen Natur der Großen Göttin umgehen, daher drängten sie sie zunehmend an den Rand als lokale Fruchtbarkeitsgöttin und machten Sex von einer lustvollen, spirituellen Erfahrung zu etwas Schmutzigem. Das war praktisch die einzige Möglichkeit, wie ihr Kopf ihren Schwanz kontrollieren konnte.«

»Ziemlich ausgefallene Theorie.« Zoe trank kopfschüttelnd einen Schluck Wein.

»Na ja, ich hatte ein paar Jährchen Zeit, meine einheitliche Schlappschwanztheorie zu formulieren«, sagte Thalia. »Aber das ist nicht der Grund, weshalb ich in den Weinkeller eingebrochen bin. Ich wollte doch alles über deinen Fälscherfreund erfahren.«

»Wo wir gerade von Schlappschwänzen reden ...«, sagte Zoe.

»War es so schlimm?«, fragte Thalia mitfühlend.

»Nein. Eigentlich sogar genau das Gegenteil.« Zoe

grinste spitzbübisch, stellte ihr Weinglas ab und zeigte mit den Händen einen Abstand wie jemand, der einen entwischten Fisch beschreibt. »So ein Riesending.«

Thalia musste so herzhaft lachen, dass sie sich Wein auf ihr Kleid schüttete. »Komm, im Ernst. Erzähl.«

Zoe nahm wieder ihr Glas, trank einen Schluck und begann: »Ich lernte Erik zwischen Collegezeit und meinem Grundstudium an der UCLA in Amsterdam kennen. Damals machte ich gerade ein Praktikum im Stedlijk Museum und wohnte bei einer holländischen Familie, die nicht weit vom Museum ein Haus am Vondelpark hatte – so was wie der Central Park. Ich arbeitete noch nicht lange im Museum, da fragte mich einer der Kuratoriumsassistenten, ob ich ihn auf seiner Runde begleiten wollte. Er musste abgelehnte Gemälde zurückbringen, die ehrgeizige Künstler in der Hoffnung eingereicht hatten, dass man sie ausstellen würde.«

Zoe schüttelte langsam den Kopf. »Es war einer der deprimierendsten Tage, die ich je erlebt habe. Diese Traurigkeit.«

»Das Werk ablehnen heißt den Künstler ablehnen«, bestätigte Thalia sachkundig.

»Es war kein Spaß. Na ja.« Seufzend schloss Zoe kurz die Augen und stellte sich den Tag bildlich vor. »Also, unsere letzte Station an jenem Tag war ein weitläufiges Backsteingebäude westlich von Zeedijk – im Rotlichtviertel. Wir hatten mehrere surrealistische Gemälde von einem Holländer namens Erik van Broek.«

»Van Broek?«, fragte Thalia. »Der ist doch berühmt. eine Gemälde bringen Hunderttausende.«

Zoe nickte. »Ich persönlich fand seine Bilder hervorra-
d – als ich Kunsthändlerin wurde, machte ich übrigens
e ersten Provisionen mit dem Verkauf seiner Werke in
SA. Aber damals verrissen die Kritiker alles, was er
«

er!«, spie Thalia wütend aus. »Boshafte, untalen-
htegerne, die ihre eigene Wertlosigkeit unter

Beweis stellen, indem sie die Werke derer in der Luft zerreißen, die wirklich kreativ sind.«

Zoe hob die Augenbrauen. »Ich sehe, du hast dieselben getroffen wie ich.« Sie grinsten.

»Jedenfalls war es unsere letzte Station, und ich ging alleine mit den Gemälden hinauf in ein verschachteltes Loft im zweiten Stock eines ehemaligen Speicherhauses. Ich war für Erik ein neues Gesicht, und als er mir die Tür öffnete, war sein Gesicht offen, freundlich und schweißbedeckt. Er hatte leuchtend grüne Augen, die richtig funkelten. Er war unheimlich groß wie viele Holländer – an die zwei Meter –, drahtig und muskulös wie ein Basketballprofi.« Zoe schloss die Augen. »Seine kräftigen Arme quollen aus einem farbverschmierten Sweatshirt, dessen Ärmel herausgerissen waren. Er trug Jogging-Shorts, die nur wenig von seinen unglaublich muskulösen Beinen verdeckten. Um seine Schultern lag ein Handtuch.« Sie öffnete die Augen wieder und schaute Thalia an. »Durch die offene Tür sah ich Trainingsgewichte auf dem abgenutzten Holzboden liegen. Sein ganzer Körper glänzte vor Schweiß.«

»Nach deinem Ton zu urteilen, warst du auf der Stelle hin und weg.«

»Allerdings,« bestätigte Zoe mit einem tiefgründigen Lächeln. »Er hat mich fasziniert. Es war ein Gefühl, als wäre der Rest der Welt schlagartig verschwunden. Vielleicht lag es am Schweißgeruch oder am Anblick seines perfekten Körpers, jedenfalls war ich wie vom Donner gerührt. Plötzlich wurde ich ganz feucht. Ich war zwanzig, und noch nie hatte mich was derart umgehauen.« Sie schaute ins Leere.

»Und dann?«, drängte Thalia.

»Ich war so perplex, dass ich beide Gemälde fallen ließ. Das Poltern brach den Bann. Als er sah, weshalb ich gekommen war, hob er die Bilder auf und knallte mir die Tür vor der Nase zu.«

»Das hat dich aber offensichtlich nicht aufgehalten.«

»O nein. Kein bisschen. Ich war gefesselt von ihm. Ständig musste ich an ihn denken. Bevor ich zur Arbeit ging und sobald ich freihatte – und auch in jeder Mittagspause –, hing ich in einer kleinen Kneipe am anderen Ufer des Kanals herum, gegenüber von seinem Atelier, und wartete, dass er herauskäme. Bald hatte ich einen ziemlich guten Überblick, welche Art von Leuten kamen und gingen: Lieferanten, Leute mit Chauffeur, einzelne mit teuren Autos. Mir wurde klar, dass er keineswegs zu den brotlosen Künstlern gehörte. Und dass ich seine Gemälde mochte.«

»Bevor oder nachdem deine Hormone dein Leben bestimmten?«

»Bevor ... und hinterher noch viel mehr«, gab Zoe zu. »Jedenfalls folgte ich ihm jedes Mal, wenn er das Haus verließ.«

»Du warst eine Stalkerin!«

»Das könnte man so sagen. Aber nach einer Woche hatte ich heraus, dass er jeden Abend gegen acht Uhr in einem kleinen indonesischen Restaurant am Rembrandtsplein essen ging. Man konnte die Uhr danach stellen.«

»Also hattest du plötzlich ständig Heißhunger auf indonesisches Essen.«

»Es schmeckt wirklich gut. Am ersten Abend saß ich schon da, als er hereinkam. Er schaute mich böse an und ging. Am nächsten Abend tat er, als ob er mich nicht sehen würde, und suchte sich in dem kleinen Lokal einen Tisch, der möglichst weit von mir entfernt war.«

»Und am dritten Abend?«

»Noch vorher ... an dem Nachmittag ging ich in die Kalverstraat und kaufte mir das dünnste, durchsichtigste weiße Strick-Top mit tiefem Ausschnitt, das ich finden konnte. Ich nahm es eine Nummer kleiner, als ich sonst trug, und zog es ohne BH an. Unterwegs zog ich einen Blazer drüber, damit ich nicht belästigt wurde, aber als er in das Restaurant kam, schlüpfte ich aus dem Blazer und reckte mich ein bisschen, wie ich es den ganzen Nachmittag geübt hatte.«

»Lass mich raten: Er setzte sich zu dir an den Tisch.«

»Mmhm.« Zoe nickte. »Gleich nachdem er fast über seine Zunge gestolpert wäre.« Sie kicherte, und Thalia fiel ein.

»Und dann?«, drängte Thalia.

»Na ja, ich weiß nicht mehr, was wir gegessen haben. Ich weiß auch nicht mehr, worüber wir geredet haben. Aber ich erinnere mich noch genau an das Feuerwerk, das an dem Abend förmlich in mir exlopdierte.«

»Dein erster Orgasmus?«

»Der erste ohne Batterie.«

Bei der Vorstellung musste Thalia kichern.

»Jedenfalls trafen wir uns danach etwa einen Monat lang, jeweils zu Reistafel und Sex. Aber mit der Zeit redeten wir immer öfter über seine Malerei, über Kritiker und die Arbeit als Restaurator, mit der er hauptsächlich seinen Lebensunterhalt bestritt, wie er sagte. Je wütender er war, umso großartiger war der Sex hinterher. Eines Morgens …«

Zoe starrte eine Weile in die Ferne. »Ich erinnere mich, es war im Juli, stand ich vor Erik auf und ging durch sein Atelier. Ich ging in den Raum, in dem er seine eigenen Bilder malte. Ich weiß noch, dass durch ein fleckiges Dachfenster ein herrliches holländisches Licht fiel, das den ganzen Raum in eine Art strahlendes Vermeer-Stillleben mit Pinseln, Farben, Dosen, Lösungsmittelbehältern und Spachteln verwandelte.

Ich ging durch die Tür in sein Restaurationsatelier. Ein halbes Dutzend Gemälde stand auf Staffeleien, alle in verschiedenen Stadien der Reinigung oder Restaurierung. Ich erinnere mich an einen Cézanne, den eine deutsche Galerie ihm geschickt hatte, und an einen Gainsborough aus Amerika. Die Kritiker hassten Erik zwar, aber selbst seine Feinde mussten seine Fähigkeiten als Restaurator anerkennen.«

Zoe stellte ihr Weinglas auf den Tisch aus Chrom und Glas, stand auf und streckte sich. »Weiter als bis in diesen Raum war ich nie gekommen, aber an jenem Morgen schlenderte ich hinüber zu einer Tür am anderen Ende, die bis dahin immer mit einem Vorhängeschloss abgesperrt war. An diesem Morgen hing das Vorhängeschloss offen am Riegel, also ging ich hinein und fand einen Raum vor, der noch besseres Tageslicht hatte als Eriks Atelier. Wie im Restaurationsatelier standen auch hier jede Menge Staffeleien mit Meisterwerken, von denen ich noch nie gehört, geschweige denn sie gesehen hatte. Da war ein Monet, ein van Gogh, ein Mondrian – Regale über Regale voll. Als ich näher kam, merkte ich, dass keins der Gemälde signiert war. Der Monet war unvollendet, der van Gogh ebenso. Als mir gerade ein Licht aufging, hörte ich Schritte hinter mir. Ich drehte mich um und sah Erik in der Türöffnung stehen. Aus seinem Gesicht sprach eine Mischung aus Wut, Angst und Verwunderung. Einen flüchtigen Moment lang sah ich Verzweiflung und Mordgelüste in seinem Blick, aber das verflog so schnell, dass ich mich bis heute frage, ob ich es tatsächlich gesehen habe.«

»Menschen haben schon für weniger getötet als für künstlerischen Ehrgeiz«, sagte Thalia. »Ganz zu schweigen vom Geld, das damit verbunden ist.«

Zoe nickte und ging langsam durch den Raum. »Ja, so engagiert war er auch.« Sie streichelte mit dem Rücken ihres Zeigefingers über die Wange einer griechischen Marmorbüste aus dem 3. Jahrhundert und drehte sich wieder zu Thalia um. »Aber er sagte bloß: ›Das ist dein und mein Geheimnis, Kätzchen. In Ordnung?‹ Dann legte er mir die Hand um die Taille, und ich schmolz dahin. Ich nickte bloß. Irgendwie nahm ich irgendwoher die Kraft und die Geistesgegenwart, mich aus seiner Umarmung zu lösen und eine unbezahlbare Abmachung mit ihm zu treffen. ›Einverstanden‹, sagte ich, ›einverstanden, es bleibt unser Geheimnis, aber unter einer Bedingung: Ich will, dass du mir deine sämtlichen Tricks beibringst.‹ Man hätte meinen können, ich hätte ihn geohrfeigt. Wieder sah ich einen Augenblick lang mörderische Verzweiflung, aber dann willigte er ein.«

Zoe setzte sich wieder in ihren Sessel. »Das war's dann mit dem tollen Sex. Ich war nur noch seine Schülerin, eine Bedrohung, eine Verpflichtung und für den Rest des Sommers wärmten ständig wechselnde Künstler-Groopies ihm das Bett, wie sie es getan hatten, bevor ich aufgetaucht war. Da merkte ich, wie eingebildet er in Wirklichkeit war, dass ihm nur an seiner Kunst etwas lag und er mich in ein paar Wochen ohnehin abgelegt hätte.

»Das muss wehgetan haben.«

Zoe schüttelte den Kopf. »Eigentlich nicht. Denn damals wurde mir klar, wie viel mir die Kunst bedeutete. Der Sex war zwar toll, er hat mir die Augen geöffnet, mich erwachsen gemacht, aber das alles war nicht mehr so wichtig, weil ich den Rest des Sommers damit verbrachte, Stunde um Stunde die neuesten Fälschertechniken zu lernen – von denen viele den Experten bis heute nicht bekannt sind.«

»Bemerkenswert«, sagte Thalia. »Fälscht er immer noch alte Meister? Obwohl sich seine eigenen Werke mittlerweile so gut verkaufen?«

In der kurzen Gesprächspause hörten sie das vertraute Geräusch einer Metalltür, die irgendwo im Lagerhaus zuschlug.

»Er kommt«, sagte Thalia und räumte schnell die verräterischen Beweise für ihren Ausflug in Willi Max' Grand-Cru-Sammlung fort. Zoe brachte die Gläser in den Arbeitsbereich und verstaute sie unter einem Regal.

»Er macht keine Fälschungen mehr«, sagte Zoe. »Aber seinen Erfolg verdankt er ebenso sehr den Fälschungen wie seinem eigenen Talent.«

»Wieso?«

»Also, anfangs malte er sie wegen des Geldes, später aus Rache.«

»Rache?«

»Er nahm die Kritiker aufs Korn, die ihn abgelehnt hatten – und das waren die meisten. Wie du ja weißt, sind sie mehr von Modewellen als von Sachverstand und Urteilsvermögen getragen. Anfangs wollte er sie vernichten – und einige hat er tatsächlich ruiniert.«

»Wie denn?«

»Tja, von Gleick aus Hamburg war einer von Eriks schlimmsten Kritikern.«

»Von Gleick«, fiel Thalia ihr leise ins Wort. »Ein Fälschungsskandal hat seinen Ruf ruiniert.«

»Kein Zufall«, erzählte Zoe weiter. »Von Gleick brüstete sich ständig vor aller Welt damit, was für ein Jackson-Pollock-Experte er sei.«

»Mit dem Mund voller Farbe niesen.«

»Wie wahr«, stimmte Zoe ihr zu. »Also fing Erik an, am laufenden Band ›unentdeckte‹ Pollocks zu produzieren ... pro Bild brauchte er etwa eine halbe Stunde. Über seine Tätigkeit als Restaurator konnte er die Fälschungen in die Hände skrupelloser Händler spielen und so die tatsächliche Herkunft der Bilder vertuschen. Wie Erik geplant hatte, drehte von Gleick völlig durch wegen der unentdeckten Pollocks, lobte sie über den grünen Klee, bestätigte ihre Echtheit und spreizte sich wie ein Pfau. Dann gab Erik Galerien und Sammlern, die diese Gemälde gekauft hatten, anonyme Hinweise auf kleine, versteckte Unstimmigkeiten, die er gezielt in die Werke eingebaut hatte.«

»Er bugsierte von Gleick da hin, wo er ihn haben wollte, und schubste ihn dann von der Klippe«, sagte Thalia leise. »In gewisser Weise war von Gleicks Selbstmord also Mord.«

»Das war Erik egal«, sagte Zoe, während die Schritte in der Lagerhalle lauter wurden. »Harper-Bowles in London und LePen in Paris hatten bessere Nerven, aber ihre Karrieren waren ebenfalls ruiniert.«

»Kein sonderlicher Verlust für die Kunstwelt«, knurrte Thalia.

»Wie auch immer«, sagte Zoe, als die Schritte vor der Tür hielten. Sie hörten Schlüssel klimpern. »Also, ich glaube, Erik merkte bald, dass es auf Dauer nützlicher war, den Kritikern einen Ring durch die Nase zu ziehen, als sie zu vernichten. Es kamen Gerüchte auf – von Erik in Umlauf gebracht, da bin ich sicher –, dass er Fälschungen geschaffen habe, die einen Großteil der Kritikerszene beträfen, auf jeden Fall aber alle, die früher seine Arbeit verrissen hätten.«

»Er erpresst sie also.«

»Nur am Anfang, glaube ich«, sagte Zoe. »Ich denke, es reichte, damit die negativen Besprechungen aufhörten und seine Kunst so anerkannt wurde, wie sie es verdiente.«

Ein Schlüssel knirschte im Schloss auf der anderen Seite der Tür. Gleich darauf kam der Hüne herein. An seinem Handgelenk baumelte bereits Zoes Handschelle.

Kapitel 10

Als Seth Ridgeway mit seinem Volvo in die Einfahrt seines Hauses in Playa Del Rey bog, rissen die Regenwolken gerade genug auf, um die letzten Strahlen der untergehenden Sonne durchzulassen. Während er beobachtete, wie das verblassende Licht schwach darum rang, das graue Meer vom grauen Himmel zu trennen, umklammerte er fest das Lenkrad und dachte an die vielen Male, als Zoe und er Arm in Arm dagestanden und diesen Blick genossen hatten. Diese Aussicht war für sie Grund genug gewesen, das Haus zu kaufen.

Der kleine weiße Bungalow mit zwei Schlafzimmern in einer kalifornischen Art déco-Variante stammte von Ende der 1930er Jahre. Die ursprünglichen Besitzer hatten ihn als Ferienhaus am Rand einer Steilklippe gut zwanzig Meter über dem Strand erbaut. An klaren Tagen schien die Insel Santa Catalina gleich hinter der Einfahrt zu warten.

Seth schaltete den Motor aus, blieb reglos sitzen und lauschte auf den tosenden Wind, der vom noch immer aufgewühlten Meer heraufwehte. Widerstrebend wandte er schließlich den Blick vom Pazifik auf das Haus, ihr Haus … jetzt sein Haus. Lange dunkle Schatten krochen von den hohen, biegsamen Zedern, die sie im Vorgarten gepflanzt hatten, über den Rasen und die Hauswand hinauf. Eine Scheibe des Erkerfensters im Wohnzimmer fing einen hellen Sonnenstrahl ein und lenkte ihn auf seine Augen. Seine Miene verfinsterte sich noch mehr, als er in die Lichtspiegelung blinzelte.

Die letzten beiden Tage waren so verrückt verlaufen,

dass er nicht mehr wusste, ob er Wut oder Angst haben sollte. Er hatte die Nacht im Motel der NSA verbracht und sich in seinem leichten, zermürbenden Schlaf mit Alpträumen und bizarren Traumgebilden herumgeschlagen.

Besonders ärgerte er sich über die Freiheiten, die Stratton und seine Leute sich herausgenommen hatten. Sobald sie ihn aus der Limousine geholt hatten, war Strattons Aufräumtrupp im Hafen eingetroffen. Man hatte sein Boot leer geräumt, aufs Meer gebracht und versenkt. Ridgeways Sachen vom Boot lagerten nun in seiner Garage, hatte Stratton ihm mitgeteilt.

Seth wusste, dass diese Maßnahmen es ihm ersparten, heikle Fragen beantworten zu müssen. Trotzdem wurmte es ihn, dass Strattons Leute ganz offensichtlich seine sämtlichen Sachen auf dem Boot nach dem Gemälde hatten durchsuchen können. Er fragte sich, ob sie wohl auch etwas mit den Einbrüchen in seinem Haus zu tun haben mochten, die stattgefunden hatten, als er auf dem Boot wohnte. Mittlerweile war ihm klar, dass hier jemand nach dem Gemälde gesucht hatte.

Mit einem ironischen Grinsen stieg er aus dem Wagen, ging zur Garage und öffnete das Tor. Das Gemälde war nicht hier und hatte sich nie hier befunden. Bis zum Morgen des Vortages hatte er nicht einmal etwas von der Existenz des Bildes gewusst, geschweige denn, wo es sein könnte. Aber nun wusste er, wo es war und dass es in Sicherheit war. Er hatte allerdings nicht vor, es Stratton oder sonst jemandem zu überlassen.

Seth musterte die Segelausrüstung und seine persönliche Habe, die Strattons Leute auf dem Garagenboden gestapelt hatten. Es sah aus wie auf einem Seglerflohmarkt. Sein Blick schweifte über die Stapel und blieb an einem schmalen Lederbuch hängen, das etwa die Größe eines dünnen Lexikonbandes hatte. Es war das Logbuch der *Valkyrie*, das Zoe ihm vor drei Jahren zu Weihnachten geschenkt hatte. Er hob es auf. Regentropfen hatten dunkle Flecken auf dem Einband hinterlassen. Als er das Logbuch aufschlug, fiel ein Schnappschuss heraus. Er fing ihn auf, als er zu Boden trudelte. Langsam schloss er das Logbuch und betrachtete im Halbdunkel das Foto. Es war eine Aufnahme von Zoe und ihm, entstanden kurz vor ihrer Zürich-Reise. Doug Denoff, ihr Trauzeuge, hatte sie fotografiert, als sie nach einem langen Wochenend-Segeltörn nach Catalina das Deck der *Valkyrie* schrubbten.

Die Leere in seiner Brust dehnte sich aus, als er das Foto betrachtete. Zoe besaß eine stille, unaufdringliche Schönheit: Sie war einfach da, eine Vorahnung tiefer Schönheit, die unter der Oberfläche lag. Er dachte zurück an jenen ganz normalen Tag, dessen Besonderheit erst wesentlich später klar wurde. Es war das letzte Mal, dass sie zusammen gesegelt waren. Heute wünschte er, ihm wäre damals klar gewesen, welche besondere Bedeutung dieser Segeltörn hatte. Aber manche besonderen Momente kündigten sich nicht vorher an, man erkannte sie erst, wenn es zu spät war, sie auszukosten.

Er schaute sich das Foto noch eine Weile an, bevor er es in seine Windjacke steckte. Einen Moment dachte er, er müsse gleich in Tränen ausbrechen, aber dann warf er das Logbuch der *Valkyrie* kurzentschlossen zurück auf den Stapel. Die *Valkyrie* gab es nicht mehr. Er war mit ihr nach Hawaii und zurück gesegelt, hatte bei Los Cabos einen Hurrikan im Pazifik überstanden und seine schönsten Zeiten mit Zoe auf dem Boot verbracht. Da es so eng mit Zoe verbunden war, schien es ihm fast passend, dass ihm nun beide von Verrückten genommen worden waren, die vor nichts zurückschreckten, um das verschollene Gemälde eines mittelmäßigen Nazi-Malers in ihren Besitz zu bringen.

Seth tastete noch einmal nach dem Schnappschuss in seiner Jackentasche, kehrte den Sachen aus dem Boot den Rücken und ging zu der Tür, die von der Garage in die Küche führte. Er dachte an Stratton, Weinstock, die Killer im Hafen. Sie alle wollten unbedingt das Gemälde haben, das er besaß, und das allein war Grund genug für ihn, es ihnen vorzuenthalten … vorerst. Es war seine einziges Druckmittel. Zoes Schicksal und auch sein eigenes hingen von diesem Gemälde ab. Er würde es erst hergeben, wenn er sicher sein konnte, dass er Zoe zurückbekäme.

Falls sie überhaupt noch lebte.

Sie musste noch leben, dachte er, sie musste einfach noch leben.

Seth trat in die dämmrige Küche. Er schloss die Tür hinter sich und blieb eine Weile in der zunehmenden Dunkelheit stehen. Die abgestandene Luft des unbewohnten Hauses drang ihm in die Nase. Mattes Licht der untergehenden Sonne streifte die Ränder der Schränke und Arbeitsplatten und spiegelte sich in den Elektrogeräten. Er betrachtete die Küchenmaschine, die Zoe ihm in dem Jahr, als sie geheiratet hatten, zum Geburtstag geschenkt hatte. Damals hatte er gern gekocht. Seit Zoes Verschwinden aß er nur noch Sandwiches oder einen Imbiss vor dem Fernseher.

Ohne das Licht einzuschalten, ging er von der Küche durchs Esszimmer ins Wohnzimmer. Überall war Zoes Gegenwart spürbar. Nirgendwo konnte er hinschauen, ohne etwas zu entdecken, was sie gemacht, ihm geschenkt oder von ihm bekommen hatte. Er schloss die Augen und kämpfte gegen die unvermeidlichen Tränen an. Seine Augen brannten, doch dann schlug er sie auf und wischte sich mit der Hand übers Gesicht, als könne er die Trauer wegreiben. Schniefend trat er ans Erkerfenster. Die Grünlilie, die Zoe aufgehängt hatte, war nur noch ein vertrockneter, brauner Mopp. Er wollte sich gerade vom Fenster abwenden, um die Gießkanne zu holen, als er ihn bemerkte: Ein heller Toyota parkte vier Häuser weiter auf der anderen Straßenseite.

Seth behielt den Toyota und den Mann, der am Steuer saß, im Auge und wich langsam zurück in die schützende Dunkelheit des Wohnzimmers. Der Wagen kam ihm bekannt vor. Er schloss die Augen und versuchte ihn einzuordnen. Im Verkehr. Eindeutig hatte er ihn auf der Heimfahrt vom Jachthafen im Verkehr gesehen. Aber noch irgendwo anders. Wo?

Er starrte den Wagen an. Vom Fahrer sah er nur vage die Umrisse von Kopf und Schultern. Plötzlich fiel es ihm wie Schuppen von den Augen. Er hatte den Wagen auf dem Parkplatz des Motels gesehen, in das Stratton ihn gebracht hatte. Stratton ließ ihn also beschatten.

Das ergab durchaus einen Sinn, dachte Seth. An Strattons Stelle hätte er es ebenso gemacht. Vorerst hatte es etwas Beruhigendes, zu wissen, dass Aufpasser da waren. Wenn er unerwartet Besuch bekäme, könnten sie sich als nützlich erweisen. Aber Seth war klar, dass er sie für ein paar Stunden loswerden musste, um das Gemälde zu holen. Wenn er sie abhängte, durften sie allerdings nicht merken, dass es Absicht war. Er wollte Stratton nicht so misstrauisch machen, dass er ihn holen und eingehend verhören würde – denn Seth wusste genau, dass sie ihn dann unter Drogen setzen und ausquetschen würden. Davor war er sicher und würde seine Freiheit behalten, solange Stratton annahm, dass Seth nicht wusste, wo sich das Gemälde befand.

Einen Beschatter abzuhängen und zu verschwinden war nicht schwer. Aber die meisten Möglichkeiten, die er früher als Polizist eingesetzt hatte, wirkten verdächtig. Er musste seinen Beschatter wie zufällig verlieren. Damit waren wilde Verfolgungsjagden im Auto und Versuche, in letzter Sekunde in einen Aufzug zu springen, ausgeschlossen. Seth starrte lange ins Leere. Er überlegte, sich während eines Basketballspiels im Forum aus dem Stadion zu schleichen. Im Autoradio hatte er gehört, dass die Lakers heute Abend spielten. Nein, zu unsicher, und seine Abwesenheit würde zu leicht auffallen. Dasselbe Problem bestand in Kinos und Theatern.

Er setzte sich auf das Fußende des Bettes und schaute sich ziellos im Zimmer um. Als zu kompliziert verwarf er die Idee, in einem Kaufhaus einen Stromausfall zu inszenieren, um sich in der Dunkelheit unter die Menge zu mischen und zu entwischen. Es musste etwas sein, was ihm entsprach. Er listete Orte auf, die er normalerweise aufsuchte und wo man ihn unter den gegenwärtigen Umständen durchaus erwarten würde.

Fast eine Stunde saß er nahezu reglos da, bis sich ein Grinsen auf seinem Gesicht ausbreitete.

Die Universitätsbibliothek der UCLA, ein wuchtiger, siebenstöckiger Bau am Nordende des Campus, wimmelte von Studenten, als Seth Ridgeway hereinkam. Sie gingen zielstrebig zwischen den gut beleuchteten Bücherregalen herum und manche erkannten und grüßten ihn.

Seth hielt seine Aktentasche in der linken Hand, als er im vierten Stock aus dem Aufzug trat. Die Tasche war voller Werkzeug und schwer, daher blieb er stehen und nahm sie in die rechte Hand. Dann trat er an den Übersichtsplan der vierten Etage und studierte ihn aufmerksam. Er schaute auf die Signaturen, die er sich auf einem Notizblock notiert hatte, und wieder auf den Plan.

Bald hörte er den anderen Aufzug surren. Er hielt im vierten Stock. Seth täuschte weiter Interesse am Etagenplan vor, beobachtete aber heimlich, wie die Aufzugtür sich öffnete und den Mann aus dem hellen Toyota ausspuckte.

Der Mann war Mitte zwanzig, dünn, gut über 1,80 groß und hatte aschblondes Haar. Seine dicke Brille vergrößerte seine Augen und ließ ihn irgendwie verwundert wirken. Er trug Turnschuhe, Jeans und eine Windjacke über einem Rundhalspullover. Alles sah neu aus, als habe er es eigens für diesen Zweck gekauft.

Der Mann trat zwei Schritte aus dem Aufzug und blieb stehen. Seth schaute wieder auf den Etagenplan, warf einen letzten Blick auf den Zettel in seiner Hand und ging in die Abteilung für Kunstgeschichte.

Der Mann war ihm von Playa Del Rey dicht auf den

Fersen, aber professionell bis zum UCLA-Campus und vom Parkhaus in die Bibliothek gefolgt. Seth hatte seine Tarnung untermauert, indem er die Suchmaschine des Computers mit den Stichworten Kunstgeschichte, Nazideutschland und Stahl gefüttert hatte. Anschließend hatte er sorgfältig darauf geachtet, seine Sucheingaben auf dem Monitor stehenzulassen, damit sein Beschatter eine Vorstellung bekam, wonach er suchte. Der Mann sollte glauben, er benähme sich wie ein normaler Akademiker, der sich erst mal in Büchern schlaumachte, bevor er etwas unternahm.

In den folgenden anderthalb Stunden holte Seth sich Bücher aus den Regalen, markierte Stellen mit Papierschnipseln und ging damit zum Fotokopierer im ersten Stock, um einige Seiten zu kopieren. Seite um Seite füllte er auf seinem Block mit Notizen, die er gut sichtbar liegenließ. Der Stapel Fotokopien wuchs ebenso beständig wie der Bücherstapel auf seinem Tisch im Lesesaal. Jedes Mal nahm er seine Aktentasche mit und holte umständlich ein Kästchen mit Kleingeld für den Fotokopierer heraus. Er machte den Eindruck eines ernsthaften Gelehrten, der in seiner abgenutzten Aktentasche die nötigen Utensilien seiner Profession mit sich herumschleppte.

Diese Illusion schürte Seth sorgfältig, indem er seine Recherchen nur kurz unterbrach, um weitere Unterlagen zu holen. Seine Notizen blieben liegen, seine Windjacke hing über der Stuhllehne. Strattons Aufpasser sollte sich daran gewöhnen, dass Seth immer mal wieder für einige Zeit mit seiner Aktentasche und einem Stapel Bücher verschwand.

Es funktionierte. Dreimal folgte der Beschatter Seth in den Fotokopierraum und einmal in die Snack-Bar im Gebäude der North Campus Union. Hier schaute er zu, wie Seth eine Tasse Kaffee trank und einen alten Doughnut aß, bevor er wieder zu seinen Büchern zurückkehrte. Von da an blieb der Mann mit einem Buch in einer benachbarten

Nische sitzen und tat, als ob er lese. Er war offenbar überzeugt, dass Seth nicht ohne die beträchtliche Ausbeute seiner Recherchen verschwinden würde.

Als sein Beschatter es aufgegeben hatte, ihm in den Kopierraum zu folgen, verlängerte Seth nach und nach die Zeit, die er fortblieb.

Die Buchstaben verschwammen vor Seths Augen, als er im Lesesaal saß und versuchte, den richtigen Augenblick abzupassen. Wenn es nicht funktionieren sollte, würde Stratton ihn holen und ihn mit allen Mitteln bearbeiten, die ihm zu Gebote standen. Die Drogen würden ihn zum Reden bringen, und die NSA-Leute würden das Gemälde bekommen und damit auch das Druckmittel, das er brauchte, um Zoe zurückzuholen.

Falls sie überhaupt noch lebte.

»Verdammt«, knurrte Seth verhalten. Er wischte sich über das Gesicht und rieb sich die Augen. Die Zweifel, die Ängste, die Trauer. Sie tobten wie ein reißender Strom knapp unter der Oberfläche seiner Gedanken und unterspülten seine Entschlossenheit. Sie musste noch leben, dachte Seth. Wenn nicht, war es eine Dummheit von ihm, Stratton und seinen Leuten das Gemälde nicht zu geben.

Er schlug die Augen auf und schaute auf seine Uhr. Es war 21.17 Uhr. In knapp zwei Stunden schloss die Bibliothek. Er musste los.

Sein Beschatter hob kaum den Kopf, als Seth aufstand und mit seiner Aktentasche in der einen und einem dicken, mit einem Dutzend Zetteln markierten Buch zum Aufzug ging. Aus den Augenwinkeln sah Seth, dass der Mann kurz aufsah und gleich wieder in das Buch schaute, das vor ihm auf dem Tisch lag.

Er stieg im Erdgeschoss aus dem Aufzug, warf das Buch in eine Rückgabekiste, verließ die Bibliothek durch den Haupteingang und lief die Freitreppe hinunter. Dann ging er zum Gebäude der North Campus Union, zog sich einen Plastikbecher Kaffee, setzte sich an einen Tisch und beobachtete fünf Minuten lang die Eingangstür. Von seinem Beschatter war nichts zu sehen.

Lässig stand Seth auf und nahm seine Aktentasche. Dann verließ er mit seinem halbvollen Kaffeebecher das Gebäude und ging auf dem breiten Betonweg Richtung Süden, zwischen Grüppchen von Studenten, die lebhaft darüber diskutierten, die Welt zu retten, die Machteliten multinationaler Konzerne zu stürzen, das Wesen der Wahrheit zu ergründen oder prosaischere Leidenschaften und Kümmernisse zu lösen: fällige Hausarbeiten, verlorene Lieben, Probleme mit den Eltern.

Er kam sich alt vor. Es war nicht mehr seine Sache, die Welt zu verändern. Das war es noch nie. Dieser Glaube war der Jugend vorbehalten. Ihm blieb nur übrig, sich mit Ellbogenstärke einen gewissen persönlichen Lebensraum zu verschaffen.

Er schritt zügig aus, bemühte sich aber, nicht allzu eilig zu wirken, während er sich einen Weg zwischen den Schatten der skelettartigen winterlichen Bäume hindurchbahnte, die Straßenlaternen auf den Gehweg warfen.

Als er den Hauptcampus erreichte, herrschte weniger Betrieb. Seth widerstand der Versuchung, sich umzudrehen, um zu überprüfen, ob sein Aufpasser ihn eingeholt hatte. Er wandte sich nach links und ging eine kurze Rampe hinunter in das Untergeschoss von Haines Hall. Die Tür gab seinem Druck nach, und er trat selbstbewusst in den Korridor.

Der Fachbereich Philosophie lag ein Stockwerk höher. Sollte sein Beschatter plötzlich auftauchen, würde Seth in sein Büro gehen, so tun, als suche er ein Buch oder einen Ordner, und wieder an seinen Lesetisch in der Bibliothek zurückkehren.

Doch trotz seines Notfallplans spürte Seth, wie seine Hände kalt wurden, was nicht nur an der Außentemperatur lag. Er ging an Aufzug und Treppenhaus vorbei in den unbeleuchteten Teil des Ganges.

Am Ende des Flures blieb er eine Weile im Schatten stehen und starrte auf die glatte Holztür mit einfachem Türschloss und Sicherheitsschloss. Er versuchte, ob sein Büroschlüssel passte. Es funktionierte nicht. Das hatte er auch nicht erwartet. Der Abstellraum wurde selten benutzt, und nur Karen und Tony besaßen einen Schlüssel.

Seth stellte seine Aktentasche mit den Dietrichen und anderen Werkzeugen ab, die er seit seiner Polizistenzeit nicht mehr benutzt hatte, und öffnete die Schnallen. Im Dämmerlicht kramte er einen Satz Dietriche heraus, die wie ein Taschenmesser in einen Griff geklappt waren. Es war Jahre her, seit er zuletzt damit hantiert hatte, deshalb begann er mit dem einfacheren Schloss unter dem Türknauf.

Unbeholfen fummelten seine eingerosteten Finger an dem Schließmechanismus herum, erinnerten sich aber nach ein paar Minuten an die alten Reflexe. Früher hätte er ein solches Schloss innerhalb von Sekunden geknackt. Schloss und Türknauf klapperten, während er sie im Dämmerlicht bearbeitete. Schließlich gab die Verriegelung mit sattem Klacken nach.

Bevor Seth das Sicherheitsschloss in Angriff nahm, legte er eine kurze Pause ein. Als er sich eine Haarsträhne aus der Stirn strich, spürte er Schweiß an den Fingern. Plötzlich merkte er, dass ihm auch Schweiß auf der Oberlippe stand und seine Achselhöhlen feucht und kalt waren.

Er atmete tief durch und inspizierte das Sicherheitsschloss. Aus seiner Aktentasche holte er eine kleine Taschenlampe. In ihrem Licht schaute er sich die Marke und die Bauweise an. Es war ein billiges Sicherheitsschloss, das lediglich den Zugang zu einer Abstellkammer versperren sollte: Hier gab es nur alte Bücher, ausrangierte Gerätschaften, überzählige Stühle, Tony Bradfords Sammlung der Zeitschrift *National Geographic* ab 1946, Seth Ridgeways nachgesendete Post und Zeitungen, die nicht in seinen Schreibtisch passten, und ein Gemälde von unschätzbarem Wert.

Während Seth noch überlegte, wie er das Sicherheitsschloss knacken sollte, hörte er Stimmen von der Treppe. Er schaltete die Taschenlampe aus und blieb wie erstarrt stehen. Die Stimmen wurden lauter, eine Männer- und eine Frauenstimme. Unmittelbar darauf hörte Seth das leichte Klacken von Damenabsätzen und leisere, schwerere Männerschritte, die sich dem Keller näherten. Schnell schnappte Seth sein Werkzeug und seine Aktentasche und schlüpfte in die dunkelste Nische unter der Treppe.

Die Stimmen des Pärchens waren immer besser zu verstehen, je weiter sie herunterkamen. Die Mitbewohnerin der Frau war es leid, ständig für die beiden die Wohnung räumen zu müssen. Wieso zog er nicht aus dem Studentenwohnheim aus und nahm sich eine eigene Wohnung? Sie brauchten doch bloß ein ruhiges, dunkles, bequemes Plätzchen, erwiderte er, vielleicht stehe ja eins der Büros im Gebäude offen. Seth meinte an der männlichen Stimme einen seiner Studenten zu erkennen. Das Pärchen erreichte den Fuß der Treppe und diskutierte weiter. Sie fand heimlichen Sex in einem zufällig unverschlossenen Büro unromantisch und erniedrigend. Was anfangs wie eine Männerstimme geklungen hatte, verfiel zunehmend in pubertäres Gejammer. Jetzt erkannte Seth die Stimme eindeutig wieder. Diesen Jammerton hatte er schon oft gehört. Es war einer seiner unterdurchschnittlichen Studenten, dem das vorzeitige Ende seines Studiums drohte.

Das Pärchen setzte sein Geplänkel am Fuß der Treppe fort.

Haut ab, dachte Seth mit einem Blick auf das Leuchtzifferblatt seiner Armbanduhr. Die Zeit raste. Es war schon nach 22 Uhr. Strattons Mann würde nicht ewig warten.

Sie verhandelten immer noch um Versprechungen gegen Leidenschaft. Nach allem, was Seth mitbekam, holte sie das Beste aus dem Handel heraus und machte sogar Anspielungen auf eine Heirat. In seinem Fieber willigte der Junge in Dinge ein, die er später erfolglos abstreiten würde. Seine Zugeständnisse machten das Mädchen zugänglicher für seine Vorschläge.

»Da drüben«, hörte Seth ihn sagen, »da ist eine Abstellkammer unter der Treppe, die manchmal offen ist. Da gibt's sogar ein Sofa.«

Seth überlief es eiskalt. Es war unvermeidlich, dass sie ihn sehen würden.

»Du kennst dich da ja offenbar sehr gut aus.« In ihrem Ton lag etwas Frostiges. »Kommst du oft mit deinen Dates her?«

»Nein … nein, ich – es ist bloß – der Abstellraum gehört dem Fachbereich Philosophie. Ich habe mal geholfen, Akten runterzutragen, das ist alles. Ich war noch nie mit jemandem hier, ehrlich.«

Es entstand eine lange Stille. Schließlich hörte Seth die junge Frau lachen. Unter dem mädchenhaften Kichern klang stahlharter Triumph durch.

Bevor Seth noch länger darüber nachdenken konnte, kam das Pärchen in den Schatten unter der Treppe und stand ihm gegenüber. Der Junge hatte eine Hand um ihre Taille geschlungen und die andere in ihre Bluse geschoben.

Sie schrie erschrocken auf, schlug sich mit der Hand auf den Mund und sprang zurück. Auf der Miene des Jungen lief ein rasanter Film ab: Angst, Verlegenheit, Erkennen und wieder Angst. Die bleichen, blutleeren Gesichter der beiden spiegelten das fahle Licht wider wie zwei Monde.

Eine Ewigkeit, wie es schien, sagte keiner ein Wort. In Seth arbeitete es wild. Einerseits war er Professor und Autoritätsperson. Als Angehöriger des Fachbereichs Philosophie hatte er zudem gute Gründe, in den Abstellraum zu gehen. Andererseits hatte er nicht entdeckt werden wollen und ihre äußerst private Unterhaltung im Dunkeln belauscht.

»Professor …« Der Junge sprach als Erster, aber die Worte blieben ihm offenbar im Hals stecken.

»Guten Abend«, sagte Seth verlegen. Es war albern, aber es war das Einzige, was ihm zu sagen einfiel.

Plötzlich haspelte der Junge Ausreden heraus, die seine peinliche Lage nur verschlimmerten. Die katzenhaften Instinkte seiner Gefährtin gewannen die Oberhand. Sie befahl ihm, den Mund zu halten, und zog ihn in den beleuchteten Teil des Korridors.

»Guten Abend, Herr Professor«, sagte sie höflich und gefasst. »Es war ... interessant, auf Sie zu stoßen.«

Während sich ihre Schritte im Gang entfernten und schließlich verhallten, fragte Seth sich, ob der Junge überhaupt eine Ahnung haben mochte, wie sehr er ihn aus der Fassung gebracht hatte.

Als Seth die Tür am anderen Ende des Ganges ins Schloss fallen hörte, ließ er seine Aktentasche in der dunkelsten Ecke stehen und machte sich an das Sicherheitsschloss. Trotz seines komplexen Aufbaus gab es nach kaum einer Minute Arbeit nach.

Seth steckte die Dietriche wieder in die Aktentasche und öffnete die Tür. Es gab Bewegung im Dunkeln, hektisches Huschen. Das Licht aus dem Korridor drang nicht bis in die Dunkelheit vor. Er tastete nach dem Lichtschalter, aber als er ihn drückte, passierte nichts. Offenbar war die Glühbirne durchgebrannt. Tony würde sich darüber ärgern. Gelegentlich zog er sich gern aus allem zurück, setzte sich hier unten auf das alte Sofa und aß Sandwiches mit seltsamem Belag. Seth zog die Taschenlampe aus seiner Windjacke und trat über die Schwelle. Er hörte ein Tapsen, Kratzen und Rascheln.

Als er die Taschenlampe einschaltete, erkannte er im Lichtstrahl zunächst nur ein unglaubliches Chaos. Jemand hatte den Raum auf links gedreht, Möbel umgeworfen, den Inhalt der Regale auf dem Boden verstreut. Alles war von einer Papierschicht überzogen. Jemand hatte die gesamte Post geöffnet, die Karen hier sorgfältig für ihn eingelagert hatte.

Mit einem Mal fühlte sich sein Herz so schwer an, als müsse es ihm aus der Brust springen. Sie hatten das Gemälde bestimmt gefunden. Es musste in dem großen Paket gewesen sein, das man ihm vom Hotel Eden au Lac nachgeschickt hatte, weil er bei der Abreise vergessen hatte, ihr Safeschließfach zu leeren. Jetzt hatte er nichts mehr in der Hand, und damit schwand jede Hoffnung, Zoe zurückzubekommen.

Wie vom Schlag getroffen, stand er da und ließ müßig den Lichtkegel der Taschenlampe durch den Raum schweifen. Plötzlich beleuchtete der Lichtstrahl eine grauenhafte Szene, auf die ihn nicht einmal die schlimmsten Erlebnisse seiner Polizeilaufbahn vorbereitet hatten.

In einer Ecke des Raumes lag Tony zusammengesackt mit einem roten Einschussloch mitten in der Stirn, das aussah wie ein drittes Auge. Eine große braune Ratte saß auf Tonys Schulter und grub ihre blutig schimmernde Schnauze in seinen Hals. Sie drehte sich zu Seth um und starrte ihn aus arroganten, schwarzen Augen an, die im Schein der Taschenlampe rot glühten.

Seth stand wie gelähmt da. Entsetzt sah er eine zweite Ratte mit blutiger Schnauze aus Tonys Hosenbein schlüpfen. Er bückte sich gerade, um irgendetwas aufzuheben, womit er nach den Ratten werfen könnte, als etwas Warmes, Pelziges ihm seitlich ins Gesicht sprang.

Unwillkürlich stockte ihm der Atem, und er schlug in blinder Panik nach dem dunklen pelzigen Ding. Gleich darauf hörte er es dumpf gegen die Wand prallen. Mit zittrigen Händen richtete er die Taschenlampe auf die Stelle und sah die Ratte benommen daliegen. Sie erholte sich aber rasch und huschte davon.

Seth kämpfte gegen die Hysterie an, die sich in seiner Brust ausbreitete und ihm wie eine unsichtbare Hand die Kehle zuschnürte. Hektisch schwenkte er den Lichtstrahl herum, bis er fand, was er suchte. Krampfhaft bemüht, die schmatzenden Laute der Ratten im Dunkeln zu ignorieren, ging er in die nächstgelegene Ecke der Abstellkammer und schnappte sich einen hölzernen Besen.

Wütend, frustriert und den Tränen nahe drosch er mit dem Besen auf die Ratten ein und verjagte sie von Tonys Leiche. Panisches Trapsen, Huschen und ein Chor gellenden Quietschens erfüllte den engen, fensterlosen Raum. Seth schwang den Besen rund um die Leiche noch lange nachdem die letzten Nager bereits in den Flur geflüchtet waren.

Schließlich ließ er den Besen fallen, kniete sich neben Bradford und berührte vorsichtig Tonys Schulter mit dem Rücken seiner Finger. Der Körper war noch gut wärmer als Zimmertemperatur. Er konnte noch nicht lange tot sein. Seth stand auf und leuchtete die Umgebung um Tonys Leiche ab. Seine Mörder hatten ihn nicht geschlagen. Die einzigen Verletzungen außer der großkalibrigen Schusswunde in der Stirn stammten von den Ratten.

Unbewusst ging er rückwärts Richtung Tür. Panische, flache Atemzüge drangen ihm in die Ohren. Er musste sich erst umsehen, bis ihm klar wurde, dass diese Geräusche von ihm stammten.

Seth trat aus der Abstellkammer mit ihrem klebrig süßen Geruch nach Blut und Tod und blieb reglos mit dem Rücken an der kalten Betonwand in der Dunkelheit stehen. Mit aller Willenskraft hinderte er seine Knie daran nachzugeben und rang um einen klaren Kopf.

Nach und nach wurde ihm der Ablauf klarer. Jemand hatte erfahren, dass seine Post hier gelagert war. Wer? Strattons Leute nicht, dachte er, das hätten sie ihm gesagt. Sie hätten dann keinen Grund gehabt, ihn zu beschatten, denn sie hätten das Bild bereits. Es mussten die gleichen Leute sein, die sein Boot überfallen hatten. Aber wie? Wie hatten sie davon erfahren? Seth überlegte eine Weile, bis ihm das Telefongespräch einfiel, das er am gestrigen Morgen mit Tony und Karen Bradford geführt hatte. Beide hatten seine Post und die Abstellkammer erwähnt. Jemand musste sein Telefon angezapft und so erfahren haben, wo seine Post gelagert wurde. Sie waren genau wie er in die Abstellkammer eingebrochen. Tony hatte vermutlich beschlossen, seine Drohung wahr zu machen und seine gesamte Post wegzuwerfen, und hatte sie überrascht, als sie alles durchsuchten. Und dafür hatten sie ihn getötet.

Seth wurde übel, und gleich darauf musste er sich heftig übergeben. Er würgte, bis nichts mehr kam, dann wischte er sich den Mund ab und taumelte zu seiner Aktentasche.

Irgendwie gelang es ihm, die Aktentasche zu schließen und ungesehen die Herrentoilette im ersten Stock zu erreichen. Er verstopfte einen Abfluss mit Papierhandtüchern, ließ kaltes Wasser in das Becken laufen und tauchte sein Gesicht ein. Der kalte, nasse Schock schwemmte nach und nach die Übelkeit weg. Schließlich stand er mit geschlossenen Augen da und versuchte, normal zu atmen, während sein Herz eine langsamere Gangart einschlug.

Nach und nach schlichen sich wieder vernünftige Gedanken in seinen Kopf. Er musste die Polizei anrufen und den Mord an Tony melden. Er musste jemanden rufen, bevor die Ratten zurückkamen. Es war nicht mehr von Belang, ob er in die Sache hineingezogen wurde, dachte er, während er die Herrentoilette verließ. Bisher hatte es einen zwingenden Grund gegeben, Verwicklungen mit dem Gesetz zu scheuen. Eingehende Untersuchungen zu den Morden auf seinem Boot hätten ihn in Verdacht bringen und seine Suche nach dem Gemälde und Zoe verzögern können.

Aber jetzt war das Gemälde fort, dachte er, als er mit unsicheren Schritten zu den Büros des Fachbereichs Philosophie ging. Das Gemälde war fort und mit ihm sein einziges Druckmittel. Er musste die Sache Leuten übergeben, die besser für Ermittlungen gerüstet waren. Neben der Tür zum Fachbereichssekretariat lehnte er sich an die Wand und kramte nach seinem Schlüsselbund. Wenigstens würden sie ihm jetzt glauben, dachte er und suchte den richtigen Schlüssel heraus. Skeptische Rügen wie in Zürich würde er sich jetzt nicht mehr einhandeln.

Seth schloss die Tür auf, stieß sie auf und schaltete das Licht im Vorraum ein. Die Neonleuchten flackerten kurz, bevor sie ihr bläuliches Licht auf Karen Bradfords ramponierten Holzschreibtisch und die zerkratzen Holzstühle an der Wand gegenüber warfen.

Schnell ging er nach rechts den kleinen Flur zu seinem Büro entlang. Er schloss die Tür auf und trat in das nur schrankgroße Standardbüro, das jedem Dozenten zustand. Die Verwaltungsbürokratie in Murphy Hall schwelgte in dicken Teppichböden und Vorstandsluxus, aber die Mitarbeiter, die die eigentliche Hochschularbeit leisteten, mussten sich mit Möbeln aus Armeeüberbeständen in engen Nischen begnügen. Sein Blick fiel auf eine Stickerei hinter seinem grauen Metallschreibtisch. Zoe hatte sie ihm gemacht.

Wer kann, macht.
Wer nicht kann, lehrt.
Wer nicht lehren kann, geht in die Verwaltung.

Der Spruch sprach ihm aus dem Herzen und hatte ihn bei der UCLA-Verwaltung ausgesprochen unbeliebt gemacht. Die Wahrheit tat immer weh.

Seth setzte sich an seinen Schreibtisch und griff zum Telefon, um die Polizei anzurufen, als er einen Umschlag mit seinem Namen bemerkte. Er trug Karen Bradfords Handschrift und war an den Schirm seiner Schreibtischlampe geklebt, damit er ihm direkt ins Auge fiel.

Er legte den Hörer wieder auf die Gabel und nahm den Umschlag von der Lampe.

Karen schrieb: »Tony war ziemlich wütend auf Sie. Mir ist klar, wie schockiert Sie über Zoes Verschwinden sind. Ich weiß, dass Sie seitdem nicht mehr Sie selbst sind. Das Gleiche gilt allerdings für Tony. Ich habe befürchtet, dass er etwas Voreiliges mit Ihrer Post machen könnte, daher bin ich heute Morgen nach unserem Gespräch hinunter in die Abstellkammer gegangen und habe alle Briefe und Päckchen aussortiert, die wichtig aussahen. Sie liegen in meinem Aktenschrank in der untersten Schublade, ganz hinten. Der Schlüssel zum Aktenschrank liegt bei.«

Das Briefchen war mit »K.« unterzeichnet.

Begierig zog Ridgeway den Schlüssel aus dem Umschlag. Er sprang so schnell auf, dass sein Stuhl nach hinten kippte und scheppernd auf den Boden fiel. Vorübergehend vergaß Seth Tony Bradford und lief an Karens Schreibtisch. Dahinter stand der Metallschrank mit zwei Schubfächern.

Die Schreie begannen, als Seth sich gerade an Karens Schreibtisch gesetzt hatte und den Schlüssel in das Schloss des Aktenschranks stecken wollte.

Zuerst schrie eine Frauenstimme erschrocken auf und kreischte dann durchdringend vor Entsetzen. Als Nächstes ertönte eine Männerstimme, die mehr rief als schrie. Dann gellte wieder die Frauenstimme höher und höher, immer hysterischer.

Ridgeway erkannte die Stimmen von vorhin. Das Pärchen war wohl zurückgekommen und suchte verzweifelt ein Plätzchen, um seine getroffene Abmachung einzulösen. Da er die Tür nicht wieder abgeschlossen hatte, hatten sie Tony Bradfords Leiche sofort entdeckt.

Das Mädchen kreischte weiter. Ihre Schreie wurden immer lauter, entweder besaß sie eine ungeheure Lungenkapazität, oder sie kamen die Treppe herauf.

Seth schloss den Aktenschrank auf. Er musste sich beeilen. Das Büro des Fachbereichs Philosophie war das erste an der Treppe. Sie würden sicher das Licht sehen und hereinkommen, um die Polizei anzurufen. Er würde es unmöglich rechzeitig schaffen, wieder in die Bibliothek zu kommen. Es hing immer noch alles davon ab, dass Strattons Aufpasser keinen Verdacht schöpfte.

Der Aktenschrank ließ sich mühelos öffnen. Seth zog

die untere Schublade auf und sah sofort den Stapel Post, den Karen ihm versprochen hatte.

Er holte ihn heraus.

Ohne auf die Schreie zu achten, sah er hektisch die Post durch. Schnell fand er, wonach er suchte: ein in braunes Packpapier gewickeltes Päckchen in der Größe eines eingepackten Oberhemdes mit dem Absender des Eden au Lac. Unter Seths entschlossenen Händen gab die Verpackung bald nach. Er entfernte die Papphülle und die Lage Schaumstoff und hatte ein Gemälde von einer Alpenwiese vor sich. *Die Heimstatt unserer Erlöserin* stand auf dem Rahmen. Er wickelte das Bild wieder in seine Schutzhüllen und nahm die übrige Post, ging damit in sein Büro, packte alles in seine Aktentasche und ging zur Tür.

Als Seth auf den Korridor trat, hörte er Schritte auf der Treppe und die Stimme des Jungen, der sich bemühte, das Mädchen zu beruhigen, dessen stahlharte Beherrschung nun doch erschüttert worden war. Seth klemmte sich die Aktentasche unter den Arm und lief aus dem Gebäude.

Zoe kämpfte gegen die Versuchung an zu beten, als sie mitten in ihrem Zimmer stand und nach einem Ausweg suchte.

Bevor man sie hier eingesperrt hatte, hatte sie nicht an einen Gott geglaubt, der die Gebete der Menschen erhörte. Jetzt mit dem Beten anzufangen käme genau der Heuchelei gleich, die sie zutiefst verachtete.

Ihre Mutter hatte sich bemüht, sie als streng fundamentalistische Protestantin zu erziehen. Jeden Sonntag gingen sie in eine kleine Backsteinkirche in Orange County, südlich von Los Angeles. Nach ihrem Glauben galt Tanzen als Sünde und jeder Politiker links von Ronald Reagan als Antichrist. Sie wussten, dass die Welt 4004 v. Chr. erschaffen wurde, weil es so in der Bibel stand, und niemand zweifelte daran, weil jedes Wort der Bibel von der eigenen Hand eines zornigen, zeusartigen Gottes stammte, der alle in ein schreckliches ewiges Höllenfeuer schickte, die nicht an seinen einzigen Sohn glaubten.

Ihr Vater war nie mit in die Kirche gegangen, was zusammen mit dem Rätsel, dass Zoe Farben hörte, Stoff für endlosen Streit und erbittere Auseinandersetzungen lieferte. Als Zoe ein Teenager war, hatte er ihr in einem stillen Augenblick erklärt: »Bei all den Kirchen in der Welt und all den unterschiedlichen Arten zu glauben scheint es doch unheimlich arrogant, dass jeder sich für den einzig Gerechten hält und alle anderen in die Hölle kommen. Vielleicht sollten wir sämtliche Religionen durchsieben und ihre jeweiligen Bruchstücke der Wahrheit herauszufiltern versuchen.«

Es war einfach, gegen den Glauben der Kirche zu rebellieren. Zoe kehrte die Überzeugung ihres Vaters um, und wo er zu dem Schluss gekommen war, dass fast jede Religion ein Körnchen Wahrheit enthielt, zog Zoe aus den erbitterten Konflikten zwischen den Religionen den Schluss, dass sie gar keine Wahrheit enthielten. Als Zoe sich weigerte, weiter die Kirche zu besuchen, wurde ihre Mutter nur noch fanatischer. Eines Sonntags ging ihre Mutter nach einer besonders heftigen Auseinandersetzung am Frühstückstisch in die Kirche und kam nicht mehr nach Hause. Das Gleiche galt für einen Bariton aus dem Männerchor. Zoe hörte nie wieder etwas von ihrer Mutter.

Ihr Verschwinden war für Zoe Beweis genug, dass Gott ein Hochstapler und die Menschen Trottel waren. Nach ihrer Ansicht war das so etwa das Einzige, was Karl Marx richtig erkannt hatte.

Als Zoe nun im Bauch eines Lagerhauses in Zürich eingesperrt war, kämpfte sie gegen ihre eigene Heuchelei an: den Drang zu beten. Im Schützengraben gibt es keine Atheisten, sagte das Sprichwort. Für sie hieß das, dass die Verzweiflung Menschen in einen opportunistischen Glauben trieb, der auf Selbsttäuschung beruhte und ihnen falschen Trost spendete. Ihr Wunsch zu beten hatte sie anfangs überrascht, bis sie diesen Drang als das erkannte, was er war, und beschloss, ihre persönliche Würde zu wahren und einen Gott, an den sie vorher nicht geglaubt hatte, nicht um Erlösung anzuflehen.

Sie wünschte, sie könnte an Gott glauben, damit sie einen Handel mit ihm schließen könnte.

Hol mich hier raus, dann glaube ich an dich; ich tue, was du willst.

Zoe schüttelte beschämt über ihre Gedanken den Kopf. Was nützte ein Gott, der aus billigem Opportunismus mit sich handeln ließ?

»So hoffnungslos«, flüsterte sie. Thalia gab ihr Kraft und Mut, die Dinge positiv zu sehen, aber jeden Abend, wenn man sie in ihre Zelle zurückbrachte, kroch die Niedergeschlagenheit aus den Schatten.

Langsam drehte sie sich um und betrachtete nacheinander die drei massiven Betonwände und die vierte, die nur von einer schweren Metalltür mit zwei Sicherheitsschlössern und fest verschweißten Angeln durchbrochen war. Der Ventilator war ebenfalls in eine Öffnung geschweißt, die gerade groß genug war, dass sie den Kopf hätte durchstecken können. Sie musterte den Betonboden zu ihren Füßen und die Holzdecke über ihrem Kopf. Angestrengt lauschte sie durch die Umgebungsgeräusche ihrer Zelle auf die leisen Schritte im Büro über ihr.

Schwer legte sich eine hoffnungslose Leere um ihr Herz und wurde zu einer gähnenden finsteren Grube, die sie in ihren Sog zu ziehen drohte.

»Du musst immer davon ausgehen, dass es einen Weg gibt.« Die Worte ihres Vaters schreckten Zoe auf. *»Und deine Aufgabe ist es, die Lösung zu finden, so unmöglich es auch erscheinen mag, denn es bringt gar nichts, vom Scheitern auszugehen.«* Seit fast zehn Jahren hatte sie nicht mehr an diese Worte gedacht. Dass sie ihr nun so präsent waren, als hätte er sie gerade erst gesagt, verblüffte sie und ließ ihre Haut prickeln, als habe sie Feuer gefangen.

Sofort erinnerte sie sich wieder lebhaft an die Szene in seinem improvisierten Atelier. Er hatte an einem vier Tonnen schweren Stahlkubus für eine Skulptur gearbeitet, die im Zentrum seiner Ausstellungseröffnung stehen sollte. Die Skulptur hatte den Titel *Mind Fire* und stellte ihn vor das Problem, dass die Stahlmasse, die schwerer als ein Chevy Suburban war, leichter als Luft wirken sollte.

Zoe drehte sich weiter langsam im Kreis, aber was sie sah, lag Jahre jenseits der Betonwände, eine halbe Welt entfernt.

»Wenn Logik nicht funktioniert, suche Lösungen im Unlogischen«, hatte er gesagt.

Letzten Endes entwickelte er ein improvisiertes Polierverfahren mit Walnussschalen und eine elektromagnetische Schwebetechnik.

»Wenn dein Verstand versagt, suche Lösungen in deiner Seele.«

Ihr Vater verkaufte *Mind Fire* für mehr Geld, als er in den vorangegangenen sieben Jahren als Mechaniker verdient hatte. Er hatte noch weitere sieben Jahre gelebt, bevor ein riesiger Bronzeguss umgefallen war und ihn unter sich zermalmt hatte. Mit dem Erbe hatte sie ihre erste Kunstgalerie eröffnet.

»Du musst dir deinen Weg durch die Hindernisse bildlich vorstellen«, sagte seine Stimme zu ihr. *»Schalte deinen Verstand aus und lass deinen Gefühlen freien Lauf.«*

»Gib mir die Inspiration, Dad«, raunte Zoe, während sie mit den Tränen kämpfte. »Ich brauche ein Meisterwerk an Fantasie. Hilf mir, Dad.«

Kapitel 11

Die Nockspitze, ein zerklüfteter Granitfelsen, erhebt sich südwestlich von Innsbruck in Tirol gut 2400 Meter über den Meeresspiegel. Sie ist ein unwirtlicher Berg: kalt, schroff, baumlos und nur für Vögel, geübte Bergsteiger und wenige Glückliche erreichbar, die mit der privaten Seilbahn zu der massiven Hütte knapp unterhalb des Gipfels fahren dürfen.

Ein österreichischer Gastwirt hatte die Hütte ursprünglich 1921 als Gasthaus gebaut in der Hoffnung, Skifahrer von den Pisten herauflocken zu können. Sie besaß 25 Gästezimmer mit eigenem Bad und offenem Kamin und ein Restaurant in einem hohen A-förmigen Anbau, der über die schroffe Felswand hinausragte.

Aber die abgeschiedene Lage, die das Gasthaus attraktiv machte, verhinderte zugleich seinen Erfolg. Gäste mussten von Innsbruck eine lange Anfahrt über gewundene Sträßchen bis an die Talstation der winzigen Seilbahn in Kauf nehmen. Damals waren die unbefestigten Straßen für Automobile nicht befahrbar und ließen sich nur mit Pferdewagen bewältigen. Bei Regen, Frost oder Schnee war die Fahrt entweder völlig unmöglich oder so mühsam, dass sie für etwaige Gäste völlig reizlos war. Das Gasthaus machte 1924 Bankrott, nachdem bei einem Seilbahnunglück fünf Menschen gestorben waren.

Zwei Jahre später kaufte ein reicher italienischer Industrieller die Hütte als Ferienhaus und Konferenzzentrum für sein Unternehmen und vermachte sie nach seinem Tod sieben Jahre später der katholischen Kirche.

Nun stand Kardinal Rudolph Braun, Erzbischof von Wien und Leiter des Päpstlichen Rats für den interreligiösen Dialog, in militärischer Rührt-euch-Stellung mit geradem Rücken, leicht auseinandergestellten Füßen und auf dem Rücken verschränkten Händen am Fenster des ehemaligen Restaurants. Er trug einen schweren Strickpullover, eine Twillhose und leichte Wanderstiefel. Sein scharlachrotes Gewand hing in seinem Zimmer im Schrank, wo es immer blieb, wenn er hierherkam. Er strich sich durch sein dichtes graumeliertes Haar und schaute abwesend durch die vereisten Fenster auf die Menschen, die als winzige Punkte über die Skipisten unter ihm glitten.

Sein Blick schweifte über das Tal in die Ferne und suchte einen Berg, den er noch nicht bestiegen hatte. Von der Vorderseite der Hütte konnte er die olympischen Skipisten der Axamer Lizum sehen. Als die Nachmittagssonne sich hinter einer Wolke hervorstahl und tiefe Schatten in die grellweiße Landschaft malte, musste er blinzeln. Die Wolken jagten über den Himmel wie große Schiffe unter vollen Segeln. Sie waren von einem Sturmtief übrig geblieben, das Tirol in der vergangenen Nacht 15 Zentimeter Neuschnee beschert hatte.

Sein Blick folgte dem dunklen Band des Inns, der sich zwischen schneebedeckten Ufern durchs Tal schlängelte. Sehr zum Verdruss der Schlittschuhläufer war er noch nicht ganz zugefroren. Er floss am Hieroglyphenmuster der Flughafenlandebahnen vorbei ins Zentrum Innsbrucks. Als Brauns Blick schließlich auf den schneebestäubten Dächern der gotischen Stadthäuser ruhte, dachte er an den Mann, den er gleich treffen würde: Hans Morgen war ein einfacher Dorfpfarrer mit einer äußerst verwickelten Vergangenheit und vielleicht ohne jede Zukunft.

Rudolph Braun kehrte dem Fenster und den Skipisten den Rücken und schaute sich in dem riesigen Konferenzsaal um. Er hätte hundert Personen Platz bieten können, unter dem hohen Giebeldach mit den dicken, grob behauenen Dachbalken stand jedoch nur ein einziger, fast sechs Meter langer ovaler Eichentisch. Am anderen Ende des Raumes glimmten und knisterten Holzscheite in einem großen Bruchsteinkamin.

Um den Tisch standen zwölf Stühle gleichmäßig verteilt. Ansonsten gab es keinerlei Möbel im Raum.

Um Punkt 15 Uhr klopfte es an der Tür am anderen Endes des Saales. Braun schob den Ärmel seines Pullovers zurück, schaute auf seine dünne Armbanduhr und stellte mit Genugtuung fest, dass sein Besucher pünktlich war.

»Herein«, rief Braun. Seine Stimme hallte dröhnend durch die Stille.

Hans Morgen öffnete die Tür und trat energisch ein. Einen Moment blieb er am Eingang stehen und blinzelte in das gleißende Licht, das vom Schnee reflektiert durch die Fenster fiel.

Er war groß und schlank, eher drahtig als muskulös und hatte hellblaue Augen in einem länglichen, asketischen Gesicht. Das grelle Licht schnitt tiefe Schatten in seine zerfurchten Züge und betonte das markante Kinn über dem Priesterkragen. Er trug einen Gehstock, den er heute allerdings nicht als Stütze brauchte.

Braun war überrascht, wie kräftig und ungebeugt der Priester trotz seines Alters und des wandernden Schrapnells war, das bei ansonsten guter Gesundheit jeden Augenblick seinen Tod herbeiführen konnte. Aber schließlich waren sie beide sportliche Österreicher mit guten Erbanlagen, dachte der Kardinal. Aus der umfangreichen Akte, die die Glaubenskongregation über Morgen angelegt hatte, wusste er, dass er außer in seiner Zeit im Priesterseminar von Kind auf fast täglich in dem Dorf Altaussee Ski gefahren und auf die Berge gestiegen war. Im Sommer war er auf dem See gerudert und im Winter Schlittschuh gelaufen. Den Akten zufolge wusste Morgen mehr als irgendein anderer Lebender darüber, wie die Region vor einem halben Jahrhundert aussah.

»Guten Tag, Eminenz«, sagte Morgen. Er schaute sich im Saal um und registrierte das hohe Zeltdach, den Bruchsteinkamin, den handgearbeiteten Tisch mit den Stühlen und das offensichtliche Fehlen weiterer Möbel. Schließlich ging er auf Braun zu. Die harten Lederabsätze seiner Schuhe klapperten laut auf dem glatten Holzboden.

Braun kam ihm in die Mitte des Saals entgegen.

»Schön, dass Sie gekommen sind«, sagte Braun, als sie sich gegenüberstanden. Der Kardinal streckte seine Hand aus. Morgen zögerte kurz und musterte das Gesicht des Kardinals mit einem besitzergreifenden Interesse, das Braun vorübergehend aus der Fassung brachte. Schließlich schüttelten sich die beiden Männer die Hand.

»Mir war nicht klar, dass ich eine andere Wahl hatte, als Ihrer Aufforderung zu folgen«, sagte Morgen gelassen. Der Kardinal überhörte die respektlose Bemerkung, die einem einfachen Priester normalerweise eine strenge Rüge eingetragen hätte.

»Ich habe mir erlaubt, Tee machen zu lassen«, sagte Braun und ging an die Tür. Morgen drehte sich um und sah, dass der Erzbischof von Wien jemandem, der im Schatten stand, ein Silbertablett abnahm. Braun bedankte sich und stellte das Tablett mitten auf den Tisch. »Bitte, bedienen Sie sich.« Er deutete auf das Tablett mit der silbernen Teekanne. Außer zwei Kännchen mit heißem Wasser und Milch gab es noch zwei Porzellantassen mit Untertellern, zwei kleine Teller, Leinenservietten und diverse Schnittchen, Kekse und Gewürze.

»Englischen Tee habe ich mir in meiner Studentenzeit in Oxford angewöhnt«, erklärte Braun, während er verschiedene Häppchen auf einen Teller legte. »Ich finde das eine äußerst kultivierte Art, an langen Arbeitstagen für etwas Erholung und Muße zu sorgen.«

Morgen murmelte etwas Unverbindliches und trat an das Tablett. Er stand rechts von Braun und schenkte sich schweigend eine Tasse Tee mit Zitrone ein.

Schließlich hatten beide sich Tee und eine Auswahl an Schnittchen genommen.

»Setzen wir uns?« Braun deutete auf ein Ende des langen Tisches. Morgen nickte und nahm auf dem angebotenen Stuhl Platz. Braun setzte sich ihm gegenüber. Beide schwiegen und maßen sich gegenseitig.

»Sie fragen sich vermutlich, warum ich Sie hergebeten habe.«

Morgen wusste es, aber statt zu antworten, trank er einen Schluck Tee und wartete ab. Er musterte den Kassettenrekorder auf dem Tisch und das Mikrofon, das daneben aufgestellt war.

Der Kardinal trank einen Schluck Tee und stellte seine Tasse vor sich auf den Tisch.

»Ich hätte gern, dass Sie mir von Ihrer Zeit in Altaussee erzählen«, sagte Braun. »Von dem Tag, als ...«

»Als ich fast gestorben wäre.«

Braun nickte.

»Aber die Geschichte habe ich doch schon erzählt«, sagte Morgen ohne jede Verärgerung. »Zweimal. Den Männern von der Glaubenskongregation und dem ... dem Tribunal, zwei Assessoren vor Ihnen.«

»Ich weiß«, sagte Braun, »aber ich hoffe, dass Ihnen seitdem vielleicht noch ein paar Details eingefallen sind. Details, an die Sie sich ... wieder erinnern können.«

Morgen lächelte. »Hirngewebe heilt nicht gut. Manche sagen, es heilt gar nicht. Ich habe gelernt, mit den Einschränkungen zu leben, die der Tag damals verursacht hat. Ich habe auf jeden Fall nichts davon bemerkt, dass mein Gedächtnis sich erholt hätte.«

»Nun ja, vielleicht dürfen wir auf ein Wunder hoffen«, sagte Braun. »Daran glauben Sie ja wohl noch, nicht wahr?«

»Natürlich glaube ich an Wunder«, bestätigte Morgen. »Jeder meiner Atemzüge ist ein Wunder.«

»Dann wollen wir mal sehen, woran Sie sich heute

noch erinnern«, sagte Braun und schaltete den Kassettenrekorder ein.

»Wie Sie wünschen, Eminenz«, antwortete Morgen und unterdrückte das Seufzen, das in ihm aufstieg.

»Der Morgen dämmerte blutrot, als ich den See erst halb überquert hatte«, begann Morgen. »Ich hatte gehofft, den zugefrorenen See – den Altausseer See – hinter mir zu haben, bevor die Sonne aufginge, aber es lag tiefer Schnee. Ich lief seit über drei Stunden vor der SS davon und wusste, dass sie aufholten; es war wie in einem Alptraum, in dem die Füße im Schlamm feststecken und man wie in Zeitlupe läuft, während eine Lokomotive mit Höllenlärm immer näher kommt.«

Braun trug eine mitfühlende Miene zur Schau. »Soweit ich weiß, haben Sie diesen Traum jetzt nicht mehr?«

Morgen musterte sein Gesicht eine Weile und versuchte abzuschätzen, wie ernst es dem Kardinal war. »Ich wache nicht mehr schreiend davon auf.«

Der Kardinal nickte. »Was taten Sie an jenem Morgen?«

»Ich lief. Ich betete. Ich sagte immer wieder den 23. Psalm auf.« Morgen hielt nach einer Reaktion Ausschau. Als keine kam, erzählte er weiter: »Ich war den ganzen Weg vom Salzbergwerk Habersam gerannt. Da hatte ich die Reliquie gesehen. Ich hatte mich eingeschlichen. Die SS-Männer, die den Eingang bewachten, hielten mich für einen der Priester, die mit dem Reich zusammenarbeiteten. Sie zeigten mir das Grabtuch.«

Eine verträumte Miene trat in Morgens Gesicht. »Ich habe sie in der Hand gehalten.« Er schaute den Kardinal triumphierend an. »Ich hatte sie tatsächlich in der Hand, die goldene Truhe mit den funkelnden Juwelen. Ich schaute mir den Inhalt an und las viele der Dokumente, die seit fast zweitausend Jahren darin lagen. Ich kann es immer noch nicht fassen, dass die Dinge, die ich in Händen hielt, über fast zwei Jahrtausende hinweg Päpste zu Fall gebracht, Regierungen gestürzt und Imperien aufgebaut und vernichtet haben. Jeden Tag, wenn ich darüber nachdenke – und ich versichere Ihnen, Eminenz, ich denke tagtäglich daran –, kann ich nicht begreifen, dass etwas so Heiliges Anlass zu so viel Bösem gegeben hat. Männer haben dafür bestochen, gemordet, gelogen und gestohlen, alles im Namen Gottes. Und Pius XII. hat zu den Exzessen des Hitlerreiches geschwiegen.«

»Darüber sprechen wir nicht«, fuhr Braun ihn an.

Hinter seinem wohlwollendsten Lächeln kochte es in Morgen. Ein gerechter Zorn brodelte in seiner Brust, durchbrach seine Angst und stählte seine Nerven. Dass jemand seiner Kirche so etwas im Namen Gottes antun konnte! Pfarrer Morgen schaute sich mit festerem Blick um und sah die Einzelheiten immer schärfer vor sich.

»Sie kamen hinter mir her, von den Hängen oberhalb von Fischerndorf«, erzählte er weiter.

»Ich konnte den schwachen Schein ihrer Taschenlampen sehen. Es sah aus, als wären es weniger geworden, was mich ermutigte. Dann hörte ich ganz entfernt ihre Stimmen und wusste, dass sie aufholten.«

Braun hob die Hand, um ihn zu unterbrechen. »Erzählen Sie mir, soweit Sie sich erinnern, alles über die Deutschen im Ort – wann sie kamen, alle Namen, die Sie noch wissen. Ich weiß, dass Sie jenen Tag auf dem See noch überaus klar in Erinnerung haben, aber alle Details im Vorfeld könnten für uns äußerst hilfreich sein.«

Morgen nickte. Er trank einen Schluck Tee und schaute nachdenklich eine Weile auf den Kronleuchter. »Anfangs kamen die Nazis nur in kleinen Grüppchen und in aller Heimlichkeit. Hitler hatte Altaussee besucht, war in den Bergen oberhalb des Ortes gewandert, hatte mit den Einheimischen am Tisch im Gasthaus gegessen. Er hatte sogar ein wertloses Stück Land auf dem Habersam gekauft, wo es nichts gab als ein aufgelassenes Salzbergwerk, das tief in die Erde reichte. Dann kam der Krieg und mit ihm scharenweise Nazis.

Wir – die Einheimischen – durften die Umgebung des alten Salzbergwerks am Habersam nicht mehr betreten. Die SS baute Unterkünfte für über 250 Leute, die in ihrem Quartier bleiben mussten und nicht mit Außenstehenden reden durften. Geschlossene Laster mit Nachschub und der Ablösung für die Soldaten fuhren durch den Ort. Wichtige Leute landeten auf dem Flugfeld in Bad Aussee und rasten rücksichtslos in langen, vornehmen Autos durch die Straßen – mit geschlossenen Vorhängen, damit man die Insassen nicht erkennen konnte. Kurz vor Weihnachten 1941 ging im Dorf das Gerücht um, Hitler habe dem Bergwerk persönlich einen Besuch abgestattet.

Im Ort waren wir alle froh, dass die SS sich für sich hielt. Aber nichts konnte die endlosen Spekulationen zum Schweigen bringen, was die Nazis mit dem alten Salzbergwerk Habersam machten. Neugier trieb viele an den Rand der Sperrzone, aber sie sahen bloß eine Kaserne auf einer Alpenwiese, die den Eingang zu einem langweiligen Bergwerk bewachte.

Manche vermuteten, es diene als Versteck für SS-Offiziere, falls der Krieg eine schlechte Wendung für das Reich nehmen sollte. Andere spekulierten, es beherberge eines der unterirdischen Labors, die an Hitlers versprochener Geheimwaffe arbeiteten. Beide Vermutungen waren auf den ersten Blick nicht von der Hand zu weisen. Die kühlen, alabasterweißen Stollen des Salzbergwerks in Altaussee waren tief genug, um vor allen bekannten Waffen Schutz zu bieten. Außerdem waren die Stollen stabil, nicht einsturzgefährdet und hielten konstant Temperatur und Luftfeuchtigkeit auf einem für das menschliche Wohlbefinden nicht unzuträglichen Niveau. Kurz, sie waren ideal, um fast alles dort sicher zu verstecken.«

Morgen trank seinen Tee aus und bemerkte mit Genugtuung, dass der Kardinal den großzügigen Gastgeber spielte und ihm nachschenkte.

»Danke«, sagte Morgan, worauf Braun nickte.

»Die Grube Habersam blieb der einzige Nazi-Stützpunkt in Altaussee, bis 1945 Laster und Güterwagen voller unbezahlbarer Kunstwerke, Statuen, seltener Bücher, Manuskripte und Ikonen kamen«, berichtete Morgan.

»Wie Sie wissen, hatte Hitler die größten öffentlichen und privaten Kunstsammlungen der besetzten Länder geplündert, um den Bestand des Führermuseums zu bereichern. Ihm schwebte ein Prunkbau in der schmutzigen Industriestadt Linz vor, wo er aufgewachsen war. Der frustrierte Künstler Hitler wollte das größte Kunstmuseum aller Zeiten aufbauen, damit seine Heimatstadt ihn nie vergäße. Aber die Bomber der Alliierten hatten die Pläne des Führers durchkreuzt, und so ließ er seine Sammlung in aller Eile in die Salzbergwerke im Salzkammergut bringen, um sie vor den fast täglichen Bombenangriffen zu schützen.

Im Gegensatz zu den eiskalten SS-Einheiten, die die Grube Habersam bewachten, waren die Soldaten der Wehrmacht, die die Kunstwerke begleiteten, verängstigte Jungen, die froh waren, fernab von den heftigsten Kämpfen eingesetzt zu sein, die aber durchaus wussten, dass sie ein Vermögen an Diebesbeute hüteten. Hektisch konfiszierten sie im ganzen Land Salzbergwerke und lagerten viele Kunstwerke in den Bergwerken bei Bad Ischl und Bad Aussee ein, vor allem in den tiefen, großen Stollen am Steinberg und am Moosberg. Sie brachten Museumskuratoren mit – viele von ihnen waren Kriegsgefangene –, die in Güterwaggons und auf den Ladeflächen der Lastwagen über die steilen, im Winter lebensgefährlichen Bergstraßen mitfahren mussten, um die Kriegsbeute des Führers zu schützen.

Die Laster donnerten Tag und Nacht zielstrebig durch den Ort und machten die Kaufleute glücklich. Alle diese neuen Gesichter füllten meine kleine Kirche und hielten mich auf Trab. Ich war so beschäftigt, dass ich die Grube Habersam beinah vergaß. Aber von meinen vielen neuen Pfarrkindern von der Wehrmacht hörte ich bei der Beichte derart peinigende, grauenvolle und schlimme Geschichten, dass ich mich fragte, ob Gott sie überhaupt vergeben könne.«

»Der himmlische Vater kann in seiner unendlichen Güte alle Sünden vergeben«, sagte der Kardinal ein bisschen zu großspurig für Morgens Geschmack.

»Verzeihung, Eminenz, aber dessen bin ich mir durchaus bewusst«, gab Morgen schnippisch zurück. »Aber ich war nur ein Mensch – ich *bin* nur ein Mensch – und verfüge nicht über unendliche Geduld und Weisheit.«

»Das ist mir zu Ohren gekommen«, sagte Braun mit herablassendem Lächeln.

»Möchten Sie die Geschichte wirklich hören, oder haben Sie mich kommen lassen, um mich zu ärgern?«

Der Kardinal schaute ihn lange gelassen an. »Bitte. Fahren Sie fort.«

Morgen seufzte. »Die Neugier eines Jugendlichen aus dem Ort brachte alles ins Rollen. Etwa zwei Monate nachdem die ersten Kunstwerke eingetroffen waren, lief der einheimische Junge, ein Dreizehnjähriger namens Johann Hoffer, eines Nachmittags auf den Hängen oberhalb von Altaussee Ski und wagte sich zu dicht an die Grube Habersam heran. Er wurde erschossen. Gegen 4 Uhr in der Früh stand ein junger SS-Unterscharführer namens Franz Halbach, den Johanns Tod quälte, vor meiner Tür. Er hatte mit angesehen, wie der Junge getötet wurde. Es geschah zum Spaß, erzählte er mir, zwei Untersturmführer nahmen einen Einheimischen zum Ziel für ihre Schießübungen. Als der junge Deutsche mich um Vergebung bat, erzählte er mir vom Geheimen Messias. Den ganzen Rest meines Lebens habe ich mir gewünscht, ich hätte die Schilderung dieses Jungen nie gehört, aber mir war klar, dass ich etwas unternehmen musste.«

Da die SS-Leute nicht ins Dorf durften, ließ Morgen von dem Unterscharführer organisieren, dass er in der Kaserne eine Messe lesen und die Beichte abnehmen durfte. An dem Tag, als er dorthin kam, hatten Meldungen vom Vorrücken der Alliierten die jungen Soldaten an den Rand der Panik getrieben. Sie beteten mit dem Glauben Verzweifelter. Verlierer. Die Alliierten stünden bereits in Österreich, ging das Gerücht, und rückten von Tag zu Tag näher. Vor allem hatten die SS-Leute offenbar Angst, dass man sie behandeln könnte, wie sie andere behandelt hatten. Für Männer, die in sechs langen Kriegsjahren völlig vergessen hatten, was Gnade bedeutete, war dieses Schicksal schwer zu akzeptieren.

Im Stillen sprachen die nervösen Soldaten mit Morgen darüber, sich im Schutz der Dunkelheit aus dem Staub zu machen. Mehr als einer bat ihn, ihm Zivilkleider zu bringen, um ihm die Flucht zu vereinfachen. Keiner von ihnen schien zu wissen, was sie da eigentlich bewachten. Von diesem Geheimnis wussten offenbar nur eine Handvoll Eingeweihter, darunter auch der Unterscharführer, der zu Morgen gekommen war.

»Eines Abends, nachdem ich im Stützpunkt die Messe gelesen hatte, stahlen Franz Halbach – der Unterscharführer – und ich uns aus der Kaserne und gingen in das Bergwerk. Die unterirdische Anlage war in eine Festung verwandelt worden. Überall in den Stollen und Strecken waren Waffen, Munition und Sprengladungen versteckt. Wie sie mir zeigten, war das Mundloch so vermint, dass die Detonation den Zugang gezielt verschütten würde. Am Eingang verbürgte sich der Unterscharführer für mich, und man ließ mich ohne weitere Fragen passieren. Bereitwillig zeigte man mir bei einem Rundgang das Bergwerk.«

Mühsam beherrschte Morgen die Wut und den Abscheu, die die Erinnerung in ihm hochsteigen ließ. »Das war mir nur möglich, Eminenz, weil viele innerhalb der Kirche – vor allem die Antisemiten unter uns – dem Dritten Reich und seinen Zielen nur allzu eifrig gedient hatten, wie Sie ja wohl wissen.« Morgen ignorierte Brauns warnendes Stirnrunzeln und erzählte weiter: »Ich hatte dem Unterscharführer seine Geschichte nicht glauben wollen. Aber als die provisorische Stahlkammer geöffnet wurde und die goldene Truhe mit der Sophia-Passion, ihrem Grabtuch und den anderen Dokumenten zum Vorschein kam, wichen alle Zweifel schierer Ehrfurcht. Nachdem die Truhe wieder im Tresor war, öffnete der Wachmann ein separates Fach und zeigte mir den schriftlichen Pakt zwischen Hitler und Papst Pius XII.«

Morgen schaute dem Kardinal in die Augen und sagte: »Als ich den Text der päpstlichen Zugeständnisse las, stürzte mein Glaube in sich zusammen und raubte mir jede Selbstbeherrschung.« Morgen schüttelte nachdenklich den Kopf, und selbst nach einem halben Jahrhundert war sein Bedauern noch deutlich zu spüren.

»Ich sehe mich noch immer wie losgelöst von meinem Körper. Es war, als hätte ich meine Faust nicht mehr unter Kontrolle, sie flog an den glatten weißen Hals des Wachmanns. In dem Moment schienen meine Arme einer Kraft zu gehorchen, die stärker war als ich. Immer wieder schlug ich auf den Wachposten ein, bis er blutüberströmt und bewusstlos zu Boden sank.«

Morgen atmete keuchend, als durchlebe sein Körper diese Anstrengung noch einmal. »Und dann wollte ich die goldene Truhe schnappen. Da rief jemand von hinten: ›Halt!‹ Als ich mich umdrehte, sah ich, dass der junge Unterscharführer, der mir alles gezeigt hatte, seine Mauser Parabellum auf mich richtete.

›Erschießen Sie mich‹, sagte ich. ›Ich bin bereit zu sterben.‹ Der Unterscharführer schüttelte den Kopf. ›Nein. Sie müssen gehen.‹ Ich drehte mich um und sah zu meiner Verwunderung, dass sich die Tresortür vor dem Grabtuch von selbst schloss, in Gang gesetzt von einem Mechanismus in der Wand. Ich drehte mich um und wollte die Truhe nehmen, aber der Unterscharführer riss mich zurück, als die Tür sich schloss. Er hat mir das Leben gerettet. Sonst wäre ich im Tresor eingesperrt worden.«

Morgen schüttelte den Kopf. »Manchmal wünschte ich, ich wäre dort eingesperrt worden.« Mit zitternden Händen trank er seinen Tee. »Er sagte mir, dass selbst in der Stahlkammer Sicherheitsanlagen waren, versteckte Sprengladungen, die jeden bei dem Versuch töten würden, den Inhalt zu stehlen.

Plötzlich waren entfernt Stimmen zu hören, die mir in Erinnerung riefen, dass es schwieriger werden könnte, lange genug zu überleben, um der Welt zu berichten, was ich gerade gesehen hatte, als es ihr glaubhaft zu machen. Der Unterscharführer sorgte für Ablenkung, während ich aus der Grube flüchtete. Aber dabei wurde ich verfolgt.«

Morgen hing schweigend seinen Gedanken nach, war versucht, sie auszusprechen, behielt sie aber wieder einmal für sich. Er war dankbar, dass sein heimlicher Sohn den Verwüstungen des Krieges entgangen war, und betete zu Gott, dass er einem Priester, der vom rechten Weg abgekommen war, den Moment der Schwäche vergeben möge, in dem er seinen Sohn gezeugt hatte. Er bat Gott auch um Vergebung für den Stolz, den er tagtäglich empfunden hatte, als er den Jungen zum Mann heranwachsen sah.

Er hatte es als Qual empfunden, in Altaussee dem Jungen in die Augen zu schauen, ohne ihm sagen zu dürfen, dass er sein Vater war. Er hätte es ihm gern gesagt, aber er wusste, dass es noch Jahre dauern würde, bevor der Junge die Wahrheit akzeptieren könnte: dass sein leiblicher Vater nicht der Oberleutnant war, der als Held im Kampf gegen die polnischen Barbaren gefallen war, sondern ein Dorfpfarrer, der seine Mutter aufrichtiger und inniger geliebt hatte als ihr Ehemann. Er hatte kein Recht gehabt, zu tun, was er getan hatte, aber manchmal …

Morgen erinnerte sich an den Gasthof am See, den Anna geführt hatte, als ihr Mann fort war. Sein hoch aufragendes, steiles Dach bekam morgens die ersten Sonnenstrahlen ab. Wieder dachte er an die Fantasie, die er tagtäglich in Gedanken durchgespielt hatte: sein Priesteramt niederzulegen, Anna zu heiraten und seinen Sohn großzuziehen.

Und wieder mahnte er sich, dass er mit der Kirche verheiratet war – auch wenn gewisse hochrangige Männer sie wegen »höherer Ziele« kompromittiert hatten. Nein, es ließ sich nicht leugnen, dass sein Sohn einer süßen Sünde entsprungen war, für die er wahrhaftig um Vergebung bitten musste.

»Wohin flüchteten Sie?«, fragte Braun.

»Wohin?« Morgen schüttelte die Tagträumereien ab. »Ich lief zu einer kleinen Hütte am südlichen Seeufer, wo Jakob Jost wartete.«

Morgen erschrak. Er war so in die Gedanken an seinen Sohn vertieft gewesen, dass er für einen Moment nicht aufgepasst hatte.

»Da!«, sagte Braun triumphierend. »Sie haben sich an etwas Neues erinnert!« Der Kardinal strahlte über das ganze Gesicht. »Und, wer ist nun dieser Jakob Jost?«

Morgen war klar, dass ihm nach diesem Ausrutscher nichts anderes übrigblieb, als weiter wahrheitsgemäß zu erzählen, dabei aber so wenig Details wie möglich preiszugeben.

»Jost hatte Verbindungen zum Widerstand«, erklärte Morgen. »Ich hatte kurz nach der ersten Begegnung mit dem Unterscharführer mit ihm gesprochen. Ich hoffte, er könnte das Geheimnis an die Amerikaner weitergeben, und über sie würde es der Rest der Welt erfahren. Ich wusste, dass er es machen würde, selbst wenn es ihn das Leben kosten sollte. Fast hatte ich ihn erreicht. Die SS-Leute hatten mich angeschossen, allerdings nicht schlimm. Aber es machte mich langsamer, und sie waren schon dicht hinter mir, als die göttliche Vorsehung eingriff.«

Der Kardinal hob die Augenbrauen, als habe er die Geschichte nicht bereits in den Protokollen früherer Vernehmungen gelesen.

»Die Amerikaner kämpften sich durch den Ort vor, und

eine verirrte Artilleriesalve landete auf dem zugefrorenen See, genau zwischen mir und den SS-Leuten, die mich verfolgten. Sie schlug näher bei ihnen ein. Ich werde nie vergessen, wie die Detonation die dünne Eisdecke des Sees zerriss. Sie hob riesige Eisplatten an und schleuderte die Männer in das schwarzgrüne Wasser. Fast majestätisch fielen die Platten wieder an ihren Platz wie ramponierte Puzzleteile, und alle waren verschwunden.

Ich erreichte die Hütte, in der ich Jost treffen sollte. Als ich auf die Veranda kam, öffnete sich die Tür der Hütte, aber statt Jost kam eine große Gestalt in der unverkennbaren Uniform eines SS-Offiziers heraus. Ich drehte mich um und wollte wegrennen«.

Morgen versagte die Stimme. »Dann schoss er mir in den Kopf.«

Der letzte Satz des Priesters hing im Raum. Mit dem winterlichen Sonnenuntergang verblasste das gleißende Tageslicht. Lange saßen sie schweigend da und beobachteten den Sonnenuntergang, da keiner den anderen ansehen wollte.

Als Braun das Schweigen brach, hallte seine Stimme durch den Raum. »Pfarrer Morgen, ich weiß, was für eine enorme Belastung diese Schilderung für Sie bedeutet hat, und ich möchte Ihnen sagen, wie wichtig sie ist, vor allem die neue Erinnerung, die sich eingestellt hat.« Er stockte und suchte nach den passenden Worten. »So wertvoll diese Erinnerung auch war, bleibt doch die größte Frage: Erinnern Sie sich, in welchem der unzähligen Bergwerksstollen dieser Gegend die Reliquien der Geheimen Erlöserin waren?«

Morgen bemühte sich nach Kräften, den Eindruck eines Mannes zu erwecken, der sich ernsthaft zu erinnern versucht.

»Nein, Eminenz. Das ist eines der vielen Details, die die Verwundung mir genommen hat.«

Er log.

Kapitel 12

Seth Ridgeway lag auf dem Rücken und starrte im Dunkeln an die Zimmerdecke. Wie üblich waren die Laken zerwühlt, verdreht und verknotet und die Bettdecke ans Fußende gestrampelt. Wieder wischte er sich den Schweiß ab, der ihm auf Stirn und Oberlippe stand. Er trocknete seine Hand am Laken, drehte sich um und suchte nach einer bequemen Lage, um wieder einzuschlafen.

Aber der Schlaf stellte sich nicht ein. In seinem Traum sah er Ratten über Tony Bradfords Leiche klettern und Fleischstücke herausreißen, dann nahm die Gestalt Rebecca Weinstocks Züge an, er sah sie auf dem Pier liegen und sich an den Hals fassen, der gar nicht mehr da war.

Seth drehte sich wieder auf die Seite. Er schloss die Augen, aber jedes Mal sah er die Gesichter des Todes. Einmal war er in dieser Nacht eingeschlafen, gleich nachdem er mit dem Gemälde nach Hause gekommen war. Aber ein Alptraum hatte ihn aus dem Schlaf gerissen.

In diesem Alptraum hatte er geschlafen. Dann hatte jemand ein Licht eingeschaltet. Als Seth im Traum die Augen aufschlug, lag er in der Abstellkammer des Fachbereichs Philosophie, und Tony Bradford beugte sich über ihn.

»Steh auf, du fauler Hund!«, brüllte Tony. Sein Gesicht war rot und wutverzerrt. Die Halsschlagadern traten hervor wie dicke Stricke. »Steh auf und halte dein Seminar!«

Tony brüllte so laut, dass er ihn nicht verstehen konnte, und das Deckenlicht wurde immer heller und greller. Er schloss die Augen, aber das Licht brannte sich durch seine Lider.

Dann schoss Schmerz durch seine Brust und seine Seite, für einen Moment war er wieder als Polizist auf der Straße. Der Kokaindealer stand mit seiner Uzi bereit. Die erste Salve erwischte Ridgeways Partner voll im Gesicht. Die zweite traf Seth in die Brust, wirbelte ihn herum und erwischte ihn dabei in der Seite und im Rücken.

Damals war alles um ihn her schnell in Dunkelheit versunken, aber in seinem Alptraum gab es nur das grelle Licht.

Seth öffnete die Augen und sah das Gesicht seines Partners auf Tonys Körper.

»Du Arschloch, du hättest mich warnen müssen«, schnauzte sein Partner. »Dich hätte es erwischen sollen, du müsstest jetzt tot sein, nicht ich.«

Seth versuchte aufzustehen, wollte alles erklären. Aber er konnte weder die Beine noch Arme oder Mund bewegen. Er war gelähmt.

»Du bist völlig hinüber!« Plötzlich war es das Gesicht von Rebecca Weinstock, aber die vorwurfsvolle Stimme war immer noch die seines Partners. Seth spürte, wie ihm ohnmächtige Tränen über die Wangen liefen; er könnte es doch erklären, er wollte es erklären, aber er brachte kein Wort heraus, und schließlich trat Zoes Gesicht an die Stelle von Rebecca Weinstocks, und auch die Stimme war ihre.

»Du hast zugelassen, dass sie mich entführen«, sagte sie. »Hast zugelassen, dass sie mich wegholen. Du bist mir vielleicht ein schöner Cop!«

Seth spürte, wie er sich zweiteilte. Ein Teil schwebte an die Decke und schaute auf den anderen Teil herunter. Er sah sich mit einem Einschussloch in der Stirn zusammengesackt in der Ecke liegen und die Ratten blutige, klaffende Wunden in seine Leiche fressen. Er spürte den quälenden, brennenden Schmerz, den Druck der Krallen, die seine Augen auskratzten, und die warmen, nackten Schwänze, die über seinen Bauch und seinen Schritt glitten. Schreiend war er aufgewacht.

Nun öffnete Seth die Augen und schaute auf das Leuchtzifferblatt seines Weckers neben dem Bett. Es war 3 Uhr früh. Sein Alptraum lag schon fast drei Stunden zurück, hatte aber immer noch nichts von seinem lebhaften Schrecken verloren. An Schlaf war nicht zu denken.

Er setzte sich auf die Bettkante und bemerkte sein mattes Spiegelbild in dem Spiegel auf Zoes Frisierkommode. Das geschnitzte Schmuckkästchen, das er ihr bei einer Reise auf den Britischen Jungferninseln geschenkt hatte, stand an einem Ende der Kommode, am anderen eine Sammlung Fläschchen, Nagellack und Behälter mit Krimskrams, wie Frauen ihn um sich sammeln. All das schien ihm seine Nachlässigkeit vorzuwerfen.

Schwerfällig stand er auf. Die Bettfedern beschwerten sich laut und erinnerten ihn daran, dass Zoe die Sprungfederrahmen hatte austauschen wollen, damit sie weniger Lärm machten, wenn sie sich liebten. Es versetzte ihm einen Stich, als er daran dachte, wie sie eng umschlungen im Bett gelegen hatten, Arm in Arm, Atem an Atem. Würde es je wieder so sein?

Am Schlafzimmerfenster lehnte Seth sich an die Fensterbank und schaute auf die Straße. Die Regenwolken hatten sich verzogen, die Sterne brannten winzige Löcher in den Himmel.

»Warum, Gott?«, fragte er leise. Sein Atem ließ die Scheibe leicht beschlagen. »Was habe ich getan, dass ich das verdient habe? Ich habe gebetet, ich habe mich bemüht, moralisch, ethisch zu leben. Warum hast du das zugelassen?« Er kämpfte wieder gegen die Gedanken an, die sich immer öfter einstellten: Vielleicht gab es ja gar keinen Gott. Oder vielleicht waren Gott die Menschen einfach egal.

Auf der anderen Seite hatte ein dunkler, amerikanisch wirkender Wagen mit zwei Männern den Toyota abgelöst. Flüchtig ärgerte er sich über die Beschattung, schob den Gedanken aber schnell beiseite. Stratton machte nur seinen Job.

Mittlerweile hellwach, ging er ans Bett und zog das Gemälde darunter hervor. Er legte das Päckchen aufs Bett und wickelte es aus. Eine Weile hielt er es im Dunkeln in den Händen, bevor er sich vorbeugte und die Nachttischlampe einschaltete. Noch einmal schaute er sich das Bild genau an.

Es sah genauso aus, wie Weinstock es beschrieben hatte: ein Gemälde von einer Alpenwiese in den warmen Gelbtönen der Florentiner Meister. Am rechten Bildrand war ein vorspringender Felsen und im Hintergrund, fast am linken Rand, etwas, das wie der Eingang eines Stollens aussah. Auf dem Gemälde entdeckte er keine sonstigen Anhaltspunkte.

Es hatte einen schlichten schwarzen Rahmen mit braunem Papier an der Rückseite.

Er drehte den Rahmen um und betrachtete den ovalen Aufkleber, der in einer Ecke auf dem Schutzpapier klebte. »Jakob Jost und Söhne. Feine Kunstrahmen. Augustinergasse 11, Zürich«, stand auf dem Etikett.

Er starrte das Schildchen an. Der Name des Geschäfts, in dem das Gemälde gerahmt worden war, war sein einziger Hinweis. Wieso hatte man es in Zürich rahmen lassen und nicht irgendwo in Deutschland?, fragte er sich. Er schaute sich den Aufkleber noch einmal genauer an. Es gab noch eine Notiz, aber die Tinte war zu stark verblasst, um sie zu lesen. Er hielt das Bild dichter ans Licht. Die Notiz war unleserlich, aber als er den Rahmen im rechten Winkel zum Lichtstrahl hielt, konnte er ein Datum – 19. Mai 1939 – und einige Ziffern erkennen: 16-16. Vor dem Einmarsch in Polen, vor dem Holocaust, als Hitler noch als geachteter europäischer Staatsmann galt und sein Volk noch reisen konnte – ungehindert durch Kämpfe und feindliche Grenzen. Sie waren mit dem Gemälde nach Zürich gekommen. Und dann?, fragte er sich.

Noch einmal betrachtete er das Bild. Seine Gedanken schweiften ab. Zürich war berühmt für seine Banken und seine Stabilität. Für ihn war es außerdem der berüchtigte Ort, an dem Zoe verschwunden war. Die Nazis waren ebenfalls berüchtigt, weil sie Gold und andere Schätze gehortet hatten. War die Annahme völlig aus der Luft gegriffen, dass sie vor dem Krieg in Zürich Bankkonten eröffnet und Bankverbindungen geknüpft hatten? Vielleicht hatte Hitler, Stahl oder ein anderer Nazi zufällig das Gemälde bei einer dieser Reisen bei sich gehabt und es zufällig bei Herrn Jost rahmen lassen.

Wenn sich überhaupt etwas Positives über die Nazis sagen ließ, dann war es ihr systematisches Vorgehen. Bei ihnen war kaum etwas dem Zufall überlassen geblieben. Die Wahrscheinlichkeit, dass jemand das Gemälde »rein zufällig« bei sich hatte, war gering.

Nickend nahm er den Telefonhörer ab, wählte die Vermittlung an und verlangte die internationale Auskunft. Er wollte wissen, ob Jakob Jost oder einer seiner Söhne in Zürich noch ein Geschäft betrieb.

Das Rufzeichen ertönte zweimal, bevor Seth den Hörer wieder auflegte. Vermutlich hatte Stratton oder sonst wer sein Telefon angezapft. Seth wusste nicht, wer sein Gespräch vielleicht abhören würde. Er konnte den Anruf ebenso gut am Flughafen erledigen.

Schnell zog Seth eine Cordhose und einen Pullover an. Dann räumte er das Werkzeug, das er am Vortag mitgenommen hatte, aus der Aktentasche und steckte das Gemälde und das feuchte Bündel Tausenddollarscheine hinein, das Weinstock ihm gegeben hatte.

Er ging zu Zoes Schmuckschatulle, hob das obere Fach ab und nahm unten aus dem Kästchen seinen Pass und ein ordentliches Bündel Schweizer Franken, die er aus Zürich mitgebracht hatte. Geistesabwesend schlug er seinen Pass auf und musterte die Visa, die hinten eingestempelt waren. Schweiz, England, Niederlande – jedes größere Land Westeuropas und die meisten kleineren sowie Stempel von den Karibikinseln, die er und Zoe bereist hatten. Flüchtig dachte er an die glücklichen Tage in der Karibik, dann schlug er den Pass abrupt zu und fing an zu packen.

Zehn Minuten später sah er die beiden Männer in dem schwarzen Wagen sich aufmerksam aufrichten, als er schnellen Schrittes aus dem Haus trat und seine Reisetaschen in den Kofferraum seines Volvos packte. Er stieg ein und ließ den Motor an. Behutsam wendete Ridgeway sein Auto, rollte langsam auf die Straße und hielt neben dem schwarzen Wagen. Er kurbelte das Seitenfenster herunter und bedeutete den Männern, es ihm nachzutun.

»Sagen Sie Ihrem Boss, ich fahre nach Amsterdam«, sagte Seth, winkte kurz, kurbelte sein Fenster hoch und fuhr davon.

Eine Stunde später grinste er in sich hinein, als er in der Telefonzelle am Los Angeles International Airport den Hörer einhängte. Jakob Jost und seine Söhne waren noch im Geschäft, wenn auch mit einer neuen Generation von Söhnen. Man hatte Seth gesagt, dass der alte Herr noch lebte, sich aber zur Ruhe gesetzt hatte. Seth hatte das Gemälde und den Namen des Künstlers genannt, aber dem gegenwärtigen Jakob Jost schien beides nichts zu sagen. Er hatte versprochen, seinen Vater darauf anzusprechen, der sich bestimmt mit dem amerikanischen Herrn würde unterhalten wollen.

Da bin ich sicher, dachte Seth, als er in die nahezu leere Snackbar ging und sich eine unverschämt teure und scheußlich bittere Tasse Kaffee holte. Aber ich frage mich, wer sonst noch gern darüber reden würde.

Als er sich an einen Plastiktisch setzte, um sich die Zeit bis zu seinem Abflug zu vertreiben, spürte Seth Hoffnung in sich aufkeimen. Zum ersten Mal glaubte er an eine Chance, Zoe zu finden. Waren seine Gebete erhört worden, fragte er sich, oder lag es bloß am Gang der Ereignisse? Er schaute aus dem Fenster und versuchte zu beten, aber ihm fehlten die Worte.

Zoe kämpfte gegen die Angst an, die ihr die Kehle zuschnürte, und reckte ihren Rücken, um Schmerz und Müdigkeit zu lindern, die sich nach einem ganzen Arbeitstag auf den Füßen zu festen Knoten verdichtet hatten. Sie und Thalia hatten fast zwölf Stunden lang Max' ausgedehnte Sammlung von Venusfigurinen ausgepackt und geordnet, von denen einige bereits von 20000 v. Chr. stammten.

Als Zoe ihre Dehnübungen beendete, sah sie sich im Raum um und ließ den ehrfurchtgebietenden Anblick auf sich wirken, der die kritischen Barrieren zwischen ihrem Herzen und ihrem Beruf überstrahlte. Ein kleines Bataillon heiliger Frauen umgab sie – über 300 Statuetten standen auf sämtlichen verfügbaren Flächen, jede mit Registriernummer, Beschreibung, Referenznummern zu ausgiebigeren Unterlagen versehen. Sie waren aus Ton, Terracotta, Alabaster, Keramik und Kupfer. Ein großer Alabasterfries von der Wand eines anatolischen Tempels befand sich in einer eigenen Kiste und musste noch ausgepackt werden.

Sie betrachtete eine neuntausend Jahre alte Tonfigur, die kaum 30 Zentimeter groß war. Brüste, Bauch und Genitalien der Frauenfigur waren aufwendig dargestellt. Die Arme der sitzenden Gestalt ruhten auf Panthern. Nach heutigen Schönheitsvorstellungen gälten Frauen, wie die ältesten der Statuetten sie zeigten, als unglaublich dick.

Der Anblick versetzte Zoe in eine geheimnisvoll primitive Welt aus grauer Vorzeit; er lenkte sie von der Angst ab, die in ihrem Herzen lauerte, ihr nachts den Schlaf raubte und sie tagsüber allzu oft bedrückte. Statt der Bedrohung, die in den nächsten Tagen noch größer werden würde, nahm sie nun die Schönheit wahr, die längst vergangene Handwerker geschaffen hatten, und fühlte sich in die Welt versetzt, die sie mit diesen erhalten gebliebenen Kunstwerken zu deuten versucht hatten.

»Faszinierend, nicht?«

»Oh!«, rief Zoe erschrocken, als Thalias Stimme sie in die Gegenwart zurückholte.

»Entschuldige.« Thalia schaute auf die Tonfigur, die Zoe gefesselt hatte. »Sie ist auch eine meiner Lieblinge. So rein in ihrem Verzicht auf Künstlichkeit und Dekoration, aus heimischem Lehm gemacht und in der Asche eines Feuers gebrannt, damals, als das Feuer an sich noch etwas Mystisches war.«

»Damals …«, sagte Zoe leise und betrachtete die Figur.

»Ich kann mir vorstellen, wie jemand an so einem Lagerfeuer tief in die Flammen schaute und den Widerschein einer weiten, unfassbaren Welt sah, die allen eine Heidenangst einjagte. Und das …«, sie deutete mit einer weiß behandschuhten Hand auf die Tonfigur, »war ihre Art, damit umzugehen.«

»Das macht es ja so faszinierend. Ich meine, du sprichst vom Ursprung der Religion.« Zoe schüttelte den Kopf. »Ich weiß so wenig über ihre Geschichte …«

»Vorgeschichte«, sagte Thalia und nahm die Tonfrau. »Daher gibt's ja auch so wenig zu wissen.«

»Genau. Ich brauchte nie viel über die Kunst vor etwa 1000 v. Chr. zu wissen. Nur einige wenige Spezialisten in meiner Branche kennen sich da aus. Da geht es mehr um Archäologie als um Kunst.«

»Jede Kunst ist Archäologie«, entgegnete Thalia. »Kunst spiegelt Kultur wider, und Kultur ist der Versuch der Menschen, den Sinn des Lebens zu begreifen. Es ist nur so, dass die meisten von uns auf schriftlich festgehaltene Geschichte angewiesen sind, die uns Hinweise auf die Kunst gibt.«

Zoe nickte nachdenklich. »Denk nur daran, was damals los war.« Sie deutete auf die Tonvenus. »Sie wurde von Händen und einem Kopf geformt, in dem sich unter einer unvorstellbaren Explosion des Wissens alles drehte. Damals erfanden die Menschen das Rad, domestizierten Tiere, fingen mit Malereien an Höhlenwänden an, und die ersten winzigen Gruppen von Frühmenschen entdeckten, dass sich Getreide anpflanzen ließ, wenn man die Samen säte …«

»Damals war Gott eine Frau«, warf Thalia ein.

»Wie bitte?«

»Sieh dich doch um. Gott hat Möpse.«

Zoe runzelte die Stirn.

»Was für eine Welt!«, schwärmte Thalia. »Sie haben Schenkel so dick wie meine, und die Menschen von damals machten sie zur Göttin.« Sie lachte kehlig, dass ihr ganzer Körper unter dem weiten schwarzen Pullover und der Stretchhose bebte.

»Seltsam«, sagte Zoe leise. »Durch Seth weiß ich eine ganze Menge über moderne Religionen.« Sie schaute sich um. »Aber so gut wie nichts über ...« Mit einer ausholenden Armbewegung deutete sie auf den Raum. »Ich habe noch nie richtig darüber nachgedacht, was vorher war. Ich meine, ich habe angenommen, die Venusfiguren wären bloß eine Sorte unter vielen in einem riesigen Pantheon von Gottheiten ... Tieren, Kulten und so weiter. Du weißt schon, keine wirklich legitime Religion.«

»Keine legitime Religion«, wiederholte Thalia, während sie an dem Tisch entlangging und die dort versammelten Frauengestalten betrachtete. »Das ist meinem Volk zu verdanken.« Sie blieb stehen und schaute Zoe an. »Die Thora und das Alte Testament der Christen sind voller Ermahnungen, die heidnischen Tempel zu zerstören, ihre heiligen Schriften zu verbrennen und sie vom Antlitz der Erde zu tilgen. Aber lass dir gesagt sein: 15 000 oder vielleicht 25 000 oder 30 000 Jahre bevor Jahwe in der heiligen Schrift festgehalten wurde, war Gott eine Frau. Die Große Göttin war nicht bloß Teil eines Fruchtbarkeitskultes oder eines von vielen animistischen Totems. Sie galt als Schöpferin des Universums, als Spenderin allen Lebens. Und das nicht etwa nur lokal, sondern auf der ganzen Welt. Komm mit.«

Sie ging erstaunlich schnell zwischen den Tischen durch. Zoe lief ihr nach. »Schau dir das Etikett an.« Sie zeigte auf eine Terracotta-Venus. »Sie stammt aus Sumer, dort hieß sie Nana oder Innana. Daneben«, sie deutete auf eine Serpentinfigur, »das ist die große Sonnengöttin der Eskimos, die höchste Schöpferin genau wie die japanische Schöpfungsgöttin.«

Thalia ging weiter. »Indien, Arabien, Anatolien, Australien, Ägypten, Afrika, rund um das Mittelmeer, überall war Gott eine Frau. Sie nannten sie Isis.« Sie zeigte auf eine Alabasterstatue und marschierte weiter. »Ischtar, Aschera, Hathor, Anahita, Au Set, Ishara und hundert andere Namen, aber in allen Kulturen sieht sie gleich aus, und es besteht kein Zweifel, dass es sich immer um die Große Göttin handelt, die die Welt und alles darin schuf.« Thalia blieb so abrupt stehen, dass Zoe sie beinah umgerannt hätte. »Das war von Anfang an Monotheismus.«

Sie standen neben der größten Venusfigur, der fast einen Meter großen anatolischen Steinstatue einer Frau, die einen Widderkopf und drei Stierköpfe gebar.

»Diese hier ist von Anfang des 6. Jahrtausends v. Chr.«, sagte Thalia. »In ihrer Kultur standen Widder und Stiere für Männer. Diese Statue zeigt eindeutig, dass der Mann aus der Frau entsprungen ist, nicht umgekehrt, wie die Geschichte von Adam und Eva es darstellt.«

Zoe beugte sich vor, um sich die Statue genauer anzusehen.

»Damals hatten sie den Zusammenhang zwischen Sex und Kindern noch nicht erkannt. Sie wussten nur, dass Frauen und weibliche Tiere gebären und Leben hervorbringen; nur Frauen konnten neue Menschen schaffen. Weibliche Körper standen in Einklang mit der Natur, dem Mond und folgten den gleichen geheimnisvollen Zyklen wie die Welt um sie her.«

»Darum sprechen wir wohl heute noch von Mutter Erde und Mutter Natur, nehme ich an.«

»Genau. Du kannst versuchen, die Große Göttin zu vertuschen, aber du wirst sie nie ganz los. Und denk dran, dass diese Kulturen matrilinear waren: Das Erbe und der

Familienname wurden in der mütterlichen Linie weitergegeben, weil die Menschen keine Ahnung hatten, dass die Jungs überhaupt was damit zu tun hatten. Männer waren aufgrund ihrer Stärke und Größe zwar Jäger und Beschützer, aber Frauen erfanden die Landwirtschaft, weil sie ihnen eine zuverlässige Nahrungsversorgung in der Nähe des Hauses sicherte.«

»Hält sie deshalb irgendein Getreide in der Hand?«, fragte Zoe und deutete auf die Hand der große Frauenstatue. »Sieht aus wie eine Weizenart, aber ich sehe, dass es kein Weizen ist.«

Thalia beugte sich vor und betrachtete das Detail eingehend. »Es ist eine Zwergform von Gerste, ein Vorläufer der modernen Sorten.« Sie nickte. »Ja, du hast recht mit deiner Vermutung, warum sie es in der Hand hält. Sie ist nicht nur die Schöpferin von Leben, sondern auch die Nahrungsspenderin.«

»Und was passierte dann?«

Thalia zog fragend eine Augenbraue hoch.

»Wieso ist Gott heute ein Kerl?«

»Zum Teil liegt es daran, dass Wein und Gott vieles gemeinsam haben. Ich glaube, es fing alles an, als ihnen klar wurde, welche Rolle der Geschlechtsverkehr beim Kindermachen spielt«, erklärte Thalia. »Oder vielleicht war es das in Verbindung mit den Anfängen der Landwirtschaft.« Jenseits der Wände des Ateliers hörten sie in einem entfernten Teil des Lagerhauses eine Tür zuschlagen. »Damals wurde ihnen allmählich klar, dass sie eine gewisse Kontrolle über ihre Körper und ihre Nahrungsversorgung besaßen und nicht bloß von göttlichem Eingreifen abhingen.«

»Erkenntnis«, sagte Zoe. »Die verbotenen Früchte essen?«

»So könnte man es sagen. Bis zu diesem Punkt lebten diese kleinen abgeschiedenen Kulturen weitgehend in Einklang mit der Natur, nahmen, was sie ihnen gab, und unternahmen keinerlei Versuch, ihren Lauf oder ihr eigenes Leben zu beeinflussen. Als die Männer erkannten, dass sie eine Schlüsselrolle besaßen, verloren sie ihre Ehrfurcht. Etwa um diese Zeit …« Sie winkte und ging an den benachbarten Tisch, wo die Göttinnenfiguren schlanker wurden. »Siehst du das?«

Zoe betrachtete eine Figurine aus gegossenem Kupfer mit Lapislazuli-Augen und einem geometrischen Muster aus einer Art Bernstein im Oberkörper. Neben der Göttin stand eine kleinere, unverkennbar männliche Figur.

»Okay, das stammt von etwa 4000 v. Chr.«, sagte Thalia. »Die männliche Figur ist eine Art Prinzgemahl. Die Große Göttin steht immer noch an höchster Stelle, aber die Kultur hat sich dahin entwickelt, in Gott sowohl männliche als auch weibliche Anteile zu sehen. Das interpretiere ich keineswegs als Polytheismus. Ich glaube, es steht nicht für zwei separate Gottheiten, sondern für den männlichen und den weiblichen Aspekt.«

Das Zufallen einer weiteren Tür hallte durch das Lagerhaus. Nun waren auch schwach Stimmen zu hören.

»Die Kultur war immer noch matrilinear, aber es gab Gemeineigentum. Das war in der Bronzezeit, und es gab schon richtige Städte. Sie wuchsen so schnell, dass sie sich gegenseitig die Jagdgründe und Äcker streitig machten. Es kam zu Konflikten. Bis dahin beruhte Sicherheit auf Anbetung und Harmonie mit der Natur. Jetzt wurden Speer und Schwert zu den wichtigsten Instrumenten der Gesellschaft. Das männliche Element Gottes erlangte immer größere Bedeutung und …«

Ein Schlüssel drehte sich im Schloss der Ateliertür, dicht gefolgt von einem dröhnenden Poltern, als die Tür aufflog. Ein Mann von normaler Größe, den Zoe als Sergejew kannte, kam als Erster herein, hinter ihm ihr hünenhafter Gefängniswärter. Ein kalter Luftzug ging ihnen voraus, ließ Papiere aufflattern und jagte nicht nur über Zoes Füße einen kalten Schauer.

»Wenn man vom Teufel spricht …«, sagte Thalia auf

Englisch. Dann begrüßte sie die beiden Männer auf Russisch, die sie finster anschauten.

Seufzend warf Zoe einen letzten Blick auf die Statue, bevor die dunkle Wirklichkeit sie einholte.

»Los!«, bellte Sergejew.

Wie an allen Abenden, die Zoe schon gar nicht mehr zählen mochte, streckte sie ihre rechte Hand aus. Der Hüne stellte sich neben sie, um sein pfahldickes Handgelenk lag eine Handschelle, deren anderes Ende offen herunterbaumelte.

Sergejew legte Zoe die Handschelle an. Ohne ein Wort ging der Hüne zur Tür.

Kapitel 13

Auf halbem Weg zwischen Washington, D.C., und Baltimore befindet sich auf einem 400 Hektar großen Gelände mit Feldern und Wäldern ein weitläufiger Komplex mit zwanzig Gebäuden, der von dreifachen, drei Meter hohen Maschendrahtzäunen umgeben ist. Oben schließen die Zäune mit Stacheldrahtspiralen ab, deren messerscharfe Dornen nur einem Zweck dienen: menschliches Fleisch aufzuschlitzen. Einer der Zäune steht unter Strom. Schwerbewaffnete Wachleute mit Kampfhunden patrouillieren in den beiden Streifen Niemandsland zwischen den drei Absperrungen.

Tagsüber wuseln über 50000 Leute in den zwanzig Gebäuden hinter den Zäunen herum. Dort arbeiten sie in Büros, kaufen Briefmarken im Postamt, lassen sich die Haare im Frisörsalon schneiden, kaufen Erkältungsmittel im Drugstore, besuchen Collegekurse und schauen sich das Programm des eigenen Fernsehsenders an, der seinen Strom vom Elektrizitätswerk der Anlage bekommt.

Wer vom Baltimore-Washington Parkway die Ausfahrt Fort Meade nimmt und hinter dem Tor des Armeestützpunktes versehentlich falsch abbiegt, sieht durch den Maschendrahtzaun ein riesiges Hauptgebäude mit grüner Steinfassade. Das ist das Xanadu der Spionage, der Tadsch Mahal der Abhöreinrichtungen, der Koloss der Nachrichtenbeschaffung: das Hauptquartier der National Security Agency.

Dieses Gebäude hat mehr Bürofläche als der Hauptsitz der CIA, Langley Headquarters, und das Kapitol der

USA zusammen. In seinem Keller steht die weltweit größte Konzentration von Rechenanlagen, ausgestattet mit so viel ausgeklügelter Hardware, dass man sie in Hektar misst. Als zuletzt etwas über die Anlage an die Öffentlichkeit durchsickerte, hieß es, sie sei 4,5 Hektar groß – groß genug, um die Computerkapazitäten sämtlicher großen und kleinen Unternehmen der Vereinigten Staaten zu ersetzen.

Aber bei den Aufgaben dieser Computer geht es nicht um Geschäfte. Sie dienen der Spionage. Einen Teil der gewaltigen Kapazitäten dieser geballten Rechner-Power nutzen Kryptologen, um codiertes Material zu entschlüsseln. Mit einem Teil werden abgefangene fremdsprachige Nachrichten ins Englische übersetzt. Aber der Löwenanteil dieser riesigen Rechneranlage dient dazu, Signale und Gespräche zu analysieren, die das gigantische Abhörsystem der NSA auffängt.

Wie ein riesiger Mähdrescher, der ein Getreidefeld aberntet, überwacht die NSA Milliarden und Abermilliarden Nachrichten, die in jeder Sekunde im Äther unterwegs sind: Spionagesatelliten durchkämmen die Erde unter ihnen nach Telemetriesignalen russischer und chinesischer Raketenstarts; Spionageflugzeuge fangen Gespräche zwischen MiG-Piloten und ihrer Bodenstation ab; selbst Anrufe, die Kreml-Funktionäre auf dem Weg zur Arbeit von ihren Autotelefonen führen, geraten irgendwie in das ausgedehnte Netz der NSA.

Aber die NSA interessiert sich nicht nur für die Gespräche von Feinden Amerikas. Zu ihren Aufgaben gehört es auch, festzustellen, welche amerikanischen Staatsbürger bisher unentdeckte Feinde sind. Zu diesem Zweck fangen die Antennen der NSA auch Telefongespräche, Telegramme und Telexe normaler Bürger ein.

Eine interne NSA-Ermittlung sollte später ergeben, dass Seth Ridgeways Anruf bei Jakob Jost von einem öffentlichen GTE-Fernsprecher im Zwischengeschoss des internationalen Terminals am Los Angeles International Airport geführt wurde. Die Qualität der Telefonverbindung war unterdurchschnittlich wie bei primitiven Telefonleitungen in der Dritten Welt.

Ridgeways Anruf ging über Fernleitungen zur Bodenstation von COMSAT, Jamesburg. Da sämtliche verfügbaren Satellitenverbindungen besetzt waren, leitete der COMSAT-Vermittlungscomputer den Anruf über transkontinentale Überlandleitungen weiter, bis er schließlich eine freie Leitung bei TAT 6 (Transatlantic Cable 6) in Green Stratton, Rhode Island, fand. Von hier stellte er die Verbindung über 3400 Meilen zur französischen Küste bei Deauville her, wo der Anruf in die Zuständigkeit der französischen PTT – Poste, Téléphone et Télégraphe – fiel. Von der Küste gelangte er über eine Funkstrecke zu einer Vermittlungsstelle östlich von Paris. Dort leitete der PTT-Computer den Anruf über die Hauptfernleitung an den PTT-Computer der Schweiz weiter, der ihn nach Zürich durchschaltete. In Zürich lokalisierten diverse Computerschaltstellen schließlich den Anschluss von Jakob Jost und ließen sein Telefon klingeln.

Während dieses komplizierten Vorgangs hörte Seth nur mit halbem Ohr auf das minutenlange Klicken, Klacken, Rauschen und Hallen im Telefonhörer. Er dachte darüber nach, was er Jost sagen wollte, statt auf das Knistern in der Leitung zu achten.

Das Gespräch wirkte durch und durch harmlos. Seth wollte den alten Herrn sprechen, der aber nicht da war. Worum es ginge, erkundigte sich der Sohn des alten Herrn. Um ein Gemälde eines Malers namens Stahl, das sie vor Jahren gerahmt hatten, ein Bild von einer Alpenwiese mit dem Titel *Die Heimstatt unserer Erlöserin*. Der Sohn wusste nichts darüber, wollte aber seinen Vater danach fragen, der Herrn Ridgeway in jedem Fall gern empfangen würde.

Außer für Seth und Jakob Josts Sohn besaß dieses Gespräch noch für andere Ohren Bedeutung.

In Fort Meade, Maryland, lösten die Telefonnummer, die

Erwähnung des Namens Stahl und der Titel des Gemäldes Alarmsignale aus, die in die 4,5-Hektar-Rechneranlage programmiert waren. Da die Telefonnummer und die beiden Namen mit Alarmstufe eins gekennzeichnet waren, aktivierte der Computer, der das abgehörte Telefonat analysiert hatte, einen zweiten Computer mit der Bezeichnung Lodestone. Ebenso wie manche Menschen gleicher sind als andere, ist es auch bei diesem Rechner.

Lodestone analysierte das kurze Telefongespräch und überprüfte die Identität der Person, die die Schlüsselbegriffe in das Abfangnetz eingegeben hatte: die Telefonnummer, den Namen Stahl und den Titel des Gemäldes. Der Computer stellte fest, dass der Urheber ein Agent mit dem Decknamen Byzantium war und dass jede Nachricht bezüglich der angegebenen Schlüsselbegriffe als Top Secret Umbra einzustufen war. Zu solchen Nachrichten hatte ausschließlich Byzantium Zugang. Kaum drei Minuten nachdem Ridgeway aufgelegt hatte, war eine verschlüsselte Mitteilung an den NSA-Agenten Byzantium unterwegs, der sich zu diesem Zeitpunkt auf der Fahrt zum Los Angeles International Airport befand.

In einem überfüllten, aber dennoch effizienten Komplex neuer Bürogebäude im Osten von Paris verarbeitete ein PTT-Computer sämtliche Daten, die er über Funk von TAT 6 erhielt. Der Rechner war kleiner, langsamer und, mit menschlichen Maßstäben gemessen, dümmer als Lodestone. Aber er musste nur etwa zweitausend Telefongespräche gleichzeitig bearbeiten, was durchaus im Rahmen der Kapazitäten des dafür vorgesehenen Olivetti-Rechners lag. Mehrere PTT-Techniker schlenderten umher, streichelten den Computer, überwachten die Lämpchen, warteten ihn – Jünger vor ihrem Gott.

Im Nebenraum saß ein Mann im Anzug, der für den französischen Geheimdienst SDECE arbeitete. Er war einer von dreien, die diesen Raum rund um die Uhr besetzten und darauf warteten, dass der Computer ein Codewort oder einen Schlüsselbegriff erkannte, die sie in den PTT-Rechner eingegeben hatten. Die PTT war nicht sonderlich glücklich darüber, dass sie einen Teil ihres Speicherplatzes und ihrer Rechnerkapazitäten für das schmutzige Spionagegeschäft abstellen musste, und auch der SDECE-Mann, der die langweilige Aufgabe hatte, im Nebenraum zu warten, ob etwas passierte, brachte nur wenig Begeisterung auf. Aber da der SDECE und die PTT beide derselben Regierung unterstellt waren, blieb ihnen nichts anderes übrig, und so bemühten sich die Angestellten der beiden Ämter nach Kräften, sich gegenseitig aus dem Weg zu gehen.

Der SDECE-Agent, der an diesem Abend im Nebenzimmer Dienst tat, hieß Yves LePin und hatte die Stelle beim Geheimdienst seiner Begeisterung für die Sozialistische Partei Frankreichs zu verdanken, die schließlich an die Regierung gekommen war. Aus Misstrauen gegenüber den neuen sozialistischen und sogar kommunistischen Mitarbeitern mit ihrem zweifelhaften Sicherheitsstandard (die Franzosen und Italiener hielten nämlich immer noch an verschiedenen archaischen Ideologien fest), hatte der SDECE Leuten wie LePin Tätigkeitsfelder zugewiesen, in denen sie möglichst wenig Schaden anrichten konnten, falls sie sich als Spione erweisen sollten.

Kurz nachdem LePin es sich mit seiner zwölften Tasse Café au Lait und dem Kreuzworträtsel aus *Le Monde* gemütlich gemacht hatte, klopfte der diensthabende PTT-Dienststellenleiter schüchtern an seiner Tür, um ihm mitzuteilen, dass der Olivetti-Computer etwas Verschlüsseltes ausgedruckt hatte, was er nicht verstand.

Träge folgte LePin dem PTT-Mann in die Rechnerzentrale, um die Nachricht zu holen. Was er dort vorfand, machte ihn schlagartig hellwach. Die Schlüsselbegriffe, die er vor sechs Monaten auf Anweisung seines KGB-Führungsoffiziers – der nach wie vor felsenfest an ein Land ohne klare politische Ausrichtung glaubte – in das Computerprogramm eingegeben hatte, trugen endlich Früchte.

Krampfhaft bemüht, das Zittern seiner Hände zu unterdrücken, nahm LePin die Nachricht mit in sein Büro. Sie war im Buchcode abgefasst. Wie alle Codes, die auf veröffentlichten Büchern basierten, konnte sie nur derjenige entschlüsseln, der wusste, auf welches Buch sie sich bezog, und das war in diesem Fall nur er.

Als er wieder in sein kleines Büro kam, hatte seine Angst sich beinah in beschwingte Heiterkeit verwandelt. Nachdem er sein Leben lang nichts weiter als ein kleiner Gewerkschafter war, würde er dem Sozialismus nun einen echten Dienst erweisen können. Er faltete das Blatt Papier sorgsam zusammen und steckte es in seine Tasche. Er konnte es kaum abwarten, nach Hause zu kommen, das Buch aus dem Regal zu holen und mit der Entschlüsselung des Codes anzufangen. Grinsend dachte er an die feine Ironie, mit der er ausgerechnet den *Wohlstand der Nationen* von Adam Smith für die Verschlüsselung seiner Nachrichten ausgesucht hatte.

Kaum zehn Minuten nachdem Jakob Josts Sohn seinem Vater die Nachricht des Amerikaners ausgerichtet hatte, schloss der alte Herr sich in sein Büro ein und rief in München an. Sein Anruf ließ die Telefonklingel durch den dämmrigen Klosterkorridor in einem alten Barockbau an der Sparkassenstraße in der Münchener Altstadt schrillen.

An den engen, gewundenen Sträßchen und Gassen der Altstadt drängt sich ein Gewirr mittelalterlicher Häuschen, Renaissance- und Barockbauten dicht an dicht nebeneinander. Das Viertel hat nur einen Durchmesser von knapp 1500 Metern, aber zwischen den Brauhäusern, Wohnhäusern und Regierungsgebäuden stehen auf engstem Raum wohl ein Dutzend Kirchen. Die auffallendste ist die Kirche zu Unserer Lieben Frau, die allgemein nur Frauenkirche heißt und auf eine Marienkapelle von 1271 zurückgeht. Die Kathedral- und Pfarrkirche ist das Wahrzeichen Münchens. Ihre Zwillingstürme, deren merkwürdige Hauben den Kopfbedeckungen katholischer Priester ähneln, tauchen auf mehr Touristenbroschüren und Schnappschüssen auf als jede andere Sehenswürdigkeit Münchens, abgesehen von dem berühmten Glockenspiel.

Im Schatten dieser Zwillingstürme klingelte nun das Telefon zweimal, bevor der jüngste Novize des Klosters an den Apparat ging. Er meldete sich höflich und bat den Anrufer um etwas Geduld, bis er Pfarrer Morgen geholt habe.

Morgen war ein merkwürdiger Mann, dachte der Novize, während er schnell die Treppen in den zweiten Stock hinaufging. Er hatte freundliche blaue Augen, die immer aussahen, als seien sie den Tränen nahe. Der Abt hatte ihm erklärt, das käme von der Verwundung, die Morgen Ende des Zweiten Weltkriegs erlitten hatte.

Der Novize blieb vor der schlichten Holztür mit dem Kreuz stehen, die am Ende des Ganges im zweiten Stock lag. Er zögerte einen Moment, bevor er klopfte. Drinnen hörte er Morgen vor sich hin summen. Es klang nach den Brandenburgischen Konzerten. Der junge Novize fragte sich, warum der Abt Morgen kein eigenes Telefon gab. Er war alt und gebrechlich und erhielt viele Anrufe. Man hätte doch sicher eine Ausnahme machen können, dachte er, als er sachte an der Tür klopfte. Das konnte ja wohl nicht so teuer sein, außerdem wäre es wohl ohnehin nicht für lange Zeit. Wie lange konnte Morgen schon noch leben?

»Herein!«, rief Morgen.

Der Novize öffnete die Tür und sah Morgen an einem schlichten Schreibtisch am Fenster mit Blick auf die Frauenkirche sitzen.

»Telefon, Hochwürden«, sagte der junge Mann und trat neben Morgen, um ihm beim Aufstehen zu helfen.

Morgen lehnte die angebotene Hand des Novizen mit einem Lächeln und einer Handbewegung ab. Er war kein Invalide, aber das war hier offenbar keinem klar.

Als Morgen aufstand und zur Tür ging, blieb er kurz stehen und betrachtete das Bild seines Sohnes, das an der Wand hing. Aus ihm war ein feiner, gutaussehender, mächtiger Mann geworden, der kurz davor stand, Großes zu erreichen. Morgen spürte einen kleinen Stich im Herzen wie immer, wenn ihm klar wurde, dass sein Sohn nie erfahren würde, wer in Wahrheit sein Vater war.

Das war mittlerweile nicht mehr möglich. Die Mutter des Mannes, dessen Bild an der Wand hing – der einzige Mensch außer ihm, der die Wahrheit kannte – war vor zehn Jahren an einem Schlaganfall gestorben. Jetzt wussten nur noch Morgen und Gott von dem schrecklichen Geheimnis.

Wie immer, wenn er sein Zimmer verließ, warf Morgen einen letzten Blick auf das Bild, ging die Treppe hinunter ans Telefon und hoffte, dass gute Nachrichten seinem körperlichen Schmerz die Schärfe nehmen würden.

Schmerz und Schwäche wechselten von Tag zu Tag ebenso wie Morgens Gedächtnis und Sehkraft. Das lag an den Splittern, hatte man ihm erklärt. Die Kugeln des Obersturmführers hatten an jenem längst vergangenen Tag am See seinen Schädel und seine Rippen getroffen. Sechs von ihnen hätten tödlich sein können und konnten ihn immer noch umbringen, falls sie sich auch nur einen Millimeter weiterbewegten. Er wäre damals gestorben, wenn Jost den Obersturmführer nicht getötet und Morgen zu den amerikanischen Militärärzten gebracht hätte. Er erlaubte sich ein flüchtiges Lächeln, während er vorsichtig die Treppe hinunterging. In fünf Jahrzehnten hatte er gelernt, alle ruckartigen Bewegungen zu vermeiden, die eine Verlagerung der Splitter fördern könnten.

In den vergangenen fünfzig Jahren hatte er immer wieder Tage erlebt, an denen es ihm bis auf die Blindheit seines rechten Auges durchaus gutging. An solchen Tagen wäre er am liebsten wieder Ski oder Schlittschuh gelaufen, aber er wusste, dass das an Selbstmord grenzen würde. Also wanderte er, hielt sich körperlich in Form, lernte aber, seinen Körper zu behandeln, als sei er aus Nitroglyzerin.

Er erreichte den ersten Stock und ging langsam den

Gang entlang zum Telefon. Der Novize folgte Morgen nicht zum Apparat. Vielmehr ging er rasch zum Zimmer des Abtes und klopfte respektvoll.

»Pfarrer Morgen hat wieder einen Anruf, Vater Abt«, sagte der Novize, nachdem er das schlicht möblierte Zimmer des Abtes betreten hatte.

»Vielen Dank«, antwortete der Abt und entließ den jungen Mann mit einem Kopfnicken. Der Novize war versucht, Morgen von der Anweisung des Abtes zu erzählen: Er und alle anderen Novizen hatten den Abt oder seinen Stellvertreter unverzüglich zu informieren, wenn Morgen einen Anruf erhielt. Keine weiteren Erklärungen. Aber Novizen hatten schließlich keine Erklärungen zu erwarten, sie hatten blind zu gehorchen. Dennoch fand der junge Novize, dass die ganze Sache etwas ... Anrüchiges hatte.

Das Gleiche fand auch der Abt, als er die unterste Schublade seines Schreibtischs öffnete und sich vergewisserte, dass der kleine Kassettenrekorder funktionierte, den die Herren von der Glaubenskongregation im Vatikan ihm gegeben hatten. Sie waren erstmals vor vielen Jahren zwei Tage nach Ostern zu ihm gekommen, kurz nachdem man Morgen der vom Kloster betreuten Pfarrei zugewiesen hatte. Damals war der Abt noch wesentlich jünger und hatte gegen die Anweisung protestiert, das Telefon im Korridor anzuzapfen und einen seiner eigenen Priester auszuspionieren. Zunächst hatten der Erzbischof der Diözese und später ein Kardinal des Vatikans auf seine Proteste reagiert. Als er weiterhin Einwände erhob, hatte man ihn schließlich nach Rom zitiert und ihm unmissverständlich zu verstehen gegeben, dass man weiteres Aufbegehren nicht dulden werde. Aber letzten Endes hatten sie ihm nichts über die Gründe gesagt, warum das Telefon abgehört werden sollte.

Er hatte versucht, etwas darüber herauszufinden, indem er sich entgegen der ausdrücklichen Anweisungen die Mitschnitte angehört hatte. Es hatte sich um Telefonate mit recht unterschiedlichen Leuten gehandelt, Kunsthändler und Sammler – vor allem ein Züricher namens Jost –, Kriminalbeamte und Beamte verschiedener Behörden. Über manche Telefonate hatte der Abt anfangs die Stirn gerunzelt, nämlich über Anrufe von oder bei früheren Nazis. Zuerst hatte er vermutet, der Vatikan habe Morgen in Verdacht, selbst früher Nazi gewesen zu sein. Aber das war nicht mit den Umständen vereinbar, unter denen er sich seine Verwundung zugezogen hatte. Damals wie heute war Morgen allem Anschein nach ein gebrechlicher, harmloser Mann, der den Belastungen eines Seelsorgeramtes nicht mehr gewachsen war und den man daher seinem Hobby frönen ließ: von den Nazis gestohlene Kunstwerke aufzustöbern, um sie ihren rechtmäßigen Eigentümern zurückgeben zu können.

Er hatte einige kleinere Erfolge erzielt, und eine Reporterin, Johanna Kerschner, die sich für ihn und seine Arbeit interessierte, hatte darüber sogar einen Artikel in der *Abendzeitung* geschrieben.

Letzten Endes war der Abt durch Gebete und Meditation zu dem Schluss gelangt, dass Gott in seine Vorgesetzten größeres Vertrauen setzte und von ihm lediglich Glaube und blinder Gehorsam verlangt wurden. So hatte er denn seit damals zuverlässig allwöchentlich die Tonbandmitschnitte nach Rom geschickt. Im Laufe der Jahre waren andere Herren gekommen, hatten ihm neuere Kassettenrekorder gebracht und waren wieder verschwunden. Sie hatten Geräte installiert, die automatisch alle Telefongespräche aufzeichneten. Aber er traute der Anlage nicht und schaute jedes Mal nach, ob sie funktionierte.

Der Abt prüfte den Rekorder und sah, dass das Band lief. Seufzend schloss er die Schublade und machte sich wieder an seine Büroarbeit. Dieser Papierkram, dachte er verzweifelt und fragte sich, ob Gott das Buch des Lebens wohl auch in dreifacher Ausfertigung führte. Aber sofort bekreuzigte er sich, bat um Vergebung für diese respektlosen Gedanken und machte sich daran, sich durch die Papierberge auf seinem Schreibtisch zu wühlen.

Siebentausend Meilen östlich setzte Seth Ridgeway sich auf den Fensterplatz im Oberdeck der KLM 747. Er flog immer mit KLM, weil es die letzte professionelle Fluggesellschaft war, die noch Linienflüge nach Europa anbot. Mit einem Grinsen erinnerte er sich, wie das internationale Ankunftsterminal am JFK Airport in die Leitung derselben Leute übergegangen war, die auch den Flughafen Schiphol in Amsterdam verwalteten – im Wesentlichen die Leute von KLM. Amerikanischen Flugreisenden würde es wesentlich bessergehen, wenn die FAA einfach den gesamten amerikanischen Luftverkehr der KLM übergeben würde, damit sie nicht mehr in den Viehtransportern und nach Urin stinkenden Klapperkisten fliegen müssten, die in den Staaten als Passagierflugzeuge durchgingen. Träum weiter, sagte er sich, als er seinen Kopfhörer einstöpselte, aufsetzte, die Lautstärke einstellte und es sich an der Kabinenwand so bequem machte, wie es mit Sicherheitsgurt eben möglich war.

Er schloss die Augen und sah Zoes Gesicht vor sich. Sie war da. Tief im Inneren wusste er es. Er wusste einfach, dass sie noch lebte und dass er sie dieses Mal finden würde. Als die riesige 747 vom Gate wegrollte, fiel er in willkommenen Schlaf. Er hatte keine Ahnung, welche Kette von Ereignissen er rund um die halbe Welt ausgelöst hatte.

Kapitel 14

Der Amerikaner saß in der Luxussuite auf der Nockspitze und überflog noch einmal das Material, das Kardinal Rudolph Braun ihm bei seiner Rückkehr aus den Staaten gegeben hatte. Er war bedrückt.

Er trat auf den schmalen Balkon mit Blick über das Inntal. Es war stockdunkel, und die kalte Luft drang durch den zähen Nebel in seinem Kopf. Mit gestreckten Armen stützte er sich auf die Brüstung und sah aus wie ein Prediger auf der Kanzel, der gleich seine Predigt beginnen wollte.

Wieder dachte er an Brauns abstruse Ausführungen. Ein zweiter Messias, eine Frau, ein Mord – nein, ein Massenmord, korrigierte er innerlich –, begangen von einem Papst, die Heilige Schrift und die gesamte Geschichte umgeschrieben, um die Existenz der neuen Erlöserin zu vertuschen, was damals nicht so schwer war, als ohnehin noch nicht viel schriftlich festgehalten wurde.

Braun hatte sehr ernst und überzeugend erklärt, die Existenz eines zweiten Grabtuchs ändere an sich für den Gläubigen nicht viel. Wichtig seien das Symbol der Auferstehung und Erlösung und der Glaube an Gott. Die Menschen seien noch nicht bereit ... sie könnten und würden einen zweiten Messias nicht akzeptieren.

Sophias Existenz publik zu machen würde das Vertrauen der Menschen in die Kirche erschüttern und unsagbares Leid verursachen. Die Wahrheit würde sie nicht frei, sondern nur unglücklich machen.

Sie hatten natürlich auch über die gewaltsamen sektiererischen Bestrebungen und Unruhen gesprochen, die einer solchen Enthüllung folgen würden. Schirinowskis Leute würden die Lage ausnutzen, um ihren Einfluss in Russland und darüber hinaus auszudehnen und zu festigen. Seine Anhänger waren Fanatiker und hatten mehr mit Idi Amin als mit Stalin gemeinsam, die allerdings beide mehr Unschuldige ermordet hatten als Hitler. Die Unzufriedenheit der Bevölkerung seit dem Sturz des kommunistischen Regimes hatte Schirinowski und seine Anhänger zu einer ständigen Bedrohung gemacht. Wenn sie je die Macht übernehmen sollten, stellte sich nur die Frage, wo es zum ersten Blutbad kommen würde.

Der Amerikaner starrte angestrengt in die Dunkelheit und suchte Antworten: Antworten, die so schwer zu fassen waren wie die winzigen Lichtpunkte, die über den Nachthimmel wanderten.

Sein Verstand, seine Intelligenz, alles, wofür er bislang gelebt hatte, sagten ihm, dass sie recht hatten. Keine Wahrheit war es wert, Gewalt, Tod und Unruhen zu riskieren, wie diese Wahrheit sie auslösen würde.

Aber sein Herz wollte nicht darauf hören.

Der Amerikaner kehrte der Dunkelheit den Rücken, ging wieder in sein Zimmer und schloss die Tür. Einen Moment blieb er stehen und betrachtete die dicken Ordner, die auf dem Schreibtisch und auf dem Boden lagen. Die vollständige Geschichte Sophias: Die Vernehmungsprotokolle mit ihr und den Einwohnern ihres Dorfes, die Dekrete Kaiser Konstantins und die bestmögliche Rekonstruktion des Weges, den die Truhe mit ihren explosiven, stichhaltigen Beweisen genommen hatte, bis sie Mitte der 1930er Jahre aus einer bayerischen Villa verschwunden war.

Er rieb sich die Müdigkeit aus den Augen und schaute auf die Uhr. Es war nach Mitternacht, aber er konnte noch nicht schlafen. Also setzte er sich wieder an den Schreibtisch, nahm den Schreibblock und ging noch einmal seine Notizen durch.

Nach den Morden legte man Sophias Grabtuch und die

Dokumente, die seine Echtheit belegten, in eine goldene, mit Edelsteinen besetzte Truhe, verschloss den Deckel mit geschmolzenem Gold und versah ihn mit den Siegeln Kaiser Konstantins und Papst Silvesters I.

Anschließend brachte man die Truhe in ein Gewölbe unter dem späteren Petersdom, wo sie mitsamt ihren Geheimnissen siebenhundert Jahre in Frieden ruhte.

Es war gruselig, dachte der Amerikaner, als er seine Notizen nun zum scheinbar tausendsten Mal las. Es war wie in einem alten Horrorfilm, in dem der Archäologe und seine schöne Assistentin das Pharaonengrab öffnen und den Fluch der Mumie über die Welt bringen. Nur ging es hier um eine uralte Wahrheit über Gott und Mord, die wiedererstanden war, um sie zu verfolgen. Er las weiter und versuchte den Alptraum zu begreifen.

Das Grabtuch und die Dokumente lagen in dem Gewölbe, während der Petersdom darum herum gebaut wurde. Jeder Papst gab das Geheimnis des Tuches an seinen Nachfolger weiter. Die Truhe überstand unentdeckt die Plünderung Roms durch die Westgoten 410 und die Wandalen 455.

Politische Intrigen und Sittenverfall konnte sie jedoch nicht unentdeckt überstehen. Als die christliche Kirche dem Ende ihres ersten Jahrtausends entgegenging, bekamen die Päpste und ihre Entourage immer mehr Ähnlichkeit mit den frühen Kaisern des Römischen Reiches. Im Vatikan herrschten Gier, sexuelle Ausschweifungen und Exzesse, deren Lust an Perversionen oft der von Caligula Konkurrenz machte. Betrunkene, ausschweifende Päpste plauderten das Geheimnis der Sophia-Passion aus. Und das trieb die Kirchenhierarchie mehr zum Handeln als die Orgien.

Gregor VI. veranlasste seinen Vorgänger, Benedikt IX., 1045 durch Bestechung, sein päpstliches Amt niederzulegen. Seine Abdankung schürte jedoch die Spannungen innerhalb der Kirche, statt sie beizulegen. Eine Fraktion überredete Benedikt IX., seinen Rücktritt zu widerrufen, und so gab es zwei Päpste, die Anspruch auf den Stuhl des heiligen Petrus erhoben. Als Verhandlungen, einen der beiden Päpste zur Aufgabe zu bewegen, scheiterten, wählte schließlich eine dritte Fraktion einen Kompromisspapst, Silvester III., der die beiden ablösen sollte. Da die beiden anderen Gruppen mit Silvesters Wahl nicht einverstanden waren, gab es Ende 1045 drei Päpste, die um die geistige Herrschaft über die christliche Welt und nicht zuletzt um die beträchtliche weltliche Macht und den irdischen Reichtum der Kirche rangen.

Während die drei Päpste sich gegenseitig bekämpften, versteckten besonnenere Bürokraten innerhalb der Kirche die goldene Truhe mit Sophias Grabtuch und andere kostbare Reliquien im Labyrinth des Vatikans, damit keiner der Prätendenten sie stehlen oder missbräuchlich verwenden konnte.

Ebendiese Bürokraten schickten Gesandte zum deutschen König Heinrich III. und baten ihn einzugreifen. Er setzte 1046 die drei rivalisierenden Päpste ab und ließ einen vierten wählen, Klemens II. Diesen Entscheidungen verlieh er mit seiner Armee den nötigen Nachdruck.

Zehn Jahre lang herrschte ein heikler Friede, bis Heinrich III. 1056 starb. Sein Sohn und Nachfolger, Heinrich IV., war beim Tod seines Vaters erst sechs Jahre alt.

Der Amerikaner schloss die Augen und rieb sich mit Daumen und Zeigefinger die Nasenwurzel. Wie zum Teufel konnte überhaupt ein Papst jemals Anspruch auf Unfehlbarkeit erheben? Sodomie, Nekrophilie, Orgien, die sämtliche Römer in den Schatten stellten; Gier, Habsucht und Machtstreben. Es gab einfach nichts, wessen sich nicht schon ein Papst schuldig gemacht hätte. Und sie für unfehlbar zu halten hieße zu glauben, dass Gott das alles sanktioniert habe.

Der Amerikaner wandte sich wieder seinen Notizen zu. Die Buchstaben verschwammen ihm schon vor Augen. Sicher würde er bald schlafen können.

Als Papst Nikolaus II. 1061 starb, wurde Alexander II. sein Nachfolger. Er war nicht beliebt bei den Bischöfen am Hof Heinrichs IV., und so erklärte die Reichssynode in Basel Alexanders Wahl wegen eines Formfehlers – damals mussten alle Päpste vom Kaiser bestätigt werden – für ungültig und ernannte einen eigenen Papst, Honorius II.

Da der mittlerweile elf Jahre alte Kaiser abweichende Ansichten zu seinen geistlichen Beratern entwickelte, entführte Erzbischof Anno von Köln ihn 1062, um in seinem Namen zu regieren und den Einfluss der Bischöfe zu sichern.

Heinrich IV. wuchs zu einem willensstarken jungen Mann heran, wurde 1066 befreit und regierte sein Reich fast zehn Jahre lang in Einklang mit der Kirche in Rom. Die deutschen Bischöfe, die an Heinrichs Hof großen Einfluss besaßen, gerieten 1076 jedoch wieder mit Rom in Konflikt. Sie weigerten sich, die Wahl Gregors VII. zum Papst anzuerkennen, und erklärten ihn auf der Reichssynode von Worms für abgesetzt.

Im Gegenzug exkommunizierte Gregor VII. Heinrich IV. und sämtliche deutschen Bischöfe. Da Heinrichs Herrschaft damit ihrer heiligen Berechtigung beraubt war, sah er sich einem Bürgerkrieg, einem Bauernaufstand und dem Verlust seines Königreiches gegenüber. Mit dem Bußgang nach Canossa erwirkte der junge Kaiser 1077 die Aufhebung des Kirchenbanns von Gregor VII., der ihn auch wieder als König einsetzte.

Heinrichs Bekenntnis war jedoch eine Täuschung, die er gemeinsam mit seinen Bischöfen geplant hatte, um Zeit zu gewinnen. Noch im selben Jahr erklärten er und seine Bischöfe Gregor VII. erneut für abgesetzt und wählten Klemens III. zum Gegenpapst.

Wieder verhängte Gregor VII. den Kirchenbann über Heinrich und seine Bischöfe und ernannte zudem Heinrichs Rivalen, Rudolf von Rheinfelden, zum Gegenkönig.

Heinrichs Armee tötete Rudolf von Rheinfelden 1079,

schlug dessen Truppen vernichtend und marschierte in Italien ein. Vier Jahre später eroberte Heinrich IV. Rom und trieb Gregor VII. ins Exil.

Nachdem Heinrich Klemens III. in Rom als Papst eingesetzt hatte, verließ er die Stadt und nahm eine gewisse juwelenbesetzte Goldtruhe als Teil seiner Kriegsbeute mit.

Der Amerikaner stand vom Schreibtisch auf. Für diese Nacht hatte er genug gelesen und genug Stoff, um den Rest seines Lebens darüber nachzudenken. Er ging ans Bett, auf dem er den Inhalt seines Koffers ausgebreitet hatte. Aber das Grabtuch ging ihm nicht aus dem Sinn.

Wo die Sophia-Passion und ihr Grabtuch in den neunhundert Jahren geblieben waren, nachdem Heinrich IV. sie aus dem Vatikan mitgenommen hatte, war weitgehend unbekannt. Aus den spärlichen schriftlichen Überlieferungen, die es von Heinrich und seinen Nachfolgern gab, war ersichtlich, dass keiner von ihnen den wahren Wert der Truhe kannte. Sie war weder in den königlichen Annalen erwähnt, noch erhielt sie eine besondere Behandlung. Sie geriet wohl mit der Beute anderer Kriegszüge praktisch in Vergessenheit. Erst 1935 tauchte die goldene Truhe mit ihren unschätzbar wertvollen Reliquien in Bayern wieder auf.

Während der Amerikaner sich auszog und in seinen Schlafanzug schlüpfte, dachte er an die fundierten Vermutungen, die Kirchenhistoriker über den Verbleib der Truhe angestellt hatten. Nach Ansicht der Historiker des Vatikans ging sie wahrscheinlich als Geschenk an ein verdientes Mitglied des Königshofes und wurde über Jahrhunderte innerhalb der Familie von einer Generation an die nächste vererbt. Irgendjemand in der langen Erbenreihe traf wohl den Entschluss, die Truhe zu verkaufen. Vielleicht brauchte er Geld, oder er hatte schlicht keine Verwendung für eine protzige Goldschatulle aus grauer Vorzeit.

Was auch immer in den neunhundert Jahren passiert sein mochte, nachdem die Truhe in den Besitz Heinrichs

IV. gelangt war, gesicherte Fakten tauchten erst wieder im Frühjahr 1935 auf.

Auf Hitlers Anweisung verlangte der deutsche Staat von jüdischen Bürgern des Dritten Reiches exorbitant hohe Steuern. Juden, die sie nicht bezahlen konnten, mussten ihre Häuser und Unternehmen an Reichsfunktionäre oder deren Freunde verkaufen.

Die meisten Juden besaßen natürlich nicht genügend Bargeld und Ersparnisse, um die unerhörten Forderungen der Nazis zu erfüllen, also gaben sie dem Staat ihre Juwelen und Familienerbstücke wie Kunstwerke, seltene Bücher, Antiquitäten und andere Wertsachen.

Der Amerikaner knöpfte seine Schlafanzugjacke zu und ging durch das Zimmer, um das Licht auszuschalten. Einen Augenblick blieb er, hin- und hergerissen zwischen Müdigkeit und der erstaunlichen Entdeckung, die er heute gemacht hatte, am Schalter stehen. Er warf einen Blick auf die Bücher, die auf dem Schreibtisch lagen, und ging schließlich hinüber und nahm seinen Notizblock.

Simon Brucker hieß der Mann. Er war ein wohlhabender Antiquitätenhändler aus Bad Tölz. Brucker hatte die Steuerforderungen der Nazis mit einer juwelenbesetzten goldenen Truhe beglichen.

Damals hatte Hitler den Sonderauftrag Linz, der Kunstwerke für das Führermuseum in Linz sammeln sollte, noch nicht geschaffen, aber bereits 1935 war ihm klar, dass man die den Juden gestohlenen Gegenstände sorgfältig prüfen musste, damit nichts Wertvolles eingeschmolzen oder vernichtet würde.

Den Besitz von Kunsthändlern, Antiquitätenhändlern und sehr Wohlhabenden nahm man besonders genau unter die Lupe. Kunstexperten und Kunsthistoriker, die das Dritte Reich zwangsverpflichtete, erkannten schließlich die Bedeutung der ungewöhnlichen Truhe mit den Siegeln Konstantins und Papst Silvesters I.

Vorsichtig öffnete man die Truhe, ohne sie zu beschädigen, und übersetzte die Dokumente, die sich darin befanden, ins Deutsche. Sobald Adolf Hitler von der Entdeckung erfuhr, wurde Sophias Grabtuch zum Gegenstand größter Geheimhaltung. Letzten Endes benutzte Hitler das Grabtuch und seine lückenlose Dokumentation, um sich das Schweigen des Vatikans zum Holocaust zu sichern. Die Kirche verschloss die Augen vor einem Übel in der Hoffnung, der Welt ein anderes Übel zu ersparen, das sich vielleicht als noch größer erweisen könnte.

Der Amerikaner stand auf, schaltete das Licht aus und tastete sich im Dunkeln durch den ungewohnten Raum. Hitler hatte das Grabtuch gut versteckt, hatte Braun ihm erzählt. So gut, dass es seit dem Untergang des Dritten Reiches wie vom Erdboden verschwunden war, als habe es sein Gewölbe im Vatikan vor tausend Jahren nie verlassen.

Er schlüpfte zwischen die kühlen, frischen Bettlaken, aber die Gräuel der Geschichte hielten ihn hellwach.

Zoe stand mitten in ihrer Zelle und ließ sich von der Kakophonie um sie her berieseln. Sie hatte ihre improvisierten Ohrstöpsel nicht benutzt, weil sie jede Einzelheit des Raumes in sich aufnehmen wollte. Wenn es einen Ausweg gab, würde ihre Zelle ihr den Weg weisen, sie brauchte nur Augen und Ohren aufzumachen.

Sie musterte den Computer auf dem zerkratzten Schreibtisch, den abgestoßenen Stuhl und die Schreibtischlampe mit dem ausgefransten Kabel, das bei einer unbedachten Berührung tödlich sein konnte. Neben dem Computer standen die Reste ihres Abendessens von Mövenpick. Sie drehte sich nach rechts: Metalltür mit Ventilator und in der Ecke der Nachtstuhl. Nach einer weiteren Vierteldrehung nach rechts sah sie ihr Bett. Noch eine Vierteldrehung rückte die Pappkartons ins Blickfeld, in denen sie die Kleider aufbewahrte, die sie ihr besorgt hatten. Mit der nächsten Vierteldrehung schaute sie wieder auf den Computer.

Durch die Betonwände und den Betonboden war kein Durchkommen. Das Büro über ihrem Kopf war ständig besetzt. Sie ging an die Tür und inspizierte sie wie jeden Abend in der Hoffnung auf eine Eingebung. Sie war noch immer aus schwerem Stahl. Die Angeln waren nach wie vor verschweißt, damit sie die Tür nicht heraushebeln konnte, und das Doppelschloss war immer noch von außen verschlossen.

Zoes Herz pochte leise, tief und kräftig in ihrer Brust. Es gab einen Ausweg, sie musste ihn nur erkennen. Sie dachte darüber nach, mit dem elektrischen Heizöfchen ein Feuer zu legen, das die Holzdecke in Brand setzen würde.

Vorher würde es mich umbringen. Vorher würden die Sprinkler es löschen. Vorher würden die Männer in dem Raum darüber es entdecken und mich dafür umbringen.

Nein. Es war klar, dass sie die Männer irgendwie dazu bringen musste, ihr die Tür zu öffnen. Irgendwie, und zwar zu einem Zeitpunkt, wenn sie nicht mit Handschellen an den Hünen gefesselt war und Sergejew nicht seelenruhig mit dem Finger am Abzug dabeistand. In einem Moment, wie es ihn in den vergangenen Monaten bis jetzt noch nicht gegeben hatte, der sich aber in den nächsten Tagen ergeben musste. In einem Moment, der sich nicht von allein eingestellt hatte und einstellen würde.

Er wird nicht kommen, dachte sie bedrückt. Sie hatte monatelang Zeit gehabt, sich einen Ausweg zu überlegen, und es gab keinen Grund anzunehmen, dass die Lösung, die ihr seit Monaten nicht eingefallen war, wie durch ein Wunder so kurz vor dem Ende aus dem Nichts auftauchen würde.

Verzweiflung machte sich in ihr breit wie abendliche Schatten. Sie sah Seths Augen und für einen kurzen Augenblick sogar sein ganzes Gesicht. Sie würde ihn nie wiedersehen. Tränen verschleierten ihren Blick. Finsternis griff in ihre Brust und ließ ihrem Herzen kaum Platz zu schlagen.

»Verdammt!« Sie wischte die Tränen fort. »Hör auf damit, Zoe Ridgeway.« Aber ihre Stimme hatte keine Gewalt über die Woge der Frustration, Wut und Angst. Halb blind stolperte Zoe zu ihrem Bett. Es gab einen lauten, rostigen Klageton von sich, als sie sich auf die Kante setzte und ihren Tränen freien Lauf ließ.

Zoe hatte keine Ahnung, wie lange sie geweint hatte, als sie wieder einmal den Wunsch verspürte zu beten.

»Lass das!« Mit einem Kopfschütteln schob sie den Gedanken beiseite, holte sich die Rolle Toilettenpapier, die neben dem Nachtstuhl stand, und putzte sich die Nase. Dann tupfte sie die Tränen von ihrer Wange.

»Mist!« Sie atmete hörbar durch, knüllte das Klopapier zusammen und warf es quer durch das Zimmer in den Papierkorb.

Bevor sie sich wieder gefasst hatte, überfiel sie erneut der Drang zu beten, und dieses Mal hatte sie verschwommen den Raum voll prähistorischer Göttinnen vor Augen, und sie hörte Thalias Ausführungen widerhallen. Zoe setzte sich aufs Bett und faltete die Hände zwischen ihren Knien. Dann senkte sie den Kopf.

»Der Herr ist mein Hirte«, sagte sie leise den Anfang des 23. Psalms auf, den sie in der Sonntagsschule auswendig gelernt und immer vor Beginn des Unterrichts gebetet hatten. Nur sah Zoe jetzt den Hirten mit dem Gesicht einer Frau vor sich.

»Mir wird nichts mangeln«, sprach Zoe weiter und bemühte sich, die Verse aus ihrer jahrzehntelang eingerosteten Erinnerung zu holen.

»Sie weidet mich auf einer grünen Aue und führet mich zum frischen Wasser.

... Sie führet mich auf rechter Straße um ihres Namens willen. Und ob ich schon wanderte im finstern Tal, fürchte ich kein Unglück; denn du bist bei mir.«

»Fürchte ich kein Unglück«, der Gedanke löste den Knoten in ihrem Herzen. Sie stand auf, ging im Zimmer auf und ab und versuchte, die tief im Inneren vergrabenen Worte zu bergen.

»Dein Stecken und Stab trösten mich.« Zoe lächelte matt, als ihr einfiel, wie die Jungen über diese Zeile gekichert hatten und wie ihre Wangen gebrannt hatten, als sie den Grund dafür endlich erfahren hatte.

»Du bereitest vor mir einen Tisch im Angesicht meiner Feinde. Du salbest mein Haupt mit Öl, und schenkest mir voll ein ...«

Als ihr die Idee kam, traf es sie wie ein Blitz und ließ sie mitten im Schritt innehalten.

Mein Gott, dachte sie und richtete den Blick nach oben. »Das ist es!« Mit breitem Grinsen schweifte ihr Blick prüfend durch den Raum, als sähe sie ihn zum ersten Mal. »Das ist der Ausweg aus diesem Loch.«

Zoe prickelte es am ganzen Körper, als sie mit der plötzlichen Erleuchtung rang. »Wieso habe ich das nicht schon früher erkannt?«, fragte sie sich. »Es hat sich nichts verändert. Alles steht seit Monaten offensichtlich hier herum.« Sie überlegte, dass es vielleicht Monate mentaler Vorbereitungen bedurft hatte, in denen sie sich alle möglichen Details eingeprägt, unablässig Szenarien, Kombinationen um Kombinationen durchgespielt hatte – und nun hatte der bevorstehende Tod das alles zu einem Plan verdichtet.

Möglich, dachte sie. Dann fiel ihr die Geschichte aus der Bibel ein, in der es jemandem wie Schuppen von den Augen fiel, und sie sagte:

»Danke, Göttin.«

Kapitel 15

Etwas westlich vom Hauptbahnhof in Amsterdam gibt es auf der anderen Seite der Straßenbahnschienen eine Bar, die seit fünfhundert Jahren Wacholderbranntwein ausschenkt. Nicht den kraftlosen Gin, den begeisterte englische Cricketspieler und amerikanische Tennisamateure bevorzugen, sondern einen aromatischen, abgerundeten Branntwein, den die Holländer Genever nennen.

Die Bar ist alt, dämmrig und mit viel dunklem Holz eingerichtet, das der Tabakqualm im Laufe der Jahrhunderte noch dunkler gefärbt hat. Die Holzdielen sind abgelaufen, und in den tiefen Fugen hat sich Schmutz gesammelt, der noch von den Schuhen der Zeitgenossen Rembrandts und van Goghs stammt. Drinnen herrscht immer ein Dunst aus Zigarettenrauch und Gesprächsfetzen.

Seth Ridgeway saß mit seinem Genever an der Mahagonitheke und beobachtete den Mann, der ihn seit drei Tagen verfolgte.

Der Mann hatte ein blasses, asketisches Gesicht, buschige dunkle Augenbrauen und Augen, wie die alten Meister sie Besessenen malten. Sein Mantel hing schlaff an seiner schmächtigen, hageren Gestalt. Die wenigen verbliebenen Haare auf seinem Kopf waren anscheinend von einem stumpfen Kastanienbraun.

Seth trank einen Schluck Genever und rollte ihn auf der Zunge, bevor er ihn hinunterschluckte. Im Spiegel hinter der Theke sah er den Mann allein mit einem Glas Bier an einem runden Tischchen sitzen und ein Taschenbuch lesen.

Seth hatte ihn zuerst am Flughafen Schiphol in einem

Korridor kurz hinter der Zollabfertigung bemerkt. Er hatte einen schlechtsitzenden Anzug getragen, der aussah wie aus einem Secondhandladen. Er wirkte wie einer der unzähligen Tippelbrüder, Penner, Bettler und Obdachlosen, die es wegen der liberalen Einstellungen und der großzügigen Sozialhilfe nach Holland zog.

Als Seth auf dem Flughafen an dem Mann vorbeigegangen war, hatte er Seth direkt angeschaut und zögernd einen Schritt auf ihn zugetan. Rasch hatte Seth den Blick abgewandt und war schneller gegangen, um der zu erwartenden Bettelei zu entgehen.

Während der Taxifahrt in die Amsterdamer Innenstadt hatte er den Mann bald vergessen, da Müdigkeit und Jetlag zuerst seinem Körper, dann seinem Geist jede Energie geraubt hatten.

Aber als Seth am nächsten Morgen im Victoria Hotel zum Frühstück hinuntergegangen war, hatte der Mann in der Lobby gesessen.

Seth trank seinen Genever aus und bestellte mit einem Handzeichen ein neues Glas. Er rutschte auf seinem Hocker hin und her. Die Magnum .357 in seiner Manteltasche, die er am Abend zuvor für kleines Geld erstanden hatte, schlug leise gegen die Theke.

Seth hatte vermutet, dass der Mann für Stratton arbeitete, bis er den NSA-Mann vom Vicoria Hotel angerufen hatte, um ihm Bericht zu erstatten.

»Mein Mann?«, hatte Stratton alarmiert gefragt. »Ich habe keinen Mann in Amsterdam. Jedenfalls noch nicht.«

Seth hatte weiche Knie bekommen. Er war nicht auf der Hut gewesen, hatte dem Mann mehr als genug Gelegenheiten gegeben, ihn umzubringen, ihm etwas anzutun. Aber der Mann hatte ihm nichts getan. Das hatte Seth auch Stratton gesagt.

»Das heißt noch nicht, dass er Ihnen auch nichts tun *wird*«, hatte Stratton geantwortet. »Wir haben in den letzten 24 Stunden Informationen erhalten, die darauf hindeuten, dass an dem Spielchen mehr Spieler beteiligt sind, als wir ursprünglich dachten. Und sie sind alle gefährlich.«

»Spielchen?«, hatte Seth gefragt. »Ist es das für Sie? Ein Spielchen? Es geht hier um mein Leben – und um das meiner Frau. Das ist kein Spiel.«

»Alles ist ein Spiel, Seth«, hatte Stratton geantwortet. »Wenn Sie anfangen, es ernst zu nehmen, fangen die Schwierigkeiten erst richtig an. Sie verlieren das Augenmaß. Deshalb müssen Sie ja auch unbedingt in den Schoß der Familie kommen. Wir können Sie schützen. Das hat nichts mehr damit zu tun, dass Sie mal ein Cop waren, Seth. Das hier ist ein anderes Spiel, ein völlig anderes Spiel.«

Darauf hatte Seth dem Agenten nichts antworten können. Vielleicht war es ja ein Spiel, vielleicht aber auch nicht. Aber in einem hatte Stratton recht: Was immer es auch sein mochte, es hatte nichts mehr damit zu tun, Polizist zu sein. Das Gemälde, das sicher verwahrt in einem Schließfach am Flughafen Schiphol lag, war ein zu gefährliches Geheimnis, um allein damit fertig zu werden. Der Einsatz in Strattons Spiel war zu hoch, und Ridgeway kannte nicht einmal sämtliche Regeln.

»Bleiben Sie in Ihrem Zimmer, Seth. Lassen Sie sich das Essen vom Zimmerservice bringen. Halten Sie sich von der Straße fern. Warten Sie, bis ich komme.«

Seth erinnerte sich jetzt an Strattons Mahnung, während der Wirt ihm ein frisches Glas Genever über die Theke schob und das leere Glas wegräumte. Das Gespräch lag zwei Tage zurück. Was mochte mit Stratton passiert sein? Unter der Telefonnummer, die der Agent ihm gegeben hatte, meldete sich niemand, und er hatte ihm auch keine Nachricht im Hotel hinterlassen.

Seth schaute betont auffällig auf seine Armbanduhr und kramte umständlich ein Bündel bunter Guldenscheine aus der Tasche. Zwei Scheine schob er über die Theke, um seine Getränke zu bezahlen, und kippte den restlichen Genever in einem Zug hinunter. Dann glitt er von seinem

Barhocker und ging lässig zur Tür. Der dünne Mann mit dem irren Blick klappte sein Buch zu und stand auf.

Draußen auf der Straße herrschte reger Verkehr: Fahrräder, Straßenbahnen, Busse und eine bunte PKW-Mischung von zerbeulten Fiats und Citroëns bis hin zu hochglänzenden Mercedes tanzten miteinander ein mechanisches Ballett, fädelten sich von einer nicht vorhandenen Fahrspur in die andere ein und suchten eine Abzweigung, Parklücke oder genügend Platz, um eine oder zwei Wagenlängen zu beschleunigen. Seth ging am Schaufenster eines Diamantenhändlers vorbei und blieb abrupt stehen, als habe er in der Auslage etwas Ungewöhnliches bemerkt. Im Spiegelbild der Fensterscheibe sah er den Mann mit den irren Augen rasch aus der Bar kommen und wie angewurzelt stehen bleiben, als er Ridgeway bemerkte.

Seth wandte sich jäh von den Diamanten ab und ging Richtung Hauptbahnhof, während er sich einen Plan zurechtlegte. Der Mann mit dem irren Blick hatte ihm nichts getan. Für wen arbeitete er? Wenn nicht für Stratton und nicht für den KGB, für wen dann? Je näher er dem Hauptbahnhof kam, umso dichter wurde das Gedränge. Die Leute schleppten bunt eingepackte Weihnachtseinkäufe und Plastiktüten. Die meisten waren Hausfrauen, die mit der Bahn aus den Vororten gekommen waren, um am Vormittag einzukaufen.

Weihnachten, dachte Seth. Mist. Er schaute nach der Datumsanzeige seiner Armbanduhr. Noch fünf Tage bis Weihnachten.

Die Frauen mit ihren Einkaufstaschen standen dichtgedrängt um ihn herum an der Ecke Martelaarsgracht, Prins Hendrikkade und warteten wie er, dass die Fußgängerampel auf Grün sprang. Seth war umringt von raschelndem Geschenkpapier und knisternden Plastiktüten. Frauen plauderten munter auf Holländisch. Seth schnappte nur ein paar Worte auf, die Ähnlichkeit mit Deutsch hatten. Aber er verstand genug, um zu erkennen, dass die Leute, von ihren müden Füßen abgesehen, glücklich und zufrieden waren und schnell zu ihren Familien nach Hause wollten. Er verübelte ihnen ihr Glück aus tiefstem Herzen.

Als die Ampel umsprang, quoll die Menge über die Bürgersteigkante und ergoss sich über den weiten Bahnhofsvorplatz.

Seth nahm die Beine in die Hand, löste sich vom Hauptgedränge und erreichte die laute, volle Bahnhofshalle weit vor den anderen. Er ging am Zeitungskiosk vorbei zu den Anschlagtafeln mit den gelben und weißen Ankunfts- und Abfahrtsplänen. Bald hatte er die Flughafenlinie gefunden. Der nächste Zug fuhr in fünf Minuten. Seth notierte sich die Gleisnummer und kehrte dem Fahrplan den Rücken.

Aus den Augenwinkeln sah er den Fremden, der so tat, als schaue er sich das Taschenbuchangebot am Zeitungskiosk an.

Seth schob sich durch die Menge zum Fahrkartenschalter und kaufte ein Ticket. Der Mann mit dem irren Blick stellte sich in die Schlange am benachbarten Schalter. Über ihren Köpfen rumpelten und donnerten Züge, dass der Betonboden unter ihren Füßen bebte.

Als Seth auf den Bahnsteig kam, standen dort verstreut bereits einige wartende Reisende, meist mit Koffern. Er ging bis ans Ende des Bahnsteigs und blieb stehen. Die Uhr über seinem Kopf zeigte 13.20 Uhr, aber es kam kein Zug. Ungewöhnlich. Holländische Züge fuhren fast immer pünktlich.

Als Seth sich umdrehte, um ans andere Ende des Bahnsteigs zu gehen, sah er seinen Beschatter die Treppe heraufkommen. Schnell drehte der Fremde sich um und gab sich desinteressiert. Aber es funktionierte nicht. Entweder war der Mann völlig unfähig, oder seine Vorgesetzten wollten, dass Seth von der Verfolgung wusste.

Kurz darauf rumpelte der Zug nach Schiphol in den Bahnhof und hielt ächzend an. Er ruckte einmal und gab ein zischendes Schnaufen von sich, bevor die Türen sich öffneten. Eine Parade bepackter Reisender mit müden Gesichtern quoll aus dem Zug. Die Mittagsflüge aus Amerika waren angekommen.

Seth stieg ein und sah sich um. Der Mann mit dem irren Blick war bereits eingestiegen. Ein Profi hätte bis zur letzten Minute gewartet.

Die Türen schlossen sich, und der Zug fuhr an. Seth sah den Bahnsteig langsam vor dem Fenster vorbeigleiten. Plötzlich tauchten sie wieder in helles Sonnenlicht und schlängelten sich zwischen Hafen und Oosterdok durch.

Der Zug fuhr nach Südosten durch ein Industriegebiet und bog in einer sanften Kurve nach Süden. Sie passierten den Amstel-Bahnhof und gelangten auf die offenen Polder. Seth kribbelten die Hände, wenn er an den hageren Mann mit dem irren Blick im nächsten Wagen dachte. Was hatte er mit Zoe und den Toten in Los Angeles zu tun? Der Schatten eines Zweifels huschte flüchtig hinter seinen Augen vorüber, als er sich fragte, ob er das Richtige tat. Hätte er doch auf Stratton warten sollen? Warten war noch nie Seths starke Seite.

Der Zug verlangsamte die Fahrt, als er Amstelveen erreichte, einen südlichen Vorort von Amsterdam, den eine dichtbewaldete Parklandschaft namens Amsterdamse Bos vom Flughafen trennte. Ridgeway stieg mit einem halben Dutzend anderer Fahrgäste aus, die nicht zum Flughafen wollten. Er machte sich nicht die Mühe, sich umzuschauen. Ihm war klar, dass der Mann mit dem irren Blick irgendwo hinter ihm war.

Zügig ging Ridgeway vom Bahnhof geradewegs nach Osten Richtung Amsterdamse Bos. Ihm fiel ein Sommertag ein, an dem er und Zoe hier auf einer grünen Wiese an einem himmelblauen Teich ein Picknick gemacht hatten. Sie hatte sich damals als Studentin in Amsterdam mit der nicht öffentlichen Sammlung des van-Gogh-Museums vertraut gemacht. Er hatte sie von ihrer Arbeit weggelockt, was sie ihm durchaus gedankt hatte.

Sie hatten sich Fahrräder gemietet und waren fast bis

zum Einbruch der Dunkelheit durch den Park geradelt. Die Landschaft und jener Tag hatten sich ihm tief eingeprägt.

Seth betrat den Park von Osten her. Der Boden war weich vom Winterregen und mit einer nassen, federnden Laubschicht bedeckt. Zwischen den fahlgrauen Skeletten der Laubbäume, die auf den Frühling warteten, malten Gruppen von Nadelbäumen dunkelgrüne Flecken in die triste Winterlandschaft. Mit schnellen Schritten drang Seth tief in den Wald vor.

Er überquerte eine schmale, asphaltierte Straße und lief eine Böschung hinunter in einen jungen Zedernhain. Von hier aus konnte er die Straße deutlich sehen: ein guter Platz, um zu warten.

Die Zeit schlich dahin. Seth starrte auf den Sekundenzeiger seiner Uhr. Eine Runde, zwei Runden. Es kam noch immer niemand über die Straße. Sollte er seinen Schatten abgehängt haben?

Er wartete weiter. Sein warmer Atem blieb eine Weile als Dunstwolke in der kalten, feuchten Luft hängen. In der Ferne hörte er das drängende Aufheulen von Düsentriebwerken und gleich darauf das jubelnde Donnern eines Flugzeugs, das vom Boden abhob. Straßenverkehr war nicht zu hören, keine Spur von Autos und vor allem keine Spur von dem Mann mit dem irren Blick.

Als Seth schon fast zurückgehen wollte, um nach seinem Verfolger zu sehen, kam der Mann zwischen den Bäumen auf der anderen Straßenseite hervor. Er blieb am Waldrand stehen wie ein kleines Wildtier, das Angst vor freien Flächen hatte. Dann huschte er über die Straße und tauchte mit tief gesenktem Kopf wieder in den Wald. Seth wurde klar, dass der Mann den Schuhabdrücken folgte, die er deutlich sichtbar im weichen Boden hinterlassen hatte.

Der Mann nahm offenbar nichts wahr außer den Fußspuren vor sich und hatte den kleinen Zedernhain schon fast erreicht, ehe er aufsah. Er blieb stehen und schaute

Seth mit großen, verwunderten Augen an. Seth richtete die Magnum auf die Brust des Mannes und sah mit Interesse die Angst in seinem Gesicht.

»Bitte, nicht!«, sagte der Mann und hob seine Hände. »Ich will Ihnen nichts tun.«

»Warum verfolgen Sie mich dann?«

»Um herauszufinden ... hinter was Sie her sind«, antwortete der Mann.

»Wer will das wissen?«

»Viele Leute. Das wissen Sie doch bestimmt.«

Seth nickte. »Das weiß ich, und ich habe ziemlich klare Vorstellungen, wer auf welcher Seite steht. Mit den Leuten auf meiner Seite habe ich gesprochen, die kennen Sie nicht.«

»Vielleicht sind sie auf der falschen Seite«, sagte der Mann sanft.

»Vielleicht«, antwortete Seth, »aber das glaube ich nicht.« Als Seth einen Schritt vortrat, wich der Mann zögernd zurück, stolperte über eine große Baumwurzel, fiel hin und landete sitzend mit dem Rücken an einem Baumstamm.

»Warum folgen Sie mir?«, fragte Seth noch einmal und stellte sich vor den Mann.

»Die Leute, für die ich arbeite, interessieren sich für Sie und das Gemälde.«

»Woher wissen Sie von dem Gemälde?«

»Wir wissen eben Bescheid.«

Seth hob die Hand, um den Mann zu schlagen.

»Halt!«, sagte der Mann nachdrücklich genug, dass Seth gehorchte. Es war der Ton eines Mannes, der es gewohnt war, dass Menschen seinen Befehlen gehorchten.

»Okay«, sagte Seth. »Wenn ich aufhöre, will ich eine Gegenleistung. Ich will Informationen.«

»Ich sage Ihnen, was Sie wissen wollen, Mr. Ridgeway«, antwortete der Mann. »Aber nicht, solange Sie die Waffe auf mich richten.«

Seth schaute ihn lange an und nickte schließlich. Er trat einige Schritte zurück und steckte die Magnum in seine Manteltasche. Langsam stand der Mann auf und klopfte sich Erde und Laub vom Mantel.

»Ich heiße Kent Smith. Ich bin katholischer Priester und arbeite als Archivar für den Vatikan.«

»Jesses«, sagte Seth. Smith zuckte fast unmerklich zusammen über die Gotteslästerung. »Und Sie wollen das Gemälde also auch.«

Smith nickte. »Ich fürchte, die Leute, für die ich arbeite, wollen es haben.«

»Wo ich auch hinkomme, ist irgendjemand, der dieses gottverdammte Ding haben will.« Wieder zuckte Smith zusammen.

»Und es werden noch mehr Leute auftauchen, solange Sie dieses Gemälde nicht los sind«, sagte Smith. »Wir können Ihnen dabei helfen.«

»Wer ist ›wir‹?«

»Eine kleine, aber einflussreiche Gruppe im Vatikan, die dafür sorgen will, dass dieses Gemälde und die damit verbundenen überaus kostbaren Reliquien von niemandem missbraucht oder für persönliche Zwecke benutzt werden.«

»Sie sind also die Guten? Wollen Sie mir das sagen?«

»Banalisieren Sie die Lage bitte nicht, Mr. Ridgeway. Wir haben es hier mit Dingen zu tun, die den Lauf der Geschichte ändern könnten.« Smith' Ton war scharf und belehrend. »Hier geht es um eine wesentlich größere Sache, als Ihnen klar ist, und sie kann Auswirkungen haben, die weit über Sie, mich oder Ihre Frau hinausreichen.«

»Ich habe Ihnen schon mal gesagt, dass mir der ganze Mist egal ist«, zischte Seth. »Für mich gibt's nichts Wichtigeres, als meine Frau wiederzubekommen.«

»Dabei können wir Ihnen helfen«, sagte Smith. »Unsere kleine Gruppe bemüht sich, die schlimmsten Auswüchse, politischen Kämpfe und Machtspielchen auszurotten, die in einer großen Organisation wie der unseren unvermeidlich sind. Die Dinge … und die Menschen sind nicht immer das, was sie scheinen.«

»Sie meinen Archivare des Vatikans, die in Amsterdam Spion spielen?«

Smith lächelte zum ersten Mal.

»Genau«, bestätigte er. »Und ebenso gibt es hochrangige Leute sowohl in Ihren Behörden als auch in meiner Kirche, die nicht das sind, was sie scheinen.«

Für den Bruchteil einer Sekunde sah Seth einen leuchtend roten Punkt vorn auf Smith' Mantel. Unmittelbar darauf krachte ein Gewehrschuss durch die Stille des klaren, kalten Nachmittags. Erst jetzt erkannte Seth, was der rote Punkt zu bedeuten hatte: Es war der Laserpunkt eines Zielpunktprojektors von einem Heckenschützen. Ridgeway hörte, wie die Kugel Smiths Brust durchschlug, sah, wie die Wucht des Aufpralls den schmächtigen Mann nach hinten gegen den Baumstamm schleuderte.

Seth kämpfte gegen die aufwallende Panik an und besann sich auf seine alten Polizisteninstinkte. Er packte Smith vorn am Mantel, brachte sich mit ihm hinter den Zedern in Deckung und hockte sich neben ihn, während weitere Gewehrschüsse durch den Wald hallten.

Wo steckten sie bloß?, fragte er sich, während er seine Magnum .357 aus der Manteltasche zog. Wenn sie starke Gewehre mit Laserzielgerät hatten, konnten sie weit weg sein, irgendwo, auch außerhalb der Reichweite seiner Magnum. Es war wieder still im Wald. Seth lauschte angespannt auf seine Feinde, hörte aber nur Smith' keuchenden Atem. Er beugte sich weit hinunter, um zu hören, was er ihm zu sagen versuchte.

»Brow … bran …« Seine Stimme versagte.

Ridgeway beugte sich tief über den Sterbenden, der seine letzten Worte röchelte. Aber es war zu spät. Ridgeway spürte, wie Smiths Körper in seinen Armen schlaff wurde.

Brow, bran. Ridgeway grübelte eine Weile über die

Wortfetzen und kam zu dem Schluss, dass Smith »braun« hatte sagen wollen. Braun? Was sollte das heißen?

Ihm blieb keine Zeit, über die letzten Worte des Priesters nachzudenken. Er hörte einen Schuss und sah unmittelbar darauf Splitter vor seinen Augen fliegen, als eine Kugel sich dicht vor seinem Gesicht in den Baumstamm grub.

Seth ließ Smith' Leiche los und rollte sich von dem Baum weg, während ein Kugelhagel in den Stamm prasselte. Seth kam auf die Füße, hob die Magnum, wirbelte hektisch herum und suchte den Gewehrschützen. Wo steckte er bloß? Wie sollte man sich gegen einen unsichtbaren Gegner wehren? Bevor er eine Antwort auf seine Fragen fand, ließen zwei weitere Schüsse das Laub zu seinen Füßen aufspritzen. Dann sah er sie: zuerst zwei rote Punkte, dann drei. Sie umschwärmten ihn, tanzten über den Boden und seine Kleider wie ein Schwarm tödlicher Stechmücken. Es war mehr als ein Scharfschütze hinter ihm her. Seth atmete schwer, keuchend. Er tauchte gerade von den Punkten weg, als den Laserzielstrahlen Kugeln folgten, sich in den Boden gruben und feuchte Erde und Laub aufwirbelten.

Jetzt konnte er sie auch hören. Von hinten. Nein. Vorne. Sie kamen von allen Seiten, umzingelten ihn. Wieder tauchten rote Punkte auf, und Seth wich ihnen mit einem Satz aus. Aber die Scharfschützen gingen dieses Mal systematischer, zielstrebiger vor. Seth richtete die Magnum in die Richtung, aus der er den ersten Schuss gehört hatte, und drückte ab. Aber es folgte kein Schmerzenslaut, kein überraschter Aufschrei. Nur ein weiterer Gewehrschuss und brennender Schmerz in seiner rechten Seite.

Jesus!, dachte Seth, als er sich mit der Linken an die Seite fasste und sie blutverschmiert zurückzog. Schnell tastete er die Wunde ab und stellte fest, dass es nur ein Streifschuss war. Das war knapp. Zu knapp. Er versuchte zu beten, um Hilfe zu flehen. Aber ihm fehlten die Worte, ja sogar die Gedanken.

Stattdessen fluchte er verhalten, stopfte die Magnum in die Tasche und kroch die Böschung in die Richtung hinauf, aus der er gekommen war.

Fast hatte er die Straße erreicht, als er den Mann auf der anderen Seite aus dem Wald treten sah. Er hob ein Gewehr an seine Schulter. Instinktiv warf Seth sich mit dem Gesicht auf den Boden und griff nach seiner Magnum. Eine Kugel ließ Kies und Steinsplitter unmittelbar vor seinem Gesicht aufspritzen. Ohne auf den Schützen hinter sich zu achten, sprang Seth auf und brachte die Magnum zum Einsatz.

Der Mann mit dem Gewehr sah ihn und versuchte zu schießen. Ein Gewehr ist zwar auf größere Entfernung treffsicherer als eine Pistole, dafür aber unhandlich. Seth zielte auf die Brust des Mannes und drückte ab. Mit Genugtuung sah er, wie die Kugel den Mann mitten in den Oberkörper traf, ihn von den Füßen riss und in der Luft herumdrehte. Der letzte Eindruck, der sich Seth einprägte, bevor er sich auf alle viere warf, war der Rücken des Mannes mit dem klaffenden roten Loch und den heraushängenden Fetzen seiner Eingeweide.

Seth steckte die Magnum wieder in die Manteltasche und kroch zu einem Kanalrohr. Es war der einzig mögliche Fluchtweg. Wenn er die Straße überqueren sollte, würde er den Killern ein sicheres Ziel bieten.

Hinter sich hörte Seth knackende Geräusche von den Männern, die durch den Wald liefen. Mit einem raschen, skeptischen Blick musterte er das Kanalrohr. Seine Schultern waren breit, das Rohr eng. Wenn er steckenbleiben oder zu lange brauchen sollte, um durchzukriechen, würde jeder Trottel ihn treffen.

Aber es war seine einzige Chance.

Schnell wälzte Seth sich im Morast vor dem Kanalrohr, um so schlüpfrig wie möglich zu sein, und kroch hinein. Das Rohr verstärkte sein verzweifeltes Keuchen, so dass es sich für ihn wie hektische Schreie anhörte. Es verstärkte auch die Geräusche seiner Verfolger. Stück für Stück robbte Seth mit Zehen und Schultern durch das Rohr. Die Geräusche der Männer kamen immer näher. Er hörte ihre Stimmen.

»Ich sehe ihn nicht mehr«, rief einer dem anderen zu.

»Also über die Straße ist er nicht«, antwortete eine zweite, weiter entfernte Stimme. »Die habe ich gut im Blick.«

»Er muss sich im Gebüsch an der Straße versteckt haben«, schaltete sich eine dritte Stimme ein.

Seth kam gut voran, aber als er vermutlich etwa mitten unter der Straße war, verengte sich das Rohr. Er steckte fest! Hinter sich hörte er knackende Schritte im Gebüsch. Er bewegte die Schultern, kam aber kein Stück weiter. Unter dem Gewicht der Straße hatte sich das Rohr offenbar etwas gesenkt.

»Hier geht ein Rohr unter der Straße durch«, hörte Seth die Stimme laut und deutlich. Seine Hände zitterten, sein Atem flatterte. Er schluckte schwer und versuchte, gegen die Panik anzukämpfen.

»Bring mal die Taschenlampe«, hörte er die Stimme rufen.

Verzweifelt wand und drehte Seth sich in dem Rohr. Er spürte die Metallkanten an seinen Händen scheuern und an seinen Kleidern zerren.

»Hier ist die Lampe«, sagte eine Stimme. »Sei vorsichtig. Wenn er da drin ist, hat er die Waffe bestimmt schussbereit.«

»Vielleicht sollten wir erst mal ein paar Schüsse reinfeuern, um sicherzugehen.«

Seth stemmte sich angestrengt weiter, bis er blaue Lichter vor Augen sah. Da schob sich sein Körper mühsam vorwärts, zuerst langsam, dann ging es leichter. Er war frei!

Aber würde die Zeit noch reichen? Ein Schuss in das Kanalrohr musste ihn unweigerlich treffen.

Hektisch kroch er weiter, ohne auf die scharfkantigen Nahtstellen der Rohre zu achten.

Der Lichtschimmer vor ihm wurde immer größer und

heller, bis er endlich den Kopf und schließlich seinen restlichen Körper aus dem Rohr schob.

Nach Atem ringend rollte er sich von dem Kanal weg und blieb ein paar Sekunden lang liegen.

»Keine Bewegung, Mr. Ridgeway.«

Seth erstarrte. Die Zeit blieb stehen.

»Langsam umdrehen und aufstehen.«

Seth drehte sich langsam auf den Rücken und stand auf. Vor ihm stand ein Mann mit gestutztem Schnauzer und weichem Filzhut. Er hielt die hässliche, kurze Heckler & Koch MP 5 in der Hand, eine Maschinenpistole, die der britische SAS bevorzugte und die die deutschen Sondereinsatzkommandos einsetzten, als sie versuchten, die israelischen Geiseln in München zu befreien. Es war eine im Nahbereich tödliche Waffe von hoher Feuergeschwindigkeit. Der Mann sah, wie Seth die HK beäugte.

»Machen Sie ja keine Dummheiten«, sagte der Mann. »Das würde Ihr Leben erheblich verkürzen.«

»Los«, hörte Seth die Stimme am anderen Ende des Kanalrohrs dumpf wie durch ein altmodisches Megaphon. Unmittelbar darauf hallte ein Schuss, gefolgt von drei weiteren.

Der Mann im Filzhut sprang zurück und starrte auf die Kanalöffnung. Mehr Ablenkung brauchte Ridgeway nicht. Er warf sich auf den Mann, rammte ihm den Ellbogen ins Gesicht und das Knie in den Schritt. Seth spürte, wie der Aufprall die Hoden des Mannes plattdrückte. Der Filzhut flog durch die Luft, als der Mann sich vor Schmerz krümmte.

Seth riss dem Mann die Maschinenpistole aus den schlaffen Händen und rannte los. Der Mann fing an zu schreien.

»Hier drüben! Er ist hier!«

Seth leerte das Magazin der HK in den Mann, warf die Waffe weg und sprintete durch den Wald nach Amstelveen.

Kapitel 16

Der Mann aus Moskau, den sie nur als den »Patron« kannten, stand neben dem Schreibtisch im Büro des Lagerhauses und schaute die versammelten Männer stirnrunzelnd an, die gerade die letzten Bissen ihres Mittagessens kauten. Fettige McDonald's-Tüten bedeckten den alten Holzschreibtisch mitten im Büro.

Der Patron mochte diese Männer nicht. Sie waren alle vom KGB, standen alle auf der Gehaltsliste der Moskauer Mafia und waren Schirinowskis Organisation treu ergeben. Sie waren vom gleichen Schlag und Kaliber wie die Männer, die Hitler den Weg an die Macht geebnet hatten, dachte er. Da war Oberst Eduard Molotow, daneben ein Mann namens Sergejew. Ihn überragte ein Hüne, der größte Mensch, den der Mann aus Moskau je gesehen hatte. Sie waren noch die Besten in diesem Haufen, alle Abschaum aus der Gosse, und er bezahlte sie gut für ihre Eigenschaften, politischen Einstellungen und beträchtlichen Fähigkeiten.

»Wir haben Informationen, dass einer von den vielen ausländischen Geheimdiensten, die nach der Sophia-Passion suchen, uns ziemlich nahe kommt«, sagte der Patron. »Diese Operation dauert schon viel zu lange, um keine Spuren zu hinterlassen.«

Er stockte. »Wie lange dauert es, … hier alles abzuwickeln?«

»Nicht lange«, antwortete Sergejew. »Das Lagerhaus ist so gut wie leer. Diese verdammten fetten Püppchen sind fertig verpackt und stehen zum Versand an den Käufer bereit. Die beiden Weiber schlagen gerade Purzelbäume wegen irgendeiner komischen Steinplatte. Bis morgen Abend können wir alles erledigt und hier rausgeschafft haben. Der einzige Ballast ist ...« Er deutete mit dem Kopf nach unten auf Zoes Zelle.

»Ja«, sagte der Mann aus Moskau schlicht. »Wie ich höre, ist das Mädchen ziemlich attraktiv.« Alle Männer nickten.

»Schön, schön«, sagte der Patron. »Das ist sehr gut. Ich möchte, dass ihr morgen Mittag hier raus seid, und hinterlasst keine Spuren, die man zu uns zurückverfolgen könnte. Bestellt telefonisch einen Lastwagen beim Konsulat und sorgt dafür, dass sämtliche Unterlagen über die Operation sicher verladen sind und der Laster dann versiegelt wird. Anschließend beseitigt ihr die Frau, ohne Spuren zu hinterlassen. Es ist mir egal, was ihr vorher mit ihr anstellt. Amüsiert euch mit ihr, wie ihr wollt. Fasst das als Bonuszahlung für diesen Monat auf.«

»Sie sind sehr großzügig«, sagte der Hüne mit breitem Grinsen.

Thalia und Zoe krochen auf Händen und Knien um eine riesige Alabastertafel herum, die einen Durchmesser von gut 1,30 Meter hatte und rund war wie ein Kalenderstein der Mayas. Die Nasen der beiden Frauen berührten fast die kunstvollen Reliefs und Inschriften, mit denen die Tafel versehen war. Sie lag ganz für sich mitten in dem provisorischen Atelier und wirkte allein schon durch ihre Isolation wie eine Erinnerung daran, dass der letzte Akt seinem Ende zustrebte.

Als Zoe am frühen Morgen ihren Entführern ins Atelier gefolgt war, hatte sie befürchtet, ihre Erleuchtung vom Vorabend könne sie so verändert haben, dass es Misstrauen erregen oder Thalia es intuitiv spüren müsste. Aber sobald sie die Steintafel ausgepackt hatten, waren alle anderen Gedanken und Gefühle bei Zoe wie weggewischt.

»Das ist das erstaunlichste Kunstwerk, das ich in meinem ganzen Leben gesehen habe«, sagte sie voller Ehrfurcht.

»Das hast du heute schon hundertmal gesagt.«

Zoe antwortete nicht, so sehr fesselte sie das Relief. Es war eine Art in Stein gemeißelte Religionsgeschichte. Im Zentrum standen die Anfänge, wie der Künstler sie sich vorstellte: Gott war als Trinität androgyner Zwitterformen dargestellt und in dieser Dreiheit wiederum als Trinität aus Vater, Mutter und Kind. Daraus gingen spiralförmig die anthropomorphen Avatars hervor, die Verkörperungen göttlicher Wesen, die die Menschen früher anbeteten. Die Venusfiguren der Großen Göttin waren dem Zentrum am nächsten und mischten sich allmählich mit männlichen Darstellungen, die schon bald das Bild beherrschten.

»Ich erkenne die Sprache der Inschriften nicht«, sagte sie schließlich.

»Aramäisch«, antwortete Thalia geistesabwesend. »Das lässt mich vermuten, dass sie von etwa 1000 v. Chr. stammt, wie es auch auf dem Etikett steht.«

»Gut, schau her.« Thalia deutete auf einen Reliefzyklus. »Ab hier teilt sich die Große Göttin den Raum mit einem männlichen Gefährten, der meist als ihr Sohn oder Geliebter dargestellt ist. Das fängt an, als die Gesellschaft einen Zusammenhang zwischen Geschlechtsverkehr und Babys herstellt. Und etwas weiter finden wir Göttin und Gott schon gleich groß.« Ihr Finger folgte der Spirale. »Ab da geht es immer schneller. Die Göttin wird immer kleiner, bis wir zum Ende der Geschichtslinie kommen.«

Sie folgte der Spirale mit dem Finger bis zum Ende, wo eine große männliche Gestalt allein an der Einfassung aus Schlangen und Blätterwerk stand. Am äußeren Rand befand sich eine dünne Inschrift.

»Was bedeuten die Schriftzeichen?«, fragte Zoe.

»Jahwe«, antwortete Thalia.

»Faszinierend.« Zoe stand auf und rieb sich die müden, überanstrengten Augen, die so lange auf die winzigen, kunstvollen Reliefs und feinen Inschriften gestarrt hatten. »Und du sagst, die Veränderungen des Gottesbildes spiegelten Entwicklungen der Kultur wider.«

»Kein Zweifel«, sagte Thalia und streckte die Hand aus. »Komm, hilf mir auf.« Zoe schaute diese erstaunliche Frau an, eine brillante Expertin, die in die Probleme ihres Vaters verstrickt war. Nicht ein einziges Mal hatte sie sich in den vergangenen Monaten darüber beklagt, dass man sie seinetwegen mit Erpressung zur Arbeit hier zwang. Die traurige Aussicht, sie nie wiederzusehen, legte sich schwer auf Zoes Brust. Thalia nahm ihre Hand, und Zoe spürte Kraft und Liebe – die seltene Nähe zu einer verwandten Seele, die aus den Monaten gemeinsamer intensiver geistiger Arbeit erwachsen war. Thalia hatte Zoe Kraft gegeben und ihr in den letzten Tagen ein besseres Verständnis für die weit zurückreichenden Echos menschlicher Kultur vermittelt.

Thalia schaute sie mit offen besorgter Miene an. Zoe wandte den Blick ab und half ihr auf die Füße.

»Alles okay?«, fragte Thalia.

Zoe mied ihren Blick. »Klar.«

»Ich meine, wenn du reden willst …«

Die bevorstehende Trennung stand drohend zwischen ihnen. Thalia ahnte, dass sie für Zoe den Tod bedeuten würde, das war Zoe klar.

»Nein«, log Zoe, »nicht nötig.« Sie hätte nur zu gern mit ihr geredet, ihre Sorge gemildert und ihr erzählt, wie sie ihre Flucht bewerkstelligen wollte. Aber jede Unachtsamkeit, jede noch so harmlose Kleinigkeit, die unbeabsichtigt nach außen dränge, würde ihre Pläne vereiteln. Es würde ohnehin schon schwer genug, die Sache durchzuziehen. Alles musste wie am Schnürchen und in aller Heimlichkeit ablaufen.

»Wenn du dir sicher bist …«

»Ganz sicher«, fuhr Zoe sie barscher an, als sie beabsichtigt hatte. Thalia runzelte verdutzt die Stirn.

Lange schauten sie sich an: die blasse, sportlich schlanke Amerikanerin und die große, imposante Russin mit dem dunklen Teint und dem roten Lockenkopf. Zoe meinte, in Thalias dunklen Augen ein Verstehen aufleuchten zu sehen, und ein leichtes Lächeln glättete die Sorgenfalten auf ihrer Stirn.

»Eigentlich möchte ich wirklich mehr hierüber erfahren.« Zoe deutete auf die Steintafel. »Ich meine, die Jungs sind ja wohl kaum eines Tages aufgewacht und haben sich gesagt: ›Wir sind auch am Kindermachen beteiligt und ohnehin stärker, also nehmen wir uns jetzt das ganze Land.‹«

Thalia starrte sie ungläubig an. »Ich weiß ja nicht, was du ausheckst, und ich will es auch gar nicht wissen. Aber ich hoffe, Gott ist auf deiner Seite.«

»Das ist sie bestimmt«, sagte Zoe und wunderte sich selbst über ihren unerschütterlichen Glauben. Dann nickte sie zu dem Stein hinüber. »So, und jetzt erzähl.«

»Du hast recht. Dieser Wandel dauerte eine Weile. Vergiss nicht, dass der kulturelle Übergang von der Göttin zu Jahwe sechs- bis achttausend Jahre brauchte. Ich glaube, das Paradies herrschte in einer Zeit, als die Urmenschen ungestört in kleinen Siedlungen lebten, die meist keinen Kontakt zueinander hatten. Aber Frauen änderten das alles und gruben damit der Großen Göttin eine Grube.

Frauen erfanden die Landwirtschaft, weil sie durch die Kinder angebunden waren. Sie konnten das Weben erfinden und Wildgetreide kultivieren, während sie ihre Babys stillten und am Leben erhielten … bei der Jagd ging das schlecht. Also bauten sie Pflanzen an, und schließlich erkannte die Gesellschaft, dass sich auf diesem Weg Nahrungsmittel gewinnen ließen. Der Ackerbau ließ die Familien größer werden. Die Frauen der Jäger-und-Sammler-Gesellschaften mussten sich zwischen den Babys vier bis fünf Jahre Zeit lassen, weil sie viel durch die Gegend zogen und die Mütter nicht so viele Kinder tragen konnten. Außerdem konnten sie ohne Ackerbau gar nicht so viele Kinder ernähren. Aber als die Familien mit ihren Feldern sesshaft wurden, war Mobilität nicht mehr überlebenswichtig, und die Babys konnten in immer kleineren Abständen kommen.

In dem Maße, wie die Siedlungen wuchsen und miteinander in Konkurrenz gerieten, erlangte die Körperkraft der Männer zunehmend größere Bedeutung. Damals kam die Landwirtschaft richtig in Schwung, weil man Bauern brauchte, um ein stehendes Heer, eine staatliche Bürokratie und so weiter zu unterhalten – Jäger-und-Sammler-Gesellschaften produzieren einfach nicht genug Nahrungsmittel, um das zu ermöglichen. Aber die Landwirtschaft schuf ihre eigenen Probleme: Sie brauchte Land, das sie für sich beanspruchen und von dem sie andere fernhalten musste. Außerdem löste sie einen Bevölkerungsboom aus, denn je mehr Felder bewirtschaftet wurden, umso mehr Menschen konnte die Gesellschaft ernähren, und je mehr sie ernähren konnte, umso mehr Menschen hatte sie.

Vorher war es selten zu Konflikten gekommen, aber das Bevölkerungswachstum hatte zur Folge, dass die Menschen nun gegen andere kämpfen mussten, um ihre Häuser und Gemeinschaften zu schützen. Das Sicherheitsbedürfnis trieb die Zivilisation dazu, sich von kleinen lokalen Siedlungen zu vollwertigen Staaten zusammenzuschließen.«

»Also, wenn ich diesem Gedankengang folge«, überlegte Zoe, »heißt das: Die Männer fühlten sich durch ihre neue Macht gestärkt und erkannten, dass sie der Göttin, die sie anbeteten, keineswegs auf Gedeih und Verderb ausgeliefert waren, und daher wollten sie ein Wörtchen mitzureden haben und führten den männlichen Gott ein.«

»Sie wollten außerdem eine Scheibe der irdischen Güter abhaben. Das matrilineare System gab allen Besitz von Frau zu Frau weiter. Die Erbfolge der Kinder richtete sich nach der mütterlichen Linie, weil es keine Möglichkeit gab, die Vaterschaft festzustellen.

Kulturell gesehen waren die Männer auf Dauer imstande, das zu ändern. Sie waren groß und stark, aber die religiösen Überzeugungen der Gesellschaft waren zu tief verwurzelt, als dass sie den Frauen das Land und den Besitz einfach hätten wegnehmen können. Ich glaube nicht, dass es eine bewusste Entscheidung war ... keine riesige gezielte Verschwörung, aber im Laufe der Jahrtausende entwickelten sich Ehe- und Sexualgesetze, die in ihrer Auswirkung die Vaterschaft etablierten. Monogamie und das Verbot von außerehelichem Sex boten dem Mann eine Gewissheit, welche Kinder von ihm waren, so dass sich der Besitz nach den neuen Regeln aufteilen ließ. Anfangs hatten Männer nach und nach teil am Besitz, letztlich nahmen sie natürlich alles und reduzierten Frauen auf eine Ebene, wo sie nur noch Teil des Eigentums waren. Aber um diese Regeln durchzusetzen, mussten sie sich auf die Autorität Gottes berufen, damit sich alle aus Angst daran hielten.«

»Du meinst also, die Menschen schaffen sich den Gott, den sie brauchen«, sagte Zoe und dachte mit Unbehagen an den vorigen Abend und ihr erstes Gebet seit Jahren. »Nach dieser Theorie ist Gott eine zweckdienliche Schöpfung der Menschen, um das Unbekannte zu erklären, und sie verändern ihn – sie – entsprechend ihren Bedürfnissen.«

Thalia deutete mit dem Kopf auf die Steintafel. »Gott verändert sich nicht. Das ist zumindest meine Überzeugung. Nur unsere Interpretation Gottes verändert sich mit dem Wandel der Kultur. Das versucht uns der Künstler meiner Ansicht nach zu sagen.«

»Schau her.« Thalias Finger folgte einer kleinen Linie aramäischer Schrift neben dem Relief der Großen Göttin. »Sieh dir an, wie sich die Gesetze zur Vergewaltigung änderten, als die Macht der Göttin abnahm: Wenn ein Sumerer um 2000 v. Chr. eine Frau vergewaltigte, wurde er hingerichtet, egal ob die Frau verheiratet war oder nicht. Wenn ein Mann tausend Jahre später eine unverheiratete Frau vergewaltigte, hatte der Vater der Frau das Recht, die Frau oder Tochter des Vergewaltigers zu vergewaltigen. Alternativ gab es Gesetze, die verlangten, dass die vergewaltigte Frau ihren Vergewaltiger heiratete.«

»Krank.«

»Mmhm, aber es steht alles schon in der Thora geschrieben, und es kommt noch schlimmer. War das Vergewaltigungsopfer verheiratet oder verlobt, musste sie getötet werden. Jetzt denk mal dran, dass christliche, jüdische und islamische Fundamentalisten heute überzeugt sind, sie müssten diese Gesetze buchstäblich befolgen.«

»Ziemlich deprimierend«, sagte Zoe. »Im Grunde verloren die Frauen also in dem Maße, wie die Verehrung der Großen Göttin unterdrückt wurde, ihr Land, ihren Besitz, das Recht, ihren Familiennamen an ihre Kinder weiterzugeben, und sie wurden zu bloßem Fleisch – zum Eigentum der Männer, die mit ihnen spielen konnten.«

»Selbst heute noch lernen orthodoxe Juden täglich zu beten: ›Gepriesen seist du, O Herr, unser Gott, König der Welt, dass du mich nicht als Frau geschaffen hast.‹ Und Mohammed sagte, als Eva erschaffen wurde, habe Satan frohlockt. Es steht alles hier drin.« Thalia tippte mit dem Finger auf den Steinfries. »Und genauso in der Bibel, im Koran, in der Thora. Sexualvorschriften und Bestrafungen zielten auf Frauen, richteten sich gegen Frauen. Das war der Anfang der uralten Doppelmoral. Moral und Jungfräulichkeit gelten für Frauen, damit die Vaterschaft an den Kindern gesichert ist.«

Lange schwiegen sie nachdenklich und spürten die Last der Jahrtausende. Schließlich brach Zoe den Bann.

»Was bedeuten die Blätter und Schlangen am Rand?«

»Das ist ein frecher Kommentar des Künstlers«, sagte Thalia. »Blasphemie, wenn ich es richtig deute.«

»Wieso?«

»Der Künstler drückt damit aus, dass die bestehenden Mächte die Große Göttin nicht vollends loswerden konnten. Die Schlange und das Blatt der Maulbeerfeige – um das handelt es sich nämlich – sind zwei der stärksten Symbole der Großen Göttin. Deshalb stellten die Verfasser der Genesis Satan als Schlange dar – sie sagten damit, die

Große Göttin sei böse. Sie mussten sie so schlecht wie möglich machen, damit sie ihre Tempel schließen und ihre Verehrung verbieten konnten.«

»Das nennt man dann Meinungsbildung.«

»Wohl eher: den Schwanz mit dem Hund wackeln lassen«, sagte Thalia. »Die Maulbeerfeige war ihr Tempel, deshalb sieht man die Propheten der Thora gegen die Altäre unter diesen Bäumen wettern. Hier verehrten die Menschen die Große Göttin auch noch, als Jahwe als offizieller Staatsgott galt. Zu diesem Kult gehörte es, die Frucht des Maulbeerbaums zu essen – die mehr Beerentrauben ähnelte als den Feigen, die wir heute kennen. Wenn die Gläubigen diese Frucht aßen, hatten sie Anteil am Leib der Göttin.«

»Sind das die Wurzeln der christlichen Kommunion?«

Thalia nickte. »Das ist aber nur eines der Elemente, die Christentum und Judentum von der Vergangenheit übernahmen. Sie verleibten sich genug von der alten, verbotenen Religion ein, um die Sehnsucht der Menschen danach zu befriedigen ... kooptieren und erobern. Aber die große Göttin war die, die zuletzt lachte.«

»Inwiefern?«

»Die Griechen modelten sie in Kybele und Artemis um. Aber selbst nachdem Konstantin im gesamten Reich den Göttinnenkult per Dekret verboten hatte, machten die Gläubigen aus den Heiligtümern der Göttin einfach Kultorte der Heiligen Jungfrau. Das ist eines der Dinge, die die alten Herren im Vatikan beunruhigen. Sie wissen genau, dass die Marienverehrung nur eine spärlich kaschierte Anbetung der Großen Göttin ist.

Aus diesem Grund mussten auch die Römer und mein Volk Jesus umbringen. Er sah Frauen als gleichberechtigt. Für die jüdischen und die christlichen Gnostiker war Gott sowohl männlich als auch weiblich. Auch die Essener, von denen die Qumran-Schriftrollen stammen, glaubten, dass Gott sowohl Mann als auch Frau war. Sie konnten nicht mal alle Bücher der Heiligen Schrift nach ihrem Geschmack abändern. Aus dem Buch der Sprichwörter und dem Buch der Weisheit geht das klar und deutlich hervor, wenn sie die Weisheit als weiblich bezeichnen. ›Sophia‹ ist das griechische Wort für Weisheit.«

»Sophia?« Zoe blieb fast das Herz stehen. Ein Schauer der Erregung ließ ihre Haut prickeln. »Ich glaube, sie war vielleicht ein weiterer Messias.«

»Ich *weiß*, dass sie das war«, bestätigte Thalia. »Ich habe gehört, wie unsere Mafia-Freunde darüber geredet haben, was sie in Kreuzlingen eigentlich gesucht haben.«

»Mein Gott«, flüsterte Zoe. »Es passt alles zusammen.«

Thalia nickte. »Ich glaube, beim Konzil von Nizäa ging es in Wahrheit ebenso sehr um Sophia wie um Christus. Die orthodoxen Christen hatten das Wort ›Weisheit‹ durch den männlichen Begriff ›Logos‹ ersetzt. Die eigentlichen Gegner, die wahren Ketzer waren diejenigen, die vertraten, die Kirche solle zu ihren Wurzeln zurückkehren – zu Sophia statt Logos – und anerkennen, dass sie ein ursprünglicher und untrennbarer Teil des Schöpfers war. Sie vertraten die Ansicht, dass es falsch sei, Gott auf ein Geschlecht, eine Form oder den Gott nur eines Volkes zu reduzieren. Nach ihrer Auffassung hieße das, dem Grenzenlosen menschliche Grenzen zu setzen, und das sei Blasphemie.«

»Sie haben offensichtlich verloren.«

»Bis jetzt«, sagte Thalia.

»Aber diese Vorstellung vertritt auch unser Künstler hier«, sagte Thalia. »Siehst du diese Inschrift, die um den ganzen äußeren Rand herumläuft? Das Wort, das alles andere umfasst, von Gott als Mann, Frau und Kind bis hin zu Gott als Jahwe?«

Zoe kniete sich hin und strich über die uralte Schrift.

»Hier steht auf Aramäisch immer wieder dasselbe Wort«, sagte Thalia. »Ein Name: Sophia.«

Zoes Finger zuckte zurück, als habe sie sich an der Schrift verbrannt.

Kapitel 17

In den finsteren Morgenstunden gegen 3 Uhr saß Zoe Ridgeway in ihrer Zelle vor ihrem antiquierten Computer und fluchte.

»Verdammt!« Sie schlug mit der Hand auf den Tisch. »Ich kann diesen Mist jetzt nicht gebrauchen! Nicht jetzt.« Ständig war die Festplatte des PCs voll, als sie versuchte, sämtliche eingescannten Fotos, Dokumente und detaillierten Herkunftsnachweise, die Max sorgfältig geführt hatte, vom Hauptserver herunterzuladen.

Zoe öffnete den Windows Explorer und suchte nach weiteren Dateien, die sie löschen konnte. Sie brauchte mehr Speicherplatz. Dabei tröstete sie sich mit dem Gedanken, dass der Hauptserver im Atelier noch nicht abgeschaltet und abtransportiert war wie die meisten anderen Dinge. Als man sie an diesem Abend in Handschellen in ihre Zelle zurückgebracht hatte, herrschte im Lagerhaus plötzlich hektische Betriebsamkeit. Abendessen gab es erst spät und statt von Mövenpick kam es von McDonald's. Die zuverlässige Berechenbarkeit der letzten Monate war wie weggewischt von einer Hektik, die sie an den Männern förmlich riechen konnte. Ihnen war sicher klar, dass ihr das auffallen musste, vermutete sie. Vielleicht glaubten sie, es würde ihr Angst machen.

Aber die Aussicht auf Freiheit erfüllte sie mit einer Heiterkeit, die jegliche Angst aus ihren Gedanken vertrieb. Zoe machte sich mit boshafter Freude daran, Dateien von ihrem PC zu löschen, und entfernte alle unnötigen Bilder, Ordner und Anwenderprogramme. Dann leerte sie den

Papierkorb. Das brachte weitere 160 Megabyte. Entschlossen, so viele Daten wie möglich mitzunehmen, kopierte sie weiter Dateien, während die Minuten auf dem Monitor dahintickten.

Während die Dateien vom Hauptserver auf ihre Festplatte wanderten, schaute sie sich noch einmal die Fluchtvorbereitungen an, die sie getroffen hatte. Sie hatte das Bett zerlegt. Der Heizlüfter lag mit der Vorderseite nach unten neben dem Schreibtisch auf dem Boden und war in die Wandsteckdose neben der Tür gesteckt. Sie rieb sich die kalten Hände und wärmte sie einen Moment in ihren Achselhöhlen. So laut und schwächlich der Heizlüfter auch gelaufen war, hatte die Kälte doch merklich zugenommen, seit sie ihn abgeschaltet hatte. Eine Jacke hatten ihre Entführer ihr nie gegeben. Also trug sie in dieser Nacht zwei T-Shirts – alle, die sie hatte –, ihr einziges kariertes Flanellhemd und die Wollhose. Die Halbschuhe aus billigem Lederimitat fielen schon auseinander, mussten sie aber so weit tragen, wie sie heute Nacht kommen würde.

Ein Nagelknipser – das größte Werkzeug, das man ihr in ihrer Zelle erlaubt hatte – lag auf dem Tisch neben der Computermaus. Der Knipser und seine winzige Nagelfeile waren verbogen und verdreht von ihrem erfolgreichen Angriff auf die Befestigungsschrauben der Festplatte und die Abdeckung des Heizlüfters.

Während die Festplatte surrte und klickte, schweifte ihr Blick an die Decke zu dem Federrahmen, der bisher ihre Matratze getragen hatte. Nun war er mit einem Seil, das sie aus Streifen ihres Bettlakens geknotet hatte, am Wasserrohr der Sprinkleranlage befestigt. Ein Ende des Stoffseils war mit der Mitte des Drahtgeflechts verknotet, das wie ein schlaffes, umgekehrtes V herunterhing. Von dort lief das Seil über das Wasserrohr hinunter zu einem Bein ihres Schreibtischs.

Zoe war so in ihre Gedanken vertieft, dass sie kaum noch hörte, wie der Computer die Daten aus dem Netzwerk auf ihre Festplatte schaufelte. Noch einmal ließ sie prüfend den Blick über ihre Vorbereitungen schweifen, dachte den Plan durch und suchte nach etwaigen Fehlern. Jeder Schritt musste reibungslos funktionieren, wenn sie die Sonne je wiedersehen wollte.

Wenn sie Seth je wiedersehen wollte.

Sie hatte das Elektrokabel des Heizlüfters mit dem hängenden Federrahmen verbunden. Dazu hatte sie eine Ader des Kabels mit dem Nagelknipser aus der Ummantelung gelöst, die Isolierung entfernt und die Litze in zwei gespleißt. Anschließend hatte sie vom Verlängerungskabel Stecker und Steckdose abgeschnitten und an beiden Enden zwei der drei Adern von der Isolierung befreit. Diese beiden freigelegten Litzen hatte sie an einem Ende des verstümmelten Verlängerungskabels fest mit der zweigeteilten Litze des Heizlüfterkabels verdrillt und mit Streifen des Bettlakens umwickelt, mehr um sie zu fixieren als sie zu isolieren. Diese Verbindung hatte sie dann mit weiteren Streifen des Bettlakens an einem Bein des Schreibtischs befestigt, damit sie nicht bei der ersten Bewegung auseinandergehen konnte.

Als Nächstes hatte Zoe das freie Ende des Verlängerungskabels mehrmals um den Federrahmen geschlungen, um es von Zug zu entlasten. Schließlich hatte sie die beiden freigelegten Litzen des Verlängerungskabels in einem Abstand von einigen Zentimetern um das Drahtgeflecht des Federrahmens gewickelt und ebenfalls mit Bettlakenstreifen befestigt. Der Strom, der zum Heizlüfter floss, würde nun einen Umweg nehmen: Aus der Steckdose würde er über ein Ende der gespleißten Litze in das Verlängerungskabel, durch den Federrahmen und die andere Litze der Verlängerung wieder in das Heizlüfterkabel und weiter zur Heizspirale fließen.

Vielleicht floss der Strom aber auch umgekehrt. Nein, dachte sie, wenn sie sich richtig an das erinnerte, was ihr Dad ihr beigebracht hatte, floss Wechselstrom in beide

Richtungen. Egal. Wichtig war nur, dass der Federrahmen den Stromkreis schloss, wenn sie den Heizlüfter einsteckte, und unter 220 V Spannung stand. Zoe klopfte auf ihre Hosentasche und spürte den harten Stecker, den sie vom Verlängerungskabel abgeschnitten hatte. Sie hatte alle drei Adern von ihrer Isolierung befreit, fest miteinander verdrillt und mit den restlichen Bettlakenstreifen sorgfältig isoliert.

Zoe war so in die Überprüfung ihrer Vorbereitungen vertieft, dass sie gar nicht hörte, wie die Festplatte zu arbeiten aufhörte, nachdem sämtliche Dateien kopiert waren. Das Knarren von Schritten im Raum über ihr holte sie zurück in die Gegenwart. Wie eine kalte, stählerne Hand legte sich Angst um ihr Herz. In den letzten Monaten hatten die Männer ihre Zelle ab und an mitten in der Nacht überraschend inspiziert.

Ob sie das so kurz vor dem Ende ihrer Aktion wieder tun würden? Oder würden sie jetzt kommen, um die Geschichte mit ihr zu Ende zu bringen?

Bitte, Göttin, betete sie, *lass ihn nur zum Klo gehen*.

Die Vorstellung, dass der Hüne und sein Partner Sergejew in ihrer Zelle auftauchen könnten, bevor sie ihre Vorbereitungen abgeschlossen hatte, ließ Zoe aufspringen. Ohne sich darum zu kümmern, ob sie alle Daten, die sie haben wollte, vom Server heruntergeladen hatte, drückte sie auf den Netzschalter des PCs und schaltete ihn aus. In einem Anflug von Hysterie dachte sie, dass sie wohl zum ersten Mal Windows 95 ausgeschaltet hatte, ohne den Computer sicher herunterzufahren. Aber in den nächsten Minuten würde sie manches tun, was alles andere als sicher war.

Sobald der PC abgeschaltet war, löste Zoe die Kabelverbindungen und zog die Festplatte heraus. Sie hatte etwa die Breite und Dicke eines Taschenbuches, war aber kürzer. Sie passte genau in die hintere rechte Tasche ihrer Hose.

Im Zimmer über ihr war es still.

»Die Zeit ist reif, Schätzchen«, sagte Zoe laut. Selbst wenn die Männer jetzt noch nicht zu ihr kamen, gab es keinen Grund, die Countdownphase hinauszuzögern, die sie im Kopf immer wieder geübt hatte, seit ihr in der vergangenen Nacht ihr kompletter Fluchtplan eingefallen war.

Sie hielt einen Moment inne und senkte den Kopf. »Göttin«, betete sie laut, »das ist dein Plan. Mir wäre er niemals eingefallen. Bitte hilf mir, dass ich alles richtig mache.« Sie öffnete die Augen und richtete den Blick nach oben. »Bitte.«

Sie hörte, wie oben die Toilettenspülung betätigt wurde und das Wasser durch das dicke schwarze Abflussrohr in der Ecke ihrer Zelle rauschte. Die Toilette. Das war ein gutes Zeichen, dachte sie.

Wie ein Automat spulte Zoe nun sämtliche Schritte planmäßig ab. Zuerst steckte sie den Heizlüfter ein. Dann stellte sie den Computer und den Monitor auf den Boden und räumte den Schreibtisch frei. Danach faltete sie die dünne, klumpige Matratze auf ein Drittel ihrer Größe zusammen und legte sie auf ein Ende der Tischplatte.

Als Nächstes baute sie aus dem zerlegten Bett und den letzten Streifen des Bettlakens eine knöchelhohe Stolperfalle. Bemüht, ihre Hände ruhig zu halten, nahm Zoe das letzte Teil des Bettes, ein Metallbein mit einer langen, angeschweißten Gewindestange, mit der man es am Bettrahmen befestigen und mit einer Flügelmutter fixieren konnte. Sie legte das Metallbein auf den Schreibtisch und löste vorsichtig das Bettlakenseil, an dem der stromführende Federrahmen hing.

Ihr Herz raste wie ein führerloser D-Zug, als Zoe sich die Hände abwischte und auf den Schreibtisch kletterte.

»Bitte hilf mir«, betete sie wieder, »ich schaffe das nicht allein.«

Entschlossen atmete sie tief durch, nahm das Metallbein und schlug damit nach dem Sprinklerkopf, der ihr am nächsten war. Ein metallisches Dröhnen hallte durch die Zelle und löste sofort Rufe im Zimmer darüber aus. So hatte sie sich das nicht vorgestellt.

»Mist!«, knurrte Zoe. Wieder schwang sie das Metallbein, und dieses Mal rutschte es von dem Wasserrohr ab und glitt ihr aus den schweißnassen Händen. Über ihr wurden die alarmierten Schreie immer lauter.

Zoe kämpfte gegen die Panik an, die in einer erstickenden Flut aus ihrem Bauch hochstieg, kletterte vom Schreibtisch, befestigte das Lakenseil an einem Schubladengriff und hob das Metallbein auf. Hektisch kletterte sie wieder auf den Tisch und schwang mit beiden Händen die Stange, so fest sie konnte. Sie hatte auf die kleine Schmelzsicherung gezielt, die normalerweise auf Hitze reagierte. Aber dieses Mal traf das Metallbein den Sprinklerkopf am Ansatz und riss ihn ab.

Ihre Mühe wurde mit einer Sturzflut belohnt, die augenblicklich den Boden der Zelle mit Wasser bedeckte. Gleichzeitig hörte Zoe eines der schönsten Geräusche ihres Lebens: den Feueralarm des Industriegebäudes, den der sinkende Wasserdruck in der Sprinkleranlage ausgelöst hatte. Erleichterung durchflutete ihren Körper. Sie hatte keine Ahnung gehabt, ob die Sprinkleranlage noch in Betrieb war und ob sie mit einem Alarmsignal verbunden war, wie es in den Vereinigten Staaten üblich war.

»Ich danke dir, Göttin!«

Einen Moment lang fragte Zoe sich, wie lange die Züricher Feuerwehr wohl brauchen mochte, bis sie den Einsatzort erreichte. In jedem Fall wäre es nicht schnell genug für sie. Über ihr mischten sich chaotische Geräusche in den Feueralarm: Schreie, Konfusion.

In aller Ruhe nahm Zoe das Lakenseil wieder in die Hand, schaltete das Licht aus und wartete. Im Dunkeln hörte sie die Geräusche deutlicher. Das Plätschern aus dem zerbrochenen Sprinklerkopf klang tiefer, je höher der Wasserspiegel im Raum stieg. Nach einer Ewigkeit, die wie in Zeitlupe dahinkroch, waren Schreie auf dem Gang vor ihrer Zelle zu hören. Sie erkannte die wütenden Stimmen des Hünen und Sergejews. Unmittelbar darauf klackte es im Schloss, die Tür flog auf, und die beiden Männer tauchten auf. Dämmriges Licht von einer schwachen Glühbirne am Ende des Korridors sickerte durch die Türöffnung. Wasser strömte in den Flur.

Zoe drückte sich flach in den Schatten der Wand und ließ das Seil los. Der Hüne hörte das Geräusch. Er schaute nach oben und hob die Hände dem Drahtgeflecht entgegen. Einen Augenblick später brüllte der Riese vor Schmerz, der aus den tiefsten Tiefen seiner Seele zu kommen schien. Ein lautes, tiefes elektrisches Knistern erfüllte den Raum. Lichtbögen blitzten auf wie von Kameras. Der Hüne taumelte nach vorn und verfing sich mit den Füßen in der Stolperfalle, die sie aufgebaut hatte.

Hinter ihm tappte Sergejew schwungvoll ins Wasser. Noch bevor er seinen am Boden liegenden Kollegen erreicht hatte, ließ er die Waffe fallen und krampfte sich unter der tödlichen Stromspannung zusammen, die durch das Wasser auf dem Boden floss. Eine halbe Ewigkeit blieb Zoe wie angewurzelt stehen. Die Schmerzenslaute, die die Qualen der Männer eindringlicher vermittelten als alle Worte, trafen sie mitten ins Herz. Entsetzt stand sie im Schatten und sah, wie die Männer sich am Boden wanden. Plötzlich verstummte der Hüne, und sein Zucken wurde schwächer. Sergejew schaffte es mühsam, auf die Knie zu kommen und sich zur Tür umzudrehen, aber der Strom floss weiter und ließ ihn bald mit dem Gesicht zuerst ins Wasser fallen. Wie dem Hünen versagten auch ihm die Stimme und die Kontrolle über seine Muskeln.

Zoe wartete. Schon bald erfüllte der durchdringende Gestank nach Urin und Exkrementen die Zelle. Nun wusste sie, dass die beiden tot waren. Oder fast tot. Sie warf die Matratze auf den Boden, um sich einen Weg zur Tür zu bahnen. Dann prägte sie sich die Szene in ihr Gedächtnis ein, legte sich flach auf den Schreibtisch und zog den Stecker des Heizlüfters aus der Dose. Sie holte den abgeschnittenen Stecker des Verlängerungskabels mit den verbundenen Litzen aus ihrer Hosentasche und steckte ihn in die Steckdose. Sofort ging das schummrige Licht im Korridor aus, da ihr Stecker einen Kurzschluss auslöste.

Mit dem Metallbein des Bettes bewaffnet, tastete Zoe sich zur Tür und versuchte, auf der Matratze zu bleiben, den Todesgeruch zu ignorieren und die Todesqualen zu vergessen, die sie den Männern zugefügt hatte.

Im Flur hörte sie neue Geräusche: Sirenen! Ihr Herz tat einen Sprung, als sie sich an der Korridorwand entlang zu dem Durchgang in die Hauptlagerhalle vortastete. Als sie durch die Tür kam, sah sie, dass hier Licht brannte. Auf der anderen Seite der riesigen Halle blinkte Blaulicht unter einem Rolltor durch. Zwei der Männer, die sie als Vorgesetzte des Hünen kannte, rannten auf das Atelier zu.

Zoe lief in die andere Richtung: zu einer Tür neben einer Laderampe auf der anderen Seite der Halle. Sobald sie in die frische, klare Nacht stürmte, sprach sie ein Dankgebet. Sie lief eine Gasse entlang auf die Blaulichter vor dem Lagerhaus zu, als sich zwei Schatten, schemenhafte Männergestalten, aus der Dunkelheit der Hallenwand lösten.

»Schnell!« Einer der Männer packte sie, während der andere ihr das Metallbein aus den Händen wand.

Abrupt zerrte man sie aus dem Licht in die dunkle Nacht.

Kapitel 18

Die Blaulichter von Streifenwagen, Feuerwehrautos, Krankenwagen und anderen Einsatzfahrzeugen blinkten grell in der Dunkelheit und blendeten Seth Ridgeway, der allein in einem Zugabteil saß und die Wange an das kühle Glas presste. Der Zug kroch langsam auf den Züricher Hauptbahnhof zu.

Seth schaute auf die lodernden Flammen, während er langsam aufstand und die Beine streckte. Er hatte eine lange Zugfahrt hinter sich, über zehn Stunden. Er riss sich vom Anblick der blinkenden Lichter los und schaute in die schwarze Nacht.

»Wo bist du?«, sagte er leise und starrte durch sein gespenstisches Spiegelbild in der Fensterscheibe hindurch.

Bist du da draußen? Sehe ich dasselbe Licht, das jetzt auch auf dich scheint?

Müde rieb er sich die Augen, setzte sich wieder hin und schloss die Augen, um die verspannten Knoten dahinter ein bisschen zu lösen. Er war froh, dass er die sechs Sitzplätze des Abteils für sich allein reserviert hatte. Er hatte Zeit gebraucht, um nachzudenken, und sich nicht von anderen Reisenden ablenken lassen wollen. Außerdem hatte er sichergehen wollen, dass kein Killer neben ihm saß. Es hatte ihn zwar einiges gekostet, war den Preis aber durchaus wert. Rebecca Weinstocks Geld, mit dem er sich diesen Luxus geleistet hatte, würde auch noch für andere unvorhergesehene Ausgaben reichen.

Die Stunden nach dem Überfall im Amsterdamse Bos waren unwirklich wie ein Traum. Ebenso, wie ihm die vergangenen sechs Monate und die letzten 24 Stunden unwirklich vorkamen. Seth war durch die Straßen von Amstelveen gegangen, bis er einen Herrenausstatter gefunden hatte. Der Verkäufer war entsetzt über sein Aussehen, sein Schock schlug jedoch sofort in Verärgerung um, als Seth ihm erklärte, er sei überfallen worden.

Was in gewisser Weise ja durchaus der Wahrheit entsprach.

»Ich bin beschämt«, versicherte der Ladenbesitzer immer wieder. »Das ist in Holland wirklich nicht üblich. Wir sind ein friedliebendes Volk.« Immer wieder entschuldigte der Mann sich, während er Seth half, eine neue Garderobe auszusuchen. Anschließend begleitete er ihn persönlich die Straße hinunter in den Laden eines Freundes, der Koffer verkaufte. Für die zwei Taschen, die Seth sich aussuchte, musste er ihm das Geld förmlich aufdrängen. Als er wieder bei dem Herrenausstatter war, packte er seine neuen Kleider in die Reisetasche. Seinen schmutzigen Mantel und die übrigen Kleider wickelte er sorgfältig um die hässliche, aber schlagkräftige Smith & Wesson Magnum .357 und packte alles in die Umhängetasche.

Die gleiche Geschichte erzählte er auch der mitfühlenden Wirtin in dem kleinen Hotel am Bahnhof. Sie nahm ihn unter ihre Fittiche wie eine Glucke, bestand darauf, die Kniffe aus seinen neuen Kleidern zu bügeln, und entschuldigte sich ebenso wie der Herrenausstatter immer wieder für den Überfall: »Wir sind doch hier nicht in Amerika, wo so was ständig passiert.«

Nach einem ausgiebigen Bad und einem erfrischenden Nickerchen fuhr Seth mit dem Taxi zum Flughafen Schiphol. Dort ließ er den Fahrer warten, während er das Gemälde und das restliche Geld von Rebecca Weinstock aus dem Schließfach holte. Von einer Telefonzelle am Flughafen gelang es Seth, George Stratton eine Nachricht zu hinterlassen. Der Vorfall im Amsterdamse Bos hatte ihm klargemacht, dass es an der Zeit war, seine Alleingänge aufzugeben. Seth erzählte knapp von dem Überfall und von seinem Vorhaben, nach Zürich zu fahren. Dass sich das Gemälde in seinem Besitz befand und er mit Jakob Jost verabredet war, sagte er allerdings nicht. Schließlich musste er noch etwas als Verhandlungsmasse in der Hand behalten.

Im Hotel trank er eine heiße Schokolade, die der Portier ihm aufs Zimmer brachte, und sank in das frische, saubere Bett. Er schlief unruhig, verfolgt von den jüngsten Bildern der Toten, die letztlich alle sein Gesicht trugen.

Am nächsten Morgen fiel ihm die Entscheidung nicht schwer, die Buchung für den Flug nach Zürich rückgängig zu machen. Er wollte nicht riskieren, dass man bei der Sicherheitskontrolle seine Waffe fand. Außerdem waren Züge schwerer zu beobachten: Es gab keine Sicherheitsschleusen, keine Warteschlangen in Einerreihen beim Einsteigen, keine zentralen Abfertigungshallen. Und aus Zügen konnte man leichter aussteigen. Deshalb nahm Seth einen Nahverkehrszug, der alle zwanzig bis dreißig Minuten hielt.

Trotzdem hatte er das Gefühl, er hätte mehr tun sollen.

Aber was? Es war schwer, vor Leuten zu flüchten, wenn man nicht einmal wusste, vor wem man davonlief. Schwer, einer Gefahr aus dem Weg zu gehen, deren Gesicht man nicht kannte. Wie hatten sie ihn gefunden? Immer wieder nagte diese Frage an ihm. Durch den Anruf vom Flughafen? Das schloss er aus. Sie hatten unmöglich wissen können, dass er diesen Apparat benutzen würde.

Hatte ihn jemand beschattet, den weder er noch Stratton bemerkt hatte? Unwahrscheinlich. In seinem Wohnviertel in Playa Del Rey war es für Fremde nicht einfach, nicht aufzufallen. Es war keine anonyme Straße.

Stratton? Er hatte Strattons Mann, der vor Seths Haus in Playa Del Rey Wache gehalten hatte, gesagt, dass er nach Amsterdam fliegen wollte. Aber das würde ja bedeuten …

Kälte breitete sich in seinem Körper aus wie Eiswasser. Angenommen, Strattons Mann – oder der, den er für Strattons Mann gehalten hatte – arbeitete für jemand anderen?

»Braun?«

Der Mann in Amsterdam, von dem Seth anfangs angenommen hatte, er arbeite für Stratton, war Priester, wie sich herausgestellt hatte. Ein Priester, der für wen arbeitete? Was hatte ein Priester mit der Sache zu tun?

»Eine kleine, aber einflussreiche Gruppe im Vatikan … eine wesentlich größere Sache, als Ihnen klar ist …«

Ridgeway hatte die letzten Worte des Priesters noch im Ohr. Aber ihm war schleierhaft, was sie bedeuteten.

»Die Dinge … und die Menschen sind nicht immer das, was sie scheinen … Und ebenso gibt es hochrangige Leute sowohl in Ihren Behörden als auch in meiner Kirche, die nicht das sind, was sie scheinen.«

Wie ein Refrain zogen sich diese Äußerungen durch seine Angst. Wer war nicht, was er schien? War Stratton ein anderer als der, für den er sich ausgegeben hatte? Oder der Priester? Oder Rebecca Weinstock?

Und wer hatte sonst noch mit dieser Sache zu tun? Stratton hatte behauptet, Schirinowskis Leute im KGB hätten Rebecca Weinstock umgebracht. Wessen Interessen vertraten sie? Nur Schirinowskis? Die Russlands?

»Unsere kleine Gruppe bemüht sich, die schlimmsten Auswüchse, politischen Kämpfe und Machtspielchen auszurotten …«

Was wollten sie mit dem Gemälde eines obskuren Nazi-Malers?

Seth schüttelte den Kopf über die verschlungenen Wege seiner Gedanken. Jede Antwort auf eine Frage warf sofort zwei oder drei neue Fragen auf. Es war, als ob er …

Plötzlich bemerkte Seth einen Mann, der im Gang vor seinem Zugabteil stehen geblieben war. Er war über 1,80 groß und trug einen langen Wollmantel. Einen langen Wollmantel, der weit genug war, um so gut wie jede Waffe darunter zu verstecken, dachte Seth. Der Mann hatte hellbraunes Haar, und das einzig Auffallende an seinem unscheinbaren Gesicht war die Nase, die aussah, als habe sie mindestens einen schlimmen Bruch hinter sich. Ihre Blicke trafen sich flüchtig. Der Mann nickte höflich, kehrte Seth dann den Rücken zu und schaute im Gang aus dem Fenster.

Erschrocken sprang Seth auf, holte seine neue Umhängetasche aus dem Gepäcknetz und stellte sie auf den Sitz. Im Geiste stellte er sich den Blick des Mannes noch einmal vor. War Erkennen darin aufgeblitzt oder nur die Höflichkeit eines Fremden, der einen anderen grüßte? Kannte der Mann ihn? Erkannte Seth den Mann? Er versuchte sich an die vergangenen Tage zu erinnern, an ein Gesicht, das er in der Menschenmenge auf Flughäfen, Straßen oder Bahnhöfen gesehen hatte. Aber es blieb das Gesicht eines Fremden.

Andererseits suchte man gerade deshalb als Killer oder Spione immer solche Männer aus. Die Unscheinbaren waren immer die besten Killer, weil es schwerfiel, sich an sie zu erinnern oder sie in der Menge zu bemerken. War dieser Mann ein Killer? War er der Killer, der die vermasselten Jobs von Los Angeles und Amsterdam zu Ende bringen sollte?

Seth wollte kein Risiko eingehen. Er öffnete den Reißverschluss der Umhängetasche und holte die Magnum aus ihrem Versteck zwischen seinen alten Kleidern. Er legte die Waffe griffbereit obenauf und schob den Tascheneingriff zusammen, ohne den Reißverschluss zu schließen. Dann setzte er sich neben die Tasche und tat, als lese er interessiert die *International Herald Tribune*.

Der Mann rührte sich nicht vom Fleck. Er blieb eine Weile mit den Händen in den Taschen auf dem Gang stehen, zog dann eine Hand heraus und griff sich vorne in seinen Mantel, wo er Seths Blicken entzogen war. Zog er eine Waffe? Seth fuhr mit der Hand in die Umhängetasche neben ihm. Seine Finger umschlossen den Holzgriff der Magnum, sein Zeigefinger legte sich auf den Abzug.

Der Mann zog die andere Hand aus der Tasche und drehte sich um. Seth spannte die Muskeln an, bereit, die Waffe zu ziehen. Als der Mann sich vollständig umgedreht hatte, sah Seth, dass er ein Päckchen amerikanischer Zigaretten in einer, ein Wegwerffeuerzeug in der anderen Hand hielt.

Als der Mann Seths Blick bemerkte, hielt er das Päckchen lächelnd hoch, um Seth eine Zigarette anzubieten. Seth kam sich albern vor, lächelte und lehnte mit einem Kopfschütteln ab, ein höflicher Austausch unter Fremden. Der Mann steckte sich eine Zigarette in den Mund und zündete sie an. Dann ging er durch eine blassblaue Rauchwolke zum Ende des Wagens.

Mit pochendem Herzen sackte Seth zurück in seinen Sitz und schloss die Augen. Schweiß perlte ihm auf der Stirn. Er öffnete die Augen und wischte den Schweiß ab. Fahlblauer Zigarettenrauch hing im Korridor wie die Überreste eines verschwundenen Zauberers.

Er sah schon Dämonen, wo es keine gab, Schatten, wo nur Licht war.

Mein Gott, er litt allmählich unter Verfolgungswahn!

Für einen Augenblick saß er wieder in einem Streifenwagen an der Ecke Manchester Road und 89th Place, alles war dunkel und unheimlich, überall lauerte der Tod in der Nacht, und der altgediente Polizist am Steuer sagte, nur halb im Scherz, zu Seth: »Hör zu, Junge, denk dran, du musst paranoid sein, wenn alle es nur auf dich abgesehen haben.«

Seth erinnerte sich, dass er anfangs nicht darüber lachen konnte.

Ruckend und ächzend kam der Zug am Bahnsteig zum Stehen.

Kapitel 19

Zoe schaute durch halbgeschlossene Lider in das Zwielicht mit seinen Lichtern, während George Stratton in dem gemieteten Volvo geschickt durch die verschneiten Züricher Straßen fuhr. Auf dem Rücksitz saß ein Mann, den er als Jordan Highgate vorgestellt hatte.

Obwohl ihre Augen vor Müdigkeit und von der Last der letzten sechs Monate schmerzten, war sie viel zu aufgeregt, um zu schlafen. Die vergangenen Stunden wirbelten wie eine Collage aus Farben und Gefühlen in ihrem Kopf herum: Angst und Jubel, Triumph und Schmerz, der verzweifelte Spurt aus ihrem Gefängnis, die Panik in den Händen Unbekannter – dunkle Nacht, Freiheit, Erleichterung.

Sie hatten sie in einem Lieferwagen in eine Art Büro gebracht, wo sie ihr erlaubt hatten, Seth anzurufen.

Aber Seth war nicht an den Apparat gegangen. Dreimal, und jedes Mal hatte sich nur der Anrufbeantworter gemeldet. Dann hatte sie es in seinem Büro in der Uni versucht. Aber da hatte sich auch niemand gemeldet.

»Welchen Tag haben wir heute?«, hatte sie schließlich gefragt.

»Freitag.«

Natürlich, hatte sie gedacht und versucht, sich aus den Gewohnheiten einer Gefangenen zu lösen und wieder wie ein normaler Mensch zu denken. Sicher verbrachte er das Wochenende auf dem Segelboot.

Aber auch da hatte sich niemand gemeldet. Verdammt! Verdammt! Sie hatte unbedingt mit Seth reden, seine Stimme hören wollen. Aber sie hatte ihre Enttäuschung heruntergeschluckt, noch einmal zu Hause angerufen und ihm eine Nachricht auf Band gesprochen: »Ich liebe dich«, hatte sie immer wieder gesagt. Und bevor der Anrufbeantworter sich abschaltete, hatte sie ihm noch gesagt, er solle sie im Eden au Lac zurückrufen.

Und die ganze Zeit war da Wut, vor allem Wut: sechs Monate! Diese Mistkerle im Lagerhaus hatten ihr sechs Monate, ein halbes Jahr ihres Lebens, gestohlen!

Stratton und Highgate hatten Zoe vorerst in einem konspirativen Haus am Rande Zürichs unterbringen wollen. Nein. Sie war hart geblieben. Sie sollten sie ins Eden au Lac bringen, hatte sie ihnen erklärt, sonst wären sie keinen Deut besser als die Ganoven, die sie entführt hatten. Sie hatten Argumente ins Feld geführt, aber Zoe hatte sich durchgesetzt.

Als der Volvo nun den Bahnhofsvorplatz passierte, beugte Zoe sich zu Stratton hinüber.

»Könnten Sie bitte einen Moment anhalten?« Sie deutete auf die Bahnhofstraße, die Haupteinkaufsstraße der Stadt. »Ich war sechs Monate eingesperrt und habe nichts anzuziehen.« Sie warf einen Blick auf ihre Jeans. »So kann ich nicht ins Eden au Lac spazieren.«

Zoe sah sein Grinsen, er lachte beinahe. »Sicher.«

Stratton manövrierte den Wagen auf der engen Einkaufsstraße zwischen den Passanten hindurch, die Weihnachtseinkäufe machten. Highgate ging mit ihr in den Laden, während Stratton im Wagen blieb. Es dauerte länger als einen Moment. Über eine Stunde später, die sie hauptsächlich damit verbracht hatte, American Express davon zu überzeugen, dass sie tatsächlich noch lebte, kam sie mit Highgate wieder heraus. Zoe trug ein leuchtend rotes Strickkleid, neue italienische Pumps und einen schicken, warmen Mantel. Sie hatte die Arme voller edel verpackter Pakete. Highgate hatte die Hände frei, um notfalls zur Waffe greifen und töten zu können, und behielt aufmerksam den Bürgersteig im Auge, als sie zum Wagen zurückgingen.

Stratton fuhr dann auf direktem Weg zum Eden au Lac.

Zoe lehnte sich an die Kopfstütze. Sie schloss die Augen und stellte sich Seths Gesicht vor, wenn er nach Hause käme und ihre Nachricht auf dem Anrufbeantworter abhörte. Sie hoffte, er möge nicht zurückrufen, bevor sie im Hotel eingecheckt hatte. Der Ort war einfach perfekt. Sie würden genau da wieder anfangen, wo sie sie vor sechs Monaten aufgehört hatten.

Er würde herüberfliegen, um sie zu sehen, und bevor er käme, würde sie sich noch mehr Kleider kaufen und sich schön machen, zumindest wollte sie es versuchen.

Zoe hatte die Augen immer noch geschlossen, als der Volvo auf der gepflasterten Zufahrt vor dem Eden au Lac hielt. Sie öffnete die Augen und setzte sich auf.

Vor ihnen lud ein Träger mit mehr Goldtressen auf seiner Uniform als ein russischer General teure Lederkoffer aus dem Kofferraum eines Mercedes. Auf der anderen Seite des Eingangs öffnete ein Portier in der gleichen Uniform einem grauhaarigen Herrn und einer Dame, die mit einer ganzen Zobelzucht behängt war, die Tür. Jenseits der Tür sah Zoe den warmen Lichtschimmer und die gemächlichen Bewegungen von Gästen, die keine Termine hatten. Hier war sie von Seth getrennt worden, und es gab keinen besseren Ort, um wieder zusammenzufinden.

Ein auffallend großer Mann löste sich aus einer kleinen Gruppe an der Tür und kam auf sie zu. Stratton winkte ihm.

»Das ist Ihr Bodyguard, Richard Cartiere«, stellte Stratton ihn vor, während er den Motor ausschaltete. »Wenn etwas passiert, wird Rich auf Sie aufpassen. Er wiegt 130 Kilo, war früher beim Special Air Service und wird jedem ordentlich Schwierigkeiten machen, der Ihnen was anhaben will.«

Zoe fand, er wirkte wie ein wandelnder Berg, als er um den Wagen kam und ihre Tür öffnete.

»Guten Abend«, begrüßte sie den großen Mann. Lächelnd erwiderte er ihren Gruß mit einer Verbeugung. Sie sollte bald merken, dass er ein Mann der Tat war, der nicht viele Worte machte.

Sie stieg aus und folgte Cartiere in die Lobby. Ein Portier eilte herbei, um sich ihrer neuen Kleider anzunehmen.

Seth Ridgeway fluchte verhalten, als das Taxi vor dem Eingang des Eden au Lac hielt, das er am liebsten gemieden hätte. Aber ausgerechnet dieses verflixte Haus war das einzige anständige Hotel in Zürich, das noch Zimmer frei hatte. Verdammt. Er hatte vom Bahnhof aus ein Hotel nach dem anderen angerufen. »Es tut uns sehr leid, mein Herr, aber wir haben Weihnachtssaison«, hatten man ihm überall gesagt. »Es kommen Leute aus dem ganzen Land zu Festlichkeiten, Besuchen und zum Einkaufen. Ich fürchte, wir haben in den nächsten Wochen kein Zimmer frei. Vielleicht ....«

Seth hatte sich höflich bedankt und aufgelegt, um die nächste Nummer anzurufen. Dann hatte er es persönlich in den Hotels versucht, mit dem gleichen Ergebnis. Im Schweizerhof war man hilfsbereiter als in den meisten anderen Hotels. Der Angestellte an der Rezeption hatte mehrere Kollegen anderer Häuser angerufen und schließlich ein Zimmer für Ridgeway gefunden.

»Es ist im Eden au Lac«, hatte er stolz erklärt. »Es ist ein hervorragendes Hotel, liegt aber etwas weiter vom Haupteinkaufsviertel entfernt. Daher konnte ich noch ein Zimmer für Sie bekommen.«

Seth hatte sich um des Angestellten willen bemüht, einen begeisterten Eindruck zu machen, hatte ein großzügiges Trinkgeld gegeben und war zu seinem wartenden Taxi gegangen.

Um den unvermeidlichen Gang in ein Hotel hinauszuzögern, in dem er nicht wohnen wollte, hatte Seth den Taxifahrer zum Abendessen eingeladen. Der Taxameter war weitergelaufen, und Seth hatte alles bezahlt. Der Fahrer war ein türkischer Einwanderer, der ein paar Brocken

Deutsch, aber kein Englisch sprach. Seine Familie lebte noch in der Türkei, und er schickte ihr den größten Teil des Geldes, das er als Taxifahrer verdiente. Er hatte eine Frau und sieben Kinder, sein Ältester war zwölf. Er vermisste sie. Darüber hinaus scheiterte jeder Versuch, ein echtes Gespräch zu führen, an der Sprachbarriere.

Während des Essens verständigten sie sich mit Handzeichen und Mienenspiel. Sie prosteten sich mit dem Château Latour zu, den Seth bestellt hatte. Keiner verstand den Trinkspruch des anderen, aber beide fühlten sich geehrt. Sie sprachen die gemeinsame Sprache von Fremden, die getrennt von den Menschen, die sie liebten, allein in einem fremden Land waren.

Aber die Zeit drängte. Seth musste ins Hotel, bevor die Rezeption sein Zimmer einem anderen Gast gab.

Seths Taxifahrer sprang aus dem Wagen, sobald er stand, und öffnete ihm die Wagentür. Dann öffnete er den Kofferraum und winkte einen Träger heran. Mit einem der wenigen Sätze, die er auf Deutsch konnte, mahnte er den Träger, vorsichtig mit den Taschen umzugehen. Schließlich zog Seth ein Bündel der Geldscheine von Rebecca Weinstock aus seiner Brieftasche, zählte den Betrag ab, der auf dem Taxameter stand, verdoppelte ihn und gab ihn dem Fahrer.

»Frohe Weihnachten«, wünschte Seth dem türkischen Taxifahrer. Der Mann umarmte ihn, küsste ihn auf beide Wangen, stieg in seinen Wagen und fuhr davon.

Seth bemerkte die irritierten Blicke der Portiers und Träger nicht, als er sich umdrehte und zum Eingang ging. Er hoffte, das Geld würde einem schwer arbeitenden Familienvater in der Schweiz mit Frau und sieben Kindern in der Türkei ein schöneres Weihnachten und vielleicht ein besseres Leben bescheren.

Ein Page mit dem hochherrschaftlichen Auftreten eines preußischen Adeligen trug Seth das Gepäck auf sein Zimmer, hängte die Kleider auf, stellte den Thermostaten ein, deckte das Bett auf und zeigte ihm die Bar mit vollen

Flaschen Whiskey und anderen hochprozentigen Getränken und den Kühlschrank mit Champagner, Weißwein, Fruchtsäften und Mineralwasser. Er hieß Klaus und sprach fließend Englisch.

Seth gab ihm ein ausreichend hohes Trinkgeld, damit der Mann ihn in guter Erinnerung behielt, falls er ihn je um einen Gefallen bitten müsste. Flüchtig überlegte Seth, ob er eine Flasche Orangensaft öffnen sollte, und legte sich aufs Bett, um darüber nachzudenken. Dort schlief er in seinen Kleidern ein.

Ein gutes Stück weiter östlich wehte aus dem Inntal der österreichische Wind herauf und stemmte sich gegen die kräftigen Holzwände der Hütte. Die alten Bretter knackten und ächzten unter den stärkeren Böen. Es war nach 2 Uhr nachts, und nur zwei Fenster im obersten Stock des Kardinalsnests waren erleuchtet. Hinter diesen Fenstern ging Kardinal Rudolph Braun in seinem Schlafzimmer hin und her, während er dem Mann am anderen Ende der Telefonleitung zuhörte.

»Sehr gut.« Braun lächelte in den Hörer. »Ich wusste, dass ich mein Vertrauen zu Recht in Sie gesetzt habe.«

Braun hielt das schnurlose Telefon an sein Ohr und hörte zu, während er in sein dunkles, kaltes Arbeitszimmer ging. Er schaltete das Deckenlicht ein und ließ den Blick über die Wände voller Bücher gleiten, unter denen die gebundenen Ausgaben seiner eigenen sieben Bücher standen, die alle in renommierten internationalen Verlagen erschienen waren. Philosophie, Theologie, Geschichte. Die Werke hatten erheblich dazu beigetragen, seinen Einfluss über seine wichtige, aber doch klerikal abgeschiedene Nische in der Hierarchie des Vatikans hinaus auszudehnen.

Noch immer hörte Braun dem hektischen Bericht des Mannes am anderen Ende der Leitung zu, ging an das Bücherregal und holte das Buch heraus, das ihn weltweit in aller Munde gebracht, ihn aus den Hinterzimmern der

Kurie geholt und zum Anwärter auf den Heiligen Stuhl gemacht hatte.

Er betrachtete das Buch abwesend. *Kommunismus als Antichrist*. Es basierte auf jahrelangen, fundierten Recherchen und seinen geheimen Erfahrungen als Leiter des Sekretariats für den interreligiösen Dialog und wandte sich gleichermaßen an Laien und Kleriker. In den schlimmsten Zeiten des Kalten Krieges galt es als Standardwerk für Forscher, die sich ernsthaft mit den Konflikten zwischen Kirche und Staat befassten. Außerdem war es in allen Ländern der freien Welt auf die Bestsellerlisten gekommen und hatte ihn zum herausragenden Ziel für Mordanschläge gemacht.

Nach Erscheinen des Buches war er ein gefragter Gast in Fernsehsendungen und ein beliebter Redner auf religiösen und säkularen Veranstaltungen. Das hatte seinem Aufstieg in der komplexen Hierarchie des Vatikans keineswegs geschadet.

Durch den Erfolg seines Buches konnte er problemlos die mächtigsten Männer in die wichtigsten Kirchengremien bringen. Er ersetzte weniger mächtige Mitglieder durch einflussreichere. Wer sich weigerte, seinen Platz für andere zu räumen, wurde plötzlich zu krank, um sein Amt zu versehen. So wuchs auch sein persönlicher Einfluss, und er wurde zunehmend zur Zielscheibe erbitterter Propaganda und Verunglimpfungen der Sowjets. Und mit jedem Angriff und jedem Attentatsversuch nahm seine Unterstützung innerhalb der Kirche zu. Ein Kardinal nach dem anderen kam zu ihm, und alle sagten das Gleiche: Rudolph Braun würde der nächste Papst werden. Es war nur eine Frage der Zeit.

Aber die Zeit hatte es nicht gerichtet, dachte Braun, als er nun wütend sein Buch wieder in das Regal stellte und an seinen Schreibtisch ging. Verdammte Sowjets mit ihrer verdammten Unfähigkeit! Seine geheimen Aktivitäten hinter den Kulissen hatten ihr Regime geschwächt und den

Sturz des weltweiten Kommunismus beschleunigt. Aber der Zusammenbruch war zu schnell gekommen.

Er vermied es, das Porträt des Pontifex anzuschauen, das hinter seinem Schreibtisch hing. Das hätte ihn nur noch wütender gemacht. Dort hätte sein eigenes Porträt hängen sollen. Aber als der Kommunismus zusammenbrach und in das schwarze Loch seines eigenen geistigen Vakuums implodierte, wendete sich die Aufmerksamkeit, die er bis dahin erfahren hatte, von ihm ab und mit ihr auch die einhellige Meinung, dass er der nächste Papst werden sollte, weil nur er es mit dem internationalen Kommunismus aufnehmen könne.

Braun kehrte dem Porträt den Rücken zu und zog den Stuhl unter dem Schreibtisch hervor. Er hatte sich seinen Zorn natürlich nie anmerken lassen. Nicht einmal seinen engsten Verbündeten innerhalb der Kurie hatte er sich je anders denn als guter Verlierer gezeigt. Er war noch jung, sagten seine Anhänger. Seine Zeit würde kommen, ein anderes Mal, bei der nächsten Wahl.

Als Braun sich an seinen Schreibtisch setzte, fluchte er im Stillen beim Gedanken an seine Niederlage. Die Zeit war viel zu kurz! Jeden Tag hatten die Gläubigen auf der ganzen Welt mehr und mehr zu leiden. Die Ungläubigen gewannen tagtäglich an Boden, die Kirche verlor mit jedem Tag. Die gegenwärtige Kirche hatte ihr Rückgrat verloren, die Disziplin und Unbarmherzigkeit aufgegeben, die sie für die Gläubigen zum strahlendsten Licht der Welt gemacht hatten. Sie war mehr damit beschäftigt, sich für die Vergangenheit zu entschuldigen, als eine Vision ihrer künftigen Größe zu entwickeln.

Niemand merkte es. Nicht der jetzige Papst, nicht die Kardinäle. Keiner von ihnen ahnte, wie wenig Zeit ihnen in Wahrheit blieb. Nur der Erzbischof von Wien wusste es. Und selbst die wenige Zeit, die sie noch hatten, würde sich in nichts auflösen, wenn die Ungläubigen Sophias Grabtuch in ihren Besitz bringen sollten. Es musste etwas geschehen, das war Braun klar, und wieder einmal war er der Einzige, der es tun konnte.

Seine Grübeleien wurden unterbrochen, da der Mann am anderen Ende der Telefonleitung mit seinem Bericht fertig war.

»Sicher«, antwortete Braun in seinem gütigsten Pastoralton. »Sie werden Ihre Sache auch weiterhin gut machen, und unsere Mission wird gesegnet sein, solange wir an unserem Glauben in Jesus Christus festhalten.«

Nachdem Braun aufgelegt hatte, schaute er sich wieder in seinem Arbeitszimmer um und wusste, dass alles sich ändern würde, sobald er die Sophia-Passion besäße, jenes Testament einer Erlöserin, deren Existenz er um jeden Preis geheim halten würde.

Wenn Sophias Geheimnisse ihn erst einmal zum Papst gemacht hätten, würde er Gespräche mit den Oberhäuptern der großen Weltreligionen führen. Die Macht der Sophia-Passion und die Bedrohung, die sie darstellte, würde sie zu Zugeständnissen von ungeahnten historischen Dimensionen zwingen, vielleicht nicht gerade zu einer Vereinigung, aber zumindest doch zu einem Zusammenschluss, um die Kräfte der Weltreligionen unter seiner Ägide zu bündeln.

Es würde funktionieren, davon war er fest überzeugt. Braun kannte den Selbsterhaltungstrieb, der tief in den Bürokratien der etablierten Kirchen verwurzelt war. Sophia bedrohte die Grundfesten der organisierten Religionen der westlichen Welt. Und Braun wusste, dass die Leute, die an der Spitze dieser Religionen standen, alles tun würden, um ihre Kirchen und ihre Position in deren Hierarchien zu erhalten.

Voran, Soldaten Christi! Brauns Unterstützung würde ihnen die nötige moralische Autorität verleihen, um gegen ihre eigenen Feinde vorzugehen. Staatsfeinde und Kirchenfeinde wären ein und dasselbe. Mit dem religiösen Dissidententum würde auch das politische Dissidententum untergehen.

Ihm schwebte nichts Geringeres vor als eine Wiederkehr des alten Heiligen Römischen Reiches, in dem Kaiser und Päpste sich gegenseitig einsetzten und jeder kraft der Autorität des anderen im Namen Gottes herrschte. Vor allem aber ging es Braun um Einheit, Frieden und Harmonie durch die Einheit des Glaubens. Dafür führte er seinen Kreuzzug. Gott ist mein Schwert! Er spürte die Wärme in seiner Brust aufsteigen.

Auch im Westen war die Zeit reif. Politiker, Militärs und sogar normale Bürger waren frustriert über ihre Hilflosigkeit gegenüber Terrorismus und Verfall. Alle waren frustriert und würden eine vielversprechende Gelegenheit ergreifen, sich ihrer Hilflosigkeit zu entledigen. Den Anfang bildete die moralische Autorität. Langsam und behutsam würde Braun seine eigene moralische Autorität ausbauen. Anschließend würde er mit Militärs und Politikern reden, die mehr moralische Autorität als Deckmäntelchen brauchten, unter dem sie sich verstecken konnten.

Und dann würde die ehrfurchtgebietende Maschinerie der öffentlichen Meinungsmache in Gang gesetzt: ganze Armeen von Propagandisten, die über ausgeklügelte Mittel verfügten, um die Fakten und mit ihnen die öffentliche Meinung zu manipulieren. Und was sie nicht manipulieren könnten, würden sie als geheim einstufen. Diese Männer wussten genau, was sie taten. Sie wussten, wie sich Gott und Patriotismus zur Führung des Volkes einsetzen ließen. Sie würden schon den richtigen Ton zu treffen wissen, der in der Bevölkerung auf Resonanz stieße. Und dann käme es zu Gewalt, Blutvergießen und religiöser Intoleranz. Mein Vaterland, im Recht oder Unrecht. Mein Gott hat immer recht, nie unrecht.

Unterschwellig waren die Strömungen bereits vorhanden: Die christliche Rechte nutzte sie ebenso wie die Ayatollahs und die extrem orthodoxen Rabbis in Amerika und Israel. Sie bezogen ihre Stärke aus einem tosenden unterirdischen Strom, und er hatte die Absicht, sie alle für sich einzuspannen.

Kapitel 20

Die Bahnhofstraße in Zürich führt vom Hauptbahnhof etwa anderthalb Kilometer bis zum See. Auf ihr finden Besucher fast alles, was dieser Schweizer Stadt international den Ruf eingetragen hat, unter ihren Bürgersteigen liege Gold.

Banken und Juweliergeschäfte säumen die Bahnhofstraße. In den Banken lagern Geld, Edelsteine, Gold und Wertvolleres als Gold. Die Juweliere verkaufen Gold und Edelsteine gegen Geld, Gold und manchmal auch gegen Wertvolleres als Gold. Bankiers und Juweliere waren schon immer Verbündete, aber nirgendwo haben sie engere Bande geknüpft als auf der Bahnhofstraße in Zürich. Hier sind alle Großen vertreten: Credit Suisse, Union Banque Suisse, J. Vontobel & Co., Sarasin & Cie und viele andere.

Zwischen den imposanten Bankgebäuden mit ihren auffallenden Fassaden und den gepanzerten Mahagonitüren stehen Privatbanken: klein, exklusiv und diskreter als alle anderen in diesem diskreten Gewerbe. Auf den Messingschildern an ihren Türen stehen nichtssagende Namen wie Bertholdier et Fils oder mehrere Namen wie bei einer Anwaltskanzlei. Nichts deutet darauf hin, dass sich hinter der Tür eine Bank befindet. Wer nicht weiß, dass es sich um eine Bank handelt, hat hier nichts zu suchen.

Die Juwelierläden zwischen den Banken arbeiten ganz ähnlich. Die Großen haben Auslagen, die auf den Geschmack des Großbürgertums abzielen, und – nur über eigene Aufzüge mit autorisierter Begleitung zugängliche – Verkaufsräume für Leute, die aller Wahrscheinlichkeit nach gerade aus einer kleinen Bank mit gepanzerter Mahagonitür kommen.

Seth bezahlte sein Taxi an der Seeseite der Bahnhofstraße. Es war ein sonniger Tag, und in der klaren Kälte trotzte ein einsames Segelboot dem eisigen Wasser. Aus der Ferne sah es für Seth aus wie der ausgebleichte Hut eines Zauberers, der über den See glitt. Er blieb einen Moment stehen und dachte an einen Sommertag vor über sechs Monaten, als er mit einem gemieteten Boot über den See bis nach Zollikon gefahren war, während er auf Zoes Rückkehr wartete.

Abrupt drehte er sich um und kehrte der Erinnerung an jenen Tag und dem Anblick, der ihn daran erinnerte, den Rücken. Mit schnellen Schritten überquerte er einen kleinen Parkplatz und tauchte in die dichte Menge der Passanten, die Weihnachtseinkäufe erledigten. Es war der 22. Dezember, noch zwei Einkaufstage bis Weihnachten.

Die Bürgersteige der Bahnhofstraße waren voller Kauflustiger, Touristen, Schulkinder, die Ferien hatten, und Männer und Frauen in eleganter, gepflegter Kleidung. Die meisten Frauen trugen Pelze und stolzierten zwischen Limousinen, Banken und Juwelierläden einher.

Seth passte seinen Schritt dem gemächlichen Tempo der Menge an und ging Richtung Hauptbahnhof. An einem kleinen dreieckigen Platz neben einer Straßenbahnhaltestelle blieb er stehen und schaute auf einen Touristenstadtplan, den er heute Morgen an der Hotelrezeption bekommen hatte. Er sah sich um und richtete den Plan in seiner Gehrichtung aus.

Rechts von ihm lagen die gewundenen Gassen der Züricher Altstadt mit ihrem Kopfsteinpflaster und den mittelalterlichen Häusern und Renaissancebauten. Josts Laden lag an einer schmalen Querstraße, die die Bahnhofstraße zwei Häuserblocks weiter kreuzte. Als Seth den Stadtplan wieder in seine Manteltasche steckte, spürte er die tödliche Kälte seiner Magnum.

Mein Gott, dachte er, während er sich durch die Menge zwängte, der Tod folgte ihm wie ein Schatten. Zuerst Rebecca Weinstock auf seinem Boot, dann Tony Bradford und schließlich der Priester in Amsterdam.

Und Zoe.

Hör auf, befahl er sich. Sie lebt. Sie muss noch leben. Tod. Der Tod verfolgt dich. Sie ist tot. Tot. Gestehe es dir doch ein. Du machst dir was vor.

Seth grub die Hände tief in seine Manteltaschen und ging mit gesenktem Kopf eilig weiter, als könne er den Gedanken davonlaufen, die ihn quälten. Falls sie tot wäre ... er versuchte, sich diesen Fall auszudenken, konnte sich aber ein Leben ohne sie nicht vorstellen. Er hastete weiter.

Gerade wollte er rechts in die Straße biegen, die in die Altstadt führte, als er einen tiefen, fesselnden Ton hörte, eine ergreifende Musik, die die ganze Luft um ihn erfüllte und nicht nur sein Gehör, sondern jeden Teil seines Körpers ansprach. Er drehte sich um und suchte die Quelle dieser Töne, die von überall und nirgendwo zu kommen schienen. Die meisten Leute um ihn herum blieben ebenfalls stehen.

Neben ihm beugte eine Frau sich zu ihrer Tochter herunter und sagte auf Deutsch: »Da.« Sie deutete mit dem Finger, und sofort schob sich das Mädchen vor ihrer Mutter durch die Menge. Seth folgte den beiden.

Auf der anderen Straßenseite blies ein bärtiger Mann von etwa zwanzig Jahren in alpiner Tracht in ein Alphorn. Sein Hut lag umgedreht auf dem Bürgersteig. Das Holzinstrument war gut drei Meter lang, hatte die Form einer Meerschaumpfeife und schien förmlich zu vibrieren unter den Tönen, die der junge Mann ihm entlockte und die zwischen den Häusern widerhallten.

Eine gutgekleidete Dame trat zu dem Hut des jungen Mannes, warf einen Geldschein hinein und reihte sich wieder unter die Zuschauer. Mehrere taten es ihr nach, während der junge Bursche die schlichten Melodien und Botschaften spielte, mit denen die Einwohner abgelegener Bergdörfer sich vor Erfindung des Telefons von Bergkamm zu Bergkamm verständigt hatten.

Seth lauschte mit dem ganzen Körper. Ein Ton schmeichelte dem Ohr, ein anderer vibrierte in seiner Brust, der nächste in seinem Kopf. Schließlich warf er einen Fünfdollarschein in den Hut und wandte sich widerstrebend der Straße zu, die ihn zu Josts Laden und hoffentlich zu einigen Antworten führen würde.

Keine zehn Minuten später fand Seth den Laden unter der Adresse, die er hinten auf dem Gemälde entdeckt hatte, das nun wieder im Hotelsafe des Eden au Lac lag. Das Geschäft hatte sich in den vergangenen Jahrzehnten mehrfach vergrößert und einige benachbarte Ladenlokale übernommen, und so fand Ridgeway den Eingang nun in der Augustinergasse 13, ein Haus neben dem ursprünglichen Eingang.

Seth stellte sich an den Rand des Bürgersteigs und musterte die Ladenfront. Er hatte ein vollgestopftes, schlecht beleuchtetes Lädchen mit sonnengebleichten Rahmenleisten im Schaufenster erwartet. Stattdessen fand er ein Etablissement vor, das, soweit er sehen konnte, wie eines der Juweliergeschäfte in der Bahnhofstraße wirkte. »Jakob Jost & Söhne, Kunsthandel« stand in dezenten Messinglettern an der Mauer des Renaissancegebäudes. Es war mittlerweile eine Kunstgalerie, nicht mehr bloß ein Geschäft für Bilderrahmen. In Fensterhöhe waren ein halbes Dutzend Glasvitrinen in die Steinfassade eingelassen, die gerahmte Kunstwerke enthielten. An keinem gab es ein Preisschild. Entweder waren sie nicht zu verkaufen, oder sie waren für Interessenten gedacht, die wussten, was man für Kunst zu zahlen hatte.

Seth bemühte sich nach Kräften, seine Erregung in den Griff zu bekommen, ging entschlossen über den Bürgersteig zu Josts Galerie und trat durch die Glastür.

Dahinter fand Seth einen angenehm elegant gestalteten Raum vor, an dessen hohen Wänden vom Boden bis zur Decke Kunstwerke aller Art hingen. Die einzige Gemeinsamkeit war, dass sämtliche Bilder unerhört teuer wirkten. Ansonsten war der Raum leer bis auf einige dunkle Mahagonimöbel: ein halbes Dutzend mit weinrotem Samt bezogene Sessel, mehrere verschnörkelte Beistelltischchen und in der Mitte ein Tisch mit Marmorplatte. Über den Lehnen zweier Sessel hingen Pelzmäntel wie tote Tiere.

Auf einem Silbertablett in der Mitte des Marmortischs stand eine Kristallkaraffe mit etwas, das nach Sherry aussah, umgeben von einem Kreis kristallener Sherrygläser. Der Kreis wies zwei Lücken auf, und als Seth sich im Raum umsah, entdeckte er zwei weißhaarige Frauen, die jeweils ein Glas zum Mund führten. Sie standen rechts und links neben einem kleinen, dicken Mann von Mitte dreißig, der nacheinander auf zwei Gemälde zeigte und etwas in gedämpftem, respektvollem Ton sagte. Beide Frauen nickten dazu.

»Kann ich Ihnen behilflich sein?«, fragte eine Stimme auf Englisch.

Erschrocken wirbelte Seth zu der Stimme herum. Eine jüngere, aber ebenso dicke Ausgabe des Mannes, der die beiden Frauen herumführte, war wie aus dem Nichts rechts von ihm aufgetaucht. Sein dunkler Anzug und die gedeckte Krawatte ließen ihn nach Bestatter aussehen. Seth schaute den Mann lange an und versuchte seine Gedanken zu ordnen. Er hatte nicht damit gerechnet, dass Jakob Jost & Söhne ein so nobler und … eleganter Laden wäre.

»Entschuldigen Sie, wenn ich Sie erschreckt habe«, sagte der Mann und stockte. »Sie sind doch Amerikaner, nicht wahr?« Sein Blick schweifte über Seths lässige Kleidung: graue Wollhose, bequeme schwarze Lederschuhe, marineblauer Rollkragenpullover unter einem roten Daunen-Skianorak. Der Blick des Mannes zeigte, dass er solche Kleidung in seinem Etablissement zwar nicht billigte, aber die exzentrischen Marotten von Amerikanern respektierte, die durchaus sehr reich sein konnten.

»Ja«, brachte Seth schließlich heraus, während er seinen Puls bis in seine Ohren hörte. »Ich meine, ja ... ich bin Amerikaner, aber ich verstehe Deutsch ganz gut, wenn Ihnen das lieber ist.«

Der Mann schüttelte den Kopf und streckte die Hand aus. »Ich bin Felix Jost. Ich habe zwei Jahre in den Staaten studiert, am Getty Museum in Kalifornien.« Seth schüttelte dem Mann die Hand. Josts Händedruck war fleischig, aber fest und warm. »Ich begrüße jede Gelegenheit, meine Kenntnisse Ihrer Sprache aufzufrischen.«

Seth nickte. »Mein Name ist Seth Ridgeway. Ich habe vor einigen Tagen angerufen und mit Ihrem Vater über ... über ein Gemälde gesprochen.« Er bemerkte bei Jost den Ansatz eines Stirnrunzelns, das sich aber sofort verflüchtigte. Seth holte seine Brieftasche heraus und nahm das Foto des Gemäldes heraus, das Weinstock ihm gegeben hatte.

»Ich würde gern mit Ihrem Vater über dieses Bild sprechen.« Er reichte das Foto dem fleischigen jungen Mann, der es mit gesenkten Augen betrachtete. Lange herrschte Schweigen. Am anderen Ende der Galerie hörte Seth die beiden weißhaarigen Frauen diskutieren. Eine wollte als Wertanlage ein Gemälde kaufen, das die andere als Beleidigung für die Augen bezeichnete.

»Aber was für eine erstaunlich *wertvolle* Beleidigung der Augen«, antwortete ihre Freundin. In diesem Stil ging es weiter, während das Schweigen zwischen Seth und Jost zunehmend unbehaglich wurde. Dem jungen Mann widerstrebte es offenbar, von dem Foto aufzuschauen.

»Als ich angerufen habe, sagte man mir, Ihr Vater würde sich gern mit mir treffen«, erklärte Seth schließlich.

Was Felix Jost dann tat, kam für Seth völlig überraschend.

»Hier!«, zischte Jost und drückte Ridgeway das Foto in

die Hand. »Nehmen Sie Ihren Dreck und lassen Sie uns in Ruhe.«

Seth starrte Jost verständnislos an.

»Sind Sie taub?«, fragte Jost. »Wir sind anständige Leute und lassen uns nicht ewig von einem Fehler verfolgen, der fünfzig Jahre zurückliegt. Raus hier! Verschwinden Sie auf der Stelle, sonst sehe ich mich gezwungen, die Polizei zu rufen.«

»Eh …« Seth fand keine Worte. Was war schiefgelaufen? Der Name auf der Rückseite des Gemäldes war sein einziger Hinweis auf Zoe, die einzige Möglichkeit, herauszufinden, was es mit dem Bild auf sich hatte. Was hatte Jost umgestimmt? Hatte jemand mit ihm geredet? Worüber?

Jost packte Seth am Oberarm und versuchte, ihn aus dem Laden zu drängen. »Bitte, Mr. Ridgeway oder wie Sie sich auch nennen, bitte gehen Sie! Wir wollen keinen Ärger, und darum wollen wir nichts mit dem Bild zu tun haben, von dem Sie reden.«

»Aber wieso?« Seth schüttelte Josts Hand ab und schaute ihn an. Jost war einen ganzen Kopf kleiner als Seth. »Ich weiß nichts über dieses Gemälde, außer, dass es etwas mit dem Verschwinden meiner Frau und dem Tod von mindestens drei Menschen zu tun hat.«

Jost machte große Augen. »Genau deshalb wollen wir nichts mit dem Gemälde zu tun haben.« Mit wachsender Aufregung schlich sich ein deutscher Satzbau in sein Englisch ein. Er packte Seth wieder und schob ihn zur Tür.

»Bitte zwingen Sie mich nicht, die Polizei zu rufen«, bat Jost. »Aber wenn Sie nicht sofort gehen, tue ich es.«

Seth machte sich zum zweiten Mal aus Josts Griff los, stellte sich mit dem Rücken zur Tür und starrte, bebend vor Wut und Frustration, auf ihn herab. Sein Mund arbeitete unaufhörlich wie bei einem Fisch auf dem Trockenen, während er sich krampfhaft bemühte, einen klaren Kopf zu bekommen.

Schließlich stieß Seth Jost mit der rechten Hand so fest

gegen die fleischig weiche Brust, dass der plumpe Mann mit rudernden Armen rückwärts taumelte und mit dem Oberkörper voraus auf die Kristallgläser und die Karaffe auf dem Marmortisch fiel.

Das Klirren von zersplitterndem Kristall folgte Seth in den gleißenden Sonnenschein und hörte erst auf, als die Tür hinter ihm krachend ins Schloss fiel.

»Er ist weg!«

Der Abt zuckte bei den Worten des jungen Mönchs sichtlich zusammen. Die armselige Finanzlage des Klosters schwand aus seinen Gedanken, als er nun aus dem Fenster seines Büros auf die Zwillingstürme der Frauenkirche schaute, die über die Dächer der Münchener Altstadt hinausragten. Langsam drehte der Abt sich zu dem jungen Mönch um.

»Was soll das heißen: ›weg‹?«, fragte er mit scharfem Unterton. Das Gesicht des jungen Mannes sah aus, als wäre es mit Mehl bestäubt.

»Ich …« Er räusperte sich nervös. »Wir haben mit seinem Mittagessen an seiner Tür geklopft. Er … er hatte gesagt, ihm sei nicht gut. Er war den Vormittag über im Bett geblieben. Er ist … er ist sehr …«

»Krank, ja, ich kenne seine Krankengeschichte«, sagte der Abt ungeduldig. »Ich weiß mehr über seine Krankengeschichte als über meine eigene, also weiter.«

»Er hatte gebeten, wir sollten ihn heute Morgen in Ruhe lassen, und wir … haben angenommen, er schliefe. Das macht er schon mal, wie Sie wissen.« Der junge Mönch suchte erwartungsvoll nach einer Regung bei seinem Vorgesetzten. Als er in der eisigen Miene des Abtes keine Milderung entdeckte, sprach er weiter.

»Also … wir haben eben bei ihm geklopft. Und als wir keine Antwort bekamen – wir hatten Sorge, dass er tot sein könnte oder so –, sind wir in seine Zelle gegangen und merkten, dass er weg ist.«

»Weg? Einfach so? Weg?«, fragte der Abt. Der junge Mönch nickte.

Leise wie ein fernes Grummeln am Horizont antwortete der Abt, sprach immer lauter und brüllte den jungen Mönch schließlich so donnernd an, dass er zusammenzuckte: »Ich übertrage Ihnen und fünf weiteren unfähigen Männern, die sich Priester nennen, die Aufgabe, auf einen schwachen, halb verkrüppelten alten Mann aufzupassen, und Sie kommen her und sagen mir, dass er am helllichten Tag unter ihren wachsamen Augen einfach irgendwie verschwunden ist! Ich ...« Der Zorn verschlug dem Abt die Sprache. Sein Gesicht war rot vor Wut, seine geballten Fäuste bebten. Er funkelte den jungen Mönch wütend an. »Hinaus! Sie und Ihre Mitbrüder bleiben in Ihren Zellen. Um Sie kümmere ich mich später.«

Der Mönch blieb wie versteinert stehen.

»Raus! Sofort raus!«

Abrupt kam Leben in den jungen Mann, und er lief aus dem Zimmer.

Der Abt ging an seine Bürotür und schloss sie leise. Dann ließ er sich schwer auf seinen Schreibtischstuhl fallen. Wieso ich, fragte er sich und rieb sich die geschlossenen Augen. Wieso?

Er griff nach dem Telefon. Mit der Hand am Hörer zögerte er einen Moment als wäre das Telefon ein giftiges Reptil. Seine Hände zitterten jetzt nicht mehr vor Wut, sondern vor Angst, als er die Nummer des Büros der Glaubenskongregation wählte. Kardinal Rudolph Braun war kein Mann, der Fehlschläge gelassen aufnahm.

Kapitel 21

Er wurde verfolgt. Daran bestand kein Zweifel mehr. Seth Ridgeway führte das Glas Elsässer Pinot gris an die Lippen und schaute über den Rand hinweg zu dem Mann, der am anderen Ende des Cafés saß. Er war groß, über 1,85 Meter, hatte lockiges braunes Haar, das fast kurz genug geschnitten war für den Polizei- oder Militärdienst. Sein Gesicht besaß eine hagere, kantige Alterslosigkeit, wie sie häufig bei kampferfahrenen Militärs zu finden war, die ihr Leben lang viel dafür getan hatten, körperlich in Bestform zu bleiben. Plötzlich war Ridgeway sich der 15 Pfund bewusst, die er seit Zoes Verschwinden zugenommen hatte, der Speckröllchen um seine Taille.

Der Mann bewegte sich mit einer Präzision und einem Selbstvertrauen, die vermuten ließen, dass sich unter dem weiten Wollmantel Muskelkraft verbarg. Er trug einen Anzug, eine schmale, korrekt geknotete Krawatte und einen Mantel, unter dem sich mühelos eine Schusswaffe verbergen ließ. Und noch über das vollbesetzte Lokal hinweg war die Eindringlichkeit seiner gletscherblauen Augen unübersehbar.

Seth setzte langsam sein Weinglas ab und täuschte Interesse an den Rösti auf seinem Teller vor. Der Mann war kein Profi, was die Beschattung anging, dachte Seth, während er die Rösti mit der Gabel hin und her schob. Er war zu auffällig, schaute zu offenkundig herüber, ging zu dicht hinterher, ließ versehentlich Blickkontakt zu. Es sei denn, jemand wollte ihn wissen lassen, dass er beobachtet wurde, überlegte Seth. Aber wer könnte das sein? Jemand aus dem Umkreis des Priesters, der ihn in Amsterdam verfolgt hatte? Oder jemand, der ihn umbringen wollte?

Die letzte Möglichkeit verwarf er. Hätte der Mann die Absicht gehabt, hätte er es schon früher tun können, als Seth allein durch den Park an der St.-Peters-Kirche gegangen war. Da war der Mann ihm zum ersten Mal aufgefallen, kurz nachdem er Felix Jost in seine Sherrygläser geschubst hatte.

Seth hatte seinen Wutausbruch schon bereut, als er die Stufen am Ende von In Gassen hinaufgegangen war. Er hatte gerade beschlossen, zurückzugehen, um sich bei Jost zu entschuldigen und den angerichteten Schaden zu bezahlen, als er den Mann bemerkt hatte.

Seth war stehen geblieben, und im Gegensatz zu einem professionellen Beschatter, der an ihm vorbeigegangen wäre, war der Mann erschrocken und verunsichert ebenfalls stehen geblieben.

Seth hatte die Begegnung als zufällig abgetan und war weitergegangen. Aber der Mann war ihm über den Hof am oberen Ende von In Gassen, um die Kirche und über den Hof dahinter gefolgt. Seth hatte den Handschuh von seiner rechten Hand gezogen und im Gehen fest seine Magnum umklammert. Vielleicht hatte der Mann eine Waffe mit Schalldämpfer oder hinter der nächsten Ecke warteten seine Komplizen. Was immer sie auch vorhatten, es würde sie teuer zu stehen kommen. Aber nichts war passiert.

Der Mann hätte reichlich Gelegenheit gehabt, ihn zu töten und ungesehen zu entkommen. Aber er hatte nur seine ungeschickte Verfolgung fortgesetzt. Seth warf einen weiteren verstohlenen Blick zu dem Mann am anderen Ende des Cafés hinüber. Er bemühte sich amateurhaft, sich hinter der *Neuen Zürcher Zeitung* zu verstecken. Ridgeway las die Schlagzeilen.

Plötzlich wusste er, was er zu tun hatte. Abrupt ließ er seine Gabel auf den Teller fallen, kramte Geld aus der Hosentasche, um sein Essen zu bezahlen, legte es auf den

Tisch, stand auf und ging durch das Lokal. Seth steckte die rechte Hand tief in die Tasche seines Skianoraks, fasste die Magnum und legte den Zeigefinger um ihren kalten Abzug.

Er hörte den Mann laut mit der Zeitung rascheln und sah seine verdutzte Miene, als er Seth kommen sah. Erschrocken versuchte er aufzustehen und stieß dabei seine Tasse Tee um.

»Bleiben Sie ruhig sitzen«, sagte Seth auf Deutsch und unterstrich seine Worte mit einer entsprechenden Geste der linken Hand. Der Mann erstarrte, halb sitzend, halb stehend. »Los, setzen Sie sich wieder hin«, befahl Seth.

Leiser fügte er hinzu: »Ich habe eine schlagkräftige Schusswaffe in meiner Jackentasche.« Er sah, wie der Blick des Mannes kurz auf Seths verborgene Hand flatterte und seine Augen sich sofort vor Angst weiteten. »Sie ist auf Sie gerichtet und wird Ihnen ein tellergroßes Loch verpassen, wenn Sie auch nur daran denken sollten, etwas zu tun, bevor ich es Ihnen erlaubt habe. Verstanden?«

Der Mann nickte kühl. »Was wollen Sie?« Seine Stimme war ruhig, selbstbewusst. Was das Beschatten anging, mochte er ein Amateur sein, aber angesichts von Gefahren bewahrte er eine unheimliche Ruhe. Das gelang nur Menschen, die schon mal lebensgefährliche Situationen überlebt hatten.

»Das sollte ich Sie fragen«, antwortete Seth. »Und da ich die Waffe habe, fangen Sie besser an.« Er zog sich einen Stuhl heraus und setzte sich dem Mann gegenüber.

Der Mann nickte. »Geben Sie mir Ihre Brieftasche«, befahl Seth. Schnell griff sein Gegenüber sich in die Manteltasche. »Langsam! Langsam!«, mahnte Seth. »Holen Sie ja keine Überraschungen aus der Tasche.«

Der Mann nickte ruhig, legte den Kopf etwas schief, zog eine dünne Lederbrieftasche aus der Innentasche seines Mantels und schob sie über den Tisch. Dann lehnte er sich gelassen zurück und schaute anerkennend zu, wie Seth nur mit der linken Hand die Brieftasche öffnete und durchsuchte. Sie enthielt etwa hundert Schweizer Franken, eine Magnetkarte für ein Parkhaus, verschiedene Kreditkarten und einen Führerschein auf den Namen Jakob Jost. Seth schaute den Mann über den Tisch hinweg scharf an.

»Sie sind Jakob Jost?« Sein Ton verriet sein Misstrauen.

Der Mann nickte. »Ich bin der Sohn des Mannes, den Sie vor ein paar Tagen angerufen haben. Ich bin Jakob Jost der Zweite oder junior, wie Sie in Amerika sagen würden.«

Verzweifelt bemüht, seine Gedanken zu ordnen und seine Sprache wiederzufinden, steckte Seth Josts Führerschein wieder in die Brieftasche und schob sie über den Tisch.

»Das begreife ich nicht«, stammelte er. »Warum sollten Sie ... Wieso verfolgen Sie mich?«

»Weil gestern Abend jemand zu uns nach Hause kam, der sich für Sie ausgab. Er hatte Männer bei sich und wollte meinem Vater etwas antun. Der Mann lebt nicht mehr. Auch seine Freunde nicht.« Josts Ton war sachlich.

»Aber wer? Warum?«, fragte Seth.

»Sie hatten keine Papiere bei sich«, sagte Jost. »Sie sprachen Deutsch mit russischem Akzent. Ich glaube, sie haben für den KGB gearbeitet.«

Seth nickte verständig. »Das ergibt Sinn«, sagte er, stockte aber sofort. »Nein, das ergibt überhaupt keinen Sinn. Das alles nicht. Aber zumindest passt es ins Bild. Sie haben vorher versucht, mich umzubringen. Ich dachte, Sie ...«

»Ich wäre einer von ihnen?« Seth nickte. Zum ersten Mal lächelte Jakob Jost. »Nein, Mr. ... Ridgeway?« Seth nickte. »Wir sind beide auf derselben Seite.«

Jost reichte ihm die Hand über den Tisch hinweg. Ridgeway musterte sie argwöhnisch. War das ein Trick? Papiere ließen sich fälschen, rief er sich mahnend in Erinnerung. Und die besten Killer waren auch gute Schauspieler. Während er die freundschaftlich angebotene Hand musterte, dachte er an Weinstock, an den Priester in Amsterdam, an George Stratton. Sie waren in aller Freundschaft zu ihm gekommen und hatten sich seines Vertrauens würdig erwiesen … Stratton hatte ihm das Leben gerettet, die beiden anderen waren gestorben.

Zögernd beschloss Seth, diesem Mann zu trauen. Ein kalter Schauer lief ihm den Rücken hinunter, als er langsam die Magnum losließ und seine Hand aus der Tasche zog.

»Gut«, sagte Seth schließlich und schüttelte Josts warme, trockene Hand. »Wir sind auf derselben Seite.«

»Das ist gut«, sagte Jost und ließ Seths Hand los. »Denn der Mann am Nachbartisch« – er deutete mit einem Kopfnicken von sich aus nach links – »hat eine stärkere Waffe als Sie – und seine ist auf Ihren Kopf gerichtet.«

Ridgeway wirbelte nach rechts herum und sah einen stämmigen Mann mit langen, braunen Haaren. Der Bursche grinste ihn an und warf einen flüchtigen Blick auf seinen Schoß hinunter und sah dann wieder Seth an. Der folgte dem Blick des Mannes und sah unter den Falten einer Papierserviette die Mündung eines Schalldämpfers hervorlugen.

Als Seth wieder Jost anschaute, nickte der dem Langhaarigen zu. Der Mann erwiderte das Nicken und zog einen tannengrünen Rucksack unter dem Tisch hervor. Er steckte die Waffe mit Schalldämpfer in den Rucksack, legte einen Geldschein auf den Tisch und ging wortlos.

»Sie gehen wohl kein Risiko ein, was?«, stellte Seth fest.

»Ich bin ein äußerst vorsichtiger Mensch, Mr. Ridgeway«, bestätigte Jost.

»Aber jetzt gehen Sie doch ein Risiko ein, oder?«, fragte Seth und musterte aufmerksam den Mann, der ihm gegenübersaß. Josts Augenbrauen zogen sich zu einer unausgesprochenen Frage hoch.

»Sie gehen bei mir ein Risiko ein«, beantwortete Seth

Josts unausgesprochene Frage. »Woher wissen Sie, ob ich nicht bloß ein cleverer KGB-Agent bin?«

Josts Augenbrauen rückten zu einem langen, buschigen Strich zusammen, während er über Ridgeways Frage nachdachte. Hinter seiner Stirn arbeitete es. Schließlich sagte er: »Genauso, wie Sie wussten, dass Sie mir vertrauen können, mein Herr«, sagte Jost bedächtig. »Wenn Sie nicht der wären, für den Sie sich ausgeben, hätten Sie niemals Ihr Misstrauen gegen mich fallen lassen. Sie wären anders mit mir umgegangen. Stimmt's?«

Seth nickte nachdenklich.

»Gut«, sagte Jost. »Wir müssen einige wichtige Vorkehrungen treffen und Fragen klären, bevor Sie heute Abend meinen Vater kennenlernen.«

Strahlender Sonnenschein strömte durch die Fenster des Wohnzimmers, das Zoes Schlafzimmer im Eden au Lac von dem Rich Cartieres trennte.

Die Suite vereinfachte die Vorkehrungen für Zoes Sicherheit. Rich Cartiere hatte ihre Zimmertür zum Flur mit einem Louis-quatorze-Schrank verbarrikadiert, den er, kräftig, wie er war, allein vor die Tür geschoben hatte. Vor den Fenstern befand sich eine glatte Fassade ohne Simse und Feuerleitern in der Nähe, und so führte der einzige Zugang zu Zoe durch das benachbarte Wohnzimmer, in dem der frühere Fallschirmjäger Cartiere und Stratton nachts schliefen. Seltsame Leute, dachte Zoe. Geheimnisvoll. Sie würden ihr alles erklären, nachdem sie sich ausgeruht hätte, hatte Stratton versprochen. Sie hatte nicht weiter gefragt. Schließlich hatten sie ihr das Leben gerettet.

Zoe streckte sich faul, schloss die Augen und schwelgte in dem unbeschreiblichen Gefühl, als zum Tode verurteilte Gefangene auf wundersame Weise gerettet worden zu sein. Wieder sprach sie ein kleines Dankgebet und freundete sich von Mal zu Mal mehr mit der Vorstellung an, dass der Glaube vielleicht doch einen Unterschied machte.

Es war zwar erst kurz nach ein Uhr mittags, aber sie hatte schon das komplette Angebot des Schönheitssalons im Eden au Lac in Anspruch genommen. Nach einem ausgiebigen, luxuriösen Bad hatte die Friseurin ihr Haar geschnitten und gestylt und dabei ständig missbilligend mit der Zunge geschnalzt, war aber zu taktvoll gewesen, um rundheraus zu fragen, wie Madame ihr Haar derart hatte verwahrlosen lassen können.

Während die Friseurin sich um ihr Haar gekümmert hatte, hatte die Maniküre sich mit dem Eifer einer Bildhauerin, die sich über einen jungfräulichen Marmorblock hermacht, ihrer Fingernägel angenommen.

Anschließend hatte sie sich eine Gesichtsbehandlung mit Cremes gegönnt, die nach gut gemachtem Amarettomousse rochen, und sich später in die Hände der Kosmetikerin begeben, die Zoe das Gefühl vermittelt hatte, wieder eine Frau zu sein. Als Letztes war die Modebraterin des Hotels mit Musterbüchern voller Schnitte und Stoffmuster gekommen, hatte ihre Maße genommen und versprochen, ihr in den Boutiquen Zürichs eine neue Garderobe zusammenzustellen.

Zoe hielt das Gesicht in die warmen Sonnenstrahlen und schaute auf den See hinunter. Durch das Fenster sah sie ein einsames Segelboot, das in den Wind drehte. Der Anblick traf sie mitten ins Herz. Wo mochte Seth bloß stecken? Immer wieder hatte sie bei ihm angerufen, war sogar mitten in der Nacht aufgestanden, hatte ihn aber nie erreicht, sondern nur seine Stimme auf dem Anrufbeantworter gehört. Sie wünschte, sie könnte von ferne die Nachrichten abhören, die andere auf Band gesprochen hatten. Vielleicht würde sie daraus einen Hinweis erhalten, wo er sein könnte.

Ihre Ungeduld machte sie ganz kribbelig.

Wo steckte er bloß, fragte sie sich mit dem sehnsüchtigen Verlangen einer Liebenden. Was mochte er wohl gerade tun? War er nach Catalina gesegelt? Drüben war es jetzt mitten in der Nacht. Ob er tief und fest an Bord der *Valkyrie* schlief, die im sicheren Hafen von Cherry Cove vor Anker lag und sich sanft in den Wellen wiegte?

Sie sah sein schlafendes Gesicht vor sich und spürte, wie zärtliche Gefühle ihr Tränen in die Augen trieben. Im Schlaf sah er aus wie ein kleiner Junge. Der angesehene Professor, der knallharte Cop – sie alle wichen den entspannten Zügen eines Mannes, von dem sie wusste, dass er im tiefsten Inneren immer noch ein Junge war. Sie erinnerte sich, wie er im Schlaf manchmal lächelte, wie seine Glieder unwillkürlich zuckten wie bei einem kleinen Hund, der im Traum ein Kaninchen jagt, und wie der zähe, schlanke ehemalige Cop mit den straffen Muskeln und den langen, ledrigen Narben, über die er nicht gern sprach, sich an sie schmiegte und einschlief.

Wo steckst du, Seth?

Ihre Sehnsucht durchtränkte ihr gesamtes Denken und Fühlen. Wo steckte er? Nur eines wünschte sie sich mehr, als zu wissen, wo er war: bei ihm zu sein.

Kapitel 22

Die Lichter am anderen Ufer des Zürichsees malten lange weiß-gelbe Schimmer auf die spiegelglatte Wasseroberfläche. Der Wind hatte sich bei Sonnenuntergang gelegt. Draußen war die Luft kristallklar.

»Verdammt, Gott«, wütete Seth Ridgeway angesichts der Aussicht, die er und Zoe so genossen hatten, als er sie das letzte Mal lebend gesehen hatte.

Verdammt! Ich will verdammt sein, dass ich Weichei an dich glaube.

Er kehrte dem Fenster den Rücken zu und ging zur Tür seines Zimmers im Eden au Lac. Dort blieb er stehen und zog die Magnum aus der Anoraktasche. Er prüfte, ob in jeder Kammer der Trommel eine frische Patrone steckte, sicherte die Waffe und steckte sie wieder in die Tasche. Dann klopfte er auf die andere Tasche, um sich zu vergewissern, dass sich dort noch eine Handvoll Munition befand. Zögernd ging er noch einmal Jakob Josts Anweisungen durch. Schon die kleinste Abweichung könnte seinen Tod bedeuten.

Sobald er sich seiner Anweisungen sicher war, trat Seth hinaus auf den Flur und zog die Tür hinter sich zu. Er ging zum Aufzug und drückte auf den Knopf mit dem Pfeil nach unten.

Zoe ging in einem weiten Pullover und neuer Levi's-Jeans durch ihr Zimmer. Stratton verließ den Raum als Erster und schaute sich prüfend im Korridor nach Anzeichen von Gefahr um. Zoe folgte ihm. Hinter ihr schloss Cartiere die

Tür der Suite. Mit Speichel klebte er sorgfältig eins seiner Haare quer über den Spalt zwischen Tür und Rahmen. So würden sie erkennen, ob jemand in ihrer Abwesenheit den Raum betreten hatte.

Zu dritt gingen sie zum Aufzug und drückten auf den Knopf. Schweigend schauten sie auf die Etagenanzeige, als die Kabine an ihnen vorbeifuhr und ein Stockwerk über ihnen hielt.

Oben im Flur sah Ridgeway den Aufzug kommen und in seiner Etage halten. Die Tür glitt auf und Seth wollte gerade in die Kabine treten, als er jemanden rufen hörte: »Hallo, Herr.«

Die Stimme klang fremd und doch vertraut. Freund oder Feind? Seth wirbelte herum, fuhr mit der Hand in seine Jackentasche und tastete nach der Magnum. In der Nähe seiner Zimmertür sah er einen Mann, der auf ihn zuging und ihm vage bekannt vorkam. Seth war angespannt. Wo hatte er den Mann schon mal gesehen? Wo hatte er diese Stimme gehört?

»Gut, dass ich Sie finden, bevor Sie weg«, sagte der Mann und kam weiter auf Seth zu. Er war dunkel, schlank und einfach gekleidet. »Mann an Eingang hat angerufen, aber in Zimmer niemand abnehmen. Sie in große Gefahr.«

In seiner Stimme und seinem Gang lag nichts Bedrohliches. Verwirrende Signale von einem Fremden auf dem Hotelkorridor. Woher wusste der Mann, dass er hier war? Ridgeways Herz pochte wild. Der Mann machte einen harmlosen Eindruck.

Das galt auch für eine junge Frau, die am Niedergang deines Bootes auftauchte.

Seth spannte den Hahn der Magnum, als der Mann in den Lichtkegel einer Messingleuchte trat.

Es war der Taxifahrer, der ihn am Vortag vom Bahnhof ins Hotel gebracht hatte. Hinter sich hörte Seth, wie die Aufzugtür sich schloss.

Ridgeway sicherte die Waffe, zog die rechte Hand aus der Jackentasche und reichte sie dem türkischen Gastarbeiter, der mit ihm gegessen und seine Träume von einem besseren Leben geteilt hatte. Der Mann lächelte und schüttelte enthusiastisch Ridgeways Hand. Doch dann schwand sein Strahlen.

»Da sein Männer, die viel fragen«, sagte der Taxifahrer in seinem grauenhaften Deutsch. »Männer sagen, sie Polizei ... von Amt. Aber da was stinken. Ich zu viel sehen Typen wie die. Immer Nase oben, Männer nix gut. Bestimmt arbeiten für Russenmafia oder anderes schlimmes Organisation. Kleider sehen aus wie von Mann aus Bank, und sie geben viel Geld, damit ich sagen, wo Sie sein. Ich nix sagen. Sie guter Mann.«

Ridgeway schaute den Taxifahrer an und schämte sich, dass eine kleine Freundlichkeit, wie er sie diesem Mann erwiesen hatte, genügt hatte, ihn als Verbündeten zu gewinnen. Doch dann verspürte er nur noch Dankbarkeit, dass es immer noch gute Menschen auf der Welt gab, Menschen wie diesen einfachen Gastarbeiter, gute, ehrliche, anständige Menschen.

»Wie viele waren es?«, fragte Seth.

»Zwei, drei, ich glauben. Sie heute morgen kommen zu Bahnhof, zeigen Ihr Bild rum.«

»Mein Bild! Was für ein Bild? Wie sah es aus?«

Der Taxifahrer schloss die Augen und verkniff das Gesicht, als durchsuche er Dateien in seinem Kopf. »Foto mit Farbe«, sagte er schließlich. »Da war ein Frau mit auf Foto.« Er öffnete die Augen. »Sehr schönes Frau. Ihr sitzt an Tisch, vielleicht in Café oder Nachtclub. Hinter Ihnen war eine Name, aber ich nicht mehr wissen, welche.«

»Ich schon«, sagte Seth. »Es war Harbor Reef, stimmt's?«

»Ich nix wissen«, sagte der Fahrer zögernd, »kann sein, aber war Englisch, ich glauben. Und Englisch ich nix gut lesen. Außer Türkisch ich nur kann Deutsch.«

Das Harbor Reef. Seth kannte das Foto. Es war mit einer

Polaroidkamera aufgenommen worden, als er und Zoe vor fast drei Jahren am Isthmus von Catalina waren. Und in den vergangenen drei Jahren hatte dieses Foto – das einzige seiner Art – in Zoes Brieftasche gesteckt! Was hatte das zu bedeuten? Stieg oder sank damit die Wahrscheinlichkeit, dass sie noch lebte? Oder hieß es bloß, dass die Männer, die sie entführt hatten, von ihr nicht das erfahren hatten, was sie wollten, und nun die Suche nach ihm fortsetzten, die in Los Angeles angefangen hatte?

»... bald suchen in Hotels nach Ihnen«, sagte der Taxifahrer gerade. »Sie müssen weg.«

Weg? Ja, dachte Seth mit einem Blick auf seine Uhr. Die beiden Josts – Vater und Sohn – erwarteten ihn bald.

»Sicher, sie werden in den Hotels nach mir suchen«, sagte Seth und wandte sich zur Treppe. Vielleicht suchten sie schon jetzt. Vielleicht wartete unten an der Treppe schon jemand mit der Waffe auf ihn. Bei dem Gedanken krampfte sich sein Magen zusammen.

»Aber ich habe eine dringende Verabredung – ganz dringend«, sagte Seth und ging die Treppe hinunter. »Ich habe jetzt keine Zeit, mir darüber Gedanken zu machen.«

»Ich Sie fahren zu Verabredung, Herr«, beharrte der Taxifahrer. »Nix gut, wenn andere Fahrer Sie sehen. Für Geld, die bestimmt sagen, wo Sie sein.«

Seth warf einen Seitenblick auf den Mann, während sie den ersten Treppenabsatz erreichten, ging ein paar Schritte und lief weiter die Treppe hinunter. »Über wie viel Geld reden wir hier?«

»Mehr wie zweitausend Schweizer Franken.«

Zweitausend Franken! Nicht gerade ein Vermögen, aber wesentlich mehr als Polizisten normalerweise schwenkten, wenn sie an Taxiständen Tipps bekommen wollten. Sie wollten ihn also unbedingt kriegen.

Sie erreichten den ersten Stock. Seth zog seine Brieftasche aus der Hüfttasche und nahm einen von Weinstocks Tausenddollarscheinen heraus.

»Sie haben auf viel Geld verzichtet, um anständig zu bleiben«, sagte Seth, als sie den letzten Treppenabsatz vor der Lobby erreichten. Er legte dem Taxifahrer die Hand auf die Schulter und blieb stehen, bevor sie die letzten Stufen hinuntergingen. »Ich möchte, dass Sie das hier nehmen.« Er drückte ihm den Geldschein in die Hand. Der türkische Gastarbeiter schaute erst den Schein an und bedachte dann Seth mit einem gekränkten Blick.

»Ich das nix nehmen«, sagte er. »Ich nix hier für Geld. Ich hier, weil Sie gutes Mann und Sie in Gefahr.«

»Aber Ihre Familie … Ihre Kinder«, stammelte Seth. »Sie können das Geld doch gut brauchen, oder?«

»Das nix wichtig, das Ehrensache«, erklärte der Taxifahrer stolz. »Ich Mann mit Ehre, ich müssen das machen.« Er schob den Geldschein höflich, aber bestimmt beiseite, schaute Seth in die Augen und sagte: »Komm! Sie haben wichtiges Verabredung. Ich Sie fahren.«

Verwundert ging Seth die letzten Stufen hinunter.

»Wollen Sie etwa sagen, dass Sie ohne anzurufen oder sonst eine Benachrichtigung zu schicken einfach das Schließfach im Safe geleert und den Inhalt an meinen Mann geschickt haben?« Zoe war außer sich. Sie hatte zwei Ebenen der internen Bürokratie im Eden au Lac überwunden und dann den Geschäftsführer gerade noch erwischt, bevor er Feierabend machte. Sie hatte ihn mitten in der Hotellobby, nicht weit von dem Bernini-Fries, abgefangen. Stratton und Cartiere standen um sie herum und bemühten sich, unauffällig zu wirken, was ihnen vor allem wegen Cartieres Größe nicht gelang.

»Aber Madame Ridgeway, ich versichere Ihnen, dass wir keine andere Wahl hatten«, flüsterte der Hotelmanager verzweifelt. Nach jedem Satz schaute er sich um, ob andere Hotelgäste auf das Streitgespräch aufmerksam wurden. »Wenn ein Gast abgereist ist, gilt bei uns die Vorschrift, dass wir sämtliche in unseren Schließfächern zurückgelassenen Gegenstände nachzusenden haben. Es wäre schließlich nicht richtig, anderen Gästen die entsprechenden Aufbewahrungsmöglichkeiten für ihre Wertsachen vorzuenthalten.«

»Vorschrift!«, fuhr Zoe ihn an. »Vorschriften sind für Bürokraten, Bankiers und alle, die zu beschränkt sind, selbst intelligente Entscheidungen zu treffen. Aber nichts für das Management eines der vornehmsten Hotels der Welt.«

Das unerwartete Kompliment der aufgebrachten Amerikanerin ließ die Miene des Managers vorübergehend aufleuchten.

»Wir haben angenommen, dass …«

»Das Gemälde gehörte zu den wertvollsten der Welt«, erklärte Zoe. »Unbezahlbar! Es wäre zumindest notwendig gewesen, es von einem Kurier bringen zu lassen, statt es den Unwägbarkeiten der Post auszuliefern!«

Als Zoe »unbezahlbar« sagte, verlor das Gesicht des Managers jede Farbe. »Aber die Schweizer Post ist …«

»Ich weiß, dass die Schweizer Post zuverlässig ist«, fiel Zoe ihm ins Wort. »Aber sobald das Päckchen Amerika erreicht, ist es in den Händen des US Postal Service, und die meisten, die für dieses Unternehmen arbeiten, brauchen eine Straßenkarte, um auch nur den Weg ins Badezimmer zu finden.«

Zoes Vehemenz brachte wieder Farbe in das Gesicht des Managers, allerdings war es ein fahles, unansehnliches Rosa mit bleichen Flecken. Er schaute sich verzweifelt um. Niemand starrte herüber. Die Lobby war so gut wie menschenleer, und das Personal war damit beschäftigt, die Einnahmen des hektischen Tages abzurechnen.

»Ich … ehem!« Der Manager räusperte sich nervös. Es war Zeit, seinen letzten Trumpf auszuspielen, auch auf die Gefahr hin, vielleicht mitten in einen Ehekrach zu geraten. Sollte das der Fall sein, würde es die Wut der Frau entweder von ihm ablenken oder – er schluckte schwer – nur noch verdoppeln. Und ihm vielleicht auch noch die Wut des Ehemanns eintragen. Offensichtlich wusste sie nicht, dass ihr Mann am Vortag eingecheckt und ebendieses Gemälde wieder im Hotelsafe deponiert hatte. Das Eden au Lac rühmte sich seiner Diskretion und Achtung vor der Privatsphäre seiner Gäste. Es galt, die Vertraulichkeit zu wahren, bis eine so verzweifelte Lage eintrat, dass sie ein schlechtes Licht auf das Hotel zu werfen drohte.

Und die Lage war verzweifelt, fand der Manager.

»Ihr Mann war mit dieser Regelung offenbar ganz zufrieden«, sagte der Manager. »Ich habe gestern mit ihm gesprochen, als er eingecheckt hat.«

Ihre finstere Miene brach auf und verflüchtigte sich wie die letzten dunklen Wolken eines Sommergewitters.

»Tatsächlich habe ich das Gemälde, von dem Sie sprechen, wieder in einem Safeschließfach deponiert, persönlich, Madame.«

Er sah die Wut in Zoes Miene in Verwunderung und schließlich Erleichterung übergehen. Ihre Züge wurden weicher, und ihm fiel zum ersten Mal auf, wie schön sie war.

Zoes Herz raste. Seth war hier! Er war hier!

»Seth ist im Hotel?« Sie drehte sich zu Stratton um. »Deshalb ist er die ganze Zeit nicht ans Telefon gegangen!« Sie stutzte. »Aber wieso? Woher weiß er Bescheid?«

Sie berührte sacht den Ärmel des Managers und fragte drängend: »Welches Zimmer hat er?«

Der Geschäftsführer schaute sie eindringlich an. Sie wirkte nicht wie eine erboste Ehefrau. In ihren Augen lagen weder Eifersucht noch Hass, nur Erleichterung. Dennoch … er zögerte.

»Nun ja«, begann er widerstrebend, »normalerweise geben wir keine Auskünfte über unsere Gäste, aber …«

»Wir waren beide … auf Reisen, mein Mann und ich«, erklärte sie. »Wir haben uns offenbar verpasst, daher …«

»Wie gesagt, normalerweise geben wir solche Informationen nicht weiter, aber in diesem Fall, denke ich, können wir Ihrer Bitte nachkommen.«

»Vielen Dank!«, sagte Zoe atemlos und folgte ihm an die Rezeption.

Seth Ridgeway ließ die letzte Treppenstufe hinter sich und wandte sich zur Lobby.

»Halt!« Der Taxifahrer packte ihn fast an der Schulter. »Da nicht.« Seth blieb stehen. »Da sind zu viele Leute, die können Sie sehen. Komm mit, an Seite. Ich haben extra da geparkt.«

Seth schaute in die Lobby. Der Haupteingang war gleich gegenüber, die Rezeption links außer Sichtweite, und rechts neben einem Fries stand eine Sitzgruppe. Bis auf einen auffallend großen Mann, der zur Rezeption ging, war niemand in der Lobby. Der große Mann verschwand nach links. Er wirkte äußerst bedrohlich.

»Sie haben recht«, sagte Seth rasch. »Gehen Sie vor.« Er folgte dem türkischen Taxifahrer durch einen schmalen Gang und nahe der Küche durch eine verkratzte Holztür in die kalte Abendluft.

Kapitel 23

Am Limmatquai, unmittelbar nördlich der Wasserkirche, fuhr der Taxifahrer langsam an die Bordsteinkante. Abendlicher Verkehr floss um sie her, als der Wagen hielt. Hinter ihnen drückte ein Autofahrer wütend auf die Hupe. Der Taxifahrer ignorierte ihn. Gleich darauf scherte ein BMW mit quietschenden Reifen hinter dem Taxi aus und donnerte vorbei.

»Ich Sie bringen, wo Sie hinmüssen«, bot der Taxifahrer an.

»Vielen Dank«, lehnte Seth ab, »aber ich muss mich an die Anweisungen halten.«

Der Taxifahrer nickte.

»Darf ich Ihnen wenigstens die Fahrt vom Hotel hierher bezahlen?«

Der Taxifahrer schaute ihn mit seinen dunkelbraunen Augen lange an.

»Bitte«, drängte Seth und holte einige Schweizer-Franken-Scheine aus seiner Brieftasche. »Ich hätte mir doch ohnehin ein Taxi nehmen müssen.«

»Wenn Sie dann glücklich sein«, sagte der Fahrer. Nickend faltete Seth die Scheine auf Streichholzbriefchengröße zusammen und reichte sie dem Türken.

»Danke«, sagte der Fahrer und steckte das Geld in seine Jackentasche. Seth öffnete die Wagentür. »Immer Vorsicht, mein Freund«, mahnte der Taxifahrer.

Ridgeway drehte sich zu ihm um. »Sie auch.« Damit stieg Seth aus und schloss die Tür. Hinter sich hörte er den Motor aufheulen, als der Taxifahrer aufs Gas trat. Er hupte einmal, als er an Seth vorbeifuhr, fädelte sich in den dichten Verkehrsfluss ein und bog auf die Quaibrücke.

Seth blieb noch einen Moment stehen und grinste in sich hinein. Erst zu Hause würde der Taxifahrer den Tausenddollarschein finden, den er in die Schweizer Franken gewickelt hatte.

Seth schob den Gedanken beiseite, schaute auf die Uhr und stellte fest, dass er nach Jakob Josts Anweisungen noch fünf Minuten Zeit hatte, den ersten Kontrollpunkt zu erreichen. Langsam ging er den Limmatquai entlang und blieb mit Bedacht unterwegs immer wieder stehen, um sich die Auslage in den Schaufenstern anzusehen.

Der Abend war beinah schon warm, und Ridgeway öffnete seinen Anorak, um nicht zu schwitzen. Föhn nannten sie diesen warmen Fallwind, hatte der Taxifahrer ihm erklärt. Manchmal stemmten große Hochdruckgebiete über Nordafrika warme Luftmassen aus der Sahara gegen die polaren Tiefdruckgebiete, die Europa im Winter normalerweise beherrschten. Das Ergebnis war ein warmer Wind, der Schnee – und in den schneebedeckten Alpen Skipisten – schmelzen ließ. Bei Föhn herrschte immer erhöhte Lawinengefahr. Es war ganz ähnlich wie bei den Santa-Ana-Winden, die im Winter durch Südkalifornien wehten, dachte Seth, als er weiterging. Nur löste der Föhn keine Busch- und Waldbrände aus und machte die Leute nicht verrückt. Jedenfalls noch nicht.

An einem Schaufenster blieb Seth stehen und betrachtete durch das Metallgitter die Ringe mit Edelsteinen in allen Farben: Rot, Grün, Weiß, Blau, Gelb. Die Geschäfte waren hier nicht so nobel wie auf der Bahnhofstraße am anderen Flussufer. Das Gleiche galt für die Preise, dachte er.

Plötzlich hörte Seth links hinter sich Schritte auf dem Bürgersteig. Dann blieb die Person stehen. Ihm stockte der Atem in der Brust, als er zu dem Geräusch herumwirbelte und in der Jackentasche nach seiner Magnum griff.

Nichts! Seth spürte sein Herz wie eine geballte Faust

in der Brust, als er von einer Seite zur anderen schaute. Er war in jeder Richtung über einen halben Häuserblock hinweg völlig allein auf dem Bürgersteig.

Vorsichtig ging Seth zurück, an mehreren Hauseingängen vorbei. Niemand versteckte sich dort. Verwirrt setzte er seinen Weg fort und schaute argwöhnisch in einen Hauseingang nach dem anderen. Er war sicher, dass er etwas gehört hatte.

Das sind die Nerven, sagte er sich, als er die Einmündung der Torgasse erreichte und vom Bürgersteig trat, um die dunkle Gasse zu überqueren. Die vergangene Woche hatte seinen Nerven so zugesetzt, dass sich der dünne Firnis geistiger Gesundheit fast völlig abgeschliffen hatte. Angestrengt starrte er in die finstere Torgasse und meinte im tiefen Schatten eine Bewegung zu sehen. Schnell überquerte er die Straße und setzte seinen Weg auf dem Limmatquai fort.

Sein Herz raste immer noch, als er die Rämistraße erreichte. Vorsichtig schaute er sich um, zog den Stadtplan von Zürich aus seiner Anoraktasche und hielt ihn in den Schein der Ampel an der Kreuzung. Jost hatte etwa einen Häuserblock weiter an der Rämistraße eine Stelle an der linken Seite mit einem kleinen x markiert. Seth schaute von dem Plan auf und sah etwa an der Stelle, die Jost markiert hatte, eine kleine Grünanlage am Hang. Ein Stück davor auf derselben Seite war ein Tabakladen, genau wie Jost gesagt hatte.

Lächelnd stopfte Seth den Stadtplan wieder in die Tasche und ging die steile Rämistraße hinauf.

Jakob Jost Sohn war ein merkwürdiger Mann, dachte Seth, während er zu dem Tabakladen ging: Oberst der Schweizer Armee, Leibwächter seines Vaters, schweigsam, körperlich abgehärtet, kantig, muskulös, zielstrebig. Die Beschreibung des jüngeren Jakob Jost fiel nicht schwer. Die Adjektive trafen zwar zu, dachte Seth stirnrunzelnd, erklärten aber nichts.

Offenbar sorgte er aufopfernd für die Sicherheit und das Wohlergehen seines Vaters, als habe er sich das zur Lebensaufgabe gemacht. Aber warum war das notwendig?

Und was war mit Josts Brüdern? Mit den beiden weichlichen, dicken Männern, die die exklusive Kunsthandlung in der Augustinergasse führten? Josts Verachtung für sie war deutlich zu spüren, wenn er von ihnen sprach. Wie kam es, dass er so anders war als sie?

Fragen über Fragen.

Kopfschüttelnd schaute Seth auf die Uhr. Es war genau 19.30 Uhr. Wie Jost es verlangt hatte, öffnete Seth die Tür und ging in den Tabakladen. Die warme Luft roch nach Büchern und Tabak. Links war ein großer Ständer mit Zeitschriften und Büchern aller Art, Taschenbücher und gebundene Ausgaben, neu und gebraucht. Rechts waren Regale voller duftender Tabaksorten und Pfeifen. Geradeaus saß der Ladenbesitzer hinter der Theke und las ein Taschenbuch. Er schaute auf, als Seth hereinkam.

»Guten Abend«, grüßte Seth den Mann auf Deutsch.

»N'Abend«, antwortete der Mann, während er sorgfältig die Seite im Buch mit einem leeren Tabakbeutel markierte und aufstand. »Was kann ich für Sie tun?« Er musterte Seth aufmerksam.

Seth spürte, wie seine Kehle trocken wurde. Waren die Männer mit seinem Foto hier aufgetaucht und hatten Geld angeboten? Gab es eine Telefonnummer, wo Leute wie dieser Tabakhändler anrufen sollten? Seth schluckte mühsam den dicken Angstkloß in seiner Kehle hinunter.

»Das *Time Magazine* von dieser Woche«, antwortete Seth mühsam.

»Drüben an der Wand.« Der Ladenbesitzer deutete auf den Zeitschriftenständer. »Ganz oben, fast links außen.«

Seth suchte nach dem vertrauten Cover, während er an das Regal trat. Besorgt warf er einen Blick zum Eingang, da er fürchtete, jeden Augenblick könnten die Männer, die ihn suchten, hereinplatzen, um zu Ende zu bringen, was sie siebentausend Meilen westlich von hier angefangen hatten. Er entdeckte die Zeitschrift schon von der Mitte des Ladens aus zwischen dem *Spiegel* und der *International Herald Tribune*.

Nachdem Seth die dünne internationale *Time*-Ausgabe und ein Wegwerffeuerzeug gekauft hatte, trat er wieder hinaus in den nahezu warmen Abend. Nach ein paar Schritten blieb er stehen und schaute in das Fenster des Tabakladens. Der Besitzer wählte bereits eine Telefonnummer.

Arbeitete er mit Jost zusammen? Gehörte das mit zu den Sicherheitsvorkehrungen? Jost hatte ihm ganz genaue Anweisungen gegeben, welche Zeitschrift er wo und wann kaufen sollte. Der Mann musste ein Freund von Jost sein.

Als Seth weiter den steilen Berg hinaufging, kam er kaum gegen den inständigen Wunsch an, genau zu wissen, wen der Tabakhändler angerufen hatte.

Es hätte ein schöner Abend sein können, dachte er im Weitergehen, wenn da draußen im Dunkel nicht Männer nach ihm suchen und Taxifahrern und Hotelangestellten großzügig Geld anbieten würden, um zu erfahren, wo er steckte. Er öffnete seinen Anorak noch etwas weiter, weil ihm bei dem steilen Anstieg der Schweiß ausbrach. Als er sich dem zweiten x näherte, das Jost auf den Stadtplan gezeichnet hatte, kam er zuerst an einer Baustelle, dann an einer zweiten vorbei.

Neben der Baustelle blieb Seth kurz stehen, um in ihrem Scheinwerferlicht auf den Stadtplan zu schauen. Hier war es genauso wie in den kälteren Regionen der Vereinigten Staaten, überlegte er. Bauarbeiter mussten nachts Überstunden machen, solange gutes Wetter herrschte, um Verzögerungen durch schlechtes Wetter wettzumachen. Wenn er sich einmal im Kreis drehte, konnte er mindestens sechs hellerleuchtete Baustellen sehen, die von Arbeitern wimmelten.

Seth betrachtete nun wieder aufmerksam den Stadtplan.

Er fand Josts nächstes x ein kleines Stück weiter oben auf der linken Seite und setzte seinen Weg fort. Das Knirschen von Sand unter seinen Füßen ging in dem animalischen Rattern schwerer Maschinen unter, das von dem Neubau neben ihm widerhallte. Schnell brachte er den nächsten Häuserblock hinter sich und überquerte die Straße zum Heimplatz. Ein halbes Dutzend Leute gingen hin und her und warteten auf die Straßenbahn, die auf dem kleinen Platz eine Haltestelle hatte. Er mischte sich unter die Leute, musterte prüfend die Fenster der umstehenden Häuser und versuchte zu raten, welches Licht zur Wohnung von Jakob Jost senior gehören mochte.

Pünktlich um 19.40 Uhr ging Seth zum Papierkorb an der Bürgersteigkante. Er zündete das Wegwerffeuerzeug an und hielt es dicht an das Deckblatt der Zeitschrift, als versuche er das Datum zu entziffern. Dann warf er die ungelesene Ausgabe der *Time* in den Abfallbehälter.

Der Plan war gut, dachte Seth. Von einem dunklen Fenster aus konnte der jüngere Jost Seth im Licht des Feuerzeugs ohne weiteres erkennen. Nach Josts genauen Anweisungen sollte Ridgeway weitere fünf Minuten hier stehen bleiben, während Jost ihn und vor allem seine Umgebung beobachtete, um zu sehen, ob ihm jemand gefolgt war. Falls er verfolgt wurde, sollte sich die Planung – die Jost nicht näher ausführte – ändern.

Die Zeit schlich dahin. Seth versuchte noch einmal zu beten, aber die Gedanken drehten sich in seinem Herzen wie scharfkantiges Metall. Vielleicht war Gott ja tatsächlich tot. Sofort meldete sich sein schlechtes Gewissen. Die Angst um seine sterbliche Seele fing gerade an, an seinen Nerven zu zerren, da wurden im obersten Stock des Eckhauses Rämistraße/Zeltweg erst eine, dann zwei Kerzen angezündet.

Seths Puls schlug schneller, als er die Straße überquerte und zu dem Haus ging. Zwei Kerzen! Das war Josts Signal, dass alles in Ordnung war. Auf der anderen Straßenseite musste er warten, bis ein Betonlaster langsam rückwärts auf eine benachbarte Baustelle gesetzt hatte. Während er hinter der Absperrung stand, schaute er zu, wie ein riesiger Baukran einen großen Betonkübel absenkte, an dessen Seiten Spritzer von einer früheren Ladung heruntertropften. Seth sah, dass der Ausleger des Krans beinah an Josts Hauswand vorbeischrammte. Vom Boden wirkte es, als habe er die Mauer nur um Haaresbreite verfehlt.

Der Betonlaster stieß röhrend eine Wolke Dieselabgase aus und rumpelte durch die Baustelleneinfahrt auf den Platz, den ein ohne Zweifel leerer Mischer gerade erst frei gemacht hatte. Schließlich wurde die Absperrung entfernt, und Seth und eine weitere Fußgängerin, eine gebeugte alte Frau mit einem Einkaufswagen voller Lebensmittel, durften weitergehen.

Seth erreichte die Adresse, die Jost ihm angegeben hatte, und trat an eine verschlossene Tür mit einer Reihe nummerierter Klingelknöpfe ohne Namensschilder. Er drückte auf den Knopf neben der Nummer 874 – einmal ganz kurz, dann noch einmal volle zwei Sekunden lang.

Kaum hatte er seine Hand sinken lassen, summte auch schon der Türöffner. Er stieß schnell die Tür auf und ging zu den Aufzügen. Eine leere Kabine wartete schon auf ihn. Er ging hinein und drückte auf den obersten Knopf für den siebten Stock.

Die Messingtüren des Aufzugs glitten zu. Lautstark beförderte der alte Mechanismus ihn nach oben.

Als der Aufzug hielt, öffnete die Tür sich nicht. Einen Moment glaubte Seth, er sei steckengeblieben, doch dann klingelte das Telefon an der Wand. Er hob ab.

»Ridgeway?«, fragte Josts Stimme.

»Natürlich.«

»Stellen Sie sich in die Mitte der Kabine und ziehen Sie ihre Jacke aus.«

»Was?«, fragte Seth. »Warum sollte …«

»Schauen Sie in die Ecke des Aufzugs«, antwortete Jost.

»Da ist eine Videokamera. Ich will mich nur vergewissern, dass alles ist, wie es sein soll.«

Seth hatte die Minikamera, die auf ihn gerichtet war, gar nicht bemerkt. Befangen zog er seine Jacke aus. Gleich darauf öffnete sich die Aufzugtür und Ridgeway trat in einen Gang mit eleganter Holzvertäfelung und Marmorboden. Vor ihm stand Jakob Jost mit einer Maschinenpistole im Anschlag, einer Heckler & Koch MP 5 A.

Kapitel 24

Unten auf der Rämistraße glitt ein dunkler Wagen durch den warmen Abend. Vier Männer schauten, aufmerksam auf Gefahren achtend, aus den Wagenfenstern. Unter ihren teuren Maßanzügen steckten tödliche Waffen in teuren handgearbeiteten Holstern. Der Tod blieb unbemerkt, wenn er sich in einer reichen Stadt hinter der Maske des Reichtums verbarg.

»Da!«, sagte der Mann auf dem Beifahrersitz. Er sprach Russisch. Die anderen schauten auf das Eckhaus Rämistraße/Zeltweg, auf das er zeigte. Der Fahrer bremste und hielt an der Bordsteinkante unmittelbar hinter der Einfahrt zu einer Hochhausbaustelle.

»Da oben, unterm Dach«, sagte der Mann auf dem Beifahrersitz. Die anderen beugten sich zu den Fenstern und reckten die Hälse nach oben. Sie sahen Licht im obersten Stock des Hauses und hörten den Baulärm der Arbeiter, die das gute Wetter nutzten, solange es anhielt.

»Biege hier rechts ab«, befahl der Mann auf dem Beifahrersitz. »Wir parken gleich hinter dem Haus und gehen zurück.«

Der Fahrer nickte, trat aufs Gas und fädelte sich in den spärlichen Verkehr ein.

»Tun Sie die weg«, sagte Seth, als er aus dem Aufzug trat. Er war eher verärgert als ängstlich. »Ich habe genug von Leuten, die Waffen auf mich richten.«

Jost musterte ihn mit kalter Berechnung. Er war ein Computer, der den Menschen, der vor ihm stand, mit dem abgespeicherten Bild verglich. Jost nickte einmal kurz und senkte den Lauf der Maschinenpistole, bis sie zu Boden zeigte.

»Guten Abend«, sagte Jost lächelnd. »Entschuldigen Sie die Unannehmlichkeiten, aber sie haben sich schon oft als überlebenswichtig für meinen Vater erwiesen.«

»Allmählich begreife ich auch, wieso«, sagte Seth. Jost bedachte ihn mit einem dünnen, wissenden Lächeln, bevor er sich abrupt umdrehte und durch den Flur ging. Seth folgte ihm und betrachtete dabei die Ölgemälde und Aquarelle an den Wänden. Es war wie in einem engen, aber äußerst gut bestückten Museum. Ridgeway erkannte im Vorübergehen mehrere Gemälde, die Jakob Jost junior ihm am Abend zuvor beschrieben hatte.

Jost hatte ihm erklärt, die extremen Sicherheitsvorkehrungen für die Wohnung seines Vaters seien nun schon seit Jahrzehnten notwendig, teils wegen der wertvollen Gemälde, vor allem aber wegen dem, was er in Altaussee gesehen und erfahren habe.

Nach dem Krieg sei sein Vater von den österreichischen Salzbergwerken, in denen Hitler seine gestohlenen Kunstwerke versteckt habe, wieder nach Zürich gekommen. Er habe die Nazis mit einer Intensität hassen gelernt, die nur Menschen verstehen könnten, die dem absolut Bösen begegnet seien.

Wie Jost erzählte, hatte sein Vater nach dem Krieg den richtigen Leuten zu verstehen gegeben, dass er gerne gewisse Kunstwerke erwerben wolle, mit denen viele SS-Leute sich den Weg in die Freiheit erkauften. Er hatte auch durchblicken lassen, dass er geeignete Verbindungen habe, um frühere Nazis mit dem nötigen Geld an sichere Orte zu schleusen. Gemeinsam mit zwei Freunden, die Ähnliches erlebt hatten wie er, hatte Jost senior die flüchtigen Nazis in seinen Laden kommen lassen, um ihre gestohlenen Kunstwerke zu begutachten. Während Jost sich die Werke ansah, hatten seine beiden Verbündeten die Besucher in einen Nebenraum geführt und hingerichtet.

Dieser makabre Plan hatte einige Jahre lang funktioniert. Die Geheimhaltung hatte für sie gearbeitet. Ein Nazi nach dem anderen war durch Mundpropaganda zu ihnen gekommen. Und wenn ein Flüchtiger verschwand und von seinen früheren Kameraden nie wiedergesehen wurde, hatten alle angenommen, Jost habe ihn in Sicherheit gebracht.

Im Juli 1949 war dieses System zusammengebrochen, als zwei ehemalige SS-Obersturmführer im Laden aufgetaucht waren und verlangt hatten, gemeinsam bedient zu werden. Einer von ihnen hatte den Braten gerochen und war entkommen. Seitdem, berichtete Jost junior, drohe seinem Vater ständig Gefahr von Männern, die zwar inzwischen zu alt waren, um selbst zu töten, aber genügend Geld und Einfluss besaßen, um die besten Killer anzuheuern.

Jost hatte so viele Kunstwerke wie möglich an ihre ursprünglichen Eigentümer zurückgegeben, aber viele von ihnen waren tot oder unauffindbar. Die verwaisten Werke hatten es seinem Vater ermöglicht, seine bescheidene Werkstatt für Bilderrahmen zu einer exklusiven Kunsthandlung auszubauen.

»Das hier sind seine Lieblingsstücke«, erklärte Jost nun, blieb am Ende des Flures stehen und deutete mit beiden Armen auf die Bilder an den Wänden. »Die besten verwaisten Stücke hat er immer für sich behalten.«

Seth blieb ebenfalls stehen und öffnete den Mund, um etwas zu sagen, aber Jost drehte sich schon um und öffnete eine Tür am Ende des Flures. »Bitte, treten Sie ein.«

Seth ging durch die Tür in ein Arbeitszimmer voller Bücher. Gelbliche Lichtkegel beleuchteten einen großen Bibliothekstisch, der übersäht war mit aufgeschlagenen Büchern und Notizblocks, deren Seiten mit einer kleinen, zittrigen, aber immer noch präzisen Handschrift gefüllt waren.

Am anderen Ende des Zimmers saß ein alter Mann in einem Lehnsessel an einem offenen Marmorkamin, in dem ein einladendes Feuer brannte. Seine Beine ruhten unter einer Decke auf einer Ottomane. Links von ihm stand ein dreibeiniger, verschnörkelter Beistelltisch mit Büchern, Papieren und einer halbvollen Karaffe mit einer bernsteinfarbenen Flüssigkeit und daneben ein weiterer, gleichartiger Sessel. Der alte Mann las ein dickes, gebundenes Buch.

»Vater?«, rief Jost von der Tür aus. Der alte Mann legte das Buch auf seinen Schoß und drehte sich zu ihnen um.

»Ja, Jakob?«

»Dein Besuch. Mr. Ridgeway.«

Der ältere Jost rückte seine Brille zurecht und schaute Seth blinzelnd an.

»Kommen Sie doch, Mr. Ridgeway, nehmen Sie Platz«, sagte der ältere Jost ungeduldig. »Ich hoffe, Sie haben nicht vor, an der Tür stehen zu bleiben, bis Sie so alt sind wie ich.«

Der jüngere Jost deutete mit dem Kopf auf den freien Lehnsessel neben seinem Vater. Ridgeway ging hin und blieb neben dem alten Mann stehen. Er trug einen warm wirkenden Morgenmantel mit Bindegürtel. Unter seinem Saum lugten Schlafanzugbeine hervor. Die Füße steckten in Pantoffeln. Seth musterte den Mann eingehend und fand, dass er mit seinem rundlichen, fleischigen Gesicht seinen beiden Söhnen, die den Kunsthandel führten, ähnlicher sah als seinem Ältesten, dem schlanken Schweizer Oberst. Als Ridgeway sich vorbeugte und dem alten Mann die Hand reichte, hörte er, wie der Sohn leise aus dem Zimmer ging und die Tür hinter sich schloss.

»Mr. Ridgeway.« Jakob Jost schüttelte Seth überraschend fest die Hand. »Willkommen in Zürich; willkommen in meinem Haus. Entschuldigen Sie, dass ich nicht aufstehe, aber die Arthritis in meinen Knien ist in letzter Zeit ziemlich schlimm.«

Seth äußerte sein Mitgefühl und setzte sich auf den Sessel links von Jost. Dabei bemerkte er Josts Hand, die auf der Armlehne lag. Sie war furchtbar entstellt, voller Narben, und der Daumen fehlte. Höflich wandte Seth den Blick ab, aber Jost hatte seine entsetzte Miene bereits gesehen. Er grinste Ridgeway trocken an.

»Das«, er hielt seine linke Hand hoch, »ist Teil meiner Geschichte. Aber zuerst möchte ich Ihre hören.« Jost setzte sich etwas bequemer und schaute Seth an. »Wenn ich recht verstanden habe, suchen Sie Ihre Frau, die angeblich ein Gemälde mit dem Titel *Die Heimstatt unserer Erlöserin* haben soll?«

Seth nickte. »Sie ist vor sechs Monaten spurlos aus unserem Hotelzimmer im Eden au Lac verschwunden.«

»Das habe ich gehört«, sagte Jost. Sein Blick schien sich nach innen zu richten. Als er schwieg, erfüllten das Knacken und Knistern des Holzfeuers und das stetige Rattern des Baukrans vor dem Fenster das Arbeitszimmer. Durch die Gardinen sah Seth den Kranausleger fast auf Fensterhöhe vorbeigleiten.

Schließlich riss Jost sich von seinen Gedanken los. »Dieses Gemälde werde ich niemals vergessen«, sagte er. »Und auch die Männer, die es brachten, werde ich nie vergessen.« Er brach abrupt ab. »Aber auch das ist Teil meiner Geschichte. Zuerst möchte ich aber Ihre Geschichte hören. Bitte, fangen Sie an.«

Während Seth die Ereignisse des letzten halben Jahres schilderte, zog Jost ein Päckchen Tabak unter dem Stapel Papiere auf dem Beistelltisch hervor. Seth bemerkte, dass das Päckchen den Aufdruck des Tabakhändlers in der Rämistraße trug. Jost holte eine große Bruyèrepfeife aus seinem Morgenmantel, stopfte sie sorgfältig und zündete sie an. Aromatische Rauchwölkchen stiegen aus dem Pfeifenkopf auf und wehten größtenteils zum Kamin.

Seth erzählte von seiner Suche in Zürich, von Rebecca Weinstock, von den Killern in Los Angeles, den Killern in

Amsterdam, den Männern, die in Zürich nach ihm suchten. Bevor er mit seiner Schilderung fertig war, hatte Jost seine Pfeife zweimal neu gestopft.

»Mein Ausbruch gestern in Ihrer Galerie tut mir leid«, sagte Seth. »Ich komme selbstverständlich für den Schaden auf.«

»Das braucht Ihnen nicht leidzutun«, kicherte Jost. »Es ist das Aufregendste, was diese beiden verwöhnten Idioten in ihrem ganzen behüteten Leben je erlebt haben.« Er lachte. »Jakob« – er deutete mit dem Kopf auf die Tür – »ist der einzige meiner Söhne, der ein bisschen Köpfchen hat. Aber er nimmt alles viel zu ernst«, sagte er seufzend.

Jost beugte sich vor, um seine Pfeife in einem dicken Glasaschenbecher auszuklopfen. Dann schabte und kratzte er den Pfeifenkopf mit einem Pfeifenbesteck aus und schaute Seth wieder an.

»Was Sie mir erzählt haben, überrascht mich nicht«, sagte Jost. »Wahrscheinlich sollte ich Ihnen erklären, warum es mich nicht überrascht.«

Er stopfte erneut seine Pfeife.

»Es begann 1939, als ein Mann das Gemälde in meine Rahmenwerkstatt brachte. Es war Sommer, und ich kam gerade von der Universität und arbeitete bei meinem Vater. Ich hatte Kunstgeschichte studiert und wollte Restaurator werden.

Der Kunde benahm sich wie ein übereifriger kleiner Bediensteter, der für wichtige Leute arbeitet. Er stieg aus einer schwarzen Limousine und brachte das ungerahmte Gemälde in die Werkstatt. Ich war nicht sonderlich beeindruckt von dem uninspirierten kleinen Landschaftsbild auf Holz, das nach frischer Farbe roch. Es war nichts Besonderes, handwerklich gut gemacht, aber ohne jede Genialität. Der Mann wollte das Bild bis zum Abend gerahmt haben. Das war zwar ungewöhnlich, aber durchaus nicht unmöglich. Ich hatte es problemlos termingerecht fertig.

Später erfuhr ich, dass der Mann für keinen Geringeren

als Hermann Göring arbeitete. Das Gemälde war ein Geschenk für Görings Chef, Adolf Hitler.

Im Laufe des Krieges verfolgte meine Familie Görings Werdegang mit Interesse und einer gewissen finsteren Faszination, weil er uns praktisch so nah gekommen war. Aber für einige meiner Verwandten, die sich in Salzburg niedergelassen hatten, war Göring von mehr als bloß theoretischem Interesse.

Meine Tante, eine Schwester meines Vaters, hatte dort 1929 einen Kunsthändler geheiratet. Seit Hitler Österreich annektiert hatte, war es bei ihnen bergab gegangen, mein Onkel wurde eingezogen und fiel im Krieg. Mein Vater schickte mich 1943 nach Salzburg, um zu sehen, ob ich meine Tante wieder in die Schweiz holen könnte.

Aber bevor ich Salzburg mit ihr verlassen konnte, kamen deutsche Soldaten. Sie sagten, sie suchten in Kunsthandlungen, Kunsthochschulen und Museen nach »vaterländisch gesinnten Bürgern«, die ihnen helfen sollten, sich um unbezahlbare Kunstschätze zu kümmern, die täglich aus ganz Europa in München eintrafen.«

Jost erzählte Seth, wie er und seine Tante den sturen Soldaten zu erklären versucht hatten, dass der eigentliche Kunstexperte, sein Onkel, als einfacher Gefreiter der Wehrmacht gefallen war. Die Soldaten, die sicher mehr von Müllabfuhr als von Kunst verstanden, sagten, das sei schon in Ordnung, seine Tante habe sicher von ihrem Mann einiges gelernt, sie und ihr Neffe sollten ihnen nicht länger die Zeit stehlen, sondern draußen in die Laster steigen, die sie nach München bringen würden.

Seine Tante starb im Dezember 1943 an einer Lungenentzündung, aber Jost arbeitete weiter in Hitlers zentraler Sammelstelle in München, wo er Gemälde katalogisierte und konservierte, die mit Lastwagen, Zügen und Flugzeugen aus ganz Europa kamen.

»Man behandelte mich ganz gut«, erzählte er. »Ich bekam Lebensmittelkarten und eine Wohnung, die ich mit drei anderen Mitarbeitern der zentralen Sammelstelle teilen musste. Sie zahlten mir sogar ein Gehalt. Die Gestapo sagte mir, sie wüssten über meinen Vater Bescheid, wüssten, wo er wohnte, und wenn ich einen Fluchtversuch machen sollte, würde ihm ›etwas zustoßen‹. Ich glaubte zwar nicht, dass die Gestapo genügend Personal hatte, um sich mit Leuten wie mir abzugeben, aber ich wollte kein Risiko eingehen.«

Jost verzog das Gesicht und versuchte, sein steifes Bein zu strecken. »Ob es daran lag, dass meine Arbeit so gut war, oder an dem Brief, in dem ich Göring mitgeteilt hatte, unter welchen jämmerlichen Bedingungen die Kunstwerke in der Sammelstelle gelagert wurden, weiß ich nicht, jedenfalls wurden Männer auf mich aufmerksam, die in Hitlers Umfeld für Kunst zuständig waren. Zu ihnen gehörte Hans Reger, der Leiter der zentralen Sammelstelle, der mir immer mehr Verantwortung übertrug.«

Ein Klopfen unterbrach Jost in seiner Erzählung.

»Herein«, rief er. Gleich darauf kam der jüngere Jakob Jost mit einem Tablett mit belegten Broten, Bier und Mineralwasser herein. »Ich dachte, ihr habt vielleicht Hunger«, sagte er.

Instinktiv schaute Seth auf die Uhr. Es war fast 21.30 Uhr. Die Zeit war wie im Flug vergangen.

»Danke«, sagte Jost senior. Auch Seth bedankte sich mit einem Kopfnicken, während Josts Sohn den Tisch zwischen den beiden Lehnsesseln abräumte und das Tablett daraufstellte. Nachdem er das Bier aus großen braunen Flaschen in schwere Bleikristallkrüge geschenkt hatte, ging er hinaus und schloss die Tür hinter sich.

Eine Weile herrschte Stille im Zimmer, während die beiden Männer sich bedienten. Seth knurrte beim Anblick des Essens der Magen, und erst jetzt merkte er, wie hungrig er war.

Nachdem sie sich wieder zurückgelehnt hatten, erzählte Jost weiter.

»Nach und nach übertrug man mir mehr Verantwortung«, sagte er, nachdem er einen Bissen seines Leberwurstbrotes mit einem Schluck Bier hinuntergespült hatte. »Schließlich hatte ich in meinem Studium – eigentlich schon mein Leben lang – gelernt, mit Kunst umzugehen. Obwohl ich meine Familie vermisste und Angst vor der SS und der Gestapo hatte, stürzte ich mich in die Arbeit. Schließlich tat ich es weniger für Hitler als für die Erhaltung der Kunst aus Jahrhunderten. Mir war egal, wem die Kunstwerke gehörten. Ich wusste nur, dass ich es mir nie verziehen hätte, wenn ich diese Meisterwerke hätte verkommen lassen.«

Er schaute vage ins Feuer, als malten dort die hell tanzenden Flammen Kunstwerke. »Wissen Sie, es waren alle da.« In seinem Ton lag verträumte Nostalgie. »Tizian, Rembrandt, Leonardo, Rubens ... alle.« Jost schien einer verlorenen, bittersüßen Erinnerung nachzutrauern. »Nur die Kuratoren der renommiertesten Museen der Welt bekommen Gelegenheit, sich um so viele Meister zu kümmern.«

Die zuständigen Nazis vom Sonderauftrag Linz – Hitlers Spezialeinheit für geraubte Kunst – fassten Josts Kunstenthusiasmus irrtümlich als Begeisterung für ihre Sache auf. Jost tat nichts, um sie von diesem falschen Eindruck abzubringen, weil er ihm mehr Verantwortung, Privilegien, Luxus und Freiheit eintrug. Diese Freiheit ermöglichte es ihm, Kontakt mit Widerstandskämpfern aufzunehmen und durch sie an die Alliierten weiterzugeben, dass sich die weltweit größte Konzentration von Kunstschätzen in Lagerhallen mitten in München befand.

»Als die alliierten Bomber München immer näher rückten, setzte ich mich dafür ein, die Kunstwerke an sicherere Orte zu verlegen. Ich schlug die Salzbergwerke im benachbarten Österreich vor. Die Idee gefiel vor allem der SS, weil sie zu ihren wagnerianischen Vorstellungen passte, bis zum letzten Mann in den zerklüfteten Bergen die

Stellung zu halten. Den Realistischeren in der SS gefiel sie noch besser, weil sie zu Recht ahnten, dass es so für sie einfacher wäre, die Kunstwerke zu stehlen, um sich damit freizukaufen.

Immer wieder fuhr ich ins Salzkammergut und quartierte mich in Altaussee ein, das günstig zu den zahlreichen Salzbergwerken der Umgebung lag.

Ich hatte eine kleine Hütte am Altausseer See.« Er trank seinen Bierkrug leer. »Sie stand an der Hauptstraße von Altaussee nach Bad Aussee. In der Nähe war die katholische Kirche, der Pfarrer dort war ein Mann namens Hans Morgen.

In einem kleinen österreichischen Ort ist der Dorfpfarrer natürlich eine wichtige Persönlichkeit, und so lernte ich Morgen bald recht gut kennen.«

Morgen stand Jost mit seinen Nazi-Verbindungen anfangs misstrauisch gegenüber. Als sich aus ihrer Bekanntschaft nach und nach eine echte Freundschaft entwickelte, zog Morgen ihn jedoch immer mehr ins Vertrauen. Es dauerte nicht lange, bis Jost erfuhr, dass Morgen der Dreh- und Angelpunkt der örtlichen Widerstandsbewegung war. Da Jost von seinen Kontakten zum Widerstand in München abgeschnitten war, fing er an, Informationen über Morgan weiterzugeben.

»Er war ein echter Held«, sagte Jost voller Bewunderung. »Täglich riskierte er sein Leben – im Gegensatz zu vielen anderen in der katholischen Kirche, die Hitler entweder aktiv oder durch ihre Untätigkeit unterstützten. Ich hatte Angst, aber er war so nett, mir das Gefühl zu geben, dass ich eine wichtige Rolle spielte.«

In den letzten Kriegstagen drehten alle durch, erzählte Jost weiter. Als die Artillerie und Bomben der Alliierten über die Berge hallten, gerieten viele der Nazis, die für die versteckten Kunstschätze in den Bergwerken zuständig waren, in Panik. Einer von ihnen, ein halb verrückter Oberst, der für ein Bergwerk oberhalb von Bad Aussee zuständig war, plante, die unbezahlbaren Schätze in die Luft zu jagen, damit sie »nicht in die Hände der Juden fielen«.

Fieberhaft ließ der Oberst seine Leute Fünfhundert-Pfund-Bomben in die Bergwerksstollen schleppen und neben Statuen von Leonardo da Vinci und Gemälde von van Dyck platzieren. Dort lagen die Bomben bereit, als Jost sich mit Morgen traf. Der Oberst wartete nur auf einen Sprengmeister, der die Aufschlagzünder der Fliegerbomben gegen Zünder austauschen sollte, die sich am Boden zünden ließen.

Eines Nachts kamen Männer mit einem Rucksack voller Sprengstoff und Zünder in Josts Hütte. Noch bevor sie die Kerzen in der Morgendämmerung löschten, hatte Jost gelernt, wie er die Ladung scharf machen und den Zeitzünder einstellen musste.

Jost suchte eine bequemere Sitzposition und erzählte weiter: »Am nächsten Tag packte ich die Sprengladung in meine Aktentasche und ging unter einem Vorwand in das Bergwerk. Unmittelbar bevor ich den Stollen verließ, stellte ich den Zeitzünder ein und ließ die Aktentasche am Eingang stehen, wie die Männer der Widerstandsbewegung es mir gesagt hatten.«

Josts Sprengladung jagte den Stolleneingang in die Luft, ohne die Kunstwerke zu beschädigen, und verhinderte so, dass der Sprengmeister oder sonst jemand die Zünder der Bomben austauschen konnte.

Tage später brachte ein kleiner Junge, dessen Mutter das Dorfgasthaus führte, Jost eine verzweifelte Nachricht von Morgen.

»Morgen war immer so ruhig gewesen, aber als ich die Nachricht sah, die er mir in meine Hütte geschickt hatte, konnte ich die Hysterie zwischen den Zeilen lesen und die Angst in der wilden Schrift erkennen. Er habe ein schreckliches Geheimnis, schrieb er. Etwas über eine Reliquie, die in einem Salzbergwerk am Habersam oberhalb von Altaussee liege.

Ich wusste nichts über das Bergwerk, was mich natürlich neugierig machte. Ich fing an, Erkundigungen einzuziehen. Die Fragen, die ich stellte, hätten mich und Hans beinah umgebracht.« Es war, als zöge die Last der Erinnerung an den alten Kummer Josts Gesicht in die Länge.

Josts Fragen machten den SS-Kommandeur der geheimen Grube Habersam auf Jost aufmerksam. Ein SS-Obersturmführer wurde zu Jost in die Hütte geschickt, um ihn zu verhören.

Jost ließ sich von den Drohungen des Obersturmführers nicht einschüchtern, der ihn schließlich mit Handschellen an das schwere Eisenbett fesselte, während sie auf Morgen warteten.

Kurz vor Morgengrauen hörten sie Artilleriebeschuss aus Richtung Bad Aussee. Die Alliierten würden bald kommen, das erkannte Jost an der Nervosität des Obersturmführers, der besorgt in der Hütte hin und her ging. Kaum hatte sich der Himmel bei Morgengrauen blutrot gefärbt, da erschütterte eine donnernde Explosion vom Habersam die Fenster der Hütte.

»Ich versuchte angestrengt zu sehen, was da vorging«, erzählte Jost. »Ich habe bestimmt eine Stunde oder länger am Fenster gestanden und auf die grellweiße Fläche des zugefrorenen Sees gestarrt.«

Schließlich sah er Menschen. Anfangs waren sie zu weit entfernt, um sie zu unterscheiden. Als sie näher kamen, machte Jost eine einzelne Gestalt aus, die von uniformierten Soldaten verfolgt wurde. Zu seinem Entsetzen erkannte er, dass der Verfolgte Morgen war.

Der SS-Obersturmführer kam ins Schlafzimmer. Zum ersten Mal, seit sie die alliierte Artillerie in der Morgendämmerung gehört hatten, grinste er und sagte sarkastisch: »Bald bekommen wir ein paar Antworten, nicht wahr?«

Als Jost einen Pistolenschuss hörte und den Priester in seiner schwarzen Kleidung in eine Schneewehe fallen sah, war er sicher, dass sie Morgen getötet hatten. Die Mörderbande kam Morgen immer näher, aber er stand langsam auf und drehte sich taumelnd zu ihnen um. Gespannt wie eine Feder stand Jost da, während Morgen die Hände über den Kopf hob und auf die Mörder zuwankte, die, verdutzt über das unerwartete Verhalten des Verfolgten, stehen geblieben waren.

Er sah, wie einer der Mörder seine Waffe hob und auf Morgen zielte.

»Was ich dann sah, werde ich nie vergessen«, erklärte Jost. »Es war ein Wunder, ein reines Wunder.«

Bevor der Mörder den Abzug drücken konnte, war er tot. Auf einer Kuppe donnerten Geschütze, eine riesige Detonation jagte große Eisplatten vom See in die Luft. Als es wieder ruhig wurde, lebte Morgen noch, und seine Verfolger waren bis auf den letzten Mann tot oder lagen im Sterben.

»Dein Freund hat Glück gehabt«, sagte der SS-Obersturmführer zu Jost. »Aber der hier entkommt er nicht.« Er zog eine 9-Millimeter-Mauser-Parabellum heraus und schwenkte sie vor Josts Nase. Ohne ein weiteres Wort ging er aus dem Schlafzimmer. Jost hörte seine Stiefel auf dem Wohnzimmerboden und das Zuschlagen der Tür, als der Nazi auf die winzige Veranda der Hütte hinaustrat.

»Ich schrie Morgen zu, er solle zurückgehen«, sagte Jost, »aber er konnte mich nicht hören.« Als Ridgeway von Jost erfuhr, wie die Geschichte weiterging, lag ihm das Butterbrot, das er gegessen hatte, wie ein Fettklumpen im Magen.

»Ich sah Morgen immer näher kommen«, sagte Jost. »Er taumelte durch den Schnee auf die Hütte zu, ohne zu ahnen, dass der Obersturmführer auf ihn wartete.

Ich nehme an, der Obersturmführer war ursprünglich in der Absicht gekommen, uns beide zu verhören, aber als die alliierten Truppen über den Berg kamen, überlegte er es sich wohl anders und beschloss, uns beide zu töten, um Zeit zu sparen.«

Mit verzerrtem Gesicht rückte Jost seine Beine auf der Ottomane zurecht. »Damals, in den letzten Kriegstagen, drehten alle durch. Es packte uns alle und trieb uns, Dinge zu tun … na ja, ich glaube, ich kann Ihnen das unmöglich begreiflich machen.«

Jost war klar, dass der SS-Mann, nachdem er Morgen getötet hätte, wahrscheinlich in die Hütte zurückkommen und ihn umbringen würde. Es ging also ebenso um sein eigenes Überleben wie um das Morgens, als er sich so weit, wie seine Handschellen es erlaubten, vorreckte und den kleinen Spiegel zerschmetterte, der über einer kleinen Kommode hing.

»Ich nahm die größte Scherbe«, sagte Jost und hob seine verstümmelte Hand, damit Ridgeway sie sehen konnte, »und schnitt mir Fleisch, Sehnen und Muskeln meines linken Daumens durch.«

Wie ein verzweifeltes Tier, das in eine Falle getappt ist und sich die eingeklemmte Pfote abbeißt, hackte Jost auf seinen linken Daumen ein, bis er die Hand aus der Handschelle befreien konnte. Ohne sich die Wunde zu verbinden, lief er hinter dem Obersturmführer her aus der Hütte.

»Ich kann mich nicht erinnern, Schmerz empfunden zu haben«, erzählte Jost und musterte verwundert seine vernarbte, entstellte Hand. »Aber ich erinnere mich an meine Wut, als ich aus der Hautür rannte, immer noch mit der blutigen Scherbe in der rechten Hand.«

Jost sah den Obersturmführer mit erhobener Waffe am Ende der Veranda stehen. Morgen kam um die Ecke auf die Tür zu. Jost hielt die blutige Scherbe wie einen Dolch über den Kopf und rannte auf den Oberleutnant zu. Der SS-Offizier zielte auf Morgens Kopf. Morgen erstarrte mit resignierter Miene.

»Ich hörte den Schuss, unmittelbar bevor sich die Spitze der Glasscherbe in den Rücken des Obersturmführers bohrte.« Jost schüttelte traurig den Kopf. »Eine Sekunde früher, eine halbe Sekunde, und der Obersturmführer hätte nicht mehr schießen können.«

Jost zog die Glasscherbe aus dem Nacken des Nazis und stach immer wieder zu. Der Offizier ging zu Boden, Blut spritzte aus verletzten Arterien und leuchtete hellrot im Schnee.

»Ich kann ich mich kaum noch an etwas danach erinnern«, sagte Jost. »Ich weiß nur noch, dass ich nach Hans schaute, nachdem der Nazi am Boden lag.«

Ein schmerzlicher Ausdruck huschte über Josts Gesicht. »Er hatte eine furchtbare Kopfverletzung. Durch das Loch in seiner Schädeldecke konnte ich die graue Hirnmasse sehen.

Da muss ich wohl völlig durchgedreht sein, denn ich erinnere mich an gar nichts mehr. Ich weiß nichts mehr, bis zu dem Punkt, als ein amerikanischer Soldat mich von dem Obersturmführer wegriss. Er musste mich ohrfeigen und mir die Glasscherbe aus der Hand schlagen.« Jost schaute Ridgeway in die Augen. »Später erzählte mir der amerikanische Soldat, als er mich zuerst sah, kniete ich auf der Brust des Obersturmführers und stach ihm in die Augen.« Josts Stimme wurde ganz matt. »Er … der Obersturmführer … lebte noch. Der Amerikaner sagte, er konnte die Schreie hören, während ich immer wieder zustieß.«

Jost schüttelte den Kopf. »Verrückt. Ich glaube, das Einzige, was ein gesunder Mensch im Krieg machen kann, ist verrückt zu werden.«

Er schwieg lange. Nur das Knacken der Holzscheite im Kamin und das Rumpeln des Krans auf der Baustelle nebenan durchbrach die Stille. Sie hörten nicht, wie der Motor des Aufzugs ansprang und die Kabine ins Erdgeschoss hinunterfuhr, wo vier Männer in teuren Maßanzügen warteten.

Kapitel 25

In Josts Privataufzug lagen die Deckenpaneele am Boden verstreut. Vier Männer waren in der Kabine. Zwei befestigten Sprengladungen an der geschlossenen Tür.

»Vorsichtig«, sagte der Mann, der auf dem Beifahrersitz des schwarzen Wagens gesessen hatte. Er hatte eindeutig das Sagen. »Nach dem Desaster im Lagerhaus muss das jetzt perfekt laufen.«

Einer der Männer kletterte auf die Aufzugkabine, kauerte sich nieder und beobachtete das Treiben von oben. Die durchschnittenen Kabel der Videokamera baumelten neben dem blinden Objektiv herunter.

»Achtet drauf, dass die Sprengladungen gut sitzen, und packt dann Ton fest drum herum«, sagte der Chef. »Wir müssen sichergehen, dass die Sprengkraft nach draußen geht. Sonst ...«

Auch ohne dass er es aussprach, war klar, was er meinte. Statt die Tür aufzusprengen, konnten die Sprengladungen sie töten. Gerichtete Sprengladungen zu setzen war eine Kunst, keine Wissenschaft.

Der Mann, der das Sagen hatte, inspizierte die Arbeit seiner Männer sorgfältig und segnete sie schließlich ab.

»In Ordnung. Alle rauf auf die Kabine.«

Mit Hilfe des Mannes, der schon auf dem Kabinendach saß, kletterten die anderen hinauf und hockten sich zwischen die Maschinerie.

»Passt auf die Gegengewichte auf«, sagte der Anführer und drückte auf den Knopf für das oberste Stockwerk. Als die Kabine anfuhr, rollte er die Zündschnüre ab und reichte sie einem seiner Männer nach oben. Dann ließ er sich von einem von ihnen hinaufhelfen.

Josts Sohn war hereingekommen, um die restlichen Schnittchen abzuräumen und Bier nachzuschenken. Seth lehnte dankend ab. Er hatte ohnehin schon ein flaues Gefühl im Magen.

»Nachdem der Amerikaner mich geohrfeigt hatte, kam ich zu mir, als wachte ich aus einem Traum auf«, setzte Jost seine Erzählung fort, nachdem sein Sohn das Zimmer wieder verlassen hatte. »Als ich sah, was ich mit dem Nazi gemacht hatte, fühlte ich mich plötzlich völlig geschwächt, wahrscheinlich von dem Blutverlust durch meinen amputierten Daumen.

Morgen und ich sind über die Jahre hinweg in Kontakt geblieben. Später, als er sich weitgehend von seiner Amnesie erholt hatte, erzählte er mir, was er in dem geheimen Bergwerk in Altaussee gesehen hatte. Wissen Sie, er hatte Angst, dass er sterben würde und das Geheimnis des Bergwerks mit ihm untergehen könnte. Deshalb erzählte er mir die ganze Geschichte.«

»Nämlich?«, drängte Seth begierig.

»Ich glaube, mir wäre es lieber, wenn Hans Morgen sie Ihnen selbst erzählen würde«, sagte Jost.

»Morgen? Ist er hier in Zürich?«

Jost schüttelte den Kopf. »Er ist in Altaussee. Jedenfalls wird er dort sein, wenn Sie hinkommen.«

»Aber ...«

»Hören Sie mir gut zu«, unterbrach Jost ihn. »Das Bild, das Sie haben ... das Gemälde ...«

Seth nickte.

»Es ist der Schlüssel zu allem, was Ihnen, Ihrer Frau – und auch mir und Hans in den letzten fünfzig Jahren – passiert ist.«

»Wieso?«, fragte Seth. »Das verstehe ich nicht.«

»Sie werden es schon bald verstehen«, versicherte Jost.

»Aber jetzt müssen Sie sich erst einmal ganz genau meine Anweisungen anhören. Sie bekommen nur eine einzige Chance. Verstanden?« Er schaute Seth streng an, der zustimmend nickte.

»Sie müssen mit dem Bild zur Thule Gesellschaftsbank gehen. Sie ist in der Bahnhofstraße, unmittelbar nördlich vom Paradeplatz. Fragen Sie nach dem Geschäftsführer. Geben Sie ihm das Bild und sagen Sie ihm, dass Sie an Ihr Schließfach möchten. Er weiß dann schon Bescheid.«

»Aber was hat das alles mit …«

Jost schüttelte den Kopf. »Ich weiß es nicht. Ich wünschte wirklich, ich könnte es Ihnen sagen. In den fünfzig Jahren, die Hans und ich hinter diesem Gemälde her sind, haben wir lediglich in Erfahrung gebracht, dass es der Schlüssel zu einem Bankschließfach ist und dass der Inhalt des Schließfachs ungeheuer wichtig ist, um die Sophia-Passion zu bekommen.«

»Was? Wie kann das …«

»Morgen wird es Ihnen erklären«, sagte Jost.

»Warum soll ich noch warten? Bitte erklären Sie es mir jetzt«, beharrte Ridgeway. »Alles, was ich in Erfahrung bringe, kann mir helfen, Zoe zu finden. Und das ist mir wichtiger als alles, was vor einem halben Jahrhundert in irgendeinem Bergwerk vergraben wurde.«

Jost grinste breit. »Sie brauchen nicht länger zu suchen. Ihre Frau ist hier in Zürich. Ich habe erst eine Stunde bevor Sie gekommen sind, mit ihr gesprochen.«

Wie elektrisiert fuhr Seth in seinem Sessel auf. »Zoe? In Zürich? Wie … Warum … Wieso hat sie Sie angerufen? Warum haben Sie mir das nicht schon früher gesagt? Wo ist sie?«

Jost brachte ihn mit einer Handbewegung zum Schweigen. »Eins nach dem anderen, eins nach dem anderen, bitte.« Er unterbrach sich und befeuchtete seine trockenen Lippen mit der Zunge. »Sie hat mich wohl angerufen, weil Willi Max ihr gegenüber meinen Namen erwähnt hat. Sie weiß von meiner Verbindung zu den Kunstwerken aus Kreuzlingen, und zwar nicht nur, dass ich fast alle Stücke gerahmt habe, die Max ... gesammelt hat. Aber sie hat mich nicht wegen der Kunstwerke angerufen, sondern weil sie hoffte, dass ich von Ihnen gehört hätte.« Er lächelte.

»Aber warum haben Sie mir das nicht sofort gesagt?«

»Weil ich genau wusste: Sobald ich es Ihnen gesagt hätte, würden Sie sich nicht mehr anhören wollen, was ich zu sagen hatte«, antwortete Jost. »Und das, was ich Ihnen erzählt habe, ist ungemein wichtig für mich, für Ihre Frau und für den Rest der Welt.«

Seth starrte Jost mit großen Augen fassungslos an.

»Wo?« Seths Stimme war vor Freude ganz brüchig. »Wo ist sie?«

»In Ihrem Hotel«, antwortete Jost. »Im Eden au Lac.«

Abrupt stand Seth auf. »Die ganze Zeit ...« Er klang verwundert. »Wir waren so lange getrennt, und jetzt landen wir wieder im selben Hotel.«

Lange starrte er schweigend in die Tiefen hinter den Flammen des Kaminfeuers. Dann riss er sich aus seinen Gedanken.

»Vielen Dank, dass Sie sich Zeit für mich genommen haben, Herr Jost. Ich ...«

»Warten Sie.« Plötzlich lag Angst in Josts Miene. »Versprechen Sie mir, dass Sie zu Hans nach Altaussee fahren werden. Er hat sich in große Gefahr gebracht, um Sie zu treffen.«

»Ich ...«

Seth wollte schon antworten, er müsse erst Zoe fragen, als der Boden unter seinen Füßen bebte, gefolgt vom donnernden Knall einer Explosion.

»Verdammte Bauarbeiter«, brüllte Jost. »Jetzt haben sie schon wieder das Haus mit ihrem Kran getroffen!«

Aber es war nicht der Kran. Vor der kräftigen Eichentür des Arbeitszimmers erklangen plötzlich kurze, abgehackte Schüsse aus Josts Maschinenpistole, beantwortet von leiseren Schüssen aus Automatikwaffen mit Schalldämpfern.

»Vater!«, hörten sie den jüngeren Jost schreien. »Sie sind hier! Sie sind hier.« Einen Moment später wurde ihnen klar, dass der Sohn tot war.

»Schnell! Schließen Sie die Tür ab, Herr Ridgeway«, sagte Jost. »Sie ist stabil.«

Auf dem Flur hörte Seth Laufschritte und gedämpfte, hektische Männerstimmen.

Seth sprang zu der Eichentür. Seine Hand fand den Schlüssel und konnte ihn gerade noch umdrehen, bevor die Klinke klapperte.

Auf der anderen Seite der Tür hörte Ridgeway Flüche. Die Angeln bebten, als jemand sich gegen die Tür warf. Das Holz ächzte, hielt aber stand.

Schlagartig musste Seth an Schüsse denken, die sich bekannt anhörten, Schüsse auf einem Boot am anderen Ende der Welt. Und genau wie jetzt waren unsichtbare Angreifer mitten in eine fantastische Geschichte geplatzt, die damals eine Frau erzählt hatte. Seine Gedanken jagten zurück, die Erinnerung an Kugeln, die splitternd durch das Deck der *Valkyrie* schlugen, ließ seinen Adrenalinspiegel steigen.

Seth tauchte gerade mit einem Hechtsprung auf den Boden, als ein Kugelhagel die Türfüllung in lange Eichensplitter zerlegte.

»Runter!«, brüllte Seth und rollte sich über den Boden. Er kam auf Händen und Knien auf und schaute zu Josts Sessel. Der alte Mann hatte sich auf den Boden fallen lassen und kroch mühsam auf ein Telefon zu, das auf einem Tischchen am Fenster stand.

Weitere Kugeln prasselten durch die Tür und flogen mit gebremster Kraft wild durch den Raum.

Aber eine Kugel behielt ihre Durchschlagkraft nach der Kollision mit der Tür, vielleicht erwischte sie auch ein Loch, das eine frühere Kugel gerissen hatte. Während Seth zusah, wie Jost über den dicken Perserteppich auf dem schönen Hartholzboden kroch, bohrte sich diese Kugel unter der Achselhöhle in die Seite des alten Mannes. Sofort sprudelte es warm und rot aus der Arterie.

Josts Körper erstarrte und hob sich beim Aufprall der Kugel. Die Zeit blieb stehen, dehnte sich ins Endlose. Dann jagte sie wie mit Zeitraffer weiter. Josts Körper flog durch die Luft und krachte in den Ständer mit Messingböcken, Besen und anderem Kaminbesteck.

Seth kroch auf Händen und Knien zum Sessel zurück, auf dem sein Anorak lag. Er holte die Magnum heraus und duckte sich hinter den Sessel, als die Tür des Arbeitszimmers aufflog.

Der erste Mann, der hereinkam, rief etwas in einer Sprache, die Seth nicht verstand. Russisch? Er warf einen Blick auf Jost, der am Kamin lag, und feuerte immer wieder auf den leblosen Körper, der wie eine makabre Puppe ruckartig zurückzuckte.

»Schweine!«, schrie Seth, hob seine Magnum und schoss auf den ersten der Angreifer, einen Mann in gut sitzendem Maßanzug. Die Kugel traf den Mann in den Bauch, ließ ihn zusammenklappen und holte ihn von den Füßen. Sie jagte durch sein Gedärm, zerfetzte sein Rückgrat und trat im Kreuz wieder aus. Er war tot, bevor er auf den Boden schlug.

Rufe hallten durch die Stille. Er war sicher, dass sie Russisch sprachen. Wie hatten sie ihn gefunden? Wie hatten sie ihn trotz Josts Vorsichtsmaßnahmen aufgespürt?

Ihm blieb keine Zeit, nachzudenken, er konnte nur reagieren und versuchen zu überleben. Ein zweites Mal schoss er auf die Männer, die vom Eingang ins Arbeitszimmer zurückwichen. Ihr Stimmengewirr erfüllte den Flur, als sie sich zu sammeln versuchten.

Seth ahnte, dass sie bald wiederkommen würden, und kroch an Josts leblosem Körper vorbei ans Telefon. Es war tot.

Er war abgeschnitten. Allein. Beide Josts waren tot. Er kämpfte gegen die Panik an, die ihn mit Hochspannung durchschoss.

Verdammt, Gott! Wieso ich? Gönn mir doch, verdammt noch mal, eine Verschnaufpause!

Seth kroch zurück zu seinem Anorak und holte die Ersatzmunition heraus, die er mitgebracht hatte. Weitere zwölf Schuss. Vier waren noch in der Trommel. Insgesamt 16 Schuss. Gegen wie viele Männer?

Gleich darauf jagte verheerendes Kreuzfeuer durch das Zimmer, zerfetzte Boden, Decke und Wände. Seth wich zurück, während die Kugeln mit unsichtbaren tödlichen Fingern nach seiner Umgebung griffen. Er kippte den Sessel auf die Seite und kauerte sich dahinter, aber er bot kaum Schutz.

Das jahrelange Training auf Polizeischule und Straße meldete sich zu Wort. Reflexe, Schnelligkeit, überleben, überleben.

Seth schoss zweimal in Richtung Tür, einmal auf jede Seite, und hechtete ans Fenster. Er drehte einen schweren Tisch mit Marmorplatte auf die Seite und hockte sich dahinter, während Kugeln eine Spur quer durchs Zimmer zogen und Steinstücke abplatzen ließen.

Vom Flur kam hektisches Geschrei, unmittelbar darauf huschte einer der Männer an der Türöffnung vorbei auf die andere Seite. Seth schoss auf ihn, verfluchte sich aber sofort innerlich. Sie hatten ihn dazu gebracht, eine Kugel zu verschwenden. Auch wenn sie Russisch sprachen, konnten sie doch zählen.

Einen Augenblick später hörte er, wie etwas mit lautem Klock aufprallte und über den Boden kullerte. Er schaute sich im Zimmer um und sah die glatte Metallkugel einer kleinen Handgranate nur Zentimeter vor dem Tisch liegen.

Verzweifelt ließ Seth die Magnum fallen und sprang zu der Handgranate. Er schnappte sie, spürte ihre schwere, boshafte Kraft und zögerte eine Ewigkeit wie ein Tier, das wie gelähmt ist vom Anblick einer Klapperschlange. Nach dem Bruchteil einer Sekunde schleuderte er die Granate zurück durch die offene Tür und tauchte mit dem Kopf voraus hinter dem Tisch in Deckung.

Die Detonation katapultierte den Tisch gegen ihn und drückte ihn an die Wand. Für einen Augenblick hörte er nur ein Klingeln in den Ohren und das langgezogene Dröhnen, das er vom ersten Tag seiner Sprengstoffausbildung an der Polizeischule kannte, als er vergessen hatte, die vorgeschriebenen Ohrschützer aufzuziehen.

Durch den dumpfen Schleier hörte Seth Stimmen. Er stemmte sich gegen den schweren Marmortisch, der ihm das Leben gerettet hatte, und schaffte es, ihn wegzuschieben, als zwei Männer mit Waffen im Anschlag hereinstürmten. Einer sah, wie Seth sich bewegte, und schoss auf ihn. Seth duckte sich hinter den Tisch. Marmorsplitter spritzten durchs Zimmer, während er tastend nach seiner Waffe suchte. Wo war sie?

Hektisch suchte Seth seine Umgebung ab, als er die Schritte der Männer näher kommen hörte. Eine weitere Salve aus automatischen Waffen jagte abgeplatzte Marmorstückchen durchs Zimmer.

Da! An der Wand entdeckte er die Magnum. Verzweifelt taumelte er darauf zu und hob sie auf. Als er sich umdrehte, sah er den Kopf eines der Männer über der angeschlagenen Tischplatte auftauchen. Der Mann hob seine Waffe.

Seth schoss die letzte Kugel aus seinem Revolver. Die linke Gesichtshälfte des Mannes verschwand, übrig blieben seine Sehnen und die Schädelbasis. Mit einem Gurgeln sank er zu Boden.

Seth hörte den anderen Mann mit hastigen Schritten das Zimmer verlassen. Schnell, dachte er. Er musste schnell etwas unternehmen. Sie würden den Fehler mit der Handgranate nicht ein zweites Mal begehen. Das nächste Mal würden sie sie lange genug festhalten, damit er sie nicht zurückwerfen konnte.

Verzweifelt schaute er sich nach einem Ausweg um. Es gab nur die eine Tür und das Fenster. Kalte Luft wehte durch die zersplitterten Fensterscheiben, die bei der Detonation geborsten waren. Ihm blieben höchstens einige Sekunden, bevor die Männer im Flur die nächste Handgranate werfen würden.

Er steckte die leergeschossene Magnum hinten in seinen Gürtel und stand auf. Mit einem Ruck zog er die Gardine zurück und starrte acht Stockwerke hinunter in dunkle Leere. Direkt vor ihm, etwa 20 bis 25 Meter entfernt, war das beleuchtete Führerhaus des Baukrans, den er von der Straße aus gesehen hatte. Der Ausleger bewegte sich nicht. Seths Blick schweifte bis zum Ende des Auslegers und von dort nach unten. Der Betonkübel am Tragseil wurde gerade aus einem Laster befüllt, der rückwärts auf die Baustelle gesetzt hatte. Die Männer arbeiteten seelenruhig weiter. Sie bugsierten einen Schlauch vom Betonmischer in den Kübel. Andere hielten den Kübel fest. Der ohrenbetäubende Baustellenlärm hatte die Schießerei übertönt.

Während Seth hektisch nach einem Sims, einem Mauervorsprung suchte, sah er, wie das Tragseil des Krans sich spannte und der Betonkübel nach oben schwebte. Der Ausleger schwenkte auf ihn zu. Langsam gewann er an Fahrt.

Was hatte Jost unmittelbar nach der ersten Detonation gesagt? Der Kran. Er hatte geflucht, weil er geglaubt hatte, der Kran habe schon wieder das Haus geschrammt. Während Seth beobachtete, wie der Ausleger schwerfällig auf ihn zukam, hörte er im Flur ein Klicken, das ihm bekannt vorkam. Was war das?

Der Ausleger kam näher. *Lass ihn nicht anhalten, Gott. Bitte, lass ihn nicht anhalten.*

Seth hockte sich neben die Fensterbank und wartete auf seine Chance.

Ihm fiel das Klicken im Flur wieder ein. Scheiße! Es war der Sicherungsstift der Handgranate, der auf den Boden gefallen war.

Der Ausleger kam immer näher, fünf Meter, vier Meter, drei Meter. Seth kletterte auf die Fensterbank. 1,50 Meter …

Er hörte die Handgranate auf den Boden aufschlagen, schaute einmal hinunter in die Dunkelheit und sprang zu dem Stahlfachwerk des Auslegers hinüber.

Er spürte die Detonation der Handgranate, bevor er sie hörte. Ihre Wucht hob ihn hoch, trieb ihn vorwärts und schleuderte ihn in das Gitterwerk des Auslegers. Hinter sich hörte er die Detonation, gedämpft durch die lauten Motoren des Krans und des Lasters und die Presslufthämmer einer benachbarten Baustelle.

Seth streckte die Arme vor, um sanfter zu landen, aber die Druckwelle der Handgranate ließ ihn erbarmungslos gegen die Stahlträger des Auslegers prallen. Mit angespannten Arm- und Schultermuskeln suchten seine Hände Halt, während er gleichzeitig seinen Kopf zu schützen versuchte. Beinah wäre es ihm gelungen.

Er wedelte wild mit den Armen, knallte mit der Kniebeuge in einen Winkel des Fachwerkträgers und hing scheinbar eine Ewigkeit mit dem Kopf nach unten. Der Ausleger trug ihn acht Stockwerke über dem Boden durch die Nacht. Er spürte, wie seine Magnum aus dem Hosenbund rutschte.

Schwindelig schaute er 25 Meter tief hinunter in die Dunkelheit. Etwas Warmes, Dickflüssiges tropfte ihm in die Augen und nahm ihm die Sicht. Es dauerte eine Weile, bis ihm klar wurde, dass seine Nase blutete. Er wischte sich das Blut ab.

Unten wurden Rufe laut. Einige Männer am Boden hatten ihn da oben hängen sehen. Der Kran drehte sich langsamer.

Nein. Gott, bitte, lass ihn nicht anhalten.

Mit fast übermenschlicher Kraft zog er sich hoch, bis er auf dem untersten Träger des Auslegers saß. In Josts Wohnung, keine 15 Meter entfernt, tauchten zwei Gesichter am Fenster auf. Sie schauten suchend nach unten, um zu sehen, wo er gelandet war.

Mit dem Schwung des Betonkübels schwenkte der Kran noch gut neun Meter von ihnen weg, bevor er stillstand. Seth wischte sich das Blut ab, das aus seiner Nase strömte, und versuchte einen klaren Kopf zu bekommen. Der Schlag, den er gegen die Nase bekommen hatte, raubte ihm den Gleichgewichtssinn. Als er anfing, nach vorne zu kriechen, begann sich alles zu drehen. Einen Moment lang glaubte er, der Kran habe sich wieder in Bewegung gesetzt. Aber dann stabilisierte sich seine Umgebung.

Über sich hörte Seth jemanden rufen. Er schaute zu dem Fenster von Josts Wohnung und sah, wie einer der Männer auf ihn zeigte. Gleichzeitig hoben beide Männer ihre Waffen. Trotz seiner Schwindelgefühle kletterte er durch das Gitterwerk des Auslegers auf das Führerhaus zu.

Der Kranführer hatte offenbar gesehen, was da vorging. Der starke Motor des Krans sprang an, der Ausleger setzte sich in Bewegung und trug ihn als bewegtes Ziel von seinen Angreifern fort in die Dunkelheit.

Erneut wurden am Fenster Rufe laut. Gleich darauf barst das Glas des Führerhauses unter einem massiven Kugelhagel. Seth sah den Kranführer zurückzucken, sich winden und dann auf dem Armaturenbrett zusammensacken. Der Kranmotor heulte auf. Der Ausleger drehte sich immer schneller im Kreis und drohte Seth abzuwerfen.

Mit rasendem Puls und bis zum Zerreißen angespannten Muskeln kletterte Seth auf den Stahlträgern entlang und kämpfte gegen die zunehmenden Zentrifugalkräfte an. Dabei war ihm nur zu bewusst, dass er den Killern ein leichtes Ziel bot, sobald er in ihre Reichweite kam. Rund um ihn her prallten Kugeln am Stahl ab, als er den Kranturm erreichte. Halb kletterte, halb fiel er zu Boden.

Sobald er unten ankam, zerrten kräftige Arme ihn fort. Der Kranausleger drehte sich wild im Kreis und schlug Funken, wenn er Josts Haus schrammte. Warnrufe hallten über die Baustelle, als ein Gegengewicht herunterknallte und ein Baugerüst zertrümmerte, das die letzten Arbeiter gerade erst verlassen hatten.

Mit blutverklebtem Gesicht, Hals und Haar lief er stolpernd mit der Menge, die in Panik vor dem durchgedrehten Baukran flüchtete. Der Turm schwankte und wackelte, während der Ausleger sich immer schneller drehte wie ein waidwundes Karussell. Stahlseile rissen knallend. Entsetzt sah Seth, wie der Kranturm einknickte, und sprintete in die Nacht.

Kapitel 26

Am Hintereingang des Eden au Lac hielt ein roter Krankenwagen mit weißen Kreuzen an den Seiten. Auf dem Rücksitz saß KGB-Oberst Molotow mit finsterer Miene und verfluchte zum hundertsten Mal sein Pech, dass er diesen Auftrag bekommen hatte. Die Frau war entwischt. Seine Vorgesetzten hatten ihm mitgeteilt, dass sie keinen weiteren Fehlschlag dulden würden. Er hatte die Frau um jeden Preis wieder zurückzubringen, und ihren Ehemann ebenfalls. Glück hatte er nur mit dem Telefongespräch gehabt, das ihr Agent in Paris abgehört hatte und aus dem hervorging, dass der Ehemann in Zürich war. Er schaute auf seine Uhr. Das andere Team müsste ihn inzwischen erwischt haben. Molotow wusste, dass er aus dem Schneider wäre, wenn er bloß dieses Gemälde an sich bringen würde. Und genau das hatte er vor.

Molotow schaute noch einmal auf die Kopie von Seths Passfoto, dann flüsterte er den beiden Männern auf den vorderen Sitzen zu: »Ihr seid Rettungssanitäter, vergesst das nicht. Und denkt dran, dass wir Mr. und Mrs. Ridgeway lebendig haben wollen. Verwundet sie, wenn ihr müsst, aber tötet sie nicht. Sie haben etwas, das wir brauchen.«

Zoe legte in ihrem Zimmer den Telefonhörer auf. »Ich begreife das nicht. Wo kann er bloß sein?« Sie schaute Stratton und Cartiere an, als sie wieder an den Tisch im Wohnzimmer kam. »Ich habe schon tausendmal in seinem Zimmer angerufen. Wir haben eine Nachricht an seine Tür gehängt, eine an der Rezeption hinterlassen … und immer noch nichts.« Sie schaute verzweifelt auf ihre Füße. »Wo kann er bloß sein?«

Die Reste eines Lammrückens standen auf dem Tisch. Zoe setzte sich und starrte trübsinnig aus dem Fenster. Es war die reinste Ironie, dachte sie. Nun war sie endlich wieder im richtigen Leben, nach dem sie sich diese ganzen Monate gesehnt hatte, und immer noch fehlte etwas, was die Welt für sie erst real machte. Erst jetzt wurde ihr klar, dass ihre Beziehung zu Seth einen ungeheuer großen Teil ihres Lebens ausmachte. Bevor sie nicht wieder zusammen waren, würde sie weiter das Gefühl haben, nicht wieder der Mensch zu sein, der sie vorher war.

Cartiere unterbrach ihre Grübelei. »Ich bin sicher, er ruft bald an. Vielleicht macht er Weihnachtseinkäufe.« Es war der längste Satz, den sie je von ihm gehört hatte.

Zoe rang sich ein Lächeln ab. »Ich hoffe, Sie haben recht.« Sie sprach so leise, dass die beiden Männer sich vorbeugen mussten, um sie zu verstehen. »Klar, es ist ja Weihnachten.« Sie schaute von einem zum anderen und kehrte dann den Blick nach innen.

In diesem Moment klingelte das Telefon. Zoe nahm ab.

»Hallo?«

»Zoe?« Es war Seth Ridgeway. »Zoe, bist du es wirklich?«

»Seth!« Zoe versagte die Stimme, ihre Hände zitterten. »O Gott! Seth, du bist es, ich bin ja so froh, deine Stimme zu hören. Mein Gott.« Sie fing leise an zu weinen. »Ich habe dich so vermisst, Schatz. Ich habe dich so furchtbar vermisst.«

Die Tränen, die sie so lange zurückgehalten hatte, brachen sich in einer Flut der Erleichterung Bahn.

»Zoe … Zoe«, Ridgeways Stimme drang drängend aus dem Hörer. »Zoe, hör zu, ich brauche deine Hilfe.« Zoe stockte das Herz. Sie hörte ihn schwer atmen.

»Seth? Wo bist du?«, fragte sie. »Ist alles in Ordnung?«

Seth schaute sich um. Er stand in einer Telefonzelle an

der Gloriastraße, gegenüber vom Eingang der Universitätsklinik. Studenten in weißen Ärztekitteln oder normaler Straßenkleidung gingen in Zweier- oder Dreiergrüppchen an der Telefonzelle vorbei. Keiner achtete auf ihn. Aber das konnte nicht mehr lange so bleiben. Er war sicher, in ein paar Minuten würde man nach ihm fahnden.

In der Ferne hörte er aus der Richtung, in der Josts Haus stand, Sirenengeheul. »Ja, alles in Ordnung ... im Augenblick jedenfalls«, antwortete er. »Ich bin in Zürich und ...«

»Ich weiß«, fiel Zoe ihm ins Wort. »Aber wo in Zürich?«

Seth legte den Kopf schief und lauschte angespannt auf eine Sirene, die immer lauter wurde. Sie kam den steilen Hang herauf, den er vor wenigen Minuten hinaufgelaufen war. »Hör zu, hast du einen Wagen?«, fragte er drängend.

Zoe zögerte. »Ja, ich ... wir haben einen.« George Stratton schaute sie fragend an. »Es ist Seth«, sagte sie zu Stratton.

»Was?«, fragte Seth.

»Ich habe gerade mit George Stratton gesprochen. Er ist von der Regierung ... er hat mir das Leben gerettet.«

»Was hat er?«, fragte Ridgeway. In diesem Moment raste ein Streifenwagen vorbei, dicht gefolgt von einem Krankenwagen. Ihr Blaulicht erinnerte Ridgeway an ein außerirdisches Raumschiff.

»Egal«, sagte er. »Liebling, du musst mich hier so schnell wie möglich rausholen.«

»Wo raus?«, fragte Zoe.

»Ich bin gegenüber der Uniklinik ... auf dem Berg oberhalb der Altstadt am Ostufer. Ich ...«

Ein zweiter Streifenwagen bog langsam ohne Blaulicht und Sirene um die Ecke. Der Polizist auf dem Beifahrersitz leuchtete mit einer Taschenlampe Mauern und Bürgersteige ab. Hatte ihn jemand entdeckt? Der Streifenwagen war keine hundert Meter entfernt, der helle Strahl der Taschenlampe durchschnitt die Dunkelheit.

»Ich muss auflegen«, sagte Seth. »Wir treffen uns am Großmünster.«

»Wo?«, fragte Zoe.

Der Polizist mit der Taschenlampe schaute offenbar direkt zu Seth.

»Am Großmünster. Das ist eine große Kirche. Frag irgendwen.« Ohne eine Antwort abzuwarten, hängte er ein und schlüpfte in die Nacht hinaus.

Kapitel 27

»Das Großmünster«, sagte Zoe, als sie sich ihre Laufschuhe zugebunden hatte und ihren Mantel überzog, »ich glaube, das ist eine Kirche unten am Fluss.«

»Ich weiß, wo das ist«, fuhr Stratton sie an. »Und ich brauche keine Hilfe, um Ihren Mann da abzuholen. Ich möchte, dass Sie mit Rich hierbleiben, wo Sie in Sicherheit sind.« Er zog den Reißverschluss seiner Jacke zu und ging an die Tür.

»Verdammt«, fluchte Zoe und stellte sich zwischen Stratton und die Tür. »Ich will ihn sehen, und Sie werden mich nicht daran hindern. Ich bin kein Gepäckstück, das Sie beliebig herumschubsen können.«

Stratton warf einen Blick zu Cartiere hinüber, der dastand und auf Anweisungen wartete, und schaute dann wieder Zoe an.

»Ich könnte Sie von Rich einsperren lassen, bis ich zurückkomme«, sagte er. »Aber das möchte ich ihm nicht antun. Wer weiß, was Sie mit ihm anstellen würden.« Er wandte sich an Cartiere. »Holen Sie Ihre Jacke. Lieber schlage ich mich mit dem KGB herum, als mit ihr zu streiten.«

Mit einer Geste schickte Stratton Zoe beiseite, öffnete die Tür und spähte in den Flur.

»Alles leer«, sagte er und schaute Zoe an. »Es könnte gefährlich werden. Versprechen Sie mir, dass Sie meine Anweisungen sofort und ohne Fragen befolgen.«

Zoe nickte, da sie wusste, dass ihre Einwilligung der Preis war, den sie bezahlen musste, um Seth zu sehen. Sie trat in den Korridor, Cartiere war dicht hinter ihr. Sie konnte immer noch selbst entscheiden, wann und wo sie Strattons Anweisungen befolgen würde. Cartiere hatte gerade die Tür der Suite geschlossen, als das Telefon klingelte.

»Schnell!«, drängte Zoe Cartiere, der nach dem Schlüssel kramte. »Das könnte noch mal Seth sein.«

Das Telefon klingelte ein drittes und viertes Mal. Beim fünften Klingeln öffnete Cartiere die Tür, und Zoe rannte ans Telefon auf dem Nachttisch.

Sie riss den Hörer hoch. »Hallo?« Keine Antwort.

»Hallo? Ist jemand dran?« Sie knallte den Hörer auf die Gabel. »Verdammt, verdammt, verdammt«, fluchte sie. »Zu spät.« Einen Moment blieb sie neben dem Telefon stehen.

»Lassen Sie uns gehen!«, rief Stratton vom Korridor aus. Cartiere und sie schlossen sich ihm eilig an.

KGB-Oberst Molotow legte grinsend den Hörer des Haustelefons auf. »Sie ist da«, sagte er den drei Männern, die neben ihm standen. Er zeigte auf den Fahrer des Wagens. »Du gehst mit mir über die Treppe.« Er wandte sich an die beiden anderen. »Ihr nehmt den Aufzug und wartet oben auf uns.«

Ohne eine Antwort abzuwarten, stürmte Molotow die mit dicken Teppichen belegte Treppe hinauf.

Rich Cartiere spürte die Laufschritte über seine Fußsohlen. »Stopp«, flüsterte er und versperrte Zoe und Stratton mit seinem kräftigen Arm den Weg. Er zog eine Mini-Uzi aus dem Schulterholster und drückte sich flach an die Wand.

»Was ist los?«, fragte Stratton, während er sich ebenfalls flach an die Wand presste und Zoe bedeutete, es ihnen nachzutun.

»Schritte«, sagte Cartiere. »Laufschritte ... von unten.«

Stratton lauschte.

»Vielleicht spielende Kinder«, sagte Stratton. »Ich höre nichts ...«

»Kinder spielen laut«, sagte Cartiere. »Dann müssten wir mehr als nur Schritte hören.«

Cartiere schlich leise mit der Uzi im Anschlag die Treppe hinunter. Stratton folgte ihm im Abstand von einer halben Stufe mit seiner Automatik. Zoe bildete das Schlusslicht.

Molotow drückte sich in die Türnische eines Hotelzimmers. Auf der anderen Seite des Flures versuchte der Fahrer ebenfalls, sich in einer flachen Türnische unsichtbar zu machen. Beide hatten ihre tschechischen Maschinenpistolen entsichert.

»Hörst du sie?«, flüsterte Molotow.

»Woher wissen Sie, dass sie es sind?«, fragte der Fahrer ebenfalls im Flüsterton.

»Instinkt«, antwortete Molotow. »Warum sollten sie sonst flüstern? Wieso sind sie nicht längst die Treppe heruntergekommen? Sie sind schon verflixt lange unterwegs. Sie sind vorsichtig. Sie haben unsere Schritte gehört. Es kann gar nicht anders sein.«

Cartiere entdeckte die beiden Männer auf dem Korridor, sobald er den Fuß von der letzten Stufe der Treppe in den ersten Stock gesetzt hatte. Für einen Mann seiner Größe war er erstaunlich schnell und hätte wohl überlebt, wenn er nicht mitten in der Bewegung gezögert hätte, um mit dem Arm Stratton und Zoe zurückzuhalten.

»Zurück!«, brüllte Cartiere und richtete die Mini-Uzi auf den Mann an der rechten Seite des Korridors. Er sah, wie der Kerl seine Waffe hob, und erkannte aus den Augenwinkeln eine zweite Waffe in einer Türnische. Schießen und Deckung, Schießen und Deckung, hörte er seinen ehemaligen Ausbildungsoffizier brüllen.

Cartiere drückte auf den Abzug seiner Mini-Uzi, seine Salve erwischte den Mann voll im Gesicht und hämmerte seinen Kopf gegen die Tür. Ein paar Schritte entfernt spürte Molotow warme Blutspritzer im Gesicht, als er in den Gang trat und seine tschechische Maschinenpistole auf den Oberkörper des großen Mannes richtete. Die Kugeln trafen Cartiere in die bullige Brust und den Bauch und ließen ihn erstarren. Die grimmige Genugtuung in Molotows Miene schwand jedoch, als der große Kerl sich scheinbar unbeirrt von den klaffenden Wunden, die sein Hemd leuchtend rot färbten, weiter zu ihm umdrehte.

»Stirb, verdammt noch mal«, knurrte Molotow, während er sein Magazin leerschoss. Der große Mann wankte, die Mündung seiner Waffe schwenkte hin und her. Aber er stand noch immer und schüttelte heftig den Kopf wie ein Stier, der darauf wartete, dass der Matador das von den Picadores begonnene Werk vollendete.

Entsetzt sah Molotow, wie die Mündung des Waffenlaufs sich auf eine Linie ausrichtete, die auf seine Brust zielte. Der KGB-Oberst und Mafiagangster ließ die tschechische Maschinenpistole fallen und hechtete gerade noch zur Seite, bevor Kugeln die Luft an der Stelle durchschlugen, an der er gestanden hatte. Molotow riss seine Selbstladepistole heraus und schoss dreimal hintereinander auf den Kopf des großen Mannes.

Mein Gott! Mein Gott! Rich ist angeschossen! Vor Schreck stand Zoe wie angewurzelt da und klammerte sich an das Treppengeländer. Sie sah, wie Stratton sich an der Wand entlang zu Cartiere vortastete. Sie sah Cartiere unter der Wucht der Schüsse zucken, einen Moment schwanken, zielen und schießen.

Gleich darauf sah sie, wie zwei Schüsse Cartieres linke Gesichtshälfte wegrissen, ein dritter die linke Seite seines Halses traf und Fleisch und Arterien bloßlegte. Hellrotes Blut schoss aus seinem Hals und malte einen grellroten Bogen an die Wand, als er zu Boden fiel. Schrille, dissonante Blechbläser und Streicher kreischten in Zoes Kopf, während sie einen Schrei unterdrückte.

Über ihnen auf der Treppe wurden drängende, fremde Stimmen laut. Weitere Stimmen auf Russisch deuteten auf einen Hinterhalt hin. Stratton zögerte nur einen Moment.

»Hier!« Er drückte ihr eine Mini-Uzi in die Hand. »Die ist entsichert. Hocken Sie sich hin und ballern Sie auf jeden, der die Treppe raufkommt.« Er zog eine Selbstladepistole aus seinem Schulterholster und rannte, zwei Stufen auf einmal nehmend, die Treppe hinauf. Kaum war er oben angekommen, da donnerten weitere Schüsse durch das Treppenhaus, anhaltende Presslufthammerschläge aus zwei oder drei verschiedenen Waffen, die Zoe nicht genau unterscheiden konnte. Plötzlich war alles still bis auf die dumpfen Schmerzensschreie tödlich verwundeter Männer.

Angst schnürte Zoe die Kehle zu. Wer war da oben gestorben? Wenn es Stratton war, stand sie wieder ganz allein da. Sie spürte, dass sie zitterte.

»Zurück in Ihr Zimmer, sonst blase ich Ihnen auch den Kopf weg!« Zoe erkannte Molotows Stimme unten auf dem Korridor, wo er offenbar einen neugierigen Hotelgast anblaffte. Eine Tür knallte zu, ein Schloss klackte laut. Gleich darauf kam Molotow so unvermittelt in Zoes Blickfeld, dass sie verdutzt zögerte. Strattons Mini-Uzi lag lose neben ihrem Oberschenkel in ihrer Hand, im Schatten und ihren Mantelfalten verborgen.

»Keine Bewegung«, sagte er auf Englisch.

»Sie!«, sagte Zoe erbittert. Ihr Herz raste, als sie im Dämmerlicht des Korridors einen der Männer aus dem Lagerhaus erkannte. Verdammt! Sie war zu langsam, fluchte sie innerlich, während ihre Hand die Mini-Uzi fester packte und ihr Finger sich um den Abzug krümmte. Zoe schaute ihm in die Augen und bemühte sich, seinen Blick festzuhalten, während sie ganz langsam den Lauf der Waffe hob.

Molotow schaute ihr grinsend in die Augen. »Ja, ich. Ich komme Sie abholen.«

Er kam lässig näher, die Pistole locker in der Hand.

Oben auf der Treppe hörte Zoe Schritte. War das George? Oder einer der Komplizen dieses Mannes? Molotow kam wieder einen Schritt näher, während Zoe langsam die Mini-Uzi Millimeter um Millimeter anhob.

»Sie kommen mit«, befahl Molotow. Da bemerkte er ihre Bewegung und sah die Waffe. Sofort hob er seine Pistole.

Göttin, bitte hilf mir, betete sie.

Schnell hob Zoe den Lauf und drückte ab. Die Mini-Uzi explodierte förmlich in einem vollautomatischen Todestanz. Sie bäumte sich auf, tanzte und ratterte. Molotows Körper platzte auf wie eine zerquetschte Melone und ergoss Blut, Innereien und den Geruch warmen, frischen Fleisches. Er brach zusammen. Ein Schatten kroch die Treppe herunter und streckte sich nach ihr. Zoe wirbelte mit der Waffe herum. George Stratton drückte sich flach an die Wand des Treppenhauses.

»Nicht. Ich bin's«, brüllte er. In Oberschenkelhöhe war ein roter Fleck auf seiner Hose. Sie lief die Treppe hinauf.

»Sie sind verletzt«, sagte sie und schaute zu, wie er mühsam aufstand.

»Nichts Ernstes.« Einen Moment lang blieb er stehen und ging dann die Treppe hinauf. »Kommen Sie.« Er schaute sich nach ihr um. »Wir müssen hier raus. Wer weiß, ob nicht schon Verstärkung unterwegs ist.«

Sie gingen die Treppe hinauf. Oben auf dem Flur kamen sie auf dem Rückweg in ihre Suite an zwei toten Männern vorbei. Ohne Zeit zu verlieren, warf Zoe ihre neuen Kleider in einen Koffer. Nebenan hörte sie Stratton gedämpft telefonieren. Das meiste konnte sie nicht verstehen, hörte aber Richs Namen und den Namen des Hotels. Nachdem Stratton aufgelegt hatte, fuhren sie mit dem Personalaufzug am Ende des Gangs in den Keller hinunter.

Zoe war es schwer ums Herz. Sie dachte an Rich Cartiere, an Molotow und an ihre Gebete um seinen Tod. Ihr fielen die beiden Männer ein, die sie im Lagerhaus getötet hatte – ein weiteres ihrer Gebete, das erhört wurde. Sie fragte sich, wann die Göttin ihr die Chance geben würde, um etwas zu beten, das nicht Tod und Leid verursachen würde.

Seth Ridgeway drückte sich tief in den Schatten eines Hauseingangs und beobachtete, wie der Volvo langsam auf den Zwingliplatz am Großmünster bog. Seine Zunge fuhr rau über seinen knochentrockenen Gaumen. Schon zweimal waren Streifenwagen vorbeigerast. Beide waren eindeutig gekennzeichnet und hatten die Sirene eingeschaltet.

Aber bei diesem Volvo war es anders. Er fuhr langsam mit zwei Insassen herum. Sie hielten nach jemandem Ausschau. Nach ihm? Sein Herz pochte laut. Die Bremslichter des Volvos leuchteten auf. Der Wagen hielt am anderen Ende des Platzes, zu weit entfernt, um die Insassen zu erkennen: Sie waren nur graue Silhouetten hinter dunklen Fensterscheiben.

Seth sah, wie die Fahrertür des Volvos sich öffnete. Der Mann, der ausstieg, bewegte sich wie ein Cop: voller Argwohn und mit den Kopfbewegungen eines hungrigen Bussards. Seth sah eine Waffe in seiner rechten Hand. Langsam ging der Mann zehn bis zwanzig Meter hinter den Wagen und dann die gleiche Entfernung nach vorn. War er ein Cop? Hatten sie ihn entdeckt? Der Mann trat an die Beifahrerseite, beugte sich hinunter und sagte etwas zu der Person auf dem Beifahrersitz. Dann öffnete er die Tür und trat zurück, um den Beifahrer aussteigen zu lassen.

Seth stockte das Herz, als er Zoe aus dem Wagen steigen sah. Mit sattem Ton fiel die Wagentür ins Schloss, und Zoe und der Mann, der wie ein Cop aussah, stellten sich vor den Wagen und schauten sich um.

Seth unternahm noch immer nichts, aber sein Herz raste. War es tatsächlich Zoe? Die matten Straßenlaternen malten Schatten in ihr Gesicht, aber trotzdem … er sah, wie sie sich bewegte, wie sie dastand, wie sie den Kopf hielt und mit den Händen in der Luft gestikulierte, wenn sie redete. Plötzlich hatte er das Gefühl, als habe jemand einen riesigen Stein von seinem Herzen gerollt. Er trat aus dem Schatten und ging vorsichtig Schritt für Schritt, als traue er seinen Beinen nicht. Als er den Platz überquerte, sah er, wie ihre Gesichter sich ihm zuwandten. Der Mann, der wie ein Cop aussah, richtete seine Waffe auf ihn.

»Zoe«, schrie Seth, der sich vor Freude nicht mehr zurückhalten konnte. Er rannte los.

»Seth?« Zoe konnte erst gar nicht glauben, dass er es tatsächlich war. Dann wusste sie es. Sie trafen sich mitten auf dem dunklen Kopfsteinpflaster vor dem Großmünster.

»Mein Gott«, schluchzte Zoe und schlang die Arme um ihn. »Mein Gott, mein Gott, ich habe nicht geglaubt, dass ich je … dass wir je … dass …« Ihre Worte ertranken in Freudentränen. »Es ist ein Wunder. Gottes Wunder.«

Seth schaute sie an, und alles, was sie durchgemacht haben musste, brach ihm fast das Herz. Er drückte sie an sich und hielt sie ganz fest.

»Zoe, ach, Zoe …« Seine Stimme versagte. »Ich bin ja so froh, dich zu sehen. Ich liebe dich so unglaublich.« Tränen traten ihm in die Augen.

Die Geräusche der Stadt blieben jetzt ungehört: die heulenden Sirenen, der brandende Autoverkehr unten auf dem Limmatquai, das entfernte Donnern eines Düsenjets über ihnen. Alles verschwand zusammen mit dem Großmünster, dem Zwingliplatz, dem Volvo und sämtlichen Polizisten, Spionen, Killern und toten alten Männern. Sie waren allein.

Aber der Augenblick verging. Nahende Scheinwerfer ließen Stratton aktiv werden. Er lief zur Fahrertür und öffnete sie.

»Einsteigen!«, brüllte er. »Schnell.« Er setzte sich hinters Steuer und startete den Motor. Die nahenden Scheinwerfer wurden größer. Seth und Zoe liefen Hand in Hand zum Volvo. Mit einem Anflug von Neid sah Stratton die beiden hinten einsteigen. Er fuhr schon los, während Seth die Tür zuzog.

Der nahende Wagen bog auf den Platz, als der Volvo gerade das andere Ende an der Oberdorfstraße erreichte. An der Ecke trat Stratton kurz auf die Bremse. Mit einem Blick in den Rückspiegel bog er rechts in die Kirchgasse und sah, dass seitlich auf dem Wagen, der auf den Platz gekommen war, das Abzeichen der Züricher Polizei prangte.

Kapitel 28

Seth Ridgeway schreckte desorientiert aus dem Schlaf auf. Das fremde Zimmer machte ihm Angst, bis er die rechte Hand ausstreckte und feststellte, das Zoe neben ihm lag. Sie schlief vertrauensvoll wie ein Kind, eingerollt und den Kopf tief in das Kissen gegraben. Er spürte ihren Atem sanft an seiner nackten Schulter.

Entspannter schaute er sich um: knorriges Holz an den Wänden, eine Decke mit offenen Balken, ein grauer Natursteinkamin und rustikale, handbemalte Bauernmöbel in alpenländischer Tradition. Helles Sonnenlicht strahlte hinter den Fichten, die er vor dem Fenster sah.

In seinem Kopf arbeitete es fieberhaft. Wo waren sie? Er erinnerte sich, wie sie aus Zürich geflüchtet waren und Stratton darauf bestanden hatte, dass sie nicht ins Eden au Lac zurückfahren sollten, weil das Hotel sicher von Polizisten wimmelte.

Sie waren von Zürich nach Süden gefahren. Er erinnerte sich auch, dass sie an Zug vorbeigekommen und vor Luzern rechts abgebogen waren. Von da aus war die Strecke bergig, und es gab viele Hinweisschilder zu Skigebieten und Hütten. In der Nähe war ein See, das wusste er noch, ein kleiner See.

Allmählich konnte er wieder klarer denken, da er nun richtig wach war. Es war ein konspiratives Haus, ein Chalet in der Nähe eines Skigebiets. Seths Muskeln entkrampften sich, als ihm alles wieder einfiel.

Zoe seufzte leise im Schlaf und schmiegte sich an ihn. Er musterte ihr Gesicht und fragte sich, was sie wohl träumen mochte. Solange es kein Alptraum war, spielte es keine Rolle, fand er.

Sie wirkte so verletzlich, dachte er. So zerbrechlich. Aber er konnte sich vorstellen, wie stark sie hatte sein müssen, um die Qual der letzten Monate zu überleben. Hatte es sie verändert? Sicher, sagte er sich. Würde es ihre Beziehung verändern?

Nach langem Nachdenken kam er zu dem Schluss, dass die Erlebnisse der vergangenen sechs Monate ihre Beziehung zwangsläufig verändern würden. Aber Veränderungen mussten ja nicht immer zum Schlechteren sein, tröstete er sich.

Er streichelte ihr Gesicht, strich sanft über ihre Schulter und die empfindliche Halsbeuge, wo sich Haarsträhnen in aufreizender Unordnung kräuselten. Es war, als könne er sich an den Erinnerungen zurückhangeln und wieder in die Vergangenheit versetzen, wenn er sie berührte. Er hatte ihre Äußerung vom gestrigen Abend noch im Ohr:

Es ist ein Wunder!

War es das?, fragte er sich. Hatte Gott hier seine Hand im Spiel, oder gab es gar keinen verdammten Gott, und der Zufall warf sie blindlings in der Welt umher? Er hätte Gott gern gedankt, aber das Gefühl wollte sich einfach nicht einstellen.

Zoe wachte allmählich auf.

Sie trieb durch Schlafschichten nach oben wie ein Taucher, der es nicht eilig hat, an die Oberfläche zu kommen. Die Welt drang Stück für Stück zu ihr durch: zuerst sanfte Berührungen wie Küsse auf Schulter und Hals, dann das helle Licht des neuen Tages.

Sie legte ein Bein auf Seths flachen Bauch und schmiegte sich fester an ihn. Sie spürte seine Hände auf ihrem Rücken, zärtlich, forschend. Sein Streicheln verweilte an ihrem Kreuz und tastete sich dann weiter vor. Sie spürte, wie sie feucht wurde. Und an der Innenseite ihres Schenkels, den sie auf seinen Bauch geschoben hatte, spürte sie, wie er hart wurde.

Sie schlug die Augen auf, als er sie hinter dem linken Ohr küsste. Und in ihrem linken Ohr. Sie bebte.

»Guten Morgen«, sagte sie verschlafen.

»Das ist es allerdings«, antwortete er.

Sie küssten sich und erforschten sich mit ihren Zungen wie Verliebte beim ersten Kuss. Und dann war jede Zurückhaltung dahin.

Sie liebten sich, als sei es das erste Mal ... oder das letzte Mal. Die Sonne strahlte im gleißenden Licht eines klaren Alpentages. Keiner der beiden merkte, wie die Zeit verging. Sie waren an einem Ort, an dem die Zeit ihnen nichts anhaben konnte. Einem Ort, wo Menschen niemals alterten, litten, starben. Nur Narren würden diesen Ort jemals gegen den Himmel eintauschen.

Schließlich schliefen sie erwärmt, erschöpft und erfrischt wieder ein. Zoe hatte wie immer den Kopf auf Seths rechte Schulter gelegt und sich an seinen festen, kantigen Körper geschmiegt. Seth hielt sie im rechten Arm und schlief mit dem Kopf an ihrem ein.

George Strattons Klopfen an der Tür hörte sich an wie ein Donner, ließ sie aufschrecken und riss sie aus einer Ruhe, die sie seit über einem halben Jahr vermisst hatten.

»Es ist bereits nach Mittag«, sagte Stratton und rappelte behutsam an der Tür. »Es gibt heißes Wasser zum Duschen. Und vielleicht solltet ihr beiden auch mal was essen.«

Seth reckte sich und hörte Strattons Schritte auf dem Flur leiser werden.

»Grausamer Mistkerl«, knurrte er gutgelaunt. Sie murmelte etwas ins Kissen. Er beugte sich zu ihr, küsste sie noch einmal und stand dann auf.

»Sie sind bei Interpol zur Fahndung ausgeschrieben«, sagte Stratton, als der Verwalter des Chalets die Reste der hervorragenden Brotzeit abräumte, die er für sie gemacht hatte.

Stratton schaute Seth an. »Sie werden wegen Mordes gesucht.«

Zoe stockte der Atem.

»Da lässt jemand seine Beziehungen spielen«, sagte Stratton. »Man will Sie aus dem Verkehr ziehen.«

Seth nickte bedächtig. Überraschend kam das nicht. Er war zu dicht an zu vielen Morden gewesen, um unbemerkt zu bleiben. Er dachte an die Morde auf seinem Boot, an Rebecca Weinstock und ihren Chauffeur, an Tony Bradford, das Massaker in Amsterdam, die Killer in Josts Wohnung und den unglücklichen Kranführer. Der Tod hatte eine breite, dunkle Spur hinter ihm gepflügt.

»Einzelheiten?«, fragte Seth.

»Man hat Sie offenbar in der Nähe der Leiche eines Professors an der UCLA gesehen, Tony Bradford.«

»Mein Gott«, rief Zoe. »Wie ist denn Tony in diese Sache hineingeraten?«

»Das ist eine lange Geschichte«, sagte Seth. »Am besten erzähle ich sie von Anfang an.« Er nahm einen großen Schluck aus seinem Kaffeebecher: »Ich schlief auf dem Boot …« Er schaute Zoe an. »In unserem Haus konnte ich nicht schlafen … wo du weg warst. Alles erinnerte mich an dich. Es war wie ein Spukhaus.« Er atmete tief durch.

»Eines Morgens, als es in Strömen goss, klopfte es wie wild am Niedergang.«

Er erzählte ihr von Rebecca Weinstock, den Killern, dem Chauffeur und George Stratton.

»Dann gibt's die *Valkyrie* also nicht mehr?«, fragte Zoe traurig. Seth nickte.

Er erzählte ihr den Rest: dass Stratton ihn in das geheimnisvolle Motel gebracht hatte, das ein konspiratives Haus war, wie er das Gemälde geholt und Tony Bradfords Leiche gefunden hatte; wie er nach Amsterdam geflohen und die Killer ihn da aufgespürt hatten.

»Und der Priester sagte ›braun‹?«, fragte Stratton. »Sind Sie ganz sicher?«

Seth nickte. Stratton sagte, über diese geheimnisvolle Gruppe von Geistlichen im Vatikan würde er gern mehr wissen.

Von vereinzelten Bemerkungen und Zwischenfragen abgesehen, hörten Zoe und Stratton fast zwei Stunden lang schweigend zu, während Seth die Kette der Morde schilderte, die in Marina Del Rey begonnen und ihn bis in die Straßen Zürichs verfolgt hatte.

Lange saßen sie schweigend da, hörten den Verwalter in der Küche mit Geschirr und Töpfen klappern und sahen die Schatten länger werden, als es langsam Abend wurde.

»Also, ich denke, wir sollten gleich morgen früh zu dieser Bank«, sagte Stratton schließlich. »Und ich nehme an, dieser Pfarrer Morgen, von dem Jost gesprochen hat, wird auch nicht ewig in Altaussee bleiben.«

Seth nickte. »So machen wir's.«

Kapitel 29

Auf der Bahnhofstraße herrschte am Montagmorgen mehr Betrieb denn je. Ein Mercedes staute sich hinter dem anderen. Limousinen parkten in Zweierreihen. Gutgekleidete Züricher hasteten mit Armen voller Pakete am Fenster eines kleinen Restaurants vorbei. Aus einiger Entfernung drangen Weihnachtslieder zu den Autos herüber. Die Sänger hatten Mühe, den Ton zu treffen. Auf der anderen Seite der Bahnhofstraße hielt ein Kleinbus der Heilsarmee und spie ein Quartett dunkel gekleideter Männer mit Musikinstrumenten und eine Frau aus, die mit einem dreibeinigen Stativ kämpfte, bis es fest genug stand, um die Sammelbüchse daran aufzuhängen. Ihre Glocke rutschte ihr aus der Manteltasche, fiel laut scheppernd auf den Bürgersteig und rollte fast in die Gosse, bevor ein Passant sie aufhob. Das Grüppchen postierte sich rechts neben dem Eingang zur Thule Gesellschaftsbank.

Stratton hielt davor an der Bordsteinkante.

»Sieh zu, dass du etwas Kleingeld griffbereit hast«, sagte Zoe. »Sonst gucken sie uns böse an, wenn wir in die Bank gehen.«

»Ja, aber böse Blicke ernten wir bestimmt auch, wenn wir nicht genug geben«, scherzte Seth.

Ein Junge von elf oder zwölf Jahren, der Zeitungen verkaufte, kam vorbei. Seth musterte die Schlagzeilen. VIER TOTE BEI BOMBENANSCHLAG AUF WOHNUNG lautete die fetteste Überschrift. Darunter stand eine kleinere Meldung: VERBINDUNG ZU LAGERHAUSMORDEN?

Ridgeway hielt den Atem an. Ob sein Bild in der Zeitung

war? Der Junge verschwand mit den Zeitungen aus seinem Blickfeld und ließ die Frage unbeantwortet.

Seth hielt das kostbare Päckchen fest, das in braunes Packpapier gewickelt und mit Paketband verschnürt war.

»Wie lauten Ihre Anweisungen noch mal?«, fragte Stratton.

»Das hier dem Bankangestellten zu übergeben.«

»Vergessen Sie nicht, wenn das Gemälde tatsächlich der Schlüssel zu einem Bankschließfach sein sollte, ist das illegal. Der einzige Grund, Ihnen Zugang zu gewähren, ist, dass diese Arrangements noch aus einer Zeit stammen, bevor die Bankgesetze anonyme Konten verboten haben.«

Plötzlich war Seth in Sorge. »Wollen Sie etwa sagen, dass sie das Gemälde nicht als Zugangsberechtigung für das Schließfach anerkennen werden?«

Stratton schüttelte den Kopf. »Nein. Die Schweizer sind zuverlässig wie nur etwas. Aber sie werden es nicht machen, wenn ihnen etwas verdächtig vorkommt. Also gehen Sie einfach rein, als ob Ihnen der ganze Laden gehören würde. Benehmen Sie sich wie ein arroganter reicher – schwerreicher – Amerikaner. Das erwarten sie so, es ist ihnen sogar lieber. Sie werden es nicht wagen, sich mit Ihnen anzulegen.«

»Gut«, sagte Seth und fragte Zoe: »Fertig?« Sie nickte zögernd.

»Und Sie warten hier?«, fragte er Stratton.

»Hier oder irgendwo in der Nähe«, antwortete Stratton. »Da das hier keine Stretch-Limo ist, muss ich wohl durch die Gegend fahren. Falls etwas ... Schlimmes passieren sollte und ich nicht hierbleiben kann, bin ich in dem Parkhaus an der Sihlstraße.« Er zeigte mit der Hand die Richtung. »Durch die Altstadt. Ich stehe auf dem obersten Parkdeck.«

Damit stiegen Ridgeway und Zoe aus. Die Bahnhofstraße war erfüllt von strahlendem Sonnenschein und schneidend kaltem Wind.

»Er macht mich nervös«, sagte Zoe, als sie auf den Eingang der Bank zugingen.

»Ich weiß, was du meinst«, sagte Seth und schaute sich vorsichtig um. Schon früher war der Tod aus dem Nichts gekommen. Dieses Mal würde er sich nicht überrumpeln lassen. »Mir ging es genauso, als ich ihn zum ersten Mal traf. Aber du musst zugeben, dass er immer durchgekommen ist. Ohne ihn würde keiner von uns noch leben.«

»Trotzdem …« Zoe stockte. »Er hat die nötigen Verbindungen, um dich auf die Fahndungsliste von Interpol setzen zu lassen.«

»Warum zum Teufel sollte er das tun?«

»Um dich von ihm abhängig zu machen. Um zu verhindern, dass du anderswo Hilfe suchst.«

»Na ja, es ist das einzige Blatt, das wir auf der Hand haben. Dann können wir es auch ausspielen.«

Sie gingen an der Band der Heilsarmee vorbei, die eine strenge Melodie spielte. Sie klang, als stamme sie von einem Calvinisten, der Musik für Teufelswerk hielt. Seth warf im Vorbeigehen einen Zehnfrankenschein in die Sammelbüchse.

»Danke schön«, rief die Frau hinter ihnen her.

Ridgeway blieb stehen und musterte das Gebäude mit pochendem Herzen. Der forschende Blick des ehemaligen Polizisten sah mehr als das Gitterwerk und den soliden Stein, er entdeckte genau, was er erwartet hatte: das diskrete, nahezu unsichtbare metallische Funkeln, das eine Vielzahl moderner Sicherheitseinrichtungen hinter der Fassade altehrwürdiger Eleganz verriet. Ridgeway hatte von Banken wie dieser gehört, die in Türrahmen, Eingangshallen und Aufzügen Detektoren eingebaut hatten, um Waffen aufzuspüren. Jedes Vorzimmer, jedes Büro und jeder Aufzug im Gebäude ließ sich automatisch von allen anderen abriegeln, um mögliche Diebe, Terroristen oder bloß Verdächtige zu isolieren.

Schweizer Banken waren viel zu diskret, um ihre Sicherheitssysteme öffentlich zu machen, aber in Polizeikreisen – und vermutlich auch in der Unterwelt – war bekannt, dass jeder Gebäudeteil nach dem Abriegeln so sicher war wie die besten Gefängniszellen: Schallisoliert, kugelsicher und gegen erhebliche Sprengladungen gefeit, konnten sie einen Verdächtigen bis zum Eintreffen der Polizei festhalten, ohne das Tagesgeschäft der übrigen, legitimen Bankkunden zu stören.

Seth musterte die Tür. Er rieb sich die feuchten Hände und griff nach der Türklinke. Würde diese Tür letztlich in ihre Freiheit führen? Oder würden die Leute da drinnen in ihnen die Verdächtigen sehen, die sie tatsächlich waren, und sie in einem ausbruchsicheren Raum einsperren, bis die Schweizer Polizei käme? Er hatte das unbehagliche Gefühl, dass er dieses Gebäude lieber nicht betreten würde. Aber er schluckte die Angst herunter, die ihm die Kehle zuschnürte, und hielt Zoe die Tür auf.

Der Raum dahinter wirkte ganz und gar nicht wie eine Bank. Auf einer Seite standen ein Sofa und zwei Sessel um einen Couchtisch. Auf einem Beistelltisch neben dem Sofa brannte eine Messinglampe. Sie standen auf mitternachtsblauem Teppichboden, der knöcheltief wirkte. An der dunklen Holzvertäfelung hingen Jagdszenen. Ein großer, blonder Mann saß am anderen Ende des Raums hinter einem Schreibtisch aus massivem Holz. Er stand auf, um sie zu begrüßen. Das alles hätte völlig normal und geschäftsmäßig gewirkt, wenn es nicht außer der Tür, durch die sie gekommen waren, scheinbar keinen anderen Ein- oder Ausgang gegeben hätte.

»Sie stehen mit uns in Geschäftsbeziehungen, Sir?«, fragte der Mann. Er trug einen dunklen, konservativen Anzug, und als er auf sie zukam, sah Seth, dass der Schnitt des Anzugs geschickt die Waffe kaschierte, die der Mann unter dem linken Arm trug. Die lässige Kleidung der beiden Besucher erklärte, dass er sie auf Englisch ansprach. Schweizer Bankiers wussten, dass Leute in solcher Kleidung in der Regel Amerikaner waren, die aus reiner Neugier hereinschneiten, um ihren Freunden in Amerika erzählen zu können, dass sie bei »Züricher Gnomen« gewesen seien. Aber der Ton des Mannes war respektvoll. Denn Schweizer Bankiers wussten auch, dass unter den zahlreichen Neugierigen immer wieder mal ein extrem reicher Amerikaner war, der einfach nur unpassend gekleidet zu Verhandlungen über Finanzgeschäfte erschien.

»Ich habe eine vertrauliche Angelegenheit zu regeln«, sagte Seth herrisch. »Und ich habe sehr wenig Zeit. Ich muss sofort den Geschäftsführer sprechen.«

»Selbstverständlich, Sir«, sagte der Mann und ließ den Blick über das billig eingewickelte Päckchen und Zoes neue – offensichtlich teure – Laufschuhe schweifen. Er ging an seinen Schreibtisch, nahm einen Telefonhörer von einem verborgenen Apparat und sprach so leise hinein, dass sie ihn nicht verstehen konnten.

Als er den Hörer aufgelegt hatte, wandte er sich wieder dem Paar zu. Die Amerikaner standen, anscheinend gelassen, mitten in der Eingangshalle.

»Der Empfangschef kommt sofort.« Noch während er das sagte, öffnete sich hinter dem Schreibtisch eine Tür, die durch die Fugen der Holzvertäfelung und die gedämpfte Beleuchtung bisher verborgen geblieben war. Ein großer, asketisch hagerer Mann mit Leninbärtchen und marineblauem Nadelstreifenanzug trat durch die Tür.

»Guten Tag«, sagte er höflich, aber reserviert. »Ich bin Gunter Abels. Was kann ich für Sie tun?« Er schüttelte erst Zoe dann Seth die Hand.

»Wir haben hier ein Schließfach«, sagte Seth, entschlossen, sich durchzuboxen. »Der Zugang ist durch gewisse ... Arrangements geregelt.« Ridgeway schaute sich um. »Mehr möchte ich nicht sagen, bis wir etwas ... mehr unter uns sind.«

Abels hob die Augenbrauen. »Selbstverständlich«, antwortete er unterwürfig. »Verzeihen Sie, aber ... aber wir müssen wirklich darauf achten, alle herauszufiltern, die hier kein echtes Anliegen haben. Wenn Sie mir bitte folgen würden.«

Abels führte sie durch die Tür, durch die er in die Eingangshalle gekommen war. Sie gehörte zu einem Aufzug, den er als Letzter betrat, bevor er die holzvertäfelte Tür schloss und auf den Knopf für den siebten Stock drückte. Die Tür glitt sanft zu, und die Kabine fuhr nach oben. Seth mied den Blick des Empfangschefs und schwieg während der Fahrt. Reiche, mächtige Leute, vor allem solche, die Konten und Schließfächer bei Schweizer Banken besaßen, waren normalerweise nicht vertraulich mit Handlangern. Außerdem hatte man sie akzeptiert, zumindest bisher. Und alles, was er sagen könnte, würde ihnen wahrscheinlich nicht weiterhelfen, aber möglicherweise Verdacht erregen. Reiche Leute waren verschwiegen, und so beschloss er, zu sehen, ob er diesen Part spielen konnte.

Zoe tat es Seth nach und schwieg ebenfalls.

»Nach links, bitte«, sagte Abels, als die Aufzugtür sich im siebten Stock öffnete. Während sie aus der Kabine traten, hielt er die Tür auf. Sie waren in einem weiteren dunkel getäfelten Empfangsbereich, der ebenso aussah wie die Eingangshalle im Erdgeschoss. Auch hier saß hinter einem Schalter aus Massivholz ein stämmiger Wachmann. Nur führten von diesem Raum zwei Gänge in entgegengesetzte Richtungen weg.

Respektvoll erwiderte der Wachmann Seths flüchtigen Blick, als die drei aus dem Aufzug kamen.

Abels führte sie an eine Tür am Ende des Gangs und öffnete sie mit einem Schlüssel, den er aus seiner Tasche geholt hatte. Das Eckzimmer hatte Blick auf die Bahnhofstraße und den See und war geschmackvoll opulent eingerichtet, wie für Leute gemacht, die viel Geld hatten, es aber nicht frivol verschwenden wollten.

»Machen Sie es sich doch bitte bequem«, sagte Abels, »ich sage einem unserer Geschäftsführer Bescheid, dass

Sie hier sind.« Ohne eine Antwort abzuwarten, drehte er sich mit einer perfekten militärischen Kehrtwende um und verließ den Raum. Die Tür fiel fest ins Schloss wie bei einem Tresor. Seth drückte auf die Klinke. Die Tür war verschlossen.

Zoe und er schauten sich schweigend um. Der Raum hatte die Größe eines luxuriösen Hotelzimmers und war ganz ähnlich eingerichtet. Außer einem Sofa und Sesseln gab es einen Fernseher, einen Ständer mit aktuellen Zeitschriften, einen kleinen Computer, der Börsenkurse anzeigte, und eine Bar mit alkoholischen Getränken. Seth ging an die Bar und schenkte sich Wasser aus einer gekühlten Flasche Perrier ein.

»Das ist mal eine Bank, was?«, sagte Zoe mit erzwungener Heiterkeit. »Von diesen Leuten könnten die faschistischen Droiden von der NationsBanc noch einiges lernen.«

Seth trat ans Fenster und schaute auf die Straße hinunter. Die Musiker der Heilsarmee spielten sich die Seele aus dem Leib, um hier und da ein paar Franken zu ergattern. »Kann sein«, sagte er knapp. »Sie sind doch alle gleich, die Bankiers – jedenfalls die großen.« Er drehte sich zu ihr um. »Anständige Leute haben jedenfalls im Umgang mit ihnen selten was zu gewinnen.«

»Meine Güte, wir sind aber heute empfindlich«, sagte sie nur halb im Spaß und ging zu ihm.

»Es tut mir leid«, entschuldigte er sich und legte seine Hände auf ihre Schultern. »Ich habe nur gerade darüber nachgedacht, dass dieser Abels sich vor Ehrerbietung fast überschlägt, uns dann aber hier einsperrt, nur um sicherzugehen. Bankvorschriften. Sie haben alle ihre Vorschriften. Bankiers sind wie ein Haufen Nazis, die rumstolzieren und erklären: ›Wir haben unsere Anweisungen! Und Sie werden sich gefälligst dran halten.‹ Und wenn sie dich absichtlich oder versehentlich reinlegen, liegt es immer daran, dass sie nur ihre Anweisungen befolgt haben.« Er stockte. »›So ist das Geschäft.‹ Wenn du das jemanden sagen hörst, kannst du sicher sein, dass er seine Moral an der Tür abgegeben hat.«

Er schaute sie an und sah unendliche Geduld in ihren Augen. »Gut zu wissen, dass du dich im letzten halben Jahr nicht verändert hast«, sagte sie.

Seth schaute sie lange an und lachte dann.

»Entschuldige, ich bin ein bisschen nervös.«

»Ich weiß«, antwortete sie.

Da hörten sie einen Schlüssel im Schloss rumoren. Die Tür wurde geöffnet, und ein distinguierter Herr mit grauen Haaren und kurz gestutztem Schnurrbart kam herein. Sein Gesicht war das eines Patriziers, sein Anzug stammte vermutlich von der Savile Row. Er sprach Englisch mit dem grauenhaft korrekten Akzent eines Menschen, der die besten Schulen besucht hatte.

»Bitte entschuldigen Sie, dass Sie warten mussten«, sagte er und kam auf sie zu. Hinter ihm schloss sich die Tür wieder. »Ich bin Josef Mutters.« Er reichte Ridgeway die Hand mit warmem, festem Druck. »Ich bin Vizepräsident der Thule Gesellschaftsbank.« Er nannte den vollen Namen der Bank, als wolle er seinen Besuchern helfen, sich zu vergewissern, dass sie tatsächlich bei der richtigen Bank waren. »Was kann ich für Sie tun?«

Seth nahm das Päckchen von der Bar.

»Wir möchten an unser Schließfach«, sagte er und reichte Mutters das Päckchen.

Einen Augenblick lang starrte Mutters das einfach eingewickelte Paket an, als könne es eine neue amerikanische Krankheit übertragen. Doch ebenso schnell fand er seine professionell unterwürfige Miene wieder.

»Möchten Sie nicht kurz Platz nehmen?«, fragte er. Seth nickte, und die drei setzten sich um den Couchtisch. Mutters legte das Päckchen auf den Tisch und wickelte es aus.

Sobald er das Gemälde sah, musste er beinah einen verwunderten Ausruf unterdrücken. Lange betrachtete er das

Bild schweigend. Als er wider aufschaute, war die Unterwürfigkeit in seinem Blick in Angst umgeschlagen.

»Nach all den Jahren«, murmelte Mutters mehr zu sich als zu seinen Gästen. Er nickte vor sich hin, als bestätige er sich das unvermeidliche Auftauchen des Gemäldes, wie man den Tod bestätigt, wenn er schließlich eintritt.

»Mein Vater traf die Arrangements hierfür«, sagte Mutters. »Damals war ein solches Vorgehen noch legal. Es war zwar ungewöhnlich, aber er fand nichts Verbotenes dabei und entsprach daher den Wünschen des Kunden.« Er schaute sie scharf an. »Aber das wissen Sie sicher alles, nicht wahr? Schließlich haben Sie ja das Bild.«

Seth spürte, wie die Angst kalt nach seinen Eingeweiden griff. Misstraute der Mann ihnen? Würde er Fragen stellen, die sie nicht beantworten konnten? Die Polizei würde nicht lange brauchen, um herzukommen.

»Natürlich wissen wir das alles«, fuhr Seth auf. »Wir sind nicht hier, um Geschichtsunterricht zu nehmen. Wir sind hier, um den Inhalt unseres Schließfachs abzuholen.«

Mutters schaute sie eindringlich an. Seth sah seinen Augen an, dass er überlegte, abwog, abschätzte und entschied.

»Selbstverständlich«, sagte Mutters schließlich. »Verzeihen Sie bitte meine Aufdringlichkeit. Es ist nur ...« Er schaute Seth mit sanftem, unterwürfigem Blick an. »Das ist das Letzte seiner Ära.« Sein Ton war nostalgisch. »Alle anderen Konten mit ... ungewöhnlichen Arrangements sind auf Standardverfahren umgestellt worden. Und die Schweizer Gesetze verbieten uns, diese Praxis wieder einzuführen.« Mutters wirkte wie jemand, der den Tod eines lieben Freundes betrauerte. Er schwieg einen Moment. Dann stand er abrupt auf.

»Wenn Sie erlauben«, sagte er förmlich, »ich muss erst einige Dinge holen, ehe wir fortfahren können.« Auf Seths knappes Kopfnicken verließ Mutters rasch den Raum.

Das dumpfe Gruftgeräusch, das die Tür jedes Mal machte, wenn sie ins Schloss fiel, zerrte allmählich an Seths Nerven. Er entkorkte eine Flasche Grange aus der Bar und schenkte sich und Zoe jeweils ein Glas ein. Sie tranken schweigend.

Mutters kam gerade zurück, als Seth ihre Gläser ein zweites Mal gefüllt hatte. Er hielt Abels die Tür auf, der einen kleinen Rollwagen mit Arbeitsfläche hereinschob. In einer Hand hielt der Vizepräsident ein Blatt Papier und einen aufgerissenen Umschlag, dem er das Blatt offensichtlich entnommen hatte. Er folgte Abels ins Zimmer und ließ ihn den Rollwagen an das Fenster zum See schieben.

Als Abels ging, machte die Tür wieder das irritierende Gruftgeräusch.

Mutters kam mit dem Blatt Papier und dem Umschlag in der Hand zu Seth und Zoe ans Sofa. Er warf einen Blick auf die Flasche. »Eine exzellente Wahl«, sagte er. »Einer der besten Weine, die es gibt.«

»Nicht schlecht«, antwortete Seth, bemüht, nicht sonderlich beeindruckt zu klingen. »Aber ich finde, er wird mit dem Alter nicht besser.«

Mutters hob eine Augenbraue, nahm dann aber kommentarlos das Bild vom Tisch. »Sollen wir mit den Arrangements fortfahren?«

Ridgeway nickte, stellte sein Glas auf den Couchtisch und trat zu Mutters an den Rollwagen, den Abels gebracht hatte. Zoe stellte sich neben ihn.

Sie sahen zu, wie Mutters auf das Blatt Papier schaute, es mit dem Gemälde auf die Arbeitsfläche legte und das Schrankfach öffnete. Wieder schaute er auf das Papier.

Er holte eine Flasche Terpentin, einen Lappen und einen grauen Metallbehälter heraus, der mit einem kleinen Vorhängeschloss gesichert war.

Ohne sich die Ärmel aufzukrempeln oder auch nur das Jackett auszuziehen, öffnete Mutters die Flasche Terpentin, gab etwas auf den Lappen und fing an, über die Vorderseite des Gemäldes zu wischen.

Zoe verschlug es den Atem. Seth machte große Augen, mahnte sie aber mit einem sanften Griff am Unterarm, still zu sein.

Die jahrzehntealte Farbe weichte nur langsam auf. An einigen Stellen war sie mit einem Spachtel aufgetragen, und Mutters brauchte einen Lappen nach dem anderen, um die hartnäckigen Pigmente zu entfernen. Die Farbe verlief zu einem schmierigen, streifigen Braun. Aber nach zwanzig Minuten Arbeit änderte sich die Oberfläche schließlich.

»Ah!«, sagte Mutters kryptisch und rieb weiter.

In der Mitte des Bildes tauchte zunächst ein golden schimmernder Fleck auf, dann ein zweiter.

Zehn Minuten später war Mutters durch. Er hatte einen ganz kleinen Goldbarren in einer Aussparung der Holzplatte freigelegt, auf die das Bild gemalt war. Der Goldbarren war etwa so groß wie die Breitseite einer Zigarettenschachtel. Mutters hielt das Bild hoch, damit sie den Goldbarren sehen konnten. Er war mit eingeprägten Lettern und Zahlen versehen: Stempel der Scheideanstalt, der den Feingehalt von 0,9999 zertifizierte, Gewicht, Hakenkreuz, Adler und der Doppelblitz der SS. Zoe schnappte nach Luft.

»Ich denke, es ist das, was Sie erwartet haben, nicht wahr?« Mutters richtete die Frage an Seth.

»Was? … Ach … ja. Ja!«, sagte Seth und versuchte, seine Überraschung zu kaschieren. »Genau das, was ich erwartet habe.«

Mutters reichte Seth die Holzplatte und warnte: »Vorsicht. An den Rändern könnte noch feuchte Farbe sein.«

Seth nahm Mutters das Bild ab und drehte es ins Licht. Er hielt den Atem an. Ein stechender Schmerz fuhr ihm in die Magengrube, als er das in Gold geprägte Hakenkreuz betrachtete. Das greifbare Symbol des Bösen vergegenwärtigte ihm das grauenvolle Netz, in das sie verstrickt waren.

Er reichte Mutters das Bild wieder. Der Vizepräsident der Bank nahm das Blatt Papier, das er mitgebracht hatte.

Dabei fiel der Umschlag zu Boden. Seth hob ihn auf und las den Absender: Hermann Göring. Unter der Berliner Adresse stand nur ein einziges Wort: »Anweisungen«. Mit zitternder Hand legte Ridgeway den Umschlag wieder auf den Tisch.

Mutters schaute noch einmal auf das Blatt, nahm ein Messer mit kurzer Klinge und hebelte den Goldbarren aus der Vertiefung im Holz. Darunter lag ein Schlüssel. Er holte ihn aus dem Schlitz und reichte ihn Seth.

»Das ist Ihr Schlüssel zum Schließfach«, erklärte Mutters. »Und das«, er gab Seth den Goldbarren mit den Nummern und Buchstaben, »ist Ihre Schließfachnummer. Sie entspricht genau der Nummer in den Anweisungen, die wir von ...«, er warf einen prüfenden Blick auf Seth, »dem Herrn erhalten haben, der das Schließfach und einen Treuhandfonds für dessen Führung auf unbegrenzte Zeit eingerichtet hat.«

Zögernd nahm Seth den Goldbarren und den Schlüssel. Er konnte sich nicht vorstellen, dass ein so böser Mensch wie Hermann Göring dieselben Gegenstände in der Hand gehalten hatte, die er nun berührte.

»Also, machen wir weiter«, sagte er ungeduldig.

»Selbstverständlich«, antwortete Mutters. »Ich fürchte allerdings, dass die in das Gold geprägte Nummer zu einem Schließfach mit Priorität eins gehört.«

Seth spürte, wie sein Herz sich zusammenkrampfte. »Was heißt das?«

»Es heißt, dass wir nicht befugt sind, die Box ohne Ihre Anwesenheit aus dem Tresorraum zu holen.« Seth entspannte sich, während Mutters weiter erklärte: »Das ist äußerst ungewöhnlich. Normalerweise würden wir Ihnen die Box hierher bringen«, er schaute sich im Zimmer um, »oder in einen anderen Raum. Aber bei Schließfächern mit Priorität eins müssen Sie persönlich anwesend sein, wenn das Fach geöffnet wird.«

Seth nickte. »Dann verschwenden wir keine Zeit.«

Mutters nahm das Blatt mit den Instruktionen, führte sie zum Aufzug und drückte auf einen nicht markierten Knopf.

»Der Aufzug bringt uns in unseren tiefsten Tresorraum. Den sichersten.«

Seth nickte und versuchte, das egozentrische Desinteresse auszustrahlen, mit dem die Reichen sich gewöhnlich umgaben. Irgendwie schien das Mutters zu beruhigen.

Vom Aufzug gingen sie über einen braunen Marmorboden an einem Gang nach dem anderen voller Schließfächer unterschiedlicher Größe vorbei.

Nachdem sie eine Treppe hinuntergegangen waren, standen sie vor einer Wand mit großen Schließfächern, von denen einige so groß waren wie Aktenschränke. Mutters trat einen Schritt zurück, legte die Hände auf dem Rücken zusammen, beugte sich zurück und ließ den Blick von der Decke bis zum Boden über die Nummern schweifen. Er entdeckte die richtige Nummer auf Anhieb.

»Da«, sagte er und zeigte etwa 1,20 Meter über dem Boden auf ein Fach, dessen Tür gut 30 Zentimeter breit und 15 Zentimeter hoch war. Beide Schlösser waren mit einer dünnen Goldfolie versiegelt.

»Überprüfen Sie sie bitte genau, um sich zu vergewissern, dass kein Schlüssel in die Schlösser gesteckt wurde, seit das Siegel angebracht wurde«, bat Mutters.

Die Siegel waren unversehrt.

»Sollen wir fortfahren?«, fragte Mutters. Seth nickte und reichte Mutters den Schlüssel, der fünfzig Jahre lang unter dem Goldbarren versteckt gelegen hatte. Der Goldbarren zog am Stoff seiner Hosentasche und drückte gegen seinen Schenkel.

Seth hielt den Atem an, als Mutters zuerst den Schlüssel der Bank und dann den aus dem Gemälde durch die Siegel in die Schlösser steckte. Er drehte beide gleichzeitig, und die Verriegelung sprang klickend auf. Mutters öffnete die Tür, hinter der einer der üblichen Metallbehälter zum

Vorschein kam. Er zog den Kasten aus dem Fach, in dem er über fünfzig Jahre ungeöffnet gelegen hatte, und hielt ihn so, dass sie ihn sehen konnten. Der Deckel war mit vier dicken Goldsiegeln gesichert, die ebenso wie der Goldbarren den Stempel der SS trugen. Mutters schaute erst die Siegel, dann Seth an. Seine Miene blieb ausdruckslos. Er wirkte wie ein Mann, der schon alles gesehen hatte.

»Möchten Sie, dass ich Ihnen den Behälter wieder in den Besuchsraum bringe?«

Seth nickte zustimmend. Als er und Zoe Mutters aus dem Tresorraum folgten, betrachtete Seth die unzähligen Reihen der Schließfächer und fragte sich, welche Übel dort noch lagern mochten. Wurden gerade Menschen für ihren Inhalt umgebracht? Der Gedanke ließ ihn schaudern.

Kapitel 30

Im Besuchsraum roch es noch schwach nach Terpentin. Mutters hatte ihnen den Schließfachbehälter nach oben getragen und sie allein gelassen. Ungeduldig hatten sie die Siegel abgerissen und in dem Behälter einen Metallkoffer gefunden, wie man ihn als Schutz für Kameras und elektronische Geräte benutzte. Er hatte ein kompliziertes Zahlenschloss, das sich öffnete, als sie die Schließfachnummer einstellten.

Nun lag der Inhalt des Koffers auf dem Couchtisch ausgebreitet: Papiere – viele mit Siegeln –, Dokumente aus der Reichskanzlei und dem Vatikan; gebundene Handbücher und die Blaupause einer befestigten Anlage, die nur mit »Standort Habersam« bezeichnet war, Mikrofilme mit der Aufschrift »historische Originalbelege am Standort Habersam« und Fotos, Unmengen Fotos.

Nervös reichte Seth eine der Aufnahmen Zoe. »Kein Wunder, dass sie immer noch bereit sind, für das Gemälde zu töten.«

Zoe nahm das Foto. Auf teurem, schwefelfreiem Papier war das feinkörnige Bild eines Gesichts zu sehen. Es war das schemenhafte Gesicht einer jungen Toten mit friedlich erlöster Miene, als habe gerade großes Leid ein Ende genommen.

»Ich kann es nicht glauben«, sagte Zoe. »Hitler hat den Papst erpresst, zu den Gräueltaten der Nazis zu schweigen.«

»Glaube es ruhig«, sagte Seth. »Hier ist das Dokument, das es beweist.«

Aus dem Durcheinander auf dem Tisch fischte er ein Dokument heraus, das Abkommen, in dem die katholische Kirche ihr Schweigen zusicherte und Hitler im Gegenzug die Sicherheit des Vatikans garantierte und sich verpflichtete, keine der Belege in Hinblick auf das Grabtuch Sophias zu veröffentlichen. Unterzeichnet war der Vertrag von Papst Pius XII. und Adolf Hitler, verifiziert durch die Siegel des Vatikans und des Dritten Reiches.

Zoe legte das Foto wieder auf die anderen Bilder des Grabtuchs.

Beide musterten das Material auf dem Tisch. Es war überwältigend: Ein Kaiser und ein Papst hatten die Existenz eines weiblichen Messias vertuscht, und Hermann Göring hatte das Grabtuch und alle erhärtenden Dokumente – die Sophia-Passion – entdeckt. Hunderte waren bei der ersten Vertuschungsaktion gestorben; Millionen waren unter dem erkauften Mantel des Schweigens umgebracht worden.

»Und was machen wir jetzt?«, fragte Zoe.

»Wir fahren nach Altaussee, würde ich meinen«, sagte Seth. »Jost hat gesagt, das sollten wir tun. Pfarrer Morgen treffen. Außerdem können wir nicht mehr lange hierbleiben. Die Polizei würde uns nur zu gern schnappen. Vielleicht ist ein Städtchen in Österreich ein gutes Versteck, bis wir uns überlegt haben, wie wir aus diesem Schlamassel wieder rauskommen.«

»Dann hätten wir auch Gelegenheit, uns dieses Material genauer anzusehen. Bisher haben wir ja nur an der Oberfläche gekratzt.«

Seth nickte und fing an, die Unterlagen in den Aktenkoffer zu packen.

Die ganze Angelegenheit hatte über eine Stunde gedauert. Stratton war sicher schon ungeduldig und besorgt. Sie würden ihn suchen und mit dem Volvo nach Altaussee fahren. Dort würde ein alter Pfarrer namens Hans Morgen ihnen helfen, Antworten zu finden. Und diese Antworten mussten eine Lösung bringen; einen Weg, das Töten zu beenden, das dem Grabtuch folgte; eine Möglichkeit, Ridgeway von den Mordvorwürfen zu entlasten. Es musste eine Möglichkeit geben. Es musste einfach.

Seth hielt Zoes Hand, als sie Mutters zum Aufzug folgten. Aus den Augenwinkeln sah er zwei Männer am Ende des Korridors, die auf sie zukamen. Einer von ihnen kam ihm bekannt vor, aber er konnte sich nicht erinnern, woher. Polizisten und Professoren – und Gejagte – sehen viele Gesichter in ihrem Leben.

Mutters nickte den beiden Männern lächelnd zu, als die Aufzugtür sich öffnete. Offenbar kannte er sie. Der Rechte der beiden steckte die Hand in die Jacke, und als er sie wieder herauszog, hielt er eine Selbstladepistole mit langem Schalldämpfer. Seth überlief es kalt, Zoe entfuhr ein überraschter Aufschrei. Der Mann mit der Waffe blieb gut fünf Meter vor ihnen plötzlich stehen und hob die Waffe.

»Nein …«, konnte Mutters nur noch sagen, bevor der Mann ihn erschoss. Dann richtete der Killer seinc Pistole auf Seth.

Instinktiv stieß Seth Zoe in die Aufzugkabine und drückte hektisch auf den Knopf mit der Aufschrift ZU. Auf dem Flur waren Laufschritte zu hören, gedämpft durch den geschmackvollen dicken Teppich. Die Tür schloss sich noch immer nicht.

Seth schnappte Zoes Oberarm und schob sie in die Ecke der Kabine neben der Schalterleiste. Zoe sah, wie er den schwarzen Metallkoffer mit beiden Händen am Griff packte und herumschleuderte wie ein olympischer Hammerwerfer. »Rühr dich nicht«, warnte er. Er schwang den Koffer zuerst zögernd, dann suchte er festen Halt mit den Füßen und legte sein ganzes Gewicht in die Schleuderbewegung, als der Schütze gerade den Kopf in den Aufzug steckte.

Der Metallkoffer war schwer von Papieren und Dokumenten. Eine scharfe Ecke erwischte den Killer unmittelbar über dem linken Ohr, die Metallkante schnitt mühelos durch das dünne, weiche Fleisch. Im nächsten Augenblick erfüllte ein sattes Krachen die Aufzugkabine, als die Wucht des Aufpralls den Kopf des Mannes an der Seite aufplatzen ließ wie eine überreife Melone.

Die Automatik mit Schalldämpfer flog dem Killer aus der Hand und fiel scheppernd gegen die Kabinenwand. Seth umklammerte immer noch den Koffergriff, als der Mann zusammensackte und mit dem Oberkörper in die Kabine und den Beinen auf den Korridor fiel. Endlich glitt die Aufzugtür zu und fuhr immer wieder gegen die Leiche.

Seth drückte Zoe den blutverschmierten Aktenkoffer in die Hand und schnappte sich die Waffe des Killers. Als die Aufzugtür sich das nächste Mal in die Nieren des Mannes rammte und wieder aufging, sah Seth den zweiten Mann in ein kleines Funkgerät sprechen. Es waren also noch mehr da. Aber wo?

Sobald der Mann Seths Waffe sah, drückte er sich schnell außerhalb der Schusslinie an die Wand. Wieder schloss sich die Aufzugtür bis an den hingestreckten Killer. Seth zerrte die Leiche in die Kabine, aber die Tür knallte gegen die Knöchel des Mannes und fuhr wieder auf.

Als sie vollständig geöffnet war, stand der zweite Mann davor und hielt statt des Funkgeräts eine ähnliche Pistole wie Seth. Einen Augenblick lang starrten die beiden Männer sich überrascht und benommen an. Dann hoben beide ihre Waffen und drückten ab. Seth war den Bruchteil einer Sekunde schneller und um Haaresbreite genauer. Er spürte den Rückschlag der Pistole ein-, zweimal in seiner Hand und tauchte in Sicherheit. Während die Tür sich nun fest schloss, sah Seth den Mann noch in die Knie gehen und mit dem Gesicht voraus auf den Teppich fallen.

Auf der Fahrt nach unten drehte Seth die Leiche des Killers um und fand zwei Ersatzmagazine für die Pistole. Er steckte sie in seine Hosentaschen.

»Wer …« Zoe versagte die Stimme. Sie räusperte sich und versuchte es noch einmal. »Wer sind die?«

Seth schüttelte den Kopf und durchsuchte die Leiche

weiter. Er zog die Brieftasche des Mannes heraus und schlug sie auf. Es steckte ein dicker Packen Geldscheine darin: Schweizer Franken, österreichische Schillinge und D-Mark. Zwischen diversen Kreditkarten fand Seth einen Ausweis mit Foto, der den Mann als Bernhard Saltzer, einen Angestellten der Thule Gesellschaftsbank auswies.

Er hielt Zoe die Karte hin. »Herr Mutters war hier offensichtlich nicht als Einziger bereit, sich um denjenigen zu kümmern, der den Inhalt des Schließfachs holen kam.«

Der Aufzug näherte sich langsam dem Erdgeschoss. »Nimm das«, sagte er und reichte Zoe die Brieftasche. Der Aufzug hielt, und die Tür glitt auf. Seth nahm den Aktenkoffer und drückte gegen die Tür in der Holzvertäfelung der Eingangshalle. Er trat aus dem Aufzug. Der Wachmann lag zusammengesackt über dem Massivholztisch, aus einem kleinen Loch in seiner Schläfe triefte Blut.

Auf dem Sofa saß ein Mann in schwarzer Uniform mit roten Biesen. Es dauerte einen Moment, bis Seth in ihm ein Mitglied der Heilsarmeekapelle erkannte. Ein zweiter Mann stand an der Eingangstür. Beide Männer waren erstaunt, als sie Seth sahen, und erstarrten für einen Augenblick.

Der Mann auf dem Sofa hob ein plumpes Ding, das Ridgeway sofort als Heckler & Koch MP 5 A erkannte. Schnell sprang er zurück in den Aufzug und stolperte dabei über Zoe. Ihre Füße verhakten sich, und beide fielen hin, während ein dumpfer Kugelhagel in die Aufzugwand prasselte.

»Schnell! Schnell!«, hörte Seth den Angreifer auf Deutsch rufen. Seth machte sich von Zoe los, zielte über sein Knie und schoss auf den Killer, der mit seiner Maschinenpistole auf ihn zulief. Der Schuss traf den Mann in den Bauch, ließ ihn sich ruckartig aufrichten und vor Verwunderung große Augen machen. Offenbar hatte ihm niemand gesagt, dass Ridgeway bewaffnet war. Seth nutzte das Überraschungsmoment und schoss ein zweites Mal. Das rechte Auge des Mannes verschwand unter roten und rosa Spritzern.

Zoe rappelte sich hoch und drückte auf sämtliche Knöpfe der Schalttafel. Während die Aufzugtür sich schloss, feuerte Seth immer wieder auf das zweite Bandmitglied der Heilsarmee. Die Munition ging gerade zu Ende, als die Tür endlich zu war. Seth seufzte, als die Kabine nach oben fuhr.

»Wohin fahren wir?«, fragte er, während er die Pistole drehte und die Entriegelung für das Magazin suchte.

»Nach oben«, sagte Zoe. Seth schob ein frisches Magazin in den Pistolengriff. »In einigen der unteren Stockwerke müssen Büros sein«, sagte sie. »Und wo es Büros gibt, müssen auch Feuertreppen sein.«

Der Aufzug hielt in einem riesigen Großraumbüro mit verglasten Raumteilern. Das emsige Gemurmel von Computern, Rechenmaschinen, Druckern und Geldgeschäften erfüllte den Raum. Schnell versteckte Seth die Waffe im Hosenbund.

Zoe schaute sich um und ging dann an ihm vorbei in den Raum. Sie marschierte zu einem roten Feueralarm an der Wand und zog daran. Dann schrie sie: »Feuer! Feuer! Feuer!«

Ängstliches Raunen lief durch den Saal. Leute standen von ihren Schreibtischstühlen auf. Seth schnappte den Aktenkoffer und ging zu Zoe. »Feuer! Wir müssen raus! Feuer!« Das Raunen steigerte sich zu lautem, aufgeregtem Gebrabbel. Einige Angestellte fingen an, ihre Sachen vom Schreibtisch zu holen. Frauen schnappten ihre Handtaschen. Ein großer Mann, dem die Autorität ins Gesicht gemeißelt war, marschierte auf sie zu.

»Hören Sie, was hat das zu bedeuten?«, fragte er aufgebracht.

»Im Erdgeschoss brennt's«, brüllte Seth. »Herr Mutters hat mich raufgeschickt, um das Stockwerk zu evakuieren.« Der Name seines Vorgesetzten ließ den Mann erstarren.

»Das ist gegen jede Vorschrift«, antwortete der Mann. »Ich muss selbst mit Vizepräsident Mutters sprechen.« Er ging zielstrebig zu einem Telefon. Im Saal war jedoch das Chaos ausgebrochen, Leute drängelten und rannten auf eine Tür am anderen Ende des Raumes zu. Eine Alarmglocke, die das Öffnen der Notausgänge wohl aktiviert hatte, schrillte und verbreitete eine ansteckende Hektik. Zoe und Seth mischten sich unter die Menge, die inzwischen der Panik nahe war.

Am unteren Ende der Feuertreppe sammelten sich die Leute auf einem großen Hof, von dem Gassen in andere Straßen führten. Alle waren verwirrt und standen in Grüppchen zusammen. Viele beklagten sich laut, dass sie keinen Rauch sähen, manche spekulierten, es müsse sich wohl wieder um eine Übung handeln.

Seth und Zoe lösten sich aus der Menge und gingen langsam eine Gasse hinunter, die von der Bahnhofstraße wegführte. Sirenengeheul wurde lauter – sicher Feuerwehrwagen und vielleicht auch Streifenwagen, falls man die Leichen schon entdeckt hatte.

Die Gasse mündete auf einer ruhigen Straße mitten in der Züricher Altstadt. Schweigend gingen sie nebeneinanderher, beide zu betroffen, um zu reden. Eine Viertelstunde später erreichten sie die Tiefgarage in der Sihlstraße, und kurz darauf entdeckte Zoe den Volvo. Stratton winkte.

Kapitel 31

Am frühen Abend des Heiligen Abends erreichten sie Altaussee. Am Nachmittag hatte heftiger Schneefall eingesetzt, der immer stärker wurde.

Die Straße von Bad Aussee war schmal und folgte jeder Windung und Biegung eines Flüsschens, das in den Altausseer See floss. Im Schritttempo krochen sie nach Altaussee. Schnee buk auf der Windschutzscheibe zusammen und fror fest, wo die Scheibenwischer nicht hinreichten.

Die drei nahmen zwei Zimmer im Kohlbacher Hof, einem Gasthaus am Ortsrand neben einer kleinen Kirche.

Schließlich gingen Zoe und Seth unter einem Regenschirm, der etwas Schutz gegen den nassen Schnee bot, zu Fuß den knappen halben Kilometer in die Ortsmitte. Jost hatte klar gesagt, dass man sie nur zu zweit erwartete.

»Aber wer?«, hatten Zoe und Stratton wie aus einem Mund gefragt.

Seth hatte die Achseln gezuckt. »Er sagte, sie würden uns erkennen.«

Das einzige Fahrzeug, das auf dem Weg in den Ort an ihnen vorbeifuhr, war ein Traktor mit einem Anhänger voller Heu. Der dick eingemummelte Bauer winkte ihnen im Vorbeifahren zu.

Ansonsten sahen sie niemanden, bis sie im Zentrum von Altaussee waren. Sie kamen an mehreren kleinen Geschäften vorbei: an einer Eisenwarenhandlung, einem Kleiderladen und einem Laden, der Spielzeug, Bücher und Gemischtwaren verkaufte. Sie reihten sich an der Straße in freistehenden, einstöckigen Holz- oder Natursteinhäusern aneinander, die durch Wege und Einfahrten voneinander getrennt waren. Sämtliche Geschäfte waren geschlossen. Für die Einwohner von Altaussee hatte Weihnachten schon begonnen.

Etwa fünfzig Meter hinter dem Spielwaren- und Buchladen stießen sie auf eine Kombination aus Polizeiwache und Post in einem zweistöckigen Gebäude aus grobem, grauem Haustein. Seth drückte auf die Türklinke, aber die Tür war verschlossen.

»Und jetzt?«, fragte Seth.

Sie blieben eine Weile vor dem Haus stehen und schauten sich um. Weitere Geschäfte säumten die Hauptstraße. Aber die meisten wirkten mit ihren dunklen, tristen Fenstern ebenso geschlossen wie die drei Läden, an denen sie vorbeigekommen waren. Ein Laster mit rostiger Fahrerkabine, die mit Dosenblech geflickt war, ratterte an ihnen vorbei über die Hauptstraße und hinterließ frische Reifenspuren auf der schneebedeckten Fahrbahn. Der Fahrer winkte ihnen ebenfalls zu. Sie winkten zurück und schauten hinter ihm her. Bevor das dichte Schneetreiben ihn völlig verschluckte, leuchtete das eine noch funktionierende Bremslicht auf, und er hielt am Straßenrand. Seth und Zoe blinzelten in die flauschige Wattedecke, die den Ort bedeckte, und sahen unmittelbar hinter dem Laster Licht im Fenster eines Hauses.

Sie beobachteten, wie der Fahrer ausstieg und in das Haus ging.

»Sollen wir?«, fragte Zoe und ging zögernd auf den Lastwagen zu.

»Meinetwegen«, sagte Seth und folgte ihr. »Es ist das einzige Haus im Dorf, das bewohnt aussieht.« Als sie näher kamen, erkannten sie, dass es ein kleines Wirtshaus war. Sie überquerten die Straße.

Bis sie den Laster erreichten, waren seine Reifenspuren schon zugeschneit. Vor dem Lastwagen standen ein zerbeulter Mercedes und ein nagelneuer Fiat am Straßenrand.

Sie blieben vor der Gaststätte mit dem steilen Satteldach und den Butzenscheiben in dunklen Holzfensterrahmen stehen. An den unteren Butzenscheiben hatte sich Schnee gesammelt und sie auf natürliche Weise mit der Dekoration versehen, die Amerikaner mit künstlichem Schnee aus der Sprühdose zu imitieren versuchen.

Durch das Fenster sahen sie, wie der Bauer die Anwesenden grüßte. Zwei uniformierte Polizisten saßen mit Kaffeetassen und Gläschen mit einer klaren Flüssigkeit, vermutlich Schnaps, an einem Tisch. Das erklärte die geschlossene Polizeiwache auf der anderen Straßenseite. Drei weitere Leute – stämmige, derbe Burschen mit roten Gesichtern und der grünen Lodenkleidung der Alpen – saßen an einem großen Tisch mit Bänken an beiden Seiten. Sie tranken aus fast leeren Bierkrügen.

Der Wirt und eine kugelrunde Frau, die seine Frau sein musste, standen hinter der Theke und grüßten die Neuankömmlinge mit strahlendem Lächeln und Winken.

Seth und Zoe gingen hinein und tauschten die kalte Schneelandschaft gegen die warme Stube mit dem Hefearoma von Bier, würzigem, leicht schwefligem Kohlgeruch, dem Duft von Würsten in allen Variationen und dem feucht erdigen Geruch von Menschen, die sich vom unwirtlichen Wetter trockneten und aufwärmten. Alle Köpfe drehten sich nach ihnen um, als sie durch die Tür kamen. Ihre Blicke waren nicht unfreundlich, fiel Seth auf, nur neugierig. In Altaussee endeten die Straßen. Von hier führten nur Fußwege weiter in die zerklüfteten Berge hinauf. An Heiligabend kamen nicht oft Fremde hierher.

»Grüß Gott«, sagte Seth mit dem landesüblichen Gruß.

»Grüß Gott«, antwortete es im Chor. Seth und Zoe gingen an die Theke, hinter der der Wirt und seine Frau standen. Dabei bemerkte Seth einen alten Mann, der allein bei einem halben Liter Bier in einer Ecke saß.

»Kann ich Ihnen helfen?«, fragte der Wirt in weichem österreichischem Dialekt.

»Ja, bitte«, antwortete Seth. »Das hoffe ich jedenfalls. Wir suchen einen Mann. Pfarrer Morgen.« Er sah, wie die Miene des Wirts sich unmerklich verhärtete. »Kennen Sie ihn?«

»Ja«, antwortete der Wirt bedächtig. »Ich kenne ihn … ich kenne ihn.« Mehr sagte er nicht.

Seht spürte die Blicke der anderen Gäste, die sich in seinen Rücken bohrten. Schließlich fragte er mit unsicherer Stimme: »Haben … haben Sie ihn gesehen?«

Der Wirt musterte ihn eine Weile ernst und lachte dann freudlos.

»Ja, allerdings.« Er hielt inne. »Als ich ihn zuletzt gesehen habe, war ich noch ein Kind. Ich glaube, danach habe ich ihn nicht mehr gesehen.« Wieder zögerte er. »Das muss in den letzten Kriegswochen gewesen sein.«

Seth nickte nachdenklich und drehte sich um.

Die beiden Polizisten saßen schweigend am Tisch und beäugten ihn mit dem Argwohn, mit dem Gesetzeshüter überall auf Ungewöhnliches reagieren.

»Wachtmeister«, sagte Seth mit noch zittrigerer Stimme, »haben Sie eine Ahnung, wo ich Pfarrer Morgen finden könnte?« Die beiden Männer schüttelten wortlos die Köpfe. Wieder nickte Seth.

»Aber wo könnte er wohnen, wenn er hier zu Besuch wäre?«, fragte Zoe den Wirt und seine Frau.

Sie schüttelten beide die Köpfe, bevor der Wirt antwortete: »Vielleicht im Kohlbacher Hof. Oder im alten Gasthaus.« Er schaute auf die Nordwand der Schankstube. »Ein paar Kilometer von hier. Die Straße lang.«

Zoe wartete, aber offenbar hatte der Mann nichts mehr zu sagen. »Na ja«, sagte sie zögernd, »vielen Dank für die … Auskunft.«

Sie verließen das Wirtshaus und gingen langsam zurück Richtung Kohlbacher Hof.

Der Schneefall war mittlerweile noch stärker, aber feiner.

»Ich kann nicht fassen, dass es so schwer sein soll, in einem so winzigen Ort einen alten Mann zu finden«, sagte Zoe.

»Sie wissen, wo er ist«, sagte Seth ruhig.

»Wieso sagst du das?«

»Hast du nicht ihre Mienen gesehen? Als wir hereinkamen, waren sie ganz freundlich, aber sobald wir nach Pfarrer Morgen fragten, kam eine Wand herunter. Ihre Gesichter waren wie versteinert.«

»Aber wieso?«, fragte Zoe.

»Sie wollen ihn schützen.«

»Entschuldigen Sie!«, rief eine Stimme überraschend von hinten. Seth und Zoe wirbelten herum und sahen sich dem alten Mann gegenüber, der in der Ecke der Schankstube sein Bier getrunken hatte.

»Ich kenne Pfarrer Morgen«, sagte der alte Mann. »Vielleicht kann ich Ihnen helfen.«

Er ging krumm und gebeugt, trotzdem war sein Kopf fast auf einer Höhe mit Seths. In seinen jungen Jahren war er offensichtlich sehr groß gewesen. Mit seinem unbändigen grauen Haarschopf ähnelte er Einstein in seiner Zeit in Princeton.

»Ich heiße Gunther«, sagte der alte Mann und streckte seine Hand aus. Seth schüttelte sie.

»Ich bin Seth Ridgeway. Und das ist meine Frau Zoe.«

Der Mann, der sich Gunther nannte, verbeugte sich und nahm Zoes Hand. Einen Moment glaubte sie, er wolle ihre Hand küssen, aber dann schüttelte er sie nur und ließ sie los. »Ich kann Sie mit Pfarrer Morgen bekannt machen«, sagte er. »Ich rufe Sie an. Warten Sie im Kohlbacher Hof … allein … im Schankraum.«

Damit drehte er sich um und ging erstaunlich schnell für einen alten Mann zurück zum Wirtshaus.

Seth und Zoe tranken in der Bierstube des Kohlbacher Hofs Glühwein. Stratton war oben in seinem Zimmer und tobte innerlich über die Anweisungen, die Seth und Zoe erhalten hatten.

Während sie auf das Ergebnis ihrer Begegnung mit dem alten Mann warteten, sprachen Zoe und Seth darüber, was sie im Lagerhaus erlebt hatte und wie ihr die Flucht gelungen war. Seth staunte im Stillen über ihre Kraft und Findigkeit.

»Ich muss sagen, das Einzige, was mich wundert, ist, dass dir dein Fluchtplan nicht schon früher eingefallen ist.«

Zoe trank einen Schluck Glühwein und nickte. »Vielleicht hatte das psychologische Gründe. Vielleicht wollte ich nicht weg, bevor ich sämtliche Kunstwerke gesehen hatte. Oder vielleicht …« Sie starrte lange in die Ferne.

»Oder vielleicht?«, hakte Seth nach.

»Ich weiß, dass du es kaum glauben wirst«, sagte Zoe zögernd. Sie schaute an die Decke und dann zu Seth. »Aber ich glaube, dass Gott mich vielleicht da haben wollte. Ich glaube, es war mir *bestimmt*, da zu bleiben, bis ich ihre Botschaft verstanden hatte. Dann gab sie mir den Plan für meine Flucht ein.«

»Ja klar. Du willst mir also sagen: Es gibt einen Gott – oder eine Göttin oder ein geschlechtsloses Wesen, das kannst du dir aussuchen –, der so verdreht ist, dass wir erst fast sterben müssen, bevor wir an ihn glauben?«

Zoe schaute ihn nur an.

Seth schüttelte den Kopf. »Zoe, das ist kein Glaube. Das ist die Verzweiflung der Todesangst, die nach irgendwas sucht, woran sie sich klammern kann.« Er schaute sie an. »Hör zu, du hattest alles, was du brauchtest, in deinem Kopf.«

»Dessen bin ich mir nicht so sicher«, sagte sie skeptisch.

»Aber sicher«, beharrte Seth. »Du musstest dich nur an das erinnern, was dein Dad dir beigebracht hatte, und es umsetzen.«

»Dessen bin ich mir wirklich nicht sicher«, wiederholte Zoe zögernd. »Wenn ich jetzt daran zurückdenke, ist da so vieles, wovon ich einfach nicht weiß, ob ich es vorher schon wusste.«

»*Natürlich* wusstest du das alles. Du hast nur jahrelang nicht daran gedacht, weil du es nicht brauchtest.«

»Und warum ist mir das alles dann so klar und deutlich eingefallen?«, fragte Zoe. »Es war fast so, als hätte ich Blaupausen vor Augen.«

»Weil die Todesgefahr dein Denken schärft ... glaub mir, das habe ich auch schon erlebt und durchgemacht.«

»Deine jüngsten Begegnungen mit dem Tod hatten bei dir anscheinend die gegenteilige Wirkung.«

»Ja, wenn es einmal passiert, ist die Erfahrung mystisch, aber wenn Leute ständig und immer wieder versuchen, dich umzubringen, dann glaubst du allmählich, dass Gott entweder ein durchgeknallter Sadist ist oder gar nicht existiert.«

Zoe schüttelte den Kopf. »Das zieht nicht. Ich war die ganze Zeit ständig in großer Gefahr. Der Tod lauerte jeden Tag hinter der Ecke. Warum hat das Schreckgespenst des Todes mein Denken dann nicht schon früher geschärft, bevor ich anfing, etwas über die Große Göttin zu erfahren, bevor ich anfing, an einen Gott zu glauben, der auch das Weibliche umfasst?«

»Ich fasse es einfach nicht«, sagte Seth und trank seinen Wein aus. »Ausgerechnet du, die nur glaubt, was man ihr beweist, die nur Dingen traut, die sie mit eigenen Händen greifen, mit eigenen Augen sehen kann.«

»Und ich fasse nicht, was ich von dir höre, Seth. Du bist gläubig, bis der Weg steinig wird, und dann wirfst du den Glauben über Bord? Wie stark war denn ...«

Da klingelte hinter der Theke das Telefon. Der halbwüchsige Sohn der Wirtsfamilie nahm den Hörer ab und sagte kurz darauf: »Es für ist Sie, mein Herr.«

Seth ging hinter die Theke und hielt den Hörer ans Ohr.

»Ja?«

»Herr Ridgeway? Ich bin's, Gunther. Ich denke, ich kann Ihnen helfen. Das heißt, Freunde von mir können Ihnen helfen, Pfarrer Morgen zu treffen.«

»Dann ist er also hier in Altaussee?«

Gunther schwieg einen Moment. »Sie können Ihnen vielleicht helfen. Wären Sie bereit, sich mit ihnen zu treffen?«

»Natürlich.«

»Wunderbar«, sagte Gunther. »Gehen Sie vom Kohlbacher Hof auf der Hauptstraße in Richtung Ort. Bevor Sie in den Ort kommen ist da, wo die Straße sich gabelt, ein kleiner Laden, der Spielsachen, Bücher …«

»Den kenne ich.«

»Gut. Vor dem Laden treffen wir uns.«

»Wann?«

»Jetzt.«

»Sofort?«

»Haben Sie heute Abend in Altaussee schon was Besseres vor?« Plötzlich lag ein ungeduldig sarkastischer Unterton in seiner Stimme.

»Nein, nein, natürlich nicht.«

»Gut«, erklärte Gunther. »Meine Freunde brennen darauf, Sie zu treffen. Kommen Sie sofort.«

Seth legte auf, bezahlte den Glühwein, den er und Zoe getrunken hatten, und erzählte ihr von dem Gespräch, während sie auf ihr Zimmer gingen, um ihre Jacken zu holen. Stratton hörte zu, als Seth das Telefonat wiedergab.

Seth und Zoe gingen nach draußen. Vom Himmel rieselte nur noch ein feiner Pulverschnee. Die Temperatur war gefallen, und der Schnee knirschte unter ihren Füßen, als sie den Rest des Weges schweigend Hand in Hand zurücklegten. Nach fünf Minuten erreichten sie das Spielzeuggeschäft. Sie standen herum und trampelten mit den Füßen, als sei die Kälte ein Insekt, das sie unter ihren Schuhsohlen zertreten könnten.

Nach einer Weile spürte Seth, wie ihm jemand von hinten etwas Hartes in die Rippen stieß. Ein Automotor sprang an.

»Machen Sie keine hastigen Bewegungen, Herr und Frau Ridgeway.« Er kannte die Stimme nicht. Gunther war es nicht. Der zerbeulte Mercedes, den sie vor dem Wirtshaus am Straßenrand hatten parken sehen, fuhr an die Bordsteinkante. Seth drehte den Kopf, um einen Blick auf das Nummernschild zu werfen, aber die Scheinwerfer blendeten ihn.

»Steigen Sie hinten ein«, sagte eine Stimme in sein Ohr. Die hintere Tür schwang auf. Seth sah, dass Zoe den Mund aufmachte, als wolle sie schreien. Schnell legte sich eine behandschuhte Hand auf ihren Mund. Sie wehrte sich. Als Seth ihr helfen wollte, bekam er einen stumpfen, harten Schlag auf den Hinterkopf.

Ihm knickten die Beine weg.

»Das war sehr unklug«, sagte eine Stimme, während man sie auf den Rücksitz des Wagens verfrachtete. »Kein Grund zur Beunruhigung.« Die Stimme klang nicht bedrohlich. Sobald Seth und Zoe im Auto saßen, knallten die Türen zu, und der Wagen fuhr los.

»Ich werde Ihnen jetzt die Augen verbinden«, sagte eine Stimme. Seth versuchte, seinen Kopf in die Richtung zu drehen, aber der stechende Schmerz hinderte ihn daran. Gleich darauf zog ihm jemand etwas über den Kopf, das sich wie ein dicker Strumpf anfühlte. Der Stoff war undurchsichtig, aber dünn genug, dass er mühelos durch ihn atmen konnte.

»Bitte beruhigen Sie sich«, sagte die Stimme. »Wir wollen Ihnen nichts tun.«

Angesichts seines schmerzenden Kopfes fiel es Seth schwer, das zu glauben. Er erinnerte sich an die Killer, denen er in Zürich, Amsterdam und Marina Del Rey begegnet war. Er versuchte sich mit dem Gedanken zu trösten, dass diese Leute hier ihn lediglich gefangen und nicht umzubringen versucht hatten. Es war ihm allerdings kein großer Trost.

Der Wagen fuhr etwa fünf Minuten auf der asphaltierten Straße, dann holperte er langsam über eine unbefestigte Strecke. Sie wurden auf dem Rücksitz durchgeschaukelt, dabei fand Seth Zoes Hand und drückte sie. Sie erwiderte seinen Händedruck: Kraft, Trost, Hoffnung, Liebe. Alles das sagten sie sich gegenseitig ohne Worte, während der alte Mercedes langsam durch die Dunkelheit rumpelte.

Nach einiger Zeit, die ihnen wie eine halbe Stunde erschien, hielt der Wagen. Man half ihnen beim Aussteigen und setzte sie, immer noch mit verbundenen Augen, auf einen harten, kalten Sitz. Gleich darauf sprang vor ihnen ein kleiner Motor röhrend an. Seth erkannte einen Motorschlitten.

Sie setzten sich in Bewegung und Seth, der immer noch Zoes Hand hielt, stellte sich vor, dass sie in einer Art Schlitten saßen, der von einem Schneemobil gezogen wurde.

Sie fuhren eine weitere halbe Stunde meist durch Gebüsch, das an ihren Kleidern zerrte.

»Ziehen Sie die Köpfe ein«, warnte man sie einmal, als sie offenbar unter etwas Niedrigem durchfuhren.

Schließlich blieben sie auf einer ebenen Fläche stehen, und der Motor des Schneemobils verstummte. Man führte sie durch den Schnee. Eine Tür öffnete sich. Warme Luft hüllte sie ein, als man sie in einen Raum brachte. Sie hörten, wie die Tür sich hinter ihnen schloss.

Eine Stimme sagte: »Nehmt ihnen die Augenbinden ab.« Jemand zog Seth den Strumpf vom Kopf. Er musste nicht blinzeln, um seine Augen an die Helligkeit zu gewöhnen, denn das einzige Licht im Zimmer kam von einer Petroleumlampe und einem Feuer, das in einem groben Natursteinkamin brannte. Das Zimmer sah aus wie in einer der Berghütten, die in ganz Tirol zu finden sind. Außer einer schlichten Schlafstelle gab es noch diverse grobgezimmerte Möbel. Es roch nach Wachs und Kaffee.

Zoe schlang den Arm um Seths Taille. Sie drehten sich um. Am Kamin standen zwei Männer mit Blechbechern in der Hand. Sie erkannten Gunther. Neben ihm stand ein dünnerer, vornehmer wirkender Mann. Er musterte Seth und Zoe einen Moment und kam dann auf sie zu.

»Willkommen«, sagte er mit ausgestreckter Hand. »Ich bin Hans Morgen.«

Kapitel 32

Morgen sah nicht aus wie ein Priester. In dickem Strickpullover, Wolljacke und Wollhose wirkte er eher wie ein Professor oder Forscher. Er trug keinen Priesterkragen. Zuerst schüttelte er Zoe, dann Seth die Hand. »Ich muss mich für die seltsame Art entschuldigen, wie wir Sie hergebracht haben«, sagte Morgen. »Aber es gibt viele Leute, die mich gern aufstöbern würden. Ich musste sichergehen, dass Sie tatsächlich die sind, für die Sie sich ausgeben.«

Seth rieb sich den Nacken. »Das mit Ihrem Kopf tut mir aufrichtig leid«, entschuldigte Morgen sich noch einmal. »Aber Richard ...« Er warf einen Blick zu dem Mann an der Tür hinüber. Seth drehte sich nach ihm um. Richard Stehr hatte ein nettes, fast kindlich rundes Gesicht mit sanften blauen Augen auf dem Körper eines Football-Spielers. »Richard ist glücklicherweise Experte. Sie haben keinen bleibenden Schaden genommen.«

»Sie haben leicht reden«, entgegnete Ridgeway, aber seine Wut war nur oberflächlich.

»Sicher«, antwortete Morgen sanft. »Möchten Sie nicht Platz nehmen? Ich habe frischen Kaffee da.« Er deutete auf zwei Stühle an einem groben Tisch, auf dem sich Tassen, Flaschen, Hartwürste und ein halb aufgeschnittener Laib dunkles Brot befanden.

Sie setzten sich und schauten schweigend zu, wie Morgen mit einem wattierten Handschuh eine zerbeulte emaillierte Kaffeekanne von einem Rost im Kamin nahm. Er suchte für Zoe und Seth zwei der angeschlagenen Keramiktassen heraus und goss ihnen die dampfende schwarze Flüssigkeit ein. Dann schenkte er sich selbst Kaffee nach und setzte sich zu ihnen an den Tisch. Die anderen Männer – die beiden, die sie zur Hütte gebracht hatten, und Gunther, der schon bei Morgen war, als sie hereinkamen – blieben stehen. Immer wieder schoben sie die Vorhänge auseinander und spähten hinaus. Offensichtlich waren draußen noch mehr Leute, Wachen, denn einer der Männer in der Hütte gab immer wieder Handzeichen nach draußen.

»Ich habe gehört, dass Sie einiges auf sich genommen haben, um die Sophia-Passion aufzustöbern.« Zoe und Seth nickten. »Möchten Sie mir erzählen, wie es dazu kam?«

»Ich möchte als Gast nicht unhöflich erscheinen«, antwortete Seth. »Aber da Sie uns auf eine so … merkwürdige Art hergebracht haben, würde ich mich wesentlich wohler fühlen, wenn Sie uns etwas über sich und …«, er schaute die anderen Männer im Raum an, »Ihre Gruppe erzählen würden.«

Morgens Blick wurde sanft. »Selbstverständlich. Verzeihen Sie, dass ich so übereifrig und dabei ein so schlechter Gastgeber bin. Ich verstehe Ihr Zögern vollkommen.« Er bedeutete Gunther mit einer Kopfbewegung, sich zu ihnen zu gesellen. Gunther schlurfte herüber und setzte sich neben Seth.

»Gunther kann vielleicht anschauliche Einzelheiten beisteuern, die ich auslasse.

Ich nehme an, mein verstorbener Freund Jakob Jost hat Ihnen erzählt, wie alles angefangen hat.« Er schaute sich in der Berghütte um, als sei sie das Symbol für alles, was ihm vor Jahrzehnten zugestoßen war.

»Lassen Sie mich da anfangen, wo Jost sicher aufgehört hat. Die letzten Jahrzehnte waren unglaublich, aber sie werden begreiflicher, wenn man sie in einen Zusammenhang bringt.« Er trank einen Schluck Kaffee, verzog das Gesicht und lehnte sich zurück.

George Stratton blinzelte in den leichten Schneefall im Licht seiner Scheinwerfer. Es hatte beinah aufgehört zu schneien. Langsam fuhr er mit dem Volvo über den holperigen, steinigen Weg, der steil bergan führte. Von beiden Seiten ragten schneebedeckte Äste vor und schlugen gegen den Wagen.

Stratton war Seths und Zoes Fußspuren, die der nachlassende Schneefall kaum verdeckt hatte, bis zum Treffpunkt gefolgt. Mit geübtem Blick hatte er verwischte Fußspuren und Reifenspuren entdeckt, die vom Laden wegführten. Da keine Fußspuren von dort wegführten, nahm Stratton an, dass Ridgeway und seine Frau – freiwillig oder unfreiwillig – mit den Leuten im Wagen mitgefahren waren.

Also folgte er den Reifenspuren, was dank des spärlichen Verkehrs und des nachlassenden Schneefalls einfach war.

Der Boden des Volvo schrammte hart über einen Stein. Stratton hielt an, nahm eine Taschenlampe und ging zu Fuß weiter den Berg hinauf.

»Nach dem Krieg suchte ich weiter nach dem Unterscharführer«, erzählte Morgen seine Geschichte weiter. »Aber wie viele seiner Kameraden war er erfolgreich untergetaucht.«

Langsam stand Morgen auf und holte die Kaffeekanne, die er zum Warmhalten wieder in den Kamin gestellt hatte. »Außerdem suchte ich, so gut ich konnte, nach Belegen für die Behauptung des Unterscharführers, Hitler habe den Papst erpresst. Das hatte zwei Dinge zur Folge.« Er beugte sich vor und nahm die Kanne mit dem Topfhandschuh. »Erstens traf ich eine kleine Gruppe von Geistlichen aus der Kurie, die dafür sorgen wollten, dass kein Papst sich je wieder einer solchen moralischen oder theologischen Erpressung beugen müsste.«

»Der Priester im Wald, in Amsterdam?«, sagte Seth und schaute Morgen fragend an.

Morgen nickte traurig. »Pfarrer Smith. Ich hatte ihn geschickt, Ihnen zu folgen. Um Sie zu beschützen.«

»Kurz bevor er starb, sagte er so etwas wie ›braun‹. Was könnte das bedeuten?«

Morgen sah aus, als habe er eine Ohrfeige bekommen. »Diesen Namen hat er genannt?«

»Dann ist es also ein Name?«

Morgen schwieg, als müsse er das Gehörte erst verdauen. »Ich hatte es vermutet«, antwortete er schließlich, »aber ich war mir nicht sicher.« Seine Miene war finster, und seine Lippen bebten fast unmerklich.

Seth und Zoe schauten ihn an und warteten auf eine Erklärung seiner kryptischen Bemerkungen. Einen Augenblick lang wirkte Morgens Blick abwesend und verschleiert, aber plötzlich durchbrach zorniges Funkeln den Schleier.

»Davon erzähle ich Ihnen gleich«, sagte er und setzte sich wieder an den Tisch. Er starrte kurz auf die dicken Venen seiner Handrücken wie ein Redner, der den Faden verloren und sich auf den Händen Stichworte notiert hatte.

Dann schaute er sie an und sprach weiter. »Das Zweite, was passierte, war, dass andere Mitglieder der Kurie mich genauestens überwachten, Leute, die mich seelenruhig weiter nach dem Gemälde und dem Unterscharführer suchen ließen, aber offenbar fest entschlossen waren, zu verhindern, dass ich je Gebrauch von meinen Informationen machte, falls meine Suche Erfolg haben sollte.

Sie sind eine schemenhafte Gruppe. Ich habe herausgefunden, wer ihr auf den untersten Ebenen angehört … Priester, einzelne Bischöfe.« Er stockte. »Mein Abt in München gehört auch zu ihnen. Ich würde einiges dafür geben, herauszufinden, an wen in Rom er die Informationen über mich weitergibt.«

Morgen schwieg mit abwesendem, vagem Blick, als sähe er vor seinem inneren Auge genau, was er machen würde, wenn er diese Männer in Rom fände. Mit einem leichten Kopfschütteln sprach er weiter.

»Bis auf die engmaschige Überwachung haben sie mich weitgehend in Ruhe gelassen. Ich nehme an, sie lassen mich ganz gern herumstöbern, solange sie von meinen Informationen, meinen Bemühungen profitieren können. Ich bin für sie so eine Art Lockvogel. Sie schicken mich in den Dschungel, um die Tiger anzulocken, während sie sich im Gebüsch verstecken und warten, bis der Tiger mit dem passenden Fell kommt. Ich habe mich in den ganzen Jahren sehr bemüht, ihnen nicht zu zeigen, dass ich von ihrer Überwachung weiß. So machen sie mehr Fehler. Selbst die besten Profis, die Fanatischsten lassen sich einlullen und werden nachlässig.«

Seth dachte an Strattons Mann, der Seth an dem Abend, als Tony Bradford ermordet wurde, aus der Unibibliothek hatte entwischen lassen.

»Also habe ich in all den Jahren seit dem Krieg immer dafür gesorgt, dass ich wichtige Briefwechsel und Telefonate mit Jakob Jost nur heimlich führte. Der Vatikan wusste natürlich, dass ich mit ihm zusammenarbeitete, um geplünderte Kunstwerke aufzustöbern. Unsere sämtlichen Briefe und Telefongespräche über diese Kunstwerke nahmen den ganz normalen Weg und wurden sicher von den Leuten in der Kurie abgefangen, die mich überwachen ließen.

Aber vor etwa einem Jahr veränderte sich die Lage drastisch. Im vergangenen …«, Morgen schloss kurz die Augen, »im vergangenen Januar konnten Jost und ich ein recht bekanntes Gemälde aufstöbern, einen frühen Pissarro. Ein ehemaliger SS-Standartenführer, der mit neuer Identität in Portugal lebte, hatte ihn diskret zum Verkauf angeboten. Wir führten die Polizei zu seiner Villa an der Küste bei Lissabon, wo sie das Gemälde beschlagnahmten und den Standartenführer verhafteten. Der Vorfall erregte in der Presse einiges Aufsehen.

Aufgrund der ganzen Publicity rief mich ein Mann aus Kreuzlingen an, den ich vor Jahrzehnten als Franz Halbach gekannt hatte. Es war der SS-Unterscharführer, der damals zu mir gekommen und für die Erschießung des Jungen aus dem Dorf um Verzeihung gebeten hatte. Er hatte mir auch das Grabtuch und die Sophia-Passion in dem Tresorraum im Bergwerk gezeigt.

Also, Halbach war mittlerweile sehr reich und nannte sich Willi Max.« Morgen schob seinen Stuhl zurück und schlug die Beine übereinander, um auf dem harten Holzstuhl bequemer zu sitzen. »Max – Halbach – lag im Sterben, und nun holte ihn das schlechte Gewissen ein, das er jahrzehntelang ignoriert oder unterdrückt hatte. Aus dem von Schuldgefühlen geplagten jungen Unterscharführer war ein reuiger, sterbender alter Mann geworden, der Angst um sein Seelenheil hatte.

In den Jahrzehnten, seit er in Altaussee zu mir gekommen war, war er etwas weltgewandter geworden. Er wusste um die Bedeutung des Gemäldes, wusste, dass es den Schlüssel zum Grabtuch und zur Sophia-Passion enthielt. Daher stand er nicht mit dem Bild vor meiner Tür. Und das war gut so, denn sonst wäre es jetzt vermutlich in den Händen meiner Feinde innerhalb der Kurie.

Nein, ihm war klar, dass Geheimhaltung oberstes Gebot war, und so beschloss er, diskret vorzugehen. Er setzte sich mit Jost in Verbindung, der mich sofort anrief.«

Gunther unterbrach ihn mit dem Vorschlag, etwas zu essen. Die Männer, die draußen abwechselnd Wache hielten, kamen einzeln herein, schlangen Wurst und Brot hinunter und bezogen wieder draußen ihren Wachposten. Die meisten waren um die fünfzig oder sechzig Jahre und hatten Respekt vor Morgen.

»Sie waren früher Priester«, erklärte Morgen mit einer Geste zu den Männern. »Sie haben ein gerüttelt Maß an Betrug und Falschheit von der Kirche hingenommen. Aber selbst nachdem sie die Kirche verlassen hatten, fühlten sie sich berufen, Gott zu dienen. Sie leben immer noch wie Priester, dienen aber Gott, nicht der Kirche. Sie helfen unserer schrumpfenden Gruppe innerhalb der Kirche, Unehrlichkeit und Missbrauch zu bekämpfen.«

»Mit dem Grabtuch und der Sophia-Passion könnte es uns sogar gelingen, ein paar Kämpfe zu gewinnen«, warf Gunther ein und lehnte sich zurück.

»So, ich denke, jetzt sind Sie an der Reihe«, sagte er zu Seth und Zoe.

Bei einer schlichten Brotzeit erzählten nun die beiden ihre Leidensgeschichte. Mit jeder Schilderung fassten sie sich kürzer und streiften nun Angst und Qualen nur mit sparsam knappen Worten.

Morgen berichtete seinerseits, dass der harte Kern der Reformwilligen im Vatikan im Laufe der Jahre stetig geschrumpft war. Alle, die ihr Leben lang auf Machtkämpfe und die undurchschaubare Bürokratie gesetzt hatten, sahen die Reformer als Bedrohung. Und selbst jene, die zugaben, dass Korruption im Vatikan ein grundlegendes Problem war und der Reformen bedurfte, betrachteten die Reformer vor allem als mögliche Quelle für Peinlichkeiten.

»Deshalb konnten wir keinen von Ihnen beiden besonders gut schützen«, fügte Morgen voller Bedauern hinzu.

Ridgeway nickte verständnisvoll und sagte: »Was Sie geschildert haben, macht manches klarer, aber es erklärt immer noch nicht, wieso der KGB Ihren Mann im Wald von Amsterdam umgebracht hat. Sie haben von der Gefahr seitens der Kirche gesprochen. Aber sämtliche Gefahren, denen Zoe und ich ausgesetzt waren, kamen von den Russen, und ich sehe keine Verbindung zwischen beidem – zwischen Kirche und KGB.«

»Damit stellen Sie eigentlich gleich mehrere Fragen auf einmal«, begann Morgen. »Zum einen war der KGB nicht für den Mord in Amsterdam verantwortlich.« Er stockte, als ob schon der Gedanke an das, was er gleich sagen müsse, schmerzlich sei. »Die Kongregation hat ihn umgebracht. Die Kongregation für die Glaubenslehre – der neue Name der Heiligen Inquisition.«

Ridgeway und Zoe starrten Morgen ungläubig an.

»Glauben Sie mir«, sagte er. »Und es war durchaus nicht das erste Mal. Die Kirche hat Geld und Einfluss. Beides lässt sich einsetzen, um Männer anzuheuern und zum Töten zu bewegen. Sie töten jetzt schon seit fast tausend Jahren.«

»Ich dachte, das hätte mit den Borgias aufgehört«, warf Ridgeway ein.

Morgen schüttelte betrübt den Kopf. »Es hat weder mit den Borgias aufgehört noch mit ihnen angefangen. Sie haben es lediglich ins Extrem getrieben. Herrschende – alle Herrschenden – fanden es aus dem einen oder anderen Grund notwendig, zu töten. Manchmal wird über diese Morde in hehren, edlen Worten geschrieben, aber schließlich wird die Geschichte ständig so umgeschrieben, dass sie die Sieger rechtfertigt.

Und da liegt die Verbindung zwischen dem KGB und der Kirche – beide sind Herrschende und verhalten sich entsprechend. Die Kirche fürchtet und verachtet Schirinowski. Er und seine Anhänger – darunter weite Teile des KGB – fürchten und hassen die Kirche. Und diese Verbindung aus Angst und Hass begründet eine Bruderschaft der Gewalt.«

»Aber was springt dabei für den KGB raus?«, hakte Seth nach. »Weshalb wollen sie die Sophia-Passion unbedingt haben? Es kann nicht nur daran liegen, dass die Kirche sie unbedingt haben will und sie sie deshalb ebenfalls wollen.«

»Das ist zum Teil der Grund«, antwortete Morgen. »Aber vor allem wollen sie sie aus dem gleichen Grund, weshalb Hitler sie wollte.«

Ridgeway und Zoe schauten ihn fragend an.

»Die Sophia-Passion bedeutet Macht. Macht, die sich von jedem Beliebigen nach Gutdünken nutzen lässt. In diesem Fall will Schirinowski oder seinesgleichen, falls er stirbt, die Kirche – alle Kirchen – mit der Sophia-Passion erpressen, damit sie zu seinen Gräueltaten, seiner neuen russischen Expansionspolitik und dem Völkermord, der sicher daraus erwachsen wird, schweigen. Kirchen hatten schon immer großen Einfluss dabei, Menschen zum Protest gegen Unrechtsregime zu sammeln. Schirinowski weiß ebenso gut wie Hitler, dass ein Regime sicher ist, solange es nicht mit der Religion des Volkes in Konflikt gerät. Überall wählen die Leute auch heute noch das, was ihren religiösen Überzeugungen entspricht.

Hitler, der KGB, die Abtreibungsgegner, die für Jesus töten, gewaltbereite Tierschützer – religiöse Fanatiker und politische Terroristen sind im Grunde alle Brüder. Die Unterschiede zwischen ihnen sind geringfügig. Es spielt keine Rolle, ob es Schirinowski oder jemand anderes ist. Wenn nicht er, dann ist es ein anderer Tyrann. Wir dürfen nicht zulassen, dass wieder ein Tyrann die Wahrheit benutzt, um der Kirche moralisch die Hände zu binden«, sagte Morgen aus tiefster Überzeugung.

»Aber wie soll das gehen, ohne die Kirche in Aufruhr zu stürzen?«, fragte Seth. »Sämtliche christlichen Kirchen basieren auf dem Glauben an Christus als Messias. Sind Sie nicht in der Lage, die Einheit der Kirche zu zerstören, wenn Sie die Existenz eines weiteren Messias öffentlich machen? Eines Messias, dessen Existenz sich zweifelsfrei beweisen lässt? Und dann auch noch einer Frau? Würden nicht manche ihre Religion aufgeben, um diesen neuen Messias anzubeten? Denken Sie doch nur an die Feindschaft zwischen den Anhängern des neuen und des alten Glaubens. Ich meine, in Irland kommt es schon wegen Differenzen darüber, wie ein und derselbe Messias anzubeten ist, zu Gewalt. Die Spaltung wäre genauso schlimm wie …« Er brach ab, um seine Gedanken zu sammeln.

»Genauso schlimm wie die Differenzen zwischen Islam und Christentum«, sagte Zoe.

»Genau«, pflichtete Ridgeway ihr bei.

Morgen schaute sie mit dem ruhigen Blick eines Menschen an, der seit Jahrzehnten über ihre Argumente nachgedacht hatte.

»Sie reden wie die Führung des Vatikans«, sagte er schließlich. »Solche Überlegungen brachten Konstantin und seinen handverlesenen Papst überhaupt erst dazu, Sophia und ihre Anhänger zu töten. Die Kirche war schon immer bedroht – von Römern, Hunnen, Westgoten, ehrgeizigen Königen, Faschisten, Nazis und allen, die in ihr nach der Macht strebten – und das wird immer so bleiben. Davon bin ich fest überzeugt.« Er schwieg und sagte nach einer Weile mit tieferer, festerer, überzeugterer Stimme: »Aber Gott war nie in Gefahr, vor allem nicht durch die Wahrheit.

Begreifen Sie denn nicht, dass erst eine Lüge diese Situation geschaffen hat? Konstantin und der Kirchenbürokratie ging es mehr um das bürokratische Überleben der Institution als um den Glauben und die Seelen der Gläubigen. Als sie Sophia töteten und die Wahrheit kaschierten, um ihre eigene Macht zu erhalten, legten sie die Saat der Zerstörung, die jetzt aufgeht. Und wenn man eine Lüge verbreitet, muss man später noch eine und noch eine und noch eine Lüge verbreiten, bis die Wahrheit so mit Lügen zugepflastert ist, dass dieses Lügengeflecht den Glauben von selbst zerstört. Deswegen haben alle Päpste falsches Zeugnis gegen die wichtigsten Glaubensartikel abgelegt; denn ihnen blieb nichts anderes übrig, als die orthodoxe Lehre mit weiteren Lügen und Falschaussagen zu verteidigen. Diejenigen, die versucht haben, mit dieser unrühmlichen Tradition zu brechen, ereilte ein vorzeitiger Tod.«

Morgen beugte sich mit vor Eifer leuchtenden Augen vor. »Aber worum wir uns Sorgen machen müssen, ist nicht die Kirche, sondern das Seelenheil der Menschen. Wichtig ist nicht das Überleben einer der ältesten Bürokratien der Welt und ihrer recht menschlichen Bestrebungen und Fehler, sondern der tiefe Glaube derer, denen die Kirche dienen soll. Wen die Menschen anbeten, ist nicht annähernd so wichtig wie die Tatsache, dass sie überhaupt einen Gott verehren. Glauben ist wichtig, egal ob an Buddha, Christus, Mohammed, Wischnu oder die Götter, die jeden Tag die Sonne über den Himmel tragen.«

»Das glaubte mein Vater auch«, sagte Zoe leise. »Er sagte mir, ich sollte mir alle Weltreligionen und Glaubensrichtungen wie ein Buntglasfenster vorstellen, das in allen Farben des Spektrums leuchtet: viele Farben, aber nur eine Sonne. Gott schuf uns in allen möglichen Farben und spricht zu uns in vielen Sprachen.«

»Ihr Vater war ein kluger Mann«, sagte Morgen. »Wir sind endliche Kreaturen, die mit dem Unendlichen ringen. Unsere Fragen sind das eigentlich Wichtige. Es geht um Fragen, nicht um Antworten, denn die Antworten sind nie umfassend, sondern immer durch unsere Sinne beschränkt. Und sie erfassen nie die ganze Wahrheit, weil menschliche ›Antworten‹ auf die Geheimnisse des Göttlichen immer von Kultur, Gesellschaft, Zweckdienlichkeit, Vorurteilen, Gier und allen anderen Todsünden geprägt sind.

Aber trotz alledem müssen Menschen glauben. Der Glaube an Dinge, die wir nicht sehen, speist unsere Kreativität, spornt uns zu Leistungen an, die sich durch Naturphänomene nicht erklären lassen, und ermöglicht uns, über unsere physische Welt hinauszuwachsen.« Er beugte sich noch weiter vor und stemmte die Ellbogen in die Tischmitte. »Menschen müssen glauben, und sie müssen an die Wahrheit glauben. Wir können die Instrumente sein, die ihnen diese Wahrheit bringen.«

Morgen wischte sich die Schweißtropfen von der Stirn. »Gegenwärtig baut die Kirche zum großen Teil auf einer Lüge auf. Auf lange Sicht – über einen Zeitraum hinweg, wie ihn nur Historiker ermessen können, die vielleicht in hundert Jahren oder noch später geboren werden – auf so lange Sicht wird die Wahrheit einen stärkeren Glauben hervorbringen. Aber wir und alle, die nach uns kommen, werden für die Sünden, Unbedachtsamkeiten und Ängste der Männer aus dem Jahr 325 büßen müssen. Die Alternative ist, zuzulassen, dass Faschisten, Diktatoren und ehrgeizige Männer weiterhin die Wahrheit benutzen, um die Zukunft zu erpressen.«

Er sackte sichtlich erschöpft auf seinen Stuhl zurück.

Nach einer Weile stand Seth auf, ging an den Kamin und brachte die Kaffeekanne mit dem Topfhandschuh an den Tisch. »Möchten Sie noch etwas?«, fragte er Morgen. Als dieser schwach nickte, schenkte Ridgeway ihm nach. Nachdem er auch Zoes und seine eigene Tasse gefüllt hatte, stellte er die Kanne wieder auf den Kaminrost.

Morgen hatte sich mittlerweile genügend erholt, um sich wieder zum Tisch vorzubeugen, aber er stützte sich auf die Platte wie jemand, der sich an das letzte Stück Treibholz eines gesunkenen Schiffes klammerte. Sie lauschten auf den heulenden Wind, auf das knackende Holz im Kamin, auf die fast unhörbaren Geräusche atmender, sich bewegender Menschen.

Schließlich brach Seth das Schweigen.

»Ich begreife bloß nicht, wie Sie das alles wissen ... das alles durchmachen und trotzdem Katholik, geschweige denn Priester bleiben können.«

Morgen musterte Seth und lächelte mitfühlend. »Ich habe viele Glaubenskrisen durchgemacht, wie ich Sie jetzt bei Ihnen spüre«, sagte der alte Priester. »Aber ich bin überzeugt, dass der Glaube an Gott uns trägt, uns erhält ...«

»Aber die Vorstellung, die wir von Gott haben, ist so verdorben von der Politik und den eigennützigen Interessen der organisierten Religion«, erwiderte Seth provozierend. »Das Gottesbild ist korrupt und seine Existenz ist durchweg zweifelhaft.«

»Ja«, sagte Morgen geduldig. »Das stimmt. Der Glaube hält uns aufrecht, die Religion spaltet uns. Aber beantworten Sie mir eine Frage: Wenn Sie auf einen Berg steigen und feststellen, dass Ihr Sicherungsseil brüchige Fasern hat, werfen Sie dann das ganze Seil weg? Geben Sie den ganzen Glauben nur wegen ein paar verdorbenen Fasern auf?«

Seth runzelte die Stirn.

»Der Glaube verbindet uns mit dem Spirituellen«, erklärte Morgen weiter. »Aber Glaube und Religion sind im selben Seil verflochten. In jeder organisierten Religion liegen wahrer Glaube und Blasphemie dicht nebeneinander wie die Stränge eines Seils. Ich verzweifle an der Aufgabe, das Schlechte auszusondern, ohne das Ganze zu zerstören. Ich bin sterblich und endlich und besitze nicht immer den Weitblick, wirklich zu erkennen, welche Fasern bleiben sollen und welche wegmüssen.«

»Sie akzeptieren die Kirche also einfach so, wie sie ist, mit allen Fehlern und Mängeln.«

Morgen nickte bedächtig. »Meistens.« Er stockte. »So gut ich kann. Wissen Sie, statt des Vergleichs mit dem Buntglasfenster sehe ich jede Religion als ein anderes Tor zu Gott. Als endliche Wesen können wir nie mehr als einen kleinen Teil der Unendlichkeit begreifen. Es ist daher kein Wunder, dass unterschiedliche Menschen und Kulturen nur ihren jeweils eigenen kleinen wahren Teil Gottes sehen.«

»Wie der Blinde, der einen Elefanten beschreibt?«, warf Zoe ein.

»Genau. Wir alle sind auf unsere eigene Weise blind«, sagte Morgen. »Jede Religion hat, glaube ich, ihren eigenen wahren Blick auf Gott erhascht.«

»Aber wie können sie alle behaupten, den einzig wahren Weg zu haben?«, fragte Zoe.

»Das können sie gar nicht. Jedenfalls nicht, wenn sie ehrlich sind. Nicht guten Glaubens«, sagte Morgen. »Andere Sichtweisen Gottes auszuschließen, abzulehnen und zu verteufeln ist ein Machwerk der Menschen.«

»Männer wie Frauen«, sagte Zoe.

Morgen lächelte. »Männer wie Frauen. Gott ist männlich. Gott ist weiblich ... beides oder keins von beidem.

Wir versuchen einen Blick auf Gott zu erhaschen und wollen unbedingt an jemanden glauben, der uns ähnlich ist.«

»Der Glaube ist also unsere Verbindung zum Göttlichen, und die Religion ist unser Versuch, anderen unsere Sicht Gottes aufzuzwingen?«

Der alte Priester nickte.

»Aber finden Sie es denn nicht falsch, ein Gottesbild über andere zu stellen oder Gott als ausschließlich männlich oder weiblich darzustellen?«, fragte Zoe. »Ist das denn nicht eine Art intellektueller Götzenverehrung: dem Grenzenlosen Grenzen zu setzen, dem Gesichtslosen ein Gesicht zu verleihen? Vielleicht war das Gebot gegen Götzenbilder ein Versuch, uns zur Konzentration auf das Abstrakte, das Unendliche, das Allumfassende zu bewegen statt auf die konkrete Verkörperung der gegenwärtigen Theologie.«

»Sie haben völlig recht«, pflichtete Morgen ihr bei. »Gott in irgendeiner Weise einzuschränken oder nur an einen Gott zu glauben, der uns ähnlich sieht, ist schlicht und einfach Blasphemie. Ich bin überzeugt ...« Er brach abrupt ab, als er draußen vor der Hütte Rufe hörte.

»Schnell«, sagte Morgen zu Gunther. »Die Passion.« Seths Blick folgte Gunther, der in die Ecke zu der Schlafkoje ohne Matratze schlurfte.

»Woher haben Sie das?«, rief er, als er sah, wie Gunther den schwarzen Metallkoffer unter dem Bett hervorholte, den er am Morgen aus der Thule Gesellschaftsbank mitgenommen hatte.

»Die Leute, mit denen ich arbeite, sind sehr talentiert«, erklärte Morgen.

Sprachlos schaute er zu, wie Gunther den Aktenkoffer zum Kamin brachte. Der dritte Mann im Raum, ein stämmiger Bursche von Mitte fünfzig mit Bürstenhaarschnitt, trat zu Morgen und Gunther. Gemeinsam hoben sie eine der Steinplatten der Feuerstelle an.

Als die Rufe draußen lauter wurden, legten die drei

Männer den Aktenkoffer in eine Nische im Kamin und setzten die Steinplatte wieder ein. Seth schüttelte seine Unschlüssigkeit ab und half ihnen. Sein kräftiger, gesunder Rücken erleichterte ihnen die Aufgabe.

Kaum waren sie fertig, da flog die Tür auf und ein eisiger Wind wehte Schneeflocken herein. Zwei von Morgens Leuten blieben einen Moment zögernd im Türrahmen stehen und hielten einen halb bewusstlosen Mann an den Armen fest. Als Morgen ihnen zunickte, kamen sie herein. Der Mann, den sie halb trugen, halb schleiften, trug einen ganz ähnlichen warmen Anorak wie Seth, eine dicke Twillhose und Wanderstiefel mit grobstolligen Sohlen.

»Der schlich draußen rum«, sagte eine der Wachen, als sie den Mann vor Morgens Füßen fallen ließen. Der Mann stöhnte.

»Dreht ihn um«, befahl Morgen.

Zoe schnappte nach Luft. Es war George Stratton.

KAPITEL 33

Die Grube Habersam ist groß«, sagte Gunther. »Ich muss es wissen, schließlich war ich da Steiger, bis die SS kam.« Er hatte den Plan des Bergwerks auf dem Tisch der Hütte ausgebreitet. Rund um den Tisch saßen Morgen, Ridgeway, Zoe, zwei von Morgens Leuten und George Stratton mit einem halben Dutzend Pflastern auf den Wunden, die er bei seinem Handgemenge mit Morgens drei Wachmännern davongetragen hatte. Die drei, die ihn überwältigt hatten, waren ebenfalls verpflastert. Niemand war sonderlich begeistert, dass der Amerikaner zu ihnen gestoßen war.

Die drei Männer hätten Stratton umgebracht, wenn Zoe und Seth sich nicht für ihn verbürgt hätten. »Er hat uns das Leben gerettet«, sagte Seth zu Morgen und erzählte ihm ausführlich den Vorfall in der Limousine in Marina Del Ray. Anschließend berichtete Zoe von ihrer Rettung in Zürich.

»Sie kommen offenbar verdächtig oft genau im richtigen Moment, Mr. Stratton«, stellte Morgen fest. Aber er erklärte sich widerstrebend bereit, den Amerikaner in ihr Team aufzunehmen.

Nun saßen sie um den Tisch und planten ihren Vorstoß in den Stollen. Ihre Suche nach dem Grabtuch und der Sophia-Passion sollte am Weihnachtstag starten. »Dieses Opfer ist unsere Weihnachtsfeier«, hatte Morgen gesagt.

Gunther schilderte ausführlich, wie er und die anderen bis auf Morgen mehrere Jahre lang einen Durchschlag von einem benachbarten Bergwerk zur Grube Habersam gegraben hatten.

»Der Zugang zum Habersam-Stollen ist so gründlich verschüttet, dass man ihn nur mit erheblichem Aufwand … schwerem Gerät und Sprengstoff freiräumen könnte«, erklärte Gunther. »Aus naheliegenden Gründen wollten wir die Aufmerksamkeit vermeiden, die so ein Aufwand erregen würde.«

»Ganz zu schweigen von den Kosten«, sagte Morgen. »Es wäre unerhört teuer geworden.«

Gunther nickte zustimmend. »Ich habe mein Leben lang hier gewohnt und schon in fast jedem Bergwerk von hier bis Bad Ischl gearbeitet. Die Berge sind überall von Stollen durchzogen. Es gibt davon so viele, dass eine ganze Menge nicht mal auf Karten eingezeichnet sind.«

Gunther brauchte knapp ein Jahr, um einen geeigneten Stollen zu finden. Er musste stillgelegt sein, damit sie unbemerkt arbeiten konnten, und er musste nah genug sein, damit eine Handvoll Männer von dort eine Verbindung zur Grube Habersam graben konnten. Es hatte über neun Jahre gedauert, bis Gunther und seine Kollegen den Gang in ihrer Freizeit angelegt hatten.

»Aber wenn Sie schon einen Tunnel gegraben haben, warum haben Sie dann keinen Safeknacker oder so was angeheuert, um das Grabtuch herauszuholen?«, fragte Seth.

Wortlos holte Gunther ein kleines gebundenes Buch aus dem schwarzen Metallkoffer und legte es so, dass alle es sehen konnten.

»Der gute Unterscharführer Halbach hat Pfarrer Morgen von umfangreichen Sicherungsanlagen, Tretminen und Fallgruben erzählt, die in jedem Zugang zum Tresorraum angebracht sind«, sagte Gunther.

Morgen fügte hinzu: »Außerdem ist nicht nur der Tresorraum selbst so angelegt, dass jeder Zutritt für Unbefugte gefährlich ist. Wie Halbach mir erzählt hat, gibt es als letzte Sicherung Vorrichtungen, die das Grabtuch und die Passion zerstören, um zu verhindern, dass sie in die falschen Hände fallen.«

»Und das hier ist der Schlüssel«, sagte Gunter und blätterte eifrig in den Seiten des Buchs. »Seitenweise Anleitungen, wie man die Sicherheitsanlagen umgeht, entschärft und abbaut.« Er überflog eine Seite im hinteren Teil des Buches. »Einschließlich der Anleitung, wie man in den Tresorraum kommt.« Er klappte das Buch weit auf und hielt es so, dass alle die Seite sehen konnten.

»Aber die Sprengstoffe oder Giftstoffe … oder was es auch ist, sind doch im Laufe der Jahrzehnte bestimmt verdorben«, sagte Zoe.

Seth schüttelte den Kopf. »Noch immer sterben Menschen durch Granaten und Bomben aus dem Zweiten Weltkrieg, die ein Bauer in seinem Feld beim Pflügen ausgräbt oder Arbeiter eines Gasversorgers mit der Schaufel rammen.«

Gunther nickte zustimmend. »Er hat recht, Frau Ridgeway. Und die Nazis haben Giftgase hergestellt, Nervengase wie Tabun oder Anthrax, die heute noch genauso wirksam und wahrscheinlich tausendmal gefährlicher sind, weil ihre Metallgehäuse verrostet sind.« Er schüttelte den Kopf. »Nein, die Nazis haben gute Waffen gebaut. Wir müssen damit rechnen, dass sie noch immer eine Gefahr darstellen.«

Zoe schauderte.

»Dann nehme ich an, dass einer von Ihnen …« Seth schaute Gunther an, »ein Experte für Sprengstoffe und Kampfmittel aus dem Zweiten Weltkrieg ist?«

Es trat gespannte Stille ein, während Gunther Morgen ansah.

Morgen räusperte sich. »Er wurde leider in Amsterdam umgebracht. Er starb im Wald neben Ihnen …«

»Ich habe als Steiger ein bisschen was über Sprengstoffe gelernt«, sagte Gunther. »Aber Experte? Kaum, Herr Ridgeway.«

»Deshalb möchten wir ja, dass Sie morgen mit uns in den Stollen kommen«, sagte Morgen zu Seth. »Soviel ich weiß, hatten Sie während Ihrer Polizeikarriere auch Erfahrung mit Sprengstoffen. Und außerdem haben Sie einen jungen, kräftigen Rücken.«

»Nein, Seth!«, rief Zoe. »Wir haben schon genug getan. Lass sie diesen Teil allein erledigen.«

Morgen schaute sie bekümmert an und sagte: »Wir wollen – wir können – Ihnen helfen, die Vorwürfe gegen Sie zu entkräften und die Strafermittlungen, die gegen Sie laufen, einstellen zu lassen, unabhängig davon, ob wir morgen nun Erfolg haben oder nicht.«

Er schluckte, schaute flüchtig Seth und dann wieder Zoe an. »Ich habe keinerlei Zweifel, dass Sie entlastet werden, wenn wir den Beweis liefern können, der sich derzeit noch im Bergwerk befindet.« Er machte wieder eine Pause wie ein plädierender Anwalt, der den Richtern Zeit lässt, eine Information zu verarbeiten. »Ohne das Grabtuch und die Sophia-Passion wird man Ihre Geschichte – die Fakten – als Lügen und Spinnereien abtun. Es ist einfach zu absurd, um es zu glauben ... jedenfalls ohne einen Beweis. Entweder Sie verbringen den Rest Ihres Lebens im Gefängnis, oder Sie müssen untertauchen.«

Er stand auf und ging auf die Seite des Tisches, an der Seth und Zoe saßen. »Ihre Hilfe morgen erhöht unsere Erfolgschancen erheblich und damit auch die Chancen, dass Sie von sämtlichen Vorwürfen entlastet werden. Andererseits, wenn wir scheitern ...« Er zuckte die Achseln, als wolle er die Folgen von seinen Schultern abwälzen. Plötzlich spürte Seth die Last der Entscheidung einzig auf seinen Schultern ruhen.

»Darf ich bis morgen darüber nachdenken?«, fragte er.

»Selbstverständlich«, nickte Morgen. »Aber Sie müssen heute Nacht aufbleiben und mit uns die Pläne durchgehen. Nur gute Vorbereitung kann uns morgen das Leben retten. Vorbereitung, Glück und Gebete.«

Kapitel 34

Am Weihnachtstag gegen Mittag erreichten sie das Mundloch des stillgelegten Bergwerks. Das Wetter hatte sich verschlechtert. Vom Tal wehte ein kräftiger Wind herauf und peitschte Schneegriesel wie kalte Nadelstiche auf jedes Stück Haut, das nicht geschützt war. Das diffus grelle Schneelicht raubte ihnen fast völlig die Sicht. Die Sonne hing wie eine verwaschen graue Scheibe an einem einheitlich grauen Himmel. Seth und Zoe waren froh über die Schneebrillen, die Gunther ihnen gegeben hatte.

Die Schneemobile krochen durch die blendende, beißende Suppe. Gunther fuhr voran von einer Landmarke zur anderen und sorgte mit seiner untrügerischen Ortskenntnis dafür, dass sie sich nicht verirrten.

Morgen saß hinter Gunther auf dem ersten Schneemobil. Es zog einen kleinen, mit einer Plane abgedeckten Schlitten mit Werkzeug, Sprengstoff und anderen Gerätschaften, die Gunther für nötig hielt, hinter sich her. Auf dem nächsten Motorschlitten saß Stratton hinter Richard Stehr, einem der drei Männer, die ihn am Abend zuvor erwischt hatten. Das Schlusslicht bildete das dritte Schneemobil, das Seth Ridgeway lenkte. Zoe saß hinter ihm und schlang die Arme um seine Taille. Er hatte sie zu überreden versucht, mit Morgens übrigen Leuten in der Hütte zu bleiben, aber sie hatte sich geweigert. »Ich habe dir schon in Zürich gesagt: Nachdem ich dich jetzt wiedergefunden habe, wird uns nichts mehr trennen, egal was passiert und wie gefährlich es wird.« Davon hatte sie sich nicht abbringen lassen.

Seth heftete sich verbissen an die Rücklichter des zweiten Motorschlittens. Das Schneemobil an der Spitze konnte er nicht sehen, und wenn der Sichtkontakt zum zweiten abreißen sollte, wäre er sofort verloren.

Als die graue Scheibe der Sonne den Zenith erreichte, hörte Seth den hochtourigen Motor von Gunthers Schlitten plötzlich an Fahrt verlieren. Gleich darauf leuchteten die Bremslichter des zweiten Schneemobils auf. Seth drückte auf die Bremsen am Lenker seines Schlittens und hielt an.

Wortlos stiegen sie ab und halfen, den Lastschlitten zum Eingang des Stollens zu ziehen.

Innerhalb von Minuten hatten sie ihn unter einen schützenden Bergüberhang bugsiert. Vor ihnen versperrte ein Eisentor den Zugang zum Stollen. Gunther zog die Plane vom Lastschlitten und verteilte die Ausrüstung. Seth, Zoe und Stratton gab er Rucksäcke, die 20 bis 25 Pfund wogen. An alle verteilte er Taschenlampen und Trillerpfeifen mit Umhängeband. »Tragen Sie die um den Hals«, wies er sie an. »Falls Sie die anderen verlieren, bleiben Sie, wo Sie sind, und blasen Sie in die Trillerpfeife.«

Er hängte sich ein langes, aufgewickeltes Bergsteigerseil diagonal über eine Schulter und schnallte einen Gurt mit Karabinerhaken, Kletterhaken und Hammer um.

»Im ersten Teil des Stollens ist das Gestein sehr bröckelig«, erklärte er ihnen. »Sobald wir das Salz erreichen, ist alles in Ordnung. Aber auf den ersten vierhundert Metern sind Gestein und Türstöcke einsturzgefährdet.« Wie um Gunthers finstere Diagnose zu bestätigen, polterten irgendwo im Dunkeln Steine herunter.

»Es gibt einen Wetterschacht, der senkrecht durch den oberen Salzstock führt. Falls der Eingang verschüttet wird, können wir uns mit der Kletterausrüstung da nach draußen vorarbeiten.« Er trat an das Eisentor, schloss ein erstaunlich verbeultes Vorhängeschloss auf und öffnete das Tor. Sie folgten ihm hinein.

Das armselige Tageslicht reichte kaum fünfzig Meter in

den Stollen hinein. Alle hatten ihre Lampen eingeschaltet. Der vereiste Boden und große, spitze Eiszapfen, die von der Decke hingen, machten das Gehen tückisch.

Seth und Zoe tasteten sich mit kleinen Schritten über den glatten, stark abschüssigen Boden vor. Die letzten Reste von Tageslicht verloren sich nun völlig im stockfinsteren Stollen. Um Batterien zu sparen, befahl Gunther, dass außer ihm alle ihre Lampen ausschalteten. Der Schein seiner Lampe streifte morsche Holzstempel und rostige Überreste von Metallstützen. Es war deutlich zu sehen, dass die Felswände und die Gesteinsdecke, die nicht gegen die Schwerkraft abgestützt waren, gerade noch hielten. Seth hätte Gunther gern danach gefragt, ließ es aber. Eigentlich wollte er die Antwort gar nicht wissen.

Plötzlich hallte das Poltern fallender Gesteinsbrocken durch den Stollen. Irgendwo, nicht weit hinter dem Lichtkegel, den Gunthers Taschenlampe aus dem Dunkeln schnitt, war das dumpfe, hohle Grollen von Stein auf Stein zu hören.

»Halt«, sagte Gunther leise. Er hatte sie vorher gewarnt, keinen Lärm zu machen. Das Gestein in diesem Teil der Grube war so brüchig, hatte er erklärt, dass jedes laute Geräusch ausreichen könnte, um einen Einsturz auszulösen. Seine Warnung hatte sie von jeglichem Gespräch, ob laut oder nicht, abgehalten. Schließlich hatte er sein Leben lang unter Tage gearbeitet. Weiter polterten Steine. Der Boden unter ihren Füßen bebte, und um sie herum bröckelten kleine Felsstücke von der Decke.

Zoe sprach im Stillen ein Gebet.

Nach einer Weile kehrte wieder Ruhe ein, und sie waren mit ihren Atemgeräuschen allein im Stollen. Gunther wartete noch etwas, bevor sie wortlos weitergingen.

Immer wieder ging Seth im Geiste durch, was sie zu beachten hatten, sobald sie die Grube Habersam erreichten. Ein halbes Dutzend Mal hatten sie die Pläne und Anweisungen aus dem Schließfach durchgekaut. Sie hatten die Grubenkarten der Nazis, in denen die Sprengladungen und anderen Sicherungsanlagen markiert waren, mit den Karten der Bergwerksgesellschaft verglichen, die Gunther am Ort hatte auftreiben können.

Wie nicht anders zu erwarten, hatten die Karten nicht vollständig übereingestimmt. In der Karte der Bergwerksgesellschaft waren Strecken eingezeichnet, die in der Karte der Nazis nicht auftauchten. Ebenso wie Kartographen vor den Zeiten von Luft- und Satellitenaufnahmen sich über die Gestalt der Kontinente uneins waren, benutzten auch Grubeningenieure vor fünfzig Jahren grobe Messmethoden, die zur Folge hatten, dass besonders bei kleinen hinterwäldlerischen Bergwerken keine zwei Karten übereinstimmten.

Heute konnten sich allerdings schon winzige Abweichungen für sie als gefährlich erweisen, weil sie genau wissen mussten, wo die Nazifallen steckten. Wenn sie auch nur um einen Fuß oder ein paar Zentimeter vom richtigen Weg abwichen, konnte das verheerende Folgen haben.

»Natürlich können wir nicht wissen, ob alles richtig eingezeichnet ist«, hatte Gunther ihnen am Vorabend erklärt. »Der Kommandeur der SS-Einheit könnte in den letzten Kriegstagen noch zusätzliche Sicherungsmaßnahmen angeordnet und sich nicht die Mühe gemacht haben, die Unterlagen im Schließfach auf den neuesten Stand zu bringen.«

Als sie tiefer in den Stollen vordrangen, hörte das Eis allmählich auf. Stattdessen war jetzt das Plätschern von Wasser im Stollen zu hören.

»Die Berge sind voller unterirdischer Wasserläufe und Flüsse«, hatte Gunter gesagt. »Die größte Gefahr für einen Bergmann ist, natürlich außer einem Einsturz, dass man eine Felswand durchbricht und dahinter auf einen unterirdischen Fluss stößt.«

Er hatte erklärt, dass Regen und Schmelzwasser durch

wasserdurchlässige Gesteinsschichten allmählich nach unten sickerten. Einiges floss in natürlichen Quellen ab, die die Bergbäche speisten. Aber ein großer Teil lief durch Risse und Spalten im Gestein in die unterirdischen Salzstöcke. Das Salz, das Schwefel und andere Mineralien enthielt, löste sich im Wasser, das es in die wärmeren Gesteinsschichten am Fuß der Berge trug. Dort traten viele dieser warmen, mineralhaltigen Wasserläufe als Thermalquellen zutage, um die herum Kureinrichtungen entstanden.

Seth musste an Gunthers Schilderung denken, als er nun durch den Stollen ging und die Felswände zu beiden Seiten bedrohlich nach innen zu drängen schienen, als wollten sie nach seinem Leben greifen. Er verspürte den Drang, schneller zu gehen, aber Gunther bestimmte das Tempo. Seth versuchte, seine Angst als leichten Anflug von Klaustrophobie abzutun. Die wahre Gefahr stand ihnen erst noch bevor.

In den Unterlagen aus dem schwarzen Metallkoffer waren einfallsreiche tödliche Vorrichtungen beschrieben, die die Nazis angebracht hatten, um ihren Schatz zu schützen. Es gab Maschinengewehre, deren Abzug mit Fallstricken verbunden war.

»Genau wie die Selbstschussanlagen, die die DDR früher im Grenzstreifen zum Westen eingesetzt hat«, hatte Zoe gesagt.

Außerdem gab es noch Fallgruben mit Spitzpfählen am Boden.

»Genau wie in Nordvietnam«, hatte Ridgeway hinzugefügt.

Phosphorkanister waren so angebracht, dass jeder in Flammen aufging, der den Mechanismus auslöste. Wer dabei nicht verbrannte, erstickte wahrscheinlich, weil die Flammen den Sauerstoff im Stollen aufzehrten. In den größeren Kammern des Salzbergwerks, die eine stabile Formation aufwiesen, waren Tretminen unter dem Salz vergraben.

Alle diese Sicherungsvorkehrungen waren deutlich in den Karten eingezeichnet, und es gab Anleitungen, wie man sie umgehen oder entschärfen konnte.

Aber die Möglichkeit, dass man in letzter Minute noch weitere Sprengladungen versteckt haben könnte, nagte ebenso an Seth wie die handgeschriebene Notiz auf der Innenseite des rückwärtigen Bucheinbandes.

»Was heißt ›Pfeil‹?«, hatte Ridgeway Gunther gefragt.

»Arrow«, hatte der Österreicher ihm das deutsche Wort übersetzt.

Aber sie hatten keine weiteren Hinweise auf Pfeile gefunden. Seth hatte nicht mehr daran gedacht, bis er nun im Stillen noch einmal die Liste der Fallen durchging, die im Dunkeln lauerten, um ihnen den Zugang zu verwehren.

Gunthers Lampe leuchtete mit einem Mal scheinbar heller in den Stollen. Schnell bemerkte Seth den Grund: Er hatte einen Abschnitt erreicht, in dem die Wände weiß waren. Die Kolonne ging schneller, um aus dem instabilen Teil des Stollens mit seinem morschen Stützwerk so schnell wie möglich in die sicherere Salzformation zu gelangen. Aber gleich darauf ging der Lichtstrahl in einer riesigen Kammer von Hörsaalgröße unter.

Gunther blieb stehen. »Schalten Sie bitte alle kurz Ihre Lampen ein«, sagte er. Ehrfürchtig schauten Seth, Zoe und Stratton sich in der riesigen weißen Halle um.

»Salzformationen gelten als äußerst stabil«, sagte Gunther. »Die Nazis nutzten sie nicht nur als Lager für geplünderte Kunstschätze, sondern verlegten ganze Fabriken in solche Bergwerke, wo sie vor alliierten Bombenangriffen geschützt waren und weiterarbeiten konnten. Die Berge um uns herum sind voller Hallen wie dieser.«

Morgen erzählte: »In manchen versteckten sich Juden und andere vor den Nazis. Auf der anderen Talseite gibt es im Berg verschlossene Kammern, die zu Gräbern wurden. Dort liegen die Leichen von Leuten, die von den Nazis hingerichtet wurden, als sie die Gruben auf ihre Lagermöglichkeiten prüften und dabei ganze Familien entdeckten, die sich dort versteckt hielten.«

Bekümmert nickte er Gunther zu, der sie anwies, ihre Lampen wieder auszuschalten. Im Weitergehen bemerkte Seth einen hellbraunen Pfad im Salz, den Gunther und seine Helfer wohl hinterlassen hatten, als sie den Durchschlag zur Grube Habersam schufen.

Sie folgten dem Pfad um einen Stapel Bretter, rostige Metallstützen und einen Salzkegel, der von der Decke der großen Salzkammer gefallen war.

»Wenn man die Grube nicht an der richtigen Stelle anlegt, kann Wasser mit der Zeit so was anrichten«, erklärte Gunther.

Kurze Zeit später kamen sie aus der riesigen weißen Halle in einen geräumigen Gang. Seine weißen Salzwände reflektierten das Licht von Gunthers Taschenlampe, so dass sie wie indirekt von hinten beleuchtet wirkten.

Nach etwa fünfzig Metern verengte sich der Gang und war immer wieder von Salzhaufen versperrt, die fast über seine gesamte Breite und über die halbe Höhe reichten.

»Das ist der Abraum, den wir aus dem Durchschlag geholt haben«, sagte Gunther.

Nach weiteren fünfzig Metern kamen sie an eine grob herausgehauene Öffnung in der Stollenwand. Sie blieben hintereinander stehen. Ein langgestreckter Salzhaufen versperrte den weiteren Stollen, so weit das Licht vordrang.

»Hier ist es«, sagte Gunther so stolz, wie Michelangelo die Vollendung seiner Davidstatue verkündet haben mochte. Sie drängten sich um die Öffnung. Seth stieg auf den lockeren Salzhaufen, um besser sehen zu können. Zoe kletterte neben ihn.

Die Öffnung war gut 1,80 Meter hoch und einen knappen Meter breit. Seth fühlte sich an einen offenen Sarg erinnert. Als Gunther mit seiner Lampe hineinleuchtete, zeigte sich ein langer, gerader Gang, der über den Lichtstrahl hinausreichte. Seth schaute auf die Uhr und sah, dass es fast 13 Uhr war.

»Bevor wir in den Durchschlag gehen, würde ich gern ein paar Dinge noch mal kurz durchgehen, um uns die wichtigsten Punkte in Erinnerung zu rufen, die wir gestern Nacht besprochen haben«, sagte Gunther. »Erstens: Denken Sie dran, dass überall Tretminen im Boden liegen. Laut Plan sind sie in unregelmäßigen Abständen verteilt, nur in der Nähe der Halle, wo der Tresorraum ist, liegen sie ziemlich dicht.« Er schaute den großen Mann von Mitte fünfzig mit den kurzgeschorenen Haaren an, der am Vorabend geholfen hatte, Stratton zu fangen. »Deshalb geht Richard mit einem Metalldetektor voraus. Ich hoffe, die Zünder sind in der Feuchtigkeit verrostet, aber darauf dürfen wir uns nicht verlassen.

Vergesst nicht, wir waren noch nicht in der Grube Habersam. Wir brauchten erst die Karte, die Sie aus dem Schließfach der Bank geholt haben, um sicherzugehen, dass wir nichts machen, was uns oder, schlimmer noch, der Sophia-Passion schaden könnte. Sobald wir also die andere Seite des Durchgangs erreichen, betreten wir völliges Neuland. Und wegen der Abweichungen zwischen den Grubenkarten der Nazis und denen der Bergwerksgesellschaft wissen wir nicht genau, wo unser Gang in der Grube Habersam herauskommt.«

»Heißt das, unsere Vorhersagen, auf welche Sprengfallen wir stoßen, treffen vielleicht nicht zu?«, fragte Zoe.

Gunther nickte. »Ich glaube allerdings zu wissen, wo wir herauskommen.«

»Beten wir, dass du recht hast«, sagte Pfarrer Morgen und schlug der Gruppe vor: »Wollen wir gemeinsam ein Gebet sprechen, bevor wir weitergehen?«

Alle senkten die Köpfe. Seth fühlte sich an das alte Sprichwort erinnert, dass es im Schützengraben keine Atheisten gibt. Er blieb etwas abseits der Gruppe stehen, ohne den Kopf zu senken.

Morgen begann mit dem 23. Psalm: »Der Herr ist mein Hirte, nichts wird mir fehlen. Er lässt mich lagern auf grünen Auen und führt mich zum Ruheplatz am Wasser. Er stillt mein Verlangen; er leitet mich auf rechten Pfaden, treu seinem Namen.«

Zoe betete im Stillen: *sie lässt mich lagern; sie führt mich; sie stillt; sie leitet mich; treu ihres Namens.*

Mit eindringlicherer Stimme betete der Priester weiter: »Muss ich auch wandern in finsterer Schlucht, ich fürchte kein Unheil; denn du bist bei mir, dein Stock und dein Stab geben mir Zuversicht. Du deckst mir den Tisch vor den Augen meiner Feinde. Du salbst mein Haupt mit Öl, du füllst mir reichlich den Becher. Lauter Güte und Huld werden mir folgen mein Leben lang, und im Haus des Herrn darf ich wohnen für lange Zeit.«

Im dämmrigen Stollen unter dem Berg murmelten alle leise Amen, nur Seth blieb stumm.

Dann nahm Morgen das dunkle Bergbrot und eine Feldflasche Wasser, brach das Brot und sprach das eucharistische Hochgebet. Seth stand abseits. Alle aßen schweigend vom Brot und tranken vom Wasser. Dann hüllten sie sich in ihre eigenen Gedanken an ihre Sterblichkeit wie Fallschirmjäger kurz vor dem Absprung.

Seth und Zoe nahmen sich in die Arme. Er spürte ihre Wärme und Liebe und wünschte, er könnte die religiöse Gewissheit wiederfinden, die ihm im Augenblick so bitter fehlte.

Ohne weitere Aufforderung – sie hatten alles so oft besprochen, dass jedes weitere Wort nur eine unnötige Verzögerung bedeutet hätte – trat Richard Stehr in den Durchgang, gefolgt von Gunther, Seth, Zoe, Pfarrer Morgen und schließlich George Stratton.

»Ich liebe dich«, sagte Zoe zu Seth, als er den Gang betrat.

»Ich liebe dich auch, Kleines«, sagte er und küsste sie. Widerstrebend drehte er sich um und folgte Gunthers gebeugtem, aber kräftigem Körper durch den schmalen Korridor.

Sie waren noch keine Minute gegangen, als sie Wasser rauschen hörten.

»Was ist das?«, fragte Seth.

»Ein unterirdischer Bach«, antwortete Gunther, ohne den Schritt zu verlangsamen. »Den höre ich jetzt seit Jahren. Anfangs hat er mir Angst eingejagt.« Er stockte, als suche er nach Worten, um seine Gefühle zu beschreiben. »Jetzt ist er für mich wie ein alter Freund.«

Seth nahm das Rauschen und Grummeln unter seinen Füßen weniger gelassen. Es wurde immer lauter, je weiter sie gingen. Im Gang herrschte knisternde Spannung – vor allem Angst –, die sie zusammenschweißte und immer schneller vorantrieb.

Nach etwa zehn Minuten traf Richards Lampe endlich auf eine weiße Wand am Ende des Durchgangs. In der Mitte war ein etwa faustgroßes Loch.

»Das ist das Ende«, brüllte Gunther. Das Wasser donnerte so laut, dass er schreien musste, um sich über mehr als ein paar Schritte hinweg zu verständigen. »Die Wand ist nur etwa 15 Zentimeter dick.« Als der Rest der Gruppe aufschloss, bat Gunther Seth um den Spaten, der hinten am Rucksack des Österreichers festgeschnallt war.

Seth beugte sich gerade vor, um die Schnalle zu lösen, als Richard laut schrie.

Seth schaute auf. Richard schien geschrumpft zu sein. Er hatte sich zu ihnen umgedreht und streckte hilfesuchend die Arme aus.

»Helft mir!«, schrie er verzweifelt. Gunther streifte sofort den Rucksack ab, warf sich auf den Bauch und kroch auf Richard zu, der inzwischen auf die Größe eines großen Teddybären geschrumpft war.

Seth brauchte einen Moment, bis ihm klar wurde, dass Richard nicht geschrumpft, sondern im Boden eingesunken war. Er wedelte mit den Armen und schrie, als er immer tiefer sank. Um ihn herum hatte sich der Salzboden vom Wasser dunkel gefärbt. Der Dampf des warmen Wassers kondensierte in der kühlen Luft zu feinem Nebel.

Vorsichtig robbte Gunther mit weit gespreizten Armen und Beinen vor, um sein Gewicht gleichmäßiger zu verteilen. Es war nicht zu erkennen, wie weit der Boden unterspült war. Schnell streifte auch Seth seinen Rucksack ab und kroch auf dem Bauch vor, um Gunther an den Knöcheln zu sichern.

Seth schaute auf. Von Richard war nur noch der Kopf zu sehen. Er griff nach Gunthers ausgestreckter Hand. Um ihn herum brachen Stücke des Bodens ein und verschwanden. Als Seth spürte, wie Gunther sich streckte, packte er den alten Österreicher fester. Im nächsten Moment brüllte Gunther: »Zieh. Zieh uns beide. Schnell!«

Mit aller Kraft robbte Seth rückwärts und zog gegen die unterirdische Strömung an. Er kam nur zentimeterweise voran.

»Hier.« Er spürte starke Arme, die an seinem Gürtel zogen. Stratton hatte sich an Morgen und Zoe vorbeigezwängt, um zu helfen.

Einen Fußbreit kamen sie voran, anderthalb, als ein gellender Schrei durch den Gang hallte. Seth und Stratton fielen nach hinten, als die Zugkraft schlagartig nachließ. Mit einem letzten Schrei verschwand Richard im Sog des Wasserlochs.

Wie gelähmt saßen sie da. Zoe lief zu Seth und hielt ihn fest. Gunther heulte gequält auf. Hans Morgen zwängte sich vorbei, um ihn zu trösten.

»Es war nicht deine Schuld, Gunther«, sagte Morgen und legte seinem alten Freund den Arm um die Schultern.

»Aber ich hab ihn losgelassen«, schluchzte Gunther, »ich hatte ihn und hab ihn losgelassen.« Er weinte leise.

»Du hast getan, was du konntest«, sagte Morgen.

Seth, Zoe und Stratton blieben wohl zehn Minuten still sitzen, bis Stratton ihnen ein Zeichen gab, mit ihm zurück in die große Halle zu gehen, durch die sie gekommen waren.

Gunther und Morgen warteten auf sie, als sie mit zwei langen Bohlen von etwa 5 Zentimeter Dicke und 30 Zentimeter Breite zurückkamen. Stratton und Seth bugsierten die Bretter durch den engen Gang, während Zoe mit Morgen und Gunther zurück zu dem Holzstapel ging, den sie aus dem Abfallhaufen in der Halle geholt hatten.

Sie brauchten über eine Stunde, bis sie das Loch im Boden mit Bohlen abgedeckt hatten.

»Wir müssen uns beeilen«, sagte Gunther. »Nach dem Wassereinbruch kann man nicht wissen, wie lange es dauert, bis die Ränder wegbrechen. Es könnte unsere Brücke mitreißen.«

Gunther ging voraus über die Brücke und machte kurzen Prozess mit der dünnen Salzwand, die er am Ende des Durchschlags hatte stehen lassen. Er arbeitete mit der Verbissenheit eines Menschen, der sich bestrafen wollte. Sobald das Loch groß genug war, streckte Gunther den Oberkörper durch wie ein Seemann durch ein Bullauge, schwenkte die Taschenlampe in weiten Bögen und musterte eingehend den Gang dahinter. Dann schaute er auf den Plan, den er aus dem schwarzen Metallkoffer genommen hatte, streckte den Kopf durch das Loch und verglich Wirklichkeit und Karte miteinander. Schließlich drehte er sich zu den anderen um und breitete die Karte auf dem Boden aus. Seth, Zoe, Morgen und Stratton drängten sich dicht zusammen, um etwas zu sehen.

»Wir sind hier.« Gunther zeigte ihnen auf dem Plan eine Stelle, in deren Nähe zwei Strecken zusammentrafen. »Ich dachte, wir würden … genau hier rauskommen.« Er fuhr mit seinem schmutzigen Finger an eine Stelle, die nur zwei Zentimeter entfernt war. Aus seinem Ton sprach Stolz, der die Trauer linderte. »Wir sind etwa 15 Meter davon entfernt. Aber das macht nichts, solange wir immer genau wissen, wo wir sind.«

Er faltete den Plan zusammen und vergrößerte das Loch weiter, bis der Zugang zum Stollen der Grube Habersam mühelos begehbar war.

Auf der anderen Seite bestand er darauf, dass sie einzeln hintereinandergingen und mindestens 6 Meter Abstand zueinander hielten. Nur Seth und Zoe verstießen gegen diese Anweisung.

Den Metalldetektor hatten sie mit Richard verloren, also suchte Gunther die Tretminen anhand der detaillierten Angaben im Handbuch. Den zurückgelegten Weg maß er jeweils mit einem Bandmaß ab, das er im Gehen hinter sich abrollte. Pfarrer Morgen teilte er dazu ein, das andere Ende des Bandmaßes festzuhalten. Morgen protestierte zwar, dass er ihm diese relativ ungefährliche Aufgabe übertrug, fügte sich aber, als Gunther darauf bestand. Zoe wies er an, ihren Weg mit Kohlepulver zu markieren, damit sie den Rückweg leichter fänden.

Das Kohlepulver war in Büchsen in der Größe von Getränkedosen. Wie Zoe feststellte, enthielt Seths Rucksack nichts anderes als Dosen mit diesem tintenschwarzen Pulver.

Sie hatten nun alle ihre Taschenlampen eingeschaltet, um den Stollen nach Anzeichen von Sprengfallen abzusuchen, die vielleicht nicht in ihrem Plan eingezeichnet waren.

Um halb zwei entdeckten sie das erste mit Stolperdraht versehene Maschinengewehr.

»Halt!«, rief Gunther. Sie blieben kurz vor der Kreuzung mit einer anderen Strecke stehen. Gunther leuchtete mit seiner Lampe nach unten. »Seht her!«, rief er. Mitten auf der Kreuzung war ein dünner Draht quer über den Gang gespannt. Gunther winkte sie heran. Sie kamen langsam bis an den Draht und blieben stehen. Gunther leuchtete rechts in den Gang. Da war lediglich der Pfosten, an dem ein Ende des Drahtes befestigt war.

In der entgegengesetzten Richtung stand ein Maschinengewehr auf einem Dreifuß. Die kantige Waffe hatte einen langen Lauf, der in einer Art Trichter mündete. Der Lauf war von einem Metallmantel mit Löchern umgeben, der Luftkühlung. Sie starrten das Maschinengewehr an, als rechneten sie damit, dass es das Feuer eröffnen würde.

Gunther schickte sie mit einer Handbewegung zurück in den sicheren Streckenabschnitt, aus dem sie gekommen waren. Seth lauerte um die Ecke, während Gunther zu dem Maschinengewehr ging und den Lauf auf die weiße Salzwand richtete. Dann nahm er einen Seitenschneider und knipste den Draht durch. Er fiel schlaff in der Mitte der Kreuzung auf den Boden. Er war schon auf dem Weg zu ihnen, ging aber noch einmal zurück an das Maschinengewehr und drückte den Abzug.

Sofort ging ein donnerndes Dauerfeuer los, das durch die Grube hallte, aber nach etwa zwölf Schuss abbrach, als der Schlagbolzen auf einen Blindgänger stieß.

Der Geruch von Kordit und den Geistern alter Feinde umwehte Gunther, als er wieder zu der Gruppe kam.

»Deshalb müssen wir aufpassen«, sagte er, ließ sich das Bandmaß geben und legte es an den Rand des abzweigenden Ganges. Dann nahm er das andere Ende und ging weiter. Nach den jeweils in den Plänen angegebenen Abständen schwenkte er zur einen oder anderen Seite, um die Minen zu umgehen.

Nach gut hundert Metern bückte er sich und riss die Abdeckung von einer Fallgrube. Das Poltern von Brettern hallte durch den Stollen, und unter einer dichten Staubwolke fiel die Abdeckung in das Loch. Zoe leuchtete wie die anderen mit ihrer Lampe in die Grube, als sie über den schmalen Rand zwischen Loch und Stollenwand balancierte. Fast einen Meter lange, dornenbesetzte Metallspitzen grinsten sie an.

Die Abstände zwischen den Tretminen verringerten sich, und die Zahl der Sprengfallen, die sie entschärfen mussten, nahm zu, je näher sie der Halle mit dem Tresorraum kamen.

Die erste Überraschung erlebten sie in einer Halle, die fast so groß war wie die hörsaalartige Kammer in der anderen Grube. Sie hatten sich Stück für Stück durch ein Minenfeld vorgearbeitet, in dem zwischen den Zündern kaum Platz genug für einen Fuß war. Gunther hatte sich von Zoe eine Dose Kohlepulver geben lassen und keinen Weg, sondern genau die Trittstellen markiert, auf die sie ihre Füße setzen mussten. Sie durften sich keinen Fehltritt leisten. Ein Ausrutscher oder der Verlust des Gleichgewichts konnte zur Folge haben, dass die unter dem Salz vergrabenen Minen sie in Stücke rissen.

Das letzte Minenfeld hatte eine Breite von etwa zwölf Metern. Gunther ließ alle in einem Abstand von fünfzig Metern warten, während er sich einen Weg zwischen den Minen bahnte. Aus der Entfernung sah es im Dämmerlicht aus, als bewege er sich in Zeitlupe.

Alle hielten gespannt den Atem an. Zoe sah, dass Pfarrer Morgen in stillem Gebet die Lippen bewegte.

Endlich richtete Gunther sich zu voller Größe auf und rief: »Alles klar. Kommt einer nach dem anderen.«

Zoe schaute starr vor Angst zu, wie Seth vorsichtig durch das Minenfeld ging. Schließlich drehte er sich um und fragte. »Willst du nicht drüben warten, Zoe?«

»Auf keinen Fall«, erklärte sie mit einer Tapferkeit, die sie durchaus nicht empfand.

Mit kribbelnden Fingerspitzen beobachtete Ridgeway, wie sie sich auf den Weg machte. Für ihn sah sie aus wie eine Ballerina bei einem tödlichen Solotanz. Das Bergwerk rund um ihn herum versank, als er ihr mühsames Fortkommen Schritt für Schritt beobachtete. Sie schien eine Ewigkeit zu brauchen und kam einfach nicht näher. Dann endlich war sie in seinen Armen. Er führte sie beiseite, während Pfarrer Morgen und George Stratton das Minenfeld überquerten.

Schließlich waren sie wieder alle zusammen.

»Das ist der Haupttresorraum«, sagte Gunther, schaute

erst auf den Grubenplan und sah sich dann um. »Laut Plan sind hier keine Sprengfallen.« Die Halle war etwa 70 Meter im Quadrat und zehn bis zwölf Meter hoch. Auf dem unebenen Boden lag etwas herum, das im Dämmerlicht wie Packkisten und Abfallhaufen aussah.

»Ja, ich weiß«, sagte Pfarrer Morgen versonnen. Er schaute sich um wie ein Schlafwandler, der plötzlich aus seiner Trance erwachte. »Hier war ich«, sagte er, als könne er es nicht fassen, »hier war ich vor einem halben Jahrhundert ... in einem anderen Leben.« Er leuchtete mit seiner Lampe in der Halle herum. »Wir sind ... wir sind hier hereingekommen.« Sein Lichtkegel richtete sich auf einen Gang am anderen Ende der Kammer. »Und der Eingang zum Tresorraum ist da drüben ...« Er schwenkte die Lampe nach rechts. »Da.«

Die Stahltür des Tresorraums war in eine vorspringende graue Felswand eingesetzt. Sie war groß, nicht verrostet und sah aus der Entfernung der Tresortür in der Thule Gesellschaftsbank verblüffend ähnlich.

»Hier dürften keine Sprengfallen mehr sein«, sagte Morgen immer noch versonnen, »denn hier drin waren Männer, viele. Sie liefen herum. Der Unterscharführer hat es mir gezeigt. Der Hauptzugang war schwer bewacht und die übrigen Zugänge mit Selbstschussanlagen und Minen gegen Eindringlinge wie uns gesichert.«

Ridgeway ging voraus an die Tresortür. Er hatte die Kammer etwa zur Hälfte durchquert, als er spürte, wie sich ein Teil des Bodens leicht absenkte. An der anderen Seite des Raumes war das metallische Klicken und Einrasten einer mechanischen Vorrichtung zu hören.

»Runter!«, brüllte Ridgeway, warf sich auf den Boden und riss Zoe mit. Ein einzelner Schuss hallte durch den Raum, gefolgt vom dumpfen Klacken, das sie von dem Blindgänger in dem anderen Maschinengewehr schon kannten. Seth hätte schwören können, dass er hörte, wie die Kugel die Luft über ihm durchschnitt.

Einen Augenblick später standen alle wieder auf und gingen weiter. Als sie sich der Tresortür näherten, leuchtete Seth nacheinander die Haufen ab, die auf dem Boden verstreut waren. Es waren Skelette in SS-Uniformen. Unzählige Leichen lagen in der Halle. Aber nach den Schrecken, die sich heute abgespielt hatten, reagierten weder Seth noch Zoe und die anderen auf die knochigen Hände und Schädel, die aus den olivgrauen Uniformen ragten.

Sie gingen weiter wie müde Gladiatoren durch eine Arena mit den Leichen ihrer abgeschlachteten Gegner, um den Imperator zu grüßen und ihren Lohn in Empfang zu nehmen. Seth kam es vor, als seien sie gekommen, um das letzte Kapitel eines Krieges zu schreiben, der in einer anderen Ära begonnen und die ganze Zeit auf sie gewartet hatte. Über die Zeit hinweg bekämpfte der Feind sie immer noch, als warte das Schicksal noch darauf, sich zu erfüllen.

Die erste Tresortür hatte zwei Zahlenschlösser, die man gleichzeitig drehen musste. Zoe las die Zahlen laut vor, während Seth den rechten Drehknopf und Gunther den linken einstellte.

»Linker Knopf nach links auf 27«, las sie aus den Unterlagen, während Stratton ihr die Lampe hielt. »Rechter Knopf nach links auf 59. Achtung. Fertig. Los.« Seth und Gunther drehten gleichzeitig die Knöpfe und warteten auf die nächsten Anweisungen.

»Das war's«, sagte Zoe. »Das sind alle Zahlen.«

Seth und Gunther schauten sich an und drehten sich dann, als hätten sie es so abgesprochen, nach Pfarrer Morgen um.

»Herr Pfarrer«, sagte Gunther. »Die Ehre gebührt Ihnen.«

Morgen trat ehrfürchtig zögernd an die Tür wie jemand, der vor der Erfüllung seines Lebenswerkes stand. Er legte beide Hände an den Griff der Tresortür und drehte ihn im Uhrzeigersinn. Irgendwo im Inneren der massiven Tür klackte laut ein Mechanismus, bewegte seine gut geölten

Teile zum ersten Mal seit Jahrzehnten. Dieses Geräusch bestätigte die Ähnlichkeit mit dem Tresor in Zürich, als hätte derselbe Mann sie für den gleichen Schicksalsakt entworfen.

Morgen zog an der Tür. Sie rührte sich nicht.

In Sorge, dass sie umsonst so weit gekommen sein könnten, packte Seth mit an und zog. Immer noch nichts.

In Morgens Miene waren Freude und Ehrfurcht hinüber.

»Seth?«, fragte Zoe. »Was ist los?«

»Die Tür geht nicht auf. Der Mechanismus drinnen hat sich bewegt, aber sie geht nicht auf.« Er stockte. »Lass mich mal die Anleitung sehen.«

Sie reichte ihm die Papiere, aus denen sie die Kombination vorgelesen hatte. Ridgeway studierte sie, wobei Gunther ihm über die Schulter schaute. Nach einer Weile reichte er sie Gunther.

»Wir haben alles richtig gemacht. Es muss an den Angeln liegen oder so.«

Morgens Miene war ausdruckslos, als sei er in Gedanken in einer anderen Zeit. »Sie hatten irgendeinen automatischen Mechanismus, glaube ich«, sagte er schließlich. »Ich entsinne mich, dass die Tür fast von selbst aufging, als der Unterscharführer mich hergeführt hat.«

»Vielleicht hat der Standortkommandeur was daran verändert«, vermutete Gunther.

Ridgeway zuckte mit nachdenklich finsterer Miene die Achseln. Dann sagte er zu Gunther: »Nehmen Sie mal das Seil und binden Sie ein Ende an den Griff der Tresortür.«

Gunther machte es, und als der Knoten fest saß, stellte Seth alle am Seil auf wie eine Mannschaft beim Tauziehen. Er selbst übernahm die Position am Ende der Reihe.

»Zieht!«, brüllte er. Das Seil straffte sich und schwankte, als sie sich in einer geraden Reihe ausrichteten. Sie traten einen Schritt zurück, da das Nylonseil sich etwas dehnte. Aber die Tür blieb zu.

»Fester«, drängte Seth. »Zieht fester.«

Das Knirschen von Schuhsohlen, die auf dem körnigen Salzboden Halt suchten, mischte sich mit Schnaufen und Keuchen. Endlich gab die Tresortür ein klagendes Quietschen von sich und schwang auf.

»Jawohl!«, rief Stratton.

»Gott sei Dank«, murmelte Morgen.

Hinter der Tresortür lag ein Raum aus einer anderen Zeit. Er war gut vier bis fünf Meter breit und doppelt so lang und eingerichtet wie ein Büro mit Schreibtisch, Stuhl, Lampe und langem Konferenztisch. Auf dem Boden lag ein Teppich. Die beiden Längswände waren holzvertäfelt. In der Betonwand an der Schmalseite war eine weitere Tresortür eingelassen.

Langsam gingen sie hinein. Morgen sah aus wie jemand, der einem längst vergessenen Traum nachging.

Sie leuchteten mit ihren Taschenlampen die Wände ab.

»Da«, sagte Morgen und zeigte auf die Mitte der rechten Wand. Ridgeway konnte an der Stelle, auf die der Priester deutete, nichts entdecken. Morgen ging hin und zeigte auf einen Nagel. »Da hing das Bild«, sagte er. »Unterscharführer Halbach hat es von hier weggenommen. Das muss so gewesen sein. Ich habe es damals gesehen. Ich habe es gesehen.« Er drehte sich zu ihnen um, als erwarte er nicht, dass sie ihm glaubten.

Aber Gunther und Seth gingen schnell an ihm vorbei, um den letzten Teil ihrer Aufgabe hinter sich zu bringen. Sie erreichten das Ende des Tresorraums und breiteten die Unterlagen auf dem Tisch aus.

»Die Kombination ist ganz normal«, sagte Gunther, als sie sich die Papiere anschauten. »Aber sobald die Tür offen ist, haben wir nur zehn Sekunden Zeit, den Goldbarren aus dem Gemälde hier in den Schlitz zu stecken.« Er deutete zuerst auf eine Zeichnung der Tresortür, dann auf den Schlitz in der Tür neben ihnen. Er war mit einem Stück Blech verschlossen. Ridgeway holte den Goldbarren aus seinem Rucksack.

»Drinnen muss es irgendeinen Mechanismus mit Gegengewicht geben«, vermutete Gunther. »Wahrscheinlich wird er von einem Gegenstand mit passender Größe und dem richtigen Gewicht aktiviert.« Seth nickte. »Halten Sie mir mal die Lampe?«, bat Gunther. Seth nahm sie, während der Österreicher sich dem Safe zuwandte und begann, das Zahlenschloss zu drehen.

Insgesamt waren es 16 Zahlen, und Gunther stellte sie langsam und präzise ein. Als endlich die letzte Ziffer eingerastet war, klickte und surrte es, und plötzlich war der Schlitz frei. Der Sekundenzeiger an Seths Armbanduhr sprang auf 3.13.26 und lief weiter.

»Schnell«, drängte Gunther. »Geben Sie mir den Goldbarren.« Seth reichte ihn Gunther.

3.13.29

Gunther wandte sich dem Safe zu. Mit zittrigen Händen hob er den Barren an den Schlitz.

3.13.30

Gunther fluchte, als ihm der Barren aus den Fingern rutschte.

3.13.31

Dumpf schlug der Barren auf dem Boden auf.

»Mein Gott! Schnell!« Gunther und Seth fielen gleichzeitig auf die Knie, während der Mechanismus im Safe weiterlief.

3.13.34

»Hier.« Gunther reichte Seth den Barren. »Machen Sie es.«

Seth stand auf.

3.13.37

Seth rammte den Barren in den Schlitz. Er verschwand im Safemechanismus. Das Surren verstummte.

»Haben wir's geschafft?«, fragte Gunther.

Seth schaute auf die Uhr. »Eine oder zwei Sekunden zu spät.« Er packte den Griff. »Mal sehen, ob's trotzdem funktioniert.«

Er drehte den Griff, als Zoe schrie:

»Die Tür! Seth! Die Tür geht zu!«

Seth wirbelte herum und sah, dass sich die Tür des Tresorraums langsam schloss.

»George!«, bellte er. »Sie, Zoe und der Pfarrer gehen raus und hängen sich an das Seil. Sehen Sie zu, ob Sie sie bremsen können. Ich helfe Gunther.«

Aber bevor einer von ihnen sich auch nur vom Fleck rühren konnte, hob Gunther die Hand und drehte den Griff des Safes. Zischend lösten sich Federmechanismen. Unmittelbar darauf schossen ein halbes Dutzend harpunenscharfe Pfeile aus der Holzvertäfelung neben dem Safe. Einer traf Gunther in die rechte Brust und schleuderte ihn gegen die gegenüberliegende Wand. Der Rest prallte um ihn herum gegen die Wand.

»Pfeil!«, rief Gunther. Das deutsche Wort hallte nun mit voller Wucht in Seths Gedächtnis wider. Sie hatten die Pfeile gefunden.

»Gunther!« Morgen lief zu ihm. Aber Seth hielt in auf.

»Pfarrer, raus hier«, sagte er, als er sah, wie die Tresortür sich weiter schloss. »Holt ihn hier raus«, wies er Zoe und Stratton an. »Ich helfe Gunther.« Seth drehte Morgen mit Gewalt um und schob ihn auf den schmaler werdenden Türspalt zu. »Raus, allesamt«, bellte er. Stratton schnappte Morgen und lief zur Tür. Zoe blieb stehen.

Seth lief zu Gunther. Er wirkte benommen, sein Mund bewegte sich wie bei einem Fisch auf dem Trockenen. Blut quoll aus seiner Wunde und färbte den Teppich unter seinen Füßen rot. Das Pfeilende ragte etwa zehn Zentimeter aus dem oberen Brustbereich heraus, fast schon an der Schulter. Es stiegen keine Bläschen aus der Wunde, also hatte der Pfeil die Lunge nicht verletzt. Er konnte überleben, wenn er bald medizinische Hilfe bekam.

Seth schaute ihn an, dann die Tür, die mittlerweile halb geschlossen war, und wieder Gunther. Er packte den alten Österreicher an den Schultern.

»Das wird jetzt höllisch wehtun, Gunther.«

Der alte Mann schaute Seth mit schmerzverschleierten Augen an und nickte.

Seth atmete tief durch und zog Gunther von dem Pfeil, der ihn an die Wand genagelt hatte. Gunther schrie entsetzlich, stieß dann Seth überraschend beiseite und taumelte auf den Safe zu.

»Gunther, was ...« Seth konnte nicht fassen, dass der Mann immer noch auf den Füßen stand.

»Weg«, sagte Gunther mit schwacher Stimme. Er lehnte sich einen Augenblick gegen die Wand.

Seth warf einen besorgten Blick auf die sich schließende Tresortür. Als er sich wieder umdrehte, beugte Gunther sich gerade in den Safe und kämpfte mit dem Inhalt. Er zog etwas Schweres heraus und drehte sich um.

Seth blieb der Mund offen stehen. Gunther hielt eine Truhe in der Hand, eine goldene Truhe, mit Juwelen besetzt, die grün, rot und weiß funkelten und das Licht von Seths Taschenlampe scheinbar verstärkten. Plötzlich wisperte in der Stille des Tresorraums wieder ein Geräusch, das sie noch in entsetzlicher Erinnerung hatten. Seth erstarrte, als ein zweiter Schub Pfeile durch die Dunkelheit sauste, offenbar ausgelöst, als Gunther die Truhe von ihrem Sockel im Safe nahm. Einer der Pfeile drang unmittelbar neben der Nase in Gunthers Gesicht ein. Seine Wucht riss ihn von den Füßen und schleuderte ihn wieder an die Wand. Zwei weitere Pfeile fuhren dumpf und nass in seinen Bauch, aber seine gebrochenen Augen zuckten nicht mehr. Die juwelenbesetzte goldene Truhe fiel auf den Boden und sprang auf.

»Seth. Schnell. Die Tür.«

In Panik schaute Seth zur Tür, dann auf den Inhalt der Truhe, der sich auf dem Boden verteilt hatte: ein Stück Stoff und vergilbtes Papier. Wenn er jetzt hinausginge, wäre das ganze Sterben umsonst gewesen. Und das Töten würde weitergehen.

Er kämpfte gegen die Panik an, die in seiner Brust tobte, fiel auf die Knie und raffte den Inhalt der Truhe zusammen. Er stopfte ihn hinein und schloss den Deckel.

»Raus jetzt«, rief er Zoe zu und hechtete an die Tür. Der Spalt war nur noch einige Zentimeter breit. Zoe schlüpfte mühelos durch.

»Hier.« Er steckte die Truhe durch die Türöffnung, und Zoe nahm sie an. Dann zwängte er sich seitwärts in den enger werdenden Spalt.

Er passte nicht durch! Er spürte die Stahlkanten der sich schließenden Tür, die ihn mit dem Rücken gegen den Rahmen drückte. Die Panik gewann die Oberhand. Ihm war nach schreien. Nicht so kurz vor dem Ziel, hätte er am liebsten gebrüllt. *Das ist nicht fair*. Er bezwang den Panikanfall und stemmte sich mit aller Kraft gegen die Türkante. Einen Moment schien er wie reglos, dann rutschte er endlich durch den Türspalt und fiel mit dem Gesicht voraus auf den Salzboden.

Kapitel 35

»Geben Sie mir die Truhe.«

Strattons Ton war arrogant und herrisch.

Ohne ihn zu beachten, kniete Zoe sich neben Seth auf den harten, körnigen Salzboden. Er war völlig außer Atem und erschüttert, dass er nur knapp mit der Sophia-Passion der massiven Tresortür entkommen war, bevor sie zuschlug. Hals über Kopf war er hinausgetaumelt, nur einen Herzschlag davon entfernt, wie ein Insekt zerquetscht zu werden, und war mit dem Gesicht nach unten neben dem voll uniformierten Skelett eines vor langer Zeit gestorbenen SS-Manns gelandet.

Er war auf die Truhe gefallen und keuchte vor Erschöpfung, Schmerz und Entsetzen über den Anblick Gunthers, den Pfeile nicht einmal, sondern zweimal hintereinander an die Wand genagelt hatten. Nie würde er vergessen, wie die Augen des alten Österreichers vortraten, selbst als er schon tot war, und wie sein rechter Arm zuckte.

»Geben Sie mir sofort die Truhe!«, befahl Stratton.

»Halten Sie den Mund, Stratton«, fuhr Zoe ihn an und beugte sich über Seth. Tränen der Erleichterung und Dankbarkeit glänzten beiden in den Augen.

»Gott sei Dank, du bist in Sicherheit.«

»Die Truhe! Auf der Stelle!«, befahl Stratton scharf.

Wütend fuhr Zoe herum, aber ihr blieb die ungehaltene Antwort in der Kehle stecken, als sie die Mündung seiner Waffe auf sich gerichtet sah. Er leuchtete ihr mit seiner Lampe ins Gesicht. Sie blinzelte in den grellen Strahl. »Was …?« Sie war fassungslos.

»Geben Sie mir die Truhe«, wiederholte Stratton. »Sofort!«

Im Dunkeln hörten sie ein schabendes Geräusch, Schuhe auf dem Salzboden.

»Herr Pfarrer!« Stratton richtete die Lampe auf Morgen. »Halten Sie still oder ich erschieße die Frau.« Morgen blieb stehen.

Seth setzte sich auf.

»Halt!«, befahl Stratton. »Keine Dummheiten.«

Seth schaute einen Moment benommen auf, aber die neue Bedrohung verschaffte ihm schnell einen klaren Kopf.

»Los«, sagte Stratton mit der Ungeduld eines Menschen, der sich bemühte, geduldig zu klingen. »Geben Sie mir die Truhe.«

Zoe schaute Seth an, der nickte.

Als sie nach der Truhe griff, sah Seth aus den Augenwinkeln auf dem Boden einen Revolver, der noch im Holster am Gürtel eines toten SS-Manns steckte.

Zoe reichte Stratton die Truhe und setzte sich auf den Boden. Die Truhe war schwer, mindestens 15 bis 20 Pfund.

Stratton ging rückwärts gut sechs Meter zurück, bis er noch in Schussweite, aber weit genug entfernt war, dass sie ihn nicht überwältigen konnten.

»So, jetzt machen Sie Ihre Lampen aus und werfen Sie sie zu mir rüber.« Sie gehorchten. Stratton sammelte die Lampen ein und legte sie neben seine Füße.

»Gehen Sie rüber zu den anderen, Pfarrer Morgen«, sagte Stratton und deutete auf Seth und Zoe. »Setzen Sie sich neben sie.«

Morgen ging zu Seth und Zoe und schaute Seth an, der ihm mit einem Kopfnicken zu verstehen gab, er solle sich hinsetzen.

»Ich …« Stratton räusperte sich. »Ich wünschte, es wäre anders gekommen.« Er legte seine Lampe auf den Boden und richtete sie auf die drei. Dann streifte er seinen Rucksack ab und senkte dabei kurz den Kopf. Schnell rückte Seth dichter an die Waffe des Toten.

»Aber wir haben es hier mit einer religiösen Angelegenheit zu tun, die Millionen Seelen betrifft.« Während Stratton sprach, kniete er sich neben seinen Rucksack und öffnete die Schnallen. »Ein paar Menschenleben – mein eigenes eingeschlossen – zählen dagegen kaum.« Er schlug die Rucksackklappe zurück und fing an, mit der freien Hand den Rucksack auszupacken: Verbandszeug, Decke, Trinkwasser, getrocknete Lebensmittel, einen kleinen Gaskocher, dessen Deckel als Topf diente.

»Aber ist die Wahrheit nicht wichtiger?«, fragte Morgen mit fester Stimme, wie sie nur ein Mensch haben konnte, der schon lange aufgehört hatte, den Tod zu fürchten. »Dann werdet ihr die Wahrheit erkennen, und die Wahrheit wird euch befreien.«

»Wahrheit? Ich weiß nicht, was die Wahrheit ist und ob das überhaupt noch eine Rolle spielt«, antwortete Stratton schrill. »Ich weiß, dass es für viele Menschen sehr wichtig ist, eine bestimmte Religion, einen festen Glauben zu haben, und dass es schrecklich wäre, ihnen diesen Trost zu nehmen, nur um noch eine religiöse Zweideutigkeit in die Welt zu bringen.«

Seth rückte Stück für Stück näher an das Holster, bekam es an der Schmalseite zu fassen und zog es langsam zu sich herüber. Er wunderte sich, wie leicht es war. Eigentlich hatte er damit gerechnet, dass die Uniform voller Knochen schwerer wäre, als müsse der Tod ein gewisses Gewicht haben.

Morgen öffnete den Mund, um etwas zu entgegnen, aber Stratton schwenkte wütend die Waffe.

»Hören Sie auf, Pfarrer Morgen. Lassen Sie uns das Unvermeidliche nicht hinauszögern. Ich kann Sie nicht einfach hier verhungern lassen wie die anderen elenden Seelen da.« Er beschrieb mit dem Arm einen weiten Bogen über die Skelette in der Halle.

»Ich bin kein Sadist«, sagte Stratton bekümmert. »Verhungern ist ein langsamer, qualvoller Tod.« Er stockte. »Keine Angst.« Er bückte sich und versuchte, die Truhe aufzuheben. Sie war unhandlich. »Ich werde jeden von Ihnen mit zwei Schüssen in den Nacken töten. Das ist schmerzlos.«

»Du sollst nicht töten«, sagte Morgen und seine Stimme dröhnte in der Halle wie die eines Propheten aus dem Alten Testament.

»Lassen Sie das!«, befahl Stratton mit dem schrillen Unterton von Hysterie. »Ich bin nicht der Erste, der zur Verteidigung des Glaubens tötet.«

Seth bekam den Schnappverschluss des Holsters zu fassen und fingerte ihn auf. Er klickte leise. Stratton war gerade damit beschäftigt, die Truhe in den leeren Rucksack zu bugsieren. Seth zog den Revolver aus dem Holster. Der Griff fühlte sich fest und kalt an.

Stratton hatte es geschafft, die Truhe in den Rucksack zu stecken. Die Lampen hatte er darübergepackt. Nun schnallte er die Riemen zu. Seth stieß erst Morgen, dann Zoe mit dem Revolverlauf an. Als sie ihn anschauten, senkte er den Blick auf die Waffe. Sagen konnte er ihnen nichts, aber er hoffte, dass sie sich im richtigen Augenblick in die Dunkelheit verkrümeln würden.

Dieser Augenblick kam schon bald. Stratton war mit den Schnallen fertig, hievte sich den Rucksack auf den Rücken und schob einen Arm durch den Tragriemen. Er musste die Waffe nun kurz in die linke Hand nehmen, um den rechten Arm durch den Riemen zu stecken.

Seth beobachtete ihn und wartete. Timing war alles. Das richtige Timing und die Frage, ob die Munition in der alten Waffe noch funktionierte. Stratton richtete den linken Tragriemen und sorgte dafür, dass der rechte offen dahing. Seine Hände kamen zusammen. Die Linke legte sich um die Waffe, für einen Augenblick hatte er keinen Finger am Abzug.

Jetzt!, dachte Seth und hob den Revolver. Er stieß Zoe mit der Schulter so fest an, dass sie seitlich aus dem Lichtkegel fiel.

Strattons Ärger über die umständliche Prozedur mit dem Rucksack schlug in Überraschung um, als seine Geiseln in Bewegung kamen. Seine Augen weiteten sich vor Angst, sobald er den Revolver in Seths Hand sah.

Stratton schoss zuerst mit der linken Hand, zielte aber schlecht, und der Schuss ging in die Irre. Morgen sprang auf und lief zu Zoe ins Dunkel. Zusammen rannten sie zu einem anderen Knochenhaufen und hofften, noch eine Waffe zu finden.

Seth spannte den Revolver, zielte auf Strattons Brust und drückte ab. Das dumpfe Geräusch des Schlagbolzens, der auf einen Blindgänger schlug, traf Seths Ohren wie ein tödlicher Schmerz. Er rollte sich gerade noch aus dem Lichtkegel von Strattons Lampe, als der NSA-Mann seine Waffe in die andere Hand nahm und erneut schoss. Die Kugel grub vor Seths Füßen eine tiefe Rille in den Boden.

Im Rollen schoss Seth noch einmal. Dieses Mal gab der Revolver einen donnernden Schuss ab. Aber er verfehlte Stratton, peitschte nur Salz neben der Taschenlampe auf und jagte sie über den Boden. Im wild flackernden Licht sah Seth, wie Stratton auf den Ausgang der Halle zulief. Die Lampe blieb so liegen, dass sie direkt in einen Gang schien, der aus der Halle führte. Die Wände des Gangs waren hell erleuchtet, aber die Halle lag in der tiefen, formlosen Dunkelheit eines Alptraums.

Plötzlich hörte Seth links von sich Schüsse. Im Mündungsfeuer sahen sie einen weißen Salzgeysir aus der Hallenwand hinter Stratton spritzen, der sich in den Gang flüchtete und im Dunkeln verschwand.

»Seth?« Das war Zoes Stimme.

»Hier drüben«, rief er. Wenige Augenblicke später hockten die drei wieder nebeneinander.

»Ridgeway.« Diesmal war es Strattons Stimme. Sie hallte hohl, wie Geräusche es unter der Erde über einige Entfernung tun. »Ridgeway, ich habe noch Munition. Und die ist zuverlässig. Wenn Sie mir nachkommen, warte ich im Dunkeln auf Sie. Sie werden mich niemals rechtzeitig sehen. Ich weiß, wo man langgehen muss, um rauszukommen.«

»Stratton!«, rief Seth. Aber er bekam keine Antwort.

Sie kauerten zusammen im erdrückenden Klammergriff der Dunkelheit und hatten Angst, ihre Position zu verraten. Wartete Stratton nur darauf, dass sie sich die Taschenlampe holten? Es kam ihnen vor, als hockten sie stundenlang da, bis das helle bläuliche Licht der Taschenlampe zu Gelb verblasste. Ohne Licht gab es keine Hoffnung, ihren schwarz markierten Weg aus der Grube zu finden.

Schließlich stand Seth im Dunkeln auf, den Revolver in der einen Hand, die andere zitterte unentschlossen. War die Taschenlampe ein Köder? War die hungrige Ratte letztlich gezwungen, sich den Käse in der Falle zu holen? Er steckte den Revolver in seinen Hosenbund, rannte zu der Taschenlampe, schnappte sie, hechtete von der Stelle weg und versuchte, die Lampe auszuschalten, während er auf donnernde Schüsse oder Einschläge von Kugeln wartete.

Aber das Donnern blieb aus. Die einzigen Geräusche im Dunkel kamen von seinem keuchenden Atem. War Stratton weg? Falls er noch da war und nur darauf wartete, dass sie sich auf den Weg aus der Grube machten, könnten sie sterben. Wenn sie es nicht versuchten, würden sie mit Sicherheit sterben. Um die nachlassenden Batterien zu schonen, schaltete er die Lampe einmal kurz ein, um zu sehen, wo Zoe und Pfarrer Morgen waren, schaltete sie dann aus und ging langsam zu ihnen.

Die Dunkelheit war ihr Freund. Sie bot ihnen Schutz. Die Dunkelheit war aber auch ihr Feind, denn sie konnte sie in Fallen und Hinterhalte alter wie neuer Gegner locken.

Sie sammelten das Wasser, den Gaskocher, Gunthers Kletterseil, das noch an die Tresortür geknotet war, und eine der Decken ein, die Stratton aus dem Rucksack geworfen hatte. Es war eine aluminiumbeschichtete, faserverstärkte Rettungsdecke, wie Autofahrer und Camper sie für Notfälle mitnahmen. Dies war nun eindeutig ein Notfall.

Seth zündete den kleinen Gaskocher an, und in seinem hellblauen Licht machten sie sich auf den Weg, immer an der Kohlepulverspur entlang, die Zoe auf dem Hinweg sorgfältig gezogen hatte.

Im kraftlosen Licht des Gaskochers kamen sie bis zu dem großen Minenfeld unmittelbar vor dem Eingang der Halle. Ridgeway holte die Taschenlampe heraus und nutzte ihr restliches Licht, um sie Schritt für Schritt durch das Minenfeld zu dirigieren.

Danach erleichterte die dunkle Kohlespur, die sich um Minen und Selbstschussanlagen schlängelte, ihnen das Gehen. An mehreren Stellen sahen sie, dass Stratton versucht hatte, das Kohlepulver zu verwischen. Aber damit hatte er die Spur nur verschmiert.

Um ihnen den Weg abzuschneiden, hatte Stratton die Bohlen über dem tosenden unterirdischen Bach in Gunthers Durchschlag weggezogen. Aber schon nach gut einem Dutzend Versuchen gelang es Seth, das Kletterseil mit gezielten Würfen an einem Ende eines Brettes zu verhaken und es herüberzuziehen. Dann schlang er sich das Seil um die Taille und überquerte die wackelige Bohle, während Zoe und Morgen das Seil sicherten.

Sobald er auf der anderen Seite war, schob er die anderen Bretter über das Loch, damit die beiden herüberkommen konnten.

Als sie den Eingang der stillgelegten Grube erreichten, war es bereits dunkel. Der Schneesturm hatte aufgehört, am mondlosen Himmel leuchteten Sterne. Vom Tal wehte ein scharfer Wind herauf.

Eines der Schneemobile war weg, und bei den beiden anderen hatte Stratton die Verteilerkabel entfernt. Er hatte sie entweder mitgenommen oder in den Schnee geworfen, wo sie bis zur Schneeschmelze im Frühling versteckt bleiben würden.

Ridgeway inspizierte nacheinander beide Motorschlitten. Er zog bei einem ein Zündkerzenkabel ab und verband damit an dem anderen Schneemobil Verteiler und Zündspule. Beim ersten Startversuch sprang der Motor an.

Alle drei stiegen auf den Motorschlitten, Seth am Lenker.

»Er ist nach Innsbruck gefahren«, sagte Morgen ausdruckslos und brach sein fast krampfhaftes Schweigen. »Stratton ist nach Innsbruck.«

»Woher wissen Sie das?«, fragte Seth laut, um den röhrenden Motor des Schneemobils zu übertönen.

»Braun«, sagte Morgen.

»Was?«, fragte Seth. »Das verstehe ich nicht.«

»Ich habe Ihnen doch gesagt, dass ich Ihnen erzählen würde, was das bedeutet, oder?«, antwortete Morgen.

Seth nickte bedächtig und fürchtete, die Aufregungen dieses Tages könnten den alten Priester um den Verstand gebracht haben.

»Es ging nicht um die Farbe Braun«, sagte Morgen leise. Seth stellte den Motor ab, um ihn besser zu verstehen. »Nein, er meinte Braun.« Er stockte und schaute an einen Ort in weiter Ferne, an den weder Seth noch Zoe ihm folgen konnten. »Braun. Er nannte den Namen kurz vor seinem Tod, als ob Braun daran schuld wäre. Ich habe gebetet, dass er es nicht ist. Aber er muss es sein.«

Morgen schaute Seth mit schmerzerfülltem Blick an.

»Braun lebt in Innsbruck«, sagte Morgen. »Stratton bringt ihm die Sophia-Passion. Wir müssen hin.«

Seth wartete auf weitere Informationen, aber Morgen schwieg. Da ließ Seth das Schneemobil wieder an und fuhr den Berg hinunter.

Kapitel 36

Die Morgendämmerung modellierte gerade erst die Schatten in Berninis Kolonnade am Petersplatz, als die Polizei schon anfing, die Absperrungen für die wöchentliche Papstaudienz aufzustellen.

Schon seit langem gewährte der Papst Mittwochs Menschen »ohne Rang und Namen« aus der ganzen Welt Generalaudienz. Obwohl dieser Mittwoch auf den 2. Weihnachtsfeiertag fiel, sah der Papst keinen Grund, seine wöchentliche Audienz zu verschieben.

Nachdenklich verließ er seine Privatkapelle, wo er sich anderthalb Stunden im Gebet gestärkt und auf seine tägliche Audienz vorbereitet hatte.

Am Fenster seiner Gemächer im Apostolischen Palast blieb er stehen und schaute auf das Treiben hinunter. Am Rande des Platzes sammelten sich schon die ersten Menschen der Menge, die später durch die eigens von Paul VI. für diesen Zweck erbaute Audienzhalle defilieren würde. Die Generalaudienzen mochte er besonders. Dort begegnete er den echten Menschen, der Herde, für die Gott ihn zum Hirten bestellt hatte. Das ließ er sich von niemandem nehmen, nicht einmal von Braun.

Der Papst bemühte sich, den aufwallenden Zorn zu bändigen. Er hatte Braun mit den heikelsten Angelegenheiten der Kirche betraut, hatte ihn gegen alle in Schutz genommen, die den Kardinal aus Wien für zu streitlustig und zu wenig barmherzig und nachsichtig hielten. Als er nun auf die Menschen hinuntersah, die mitten in der Nacht aufgestanden waren, um sich vor Sonnenaufgang hier anzustellen, stiegen dem Papst Tränen der Wut, Ohnmacht und Trauer in die Augen. Wenn Braun seinen Willen bekäme – und das war dem energischen Kardinal bisher fast immer gelungen –, würde der ehrgeizige Österreicher bald die Generalaudienzen halten.

Der Papst atmete schaudernd ein, hielt einen Moment den Atem an und ließ die Luft in einem tiefen Seufzer heraus, der das gesamte Elend der Welt hätte umfassen können, sich heute Morgen aber nur auf die Entdeckung des Grabtuchs und der Sophia-Passion bezog.

Braun hatte ihn in der vergangenen Nacht mit der Nachricht geweckt und verlangt, sofort das Kardinalskollegium einzuberufen. Braun hatte betont, er wolle einen ordnungsgemäßen Übergang.

Ordnungsgemäßer Übergang. Schnaubend wandte der Papst sich mit seinen unbarmherzigen Gedanken vom Fenster ab. Er ging ins Esszimmer. Trotz der Krise hatte er Hunger.

Sofort nach Brauns Anruf hatte der Papst seinen Staatssekretär, Richard Borden, mit Archivaren des Vatikans nach Innsbruck geschickt, um Brauns Behauptung zu überprüfen. Der Papst schaute auf die alte, hölzerne Wanduhr. Wann würde Borden anrufen? Sie alle hatten eine schlaflose Nacht hinter sich. Wann würde er anrufen?

Er ging ins Esszimmer und begrüßte sein Personal. Sie wünschten ihm mit traurigen, fragenden Blicken einen guten Morgen. Wussten sie Bescheid? Woher?

Der Anruf, auf den der Papst wartete, kam, als er gerade die Titelseite der *Rome Daily American* überflog.

Er nahm das Gespräch in seinem Arbeitszimmer an.

»Ja, Richard?«, sagte der Papst, um einen munteren Ton bemüht. »Was haben Sie herausgefunden?«

Das Gesicht des Papstes fiel in sich zusammen wie zerknülltes Papier. Seine aufrechte Haltung erschlaffte, und seine kräftigen Schultern sackten herunter. Er tastete einen Moment herum, bevor er einen Stuhl fand und sich setzte.

»Ja«, sagte der Papst mit der Stimme eines alten Mannes. »Ich verstehe.«

Er hörte eine Weile zu. »Können wir – können wir irgendetwas tun?«

Der Papst schüttelte den Kopf, als sei der Staatssekretär im Zimmer, und sagte nachdrücklich: »Nein! Das dürfen Sie nicht. Damit wären wir moralisch noch verdorbener als er. Kommen Sie so schnell wie möglich zurück. Ich brauche Sie hier.«

Langsam legte der Papst den Hörer auf die Gabel und erhob sich. Auf dem Weg in die Kapelle kam er wieder an dem Fenster vorbei. Die Morgenröte tauchte den Platz in rötliche Farben. Die Menge war dichter geworden. Er schaute nun mit der bitteren Zuneigung eines Mannes auf sie hinunter, der von geliebten Menschen Abschied nahm.

Dann ging er in seine Privatkapelle und betete um ein Wunder.

»Es ist prachtvoll, George, einfach prachtvoll.« Braun ging noch einmal um den Konferenztisch herum. Sophias Grabtuch lag ausgebreitet auf dem massiven Holztisch, den es fast völlig bedeckte. Die juwelenbesetzte goldene Truhe und die gebundene Sophia-Passion lagen auf einem Tischchen, das man aus dem Vorraum hereingebracht hatte.

Das Grabtuch aus gewebtem Leinen war fast vier Meter lang und trug zwei Bilder eines jungen Mädchens am Anfang der Pubertät, eins von vorne, eins von hinten. Im hellen Morgenlicht waren die blassen rötlich-gelben Umrisse ihrer Wunden deutlich zu erkennen.

Hinter der geschlossenen Tür des Konferenzsaals waren die gedämpften Stimmen der Männer zu hören, die der Papst aus dem Vatikan geschickt hatte, um die Echtheit des Grabtuchs zu prüfen. Braun hatte sie genüsslich bei der Arbeit beobachtet. Als Wissenschaftler hatte es sie begeistert, ein offensichtlich echtes Stück Geschichte zu untersuchen.

Aber als loyale Anhänger des derzeitigen Papstes und seiner Lehren hatten sie ihre Arbeit mit tiefem Stirnrunzeln verrichtet, da sie wussten, was es bedeutete, wenn sie die Echtheit bestätigten.

Am meisten bekümmert war Richard Borden. Aber das spielte keine Rolle, dachte Braun. Wie der Schreiber, der alle Einwohner von Sophias Dorf vernommen hatte, damals für Konstantin, so hatten Borden und die anderen für Braun ihren Nutzen verloren. Und wie für den Schreiber waren nun auch ihre Tage gezählt.

Es klopfte.

»Gehen Sie bitte an die Tür, George«, sagte Braun und beugte sich über den Tisch, um den Gesichtsabdruck zu betrachten.

Strattons Schritte hallten dumpf auf dem Holzboden, als er zur Tür ging und sie öffnete. Richard Borden, der zukünftige Ex-Staatssekretär, stand davor.

»Sagen Sie dem Kardinal bitte, dass wir jetzt fahren«, sagte Borden.

Braun hob den Kopf. »Wie geht es dem Papst heute Morgen, Borden?«

Der Staatssekretär hatte Mühe, seine Wut zu zügeln. »Recht gut, Eminenz, und er hat eingewilligt, Ihrer ... Bitte nachzukommen. Wann dürfen wir Sie in Rom erwarten?«

Braun schaute ihn eine Weile an, als denke er gründlich über die Frage nach. »Wenn ich so weit bin«, antwortete er und wandte sich wieder dem Grabtuch zu.

Der Boden bebte leicht. Die Gondel war gekommen, um die Abordnung aus dem Vatikan abzuholen. Stratton machte Richard Borden die Tür vor der Nase zu und trat wieder neben Braun.

»Möchten Sie Chef meiner persönlichen Sicherheitsabteilung werden?«, fragte Braun, ohne den Blick vom Grabtuch abzuwenden.

»Ja, Sir«, antwortete Stratton eifrig. »Natürlich, Eminenz.«

Stratton stand eine Weile schützend neben Braun.

»Ach, Eminenz?«

Braun schaute ihn mit hochgezogenen Augenbrauen an.

»Was ist mit Rolf? Er ist schon so lange Jahre Ihr persönlicher Leibwächter.«

»Rolf wird allmählich alt«, sagte Braun. »Und ihm fehlt eine gewisse ... eine gewisse Finesse, die diese neue Stellung erfordert.«

»Sagen Sie es ihm? Bald?«

»Sobald er zurückkommt.« Braun richtete sich auf. »Bis dahin können Sie das hier wieder einpacken.« Er winkte mit der Hand über den Konferenztisch. »Ich muss packen. Unser Charterflug nach Rom geht um zwölf. Ich möchte um elf hier aufbrechen.« Er drehte sich um und ging zur Tür. »Würden Sie das dem Personal sagen?«

»Selbstverständlich, Eminenz«, antwortete Stratton eifrig.

Seth trat um kurz vor 10 Uhr aus dem Hotel Central und hielt Zoe und Pfarrer Morgen die Tür auf. Die gleißende Helligkeit ließ sie blinzeln, als sie die Gilmstraße hinunter zu dem Parkhaus gingen, in dem sie Gunthers alten Audi abgestellt hatten. Seth trug ihre Taschen.

»Es ist da oben.« Pfarrer Morgen zeigte mit seinem langen, dünnen Finger nach Norden auf eine zerklüftete Gipfelgruppe. »Ich war schon einmal da ...«

Sie hatten die Ecke Erler Straße erreicht und gingen nach rechts in Richtung Universität.

Nach fünf Minuten erreichten sie den Wagen. Ridgeway schloss die Türen auf und ließ den Motor an, um ihn warmlaufen zu lassen, während Zoe sich auf den Beifahrersitz setzte und Morgen hinten einstieg. Ridgeway packte die Reisetaschen in den Kofferraum und fegte die feine Schneeschicht ab, die der Wind in der Nacht auf das Auto geweht hatte.

Schließlich schlüpfte er wieder hinter das Steuer, legte den Gang ein und fuhr aus dem Parkhaus.

Die Straßen in Innsbruck waren schneeglatt und an den Stellen vereist, wo das Streusalz wegen der extremen Kälte nicht mehr wirkte. Sobald sie die Autobahn Richtung Flughafen erreichten, war die Straße jedoch frei. Dort hatten sie einen Hubschrauberflug bei einer Firma gebucht, die Rundflüge über Skipisten anbot.

»Der Hubschrauberlandeplatz ist auf dem Dach im hinteren Teil des Chalets«, sagte Morgen. »Laut Brauns Haushälterin – die seit fast zwanzig Jahren mit uns zusammenarbeitet – ist der Eingang vom Hubschrauberlandeplatz ins Haus nie abgeschlossen. Er führt über einen Aufzug und eine Treppe mitten ins Haupthaus. Die Wachen sind am Rand des Grundstücks stationiert und in einer eigenen Unterkunft abseits vom Haupthaus untergebracht. Braun wird nur ungern daran erinnert, dass er Leibwächter braucht, deshalb ist ihnen der Zutritt zum Haupthaus nur im Notfall erlaubt. Der Einzige von den Sicherheitskräften, der normalerweise ins Chalet darf, ist Brauns Chef-Bodyguard, Rolf Engels. Er ist ein großer, kräftiger Kerl und Braun treu ergeben. Wenn er sich Ihnen in den Weg stellt, werden Sie ihn töten müssen. Er ist zwar nicht mehr der Jüngste, aber noch immer ziemlich gefährlich.«

»Toll«, knurrte Seth. »Wir können bestenfalls erwarten, dass die Hälfte der Munition in diesen alten Revolvern noch funktioniert.« Er dachte an die Revolver und die Munition, die sie von den Skeletten der SS-Leute in der Grube Habersam eingesammelt hatten.

»Mit ein bisschen Glück schaffen wir es, uns mit den Revolvern den Weg nach draußen freizubluffen«, sagte Zoe hoffnungsvoll. Weder Morgen noch Seth gaben darauf eine Antwort.

Keine halbe Stunde später erreichten sie den Flughafen und fragten sich zum richtigen Terminal durch. Seth stellte sich und die anderen dem Hubschrauberpiloten vor, der verwundert reagierte, als er hörte, wohin sie fliegen wollten.

»Heute herrscht aber viel Betrieb auf dem Kardinalsnest«, sagte der Pilot.

Seth erkundigte sich, was er meinte.

»Ich soll den Kardinal um elf Uhr abholen und hierher fliegen. Er hat eine Maschine nach Rom gechartert. Was Dringendes, nehme ich an.« Nach einer Pause fügte er hinzu: »Der Kardinal mag keine unangemeldeten Besuche. Ich muss ihn vorher anrufen, wenn Sie nichts dagegen haben.«

Seth schaute Morgen an, der schnell den Reißverschluss seines Anoraks öffnete, damit sein Priesterkragen zu sehen war. Er verfehlte seine Wirkung auf den Piloten nicht.

»Ich bringe dem Kardinal wichtige Nachrichten«, sagte Morgen, und das war ja auch nicht ganz unwahr. »Er erwartet mich und wird sicher wütend, wenn ich zu spät komme. Sie können ihn gern anrufen, aber ich versichere Ihnen, dass er auf uns wartet.«

Der Pilot schaute Morgen respektvoll an. »Natürlich, Hochwürden«, sagte er. »Kommen Sie mit.« Er zog sich eine Wollmütze auf den kahlen Kopf und ging zur Tür.

Sie legten die Sicherheitsgurte an, während die Turbine des Jet Rangers auf Touren kam. Nachdem der Pilot die vorgeschriebene Checkliste durchgegangen war, drehte er sich zu ihnen um und nickte. Schlagartig wurde das Turbinengeräusch lauter und höher, und sie hoben mit der Nase nach unten vom Boden ab.

Der Pilot drückte den Steuerknüppel zur Seite, so dass es sie gegen das Fenster drückte. Der Hubschrauber stieg in einer steilen Kurve so schnell in den Himmel auf, dass sie Schmetterlinge im Bauch spürten.

Kapitel 37

Rudolph Braun hatte gerade fertig gepackt, als er das entfernte Flapp-flapp-flapp der Hubschrauberrotoren hörte. Er schaute auf seine edle, teure Piaget-Uhr, um sich zu vergewissern, dass er nicht zu spät dran war. Der Helikopter kam zu früh. Das war gut, dachte er. Je früher er nach Rom käme, umso schneller könnte er die Macht übernehmen.

Braun schaute sich noch einmal in seinem Zimmer um und grinste. Es war das letzte Mal, dass er es mit den Augen eines Kardinals sah. In etwa 72 Stunden würde er Papst sein. Er freute sich schon auf die Abdankungszeremonie.

Vom Telefon an seinem Bett aus sprach er mit seinem Diener und wies ihn an, sein Gepäck zum Hubschrauberlandeplatz zu bringen und dort auf den Hubschrauber zu warten. Dann ging er mit schnellen Schritten die Treppe hinunter in den Konferenzsaal.

Etwa hundert Meter vom Hauptgebäude des Kardinalsnestes entfernt und mit ihm durch einen geschlossenen, beheizten Gang verbunden, stand eine Hütte für zwölf Männer, die in Viererschichten rund um die Uhr das Gelände bewachten.

Wie ihre Kollegen, die im erzbischöflichen Palais in Wien für Sicherheit sorgten, waren auch sie erfahrene Leute, Veteranen aus den besten Militäreinheiten der Welt. Die zwölf Männer unterstanden Rolf Engels, der früher zu Hitlers Elitetruppe der Gebirgsjäger gehört hatte. Ein

Mitglied des ökumenischen Rats hatte ihn vor langer Zeit als passenden Leibwächter für den damals aufstrebenden Bischof empfohlen, der sich so eloquent gegen den Kommunismus aussprach und sich schon bald zum Ziel von Gewaltanschlägen seiner Agenten entwickelt hatte.

Rolf Engels saß mit dem Seilbahnführer und mit einem Wachmann in der Talstation der Seilbahn und trank heißen Tee, als er die Rotorblätter des Hubschraubers hörte. Schnell schaute er auf die Uhr. Als er die Uhrzeit sah, hob er leicht die Augenbrauen.

»Bernhard«, sagte er zu seinem Untergebenen. »Geh mal raus und sag mir, was du siehst.«

Bernhard, ein derber Bursche im weißen Wintertarnanzug, ging hinaus. Er kam sofort zurück.

»Ein gelber Hubschrauber«, meldete Bernhard. »Mit schwarzer Schrift. Er ist zu weit weg, um zu lesen, was draufsteht, aber er sieht aus wie der Hubschrauber, mit dem der Kardinal immer fliegt.«

Engels nickte. »Danke, Feldwebel.« Er trank einen Schluck Tee, schaute in den Becher, um zu sehen, wie viel noch darin war, und seufzte.

»Du schmeißt am besten die Seilbahn an«, sagte Engels zu dem Seilbahnführer.

»Soll ich mitkommen?«, fragte Bernhard.

Engels schüttelte den Kopf. »Alles wie immer«, erklärte er und trank den Rest Tee aus, warf den Plastikbecher in einen Mülleimer und ging mit dem Seilbahnführer in den Motorschuppen. Er schaute zu, wie der Mann die gut geölte Maschine anwarf, die die Gondel den fast senkrechten Steilhang zum Kardinalsnest hinaufzog.

Kaum hatten die Kufen des Hubschraubers den Schnee auf dem Landeplatz am Chalet berührt, ging auch schon die Tür auf. Ridgeway sprang als Erster heraus und half Zoe und Morgen beim Aussteigen. Vom Landeplatz gelangte man über eine Treppe hinunter auf einen Steg mit Geländer, der über das Dach zu einer Tür in einem schuppenähnlichen Dachaufbau führte.

»Ich warte hier«, sagte der Pilot zu Morgen. »Es hat ja keinen Sinn, zum Flughafen zurückzufliegen und für den Flug des Kardinals gleich wieder herzukommen. Sagen Sie ihm, er kann sich ruhig Zeit lassen. Ich bin hier.«

Morgen nickte und folgte Seth und Zoe, die auf dem Steg auf ihn warteten.

Wie Morgen versprochen hatte, war die Tür unverschlossen. Seth zog den schweren alten Revolver heraus, als er durch die Tür ging. Dahinter war nur eine Treppe, die nach unten führte.

»Kommt«, flüsterte er und schlich leise die Treppe hinunter. Sie war aus Metall mit rutschfestem Gummibelag. Wortlos gingen sie nach unten.

Als sie den ersten Treppenabsatz erreichten, hörten sie, wie eine Tür zum Treppenhaus sich öffnete, gefolgt von einem Stöhnen und Poltern, als ringe jemand mit einem schweren Gegenstand. Die Geräusche wurden lauter.

Seth ging an die Tür am Treppenabsatz und zog am Knauf. Sie war verschlossen. Unter ihnen im Treppenhaus wurde der Lärm lauter. Seth zog seine Brieftasche aus der hinteren Hosentasche und holte eine Kreditkarte heraus. Er steckte den Revolver in seinen Hosenbund, kniete sich vor die Tür und schob die Kreditkarte zwischen Tür und Rahmen. Ein sattes Klacken belohnte ihn. Als er am Knauf zog, öffnete sich die Tür.

Dahinter war ein Speicher, auf dessen Boden Pappkartons und Holzkisten standen.

Seth winkte Zoe und Morgen herein. Sie folgten ihm, während die Geräusche von unten näher kamen. Als Seth die Tür schloss, hörten sie deutlich das mühsame Keuchen des Mannes, von dem der Lärm stammte.

Seth lauerte durch den Spalt zwischen Tür und Rahmen und sah schon bald einen hageren Mann mit zwei großen Hartschalenkoffern die Treppe hinaufstolpern. Auf dem

Absatz blieb er stehen, um sich den Schweiß vom Gesicht zu wischen, und nahm dann die letzte Treppe in Angriff. Gleich darauf strömte grellweißes Licht ins Treppenhaus.

Als das Treppenhaus wieder im dämmrig gelben Licht der schwachen Glühbirnen lag, öffnete Seth die Tür und ging den beiden anderen voraus nach unten.

Stratton packte gerade das Grabtuch und den Rest der Dokumentation in die goldene Truhe, als Braun hereinkam.

»Der Hubschrauber ist zu früh«, sagte Braun und kam an Strattons Seite, um seine Arbeit zu inspizieren. »Ich möchte, dass Sie ...«

Plötzlich flog die Tür des Konferenzsaals auf und knallte gegen die Wand.

Braun blieb so abrupt stehen, dass er beinah gestolpert wäre. Stratton ließ den Deckel der Truhe los und wirbelte zu dem Lärm herum. Der Deckel fiel dumpf auf die hölzerne Tischplatte.

»Ridgeway.« Strattons Stimme klang so ungläubig, als sähe er einen Geist.

Um das Überraschungsmoment zu nutzen, trat Seth schnell ein und winkte Zoe herein.

»Halte ihn in Schach.« Seth deutete auf Braun. Zoe trat vor und richtete den alten Revolver auf ihn. Sie spannte den Hahn.

Als Braun die Spannvorrichtung des Revolvers hörte, flackerte etwas in seinen Augen, aber seine eiserne Selbstbeherrschung sorgte dafür, dass seine Miene hart und unbeirrt blieb.

»Was soll dieser Aufruhr?«, polterte Braun. »Wie können Sie es wagen, hier einzudringen?«

»Halten Sie den Mund!«, sagte Zoe gebieterisch. Braun versuchte zurückzuweichen. »Stehen bleiben.«

Braun gelang es, eine würdige Haltung zu bewahren, aber hinter seinem gefassten Äußeren arbeitete es rasend in seinem Kopf. Er hatte sich in seinem Leben schon aus schlimmeren Situationen herausgeredet. Er musterte die zornige, aber attraktive Frau, die auf ihn zukam.

Stratton versuchte, vor Seth zurückzuweichen und den Tisch zwischen sich und den alten Revolver zu bringen, der möglicherweise imstande war, ein furchtbares Loch in ihn zu reißen.

»Lassen Sie sich nicht täuschen, Eminenz«, sagte Stratton. »Diese Waffen sind museumsreif. Die Munition ist jahrzehntealt.«

»Halten Sie den Mund, Stratton!«, herrschte Seth ihn an. »Bleiben Sie stehen.« Seth grinste. »Schauen Sie her, Euer Ungnaden«, befahl er barsch. Braun drehte den Kopf. »Ihr Handlanger ist stehen geblieben, weil er weiß, dass die Waffe ihm durchaus den Kopf wegreißen könnte.« Seth grinste Stratton an. »Wollen Sie das Risiko eingehen und darauf setzen, dass die Waffe nicht losgeht?«

»Nein.« Braun schluckte mühsam seine Wut hinunter. »Nein, natürlich nicht. Wir sind Ihnen offenbar unterlegen.« Während Braun Zoes Waffe musterte, überlegte er, wo Rolf stecken mochte. Der ehemalige Soldat hielt sich an seine Routine und machte seine Rundgänge auf dem Gelände so pünktlich, dass man die Uhr danach stellen konnte. Er versuchte krampfhaft, sich zu erinnern. Der Boden unter seinen Füßen vibrierte leicht. Der Motor der Seilbahn war angesprungen.

Im Stillen grinste Braun in sich hinein. Die Gondel brauchte drei Minuten für den Steilhang. Drei Minuten. Er musste sie lange genug am Reden halten, bis Rolf seine Runde beendet hatte.

Seth trat so weit zurück, dass er Stratton und Braun im Blickfeld hatte. »Legen Sie Ihre Waffe auf den Tisch«, befahl er Stratton. Der NSA-Mann zögerte, als berechne er die Wahrscheinlichkeit, dass Seths Revolver nicht funktionierte. Seth machte einen Schritt auf ihn zu. »Auf den Tisch, Freundchen.« Stratton griff in seine Jacke. »Langsam«, warnte Seth. »Holen Sie sie mit Daumen und Zeigefinger am Griff raus. Wenn ich auch nur einen Finger in der Nähe des Abzugs sehe, sind Sie ein toter Mann.«

Stratton nickte, holte seine Waffe unter der Achsel heraus und legte sie auf den Konferenztisch. Es war ein schwerer US Army .45 Colt Automatik.

»Sie waren clever, Stratton«, sagte Seth. »Und überzeugend. Sie haben mich wirklich zum Narren gehalten.«

»Nun seien Sie doch nicht so wütend, Mr. Ridgeway«, sagte Braun mit wachsender Zuversicht, da er wusste, dass Rolf bald kommen musste. »Wir sind doch vernünftige Menschen. Lassen Sie uns reden.«

»Vernünftig?«, brüllte Seth. »Sie nennen es vernünftig, Leute umzubringen? Sie selbstgerechtes, scheinheiliges Schwein. Wir sollten Sie auf der Stelle umbringen. Sie haben den Nerv, sich als vernünftig zu bezeichnen? Sie verraten alles und alle, mit denen Sie zu tun haben.« Er warf einen Blick auf die Truhe. »Oder Sie sperren es weg, damit niemand erfährt, was es wirklich ist. Sie wollen Hitlers Erpressung und die Schande geheim halten.« Seth stockte. »Vielleicht wollen Sie aber auch selbst jemanden erpressen.« Er bemerkte das Flackern in den Augen des Kardinals.

»Wen wollen Sie erpressen, Kardinal? Was haben Sie mit dem Grabtuch vor?«

»Sie schätzen mich falsch ein, Mr. Ridgeway«, sagte Braun.

»Ja«, antwortete Seth. »Hitler und Eichmann hat man auch falsch eingeschätzt.«

Braun hob langsam die Hand. »Bitte, lassen Sie mich etwas sagen, ja?« Seth nickte. »Ich habe mit dem Grabtuch nichts anderes vor, als die christliche Welt zu retten.«

Seth starrte ihn einen Moment lang schockiert an. »Sie machen Witze«, sagte er dann mit einem zynisch bellenden Lachen. »Ich kenne Leute Ihres Schlages, Braun. Ihnen geht es nur um sich selbst. Sie geben keinen Deut darum, irgendwen oder irgendwas zu retten, was Ihnen nicht nützt. Ihnen ist es schnurzegal, wie Sie an die Macht kommen und auf welche Seite Sie sich dafür schlagen müssen. Leute wie Sie wechseln mühelos die Seiten. Sie klinken sich einfach auf einer Seite aus und auf der anderen wieder ein. Aber egal, was Sie mit dem Grabtuch vorhaben, es wird nichts draus werden.«

Seth ging zu der Truhe, die auf dem langen Konferenztisch stand. »Wir nehmen die Truhe mit.« Er richtete den Blick kurz nach oben. »Unser Hubschrauber wartet. Sie und Stratton legen sich jetzt hier auf den Boden.« Seth winkte den beiden Männern mit dem Revolverlauf. »Hier, mitten auf den Boden. Mit dem Gesicht nach unten, die Beine breit.«

Weder Braun noch Stratton gehorchten. »Los!« Zoe stieß Stratton mit der Mündung ihrer Waffe an. Er schrak auf, als hätte er einen Stromstoß bekommen, und funkelte sie wütend an.

»Los«, sagte Zoe. »Sie haben gehört, was er gesagt hat.«

»Wir können Sie auch sofort umbringen«, sagte Seth. »Genau wie Sie Leute haben umbringen lassen. Oder Sie legen sich jetzt auf den Boden und lassen uns friedlich mit der Truhe gehen.«

»Lassen Sie mich doch erklären«, versuchte es Braun erneut. »Sie verstehen das nicht.«

»Vielleicht nicht, aber *ich* verstehe es«, schaltete Morgen sich mit donnernder Stimme ein. »Mr. Ridgeway und seine Frau verstehen es vielleicht nicht, aber ich schon. Das sollte ich auch. Schließlich habe ich Sie mein Leben lang studiert.«

»Sie verdammter, alter Narr!«, fluchte Braun, als Morgen zu ihm trat.

»Ja«, sagte Morgen ausdruckslos. »Wahrscheinlich bin ich verdammt. Aber was sind Sie dann?«

Die beiden Männer starrten sich schweigend an.

»Warum haben Sie das getan?«, fragte Braun. »Es gab keinen vernünftigen Grund dafür. Warum haben Sie das gemacht, Sie seniler alter Narr?«

»Zwei Dinge haben mich all die Jahre am Leben gehalten«, sagte Morgen. »Nach dem Tag damals in Altaussee. Das eine war, diese Truhe aufzuspüren. Das andere war mein Stolz auf Sie.«

»Was sagen Sie da?«, fragte Braun. »Sie reden Unsinn.«

»Sie haben versucht, es mir zu sagen«, erklärte Morgen, während sein Blick in die Vergangenheit schweifte. »Sie haben versucht, mir zu sagen, dass Sie für diesen Wahnsinn verantwortlich sind, aber ich wollte es nicht glauben, konnte es nicht glauben.«

Braun schaute zu Seth. »Würden Sie bitte versuchen, diesen alten Narren zur Vernunft zu bringen?«

Morgen kramte aus den Tiefen seiner Anoraktasche einen zerknitterten alten Briefumschlag hervor. Mit zitternden Händen öffnete er das Kuvert und zog ein zerknittertes Blatt Papier heraus. Er ging zu Braun und reichte ihm das Blatt.

»Schauen Sie sich das an«, sagte Morgen.

Braun starrte Morgen an wie einen Irren. Nach kurzem Zögern nahm er ihm das Blatt Papier aus der Hand. Der Kardinal überflog die Seite und gab sie Morgen zurück.

»Und?«, fragte er.

Wortlos holte Morgen ein zweites Blatt Papier aus dem Umschlag und reichte es Braun. Der verdrehte zwar die Augen, nahm es aber. Kurz darauf gab er es Morgen zurück. Das Gleiche wiederholte sich mit einem dritten Blatt Papier.

»Meine Geduld hat ihre Grenzen, alter Mann«, sagte Braun. »Und Ihr Rätselraten hier hat diese Grenzen fast erreicht.«

»Was sagen Ihnen diese Papiere?«, fragte Morgen.

Braun schaute Morgen entnervt an. »Nichts, jedenfalls nicht im Zusammenhang. Sie haben mir die Kopie eines

Briefes von meinem Vater an meine Mutter gegeben, eine Kopie meiner Geburtsurkunde und eine Kopie der Wehrmachtsmitteilung vom Tod meines Vaters an der polnischen Front.«

Morgen nickte bedächtig, ohne seinen festen, traurigen Blick von Braun abzuwenden. »Schauen Sie es sich noch einmal an. Achten Sie auf die Daten.«

Braun wandte sich an Ridgeway: »Warum sollte ich …«

»Nehmen Sie die Papiere«, befahl Ridgeway.

Mit wütender Miene riss Braun Morgen die Papiere aus der Hand und betrachtete sie noch einmal.

»Schauen Sie sich die Daten an«, forderte Morgen ihn erneut auf.

Seth beobachtete mit wachsendem Interesse, was sich zwischen den beiden Männern abspielte. Zwischen ihnen herrschte eine starke Spannung, das stand fest. Aber es war nicht die Spannung zwischen zwei alten Feinden. Es war etwas … Persönlicheres.

Auch Stratton beobachtete das Drama zwischen den beiden Klerikern, aber ihn interessierten die Probleme der beiden nicht. Er wartete vielmehr darauf, dass Seth seine Aufmerksamkeit voll und ganz auf Braun und Morgen richtete.

Der Zorn in Brauns Miene wich zunehmend einem Ausdruck der Verwunderung, als er Morgens Papiere aufmerksam ansah.

Morgen las es ihm aus dem Gesicht ab. »Die Daten sagen Ihnen also doch etwas?«

»Ich … ich verstehe das nicht«, sagte Braun, schaute auf Morgen und dann wieder auf die Papiere.

»Eigentlich ist es ganz einfach«, sagte Morgen. »Der Brief, den Ihre Mutter von ihrem Mann bekam, wurde am 7. September 1939 von einem tapferen Oberleutnant in Radom, knapp 100 Kilometer südlich von Warschau geschrieben. Ebendieser tapfere Oberleutnant …«

»Mein Vater«, warf Braun ein.

Ohne darauf einzugehen, sprach Morgen weiter: »Dieser tapfere Oberleutnant fiel am 9. September beim deutschen Angriff auf Warschau.« Der alte Priester stockte, leckte sich die Lippen und sagte: »Sie wurden am 6. August 1940 geboren, fast elf Monate nach dem Tod dieses tapferen Oberleutnants.«

»Ich verstehe immer noch nicht«, sagte Braun leise, ehrlich verwirrt. »Sie haben sich große Mühe gegeben, zu beweisen, dass ich unehelich zur Welt gekommen bin. Na und, dann bin ich eben ein uneheliches Kind. Ich wäre nicht der erste Papst, der als Bastard geboren wurde. Aber das erklärt ja wohl kaum Ihr Verhalten in den letzten Jahrzehnten.«

»Nein, normalerweise hätten Sie recht«, sagte Morgen. »Aber Sie sind nicht irgendein Bastard. Du bist mein Bastard.«

Brauns Gesicht verlor jede Farbe, als hätte jemand einen Stöpsel herausgezogen. Er riss den Mund auf. »Sie ... Sie sind mein Vater?«

Morgen nickte.

Die Aufmerksamkeit richtete sich ausschließlich auf Morgen und Braun. Stratton machte einen Satz zu der Pistole.

»Seth!«, Zoes Schrei lenkte Ridgeways Aufmerksamkeit augenblicklich von Morgen und Braun weg.

Seth zielte auf Stratton und drückte ab. Mit gewichtigem Klacken traf der Schlagbolzen auf einen Blindgänger. Seth spürte, wie sein Magen förmlich bis durch den Boden sackte. Strattons Hand war kurz vor dem Colt. Seth richtete die Mündung seines Revolvers aus, spannte nach und drückte wieder ab. Wieder ein Blindgänger.

Stratton schnappte den Colt, ließ sich vom Schwung seines Hechtsprungs auf die andere Seite des Tisches tragen und rollte sich auf den Boden.

»Zurück«, rief Seth Zoe zu, aber sie blieb stehen und

zielte mit ihrem Revolver auf die Stelle, an der Stratton hinter dem Tisch verschwunden war.

Unmittelbar darauf sprang Stratton auf und schoss wild um sich. Er richtete die Waffe auf Seth. Seth schoss erneut auf ihn, aber wieder versagte der Revolver. Stratton drückte auf den Abzug des Colts.

Bitte Göttin, betete Zoe. *Lass mich richtig zielen. Rette uns.*

Sie zielte auf Strattons Brust und drückte ab. Die Waffe belohnte sie mit einem ohrenbetäubenden Donnern und einem Mündungsfeuer, das durch den halben Raum reichte. Die Kugel traf Stratton gerade in dem Augenblick an der Schulter, als er abdrückte, und ließ seinen Schuss in die Irre gehen. Die Wucht der Kugel wirbelte ihn herum, und der Colt fiel auf den Boden. Zoe schoss noch einmal. Ihr zweiter Schuss traf Stratton in den Rücken und schleuderte ihn gegen die große Fensterscheibe zum Inntal.

Verdutzt sahen sie, wie die Scheibe sich unter dem Aufprall seines Körpers wölbte. Das Glas barst mit klirrendem Getöse, das sich wie ein Donnerschlag anhörte, aber in Strattons Schrei unterging, als er einen Moment lang auf der Kante schwankte und dann in einem Scherbenhagel aus dem Fenster fiel. Noch sekundenlang war sein gellender Schrei zu hören.

Kapitel 38

Als Rolf oben auf der Steilwand aus der Seilbahngondel stieg und zu dem Hubschrauber schaute, wunderte er sich, dass der Kardinal noch nicht abgeflogen war. Normalerweise war er im Nu verschwunden. Warten mochte er nicht. Kopfschüttelnd ging Rolf die Treppe zum Chalet hinauf und lauschte auf das langsame Flapp-flapp der Rotorblätter.

Als Nächstes hörte Rolf Engels Glas splittern und Schreie. So solide, wie die Hütte aus Bruchsteinmauern und dickem Holz gebaut war, war es nicht verwunderlich, dass er die Schüsse aus dem Konferenzsaal nicht gehört hatte.

Aber die Schreie und das Glas, da stimmte etwas nicht. Während er leise die Eingangstür öffnete, überlegte er, welche seiner Leute er rufen konnte. Drei Männer hatten frei und waren nach Innsbruck gefahren. Einer war in der Talstation der Seilbahn. Somit blieben zwei Männer übrig, die Dienst hatten, sowie drei weitere, die in der Unterkunft schliefen.

Das müsste reichen, dachte er, als er lautlos in das große Foyer schlüpfte, das früher als Eingangshalle gedient hatte, als das Chalet noch ein Hotel war. Im Gebäude hörte Rolf das Personal aufgeregt reden. Die Haushälterin kam angelaufen.

»Ach, Herr Engels«, rief sie. »Ich bin ja so froh, dass Sie da sind. Im Konferenzsaal muss was passiert sein. Ich habe Glas klirren und einen lauten Knall gehört. Es könnte ein Schuss oder eine Explosion gewesen sein.«

Explosion? Das wunderte ihn. Er hatte keine Explosion gehört. Sofort fiel ihm der neue Gasbrenner ein, den der Kardinal erst kürzlich in dem riesigen offenen Kamin im Konferenzsaal hatte installieren lassen. Rolf war von Anfang an dagegen gewesen. Es war viel zu gefährlich, hatte er vergebens eingewandt. Hatte der Kardinal denn nicht die vielen Geschichten über Häuser und Bürogebäude – manchmal sogar ganze Häuserblocks – gelesen, die in die Luft geflogen waren, nur weil ein Leck in der Gasleitung unbemerkt geblieben war und ein winziger Funke das angestaute Gas zur Explosion gebracht hatte? Rolf hatte den Kampf verloren.

Aber im Augenblick dachte er nicht daran, dass er recht behalten haben könnte, sondern rannte die Treppe hinauf zum Konferenzsaal.

»Halt ihn auf!«, rief Seth Zoe zu. Denn in dem Durcheinander hatte Braun sich die Truhe mit dem Grabtuch und der Sophia-Passion geschnappt und war schon halb an der Tür, als Zoe sich umdrehte und abdrückte. Aber dieses Mal löste sie nur ein dumpfes Klacken aus.

Braun rannte mit der Truhe unterm Arm aus der Tür und links auf dem Korridor Richtung Treppe, vorbei am Eingang zum Speisesaal, weiter zur Küche. Kurz vor dem Ende des Flurs stolperte er kurz über den Teppich, rannte aber weiter Hals über Kopf auf die Treppenhaustür am Ende des Korridors zu.

Zoe schoss wieder. Dieses Mal tat der Revolver in ihrer Hand einen Schlag, aber zu spät. Seth rannte an ihr vorbei den Flur hinunter. Sie und Morgen liefen hinterher. Seth hatte die Hälfte des Flurs hinter sich gebracht, als Braun die Tür zum Treppenhaus aufriss und in die Küche bog.

Die riesige Küche wurde eigentlich nur benutzt, wenn der Kardinal große Gesellschaften gab. Sie war wohl zwölf mal zwölf Meter groß und mit einem glänzenden Herd, Kühlschränken und einer Reihe von Küchenmaschinen auf Edelstahlarbeitsflächen ausgestattet. Töpfe hingen an Gestellen von der Decke. In einer solchen Küche hätte man ein Essen für jeden Staatsempfang eines Präsidenten oder Diktators ausrichten können. An diesem Morgen war sie jedoch leer bis auf den Koch, der gerade einen großen Kessel Eintopf für das Wachpersonal kochte.

Seth spurtete durch die Küchentür, dicht gefolgt von Zoe. Weit abgeschlagen, kam Morgen langsam auf die Tür zu.

»Halt!«, rief Seth Braun hinterher, der nur ein paar Schritte vor ihm war. »Halt oder ich schieße!«

Aus den Augenwinkeln sah Seth, wie der Koch sich auf den Boden warf, aber Braun lief weiter, ohne auf Ridgeways Drohung zu achten.

Im Laufen hob Seth den Revolver, zielte und drückte ab. Ein Schuss krachte und traf eine schwere Bratpfanne neben Brauns Kopf, als er gerade um die Ecke eines Arbeitstischs bog. Der ohrenbetäubende Gongeffekt erschreckte Braun so, dass er das Gleichgewicht verlor und hinfiel, aber die Truhe dabei noch immer fest umklammerte. Sofort stürzte Seth sich auf ihn.

»Geben Sie das her«, befahl er. Als der Kardinal nicht losließ, steckte Seth den Revolver in seinen Hosenbund und versuchte, Braun die Truhe zu entwinden.

»Holen Sie Rolf!«, rief Braun dem schreckstarren Koch zu, »sofort!«

Zoe lief zu dem Koch und hielt ihn mit ihrer Waffe in Schach.

Von der Eingangshalle schlich Rolf leise mit seiner Magnum .44 im Anschlag auf die Küche zu. Als er sich der Küchentür näherte, hörte er den Schuss und Gerangel.

Seth rang mit Braun um die Truhe und versuchte, den tödlichen Klammergriff des Mannes zu lockern. Plötzlich schlug Braun mit der freien Faust zu, traf Seth an der Stirn und setzte ihn vorübergehend außer Gefecht. Fast war Braun schon wieder auf den Füßen, als Seth sich erholte. Mit der Truhe unterm Arm stolperte Braun auf das Treppenhaus zu. Schnell sprang Seth hinterher und verpasste Braun einen rechten Haken, der ihn links am Kopf traf und von den Füßen holte.

Die juwelenbesetzte Truhe flog Braun aus den Händen, und ihr Inhalt verteilte sich auf den Küchenboden, als Braun unsanft auf den schwarz-weißen Fliesen landete und reglos liegenblieb.

Eine Weile war nichts zu hören außer Seths keuchendem Atem und dem hektischen Blubbern eines Eintopfs, der umgerührt werden musste.

Da sprang Rolf Engels mit einem Satz in die Küche. Er hob die Magnum zum Schuss, als er plötzlich aus den Augenwinkeln noch jemanden bemerkte, der eine Waffe auf den Koch richtete. Jahrelange Erfahrung als Soldat und Leibwächter hatten Rolf gelehrt, eine Situation schnell einzuschätzen. Er sah sofort, dass die bewaffnete Frau ein sekundäres Ziel war im Vergleich zu dem Mann, der neben dem am Boden liegenden Kardinal stand. Ihm war es egal, ob sie den Koch erschoss. Engels wurde dafür bezahlt, den Kardinal um jeden Preis zu schützen.

Also richtete Engels die Magnum wieder auf den Mann und zielte auf seinen Rücken. Rolf hatte die Durchschlagskraft der Magnum .44 erlebt. Einmal hatte er von hinten auf einen flüchtenden Wagen geschossen. Die Kugel hatte den Kofferraum, eine Person auf dem Rücksitz, den Fahrer und das Armaturenbrett durchschlagen und immer noch genug Wucht besessen, um den Motor lahmzulegen. Die Kugel würde dem Mann mindestens das Rückgrat zerschmettern, das Herz pulverisieren, die Brust wegreißen und die Innereien freilegen. Er drückte ab.

In diesem Moment bückte Seth sich, um die Truhe und ihren Inhalt aufzuheben, und die Kugel aus der Magnum sauste an der Stelle durch die Luft, wo sich gerade noch seine Brust befunden hatte.

»Runter, Zoe!«, brüllte Seth, als er den Kanonendonner der Magnum hörte. Er warf sich neben Braun auf die Knie, als ein zweiter Schuss durch die Küche hallte. Irgendwo hinter sich hörte Seth ein Zischen und bemerkte gleich darauf Gasgeruch.

»Dreh den Herd ab, Heinrich!« Rolf fluchte vor sich hin. Sein zweiter Schuss war in den Backofen eingeschlagen und hatte offenbar eine Gasleitung oder ein Ventil getroffen. Als Rolf hinüberschaute, sah er, dass Heinrich immer noch neben der Frau auf dem Boden kauerte. Der ehemalige Gebirgsjäger sprang über den Arbeitstisch und drehte das Gas unter dem Suppentopf ab, wobei er beinah die Abzugshaube heruntergerissen und den heißen Suppentopf auf den Boden geworfen hätte.

Zoe sah den großen Mann über den Arbeitstisch springen, richtete vom Boden aus den Revolver auf ihn und drückte ab. Als nichts passierte, hätte sie am liebsten geweint.

Braun regte sich. Seth zog den Revolver aus seinem Hosenbund und kniete sich neben den Kardinal.

»Sie tun, was ich Ihnen sage, verstanden?«, knurrte Seth und hielt ihm die Mündung des Revolvers unters Kinn. Braun nickte.

»Gut«, sagte Seth grimmig. »Jetzt sagen Sie Ihrem Mann, er soll das Feuer einstellen. Wenn er Zoe erschießt, sind Sie tot.«

Seth wartete einen Moment, dann rammte er dem Kardinal barsch die Mündung des Revolvers in die Kehle. »Sagen Sie ihm das, sonst blase ich Ihnen Ihren verdammten Kopf weg!«

»Rolf?«, sagte Braun schwach. »Rolf, sind Sie da?«

Engels drehte sich am Herd um und richtete seine Magnum auf die Frau. Er hatte den Finger schon am Abzug, als Braun ihn rief.

»Ja, Eminenz«, antwortete Rolf und entspannte den Finger am Abzug.

»Rolf, nicht schießen«, sagte Braun. »Er bringt mich um, wenn Sie schießen. Haben Sie verstanden?«

Rolf schaute Zoe voller Hass an. Er hasste es, wenn man ihn daran hinderte, seine Arbeit anständig zu erledigen. »Ja, Eminenz«, antwortete er.

»Und tun Sie vor allem der Frau nichts«, sagte Braun.

Der Gasgeruch in der Küche wurde stärker. Morgen hatte inzwischen die Tür erreicht und blieb stehen, um herauszufinden, was drinnen vorging.

»Aufstehen«, sagte Rolf und schaute die Frau am Boden an. Zoe gehorchte. Rolf stellte sich hinter sie und hielt ihr die Mündung der Magnum an den Kopf.

»Ich will den Kardinal sehen«, erklärte Rolf. »Er soll aufstehen, damit ich weiß, ob er in Ordnung ist, sonst erschieße ich die Frau.«

Seth hielt Braun weiter den Revolver an die Kehle, stand auf und zog seine Geisel mit hoch. Ihm blieb fast das Herz stehen, als er Zoe auf der anderen Seite der Küche vor dem größten Mann stehen sah, dem er je begegnet war.

Rolf und Seth starrten sich an. »Wir werden uns entweder vergasen oder das ganze Haus in die Luft jagen, wenn wir nicht bald was unternehmen, Amerikaner«, sagte Rolf.

»Das liegt ganz bei dir«, antwortete Seth. »Lass sie los, dann lasse ich deinen kostbaren Kardinal gehen.«

Rolf grinste boshaft. »Denkst du, ich bin blöd? Da irrst du dich aber gewaltig.«

Plötzlich schepperte es im Flur. Rolf Engels war blitzschnell. Er schaute hinüber, sah einen Mann, den er nicht kannte, und schoss sofort. Morgen warf sich gerade noch flach auf den Boden, bevor die Kugel sich in die Wand hinter ihm bohrte.

Kapitel 39

Rolfs Kugel verfehlte Hans Morgen knapp, als er aus dem Konferenzsaal zurück an die Küchentür kam. Der alte Priester warf sich mit Strattons Colt .45 auf die schmerzenden Knie und sagte ein Dankgebet, weil er wieder einmal einer Kugel entronnen war. Jenseits der Küchentür hustete Braun mittlerweile heftig vom ausströmenden Gas. Morgen spürte, wie die Liebe zu seinem Sohn in ihm gegen das Wissen um die Sünden rang, die der Mann begangen hatte. Dieser Kampf war nicht zu gewinnen. Wie immer dieser Tag auch enden mochte, die Seelenpein würde ihn den Rest seines Lebens quälen. Aus dieser finsteren Erkenntnis erwuchs plötzlich eine Tollkühnheit, die seine eigene Sicherheit völlig außer Acht ließ.

Seth Ridgeways Stimme hallte durch die Küche: »Hör zu, Ralph oder wie du heißt, du wirst deinen geliebten Kardinal umbringen, wenn wir nicht bald hier rauskommen. Warum setzen wir unseren Mexican Standoff nicht draußen fort und sorgen vielleicht dafür, dass jemand den Haupthahn vom Gas abdreht?«

»Mexican was?«, fragte Rolf.

»Egal.« Seth schüttelte den Kopf. »Wir müssen hier raus, bevor wir in die Luft fliegen.« Nun schüttelte Rolf den Kopf.

»Okay«, sagte Seth hustend. »Dann bleib du hier. Wir gehen.« Seth zerrte Braun zu der Schwingtür, durch die Rolf hereingekommen war.

»Hierbleiben!« Rolfs Stimme wurde schriller. Seth sah in seinen Augen die Anfänge von Panik. »Hierbleiben oder ich erschieße die Frau.«

Seth ging weiter langsam auf die Tür zu, sein Blick schweifte zwischen dem Gesicht des großen Mannes und seinem Finger am Abzug hin und her. Sobald er auch nur die kleinste Bewegung am Abzug bemerken sollte, würde er stehen bleiben. Er bemühte sich krampfhaft, nicht in Zoes Gesicht zu schauen. Er wusste genau, dass er dann die Nerven verlieren würde. Bleib ruhig, sagte er sich. Bleib ganz ruhig. Du spielst hier ein gefährliches Spiel mit dem Leben all dieser Menschen.

Als Seth und Braun sich der Tür näherten, spannte sich Rolfs Finger am Abzug nicht. Vielmehr kam der Mann auf sie zu. Der loyale Leibwächter hatte nicht vor, seinen Chef aus den Augen zu lassen. Mit schnellen Bewegungen kam Rolf näher. Und plötzlich wurde Seth klar, dass irgendwas nicht stimmte.

Rolf fing an zu grinsen. Er warf Zoe auf den Boden und stand grinsend da. Gleich darauf spürte Seth, wie Arme und Hände mit stahlharten Muskeln seinen Hals und seine Arme in den Klammergriff nahmen und ihm den Revolver entwanden. Die übrigen Wachleute waren gekommen. Sie zwangen Seth mit dem Gesicht nach unten auf den Boden. Das Letzte, was er sah, war der Koch, der vorsichtig um den Türrahmen in den Flur lauerte.

Einen Moment lang fühlte Seth sich alt und verbraucht. Er hatte verloren – sie hatten verloren. Er dachte an seinen letzten Eindruck von Zoe: so schön, so ... ganz und gar nicht bereit zu sterben. Er raffte noch einmal alle Kraft zusammen und wehrte sich heftig gegen die Männer, die ihn überwältigt hatten, aber sie waren sehr jung und sehr stark. Eine Stiefelspitze traf ihn seitlich am Kopf und ließ die Welt lange in einem verschwommenen Nebel untergehen.

»Guter Treffer, David«, hörte Seth Rolf durch den Nebel triumphierend lachen. Nach einer Weile hörte er wieder Rolfs Stimme, dieses Mal respektvoller.

»Wie geht es Ihnen, Eminenz?«

Brauns Antwort war nicht zu verstehen. Dann hörte Seth Zoe, die ihn mit sanfter, kräftiger Stimme rief. »Seth?«

»Hier«, antwortete Seth. Jemand, vielleicht der Mann, der David hieß, trat Seth wieder gegen den Kopf.

»Halts Maul, du Schwein.«

»Alles in Ordnung, Eminenz?«, hörte Seth Rolf fragen.

Dieses Mal antwortete der Kardinal: »Ja, nur ein bisschen durchgeschüttelt.« Nach einer Pause sagte er: »Wie ich sehe, haben Sie Ihre Fähigkeiten mal wieder unter Beweis gestellt. Ich habe das Vertrauen in Sie nie verloren.«

»Vielen Dank, Eminenz«, antwortete Rolf stolz.

»Bringen Sie mich jetzt zum Hubschrauber«, sagte Braun. »Helfen Sie mir auf.«

Seth hörte Rascheln und Ächzen.

»Was sollen wir mit denen machen?«, fragte Rolf.

Brauns Ton ließ Ridgeways Blut in den Adern erstarren. »Was Sie wollen, Rolf. Was Sie wollen.« Nach einer Pause hörte Seth Brauns Stimme, dieses Mal näher. »Drehen Sie ihn um.«

Die drei Männer, die Seth am Boden hielten, gehorchten. Blinzelnd schaute Seth auf und sah Braun verschwommen über sich. Kaum konnte er wieder klar sehen, da beugte sich Braun vor und spuckte ihn an. Seth versuchte, den Kopf zur Seite zu drehen, aber starke Hände hielten ihn fest. Er schloss die Augen, als der Speichel ihn auf die Stirn traf.

»Holen Sie die Truhe und sammeln Sie ihren Inhalt ein«, wies Braun Rolf an. »Und dann lassen Sie uns gehen. Ich habe einen Termin in Rom.«

Mit George Strattons Colt in der rechten Hand schlich sich Morgen, versteckt hinter den Arbeitstischen, in die Küche. Als er aufsah, spuckte Braun Seth gerade ins Gesicht. Rolf hatte sich der Küche zugewandt, um die Truhe und die Sophia-Passion zu holen.

Morgen erfasste die Lage auf Anhieb. Vor ihm stand Rolf. Die anderen waren links von ihm nahe der Flurtür. Drei Männer hielten Seth am Boden fest, Braun stand immer noch neben ihm; Zoe kniete am Boden und wehrte sich gegen zwei weitere Männer, die sie zu überwältigen versuchten.

Morgen stand in der offenen Tür und roch eine stinkende Gaswolke, die an ihm vorbeiwehte. Zoe und er schauten sich kurz an. Rolf hob seine Waffe und richtete sie auf Morgen. Auch Morgen hob seinen Colt, roch aber wieder den Gasgeruch, und statt zu schießen, warf er sich nur auf den Boden, als Rolf abdrückte.

Es tat einen Knall aus Rolfs Waffe, dann ein lauteres, grell flammendes Wumm! Das Letzte, was Rolf Engels von dieser Welt sah, war, wie das Mündungsfeuer sich immer weiter über Morgen hinaus ausbreitete. Als die Küche in Flammen aufging, wusste Rolf, dass sie niemals Gas im Chalet hätten installieren dürfen.

Der Feuerball jagte durch die Küche und setzte sie an tausend Stellen gleichzeitig in Brand. Ridgeway spürte, wie das Gewicht, das ihn fest zu Boden drückte, schlagartig wich. Als er sich aufsetzte, hatte er eine Szene aus *Das große Inferno* vor Augen. Rolf und zwei seiner Leute brannten lichterloh. Ihre Münder standen offen, als schrien sie, aber durch das Tosen der Flammen konnte Seth sie nicht hören. Das trockene Holz und die Möbel des alten Hauses brannten wie Zunder.

Seth sprang auf und lief zu Zoe. Braun kauerte wie versteinert in der Nähe. Die Küchenschränke hatten die beiden vor der ersten Feuerwalze bewahrt. Die überlebenden Wachleute stürmten wieder in die Küche. Seth war auf einen Kampf vorbereitet, aber sie zerrten einen Feuerwehrschlauch aus einem Kasten im Flur herein und achteten nur auf das Feuer.

»Zoe, steh auf.« Er packte sie unter den Achseln. »Wir müssen hier raus.« Schwankend kam sie auf die Füße. Gleich darauf war Morgen neben ihnen.

Plötzlich erwachte Braun zum Leben und bestürmte sie: »Das Grabtuch, Sie müssen mir helfen, das Grabtuch zu holen.« In seinen Augen loderte ein inneres Feuer. Er zog und zerrte an Seth, dass der beinah das Gleichgewicht verlor. Seth schlug um sich und traf den Kardinal mit dem Rücken seiner Faust. Braun fiel auf die Knie.

»Holen Sie Ihr verdammtes Grabtuch doch selbst«, brüllte Seth über die tosenden Flammen hinweg.

Morgen schaute den Kardinal mit zwiespältigen Gefühlen an. »Komm mit uns, Sohn«, rief er.

»Geh zum Teufel, Alter!«, brüllte Braun und kroch zu den am Boden verstreuten Reliquien.

Morgen blieb einen Moment wie angewurzelt mit hängenden Schultern und gesenktem Kopf stehen, während um sie herum das Feuer immer lauter tobte. Er war wie gebannt vom Anblick seines Sohnes, seines einzigen Kindes, das ohne Rücksicht auf seine eigene Sicherheit in die Flammen kroch. Seth legte Morgen eine Hand auf die Schulter.

»Schnell, Herr Pfarrer«, sagte er. »Wir müssen hier raus.«

Morgen rang mit den Instinkten, die ihn zu seinem Sohn zogen. Der Priester sah die Besessenheit des Getriebenen, und irgendetwas sagte ihm, dass vielleicht nur Flammen den Wahnsinn heilen, austreiben konnten, der von seinem Sohn, den er nie richtig gekannt hatte, Besitz ergriffen hatte. Morgens Herz machte einen Satz, dann drehte er sich zu Seth um. In seinem tränenüberströmten Gesicht stand der Schmerz eines Vaters über die endgültige Zurückweisung seines einzigen Sohnes, seines einzigen Kindes, das er sein Leben lang geliebt hatte, wenn auch nur aus schmerzlicher Entfernung. König Lear. Für einen Moment begriff er, wie es im Herzen dieses Königs ausgesehen, welche Finsternis dort geherrscht hatte.

Hinter ihnen brach ein Geschrei und Gerangel aus. Als sie sich umdrehten, rangen die vier uniformierten Wachleute mit Kardinal Braun, der nach Kräften versuchte, sich loszureißen.

»Nein, lasst mich los«, schrie Braun. »Lasst mich los. Lasst mich los.«

Plötzlich stieß Braun einem animalischen Schrei aus und fiel über die Wachleute her. Schließlich riss er sich los – mit übermenschlichen Kräften, wie Menschen sie nur aufbringen, wenn alles auf dem Spiel steht, was ihnen lieb und teuer ist – und stürzte in die Flammen. Die Wachleute wollten ihm nach, aber das Feuer hielt sie ab. Morgen ging einen halben Schritt vor, hielt sich dann aber zurück.

Alle starrten wie gebannt in die Feuerwand und konnten nicht fassen, was sie soeben erlebt hatten. Unmittelbar darauf hörten sie Brauns Schrei durch das Tosen gellen. Er begann tief, durchlief die gesamte Bandbreite der menschlichen Stimme, bis er die Grenze des Hörbaren erreichte. Er dauerte eine Ewigkeit, in Wirklichkeit aber wohl nur einige Sekunden und schien viel zu laut, zu durchdringend, um von einem Menschen stammen zu können. Aber was Seth und Zoe den Rest ihres Lebens kalte Schauer über den Rücken jagen sollte, war, dass es nicht nach einem Schmerzensschrei klang, sondern nach Ekstase.

»Gott sei mit dir«, murmelte Morgen.

Als der Schrei aufhörte, rannten Seth, Zoe und Morgen ins Treppenhaus und hofften, dass der Hubschrauber noch auf dem Dach wartete.

Epilog

Die ersten Kardinäle waren dem Ruf des Papstes bereits gefolgt und im Vatikan eingetroffen. Er unterhielt sich gerade mit ihnen, als Richard Borden, der Staatssekretär des Vatikans, ihn unterbrach.

Aus Bordens Miene, als er hereinkam, konnte der Papst nichts herauslesen.

»Entschuldigen Sie, dass ich störe, Heiliger Vater, aber ich dachte, Sie wollten diese Nachricht so schnell wie möglich haben.« Borden reichte ihm ein gelbes Telex und ging hinaus.

Der Papst las die Nachricht dreimal. So lange dauerte es, bis sie in ihrer ganzen Tragweite zu ihm durchgedrungen war. Das Telex kam vom Bischof von Innsbruck.

Er las die Nachricht ein viertes Mal und wandte sich dann an seine Gäste, die inzwischen vor Neugier brannten.

Der Papst filterte jegliche Freude aus seiner Stimme und erklärte ernst: »Kardinal Rudolph Braun ist gestorben.«

Verwunderung wurde laut.

»Wie?«, fragte der Erzbischof von Paris.

»Wo?«, wollte der Erzbischof von Mailand wissen.

Der Papst reichte ihnen das Telex und bemühte sich weiter, seine innere Freude nicht in Mienenspiel und Tonfall zu verraten. Zum ersten Mal seit seiner Kindheit glaubte er wahrhaftig an Wunder.

»Lasst uns für unseren verschiedenen Bruder beten.«

Der Papst sprach ein Trauergebet, aber in seinem Herzen sang er ein Dankgebet.

Die Hütte war ein moderner, A-förmiger Bau, den die örtliche bayerische Pfarrei in der Regel für Einkehrtage nutzte. Der Pfarrer war ein enger Freund von Hans Morgen. Das Haus war mit Massivholzmöbeln eingerichtet. Im Ofen knackten und knisternden Holzscheite. Seth Ridgeway schob ein Eichenscheit von dem Stapel nach, den er gerade hereingeholt hatte. Dann schloss er die Ofentür und ging zu Zoe, die an einem großen Fenster mit Blick auf die Nadelwälder an den Hängen des abgelegenen Alpentals stand. Sie schmiegte sich an ihn, als er seinen Arm um sie legte.

»Daran könnte ich mich gewöhnen«, sagte Zoe.

»Ja. Ich weiß, was du meinst«, antwortete Seth.

»Ich weiß, es ist erst ein paar Tage her, aber es kommt mir vor wie ein ganzes Leben.«

»Das Kardinalsnest liegt ein ganzes Leben hinter uns.«

Lange standen sie schweigend am Fenster und schauten zu, wie die Sonne durch Wolkenlücken schien und die Bäume wie in grünem Feuer aufleuchten ließ.

»Die Göttin war gut zu uns«, sagte Zoe.

»Wenn du es sagst.« Seths Ton war finster. »Ich hoffe, du hast recht. Ich möchte es wirklich glauben, aber ich kann einfach nicht mehr.«

Zoe drückte seine Hand. »Das kommt wieder. Lass dir Zeit.«

»Dazu wird erheblich mehr nötig sein als nur Zeit.«

Wieder schwiegen sie lange und schauten zu, wie der Wind vom Tal mit frostigem Kamm durch die Baumwipfel fuhr. Fast gleichzeitig bemerkten sie die Bewegung. Unten auf dem Pfad, der sich in Serpentinen zwischen den Bäumen durchschlängelte und im Sommer als Wanderweg diente, erkannten sie als roten Punkt Hans Morgens Daunenanorak. Er saß auf dem Schneemobil, mit dem er vor über zwei Stunden in den Ort hinuntergefahren war. Ein kleiner, hochbeladener und mit einer Plane abgedeckter Schlitten holperte hinter ihm her. Allmählich war auch der Motor des Schneemobils durch das Knistern des Feuers zu hören.

»Vielleicht hilft es dir, wieder zu unterrichten«, sagte Zoe.

»Vielleicht«, antwortete Seth kopfschüttelnd. »Aber das glaube ich nicht. Nach alledem – nach allem, was ich über die Sophia-Passion und den ganzen Rest erfahren habe – müsste ich den kompletten Lehrplan wegwerfen und ganz von vorn anfangen.«

Zoe drehte sich zu ihm um. »Vielleicht ist das die Lösung für dich.«

»Hm?«

»Deine ganzen früheren Glaubensvorstellungen über Bord zu werfen und von vorn anzufangen ...« Sie stockte. »Ich habe es gemacht. Ich konnte einfach nicht an einem Glauben festhalten, der von verrotteten Fasern durchzogen war. Ich brauchte etwas ganz Neues, das meine Seele ansprach. Vielleicht ist das bei dir genauso.«

Er lächelte sie voller Bewunderung an. »Bei dir ist das was anderes.« Er schwieg einen Moment. »Ich weiß nicht ... Ich war in meinem ganzen Leben noch nie so aus der Bahn geworfen ... so ohne jeden inneren Halt.«

»Genau so habe ich mich damals gefühlt, als ich endlich merkte, wie heuchlerisch die Kirche meiner Mutter war«, sagte sie.

»Aber ich will nicht wie du jahrelang warten, bis ich wieder Gewissheit habe.«

»Vielleicht hattest du eine falsche Gewissheit, die jetzt weg ist«, sagte Zoe. Es tat ihr in der Seele weh, den Schmerz in seinen Augen zu sehen. »Vielleicht ist jede Gewissheit eine Illusion.«

»Danke, Frau Professorin«, sagte er.

»Nein, so habe ich das nicht gemeint ...«

Er grinste sie an. »Schon okay. Wirklich.« Er umarmte sie, und sie küssten sich.

Hinter ihnen sackten die Holzscheite mit dumpfem Knacken zusammen. Das Schneemobil wurde lauter.

»Dir eine falsche Gewissheit zu nehmen war vielleicht

Gottes Art, dir zu sagen, dass es nicht die Wahrheit war«, sagte Zoe schließlich. »Einen neuen Lehrplan aufzustellen heißt, dass du anfangen müsstest, dich mit neuen Ideen auseinanderzusetzen und die Wahrheit zu suchen. Ich glaube, Gott hat Gefallen an unserer Suche. Die endgültige Wahrheit ist vielleicht, dass es keine endgültige Wahrheit gibt – dass wir unser Leben lang weiter auf der Suche sein sollen.«

»Das ist ein echter Trost.«

Der Motor des Schneemobils knatterte laut vor der Hütte und verstummte.

»Hast du eine bessere Idee?«, fragte Zoe.

Seth schüttelte den Kopf.

»Thalia hat viel recherchiert und viele Quellen und Notizen gesammelt. Sie kann dir helfen, wenn sie herkommt«, sagte Zoe. »Ganz zu schweigen von dem Alabasterrad.«

»Falls du es wiederbeschaffen kannst.«

»Darauf kannst du dich verlassen«, erklärte Zoe. »In den Daten, die ich vom Server heruntergeladen habe, steht alles drin: Daten, Namen, Preise, Versandpapiere, Lieferscheinnummern. Alles, was ich brauche, um zu beweisen, dass die Kunstwerke gestohlen wurden – und zwar zweimal –, und um zu beweisen, dass ich das Recht habe, sie zurückzufordern.«

»Du wirst einer Menge Leute erheblich auf die Füße treten«, stellte Seth fest. »Den ganzen prominenten Museumskuratoren und einflussreichen Käufern. Deiner Karriere wird das nicht gerade gut bekommen.«

Dumpf waren auf der Terrasse draußen Morgens Schritte zu hören. Beide drehten sich um.

»Das ist mir wirklich egal«, sagte Zoe. »Sie haben es verdient. Sie sind doch diejenigen ohne Rückgrat, die ihre Seelen dem Teufel verkaufen, nur um sich um jeden Preis Kunstwerke zu beschaffen. An meiner Karriere liegt mir längst nicht so viel wie daran, die Kunstwerke den rechtmäßigen Eigentümern oder ihren Erben zurückzugeben.

Und wenn ich dafür das Geschäft aufgeben muss, dann ist das auch in Ordnung.«

»Ich weiß noch nicht, ob ich wieder unterrichten möchte«, sagte Seth. »Ich war früher mal ein ziemlich guter Kriminalbeamter. Vielleicht könnte ich dir bei deiner Arbeit helfen.«

»Was verstehst du schon von Kunst?«, scherzte Zoe.

»Etwa genauso viel wie du von Religion«, entgegnete er.

Beide lachten, als Hans Morgen eisverkrustet wie ein Schneemann auf einer Wolke frostklirrender Luft durch die Tür stürmte. In der Hand hatte er einen olivgrünen Rucksack.

»Guten Tag«, sagte er herzlich und zog sich mit seiner freien Hand die Schneebrille aus. »Es gibt nichts Besseres als den Schnee in den Alpen, dass ich mich gleich dreißig Jahre jünger fühle.« Er griff in seinen Rucksack, während er zu ihnen kam. »Der Pfarrer lässt ausrichten, dass Ihre Freundin Thalia morgen ankommt. Sie fliegt gleich nach der Beerdigung ihres Vaters los.«

»Die Schweine«, murmelte Seth.

Morgen nickte. »Das arme Mädchen hatte keine Ahnung, dass er ein paar Wochen nachdem sie in Zürich angekommen war, friedlich im Schlaf gestorben ist.« Er holte die *International Herald Tribune* aus dem Rucksack und reichte sie Zoe.

»Woran?«, fragte Seth, während Zoe die Zeitung aufschlug.

»Schlaganfall«, sagte Morgen. »Er war sofort tot. Sie haben seine Leiche in eine Tiefkühltruhe gesteckt.«

Seth schüttelte den Kopf.

»Oh!«, rief Zoe, als sie die Titelseite der Zeitung sah.

Sie las schweigend und reichte Seth dann das Blatt. Ein Artikel auf der ersten Seite berichtete über den Brand eines vatikaneigenen Hauses in den Bergen bei Innsbruck. Eine Luftaufnahme, die der Hubschrauberpilot unmittelbar nach dem Start mit einer kleinen Pocketkamera gemacht hatte, zeigte das brennende Gebäude. Daneben war ein offizielles Foto von Braun aus dem Vatikan mit der Unterschrift: »Ein Opfer der Flammen«.

Seth las den Artikel aufmerksam.

»Hier«, sagte er schließlich und deutete auf einen der letzten Absätze.

»Die Polizei sucht noch nach zwei Überlebenden des Brandes, die von einem Hubschrauber gerettet wurden, der bereitstand, um den Kardinal zum Flughafen Innsbruck zu bringen.«

»Das sind wir. Sie müssen doch unsere Namen wissen. Wieso sind wir nicht namentlich genannt?«, fragte Seth Pfarrer Morgen. »Werden wir nicht gesucht? Fahndet Interpol nicht mehr weltweit nach uns?«

»Ich habe Ihnen doch gesagt, dass unsere Verbündeten im Vatikan Freunde haben«, grinste Morgen. »Ihre Hilfe hat uns noch mehr Dankbarkeit eingebracht, bei den guten Mitgliedern der Kurie ebenso wie beim Heiligen Vater persönlich. Ansonsten hätte er unserem Aufenthalt in dieser herrlichen Hütte sicher nicht seinen Segen erteilt.«

Morgen wandte sich zur Tür. »Lesen Sie beide das nur in Ruhe.« Er deutete auf die Zeitung. »Ich habe die Computer mitgebracht, die Sie bestellt haben, und muss sie hereinholen.«

»Ich helfe Ihnen«, boten Zoe und Seth fast gleichzeitig an.

Morgen schüttelte den Kopf. »Ich fühle mich heute stark wie ein Löwe.«

»Wirklich?«, sagte Zoe skeptisch.

»Absolut«, antwortete Morgen und ging beschwingt hinaus.

Seth ging zur Tür, aber Zoe hielt ihn am Arm zurück. »Lass es. Du verletzt sonst seinen Stolz.« Seth schaute sie einen Moment zweifelnd an, ließ sich aber dann von ihr zu zwei rustikalen Stühlen am Fenster ziehen. In der Ferne fuhren zwei Skilangläufer über eine weite Wiese.

Als sie sich gesetzt hatten, las Zoe eine kleine Randnotiz aus der Zeitung vor.

»›DÖRFLER SEHEN RELIGIÖSE ERSCHEINUNG IN RUINE‹ lautet die Überschrift ... es ist eine Randnotiz zum Nachruf auf Braun. ›Arbeiter, die nach dem Feuer am Brandort eintrafen, berichteten, das ganze Gebäude sei völlig ausgebrannt bis auf ein Stück Linoleum, das als Teil des Küchenbodens identifiziert wurde. Manche behaupten, das Linoleum habe Frauengestalt gehabt. Ein Arbeiter erklärte: ›Es hatte Augen und Hände. Ich schwöre, ich habe es gesehen. Es ist ein Wunder, ein Zeichen Gottes.‹«

Die meisten taten die Sache als einen jener Fälle ab, in denen Leute das, was sie sehen wollten, in zufällige Formen auf Häusern, in Schatten, Farben und Lichtmuster von Milchglasscheiben hineinlasen. Die Zeitung zitierte den Leiter der Innsbrucker Feuerwehr: »Brände können seltsame Dinge hervorbringen. Wir haben schon oft erlebt, dass auf verbrannten Gegenständen scheinbar Gesichter zu erkennen waren. Aber das ist dasselbe, wie in Wolken Schiffe oder im Mond ein Gesicht zu sehen. Es liegt nur an der menschlichen Fantasie.«

Der Bischof von Innsbruck stimmte in einer Stellungnahme dem Leiter der Innsbrucker Feuerwehr zu.

Noch Jahre später musste ein anderer Papst sich mit einer kleinen, aber eifrigen Gruppe Innsbrucker Kirchgänger herumschlagen, die vom Vatikan forderten, er solle die Stätte dieser Erscheinung zum Heiligtum erklären. Der Papst antwortete darauf ebenso wie sein Vorgänger zu der Zeit, als das Kardinalsnest abbrannte: »Der Glaube an das Unsichtbare ist stärker als der Glaube an Dinge, die wir fassen oder sehen können. Die wahrhaftigste Prüfung unseres Glaubens an ein höchstes Wesen betrifft unsere Bereitschaft, zu glauben, ohne zu sehen. Und auf Dauer kommen die christlichen Kirchen – wie übrigens alle Religionen aller Glaubensrichtungen – ohne solche sichtbaren Zeichen besser zurecht. Denn es wird immer solche geben, die sehen, aber niemals glauben werden. Aber Gott segnet vor allem die, die glauben, ohne zu sehen.«

Der Papst äußerte niemals direkt, ob er selbst an das Zeichen glaubte oder nicht.

Anmerkung des Autors

Dieses Buch erzählt eine erfundene Geschichte, die auf Tatsachen beruht.

Hitler richtete tatsächlich den Sonderauftrag Linz ein, dessen Aufgabe es war, die besten öffentlichen und privaten Kunstsammlungen Europas zu plündern. Die gestohlenen Kunstwerke sollten in einem prachtvollen Museumsbau ausgestellt werden, den er in seiner österreichischen Heimatstadt Linz errichten wollte. Ein Architekt schuf Pläne für dieses Führermuseum, das aber nie gebaut wurde.

Hitlers Verbindungsmann zum Sonderauftrag Linz war ein gewisser Heinrich Heim, mit dem ich 1983 in München sprach. Damals lebte in München noch eine verschworene Gemeinschaft unverbesserlicher Nazis, eine Gruppe, zu der unter anderem zwei ehemalige Sekretäre Hitlers und sein persönlicher Pilot gehörten. Zur Zeit meines Besuches trafen sie sich gelegentlich, um sich über ihre Verluste zu trösten, die sie nie ganz verwunden hatten.

Heim lebte in Schwabing in einem alten Bunker aus dem Zweiten Weltkrieg, nicht weit von der Staatsbibliothek entfernt. Er bezog spärliche Tantiemen von einem Buch, das er geschrieben hatte (darüber, dass er Hitler für Hermann Göring ausspioniert hatte), und verdiente sich etwas Geld damit, auf Anfragen aus der ganzen Welt Informationen zu beschaffen. Seine Recherchen führte er überwiegend in der Staatsbibliothek durch. Werner Meyer, der damalige Chefreporter der Münchener *Abendzeitung,* machte mich an einem Abend kurz vor Weihnachten mit Heim bekannt.

Schnee, Graupel und Eisregen prasselten auf uns herunter, als Werner an jenem Abend seinen Wagen auf einem dunklen, nicht asphaltierten Platz abstellte und wir uns einen Weg durch eine zugestellte Gasse bahnten, auf der Papier herumlag und die von einer nackten Straßenlaterne beleuchtet war.

Werner klopfte an der Panzerplatte, die Heim als Haustür diente. Mir fiel auf, dass die beiden Fenster in der Betonmauer des Gebäudes ebenfalls mit Panzerplatten versehen waren. Werner erzählte mir, dass Heim in ständiger Angst vor israelischer Vergeltung lebte. Er hatte zwar einige Jahre in einem Gefängnis der Alliierten gesessen, aber viele glaubten, er sei in weitaus abscheulichere Aktivitäten verwickelt gewesen, als bloß den Kunstraub für Hitler zu koordinieren.

Nach einer Weile kam Heim an die Tür, schob mit einigen Mühen die schützende Barriere beiseite und begrüßte uns.

Der Ausdruck »gebeugt, aber ungebrochen« traf auf Heim genau zu. Auf den ersten Blick wirkte er wie ein Obdachloser in seinen zwei Mänteln über mehreren Schichten Pullovern und Hemden. Aber Heims Augen leuchteten immer noch in einem hellen Eisblau, das für Hitlers virilen arischen Supermann hätte Modell stehen können.

Er führte uns in den Raum, in dem er seine Recherchen trieb, und als wir in dem Durcheinander von Papieren saßen, legte er uns besorgt fadenscheinige Decken über die Knie, damit wir nicht froren. Der Bunker war nicht beheizt. Meyer unterhielt sich mit Heim, während ich mit meinen neu erworbenen Deutschkenntnissen zuhörte. Heim und Meyer sprachen eine Weile über ihre Fortschritte bei der Suche nach einigen Originalpartituren Richard Wagners, die seit dem Krieg verschollen waren. Diese Suche war eine Passion Meyers. Sie unterhielten sich auch über die Echtheit der Hitler-Tagebücher, die damals gerade aufgetaucht waren. Heim sagte, er habe Teile gelesen und habe den Eindruck, sie seien echt.

Dann wandte sich das Gespräch mir und meinen Bemühungen zu, verschollene Kunstwerke aufzustöbern. Im Rahmen meiner Recherchen hatte ich meine Talente als ehemaliger Enthüllungsjournalist nicht nur eingesetzt, um Material für diesen Roman zu sammeln, sondern auch die Augen für etwaige Entdeckungen offen gehalten, die als Grundlage für einen guten Zeitschriftenartikel oder sogar ein Sachbuch dienen könnten.

Nachdem wir uns ein paar Minuten unterhalten hatten, erzählte Heim angetan von Friedrich Stahl, dem von Hitler und anderen Nazis bevorzugten Maler, der auch in diesem Buch vorkommt. Bei der Erinnerung an Stahl und vermutlich an die alten Zeiten bekam Heim schon bald einen verschleierten Blick. Er sprach von der Schönheit der Werke Stahls und erzählte, dass Hitler den Künstler wie einen Bruder oder vielleicht wie einen Ersatzvater behandelte.

Inzwischen bezog er Werner und mich jedes Mal mit ein, wenn er Wörter wie »wir« und »uns« benutzte. Da er damit auch seine Nazi-Kameraden und sogar den Führer meinte, fühlte ich mich immer unbehaglicher. Das war keine Gesellschaft, der ich angehören wollte.

Heim vermied es, Hitler namentlich zu nennen, als habe er Angst, diesen Namen auszusprechen – etwa so wie sehr religiöse Menschen den Namen Gottes nicht aussprechen. Er bezeichnete Hitler vielmehr als »A. H.«

Nach einer Weile holte der alte Nazi einen Stapel Papiere und einen Umschlag mit Fotografien heraus. Er zeigte uns die Fotos. Es waren kleine Schwarzweißaufnahmen im Format 5 mal 5 Zentimeter, die jeweils ein Gemälde zeigten. Sämtliche Gemälde stammten von Stahl und waren auf einem Blatt Papier inventarisiert, das Heim mir gab. Wie er sagte, waren sie verschwunden und wurden zuletzt kurz vor Ende des Dritten Reichs in Zürich gesehen. Wann und von wem, wollte er nicht genau sagen.

Er gab mir eins der Fotos und die Inventarliste, nachdem ich zugesagt hatte, nach den Gemälden zu suchen und ihm über Meyer Bescheid zu geben, ob ich etwas herausgefunden hätte.

Von München fuhr ich nach Zürich, um nach Spuren der Stahl-Gemälde zu suchen. Nachdem ich mir ein Hotelzimmer genommen hatte, stellte ich Nachforschungen an und stieß auf die Namen einiger Kunstgalerien, die schon zu der Zeit existiert hatten, als diese Bilder verschwanden.

Ich ging in die älteste dieser Galerien und sprach mit dem Besitzer. Ich zeigte ihm das Foto, das Heim mir gegeben hatte, und behauptete, ich verträte einen reichen Sammler, der interessiert sei, dieses Stahl-Gemälde zu erwerben.

Der Mann warf mich hinaus und drohte, die Polizei zu rufen, falls ich nicht sofort verschwände.

Er erklärte, er habe nichts mit den Gemälden zu tun, von denen ich redete, und wolle auch nichts mit ihnen oder mit Leuten zu tun haben, die sich dafür interessierten. Es war schwer zu sagen, ob er Angst hatte oder wütend war. Vermutlich beides. Ich jedenfalls hatte Angst.

Im Laufe meiner Arbeit als Enthüllungsjournalist hatte man mich schon öfter bedroht, aber ich hatte es immer geschafft, weiterzurecherchieren, bis ich meine Story hatte. Aber das war Vergangenheit, jetzt lag mir daran, gesund und munter zu bleiben. In Zürich vom Erdboden zu verschwinden entsprach nicht meiner Vorstellung, wie ich die Weihnachtstage verbringen wollte.

So spülte ich an jenem Abend meine Rösti mit einem Liter Bier hinunter, ging ins Bett und nahm am nächsten Morgen den ersten Zug zurück nach München. Bis heute weiß ich nicht, wo die Stahl-Gemälde sind, und ich bin überzeugt, es wäre kaum gesund, es zu wissen.

Noch vieles andere in diesem Buch beruht auf Fakten. So erkauften sich tatsächlich flüchtende SS-Leute mit geplünderten Kunstwerken den Weg in die Freiheit. Man darf sicher davon ausgehen, dass viele Kunstwerke, die seit dem Krieg als verschollen gelten, an den Wänden von Villen in den Alpen hängen. Viele weitere liegen in Tresoren unter den Straßen Zürichs. Wie ich aus erster Hand weiß, sind viele dieser Werke unvorstellbar wertvoll, wesentlich wertvoller – nach Einschätzung mancher Leute – als das Leben eines Menschen, der die falschen Fragen stellt.

In den letzten Jahren des 20. Jahrhunderts gab es einige längst überfällige Bemühungen, geplünderte Kunstwerke ausfindig zu machen und ihren rechtmäßigen Eigentümern zurückzugeben. Überfällig war auch die öffentliche Bloßstellung von Nazi-Kollaborateuren: Schweizer Banken und einige amerikanische und europäische Konzerne. Bis vor kurzem reagierten Schweizer Banken auf Entschädigungsforderungen überlebender Holocaust-Opfer und ihrer Familien mit arrogantem Spott und Mauern, erst in jüngster Zeit führte internationaler Druck zu bescheidenen Bemühungen, Konteninhaber oder ihre Erben zu entschädigen.

Die Entführung Heinrichs IV. ist eine historische Tatsache. Auch die anderen Ränkespiele um Päpste (drei, die gleichzeitig das Amt für sich beanspruchten) und Kaiser sind geschichtlich belegt. Und selbstverständlich gab es Kaiser Konstantin, der religiöse Streitfragen per Dekret beendete und mit dem Schwert durchsetzte. In der Religionsgeschichte gilt – unabhängig von der Religion – durchgängig, dass Glaubensfragen weniger nach spirituellen Belangen als nach politischer Zweckdienlichkeit entschieden werden. Die Abschnitte dieses Buches, die sich mit dem Konzil von Nizäa und den Ereignissen und religiösen Kontroversen in seinem Vorfeld befassen, beruhen auf Fakten, die wesentlich besser dokumentiert sind als sämtliche Schriften der hebräischen und christlichen Bibel oder des Korans.

Dagegen bin ich mir recht sicher, dass die Teile über Sophia als Frau aus Fleisch und Blut meiner Fantasie entspringen und aus faszinierenden, bruchstückhaften Recherchen über die frühchristliche Kirche und die fruchtbare Rolle der Frauen in ihr hervorgegangen sind. Diese Rolle der Frauen haben männlich dominierte religiöse Revisionisten auszulöschen versucht, und es ist ihnen auch weitgehend gelungen, es gibt allerdings immer noch bezeichnende Stellen, an denen die Weisheit zu ihrem Recht kommt: Man lese nur das Buch der Sprichwörter oder das Buch der Weisheit.

Bis heute haben die katholische Kirche und andere christliche Kirchen – besonders die griechisch-orthodoxe und die russisch-orthodoxe Kirche – ein zwiespältiges Verhältnis zu einer mythischen Sophia. Manche, vor allem Anhänger des Gnostizismus, sehen in ihr die Urschöpferin des gesamten Universums. Anderen gilt sie als weiblicher Aspekt eines androgynen Gottes. Und für wieder andere verkörpert sie die Weisheit oder sogar den Logos der christlichen Trinität, bevor sie gründlich vermännlicht wurde. Es steht außer Frage, dass über weite Teile der Menschheitsgeschichte Gott als Frau galt.

Sophia hat einen Platz in der Geschichte – aber welcher das ist, bleibt erst noch zu klären.

Die katholische Kirche steht mit ihrer unglaublichen Angst vor Frauen und ihrer Ablehnung, ihnen spirituelle oder dominante Rollen zuzugestehen, nicht allein da. Die meisten römisch-katholischen Figuren in diesem Roman könnten ebenso gut führende Kräfte des Judentums, der protestantischen Kirchen oder des Islams sein. Sie alle (bis auf leider nur wenige Ausnahmen) würden eher töten, als zuzugeben, dass eine Frau auf gleicher Stufe stehen, geschweige denn eine Erlöserin sein könnte.

Es ist ebenfalls allgemein bekannt, dass Papst Pius XII. vor den Gräueltaten des Dritten Reichs Augen und Ohren verschloss. Über die Motive des Papstes kann man lediglich Spekulationen anstellen, aber sein damaliges Schweigen steht mit Sicherheit in Widerspruch zu seinem Selbstverständnis als moralische Autorität. Seine mangelnde Bereitschaft, seine Stimme zum Protest gegen die Nazi-

Politik zu erheben, ist ein Rätsel und wird es sicher auch bleiben. Mittlerweile hat die katholische Kirche einige der Todsünden, die sie im Namen Gottes und Christi begangen hat, eingestanden und sich dafür entschuldigt. Das ist zwar nur ein kleiner Schritt, stellt aber ein gutes Beispiel dar, dem das übrige Christentum wie auch Judentum und Islam folgen sollten.

Historiker, Theologen, Geografen und Politikwissenschaftler werden in diesem Buch noch viele weitere Details finden, die auf Fakten beruhen. Letzten Endes handelt es sich jedoch um eine fiktive Geschichte – zumindest glaube ich das.

Soweit Fiktion uns jedoch Wahrheit vermitteln kann, habe ich mich bemüht, den spirituellen Imperativ zu beschreiben, dass wir unsere Beziehung zu Gott ständig in Frage stellen, suchen und uns dabei bewusst sein müssen, dass diese Beziehung andere Beziehungen nicht ausschließt, die andere geschaffen haben. Kein Glaube besitzt ein Monopol auf Gott, ebenso wenig wie die Farbe Rot im Lichtspektrum der Sonne eine bevorzugte Stellung einnimmt.

Schließlich steht im spirituellen Zentrum aller großen Religionen die Goldene Regel, die oft von denen ignoriert wird, die sie predigen und zu praktizieren behaupten. Das zeitlose Gebot, andere zu lieben wie sich selbst, andere zu behandeln, wie man selbst behandelt werden möchte, ist etwas, was selbst unser beschränkter menschlicher Geist begreifen, verstehen und praktizieren kann. Wie der jüdische Gelehrte Hillel sagte, sollst du deinen Nächsten lieben wie dich selbst. Alles andere sind nur Erläuterungen.

Lewis Perdue
Sonoma, Kalifornien
September 1999

Danksagung

Mein Dank gilt meiner Lektorin, Natalia Aponte, die mir half, dieses Buch mit neuen Augen zu sehen, und die meine Arbeit daran wie auch meine Glaubensforschung in Bahnen lenkte, die ich mir nie zuvor ausgemalt hätte. Eine so hervorragende Betreuung ist ein allzu seltenes Erlebnis für einen Autor.

Dank gilt auch meiner Agentin, Natasha Kern, die nie den Glauben an mich und meine Arbeit verlor. Noch nie habe ich einen unermüdlicheren, unerschütterlicheren Fürsprecher gefunden.

Zu danken ist auch Kathleen Caldwell von Readers Books in Sonoma, die mit scharfem Blick noch vieles in den Druckfahnen entdeckte, was mir entgangen war. Kathleen, ich bin froh, dass es Ihnen so viel Spaß gemacht hat.